新世纪长篇小说

风吹云动星不动

闻　波　著

山东文艺出版社

图书在版编目(CIP)数据

风吹云动星不动/闻波著. —济南：山东文艺出版社，2005.1
ISBN 7-5329-2386-X

Ⅰ.风... Ⅱ.闻... Ⅲ.长篇小说—中国—当代 Ⅳ.I247.5

中国版本图书馆 CIP 数据核字(2004)第 130583 号

主管部门	山东出版集团
集团网址	www.sdpress.com.cn
出版发行	山东文艺出版社
电子邮箱	sdwy@sdpress.com.cn
地　　址	济南经九路胜利大街 39 号
印　　刷	山东高青印刷厂
版　　次	2005 年 1 月第 1 版
	2005 年 1 月第 1 次印刷
规　　格	开本/850×1168 毫米　1/32
	印张/ 15.125　插页/2　千字/350
印　　数	1-15000
定　　价	25.00 元

目 录

楔子/1

第一章　拈花小史/3

第二章　六指头/38

第三章　神秘小蚕娘/79

第四章　梅子黄时雨/112

第五章　一行白灯笼/146

第六章　蚕蛾破茧/168

第七章　悲情绿杨楼/201

第八章　雌雄二盗/224

第九章　妓门无情/245

第十章　残月/267

第十一章　奶头蚕种/298

第十二章　辑里湖丝/337

第十三章　河灯/389

第十四章　小红孩骑大马/418

第十五章　太湖的涛声/448

楔 子

1912年,江南南溪镇。

钮氏宗庙门前,一个犹太籍的摄影师忙碌得像一只蜜蜂。镜头前是镇上的豪门大族——钮氏全家,背景是一所巨大的家祠,门楣上高挂着大匾"钮氏宗庙",堂前挂满了钮氏列祖列宗的画像。大厅排窗敞开着,里面贵重的雕花红木器具一览无余,墙上挂有两代帝师翁同龢的对联,供桌上陈列着牛羊猪头三牲供品,巨大的蜡烛点燃着,完全是江南顶级大户的气派。

家长钮世诠一头白发,虽是民国了,他依然穿着晚清式样的朝服,坐于龙头太师椅上,眼皮浮肿,双目无神地盯着前方。旁边是他的原配妻子钮王氏。另一侧是他的妾,也已四十五岁的姗如,翘着小小的纤足,看上去十分富态。左侧第二位是大儿媳胡碧容,这女人经过三十年的苦熬,终于成了个皇封的节妇,在镇上竖起了钮家第一座贞节牌坊,她不情愿地抱着死去男人的牌位,边上是她的傻儿子钮平,正咧着嘴痴笑。右侧显眼处是二儿子钮五阳,钮家惟一的继承人,他一副上海小开的样子,穿着十分时髦,看上去笑逐颜开,身边是他的太太钱惠和女儿娟娟。钮家大小姐钮方丽十分显眼,她身穿洋装,神情高雅,嫣然一笑,虽带着一丝忧郁,但十分动人。

犹太摄影师的相机大概发生了什么故障,他忙活了半天,总算修好了。他怪声怪气地嚷着:"好啦,好啦,不要动!"快门闪动之际,花厅里忽然奔出一个十六七岁的女孩子,是钮家最小的女儿曼蝉,她挥手叫着:"还有我!"匆匆地从屋子里跑出来,挤进队列里,待拍照的时候,她又将两只手伸向头顶,做了个羊角的怪相。镁光灯一闪,照片定格下来。这,就是江南最大的丝商——南溪钮氏拍摄的全家福。

八十年后的某一天,当钮家子孙重又看到这张照片时,总觉得钮氏家族阴气过盛,阳气不足,这个豪富家族的全家福也许就代表着整个江南的阴柔纤秀。

正是一个共和新体制开始的时候……

第1章 拈花小史

夜已深了。南溪镇上的水陆码头静悄悄的，一只晚清的官船泊在码头上，远处是浩渺的太湖，在暮色下闪着粼粼波光。湖边，无边的苇丛在风中呜咽。离码头不远的田野里，黄色的油菜花颜色怪异，像是在星光里浮动。

船舱内摆设十分精雅，随着水波，船在微微颤动着。一个男人醉伏在船中的矮几上，手里握着酒杯，似乎还意犹未尽。他正是钮家的二少爷钮五阳。一个鸨婆模样的老女人斜眼看着他，伸出手试探着推了一把，他纹丝不动。老女人像一片枯叶飘向内舱，喊道："琴儿，快出来。"

隔着一道布帘，内舱光影闪动处，映出一个年轻女人娇柔的身影。她应着鸨婆的呼叫，人却没有出来。鸨婆随即进入内舱，告诉那个叫墨琴的女人，钮二少爷已醉了，她们正好可以溜走。墨琴褪下身上光鲜的外衣，在烛光里显得更是风姿撩人。她显然不愿意扔下这位风流倜傥的公子，说："不嘛，二少爷人不错，带他一起走嘛！""你这死丫头，迷上他了？管他呢，把他扔上岸去就是。"鸨婆狠心地说。"妈妈，我们别太狠了，二少爷不管怎么说也是场面上的人物，我们不可以这样对他！"墨琴声音甜美，说话带一点北方口音。"女儿，你好不懂事！这种男人满世界寻花问柳，他不会把你当回事的。"鸨婆横了她一眼说。世上的鸨婆没有一个不爱钱的，而钮家二少爷正是挥金如土的傻公子。可是这会儿鸨婆不敢招他，因为上海督军府的蔡师长喜欢墨琴，不让其他男人接近墨琴，他可是杀人不眨眼的。此时，鸨婆不管墨琴的抗议，一掀门帘，吩咐两个船夫把钮五阳抬上岸，然后匆匆开船，逃之夭夭了。

  钮五阳在油菜地里躺了一夜。一只大大的菜青虫爬在他的脸上,在他的鼾声里蠕动。当第一缕阳光照射到他脸上的时候,他睁开了眼,发现眼前光影晃动,世界斑斓神秘。他觉得脸上发痒,顺手一抹,一条金闪闪的链子从腕上掉下来。他睁大眼,发现手里捏了一条青虫,吓得坐了起来。下人的喊叫声越来越近,他终于听见了,从花丛里站起来,宿醉未醒,踉跄地走了几步,朝他们大吼道:"你、你们喊什么?"跟班小坯子和两个下人跑了过来:"二少爷……"小坯子扶住了站立不稳的钮五阳。他一使劲想甩开下人,却摔倒在菜地里。

  眼前的油菜花无边无际,黄得灿烂,艳得耀眼。钮五阳躺在地上,似乎不肯起来。小坯子来到他身边,见他一身泥土,大惊小怪地叫着:"二少爷,你在油菜地里睡了一夜?"钮五阳说:"油菜地?我不知道呀!"小坯子嚷着:"肯定是那两个女人,她们灌醉了你,不是好东西!二少爷,你身上少了钱没有?"钮五阳似乎不懂:"你说谁?"小坯子恨恨地说:"就是官船上那个女的!"钮五阳费劲地摸着头,忽然像明白了什么,叫了一声:"大格格!你说的是大格格!她人呢?"他想起昨夜那一段风流,想起那个神秘美貌的女子,不由心焦起来,拼命向河边跑去。两个下人不明底里,跟在后头追着喊。钮五阳跑到码头边,看着空荡荡的码头,回头又问下人:"大格格呢?"一个下人胆小地说:"不知道。"

  钮五阳看了看浩渺的湖水,说:"马上给我找船,我要去追她们。"这茫茫太湖,风烟渺渺,上哪儿去追呢!可是钮五阳好像疯了一样,上了一只过路的商船,而把身边的许多大事丢在脑后。这是民国二年的春日,正是南溪钮府关键的日子。钮府太爷——钮世诠时任南溪镇丝业公会会长,正欲大展宏图。他斥资百万,

第1章 拈花小史

购买了世界上先进的洋机器,试图开创江南最大的丝绸厂。机器安装完毕,正在调试,欲在这年春茧上市的季节揭牌开张。这可是江浙两省的重要事件,许多要人都会来参加典礼,但是身为浔泰丝绸厂总经理的钮府二少爷钮五阳,却不辞而别。

下人们禀报了师爷,师爷顿时急出了一头大汗,他冲过钮府的跑马楼,来到上房,不顾钮太公正在让丫头捶背,就上前将钮五阳不见了的事禀报太公。钮太公吃了一惊:"他走了?去哪儿?"师爷回答:"二少爷没说。依我看,不是苏州就是上海。"钮太公问:"这个五阳,他是什么意思?他到底为什么?"师爷小心地说:"我不知道。"钮太公心想,这钮五阳是不是想撂挑子?浔泰厂就要开张,百事待理,他竟不管了,走了。难道钮家要出孽子?钮太公推走了丫环,从烟榻上爬了起来。"这不是给我上眼药吗?"他喊道,"老爷,二少爷是不是在跟大奶奶较劲?他想让大奶奶的贞节牌坊挪地方,把工厂的门开敞亮!"钮太公想起来了:为了浔泰厂的风水,儿子曾提出要将贞节牌坊移开,因为牌坊冲着浔泰的大门,他怕晦气!可这是胡闹,他大儿媳妇熬了三十年才弄了个皇赐的贞节牌坊,你让她拆,不是要她的命吗?钮太公瞪着眼说:"马上去找,一定把老二给我找回来!我就不信他不要这个家了!中邪了不是?"

钮五阳从太湖西栅水营里,没怎么费劲就打听到了:这位格格住在上海的四马路,是一位名人。当时阚营长一脸诡笑,让他莫名其妙,就知道里面必有蹊跷。当马车停在四马路的密韵楼前时,他怎么也没想到,他心目中至高无上的大格格,却真的是上海滩上的长三妹。所谓长三妹,是上海的高级妓女,林墨琴更是其中的佼佼者。可是经过一夜的深思,他捺不住心性,仍然衣履光鲜,坐着四轮马车来找墨琴,身后跟着一群抬着箱笼的仆佣。到了密韵楼,他看着大门犹豫了片刻。跟班小坯子说:"二少爷,是家妓院,要不我们回去?"钮五阳想了想,骂道:"放什么屁!快进去通报,说我钮二少爷到了。"紧接着,他迫不及待地闯了进去。

　　密韵楼是间精致的长三堂子,屋子虽小,但十分雅致,充满江南园林韵味,仆佣衣着光鲜。鸨婆听说钮五阳找上门来,吓得黄了脸,想要闭门不见。她正准备往楼上跑,钮五阳已经闯进大厅来,大声叫着:"林妈妈,几天不见,为何要躲?"鸨婆一惊,尴尬地从楼梯间退下来说:"二、二少爷,钮二少爷,没躲,我没躲……你、你怎么找到这儿来了?"钮五阳笑着说:"不管是在江浙还是上海滩,没有我找不到的人!"鸨婆笑道:"二少爷,那天对不起,我们有事先走了,赶有空时,老身给你赔罪。"钮五阳一脸正经地说:"不必了。我是来看格格的,格格呢?"鸨婆不想让他见墨琴,忙答格格不在,说完又想溜。可是钮五阳一脸笑容,拉住了鸨婆:"林妈妈,皇上也不打送礼的,你得让我把礼抬进来,再走不迟。"鸨婆一时说不出话来。

　　钮五阳粗声大气地指挥着一队下人抬着大大小小的箱笼走了进来。鸨婆看傻了眼,假意问道:"钮二少爷,你这是干什么?""小意思,小意思,算是墨琴小姐的一点胭脂钱。"在他的挥手示意下,下人们打开了箱笼,将贵重的礼金往宽大的古董桌上摆放。仆人训练有素,摆放得很有规律:先是银锭,底层是十锭,然后是八、六、四……依次递减,叠成了一座银山,然后用西班牙鹰洋,排成了巨大的"墨琴"两字,另一堆是银元,也变戏法似的堆成了一个"钮"字。下人们退下,鸨婆看着一大堆礼金,嘴都笑歪了:"二少爷可真是个玩家,送礼都送出了花样!"钮五阳得意地说:"小意思,只要墨琴小姐高兴。"鸨婆忙道:"不敢让钮二少爷如此破费。"钮五阳向左右看看,问道:"墨琴小姐真的不在?"鸨婆犹豫了一下说："二少爷,格格在是在,可是她睡下了。"钮五阳眼露一丝失望："这么早?"鸨婆忙道:"可不!这是她在宫里养下的规矩。她是皇亲,娇气得很,哪像咱们百姓随随便便。""宫里睡这么早?"钮五阳问。"宫里规矩多,大格格的身份尊贵,吃睡都不由自己。"钮五阳笑了一笑,说道:"没关系,我可以等。""等?她可是要到明早才起身!"鸨婆瞪大双眼。"没问题。能随便给我找个房间吗?我就在这儿等,等多久都可以。""没见过你这么好性子的。"鸨婆干笑着说。两人正说着,楼上的内室里,突然传出一声喊:"妈妈,是谁呀?"

"格格没有睡!"钮五阳惊喜地叫了起来。鸨婆的脸一下子拉长了。墨琴艳丽时髦性感的身子在门前晃了一下,她对钮五阳笑了笑,接着又缩了回去。钮五阳像被摄了魂一样,半晌动弹不得。鸨婆想了想,硬着头皮对钮五阳说:"二少爷,这边来,我有话告诉你。"钮五阳跟她走进了一间雅室,鸨婆让人送上茶来,原原本本将上海督军府蔡鸿昆师长已看中墨琴的事说了一遍。"二少爷,你看怎么办?不是我不让你见,这些当兵的不讲理,他要是跟你玩命,我可挡不住。""你说的蔡师长是谁?"钮五阳瞪大眼问。"沪军统领,蔡鸿昆。""是蔡痞子呀,他凭什么……"钮五阳轻蔑地叫了起来。鸨婆忙掩他的嘴道:"二少爷二少爷,我们可不敢这么叫……"

"你怕他,我可不怕他,他算个屁!"钮五阳愤愤地说。

钮五阳出了密韵楼,坐在马车上沉思不已。军方在上海势力大,谁都怕,可是他不怕,一个破军阀,有什么了不起。现任沪军都督陈其美,湖州人,与他同乡,跟他父亲是好朋友,陈家与钮家有通家之谊,他才不怕这个姓蔡的呢。他没有回钮公馆,在一个印度鸦片馆消磨时间。半夜时,跟班小坯子找到了他,着急地说:"二少爷,师爷在公馆里等你,让你马上回去。""什么,师爷来了?""是老爷叫他来找你的,快回去吧!再说了,大小姐从法国回来,要你去接,府里事多着呢!"钮五阳问道:"方丽是明天回来吗?"小坯子答道:"电报上说,是四月十六日,就是明天,在黄浦码头……"钮五阳显然一心还在墨琴身上,他敷衍着说:"明天看吧。"他走出烟馆,上了马车,急急驰过几条马路,又转过一个弯,停在钮家的上海公馆门前。钮五阳忽然不想见师爷了,怕耽误了自己一早去见格格。于是,他没有进门,又去了哈德门饭店,在那里住了一夜。

　　第二天一早,钮五阳又去了密韵楼,可是密韵楼上午不开门,他吃了个闭门羹。在小坯子的提醒下,他去码头接妹妹钮方丽。当他的马车正要驰进码头大门时,另一辆马车风一样从他车前闪过,抢先进了码头大门。钮五阳脸一沉,心想:谁这么横,敢抢我的道?只见一个西装革履的年轻人,从马车上轻快地跳下来,正快步走向码头。小坯子告诉他:"二少爷,你看,是那姓齐的小子。"钮五阳问:"谁?""你忘了?就是怡和洋行那个丝绸通事,去年在南溪跟我们抢蚕茧,差一点跟我们打起来……""这个龟孙子!"钮五阳见不着墨琴,一腔怒气正不知往哪儿发。他认识齐彻,这位大英怡和洋行的代理,去年为了抢购南溪生丝,与钮家的丝行发生龃龉,钮五阳吃了亏,早就想教训一下这个洋孙子了。于是,他跳下马车走了过去,挑衅地撞了齐彻一下,摇了摇手里的马鞭,说道:"齐先生,看来我们是冤家路窄。"

　　齐彻回过身来,面色冷峻。他盯着钮五阳,不卑不亢地说:"原来是钮先生,找我有事吗?""今年春蚕又将上市,齐先生是不是又有动作?"齐彻知道他在找茬儿,讥诮地说:"这是敝行的商业机密,不便告诉你。"钮五阳突然发作:"姓齐的,我要告诉你,今年我们南溪有货也不卖给怡和,你少打我们的主意!要是再敢将爪子伸过来,我就打断你的狗腿!"齐彻盯着他,冷笑着说:"听说钮家一向欺行霸市,果不其然！不过,钮先生,我告诉你,姓齐的不吃这一套……"钮五阳大怒,扬鞭想抽他,被下人拉住。这时,客轮到了,进港的汽笛响个不停。小坏子说:"二少爷,船到了,走吧。"钮五阳恨恨地说:"这龟孙子,算便宜他,要不是接我妹妹,老子打出他的狗屎来！"

齐彻急着要接人,没有再理钮五阳,不过他认为这个霸道的花花公子似乎天生对自己有一种敌意。他掏出手帕来擦擦脸,正在左顾右盼,一个黑衣洋人拉住了他。此人正是艾尔博士,齐彻要接的教父,刚刚从靠岸的洋轮上下来。艾尔博士看到他愣神的样子,问:"切尼,你在跟谁生气？"齐彻摇摇头,他叫了一声教父,两人紧紧拥抱。他们已有一年没有见面了。

齐彻和教父上了马车,缓缓地出了码头。艾尔博士盯着齐彻道:"切尼,一年不见,你是越来越帅了。"齐彻笑着说:"教父,我好想你！"艾尔是个法国神父,是他从小将齐彻收养,将他带大,并让他受到法式教育,介绍他进入英国的洋行,与他有父子之义。马车经过外滩时,艾尔博士问:"嗯,剑术,你还在练吗？""练！是你教的剑术,我不会忘,现在洋行的凯伦先生已不是我的对手了。"他说。"连凯伦都不是你的对手了？"神父有一点惊喜。"教父,你让我练剑,好像要让我去杀什么人似的。"他看着教父。"切尼,这个问题问得好。如果我让你去杀一个人,你会去吗？"齐彻毫不犹豫地说:"教父,我是你养大的,你的话对我来说就是圣旨,我一定会照办。"艾尔博士高兴地拍着齐彻的肩说:"我跟你开玩笑,你不要当真。哎,你刚才在码头上跟谁生气？""噢,是钮五阳。"他说。艾尔博士的脸阴下来,问道:"钮世诠的儿子？""是他。钮家垄断了南溪的丝行,哄抬丝价,去年怡和让我去收茧,不料他们竟扣了我们的船……"艾尔博士忽然正色,脸上现出深意,道:"钮世诠的恶行我早知道,不过切尼,你现在还不能得罪他!"齐彻惊讶地问道:"为什么?"艾尔博士笑着说:"我看了报纸,说钮世诠等办江南最大的丝绸厂,正在招人,他缺人才,这是个机会……"齐彻惊问:"你是让我去钮家的工厂?我不去。"艾尔博士看了他一眼,以毫不妥协的口气说:"我替你设计好了,你一定要去。"齐彻一愣,又问:"教父,这是为什么?"艾尔博士用关爱的眼神注视着他说:"切尼,这关系到你的前途……"齐彻更吃惊了,问道:"我的前途难道跟钮家有什么关系?"艾尔博士淡淡地说:"你听我一句,你总有一天要知道你父母的事,知道你的家世……"齐彻惊讶地反问道:"可我们齐家跟钮家有什么关系?"

神父不再说话,这让他觉得自己与钮家好像有着什么不解之缘,是恩是怨,是仇是爱,却不清楚……

齐彻没有想到,他这么快又遇到了钮家的人。他接到教父的第二天夜里,随教父一起来到万国夜总会。在一个包厢里,几个刚从法国回来的年轻人正在聚会,齐彻进来时,他们正围坐在法式壁炉前说笑。一个风情万种的女子迎了上来,说:"神父,你好!昨天下船,一眨眼你就不见了……"她就是钮家大小姐钮方丽。艾尔博士拉着教子的手,微笑着对她说:"钮小姐,让我来介绍一下,这是我的教子齐彻。"齐彻在握住她的手时才意识到,这个娴雅的女士很讨他喜欢,可她姓钮,想必是钮五阳的妹妹,一种异样的感觉顿时浮上心头,好希望她与钮家没有关系。艾尔博士似乎想要撮合他们,他将钮方丽和齐彻拉到一边说:"切尼,钮小姐真是一朵交际花,你看,刚到家就招来了这么多的朋友。"她娇笑着道:"神父,看你说的,我不是交际花。"艾尔博士笑了笑说:"钮小姐,我的教子切尼也曾留学法国,听说你们在招人,我想推荐他去你们钮家的丝厂……""听说齐先生是怡和的台柱子,哪里肯屈就我们小地方的丝厂?"她看着齐彻,似乎真心企盼他去。齐彻没有回答,神父接口说:"钮小姐,那要看你的魅力啦。"她羞红了脸:"神父,真拿你没办法……""看,嫌我老了,那我走开,给你们年轻人腾地方。"他说完就走开了。

教父走后,两人坐了下来,服务生送上咖啡。"请问齐先生是哪一年在法国留学?差不多在巴黎的留学生我都认识。"钮方丽问。"回来整三年了。我在法国留学,但不是在巴黎,我一直呆在马赛。"他说。"那你是学什么的?""纺织。""我们钮家缺的就是纺织业的人才,齐先生最合适,我父亲早就写信给我,要我帮他物色一位人才……"钮方丽认真地说。"我也听说了,《申报》上登了一则很大的新闻,你们钮氏要办的中华浔泰丝绸厂,是目下中国最大的丝绸企业。"钮方丽笑着问:"怎么,你真的有兴趣?"齐彻故作无奈地说:"可是我已有工作,怡和洋行不会放我的。""我知道,你们怡和是上海最大的英资洋行,我们只是乡下的一家小厂……"她脸上似有不快。"钮小姐不要这样说,有一个问题我倒想请教:令尊是我国丝绸界的老前辈,上海各方面条件都是国内一流,他为何不把厂办到上海,而要选择南溪?""齐先生,这你就不明白了。我劝你去南溪看一看,那里从乾隆末年开始,一直是江南生丝最大的集散地,出产中国品质最好的生丝。这些你不会不知道吧?"钮方丽骄傲地说。"我当然知道,可南溪的生丝,是通过上海才走向西洋的,它只是个生丝的集散地,而上海有中国最优秀的技术、人才和港口,这些都是办厂决策的先决条件。""齐先生,水网纵横的南溪是京杭运河上的要津,到上海只有一天的水路,交通便利。再说,你不了解我父亲,他是个乡土主义者,主张'利我乡民',他坚持把厂办在乡下,就是为了让那里的老百姓有口饭吃。""钮小姐……"齐彻还想说什么,但钮方丽打断了他:"齐先生,我相信我父亲的眼光。我们浔泰企业,正在物色合适的管理人才……"钮方丽看着他,眼中透露出一种企盼,"齐先生,我在真心邀请你,去南溪吧!"

齐彻终于被钮小姐炫目的美貌所迷惑,想说什么,终于没有说出来,只是一仰头喝下杯中的咖啡。

上海钮公馆格外多事,大小姐钮方丽新结良友,忙着聚会,二少爷钮五阳更忙,不分昼夜地追逐着一个来历不明的妓女。而远在百十里外的南溪小镇上的钮府,却陷于一阵焦躁之中。

师爷从上海回去,告诉钮太公钮五阳在上海的所为,一石激起千重浪。在钮太公的卧房内,几根蜡烛明晃晃的,一直亮到深夜。他一直在感叹,因为一个算命的告诉过他:钮家在钮五阳这一辈上要出败家子。他现在就五阳这么一个儿子,不是他又是谁呢?还有人也在不安着。钮五阳的媳妇钱惠,是个美丽贤良的妇人,她得知钮五阳在追逐别的女人,顿时哭了起来,去叩婆婆的门。钮五阳的母亲、钮世诠的二姨太姗如打开门,钱惠扑到婆婆怀里,哽咽着喊道:"妈……"姗如问:"阿惠,怎么了?"钱惠哭诉:"妈,二少爷他……喜欢上了一个上海女人,想撇了我们娘俩!"姗如安慰道:"这么快,不会吧?你听谁说的?""妈,是真的,上海公馆里连佣人都知道了。""佣人的话不好相信。媳妇,五阳喜欢胡闹,他那性子,用不了几天就过去了,你别当回事儿。""妈,这回他是来真的了……"姗如知道自己儿子不好,就安慰她说:"阿惠,你不要急,我让你爹查一查那女人是谁,等弄明白再说。"

当钮五阳又一次来到密韵楼时,发现门口有一排士兵,不由一脸不快。他下了马车向里走时,一个士兵架着枪欲挡,他一声呵斥,那小兵居然放他进去了。一脸横肉的小军阀蔡鸿昆正坐在大厅里,有点不耐烦了,因为墨琴竟没有出来陪他。一个女佣殷勤侍茶,他挥挥手让她退下。楼上,鸨婆敲不开墨琴的门,胆战心惊地下楼来,正看见钮五阳走了进来,就更是慌了神。

钮五阳没有理蔡师长,他跷着腿坐下,冷眼看着蔡鸿昆说:"林妈妈,来了贵客?"鸨婆只好过来介绍:"二少爷,这是蔡师长。"

钮五阳傲慢地问道:"他也是来找格格的?"鸨婆连忙解释:"二少爷,蔡师长一直都很关照我们,是大格格的老朋友了。"钮五阳怒道:"什么新朋友老朋友!从今天起,墨琴谁也不能见,除非她自己愿意。"鸨婆说:"墨琴愿意,墨琴和蔡师长要好得很!"钮五阳说:"我说她不愿意。"蔡鸿昆阴阳怪气地问:"格格她愿意不愿意,关你什么事?"钮五阳哼了一声,说:"当然关我的事,因为格格是我的人。"鸨婆慌了:"二少爷,你不要胡说,格格不是你的人……"蔡师长冷笑着站了起来:"妈的,你小子是干什么的?"鸨婆连忙说:"师长,这是南溪钮太公家的钮二少爷!"蔡师长一瞪眼,恨恨地说:"钮家老二?难怪这么横!""我横什么?我们钮府跟陈总督的关系,蔡师长不会不知道吧?从现在开始,大格格的一切开销我包了。""哼,你不就有几个臭钱吗?别跟我玩这个!"钮五阳反问:"那你说玩什么?有本事,比大洋还是比什么?除了打枪,别的我什么都敢跟你玩一玩。不过,到密韵楼这种地方,不就是比着花钱吗?"

身边马弁拔枪欲起,蔡师长挡了一下。钮五阳哼了一声:"怎么,还想动手?这是租界,不是你们的地盘,巡捕房的人就在外面,想蹲洋班房就说一声!"蔡师长怒不可遏,他站起来想发作,可是终于没有——他惟一惧怕的人就是陈其美。他恨恨地丢下了一句话:"你老子有钱,可老子我有枪!走!"不可一世的蔡鸿昆走了。为了墨琴,钮五阳就这样与蔡鸿昆干了起来,可是他这个花花公子，会是一个军阀的对手吗？

回军营的路上，蔡鸿昆的副官出了个主意，让钮五阳自己消失。蔡鸿昆一听，得意地笑了起来，笑得格外响。"不是看在陈总督面上，我真就毙了他。"他说。副官赔着笑说："你别急，师长，他不就是有钱吗？我们要拔光他的毛。他想上大格格？上野鸽子去吧！"蔡鸿昆点了点头说："这事你去办，办好它，我让你升官。"

钮五阳在密韵楼气走了姓蔡的丘八，却也没能见到墨琴。他回到公馆，在门前却碰到了齐彻，齐彻是送钮方丽回公馆的。钮五阳听下人说，妹妹要将齐彻弄进钮家的丝厂，不由大怒。他径直走进钮方丽的房间，大声叱问："方丽，你和姓齐的勾搭什么？""哥，你说什么呢？"方丽红了脸。他直接问道："方丽，你想让姓齐的进我们钮家的厂？""是的，爹说过要人才，像齐彻这样的管理人才，我们正缺。"她似乎被激怒了。"缺也不要他，这个人我看着不顺眼。去年他和我们抢购生丝，几天前我们还差一点打起来。他不是个东西！""哥，你们打过架？什么时候？"她瞪大眼睛。"就是那天在码头上接你的时候，是我想揍他。""哥，你是欺负人！你们男人要做大事的，就不能心胸宽大些？""方丽，不是我没有心胸，我就是看不上那姓齐的。我警告你，不许和他来往。""哥，你别管我……""就不许你和他来往，明天你哪儿也不准去。"钮五阳狠狠摔门而去。

第二天，下着微雨，齐彻按约定准时到了。他穿着黑风衣，戴了一顶英国式的黑礼帽，按下门铃，公馆却死寂着，无人开门。他站在雨中，拿着一束红玫瑰，执著、坚毅，像个军人一样一动不动。自从见到钮家小姐，他心里似乎升起一种希望，血液里沸腾着一种别样的能量，这是他从未感受过的。

钮方丽焦急地站在房间里，她和齐彻有约，可是门却被钮五阳锁住了。一个丫头从门缝里告诉她，外面那个男人已站了两个钟点，浑身都湿透了，可还没有走的意思。"那你快告诉他，说我不在！"钮方丽着急地说。"我说了，可是他不信。"丫环说。"那怎么办？怎么办？我要去见他。"丫头忙劝阻道："不行，二少爷不让开门！""不行，天下雨，他会淋出病来的。我一定要出去。"说完她给了丫头一块银元，"你帮我撬开门。"丫环见钮五阳不在，弄来了起子，两人撬开了门锁，钮方丽飞一样奔了出去。

此时，齐彻笔挺地站在雨中已经三个小时了。钮方丽跑到他面前，两人定定地互相看着，竟然都忘了解释。半响，齐彻说："钮小姐，我想好了，只要你们钮家愿意用我，我一定从命。"说完，他将鲜花塞到钮方丽的怀里，转身而去。

钮五阳终于见到了墨琴，虽然只聊了一会儿，但已非常满足。他给鸨婆开了个天价，可鸨婆还是不答应让他和墨琴单独相处，说什么想点格格的蜡烛还不是时候，因为她要让格格参加明年的花榜大比。花榜是上海的无聊文人弄出的妓女选美大赛，很热闹，一登花魁，妓女立马身价倍增，有的鸨婆就是因培养出了花魁而出名发财的。"墨琴要去选美，我会捧场。"钮五阳不以为然地说。"所以呀，二少爷，在大比之前，格格得修身养性，谁也不见。""这碍我什么事？我和大格格说说话聊聊天，怎么了？""不行，她被你引得心性不定，野花花的，我就不好调教了！"

钮五阳与鸨婆没有达成任何协议，只好回到公馆。当他从四轮马车里下来，晃着脑袋进了公馆的厅堂时，有人上来替他宽衣，他以为是小厮，就大声说："侍候我洗澡，我还要出去！""哥，是我。"他发现不对，转过身来，看见的却是妹妹曼蝉和妻子钱惠。他一下子愣住了，惊讶地问："哎，你们怎么来了？"曼蝉撒着娇问："来了怎么了？你不欢迎？""嘿，家里这么忙，来干什么？"

曼蝉调皮地说:"问你呀。"见钮五阳一脸沮丧地坐在沙发上,她又抢着说:"哥,我们坐了一夜的船,又等了你一天,你真是比皇上还难朝见。""曼蝉,别跟我添乱,小心我打你。"

曼蝉把头伸到哥哥面前,嬉着脸说:"你敢,你敢!你打了我,我就去找你看上的那个女人,看你怎么办!"钱惠忙拉住她,劝道:"小妹,别闹了。五阳,是爹让我们来叫你回去的。""叫我回去?"他问。钱惠平静地说:"爹让你马上回去,家里有事,急着呢!"钮五阳当然不想回去,又找不出别的理由,就胡搅蛮缠地说:"要我回去,除非让大嫂把贞节牌坊拆了。厂门口弄那么个寡妇牌坊,多晦气,这厂能兴吗?我让算命的给掐算过了,要兴厂,非拆那个牌坊不可!"曼蝉说:"哥,回家吧!你不回家,二嫂在船上急得直哭。"他摇了摇头,说:"哭什么呢?我又没死。"曼蝉说:"你到底回不回?"钮五阳敷衍道:"我的家我能不回吗?我忙,还要过几天才能回去。"曼蝉说:"不行,你马上回去。你不回,我就跟着你,走到哪儿跟到哪儿,看你怎么办!"曼蝉性子野,从小就不服人管,钮五阳不好说什么,就对着钱惠发脾气,冲着她喊道:"你看你看,你出来就出来,带这么个搅屎棍干啥?"

曼蝉听了这话,站起来喊道:"二哥,谁是搅屎棍?你才是呢,你是你是你是!"钱惠拉开曼蝉说:"小妹,出去玩一会儿,我跟你二哥说点正事,好吗?"曼蝉边走边不依不饶地回过头来说:"还说我是搅屎棍,钮家最大的搅屎棍就是你,是你!"等曼蝉一走,钱惠轻轻地说:"二少爷,大妹刚回国,老爷说让你们一起回家,全家聚一聚呢。"钮五阳冷淡地答道:"忙什么!"钱惠在钮家一向贤良温顺,但她爱钮五阳,不能忍受他在外面有女人。此时憋屈了半个月的她突然跪下,忍不住哭了起来。钮五阳惊道:"钱惠,你这是干什么?""二少爷,求求你,回家吧!"钱惠哭着哀求道。"钱惠,你跪什么!起来,好像我欺负你似的,起来呀……"钱惠却没有动,伏在地上伤心地哭着。曼蝉不知从什么地方又闪了出来,她拉着钱惠说:"起来,二嫂!给他跪什么,做了错事不知错,还要人求他!二哥,你太过分了,你才是一个真正的大搅屎棍。"钮五阳气坏了,他披上衣服大叫:"疯子!我一回家怎么碰上的都是疯子!我一个大男人,要你们管!"说完,冲出门去。

钱惠追在后头不停地喊:"二爷,二爷……"

上海丁香路的法国教堂内。夜深了,一个房间里仍亮着灯,艾尔博士的手放在一本残破的《圣经》上。他凝视着翻开的这本《圣经》,书被烧焦了,像是从火里抢出来的。他的眼前闪过多年前的那一幕:

三十年前,年轻的艾尔博士遵从主的意志来到中国,在江南小镇南溪建起了一座教堂。他精心地发展着梵蒂冈的事业,决心将他崇高的理想化为现实。可是为了与教堂相邻的一块地,他与南溪的钮家发生了争执,钮世诠鼓动一批族人和村民,不但砸了他的教堂,还将他像狗一样撵了出来。在烧毁教堂的熊熊烈火中,钮世诠带着乡民,在艾尔博士精心建造的教堂里,疯狂地砸着神像。艾尔博士拼死阻拦,钮世诠却让乡民们将他绑了起来,用绳子牵着,脖子上挂着牌子,写着"占我土地的洋狗"。于是,他恨透了这个姓钮的人,决心不顾天主宽恕的诫谕,进行复仇。他甚至领养了个中国孩子,把他送到法国,让他接受最高等的教育,想让他将来为自己报仇。他知道自己锻造的是一把杀人的剑,要报在异国他乡的一箭之仇!这个孩子就是齐彻。现在,机会终于来了。

外滩海关的大钟当当地敲响,正是夜半时分。忽然,门被推开了,艾尔博士知道,一定是齐彻回来了。他合上了手中的书,用一种慈爱的声音问:"切尼,回来了?""教父,你还没睡?时间已经不早了呀,你听……""是啊,夜半的钟声。看来你玩得很开心。""教父,钮小姐是个不错的女孩子。""切尼,我猜你动心了。钮小姐是一个标准的东方美女,合你的心意吗?""教父,这还谈不上。""怎么样,你决定去钮家做事了?"神父眼里闪烁着光芒。"还没敲定。教父,我不明白,过去你一直反对我离开上海,现在为什么让我去南溪?"艾尔博士意味深长地说:"当然我有我的用意,用你们中国的话说:养兵千日,用兵一时……切尼,你是学纺织的,而钮世诠是中国最具实力的实业家,拥有中国最大的丝绸厂,这对你难道不是诱惑?"齐彻苦笑道:"好吧,我想先去南溪看一看再说。我跟钮二少爷有些过节,他们不一定会用我。"艾尔博士抓着他的肩膀,严肃地说:"切尼,你一定要争取到这个职务!"齐彻点点头说:"尽量吧。"

艾尔博士转身倒酒:"切尼,让我们干一杯。小提思让我问候你,她送给你一张照片。"齐彻忙道:"照片在哪儿?我看看。"艾尔博士笑着说:"别急。"他从桌上的文件袋里拿出一只精美的信封,从中抽出照片,照片上是一个洋娃娃脸的法国小女孩。这是艾尔博士一个好友的女儿,那女孩子一直对齐彻有好感。齐彻看着照片,开心地说:"教父,提思还是那么小,永远长不大似的。""别看她小,她爱上你已经五年啦!""她还是个孩子呢!"齐彻颇不以为然。艾尔博士正色道:"齐彻,我要警告你,不可花心,你注定是要娶提思的!""教父,提思是我的好朋友,可不一定是我的爱人!""怎么,你敢不听我的话!"神父略有不快。

钮五阳不敢回公馆,在万国旅社躲了三天。他念着墨琴,可钱惠是他的结发妻子,对他一直不错,他也不忍心看她哭闹。女人嘛,都这样,闹一阵儿也就算了,他这么想。这节骨眼上,他哪儿都不想去,心里只有墨琴,一有空就往密韵楼跑。可是除了鸨婆的阴阳怪气,墨琴也对他忽冷忽热,让他十分难受。

这天,他从《晨报》上得知,先施公司正在展销法国服装,心里一动:女人都爱打扮,墨琴一定喜欢这样的展销,他可以陪她去。他赶忙精心打扮着自己,可是小坯子从公馆里来找他,说:"二少爷,听说老爷也要来上海找你。"钮五阳一心想着陪大格格去看展销,不屑地说:"来就来吧,老爷子也找不见我。"小坯子提醒他说:"二少爷,老爷要是急了,怕是连一块银元都不会给你……格格有什么好,她是在玩你!你看这么多天,你花了这么多钱,连毛也没沾上,何苦!你要么干脆点她的蜡烛,把她玩了,你也就算完了事,这么不干不湿的,难受吧?"钮五阳训斥道:"胡说什么!格格是有身份的人,不是一般的女子,我跟她是命里有缘。"小坯子不服:"二少爷,她说她是皇宫里出来的,谁知道真假?又不是什么大人物,不就是个长三妹吗?高级婊子而已,她不能太摆谱!""你说什么?小心我打你嘴巴!我告诉你,大格格将来没准是你们的二奶奶。""二奶奶?那可不行!""为什么不行?你说。"他见小坯子一时说不出话来,大声呵斥道,"怎么不行?洪大状元可以娶赛金花,格格这样高贵的身份,难道连赛金花还不如?"小坯子低声说:"二少爷,你也别太信了她,她肯定不是黄花闺女。昨天我又看见那个丘八师长带着两个马弁进去了,好半天没出来。这大格格,上海滩上一朵名花,水柳生性……""真的?狗日的蔡鸿昆,他又来了!"钮五阳听了怒骂道。"去的人多了去了,你不知道而已。""你给我去密韵楼看着,要是不行,我自己去密韵楼,看什么人敢进。谁敢跟我争格格,我叫他没好日子过!"

入夜,外滩的霓虹灯分外明亮花哨。曼蝉一身男装,尾随着小坯子。绕过一个路口,前面就是密韵楼,她看见小坯子推门走了进去,便走过去看了看,没想到是家妓院。她一下子羞红了脸,愤愤地朝门上啐了一口,扭身而去,直奔回家,扑到钮方丽的怀里,才扔掉头上的帽子,喘着气说:"姐,我发现二哥的秘密了。"钮方丽见她穿着男装,责问道:"你这是穿的什么衣服呀?出去一整天,多叫人担心。"曼蝉说:"姐,你还不夸夸我?我比侦探还厉害!我找到了二哥的那个女人……"钮方丽急着问:"二哥在哪儿?"曼蝉答道:"在密韵楼!"方丽不解地问:"密韵楼是什么地方?"曼蝉得意地说:"姐,你别忙,我可都问明白了,密韵楼是四马路的一个高级妓馆,那个鸨婆姓林,前几年养了个名妓叫金小菊,得了光绪庚子年的花榜状元。""什么叫花榜状元?"方丽问。她刚从国外回来,对国内的事一窍不通。"姐,就是上海的下流商人和无聊文人举办的选美会……""哎,你小小年纪,怎么知道这些?""姐,你真不知道?在国外,参加选美的都是良家女子,我们国内却都是妓女。""先别告诉嫂嫂。"钮方丽嘱咐曼蝉。

接下来,钮方丽了解到事实的全部:密韵楼确实是长三堂子,一所高级妓院。鸨婆姓林,在上海春院里算是个名人,因为养女金小菊夺得了花榜状元,她也一时间在上海滩出了名。后来金小菊嫁人了,这鸨婆挣了一大笔钱,又挖了个新的货色,是个满族大格格,说是从宫中逃出来的,就是钮五阳迷上的这一位,叫林墨琴。钮方丽不知怎么对嫂嫂说这件事,实在太荒唐了。看来,钮五阳是指望不上了,浔泰丝厂的事只能找齐彻。

钮方丽和齐彻两人几乎同时走进了红房子西餐馆。这是他们第一次单独在外用餐,在优雅的舒伯特《小夜曲》中,方丽和齐彻端坐在窗前,玻璃上反射出他们的面影。侍应生过来斟酒后,钮方丽举起杯,问齐彻:"这里的法国菜地道吗?"齐彻说还不错。两人谈起在法国的经历,方丽说:"我喜欢巴黎。""巴黎是花都,是富人们享受人生的地方。""我在法国可不是为了享受。""那你在巴黎做什么？"他问。

钮方丽告诉他，自己学的是服装。"学的时间一长，我倒真觉得，中国人的服装该好好改一改，讲究一下。可讲求这个为时还早，中国最要紧的是富强，是发展！"齐彻看看她，发现她的衣服真的很有品位。"齐先生，你想好了吗？"钮方丽放下叉子，也看着他。她说的是让他去南溪，争取浔泰丝绸厂的职务。他说："我想过了，如果行，我要独当一面，当大掌柜。这个条件你父亲能接受吗？""那要看我爹的意思。""我……"他想了想，还是说了出来，"我本来不想去，可是教父他劝我去，还有……""还有什么？""我想……我是为了你才去的，我们可以一起做事。"他费劲地说出这样的话，觉得自己好像是在求爱。"齐先生，你不要这样说。"她的脸一下子红了。

两人沉默了片刻，钮方丽忽然站起来说："走！"齐彻惊讶地问："去哪儿？""去我们家，见见我二嫂。""可我们还没有用餐。""去我们家吃，我们钮公馆做的菜比这些好吃多了。"说完，她把钱往餐桌上一扔，拉着齐彻就出了门。齐彻和钮方丽在上海马路上撒野地狂奔起来，都好像回到了童年。

就这样，齐彻决定要去那个叫南溪的地方看一看。那儿是一个江南古镇，一个女人和一个新兴的大厂在诱惑着他年轻的心。

清晨，客轮缓缓地停靠在南溪古老的石桥下，钮方丽带着齐彻来了。

正逢农历十五，是镇上丝行埭开市的日子。夹河两岸的商家檐下都挂着小灯笼，古桥、吊楼、傍水人家，灯光与河水相映，远远望去，十分好看。两人急不可耐地站在船头，看着灯光桨影中的小镇。"这镇子好古朴！"齐彻说。"这就是我的家乡，你也会喜欢它的。"钮方丽也感到一种新鲜，她毕竟离开南溪五年了。

忽然,丝市那边礼炮声轰响,夹杂着人群沸腾的欢呼声。齐彻站在船头问:"那边怎么啦?""那是丝行埭,是我们镇上专门做生丝生意的一条街。从太平天国开始,每到辰时开市,因为怕太湖土匪来抢,官兵就会鸣锣开炮。今天真巧,春茧刚开市,当然会很热闹。"齐彻好奇地说:"真的?走,过去看看。"两人跳下了船,并没有随钱惠她们一起回钮府,先在街市上逛了起来。

小镇南溪富甲一方,这天正是水乡丝货交易之日,一个当地官员坐在高高的水栅桥楼上,大喊:"开栅——"于是锣声大作,团勇将高大的水栅门打开,接着商船涌进,水城上响起炮声。丝行埭靠河,河两边都是吊楼,门面里堆着丝包。正值开市,天未亮透,门栅残灯未灭,灯光中,船橹交错。到处是人头攒动,钮方丽和齐彻挤在人群里,正赶上民团炮声又响,两人捂住耳朵,随着人众大声呼叫,十分兴奋。两人已忘乎所以,牵着手漫无目地走着,忽然,路边街楼上落下一盏小纸花灯,正巧落在钮方丽的身上。

钮方丽抬起头来,看见楼窗间一个书生模样的男人露出头,她的脸色马上阴沉下来。这是她最不想看见的人,她幼时定下的男人,胡府的胡德林。他从楼窗间探出头来大喊:"方丽,方丽……"钮方丽不想见这个人,可是来不及了,他早就追了过来,跑到钮方丽面前,拦住了他们。胡家是钮府的姻亲,可是方丽并不喜欢胡德林。

胡德林酸溜溜地看着齐彻,对钮方丽说:"方丽,你再不回来,我就要去上海找你了。"钮方丽平静下来:"我这不是回来了?找什么,又不是三岁孩子。"胡德林看着齐彻,问道:"这位……是谁?""这是齐先生,是我们钮家的客人。"胡德林将钮方丽拉到一边,讨好地说:"方丽,我知道你今天到,已在绿杨楼订好了酒宴,为你接风。""不行,德林,你没见我有朋友来吗?"胡德林瞟了齐彻一眼,酸溜溜地说:"方丽,你不要和别的男人在一起好不好?我爱吃醋。"她十分不快,冷冷地说:"你不要这样,他是我父亲请来办厂的。"胡德林冷笑了一声说:"那就让他一起来吧,看来我请你,还得请他。"方丽见齐彻一个人在前面等她,就冷冷地说:"别费事了,不用。"胡德林以一种哀求的口吻说:"方丽,我求你别躲着我……我们的事,该办了吧?别再拖了行不行?"钮方丽回头问:"你真的想娶我?"胡德林忙道:"是,方丽,我……我喜欢你,胡家和钮家是正式换了帖子,下过聘礼的。"钮方丽顿时语塞:"你忙什么,我又飞不了。"

钮方丽追上齐彻,两人继续往前走。胡德林无奈地看着他们的背影,啐了一口。他后悔当初就不应该放钮方丽出国,长了翅膀的鸟,他大概阻拦不住了。

钮方丽发现母亲瘦了。这几年母亲在钮府的日子并不好过,她过去是侍候钮王氏的丫头,后来钮太公收她做妾,生下了一男二女,可是钮王氏惟一的儿子却死了,为此钮王氏很嫉恨她,说她是自己的克星,一直对她没有好脸色。母女俩说了会儿话,钮方丽急着找父亲说齐彻的事,但父亲在存武堂。她便把齐彻安排在绿杨楼,自己赶快到存武堂去。

钮世诠曾是一介武夫,发家之后不忘本,修钮府时就建了个存武堂。年轻时,钮太公经常到这里使刀使枪练上一会儿,以示不忘习武。这会儿,钮太公站在堂里,手上舞着一把关羽大刀,两边排列着刀枪,一块巨大的武石放在中间。钮太公耍了一会儿,又兴致勃勃地来到武石跟前。"太公,你年岁大了,这武石千万不要再耍!"师爷上前劝道。钮太公叹了口气:"我想耍也耍不动了,是不是?"他用手拍着这块武石,"这是最大的一块,有三百六十斤。当初我年轻时,夜里睡觉,就用石头挡住门。我爱喝水,尿多，每次起来小便，就要搬开武石，等我搬开这块石头，我就得出一身大汗，尿也就差不多变成汗啦！"

师爷在一边奉承他："太公当年的武艺的确不一般，要不是兴了洋枪洋炮，太公，你能做大将军呢！"钮太公嘿嘿一笑，说："好汉不提当年勇！"师爷又说："太公，大奶奶门口那块武石，现在还挡在那儿，还是让人搬了它吧！她守了那么多年的节，不容易，屋里连个公苍蝇也飞不进去，该让她放放风啦。"钮太公脸一板，问："是不是有人让你来说情？"师爷忙说："那倒不是，我是看大奶奶怪可怜的。"钮太公气呼呼地说："哼，胡家个个脑后都有反骨，我不得不防。她虽然是个节妇，看上去柔顺，其实那叫阴狠……"钮太公弯下身子，费尽力气，也没能搬起这块武石，不免有些丧气。

钮方丽来到存武堂时，不顾存武堂的老规矩——进男不进女，推开家丁，径自闯了进去，兴冲冲地叫了一声："爹。"钮太公坐在武石上，脸色先喜后怒，看着冲进来的女儿说："方丽，你怎么闯了进来？留了趟洋，当真学坏了，家里的老规矩可不能坏。"钮方丽说："爹，我找你有急事！"钮太公说："什么事这么急？"钮方丽正色道："爹，第一，二哥在上海不肯回来，指望他办厂不太可能；第二……"钮太公打断了她："听说他迷上了个女人，是不是？"钮方丽说："是密韵楼的一个女孩子。"钮太公一惊，说："什么，真是个长三妹？他真是昏了头！"钮方丽劝道："爹，别说二哥了。第二，你不是让我找人吗？我找了一个很好的办厂人才，最适合当大掌柜，他已经来了……"钮太公疑惑地问："噢，你替我找了大掌柜？谁？"钮方丽回答："爹，那人跟我一起来了，现在住在会馆等你召见，要不我敢闯你这存武堂吗？"钮太公追问："是个干什么的？"钮方丽神秘地说："爹，你见见再说嘛。"钮太公疑惑地说："大掌柜？好吧，那就尊德堂见客！"

天上飘起细雨。齐彻在巨大而气派的钮府门楼前的码头上等了好久,也没有人理他。突然门开了,门内奔出两排衣着光鲜的仆人,站满了门前,一个衣着讲究的管家恭敬地向他走来:"是齐先生吗?"齐彻刚刚说声是,管家一声令下:"撑伞。"两行仆人撑开手里的青花雨伞,从门前直抵码头,搭成一个完整的走廊。

巨宅、石桥与伞廊构成江南的一种奢华。管家引领着齐彻,缓缓经过这江南青伞构筑成的神秘走廊,进入大门。

宽大的尊德堂内,钮太公端坐在太师椅上,很是威严。齐彻被人引领进来,钮方丽向父亲介绍道:"爹,这就是齐先生。"齐彻连忙问候:"钮老伯好。"钮太公仔细盯着齐彻的脸,突然眼前浮起一个遥远的影子,他不觉站起来走到齐彻面前,仔细地看着他。钮方丽也非常不解,以为爹是在相面。钮太公突然发问:"你姓肖吧?"齐彻答道:"不是,老伯,我姓齐。"钮太公摇了摇头,说:"姓什么?齐?不会吧?你该姓肖,你跟一个姓肖的人很像!"齐彻一惊,问道:"姓肖的?"钮太公看了他一眼:"肖伯雄。"齐彻问:"肖伯雄是谁?""你不认识?"齐彻摇摇头。钮太公笑了笑说:"好奇怪,世界上真有这么像的人,我还以为是他投胎转世了呢。"钮方丽不满地说:"爹,你好怪,齐先生从上海来谈办厂的事,你怎么尽问一些七七八八的事。"

钮太公笑道:"看我女儿急的。请问齐先生贵庚?""老伯,我今年二十六岁。""那么,齐先生老家在何处?"齐彻苦笑一声,回答说:"我不知道。我从小在上海的育婴堂,后来一个法国神父收养了我,他曾告诉我,说我是江南一带的人,确切地点不明。我有点印象,我的家有一所大房子,好像家里发生过血案……"钮方丽插话道:"爹,齐先生是留学法国的,学的正是纺织,对西方的机器最熟。他现在是怡和的丝行经理,已经做了三年,是怡和洋行纺织业务最好的买办。"

钮太公点了点头说:"齐先生能在怡和做事,肯定是个人才。这几年怡和几乎包揽了我们南溪的生丝出口,就是价压得低了点。"钮方丽高兴地说:"爹,你看……"钮太公看了看她,说:"好,齐先生,你先住下,有空去厂里看看我们的设备。明天丝业公所开会,你先见见股东们,谈谈你的设想。"

齐彻离开后,钮太公不安起来。晚上,他踱进睡房,原配钮王氏正在躺着抽水烟,一个丫环侍候着。钮太公告诉她:"今天方丽带来一个人。"钮王氏应了一声,答道:"我从窗子里看见了。"钮太公忙问:"看见了?你觉得他像不像一个人?"钮王氏反问道:"谁?"钮太公说:"肖伯雄。"钮王氏忙说:"你别老提肖伯雄,让人害怕。当年你告发了他,他被皇上砍了头,你过意不去是不是?不过,他要是不死,你能发财?"钮太公叹了口气,说:"话是这么说,但这事让人不踏实,总觉得自己有罪。肖伯雄如果活着,他的钱会比我的多得多!"钮王氏说:"太公,后悔药没处买,你别总想就是了。"钮太公还是不放心:"可老婆子你想过没有,这个小伙子如果是肖伯雄的儿子呢?""他会替他爹报仇!"钮王氏抽着水烟说。钮太公无奈地说:"报仇?是,这么说……就是这话!"

两人沉默了,一阵风吹来,油灯灭了。肖伯雄是钮世诠的一块心病。肖家是他的恩人,肖伯雄是他最好的朋友,可是后来他告发了肖伯雄,肖伯雄死后,他得到了他的全部财产,因此才有了今天的事业。肖家没有留下后人,不想今天他却看见一个这么像肖伯雄的人!这个叫齐彻的小伙子,看上去很机灵,又有资历,倒也合意,就是太像肖伯雄了,让钮世诠心惊。而下午胡德林又找上门来,钮太公也意识到另有问题:女儿已看上了齐彻。这怎么办？第二天一早，他心神不定地来到女儿房间，方丽已梳妆打扮好，正要出门。

"方丽，这么早去哪儿？"钮太公问女儿。"去绿杨楼找齐先生。"他一听，咳了一下说："一个女孩子家，跟男人不要走得太近。""怎么了，爹？""胡德林来过了，他说你跟齐先生要好，是真的？你是个女孩子，已许了人家，做事要有分寸，不要与姓齐的太热乎，胡家会不高兴的。""爹，我还不是为了丝厂？再说了，在法国……"女儿坚持着。"不要动不动提洋人那套，这里是中国！胡家是你婆家，他们提出抗议，你一定要注意。""胡家？我不喜欢……爹，齐先生是个人才，连英国人都极器重他。爹，你快和他签合同吧。""方丽，这种事急不得。""爹，齐先生真的非常能干！""方丽，这由不得我们，董事们这一关不好过。好吧，我先给你透个信，丝业公所的老板们今天在绿杨楼请齐彻吃饭，到时候姓齐的是块什么料，就会一清二楚的……""爹，那胡家也会参加？""当然了，胡家是大股东嘛！""你们不能这样，这样对齐先生很不公平！""要公平也好办，胡家要你马上嫁过去。"钮太公说。钮方丽顿时语塞，一脸的抗议。

上海先施公司服装展销，钮五阳陪墨琴逛了一天。他们在法国餐馆吃大餐，在万国夜总会跳舞，墨琴风情万种，令人注目。她玩得很高兴，在回来的马车上，情不自禁伏在钮五阳的怀里，让他吻她的香唇，于是他陶醉了。可是只隔了一天，鸨婆又不让他进门了，密韵楼怎么也敲不开。他贴在门上听，听见里面有嬉笑声。

钮五阳问了问附近的店家，得知蔡鸿昆又来了，不由妒火中烧。他让小坯子敲门，敲了好一会儿，门就是不开。钮五阳怒道："妈的，这明摆着是欺负我们。小坯子，你回去拿一床丝绵被来，我要在密韵楼安营扎寨。不开门,老子就住下不走,看她们怎么样!"小坯子忙劝他:"二少爷,别这么闹。你是上海滩上的大少爷,多丢份儿。"钮五阳哪里听得进去,他吩咐车夫把车赶过来,停在门口堵着,自己跷着腿坐在车里等着,决心与蔡鸿昆斗一斗。有陈其美的关系,他才不怕这个丘八。

钮五阳在车上喝了一箱俄国啤酒,他的马扬着尾巴,在门口拉了一大堆马粪,一直到夜里,蔡鸿昆才出来。钮五阳堵着门,狠狠地骂了这丘八一顿。蔡鸿昆怕陈其美,没敢动手,但是心里气得很。可是鸨婆却不敢得罪蔡鸿昆,不让钮五阳进门。钮五阳一气,就不走了,他住在马车上,守着密韵楼,非要和墨琴见面,来了其他客人也不让进。

钮五阳的痴行,上了上海的小报,蔡鸿昆先看到了这个花边新闻,慢慢地念了出来:"北国脂胭迷倒江南阔少……上海滩富家子弟钮五阳,近因痴迷密韵楼红倌人墨琴被拒之门外,索性在密韵楼外安营扎寨,死守娇娘,至今已是第三天……钮五阳系江南丝业泰斗钮世诠之子,家资巨万……"

蔡鸿昆几次被这个痴公子捣乱,与格格相欢不成,气坏了,他叫来了属下,命令他三天之内,不论以任何方式,必须让钮五阳在密韵楼前消失,但事情要做得机密,决不能让别人知道是他蔡鸿昆干的。

钮五阳不知道危险已经逼近,照常躺在四轮马车里喝酒打盹。他怕鸨婆带着墨琴离开,一刻也不敢松懈。这天夜深人静,小坯子从公馆过来,撩开马车的帘子,发现钮五阳睡着了,就推了他一把,喊道:"二少爷……"钮五阳被惊醒了,问道:"怎么,格格她出来啦?"小坯子摇摇头说:"没有。二少爷,我看你是白等,已经三天三夜了……算了,她不露面,我们还是回公馆吧。"钮五阳咬着牙说:"不行,我要死守!她不出来,我就在这儿安营扎寨,直到过年,不信老鼠不出洞……"他打了个呵欠,"坯子,我饿了,去,到同兴楼叫几个菜!"小坯子劝道:"二少爷,我刚从公馆过来,听说老爷找了租界巡捕房的人,上海商会的王会长也出面了,让大格格回避,不许接待你,否则要卸密韵楼的牌子。一个小小的春院,不敢与官家斗。"钮五阳闻言更是大怒:"这些狗官!你说我这是招谁惹谁了,非跟我这么过不去!不行,我非得和格格见面不可!"钮五阳跳起来,冲过去狠狠地擂着大门,擂了几下,里面没有动静,他又缩回了手,坐在台阶上呜呜地哭起来。小坯子劝道:"别哭了,二少爷,多丢人,那边有人在看呢,弄不好记者又要来。快起来。"

小坯子怕他饿着,去叫菜了。钮五阳一个人坐在台阶上,忽然爬起来将耳朵贴在门上听听,不甘心地走开。这时,几个蒙面人悄悄从后边闪将出来,扭住了钮五阳的双臂,拖着就走。钮五阳以为是巡捕房的人,兀自挣扎,大声嚷着:"你们干什么?放开我!"见他喊叫,蒙面人有些慌乱,将一只口袋蒙在他头上,拖着他就跑,很快在苏州河边消失了。

小坯子从菜馆回来,看看门前没有人,回到四轮马车上,发现马车夫被五花大绑,粽子一样塞在车里,钮五阳却不见了。他吓得将菜盒摔在地上,大声叫着:"二少爷,二少爷!二少爷被绑架啦……"

由于丝业经济的发达,南溪镇早就成立了丝业公会,会址就在绿杨楼。绿杨楼原是肖家大宅,后来肖家遭遇大祸,被满门抄斩,这里才归了公产,用做宁绍会馆,招待四方客人,里面吃住齐全。只有后面原是肖氏内宅,经火焚后,现已荒圮,只剩下一片残垣断壁。

齐彻在门厅处恭候着钮世诠,两人相见后,沿着花廊往议事大厅走去。股东们早已坐满了正厅,当钮太公和齐彻出现在门口时,乱糟糟的场面静了下来。胡家的族长七叔公也在,他坐在上席,一脸的不快,冷冷地看着齐彻。他身边是缙绅金苕生,正对七叔公发牢骚:"镇上这么多的英才,请谁不行,凭什么要叫个外来人当大掌柜?"另一丝商周心远是钮王氏的远房亲戚,也附和说:"要说行,胡德林最堪此任,他能读书,也就能做好买卖,大家说是不是?"胡德林没有说话,只是冷笑了一声。待众人入座,执事宣布开会,钮太公开了个头道:"诸位同仁,今天我们从上海请到齐先生来此一聚,探讨浔泰丝厂的事情。齐先生嘛,曾留学法国,深谙洋人的丝绸生意经,我请齐先生与诸位坐坐,共商我们南溪的兴旺之道,诸位有话就说,老夫愿闻其详。"七叔公说:"哎,太公,齐先生是你请来的高才,既然今天是欢迎齐先生,当然是要听齐先生的高论。你们说是不是?"众商人七嘴八舌附和道:"是喽是喽……我们想听听齐先生的高见!"齐彻笑了笑,站起来说:"诸位乡贤,我齐彻只是来小镇看看的,没有了解情况之前,我说不出什么。"周心远挑衅地说:"我听说齐先生是个法国通,从小在法国长大,可能对中国一无所知,对我们小镇那就更……"一丝商扯着自己身上的绸大褂问:"齐先生,请教一下,敝人身上穿的是纺还是绸呀?"齐彻故意开玩笑似的问:"你说呢?"周心远又问:"那么,齐先生已打算与钮老先生签约了吗?"齐彻感觉到了这些人的挑衅之意,就说:"还没有。"胡德林听到这里,觉得占了先机,在一边怪笑起来。七叔公转过脸来问:"太公,前几天有个意大利人来应聘,意大利的纺机也是世界上最先进的,听说那人还是个工程师,你为什么不用?"钮太公冷言相讥:"只可惜不是中国人!"七叔公又问:"钮会长,你认为这厂非得中国人才能办好吗?"钮太公坚定地说:"这是当然。这些年来,我们吃洋人的苦还少吗?老夫认定,工厂一定要让中国人来办,最好就是我们南溪人!"齐彻为钮太公的话所感动,他站起来道:"太公,这话我爱听,只可惜我不是南溪人!"胡德林讥讽道:"你可以冒充嘛!不过你既来应聘,总该有个经营的演说吧?"

齐彻慢慢地说:"我不是很清楚我的家世,也不想就此多说什么。我只是来考察的,既然诸位看重我,我可以说一点对丝绸业的看法。"钮太公颔首示意他讲。钮方丽也来了,她站在廊柱后面,认真地听齐彻讲话。

齐彻开始演说,他的语调带有一点点洋腔,可是字字清晰有力:"……湖丝天下第一,自明代开始,一直名扬中外,这一点世人皆知,而南溪自清盛世之来,一直是江南最大的蚕丝交易之地,前些年,江南三大织造局每年在南溪的购丝量超过它所需生丝总量的三分之二,因而南溪也是皇室绸缎的生丝主要产地……而上海开埠后,南溪生丝的出口更一直占我中华生丝出口量的三分之二,所以才有了诸位老板的滚滚财源。上海滩上,一提起南溪的丝绸商,都直跷大拇指。然而诸位可能不知,生丝出口每担的售价只有五六百银元,洋人购去了生丝,造出了世界上最漂亮的洋绸——我说是洋绸,而不是我中华之绸,转手之间,洋人获利岂止十倍百倍……"他清了清嗓子,继续道,"诸位都是我中华丝绸界执牛耳者,钮先生又是江南最大的丝商,因此办一家第一流的中华绸厂,用洋人之利器,打造我中华最亮丽之绸缎,实为当务之急……如今洋丝遍地,洋绸畅销,我南溪丝业不进则退,辉煌难再,请诸位深思……"

齐彻的话切中时弊,被众人狂热的掌声打断。待掌声稍停,他接着说了下去:"诸位,再说一点,我之所以对丝绸业如此感兴趣,是因为前几年英国人在敦煌发现了我们唐代的丝绸,据研究资料表明,那时候中国生产的丝绸薄如蝉翼,其色彩和光洁度甚至蚕丝本身都超过了我们今天最优质的产品。这是一个谜,一个美丽的谜,我就是想发现这个谜,探索这个谜。丝绸是中国人的骄傲,所以我择丝绸业……"

混乱中有一人提问:"那么,齐先生已经准备好来做浔泰丝业的大掌柜了?"齐彻答道:"这……我选择丝绸业,但并不一定是选择浔泰。可是有一点必须说明,诸位如果选择我,我就要做浔泰的总经理,就是大掌柜!"众人都鼓起掌来,连钮太公也没想到众人的反应这么强烈,看来他只能顺潮流而动了。他看了一下胡德林,但胡德林早已不见了。

演说非常成功。在之后的宴席上,齐彻有些不胜酒力,好几个丝商也都醉了。齐彻没有看到钮方丽,悄悄站起来走到窗前,闪在帷帐后,凝视对面的废园,若有所感。从楼上望下去,正是肖氏废园的侧门,一个老妪从外面进来,正开门进去。齐彻心有所动,沿着楼梯走了下来。他来到废园门前,挡住了正要关门的老妪,问道:"老妈妈,我想问一下,这是谁家的房子?"老妪眯着眼看了看他,问:"你是谁?""我是个生意人。老妈妈,这房子是你家的?""不是,我只是个看院子的。""我能不能进去看看?""进来吧,进来吧,里面破破烂烂的,什么都没有。当初这是一个姓肖的大户的房产,后来这一家人都被皇帝老子杀了,家也败了……"

老妪好像自言自语,一个人边说边走。齐彻追问道:"老妈妈,这姓肖的叫什么?"老妪答道:"肖伯雄……"齐彻像被锤子击了一下:"又是肖伯雄!谁叫肖伯雄?"老妪说:"肖伯雄是镇上的一个大财主,后来被皇上杀了头……"

他呆呆地站着不动,直到老妪走过来催他:"客商,我要关门了。"他从怀里摸出一块光洋,递给老妪说:"老妈妈,能让我上楼去看看吗?"老妪接过钱,无动于衷地说:"看就看吧,那上面什么也没有。过去是肖家的内宅,是肖家的太太小姐和孩子们住的……"说完,她不再管齐彻,自顾进了屋里。

齐彻沿着毁坏的楼梯，一步步向上走去。他用力推开楼梯门，见只有残桌断凳，一群老鼠当着他的面飞蹿而去，吓得他砰的一声关上楼梯门……这时，他耳边好像响起了一个女人遥远的声音："大毛，二毛，你们上来呀！"恍惚间，他猛地推开楼梯门，走了上去。越往里灰尘蛛网越重，到处是尘封的家具，破旧的窗子射进昏黄的阳光。当他推开最里的一扇侧门时，几只鸟蓦地飞起……齐彻的心里不知被唤起了什么，他流连在荒圮的楼阁间，一间间走过。他仰头看天，从高高的天窗上似乎看到了过去。一块碎瓦从天而降，发出的声音震撼着小楼，他仿佛沉浸在历史的回音中。突然，他趴在地上用力擦抹着，地上似乎露出一团黑红的血迹。齐彻惊魂未定，瘫坐在地上。一个女人遥远的声音在回响："大毛，这是妈妈的血，你要记住……"另一个小孩的声音响起："哥哥，我要鸟、鸟……"齐彻迷惑失态，满头是汗，仿佛有许多遥远的声音都聚了过来。声音越来越多，齐彻满头大汗，双手掩住了耳朵，大喊了一声："怎么回事？这到底是怎么回事？"

钮太公没想到股东们这么快就认可了齐彻。宴后，他想跟齐彻进一步深谈，可是齐彻突然不见了，仆人们说他去了肖氏废园。他心中一惊，也疑惑地来到肖氏废宅。门开着，他缓缓走了进去。多少年了，他从没有再来过这地方。楼上的门也大开着，他沿着楼梯走了上去，穿过回廊，来到内室，忽然发现齐彻躺在地板上，一头热汗，不由惊问："齐先生，你怎么了？"

齐彻蓦然抬头，发现是钮太公扶杖站在他面前，一脸的疑惑。他无力地爬了起来。"齐先生，你喝多了吗？""太公，没、没有……我只是感到，这房子好像有些熟悉！"钮太公惊讶地问："你说什么？"齐彻看着他说："这一切似曾相识，好像我小时候到过这里。"钮太公疑惑地问："不会吧？这是我朋友肖伯雄当年的房子,后来他被杀了,镇上的人都说这房子不吉利呢,你怎么会到过这儿?"齐彻摇了摇头说:"不知道,只是一种感觉。我想,如果我留下来,我会住在这里!"钮太公说:"那好办,这里现在属于宁绍会馆,那些宁波商人早就要卖,不过地价很高!"正说着,有仆人从楼下直奔上来,告诉钮太公:钮五阳在上海失踪了!

这真是多事之秋,钮家惟一的继承人钮五阳,在上海追妓被人绑架,这消息像地震一样让南溪颤动了!

钮府里最神秘的地方叫雁影楼,大门已锁了三十多年,里面住着一个女人,是钮家的大儿媳胡碧容。门楼上一道横匾,上书"贞节寒松"四个字,门上一把锈迹斑斑的铜锁,一块巨大的武石挡住门口,不让人进出。胡碧容是胡家的长女,她于同治末年嫁入钮家时才十三岁,没过一年,丈夫钮五群就病死了,给她留下了一个遗腹子。她自杀过数次,但均被救起。当了三十年寡妇后,有一天,她终于成了皇封的诰命夫人,成了替钮家光宗耀祖的节妇。为了表示虔诚,她天天抱着先夫的牌位而眠,打算吃斋念经,终此一生。没想到得到皇封后不久,时代变了,民国的天地,让那块皇匾失去了意义……

钮五阳被绑架的消息传到南溪这天,节妇起得很早,她首先来到外室,朝着供桌上的先夫牌位磕头。她看上去五十多岁,黄皮寡瘦。她焚香点烛,拜倒在牌位前。这时,门前传来倒水的声音。家丁毛狗,一个粗壮的汉子,正担着水往隔着一道墙的石槽里倒,清水顺着水槽流入了屋内一只大缸。毛狗倒完水,轻声叫她。胡碧容走了过去,从水洞里往外看:"毛狗,什么事?"毛狗看了看左右,压低声音说:"大奶奶,告诉你一个消息:大宅里传出话来,二少爷给人绑架啦。"胡碧容毫不在意地说:"噢?这个人很坏,是该有这下场的。知道是谁干的吗?"毛狗阿谀地说:"不清楚。大奶奶,这回再没有人敢拆你的牌坊了。"胡碧容啐了一口说:"敢!他是痴人说梦,所以遭报应了。"毛狗又说:"大奶奶,家里出了这样的事,太公准会放你出来一起商量的。"胡碧容叹着气说:"他毫没人性,才不会呢。""都民国了,不兴这个了……大奶奶,等你出来,我领你去看牌坊。"毛狗说。胡碧容怒道:"我自己会去,哪个要你领?"

惟一尚存的儿子失踪了,如果他有个三长两短,钮家这不是要绝后吗?钮太公独自来到存武堂,手摸着那些刀枪,恨不得杀人。他用脚蹬了蹬那块武石,龇牙咧嘴,好像又要搬动它的样子。这时师爷找来了,他告诉太公,上海巡捕房和总督公馆都问过了,没有钮五阳的任何消息。

齐彻那酷似肖伯雄的脸,让钮太公忽起疑心,他问:"那个姓齐的还在吗?""齐先生?不知道,不是说缓一缓再签约吗?说不定他已走了。""先别让他走,这个人的来路不明,面露杀机,老实说,我有些怀疑!"师爷有些不解:"太公……"钮太公轻声说:"我总觉得他是肖伯雄的儿子,太像了!"师爷试探地说:"我先去调查一下?"钮太公摇了摇头说:"我要开个家族会议,叫大奶奶也来。"师爷道:"大奶奶?她可是节妇呀!"钮太公说:"什么时候了,让她出来吧。"师爷问:"那雁影楼门前的武石……"钮太公叹了口气说:"搬开吧!她也老了,再不会有嫁人的愿望,叫她到尊德堂等我。钮家人丁不旺,五阳一走,家里就剩了些女流,真是可悲!"师爷应道:"是,太公,我这就去办。"

这时,家仆捧着一只包袱匆匆进来,说是绑票的强盗送来的。钮太公让家仆小心翼翼地打开了红布包袱,里面是一只纸盒,再打开纸盒,却发现里面是一只血淋淋的人的手指。钮太公惊叫起来:"啊,这是什么?"师爷看了看说:"好像是人的手指头!"纸盒里面还附了张纸条:"你儿钮五阳在我们手里,如要刀下留人,请准备银元十万,三日后,派一只小船,太湖南溪口交银还人,拖欠一日,割一只手指头……"钮太公这才明白,是太湖强盗六指头绑了自己的儿子!

雁影楼门前,五六个精壮的汉子吆喝着抬起门前的巨石,随即门吱的一声开了。丫环飞红从门里跑出来欢叫:"开门了,开门了!大奶奶,快出来看看呀!"胡碧容迈着小脚,从里面走出来。一个钮府下人上前禀道:"大奶奶,二少爷被太湖土匪绑架,太公要你马上就去见他。"胡碧容应了一声,问:"是太湖土匪?"下人说:"是的,还切了二少爷一只手指头呢。""那就是六指大盗了。"胡碧容不以为意地说。下人催促道:"大奶奶,快走吧,太公等着呢。"胡碧容翻了一下白眼,说:"忙什么?走,飞红,先去看看我的牌坊。"

宣统二年,皇上下旨封了胡碧容一个节妇的名号,建起了这座贞节牌坊,可是她却从来没有见过自己的牌坊。她让丫环飞红带着,来到宝善桥下,远远望去,太湖石雕刻出来的石坊十分气派。可是这地方正是通津要道,人来人往,一个耍猴的站在贞节牌坊下,有只猴子不时在贞节牌坊上爬上爬下。胡碧容走了过来,看到此景,满面怒容地喝道:"走开,走开,这是你耍猴的地方吗?"耍猴的人不服气地说:"怎么啦,我在这里碍你什么事?"胡碧容喊道:"你睁开狗眼看看,这是什么地方?这是贞节牌坊!你凭什么在这里捣乱?"耍猴的看了看牌坊说:"又不是你的牌坊,你管什么闲事?现在是民国了,宣统爷的牌坊有什么稀奇,老黄历啦!"

丫环飞红走过来训斥道:"你找死呀,还不快走?也不看看是什么人!"耍猴的讪讪地走开了。胡碧容叉着腰,仰头看了看刻有自己名字的牌坊,长长地吐了口气。

牌坊上刻着:"钮胡氏碧容,幼许钮氏,年十三而夫亡……"她想起五年前,雁影楼的大门被打开,她被一顶小轿接到尊德堂,看见钮家大小衣冠楚楚鱼列而出,一个随行太监喊道:"圣旨到!"钮家老小一起跪下。宣旨太监喊着:"钮五群妻钮胡氏听旨!"胡碧容往前跪一步,应道:"民妇钮胡氏在。"宣旨太监的声音怪怪的,她一字一句听了下来:"……钮胡氏碧容,幼许钮氏,年十三而夫亡,遂孝服终日,索帛自缢于夫前,数次未果,因有遗腹子故未殉节,其情感天化地,尔后守志历三十年而不嫁,经浙江学政与归安知县携同上表奏请,特下旨恩准择地建坊旌表,并题大学士张骞'志励秋霜'四字。钦此!"胡碧容接过圣旨:"民妇领旨,谢皇上。"接着,她看见公爹钮太公和众族人跪在地上喊:"谢皇恩浩荡!"

是啊,民国了,皇帝逊位了,这牌坊分文不值了,她可不想再做什么节妇。她远遁人世,三十多年没出过门,连自己的牌坊也是头一回看见。丫环飞红说:"今天老爷总算把武石给搬开了,算是给你开戒!"节妇哼了一声,告诉飞红:"给我开戒?我守了三十多年的节,对得起他们钮家了。太公堵上我的门,是不想让我分钮家的家产。如今他既然搬走了武石,就别想再搬回来!"

第2章 六指头

六指头是名动江浙的大盗,蛰居在太湖里的老虫岛上,威震一时。他借太湖之险,曾做过几件惊天大案,当年的大清水寨官兵,如今的军阀督军,谁也奈何不了他。钮太公一脸惊恐,叫来了镇民团的包队长议事。包队长打开桌上的包袱,盯着土匪送来的那根断指,呆了半天。那玩意血糊糊的,气味有些刺鼻。钮太公铁青着脸说:"土匪不光要银子,还真剁了我儿子的手指头。""什么,这是二爷的手指头?"包队长吓得一哆嗦,断指落在地上,他半天也不敢拣起来。钮太公讥讽道:"包队长,你就这胆量?"包队长尴尬地笑了笑:"太公,这六指头可不同于一般人。我们自去年联合三省水路巡捕,对六指头进行围捕,可是太湖里岛多洞多,土匪聚则是匪,散则是民,以我镇民团的力量去捕六指头,只是大海捞针呀!"钮太公想了想,说:"既然不能全力捕获,只能智取,先派人送赎金,将我儿子救回家再说。"包队长提醒道:"太公,不能。土匪贪得无厌,千万不能去送赎金。为了确保钮二爷的命,我想好了,我们民团藏在芦苇丛里,你那边假装送银赎人,只要土匪的船一露面,民团马上围剿,来个人赃俱获……"钮方丽不放心地问:"包队长,这能行吗?"包队长把胸脯一拍,说道:"没问题。"钮曼蝉在一边插话说:"只怕他们会害我二哥。"包队长摇了摇头说:"土匪认钱,钱不到手,他们不会害二爷的。"钮太公咬咬牙,一挥手说:"就这么办吧。"

齐彻并不知钮五阳被绑架,只是钮方丽一直没来找他,让他奇怪。洋行里托人带信,让他先回上海,凯伦先生有急事。他犹豫

第2章 六指头

着,想和方丽好好谈谈再走。他正想去钮府,有人敲门,他以为是方丽来了,高兴地上前开门,进来的却是胡德林。

齐彻不觉一愣,问:"是胡先生,有事吗?"胡德林一声不吭,在屋子里转着圈,东看西看。齐彻唤茶房进来倒茶,半天,胡德林酸溜溜地问:"齐先生,来了几日,对本镇印象如何呀?"齐彻应付道:"不错啊!"胡德林试探性地问:"那么,你是打算应聘当大掌柜了?"齐彻点了点头说:"有这想法。"胡德林脸色转阴道:"齐先生,我是明人不说暗话,你知道我和钮方丽是什么关系?"齐彻一脸茫然地摇了摇头。"她是我未过门的媳妇。"胡德林炫耀地说。齐彻吃了一惊,问:"什么?是你媳妇?她从来没说过。"胡德林沉默了一会儿,解释道:"齐先生,我们定亲二十年了,早在宣统元年,她就该嫁到我家来,可是她出了国……我一直等她,直到今天……我还是个童男子。我想告诉你,我的母亲只生了我一个,早就盼我传下一男半女……"

胡德林说的是实话,因为他是妾生的,而且只生了他一个,如不能早些结亲生子,他母亲在胡家也不好过。齐彻忍不住问:"那你为什么不早娶她……"胡德林打断了他:"我很想娶她,可是她不肯出嫁。你也是个男人,你说这到底是为什么?"齐彻好像明白了其中的原因:"胡先生,容我说句实话:婚姻之事,自古爱则合,不爱则分,不可强求。钮小姐她留过洋,受洋人的新思想影响,过去的老婚约恐怕难以维系。"胡德林冷笑了一声,说:"不然,齐先生,我敢说正是由于你,钮小姐才心有异变!"齐彻说:"你是说,是因为我?""一点也不错!齐先生,你真是明白人,一点就透。我求求你,还是早点回上海吧,不要毁了我的一世姻缘。齐先生,你要我给你下跪吗?"他做出要下跪的样子。齐彻鄙夷地劝阻道:"不不不,我会走的。"

胡德林走后,齐彻觉得如乱箭钻心,他出了绿杨楼,一个人

39

沿河边走去。不知不觉间,他到了丝行埭,临河小街上开着大小丝行数十家,其中钮家的浔泰丝行乃最大的丝行。他无意间走到这里,见浔泰丝行里大小雇员正在忙碌,神神秘秘的。他在石狮前站了一会儿,刚想走,门里钮太公探出头来,笑着问:"齐先生,你怎么在这里?"齐彻脸色很不自然,答道:"太公,我想向您告辞,就要回上海了。"钮太公惊道:"怎么,是不是我们招待不周?这几天实在是……"齐彻说:"洋行里派人来找我了,上海还有许多事!"这时,师爷从铺内出来,向齐彻点点头,悄悄地对钮太公说:"太公,这只船行吗?"一船工插嘴道:"这是镇上最快的船了。"太公对齐彻说:"对不起,今天有急事,就不客气了!"齐彻一直想探问钮方丽的消息,犹豫着没有开口。他见丝行里家丁鬼鬼祟祟的,不由好奇起来,摸了摸箱子问:"这是什么?"

师爷凑到他的耳旁小声地说:"齐先生……"钮太公使了个眼色,让师爷不要说。这时,码头上挤过来一个陌生的丝商:"喂,钮老板,浔泰丝行怎么好几天都不开门,要等到什么时候?"师爷忙说:"对不起,这几天不做生意!"丝商惊讶地问:"你们这是干什么?"一船工扛着箱子冲他嚷道:"走开,别挡道!"丝商怒道:"哎,你够横的,生意不做了!"见这里忙乱非常,齐彻向钮太公告辞了。他走出很远,偶一回头,却发现钮太公用戒备的眼光瞅着他,让他脊梁发凉。

齐彻回到绿杨楼时,钮方丽已在后园的石桌前等了他半天了。"齐先生,你去哪里了?"她娇嗔地问道。齐彻说:"去找你了。为什么好几天都不见你?"方丽告诉他,二哥被人绑架了。齐彻虽然惊讶,但并不觉得着急,心想以这花花公子一向行事,仇人必多。钮方丽说:"真对不起,齐先生,这几天因为我哥的事,家里乱成了一团,所以对你照顾不周。"

齐彻点了点头说:"可以理解。"想起胡德林的一番话,他呆呆地看着废园的院子,沉默起来。"齐先生,你好像有什么心事?"她问。"我?没有呀!""你肯定在想什么事。"齐彻被她点中了心事,忙掩饰:"钮小姐,我碰到了你父亲,我告诉他,明天一早就回上海。""回去?为什么?再待几天嘛。"钮方丽看着齐彻的脸,想挽留他。齐彻看了看她说:"不了,我觉得这镇上有一些人……他们好像都不欢迎我!"钮方丽说:"齐先生,你不要这样想,这几天家里实在是……""钮小姐,不要解释,我能理解,可是我得走了,一定要走,怡和的事情还很多,我想明天一早就走。我们还会再见,是吗?"齐彻说完,逃一样走出院子。钮方丽像傻了一样,不知他为何冷淡,看着他的背影,三魂六魄都不在了。

天在下雨,她慢慢地走回家,忽然街角冒出一个人,吓了她一跳,一看是胡德林,披了件蓑衣。她突然明白了什么,生气地问:"哎,你跟踪我干什么?""谁跟踪你?看你被雨淋的,我送蓑衣给你。"钮方丽推开他说:"我不要,穿了像只刺猬。"胡德林按住蓑衣说:"雨太大,你还是穿着吧,别淋病了。"钮方丽用力推开蓑衣:"德林,你别老跟着我,一个大男人,该做事就做事,总跟着我干什么?"说完,她转身从路边的小店里拿了一把油纸伞,一个人孤独地穿过又长又窄的江南小巷。

钮家送赎金那天,太湖入口处的风很大,岸边的芦苇簌簌直响,一只小船在湖中随风摇动,钮太公坐在甲板上,满脸通红。不知为什么,六指头没有来取赎金。一只苍蝇叮着钮太公不放,他心烦地打了一把,走进舱里,满脸不高兴地问包队长:"怎么不见人?""六指头鬼得很,怕是看出了我们的埋伏。"钮太公看了看芦苇丛,几只民团的船也埋伏其间。一个团丁说:"包队长,我们离岸边太近了,要不往湖里边靠靠?"包队长说:"不行,再往里不安全。"一团丁提醒道:"离岸太近,土匪不敢过来。"包队长点点头,吩咐开舵,让船往湖里走。"不过,不要太远。"他又补了一句。船夫忙着将帆升起,将船慢慢往湖心鲫鱼背方向行驶。一个团勇忽然跳了起来,喊道:"队长,你看那边!"钮太公也走了过来,只见茫茫湖面上,一只孤篷船悠悠地往这边驶来。包队长问:"看清楚了?会不会是渔船?"团勇看了看,报告说:"不可能,这会儿正是出港时间,哪会有回头帆。"包队长急忙命令道:"出航,快!"

信号枪一响,埋伏着的民团船队迅速冲出苇丛追上去。可是那只匪船驶得很快,一会儿就没影了,民团的船队只好返航。当船靠上南溪码头时,太湖里一个打鱼的送来一张条子,是六指头写的,条子上挑明了,说钮太公箱子里装的是砖头,看来存心不想要儿子了。最后一行尤其刺目:"三天后南溪口捞尸吧!"

船回到岸边,钱惠发疯似的跳上船,打开装赎金的箱子,看见里面装的全是封好的砖头,她趴在船上大哭起来。"消息走露了!"钮太公告诉儿媳妇。"六指头不简单,他们有内钱,刚才差点把我们引上鲫鱼背,到了那个风口,我们的船都回不来啦!"包队长后怕地说。钮太公点点头说:"有人泄露了消息!"包队长一惊,问:"是谁?"师爷走过来道:"没别人知道,除了包队长、你、我,再没人了……"说到这里,师爷忽然恍然大悟,"还有一个人知道……"钮太公忙问:"谁?"师爷附耳轻轻告诉他:"姓齐的。那天他在丝行埭,看见我们在装箱子。我还听坏子说,他与二爷在上海有过节!""真的?"师爷的一番话,让钮太公心里更疑惑了。本来这个长相极似肖伯雄的人就让他不安,他忽然想到,这一切会不会都是齐彻安排的?

第 2 章 六指头

胡德林来到雁影楼找他的姐姐胡碧容。许多年来,他一直没见过这位同父异母的姐姐,因为她一直守节,幽闭深院。他小心翼翼地站在雁影楼门前东张西望,不知往哪里走。身材粗壮、面目丑陋的看院人毛狗从一边闪出,大喊:"什么人?"胡德林慌忙回答:"是我,我是胡德林。"毛狗不耐烦地说:"我不管你是谁!这是节妇的院子,男人不许进。"胡德林奇道:"那你不是男人?"毛狗说:"我是看院的……"胡德林差一点就想说:"你难道是个太监?"可是嘴里却说:"大奶奶是我姐,我来看她的。"毛狗摇了摇头说:"不行,是男人都不能进这院子。"节妇听到了声音,出现在门口:"毛狗,不要放肆。德林,是你吗?"

胡德林抢前一步道:"姐,我是德林,是你弟弟。"胡碧容疑惑地看着他:"你真是德林?"胡德林忙答道:"是我。"

胡碧容冷漠地说:"我离开娘家的时候,你还没出世。三十多年了,我像个活死人,被关在这楼里,我们姐弟从没见过面……"胡德林连叫几声姐姐,大概打动了她的心,她让他进屋坐下,说了一会儿话后,胡德林就把话挑明了:"姐,我等了二十年,要娶方丽,可是她从西洋回来后缠上了一个姓齐的,不理我了。"胡碧容勃然大怒道:"她敢!钮方丽一定要嫁给你。我为钮家守了这么多年节,她敢赖婚?"当年她不愿为钮家守节,钮太公提出来让方丽嫁入胡家,以平息她的怨气,如今老东西敢说话不算话?胡德林哭着求道:"姐,只有你能救我,我喜欢她!"胡碧容觉得丢了脸,她厉声呵斥道:"少在我面前哭!男人的眼泪不值钱。胡家种性不强,出了你这样的熊种!"胡德林又委屈地喊了一声:"姐……"胡碧容又安慰他:"你放心,我会去找太公,你放心吧。她钮方丽不嫁给你,我把钮家闹个天翻地覆。"

胡德林一走,节妇就直冲到太公处告了姑娘一状。钮太公被儿媳妇数落,一脸怒气,他把女儿叫来,狠狠地骂了一顿,一脸秋霜地对她说:"方丽,我提醒你,一个女孩子,别跟陌生男人在一起。姓齐的是个什么来路,我还没弄清楚呢。"钮方丽莫名其妙:"我怎么了,爹?"钮太公怒道:"你少问!给我老老实实待在家里,要不你就出嫁。疯疯癫癫的,弄不好跟你哥哥一样,让人卖了你还帮人数钱呢!从今天起,不许你出去。"钮方丽一扭身:"爹,你说明白呀,到底什么事?是不是齐……"钮太公瞪大了眼道:"别提那个姓齐的……"接着,他对一边的方丽生母姗如说,"你看你看,女儿都被你惯坏了,这都是在法国学来的怪脾气。"他又大声喊方丽的丫头,"如宝,如宝……"如宝应声进来,钮太公厉声说,"从现在起,你跟着小姐,一步也不许离,不许她与姓齐的来往,否则,我抽你!"如宝吓得脸都变了色,慌乱地应着。

天刚一黑,毛狗就进了雁影楼。院子里没人,他来到水房,趴在门上,从缝隙间往里看。节妇胡碧容正在洗澡,她坐在宽大的木盆里,用一块丝瓜筋擦洗身子。毛狗很专注地偷看着,忽然一盆水从门缝里泼了出来,淋了毛狗一身,他慌得躲在一边。门突然开了,胡碧容衣衫不整,露出脸来喝道:"看看看!真不要脸,你想毁我节妇的名节!"毛狗忙跪下说:"大奶奶,我不敢,我来找你有事。"胡碧容说:"那你就进来吧。"毛狗说:"大奶奶在洗澡,我不敢。"胡碧容哼了一声说:"平日里你贼眉鼠眼在我门外晃来晃去,今天叫你进来,你就毛了?"毛狗说:"我真的不敢,我从来没进来过。"胡碧容又问:"是我没让你进来过,对不对?"毛狗忙低头回答道:"是,大奶奶,你是节妇,男人不能随便进来。"胡碧容又喝道:"这么说,今天你是色胆包天?"毛狗连忙哀告道:"毛狗不敢!大奶奶,皇上给你下过圣旨,你就是皇上册封的贵人,毛狗不敢。"胡碧容冷笑道:"毛狗,这你倒明白?"毛狗忙应道:"明白。"胡碧容接着问:"那你对我忠不忠?"毛狗答道:"大奶

第2章 六指头

奶,毛狗是你身边的一条狗,你怎么使唤都行。"胡碧容生气地问:"那你说,刚才你为什么要偷看我?"毛狗沉默了一下说:"大奶奶,我说实话,我崇拜你,这些年只有大奶奶把毛狗当作是人。"胡碧容细声细气地说:"你是人,但不是男人,没有人把你当男人,我也不当你是男人。"毛狗不解道:"是,毛狗不是男人。"胡碧容这才和颜悦色地说:"那你就进来吧。"毛狗恭顺地进了屋,规矩地站在一角,节妇却放肆地躺到了榻上,抬起了脚说:"给我剪剪指甲吧。"

毛狗受宠若惊,一边为她修脚一边说:"大奶奶,刚才太公叫我去,说让我去找六指头大盗赎二爷,所以我来问你,我该不该去?""为什么叫你去?"胡碧容奇怪地问。"我认识六指头。"胡碧容吃了一惊,问:"毛狗,你认识六指大盗?"毛狗点点头说:"是的,当年我在水栅大营当刽子手时,救过他一命。""这么说,你的面子他是卖的。"胡碧容冷笑了一声又说,"赎钮五阳,放这条疯狗回来……不能让他回来!"毛狗一听这话,忙说:"奶奶这么说,那我就不去了?"胡碧容用脚蹬了他一下:"傻,你不去太公会生气。你……过来。"毛狗凑过来,她揪着他耳朵说,"毛狗,我要你去,你去不去?"毛狗一边护着耳朵一边说:"去,大奶奶吩咐的事,毛狗就是死了也要办到。""废话,你死了,谁给我办事?我不要你死。"毛狗忙不迭应着:"大奶奶,毛狗愿舍命给你办事。"胡碧容站起来,摸着他的头,阴阴地说:"你当然要办,因为这辈子只有你见过我清白的身子,我恨你!"毛狗连忙跪下,边磕头边说:"我有罪,我有罪!"毛狗的身子凑了过来,胡碧容突然对他厉声地说:"你去找六指头,要他杀了钮五阳。"毛狗一惊:"杀二爷?为什么?"胡碧容眯着眼恨恨地说:"为什么?我不知道,反正我恨他,他是个祸害……你怕了?"毛狗忙道:"没没,我一定照办。"胡碧容是有心机的,她心里当然明白,钮五阳是钮家的继承人,他一死,她胡碧容的儿子再傻,也是钮家惟一的继承人了。再说了,为了牌坊的事,她恨钮五阳!

钮五阳确实是在老虫岛上。六指头与军阀暗中来往,兵匪一家,这年头早就不是什么秘密,蔡鸿昆交代的事,六指头会替他办到。他本想就此撕了票,可是他的兄弟、手下干将肖晃却将钮五阳带回了岛上,想要再榨钮家这个老土鳖一把,可是没拿到钱,气得六指头回来就将钮五阳关进了水牢。这花花大少哪吃过这样的苦,半身浸在水里,环顾左右,几只水老鼠游来游去,他觉得比死都难受,不禁大叫一声:"你们杀了我吧……"一个小土匪喝了一声:"叫什么叫!"接着,掏出老二就往水里撒尿。

毛狗搭了一条渔船,停在老虫岛附近的湖面上。他背着褡裢,撑一条筏子靠到岸边,只见岸上芦苇丛生,一条长长的木桥伸向湖边,两个土匪在站岗。毛狗刚一上岸,两个土匪就围了上来,大声问道:"什么人?""我是六爷的把兄,叫毛狗。"两个土匪上来搜身,见毛狗拎了一只木箱,问:"这是什么?"另一个打开一看,惊喜地喊道:"是大洋,这么多呀。"毛狗忙说:"这不能动,是给六爷的礼。"土匪见了大洋,喜得合不上嘴,他们掏出一块黑布来,将毛狗的眼睛蒙上,押着他走向岛的深处。

岛上一座破庙,是六指头的聚义大厅,厅上坐着十几个人,六指头不在。肖晃是个二十多岁的英俊后生,是六指头从小收养的干儿子,凭着这层特殊关系,成了六指头的亲信,岛上的小头目。此刻,他坐在一只悬吊着的大竹筐里,怀抱着一个小女孩,像荡秋千一样晃来晃去,很开心的样子。毛狗跟随着两个土匪走过来时,肖晃好像浑然无觉。毛狗蒙眼的黑布被解开,他看着肖晃,问道:"六爷呢?"肖晃摇了摇头说:"谁是你六爷?"毛狗火了,大喊着:"六指头,你出来,我是毛狗,你毛大哥!"肖晃佯怒道:"你乱吼什么!来人,把这个疯子给我绑起来,送进水牢里尝尝滋味。"几个土匪过来扭住毛狗,把他绑了起来。"你他妈是谁?老六是我的把兄弟,你叫他出来。"肖晃冷笑了一声说:"你他妈是谁?六指头的大号也是你随便乱叫的吗!""你是谁?""我?我是你爹!"

这时,六指头从里面出来,背着手向毛狗走来,问道:"谁呀?叫得跟豺狗一样难听,你是……"毛狗像看见了救星一样喊道:"六爷,我是毛狗呀!"六指头走到毛狗面前,抓着头皮上下打量着他,突然喊道:"毛狗?真他妈是你!毛狗,老朋友老朋友,在外头混不下去了?来干什么?说,夜猫子进宅,准没好事!""六爷,先松开我。"毛狗说。"哎,怎么把你绑了?放开!"几个小土匪过来给毛狗松绑,肖晃哈哈大笑起来。毛狗看了肖晃一眼,恨恨地问:"这小子是谁?""是我的干兄弟,叫肖晃……肖晃,过来,见见我的把兄。"肖晃不屑地说:"我见识过了。""六爷,毛狗这次要请你帮忙。"六指头一转眼珠笑道:"你先别说,让我猜猜:你是为钮家老二而来,对不对?"毛狗诡秘地问:"人还在吗?"六指头不动声色地反问:"在又怎么样,不在又怎么样?"毛狗吐了一口气说:"六爷,你别打哑谜了,告诉我就是。"

六指头拍了拍毛狗的肩说:"他没死,上次我不过是要了个把戏。钮家老东西敢耍我,装了一箱子砖头想蒙我,还叫民团的人在苇子里埋伏,我早料到了,不给钮太公一个狠的,他不舍得掏银子。""钮家不出钱,你为什么不撕票?""撕票?这钮老二是个大财东,我耗了好大的劲才弄到手,钱没拿到,我不会杀他。""你这就不懂了,钮太公一个铜板夹屁眼里要走二三里地,是有名的吝啬鬼,别看他富,一个铜板也不会给你。""放心吧,他会乖乖地送钱来。这种人就是要治,狠狠地治……既然钮家不给钱,你为谁而来?""你别管是谁,我要你杀了钮老二。"六指头一惊说:"撕票呀?这不好办!在江湖上坏了名声,以后还吃不吃这行

风吹云动星不动

饭？""有人会孝敬你的,我带了两万大洋,不算少吧？"六指头看了一看问:"谁给的？"毛狗神秘地:"这我不能说。"六指头看了看箱子,说:"两万块,少了点吧？"毛狗凑过去与六指头耳语,让他一定杀了钮五阳,六指头又想了想,不快地说:"不行,钱太少！兄弟们也都不干。"毛狗也火了,说:"六爷,我毛狗当初可是对你不薄,你要是不领我这份情,大洋还我,我马上就走,就算我当年瞎了眼！"一旁的肖晃大声说:"把大洋带走,哪有那么好的事？大洋得留下,要走你就走！"毛狗眼露凶光:"好啊,六爷,想不到你这样报答我！老子就不走了,看你把我怎么样！"

六指头哈哈大笑,没有说话。这时,坐在大竹筐里荡秋千的小女孩忽然喊道:"肖哥,我要下来！"肖晃应了一声,过去把女孩从竹筐里抱下来,抱着她走到毛狗面前指着问道:"毛毛,这个人你认不认识？"女孩眯起眼看了看说:"我不认识。"肖晃又问:"这个人好不好？"女孩伸手摸了摸毛狗的胡子笑道:"不知道,他胡子扎人！"六指头看着毛狗说:"这是我女儿。今天算你走运,我要告诉你,在我的地盘上谁说了算？是她！"六指头指着女儿,"她要是说你好,我就不杀你；她要是说你不好,你就跟钮老二一块死吧！"说完大笑起来。毛狗冷笑:"这倒也好,算是你的一份人情,我认了。只要钮老二死,我陪个绑,也算是你还了人情。"六指头一本正经地问:"毛毛,这位大爷好不好？"毛狗努力装出笑脸来,谄媚地看着她。女孩忽然喊道:"爹爹,我要他抱。"六指头脸上松弛了,笑道:"噢,毛狗,看来你们有缘,毛毛可是从来不叫生人抱的。"

毛狗把女孩抱起来,让她坐在自己脖子上,女孩抓着他的头发,高兴地拍打着他的脸。肖晃上前又问:"毛毛,问你呢,他好不好？"女孩子大叫:"不好,他胡子太扎人了！"六指头吐了一口烟说:"毛狗,怎么样？怪你命不好吧！"毛狗说:"想杀就杀,我不怕。

第 2 章 六指头

你杀了我,你就欠我了,到阴间,你得还债。"六指头突然大笑起来,他抱过女儿说:"毛大哥,刚才是吓唬吓唬你的,我老六从来是朋友第一。"毛狗说:"你别吓我,我胆小。""你胆小,那么世上就没有胆大的了。"六指头哈哈笑着说。肖晃也笑起来,朝他们一招手说:"走,喝酒去。"

肖晃并不想杀钮五阳,倒想与他交个朋友。昨天六指头定要将钮五阳关进水牢,他没有劝住,所以一直不放心。毛狗是针对钮五阳来的,他更不放心,酒没有喝完,就一个人去了水牢,想看看钮五阳。水牢在一个低洼的山洞里,门口有两个看守。"人怎么样?"他问看门的土匪。"挺好。肖哥,按你的吩咐,刚给他的手换过药。""你们对他好一点,让他吃饱,老大还指望他挣大钱呢!让伙房杀只鸡给他补一补,就说是我说的。"

肖晃顺着地道往里走,隔着栅栏,看见钮五阳蓬头垢面,半个身子泡在黑乎乎的水里。肖晃不满地说:"怎么还在水里,没放出来?"看守说:"大头领不让。"肖晃叹了口气,叫道:"钮老板。"钮五阳没有说话,两只眼睛像蛾子一样扑棱了一下。肖晃大声命令看守:"放他出来。"牢卒打开栅栏,钮五阳一脸憔悴,迷迷糊糊的样子,他朝肖晃笑了笑,从水中蹚出来,浑身衣服精湿。肖晃于心不忍,轻声说道:"对不起,钮老板,让你受苦了!"钮五阳龇牙一笑说:"没什么。你们打算什么时候放我?"肖晃迟疑了一下,说:"钮老板,请上边坐着说话。"两人来到水牢上面一间干燥的屋子,看守已照肖晃的吩咐治了酒菜,两人坐了下来。

肖晃向钮五阳敬酒:"来,我敬你一杯。"钮五阳悚然道:"兄弟,今天是不是要杀我?"肖晃不好直说,忙否认道:"没那个事,钮老板,你放心。"钮五阳叹了口气说:"你们老大太小心眼。要钱,我家有的是,只要你们放了我,要多少钱我都会给。"肖晃摇了摇头说:"你有所不知……"他看了看旁边的两个看守,让他们下去,凑近了钮五阳,接着说,"这次你家老爷不肯出钱,没有诚心,在银箱里放的只是砖头,还做了一个套,想让民团抓住我们的弟兄。老大生了气,才把你关到水牢里,否则你早回去了……"钮五阳吓得面如土色,叫道:"我爹真不是人……兄弟,你对我真好,只要你不杀我,我终身认你做兄弟。钮家就我一个儿子,将来钱都是我的,要多少,你说就是!""钮老板,我不是为钱。现在我告诉你,你凶多吉少!有人送钱给我们老大,点名要杀你。"钮五阳双眼直直的:"这是为何?我没那么多冤家啊。"

"反正有人要杀你,这人正在跟老大喝酒。"肖晃叹了口气道,"我也不想这样,可是钮老板,我说了不算,你请自己珍重。"钮五阳失望了,伸出双手抓住肖晃求告道:"也罢,我钮五阳生为风流生,死为风流死。如果我死了,你让格格到我坟前来吊我一吊,我也就死而瞑目啦!"肖晃叹了口气说:"你还不知道?你就是伤在这女人身上!"钮五阳大吃一惊,忙问:"怎么回事?""有个蔡师长,你认识吗?""我猜就是这个狗日的。""他跟我们老大挺好,就是他叫我们老大把你抓来的。"钮五阳一听,气得七窍生烟,骂道:"姓蔡的混蛋,我死了也饶不了他!他和我争大格格,争不过就使这阴招。"肖晃问:"到现在,你还忘不了格格……"钮五阳点了点头说:"我愿为她而死。"肖晃叹道:"噢,这个女人把你迷死了,她是天仙美女?""你要是见她一面,就会明白,她真是仙女!"钮五阳痴迷地说。"要是出得去,你还会去找她吗?"钮五阳毫不迟疑地说:"那还用说?不然,我宁可在你的水牢里呆一世!"肖晃摇着头说:"钮兄,你真是个情种,只是眼下这一关……"钮五阳叹了口气说:"罢罢罢,死就死,不过我总得谢谢你。大男人这么死,实在有点冤……但愿下辈子我们成为朋友,在一起共事。"他用力与肖晃干杯,以致碰碎了手里的茶盏。肖晃也被感动了,说:

第2章 六指头

"钮老板,你是条好汉,我从没见过比你硬气的有钱人。我如果救不了你,等下辈子我们在一起做大事。"钮五阳说:"行,一起当土匪,再抢一个大格格一样的绝世美女,就在这老虫岛上度日!"说完握住肖晃的手,怪笑起来,"兄弟,你长得好帅,你要是出山,我敢说肯定会有一群女人喜欢你……"

两人在阴森的水牢里笑了起来,两个看守不知何事,探头进来看。肖晃站起来悄声说:"钮兄,你别急,我虽是土匪,也不会无缘无故地杀人。你吃好睡足,养养精神,让我想办法救你。"钮五阳双目定定地看着肖晃:"救我?真的?"肖晃点点头说:"我会相机行事。"钮五阳感激地说:"那好,兄弟,我是大恩不言谢!"

肖晃回到湖神庙时,六指头与毛狗已经商量好,六指头告诉肖晃:"今天夜里你出船,在湖上将钮家少爷灭了,抛尸南溪口。"肖晃一惊道:"今夜?大头领,撕票……就这么着撕了?戏还没唱完,就灭人?这……我们费了多大的劲,就弄了两万大洋……""肖晃,毛大哥是我的铁哥们,当年救过我的命,你说是交情重还是银子重!"肖晃说不出话来了。六指头又说:"你带几个兄弟开船出去,靠近南溪岸边的时候,砍下钮老二的头,让钮家知道我们的厉害,再他妈勾通民团来围剿我们,这就是下场。"肖晃踌躇一下,说:"大哥,你想好了?这可是跟钮家结大仇的事,要是以后他们派官兵来围剿老虫岛,我们的日子就不好过啦。"六指头摆了摆手,不耐烦地说:"行了行了,我还是老大不是?"肖晃还不死心,又道:"大哥……"六指头不再理他,喝道:"照我说的做。"肖晃不敢再说什么了。

临上船时,毛狗好像不放心肖晃,对六指头说:"六爷,要不,我今天跟船一起走?"六指头一愣说:"你这就回去?在这里多玩几天,回头我给你找几个女人,后面的山洞里关着好几个漂亮的,都是有钱人家的丫头……""不行,我不回去,有人会着急的。"六指头好奇地问:"听说钮家大奶奶是个节妇,怎么,你迷上她了?""你别胡说。"毛狗痴笑起来。

天刚黑,肖晃带了几个手下,押着钮五阳,驾着一只孤篷船出了湖。一路上,他好像做了亏心事,不敢看钮五阳一眼,也不敢与他说话。湖面起了北风,船像只水鸭,飞似的掠过黑夜,向南溪口驶去。肖晃见人不备,悄悄地来到舱底,见钮五阳被绑得结结实实,地瓜一样躺在地上,他于心不忍,蹲下来和他说了几句:"二爷,生死由命,贵富在天,如有什么不测,你别怨我们。"钮五阳已料到了什么,嘿然一笑道:"兄弟,你是个好人!""我在江湖上行走,早听说过你的大名,知道你是江南丝行里的这个。"他伸了伸大拇指,"二爷,你有什么后事要交代?"钮五阳说了两个字:"格格。""还是大格格?""兄弟,我真的喜欢她。""你会娶她吗?"肖晃问。"当然。兄弟,你没见过格格,人活着不就是为了女人?钱有什么用,有了钱才有好女人……格格身上叫人生死不能。""这么说,像妖精一样,你愿意为她而死?"肖晃问。钮五阳斩钉截铁地说:"绝不后悔!""钮二爷,想不到你还是个血性人,是个情种!""兄弟,人生在世,不光是金钱美女,风月里有种神秘难以言表!""钮二爷,风月有祸,你记住是姓蔡的害了你!"

肖晃从船舱里上来,决心放了钮五阳,可是还没有想好该怎么办。他看见毛狗和一个土匪在舱内下棋,就搬了一罐绍酒过去说:"下什么棋,来,喝点酒吧,湖上风大。"手下送上几只小菜,几个人就喝上了。毛狗叮嘱他说:"兄弟,等会儿砍人,别忘了叫我。"肖晃看了看他,开玩笑似的问:"怎么,你想当监斩官?"毛狗忙摆手说:"哪里,不敢。我告诉你,我是杀人出身的,干起活来,肯定比你们兄弟强……"肖晃答应了一声说:"好的,得让你试试身手,看来你是手痒痒啦!"两人大碗喝酒,不一会儿毛狗有些醉

第 2 章 六指头

了。肖晃对土匪刀疤阿三说:"你们先喝,我撒泡尿。"毛狗口齿不清地说:"不行,别的都行,就是不能撒尿,谁撒尿谁是熊屌蛋!喝……"又是一大碗。

毛狗醉倒在舱里,肖晃抹了抹嘴,泼掉碗里的酒,来到船尾,向左右看了看,然后悄悄顺着另一边下到底舱,刀疤阿三跟过来说:"肖哥,姓毛的醉了!"肖晃点了点头:"醉了,他不是想砍人头吗?"刀疤阿三问:"肖哥,你说呢?"肖晃问:"这里离岸有多远?"刀疤阿三说:"就二三里地吧!""是时候了。"肖晃想了想说:"我不想杀钮家的人,要不你动手?"刀疤阿三犹豫地说:"肖哥,不是我不愿动手……我没撕过票,我们虽是强盗,可也有行规。"肖晃不耐烦地问:"那你说怎么办?"刀疤阿三说:"扔水里算了,他要是命大,就活人!"肖晃想了想,吩咐说:"阿三,放他一条命。我讨厌那个姓毛的,钮二爷人还不错!"刀疤阿三点点头说:"好吧,那我来办!"

刀疤阿三来到钮五阳身边,拿出一把刀,迅速割断了他手上的绳子,悄声说:"你记住,救你的人是肖哥,以后有事求你,你一定要帮忙!"钮五阳不敢说话,只是乱点头。刀疤阿三带着他边走边说:"二爷,等我的刀子砍过来时,你顺势往湖里跳,然后松开绳子往岸上游。"钮五阳低低地应了一声。"你会水不?"刀疤阿三问。"会一点。""我给你一块船板,要是你不会游,就找到这块木板,抱住它。天黑,他们找不到你的,生死全靠你的大运了!"

钮五阳看了他一眼说:"兄弟,大恩不言谢,有朝一日我一定会报答你。"孤篷船离岸越来越近,隐隐看得见岸上灯火,船顺风而行,船上人影晃动,木舵咕咕地响着……刀疤阿三将钮五阳悄悄带到甲板上,让他面朝北边跪下,绳索已割断,钮五阳悄悄活动着手腕。另一个土匪装腔作势地喊着:"钮五阳,明年的此时此刻,就是你的周年。不过你可别怪咱哥们,要怪,怪你家老爷子!"

53

肖晃喊道:"慢!你们去拿酒菜来,老规矩,让他吃饱了上路,别当个饿死鬼。"土匪应了一声,去拿酒菜。肖晃推了钮五阳一把:"快跳!"钮五阳往湖里一跃的同时,刀疤阿三将一只活鸡往空中一扔,大砍刀迎风砍去,鸡头落地,甲板上都是血。大砍刀扎在船舷上,颤动着……

听到动静,毛狗醉着跑过来问:"人呢?"刀疤阿三回答说:"砍了。你看,一地的血!"毛狗趴在地上闻了闻说:"这不是人血,你想唬我?"他跳着高骂道,"六指头,你他妈想唬我,老子跟你没完!"肖晃从另一边走过来说:"姓毛的,你喊什么!砍了就是砍了,这太湖里,砍不死也淹死了,他五花大绑的,逃得了吗?"两个土匪用美孚灯照着水面,船正张帆而行,钮五阳早就无影无踪了。毛狗怀疑地问:"你说他死了?"肖晃说:"你不信,跳下去试试,看能不能活命?"毛狗哼了一声说:"废话,他要没死,我找六指头玩命!"

天微亮时,毛狗回到了镇上。他重重敲着钮府的大门,守门人开了门,毛狗一跤跌了进来,索性躺在地上哭叫着做戏:"这个天杀的,我晚了一步,二爷叫六指头给杀啦!"

在毛狗报信几个时辰后,南溪的渔民在太湖岸边发现一具无头的死尸,似乎印证了毛狗的话。下人们还捡到一只皮鞋,确实是钮五阳的。钮府确信钮五阳已死了。这时候,最伤心的人就是钱惠。她爱丈夫,从结亲到现在,夫妻只过了六年。此刻她的房间里乱七八糟,一只水盏打翻在地,一只猫在嗅着地上的水迹。钱惠神情木然,丫环梦蚕正将一条白布往她头上缠,可是她忽然抓下白布条喝道:"你干什么呀?"梦蚕说:"二少奶奶,灵堂都搭起来了,你不能不戴孝。"钱惠哭着说:"我就不戴,我不相信二爷已经死了!"这时,钮方丽走了进来,上前抱住嫂嫂,姑嫂两人抱

第 2 章 六指头

头痛哭。方丽对丫头说:"梦蚕,二少奶奶不戴就不戴吧。""大小姐,二爷真的不在了,二少奶奶必须戴孝。""我去看过了,还说不准。"梦蚕说:"大小姐,毛狗说,他亲眼看见二爷被砍,再说人都泡涨了,被鱼呀虾呀啃得不像样子,能像吗?那双鞋就是二爷的,还是大小姐你从法国带回来的。"钱惠又大哭起来:"妹妹,太公为什么舍不得银子,非叫包队长插手?这下子你二哥死了,死得连人头都没有……"方丽安慰她说:"嫂嫂,爹也算是走错了一步,他没有想到。"钱惠又哭着说:"方丽,二爷死了,我也不想在钮家了,我要走,出家当尼姑去。"钮方丽急了:"嫂嫂,千万不能!你出家,娟娟怎么办?孩子这么小,不能没有妈妈!""二少奶奶,太公在家庙里等你去呢,你还是戴上孝吧!"梦蚕说着又将白布缠在钱惠的头上,这回她没有拒绝。

钮氏宗庙内,钮五阳的灵堂已经设好。钮府的一些内眷呆呆地坐在灵前的厅上,幡后的门板上,放着钮五阳的衣服。这是太湖边的习俗,淹死没找着全尸的人,就摆放他生前穿过的衣冠。一群道士有节奏地敲着木鱼,吹打着让死者升天的音乐。钮太公的一肚子怨气却撒到了包队长身上,而为了推脱自己的责任,包队长又冷不丁推出了来路不明的齐彻。钮太公当下也犯了嘀咕:自古商场如战场,是不是有人见浔泰厂利市好,要从中使坏?这个齐彻酷似肖伯雄,听说他又与自己的仇人艾尔有关系。包队长说,有人看见六指头的人往绿杨楼齐彻的房间里送钱。"真的?"钮太公信以为真,让包队长去抓人。

胡德林坐在官厅里,玩弄着他父亲当官时刻的私印,颇有感触地往一张宣纸上一个个地盖着。父亲曾做过湖州府的巡检,离任后回到家乡,成了南溪的大户。钮五阳一死,镇上风传齐彻是绑匪的内线,他心里一动,觉得机会来了,就和包队长商量,让绿

风吹云动星不动

杨楼的小二将一张银票偷偷塞到齐彻的行李里栽赃。一切暗中办好之后,胡德林脸上显出诡谲的笑容。

第二天一早,当去上海的早班轮船呜呜叫着靠上码头的时候,齐彻拎一只箱子,独自来到码头。他回头看了看周围,犹豫了一下,恋恋不舍地上了船,选择了一个靠窗的位置坐下。这时,钮方丽匆匆地向码头上奔来,她向船员问着什么,然后进了船舱,走到齐彻面前说:"齐先生,你真的要走?"齐彻站了起来,抱歉地说:"钮小姐,我……"钮方丽着急地说:"齐先生,这几天实在对不起,等我二哥的事办完了,我一定再去请你。"齐彻叹了一口气说:"钮小姐,算了,可能……我们没有缘分!""缘分?"她有些意外。"钮小姐,你不要误会,我是指我们在一起做事的机会。"钮方丽红了脸:"你不要走,我不要你走。""我也很想留下来,为了你!可是……"突然几个民团的人嚷叫着,带枪闯进了船舱,包队长一眼就看见了站着和钮方丽说话的齐彻,走了过来大喊:"人在这儿!"

民团的人拥过来扭住齐彻,齐彻奋力反抗,钮方丽更是意外:"包队长,你做什么?齐先生是我父亲请来的贵客。"包队长冷笑了一下:"我们要抓的正是这位贵客。"钮方丽不解地问:"他怎么了?"包队长严厉地说:"有人密报他私通土匪,我们要检查他的行李。"一个团丁检视齐彻的皮箱,从里面翻到一张银票。包队长问齐彻:"这是什么?"齐彻看了看,镇定地说:"这不是我的,不知是谁放在我箱子里的。"包队长说:"想赖?告诉你,有人看见太湖的土匪到你房间里送钱,这就是证据!你是六指头的内线,对不对?"齐彻很镇定:"我说了,这是栽赃,与我无关!"钮方丽走上前说:"包队长,这不可能!我可以为齐先生作保。"包队长说:"他是土匪的内线,这不会错!大小姐,你被他骗了,他是绑架你哥哥的真正元凶!走,带走!"钮方丽目瞪口呆地站在那里,看着团勇们将齐彻带走,冲着他们的背影大叫道:"不可能!绝不可能!"

齐彻被抓到镇公所,当下棍棒齐下,用刑让他招供。他招什么?本来与他没有任何关系,他不可能也不会做这种事。他和钮五阳之间是有些不快,却也不至于去绑架他,这太辱没了他齐彻的人格。"你们诬陷好人,我要到民国政府去控告你们!"他叫道。逼不出供,包队长心里发毛,钮太公也十分心急。齐彻很硬,又是洋行的人,包队长怕了起来。"他就是不认,太公,怎么办?"他和钮世诠商量。钮太公想了想问:"是谁来报的案?"包队长答道:"胡家。"钮太公哼了一声:"胡家?也许是虚报!不过,齐彻在上海与五阳争吵,结下梁子也是真的。那天一早他来丝行,该不会是凑巧吧?""这……谁也说不明白。""你下下功夫,出了事我兜着。"钮太公说。

包队长真的下了几天功夫,抖出了猛料:"太公,此人真的与肖伯雄有关系!我查过了,他的确是在育婴堂里长大,被一个法国神父收养,年纪、相貌都很像肖伯雄的大儿子,大毛……"钮太公震惊了:"真的?"包队长认真地说:"真的,这点我问得特别细,如果他真是肖伯雄的儿子,即便钮二爷的事与他无关,他也是蓄谋来向你报仇的。"

这是钮世诠一段揪心的历史,他最怕人知道,只得强作镇静地说:"怎么会……其实这是误传,当年肖伯雄被杀,都说是我出卖的,他是我朋友,我怎么会……现在我倒成了肖家的仇人……""太公,你想想,如果他是肖伯雄的儿子,明知你是肖家的仇人,还要来南溪,放着好好的洋行的肥差不做,来为你这个仇人做事,说得通吗?那就只有一点可以解释:他昏了头,想埋伏在你身边,为他父亲报仇。当年皇上砍了肖伯雄的头,于是他先要砍二爷的头!"钮太公沉吟了半晌,然后一拍桌子说:"是这道理!

那就上大刑,让他招。"包队长说:"太公,这人硬,不好对付!"钮太公不满地说:"包队长,亏你在前清还是个参将,若皇上在位,把你贬到新疆去做苦役也不为过。给我上刑!"包队长想了想说:"好,我马上给他上大刑……"钮太公又说:"用酷刑,上钉板,看他招不招!"包队长犹豫地说:"太公,钉板一滚,他身上就剩不下一块好肉了!"

钮太公怒斥道:"不用极刑,你有什么办法让他招?"

有了钮太公的尚方宝剑,包队长胆子大起来,他带着人趁夜来到拘押所。在昏暗的马灯下,齐彻正看着自己身上的一块玉佩,这块玉佩是父母留下的惟一的纪念品。包队长用木棍敲了敲铁栅。齐彻将玉佩捏在手心里,抬起头来,不屑地看着包队长。

包队长皮笑肉不笑地说:"齐先生,我们对你很客气的,你就招了吧,不然我们就上大刑了!"齐彻冷冷地说:"奇怪!包队长,你让我招什么?"包队长大声喝道:"你心里明白!虽说你读过几句洋文,可想要骗我们,还差得远!我告诉你,我包某在前清是六品参将,你这样死硬的囚徒,我不知见过多少!"齐彻看了他一眼,说:"看来包参将一贯是抓错人的,清朝灭亡正说明你这样的参将一贯草菅人命。"包队长说:"你不要嘴硬,滚一次钉板你就老实了!"齐彻站起来,激愤地说:"随你用刑! 包队长,我现在是你的囚犯,愿杀愿剐你说了算,可是你要说明白,我究竟犯了什么罪?"包队长气得脸色发青,冲着他喊:"你还嘴硬!你难道没有勾结土匪?这罪在前清就是大辟!你明白吗?"齐彻说:"我不明白!你凭什么定我的罪?就凭这张栽赃的银票?"包队长忙说:"你有动机……""没错,我和钮五阳在上海打过架。""还有更隐蔽的原因,你以为我们不知道?""我不知道,你告诉我吧。我总觉得蹊跷,你们一个劲地问我的家世,这跟案子到底有什么关系?"

包队长冷笑了一声说:"别演戏了,齐先生,让我揭穿你:你是肖伯雄的儿子,是钮太公的对头,你来南溪,是为父报仇的!"齐彻听了此话,大吃一惊:"我是肖伯雄的儿子!"他突然怪笑起来,包队长等人愣住了。齐彻不屑地说:"我明白了,原来我是肖伯雄的儿子!于是钮家就想灭了我,因为钮家与肖家不共戴天,所以他早就想杀我灭口!"包队长得意地说:"好,你终于说出来了。"齐彻反问:"我说出了什么?"包队长说:"你的意图。"齐彻哼了一声说:"莫名其妙,我有什么意图?"包队长一愣,喝道:"我问你,钮家与你有仇,你承认了,对不对?"齐彻说:"如果我是肖伯雄的儿子,我一定会向钮家报仇,好像那仇比海都深。"包队长说:"这就对了。"齐彻不解地问:"你到底想说什么?"

包队长以一种讥讽的口吻说:"钮家既然是你的仇家,你为什么要到钮家来做事?有谁那么傻,愿为仇家做事?"齐彻显然给问住了,他冲动地脱口喊出:"如果我是肖伯雄的儿子,我一定会报仇,可惜我不是!"包队长得意地笑着,慢悠悠地说:"行了,别赖了,你就是来报仇的。上钉板……"

灯影下,齐彻被剥去衣衫,推向一块挺着利刃的钉板,他发出一声惨叫……

远在上海的四马路上的一间雅室里,烛光闪闪,一只白皙的秀脚从轻拢着的丝帐里伸出来,脚指头漂亮地弯着,鸨婆用红红的凤仙花汁,在给墨琴长长的脚指甲描花。钮五阳突然失踪,密韵楼清静了不少,蔡鸿昆进进出出,笑声朗朗。墨琴的脸却阴着,她很讨厌这个小军阀,不想见他。鸨婆正在劝说:"格格,好好打扮打扮,明天是蔡师长三十六岁生日,我们要去给他祝寿。"墨琴冷冷地说:"我不去。"鸨婆奇怪地问:"墨琴,我不明白,蔡师长对你多好……"墨琴在帐里回答说:"好什么好。一个捏枪的粗汉,长相不如二爷,钱也没有二爷多,凭什么我要跟他好?就因为他管你叫婶婶?"鸨婆火了:"墨琴,你少跟我摆大格格的谱!人要有良心,你有今天的名气,靠的是谁?还不是老娘!"墨琴把脚抽了回去,再不理鸨婆。鸨婆正想发火,不知为何又忍住了,冷笑着说:"我不会那么轻松地让你嫁人。明年花榜你要中头名,给我长一长脸!"墨琴自信地说:"头名有什么稀奇,舍我其谁?"这时一个丫头拿了张报纸进来说:"妈妈、格格,二爷死啦。"

墨琴跳起来抢过报纸,只见上面的大字标题:"江湖大盗索银不成杀人撕票,江南巨子钮家二爷命归太湖"。墨琴呆呆地坐下来,低声说:"二爷死了……"她忽然喊起来,"妈妈,我要去南溪,给钮二爷送葬!"墨琴在密韵楼闹了半宿,鸨婆总算答应了墨琴去南溪。

比格格先赶到南溪的,是艾尔博士。当他得知齐彻被钮家抓起来后,只带着一个随从,以最快的速度赶到了南溪,直奔钮家。他不顾门人阻拦,直冲进钮府,站在天井里,用拐杖顿地,大声疾呼:"我抗议,抗议你们乱抓人!"钮太公站在走马楼的平台上,打量着这位洋教士,蓦然道:"这不是艾尔神父吗?"艾尔博士仰头发现了钮太公,冷冷地说:"你认识我就好。"钮太公一步步从楼上走下来,假装热情:"老朋友,三十年前我们可是一起吃过饭的,记得你还曾劝我入教。""我当然记得,当年你焚烧教堂,揪着我游斗,我至今不能忘。""神父真是好记性……不过,今天神父为什么来敝舍?""我是为齐彻而来。""齐彻跟你有什么关系?""他是我的教子。""难怪神父这么大的火气,齐彻是你的教子?""怎么,你还不知道?""人间之大,无奇不有。齐彻是中国人,怎么会是你的教子?我相信,他是肖伯雄的儿子吧?""我不知你在说什么。二十多年前,你杀了我的教友,赶走了我,现在还想害我的教子,你是不是太狠毒了?""我没有害他,是他害了我的儿子!"

"齐彻害死了你儿子?这不可能,他什么都不知道,为什么要害你的儿子?""他真不知道?""不知道,我可以用手里这本《圣经》发誓!""你们洋人教出的学生真厉害!""随你怎么说,齐彻是不可能做这种事的,我要向你们的政府抗议,抗议你这种无耻行径。"

"你救不了他,因为人赃俱获!"钮太公说。"他无罪!我知道你是个老狐狸,什么事都做得出来,我会告你!"艾尔博士说完,转身离开钮府。

艾尔博士来到关押齐彻的镇公所。在清式木廊带着铁栅的牢房,齐彻坐在地上,背对着来人,背影显得消瘦。艾尔博士看着教子,轻声叫唤:"切尼,切尼……"齐彻转回身来,一双眸子十分有神,他扑到铁栅前,伸出双手抓紧教父的手,低下头喊了一声:"教父。"艾尔博士紧锁双眉说:"切尼,是我害了你。你大概不知道,这个钮太公心比毒蛇还毒,是我们的仇人,你斗不过他。我本来想让你来为我报仇,可是被他识破,所以他要害你!"齐彻吃惊地问:"教父,你跟他有仇?"艾尔博士点了点头说:"是的,我恨不得亲手杀了他!"齐彻又问:"那么我父亲呢?他是不是叫肖伯雄?"艾尔博士说:"我不知道,我不知道你父亲是谁。"他说着,伸出手抓住齐彻脖子上的玉佩,"我带你回家的时候,你身上只有这块玉,它可能会帮你找到家人。这块玉很值钱,我敢肯定,你父亲一定是个有钱人!"齐彻失望了:"教父,这也许会是个永远无法知晓的谜……我从小漂泊,这次到了南溪,竟有回家的感觉,我很奇怪。"艾尔博士提醒道:"切尼,你现在是在牢里。""不要紧,我没做坏事,他们早晚会放了我的。"

艾尔博士摇了摇头说:"钮太公怕你向他报仇,他会杀了你!"齐彻哈哈一笑道:"他不会。教父,这镇子的南栅,有一座楼叫绿杨楼,教父,你听,绿——杨——楼,多好听的名字,我记得有一句唐诗,是'绿杨楼外出秋千',教父你说,是不是很有诗意?""切尼,现在不谈这个。你为什么不为自己的处境担忧?""教父,钮太公并不可怕,钮家有一个亮点,就是钮小姐,我相信她不会让她父亲杀我的!"艾尔博士说:"切尼,你真是天真,被一个女人迷花了眼。钮家与你我势不两立,钮太公不会立地成佛,做了坏事的人,他一定会继续做下去的。"齐彻坚定地说:"可是教父,钮家小姐绝对天性善良。"

艾尔博士后悔地说:"我早知道,你被这个小妮子迷住了。那天在上海,我就后悔不该叫你来,你还嫩,斗不过这老家伙!""教父,你能救我出去吗?""不知道。我刚去过钮太公家,他很生气,看来他不会饶过你。""教父,你是不是一直希望让我来替你复仇?""不,切尼,我想过了,我的事自己解决吧。"

这时一个团丁走过来说:"时间到了,洋大人,请走吧!"艾尔博士抓着齐彻的手说:"切尼,放心,我会救你。"

艾尔博士刚走,钮方丽悄然闪了进来,好像一个幽灵。牢狱的一角呆坐着几个守卫的团勇,好奇地看着她。钮方丽将几块银元塞在看守的手里,恳求道:"几位大哥,让我见见齐彻。"一个老年看守来到她身旁问:"小姐,你是他什么人?"钮方丽回答说:"我是他妹妹。"看守怀疑地看了看她:"妹妹?请你在这访客本上画个押。"钮方丽签下了自己的名字。看守们围过来问:"你是他妹妹,怎么不像?"她恳求道:"大叔,就让我进去吧!"看守又问:"你真是他妹妹?"钮方丽只好改口道:"表妹。"几个看守都笑了起来,其中一个冲她喊道:"别装了,你是钮家小姐,我认识你……"钮方丽没有办法,只好直说:"你们既然知道我是谁,就让我进去。"看守一口回绝:"不行,钮太公吩咐了,谁也不能见他,尤其是你。"她还是不死心,又问:"你们能不能告诉我……齐先生他好吗?"看守怪笑着:"好着呢,一根毛没少,就多了几个血窟窿。"

第2章 六指头

钮方丽不吃不喝好几天了。姗如忍不住了,来到小姐楼上,想劝劝女儿,曼蝉也来了,但钮方丽背着身子谁也不理。曼蝉对母亲说:"我姐她一点东西也不吃。"姗如哭了:"方丽,你这是何苦!"曼蝉说:"妈,爹这是昏了头,他干吗把齐先生抓起来?如果他放了齐先生,姐也不会这么伤心。""曼蝉,你出去,到你二哥灵堂去烧烧香,我跟你姐说几句话。"曼蝉一跺脚,喊道:"妈,你们说话都避着我,可我什么都知道,啥事都瞒不了我。"姗如靠在方丽身边,轻声呼唤道:"方丽。"方丽咬着牙说:"妈,爹不放齐先生,我就离开南溪,再不回这个家了!"姗如急了:"方丽,你不能离开我,我是你妈……"钮方丽说:"妈,你别怕,我们都走,到上海、北平、广州,随便到什么地方去,我都带着你……"姗如叹了口气说:"可是妈老了!"方丽抱着母亲说:"妈不老。老实说,我看不惯妈在家里受气,不但要受大妈的气,还要被大嫂数落。""这有什么办法?你妈只是个妾!""妈,这是封建。你告诉爹,如果他不放齐先生,这一辈子我都不想见他。""女儿,你真的爱上了齐先生?听说他来路不明……"方丽气鼓鼓地说:"妈,爱上谁是我的自由,现在是一个新的时代!""可你爹说,他可能是我们的仇人!""爹胡说,胡说!不是这样的!"说完,她伏在枕上不出声了。

"天哪,我怎么生下的都是犟种……"姗如在一边抹着泪。

钮五阳并没有死。那天夜里,他被抛下船,在湖里喝了几口水,松开了身上的绳子。一阵浪打过来,他终于看见了肖晃为他准备的那块船板,奋力游过去将船板搂在怀里,在水里漂浮着。岸虽然很近,可是他却上不去,风往湖心刮,他越漂离岸越远。天朦胧亮了,一艘商船驶过,他大声喊叫,可是商船没有反应。钮五阳失望了,无力地趴在船板上随波浪浮沉,渐渐远去,被一缕黑色的浪线所吞灭。

　　不知漂了多久,他已又饿又累。一缕晨曦出现,风吹低了芦苇丛,他终于爬上岸,可是筋疲力尽,一个人趴在泥滩上动弹不得,怀里还死死抱着那块救命的船板。他在泥滩上躺了好几天,饿得不行,后来总算看见一只船,他挣扎着爬上去,可是船上空无一人,他只在舱里发现了一条死鱼,没命地吞了下去,身上总算有了点力气。他发现这里是含山,离南溪不算太远。他浑身是泥浆,好似一个流浪汉,喝醉了酒一般摇摇晃晃沿着农田走去。他走到镇东栅的时候,正逢早市,卖菜的、卖鸡鸭鱼虾的小贩拥挤不堪,人来人往,叫卖声嘈杂。钮五阳混在人流里,突然发现曾在他厂里做过工的一个村民阿弯正挑着担子在街上走,就冲上去抓住他喊:"阿弯,阿弯……"阿弯见是一个浑身脏臭的人,根本想不到这会是钮五阳,他猛地挣脱,厌恶地说:"你干什么你!欠打?"钮五阳嚷道:"你不认识我了?我是你二少爷,钮二少爷!"阿弯火了:"二爷?你是钮二爷?放你的狗屁,钮二爷早死啦!"说完,一扭身走了。钮五阳似乎受了刺激,自言自语道:"我死了?我死了?……"他迅捷地向前跑去,一直跑到钮氏宗庙里。

　　钮五阳的灵堂还在,灯烛荧荧,一切阴森森的,几个道士做完道场,正在一边休息。忽然一个人披头散发,从外面冲进来,瞪眼看着灵床发傻,忽然大声叫了起来:"我没有死,你们这是干什么?……这是我的灵床,我的灵床,我死了吗?你们干什么——"接着,他扑到灵床上,胡乱地抓起摆设的物件,四下乱扔乱砸。他猛然跳到灵床上,直挺挺地躺下,大喊一声:"我——死——啦——"这一惊一乍,让人以为来了野鬼,众道士吓得不知所措,纷纷向外跑去。过了一会儿,众人总算闹明白了:此人就是钮五阳,他并没有死!

第 2 章 六指头

为了救人,艾尔博士想出了一个妙招,径直来到镇衙拘押所找齐彻。齐彻从铁栅里伸出手来,紧紧抓住教父的手。艾尔博士说:"有好消息。"齐彻催促道:"快说,教父。"艾尔博士低声说:"切尼,南溪镇上钮家一手遮天,我想出了一个办法,可以让你的案子转到上海租界会审公廨,到了那里,法国领事可以马上签字保释放人。"齐彻不放心地问:"钮太公会同意吗?""我想出了一个办法,叫他们不能不同意,因为这样他们就无权审判你。切尼,只要你在这份文件上签个字。"

齐彻不解地问:"是什么文件?"艾尔博士掏出一张纸说:"你看,一份加入法国国籍的申请,领事先生已经批准。"齐彻的眉头皱了起来。这时,钮太公也知道抓错了人,他来到镇公所,本想放了齐彻,听见里面艾尔博士在说话,便示意看守不要声张,站在柱子后面听了一会儿。艾尔博士的声音清楚地传了过来:"只有这一个办法能够救你。我告诉你,钮家儿子已经被土匪撕票,钮太公疯狗一样乱咬人……为了他儿子,他一定会要你死!""我不服,在中国的土地上,为什么却要加入法国国籍才能免死?""切尼,这就是中国的现状。你不能在这牢里再待下去,你看这恶劣的环境,你能坚持多久?"齐彻固执地说:"教父,请原谅我,我是中国人,我坚持应该由中国人来审判我!我不怕,因为我没有罪!"艾尔博士恳求道:"切尼,你就听我一次!签字吧,签了字我们会省去好多麻烦,你可以马上出去……"齐彻脸色发白:"教父,你对我太好了,可是我不能,不能……"

听到这里,钮太公咳嗽了一声,闪身出来,他觉得齐彻人格高尚,不禁大声说:"说得好,齐先生,你们的话我都听见了。"艾尔博士一惊,见是钮太公,问道:"你、你想干什么?"钮太公拎了拎手里的文件:"我来放齐先生出狱,并要亲自向他赔礼道歉。"艾尔博士大怒,喊道:"钮世诠,你演的什么戏?"钮太公说:"这完全是一场误会。我儿子没有死,今天早上他回来了,齐先生与这次绑架没有关系。牢头……"他大声喊着。牢头走过来:"太公。"钮太公吩咐道:"马上放了齐先生,这是文件。"牢头接过文件看了看,令看守过来解开齐彻手上的木枷,齐彻用力甩下木枷,走出牢笼。

钮太公上前拦住他说:"齐先生,请留步,老夫多有得罪。刚才你与神父的一番话,叫老夫对你刮目相看,明天老夫设宴,亲自向你赔罪!"齐彻冷冷地回绝说:"不必了。"艾尔博士也哼了一声,挽着齐彻走了出去。

雾蒙蒙的石板路上,一个神秘的女人出现了,她高大美貌,而且异常时髦,脚穿高跟鞋、洋丝袜,戴着异国风情的草帽,脸上架着一副阔大的墨镜,身后跟着个老女人。她与小镇有截然不同的风格,街市上的行人立刻都被她吸引了眼球。她们刚从一条客轮上下来,沿着小镇的石板路行走,谁也不知道她们的目的。一切都很陌生,她们走到南溪码头前的石桥,茫然而好奇地坐在桥边的石礅上。这个时髦的女人就是墨琴。一只捕鱼的小船载着几对鱼鹰划过,因为只顾看桥上的墨琴,船撞上了桥墩,几只鱼鹰四散飞扑。一个挑水的汉子目不转睛地看着墨琴,从石阶的这边上来,又挑着水走向那边的石阶,直至踩到水里,才恍然大悟。墨琴放浪地咯咯笑起来,鸨母不满地在她身旁啰嗦着:"墨琴,我们这是何苦,放着好好的日子不过,来这种地方做什么!"墨琴说:"妈妈,你不能太没有良心。人家二爷在我身上可是花了大把的银子的,他死了,我们就不该来看看他吗!"鸨母没好气地说:"死了该,谁让他是个惹事的主儿,总给我们密韵楼惹麻烦。"

墨琴也不高兴了:"你还说呢,要不是你关了大门,二爷也不会发这个蛮劲,死守着密韵楼,那土匪上哪里去绑他?"鸨母抱怨

第2章 六指头

道:"你还怨我?你好没良心,墨琴,当初不是我从路边救了你,你早死了,什么大格格、淳亲王都是空的,谁会理你?现在你成了密韵楼的红倌人,风风光光,有那么多阔人大官围着哄你,你就跟我摆大格格的谱,就这么回报我?""妈妈,你烦不烦?动不动就是一套,我怎么了?""好了好了,听我的,拜了灵堂马上走。我求求你,我可不想在这种野地方住,说不定也会被土匪绑架的。""我不怕!"鸨婆无可奈何地看着坐在桥上的墨琴,催促她:"走吧,我的大格格,老坐着不动,我们还在这桥上卖春不成!"

墨琴看见前方有一条船,就招招手。小船划过来,戴着草帽的船夫问:"小姐,你们去谁家?"墨琴说去钮家,船夫就要带她前往。鸨母大喊:"别上,谁知道这是不是贼船!"墨琴不理鸨婆,独自上了船,故意大声说:"划,快划!"船夫划起了船,墨琴跷起脚,斜眼睥视着鸨母。鸨母冲着她大喊:"你下来,这是只土匪船!"船夫自顾划着,并不理鸨母。鸨母一边骂,一边顺着岸边追,墨琴看着鸨母的狼狈相,又咯咯地笑起来。

墨琴到了钮氏宗庙,见大门半掩,她一头闯进为钮五阳搭的灵堂里,发现这里乱七八糟的,供台上凌乱不堪,灵床被掀翻在地,悄无人声。她吃惊地看着这一切,蹲下身拿起装遗像的镜框,翻了过来,见是钮五阳的照片,顿时傻了,没头没脑地大哭起来。这时鸨母也从外面进来,看见这凌乱无人的场面,大呼小叫:"怎么回事!有人吗?"看宗庙的老头从布幔后一边穿衣一边走出来,纳闷地问:"你们是谁?"鸨母问他:"钮二爷已经出殡了吗?"老头说:"出什么殡?二爷好好的,他回来啦!"墨琴一愣,抬起头来问:"钮二爷他没死?""没死,从土匪窝里逃出来了,今天早上刚刚回来。""他没死?真的没死?""死里逃生。"一听这话,墨琴虽然眼含着泪,却笑了起来:"上海的记者全是一群白痴!《时报》上还有板有眼,说什么二爷被土匪撕了票,真是缺德!"老头摇着头说:

"小姐，连我们也都以为二爷死了，这就是为他搭的灵床。"墨琴点点头说："二爷大难不死，必是个有福之人。他人呢？""回家去啦！"

墨琴又要去钮家，急得鸨母拉着她的手说："行了，大格格，别闹事了。二爷既然没死，你也尽了这份心，算对得起他了。走吧，我们回上海，说不定还能赶上晚班船。"墨琴一甩脸子说："妈妈，我不走！既然二爷没死，我倒是想见他一面。""你究竟想干什么？让钮家把你轰出来你脸上就有光了，是不是？""我就见他一面！""钮家恨着你呢，不把你轰出来才怪！""轰我？谁敢轰我？我偏要去看看他们钮家吃不吃人！"说完，墨琴冲出灵堂，鸨母一边埋怨，一边费力地在后面跟着，一步也不敢放松。

大夫走了以后，钮五阳浑身涂满了药，趴在床上，脸色灰白。钱惠轻轻替他按摩，疼爱地将脸贴在他的背上："二爷，你可回来了……这些天，我每天都在烧香，求神保佑你。菩萨开眼，让你回来了。我都跟妈说了，你要是真回不来，我当尼姑去……""阿惠，当什么尼姑？我回不来，你再嫁个男人就是，你这么年轻漂亮，守得住吗？""二爷，我说的是真的。"他满不在乎地说："怎么，还准备让钮家再造一个贞节牌坊？"钱惠想说什么，但忍住了，眼里不禁滚出泪来。这时，钮太公和姗如进来，钮五阳一见他们，索性闭上了眼。钱惠忙站起来说："爸、妈，五阳他……"但她转头看见五阳闭上了眼，就改了口，"他刚睡着了……"

姗如看了儿子一眼说："睡着就别叫了。"钮五阳忽然睁开眼："谁睡着了？我是不爱理你们！"钮太公横了他一眼道："五阳，回来就好，别跟爹斗气……我不怪你，你也别怨爹，不是我舍不得花钱，问题是六指头那人无信！送了银子去的，有几个回得来？要怪就怪你在上海玩妓，才惹出这次大祸……"钮五阳不服地

第2章 六指头

说:"我横竖死不了,你们也用不着救我。"

钮太公的眉头皱了一下:"你在土匪那里受了苦,回来好好养养,有话以后再说。这回也算是老天照应,钮家祖上积德!"说完转身欲走。钮五阳冲着父亲的后背嚷道:"祖上积德?够悬的,我的命可是自己救的!我跳到湖里,太湖的水冰冷刺骨,我抱住一块船板,伏在船板上,像只甲鱼,又像个死人似的漂着,不知何年何月才能到得岸上……"姗如坐下来劝他:"儿呀,别跟你爹生气了。你刚到家时,一点人样子都没有,好吓人!好好养养身体。"钮五阳暴躁起来:"妈,就算我死了,不过没能给你尽孝,可有人巴不得我回不来……"钮太公转身怒道:"五阳,你这是什么话?回到家后,嘴里怎么就没一句人话!"钮五阳恨恨地说:"谁把我当人了?都恨不得我死呢!你们不是聘了姓齐的接我的班吗?怎么样,签约了吧?"钱惠怕他生气:"二爷……"钮五阳冲她一摆手说:"你少管!这家里的事,我比你清楚!"钮太公气得呼呼直喘:"五阳,我告诉你,我还没有死,这家里的事还是我说了算!第一,我就是看中了这个姓齐的,要是你还跟上海那个北方婊子纠缠不清,这厂我宁可关掉,也不会给你!"姗如急忙劝道:"老爷,你别生儿子的气了,他是在土匪窝里憋坏了!"钮太公顿着拐杖走了出去。

姗如责怪儿子道:"五阳,你不可以这样说话,他是你爹!"钮五阳不依不饶地说:"爹又怎么样?是他总来坏我的事!我在上海,他让巡捕房的人去找大格格的茬子;我出了事,还不赶紧花银子,反而弄几块砖头去糊弄那些土匪,我的命是几块砖头能换下来的?"钱惠连忙解释:"爸不是不肯赎你,是怕钱白扔在水里。听说六指头不讲信用,怕他一次次要钱又不放人,湖州陈家大少就是让六指头敲诈了三次,最后还是死了,反弄得家破人亡!"钮五阳生气地说:"好好好,反正都是我不好!"

儿子总算回来了，钮太公松了口气。早晨他站在一棵桂花树下端着架子练功，一条毛毛虫掉在他身上。师爷来禀报事情，见他身上有虫，想替他掸了，又怕扰了他，伸着手左右为难，没敢动。钮太公觉察到了什么，问："什么事？"师爷讨好地说："太公，你身上有条虫，我给你掸了吧？"钮太公故作玄妙道："不要动，这虫是天虫，它是来吸我身上的真气！"师爷闻言，立刻站立不动了。钮太公端着架子说："有事就说吧。"师爷咳了一下禀报："太公，我们的厂也该开工了。听说洋人想在上海建大绸厂，若让洋人夺得先机，于我们很不利！"钮太公叹了口气说："百废待兴，可是五阳他……"师爷讪讪地说："太公，二爷他撂挑子不干了。还有，二爷迷的那个狐狸精到了镇上。"钮太公惊问道："什么？"师爷又说："那个长三妹就住在绿杨楼里。"钮太公转身瞪着眼问："就是五阳迷上的那个吗？"师爷绘声绘色地说："今天那个长三妹找到我们钮府，非要见二爷不可。听说她住进了绿杨楼，安营扎寨，留下不走了。"钮太公说："不行，不能让她在镇上丢人现眼。包队长呢？让他把这婊子轰走！"师爷点点头说："好吧，我这就去！"

墨琴住进了绿杨楼，轰动了整个小镇。号称四象八牛七十二狗的镇上的富绅，没事就到绿杨楼去喝茶，在门前东张西望，探头探脑。尤其知道墨琴就是钮二爷为之差点丧命的长三妹后，他们更是骚动不已。崔五爷告诉看热闹的人："这个长三妹，可真是漂亮，我走过那么多地方，没见过这么好看的女人！"还有人说："可不，钮二爷是什么人？他的眼毒！"正说着，包队长来了，向众人拱拱手："诸位，一大早不在家里，聚在这里干啥？"崔五爷说："看美人呗！上海滩上的大美人来了，能不看吗？你包队长不也是来看美人的？""笑话，我哪有那闲心思，镇上的瘦马（妓女）多的

第 2 章 六指头

是,凭什么非得看她呀!"崔五爷疑惑地问:"包队长,那你是……""撵她走人!"包队长喝令团丁上楼。众人一听,都跟了上去。

包队长推开墨琴住的客房,墨琴正坐在窗前,脸上戴着眼镜,没搭理他。包队长粗声大气地问:"喂,你们是哪里来的?"鸨婆连忙上来搭腔:"哟,是镇上的长官?"包队长不耐烦地看了她一眼,说:"你们来镇上有何贵干?"墨琴看了看包队长,摘下眼镜,将一条白皙的腿架在桌上,媚笑着问:"你说呢?"鸨婆忙上前介绍说:"长官,她是我女儿……"包队长一下子被墨琴的美色迷惑了,一脸笑容地说道:"噢,我是镇上民团的包队长。"鸨婆讨好地说:"是,包队长,我们从上海来。"包队长笑容可掬地说:"这位妹妹一看就是大地方来的,好漂亮!"墨琴向他抛了个媚眼,说:"包队长,我们到了你的地盘,一切就全靠你了!""那是当然……"包队长只顾盯着墨琴,嘴角上的口水也流了下来。"那包队长,你这是……"包队长打断了墨琴的话,小声说:"噢,小姐,是这样,太湖上匪患不断,所以镇上规定,外来人一律要验明身份,绿杨楼不留生客。""包队长,我们是钮二爷的客人,可不能算生客,你不会撵我们走吧?"包队长不好意思地说:"小姐,本队长的公务……"墨琴一把搀起包队长的胳膊说:"一回生,二回熟,下次我们就是老朋友。走,包队长,今天我请你喝茶。妈妈,你说呢?""那是,包队长是什么人,我们敢不请!"包队长正巴不得,忙应道:"那好吧,真是不敢叨扰!"墨琴与包队长一起走下楼去,七十二狗挤在门廊里,目瞪口呆地看着他们。

墨琴在绿杨楼住了一夜,心情不错。钮家拒她于门外,使这个心气颇高的女子心有不服,她不想走,非要见钮五阳不可。早晨,她起床推开窗子,没想到对面房间里有个戴眼镜的潇洒男子坐在窗前,那人正是齐彻。两人凭窗对望了几眼,墨琴觉得这个男人很英俊,便也戴上墨镜,开玩笑地与他对视着。齐彻背过了身子。墨琴摘下墨镜问:"妈妈,这个人是谁?"鸨婆没好气地说:"这种地方,我认识谁?"她走到窗边,看了看齐彻的背影,"这个人好像是上海洋行里的,我见过。"墨琴笑道:"这人好帅!"鸨婆忙提醒:"你别处处留情,这个男人很傲气,未必看得上你!"墨琴哼了一声说:"看不上我?真的?我去找他。"鸨婆一把拉住她道:"你这是干啥!我不许你去。"

得知包队长撵不走墨琴,反让她留了下来,钮府如临大敌。钮太公吩咐,将钮五阳的住处封锁起来,不让他知道这一消息。趁着钮五阳还躺在床上的时候,下人们遵照钮太公的吩咐,悄悄地在钮五阳住的楼上加了把锁,后厢房下楼的楼梯也被钉死了。楼下的厨子做好饭,拉拉绳子,楼上的铃铛就响了,丫环会在窗口出现,将做好的饭菜从饭笼里吊上楼去。钱惠将饭菜收拾好,端到桌上。钮五阳的断指伤口处天天换药,也是钱惠亲自动手。丫环梦蚕看着断指处,害怕地问钮五阳:"二爷,六指头太缺德了,他为什么要剁你的手指头?""他一个土匪,心里不平衡。你想想,他从娘肚子里出来就比别人多一根手指头,心里不愿意,所以就想让别人少一根手指头。"梦蚕小心地说:"听说,被他绑架的人都被剁了手指头?""这都是怪癖,就像有的小偷,每一次偷了东西都要在人家屋里拉一泡屎留下。"

梦蚕笑了:"二爷,你说什么笑话。"钮五阳说:"真的,不骗你。"钱惠走过来说:"二爷,吃饭了。"钮五阳摇摇头说:"我不饿,不想吃,我想出去走走。"钱惠大惊失色道:"不行!二爷,你没有好,不能出去。"钮五阳不耐烦地说:"我出去转转,就在花园里散散心。""不要!二爷,你不想吃就躺下吧。梦蚕,快伺候二爷躺下。"钮五阳疑惑地说:"你是怎么回事?我想下楼,这几天憋死了,我要出去转转,去厂里看看。"说完,他站起来就往外走,钱惠匆匆拦在他面前说:"二爷,出不去的。"他气呼呼拉开钱惠,来到门廊处,一推楼梯门,关得死死的,只听得外面铁锁咣咣地响。钮五阳怔了一下,问:"这是干什么?"钱惠道:"是老爷锁的……"钮五阳想起后厢房的楼梯,匆匆走过去,一看楼梯更是钉得死死的。他不由大发脾气,猛地踹了一脚,大声叫喊:"我成了犯人不是!"钱惠忙解释说:"二爷,爹是为你好,怕你再出事。我们都在楼上陪着你,直到你的身子好些。"

墨琴在钮府门前闹了好几次,都没能进去。她以为钮五阳知道她来了,因为怕其父所以躲着不肯出来见她,终于火了,坐在门楼前的石礅上,气呼呼地叉着腰。鸨母也在一侧,脸色很难看但又很无奈。墨琴忽然站起来冲着大门大叫:"钮五阳,你个狗东西,出来呀!姑奶奶老远来看你,你当什么缩头乌龟!"可是,钮府里连一点动静也没有。墨琴骂累了,坐在门前的石礅上喘气,鸨母走过来,不咸不淡地说:"别喊了,大格格,多没身份。你也算是上海滩上出名的红倌人,又不是没人要的货。"墨琴又站了起来,朝钮府喊道:"我偏要喊,偏要喊!你钮五阳怕老婆,就不要来惹我!"鸨母不满地说:"还不是你招人家惹人家的。""我招他惹他?我没人要啦?他口口声声说喜欢我,我倒要看看他究竟是个什么人!"鸨母不耐烦地说:"行了,行了,他是什么人,这下你明白了?走吧。"墨琴不甘心地大喊:"钮五阳,你有种就永远不要来找我!"

墨琴和鸨母正要走的时候,胡碧容的傻儿子钮平出现了。虽然他已年过三十,但发育不全,仍像个孩子。他抱着采来的一堆野花,哼着小调,忽然发现了墨琴,就走过来,傻乎乎地说:"这位小姐,这是我家,你们进去呀。"墨琴大声地喊道:"我找钮五阳!"

钮平拍手叫道："我二叔哇，我知道他在哪里。"他凑过来悄声说，"他被我爷爷关在楼上了。""真的？""真的，钉楼梯的时候，我也在。"墨琴想了想，对钮平说："喂，你能不能帮我送个信？就说我——格格来南溪找他了。"钮平傻傻地问："格格？"墨琴说："是，格格就是我。"钮平答应道："行，那你给我什么好处？""你要什么？"钮平想了想说："让我香一个。"墨琴叹了口气说："嘿，这钮家怎么个个都是情种……不行！"钮平瞅着墨琴不注意，冷不丁抱着她的脖子死劲亲了一下，手舞足蹈地走了。

钮五阳的楼房前有棵大树，是棵公孙树，枝叶茂密，树枝离窗子很近。钮平悄悄地顺着树爬上来，从窗口跳进去，咚的一声落在楼板上。他蹑手蹑脚走过去，探头往房间里一看，钱惠不在，钮五阳正躺着，脚跷得老高，梦蚕趴在桌上打盹。钮平走上去，抓挠钮五阳的脚心，钮五阳一惊，翻身坐起来，见是钮平，就问："你干什么？鬼鬼祟祟的。"钮平故作神秘说："二叔，有人让我给你传信。""谁会让你传信？""真的，我不骗你。"钮五阳又躺下去，背对着钮平："谁信你呀，小傻子。""有个叫格格的找你。"钮五阳一下子翻身起来，抓着他肩膀说："钮平，你快说，二叔给你大洋。"钮平哎哟了一声说："二叔，你急什么？格格是个女的，长得跟仙女一样，在咱家门口喊你，都喊破嗓子啦。""真的？她是不是很高大很漂亮？是不是，是不是啊？"钮平点了点头说："嗯，是外地的，说的是官话……"钮五阳跳下床，向大门处张望着问："她现在还在吗？"

"刚才还在，她让我送信给你，还让我香了一下！"钮五阳随手打了他一巴掌，骂道："你这个小傻子！"钮平像要哭出来，大声嚷道："二叔，你才傻呢，让爷爷给关在楼上！"这时，钱惠闻声过来说："是钮平呀，你怎么上来的？"钮平迟疑了一下说："我？从窗外那棵树上爬上来的。"钮五阳探出身子，看了看窗外："这么高，

第 2 章 六指头

你的胆子倒不小。"钮平瞪了他一眼:"还不是为了你。"钱惠问:"钮平,什么事?"钮平答道:"二婶,是……"钮五阳向他瞪了一眼,赶紧搪塞了一句:"他一个傻子,有什么事!我看你怎么下去。"钮平一甩头说:"我好容易上来,不想下去,我要找梦蚕妹妹玩!"

天黑了下来,吃过晚饭,钱惠搂着女儿娟娟睡觉了。钮五阳觉得机会来了,爬起来,轻手轻脚往外走。他探身窗外,抓住那棵树,抱紧了滑下去,一落地,就朝大门飞奔而去。

入夜,绿杨楼客房内点了一支蜡烛,墨琴躺在昏暗的烛光下出神,鸨婆在一边啰嗦着要回上海,墨琴不耐烦地翻了个身,说:"妈妈,明天回去就是了。"鸨婆不满地说:"我身上没带多少钱,你明天再不走,就喝太湖水吧。"墨琴不耐烦地说:"行行行,明天走。你去睡吧,真烦人!"鸨婆出去了。墨琴睡不着,她拨亮蜡烛,忽听得有人在轻轻敲窗子。墨琴走到窗前听了一会儿,推开窗子,意外地发现是钮五阳。他双手一撑窗台,跳进房间,死命地搂着墨琴在房间里转圈圈,说:"大格格,想死我了!"墨琴忽然挣出身子小声叫道:"别动……"钮五阳放开她,墨琴听了听,然后走到窗前,将窗子轻轻关上,用手指了指外面,示意要轻声些。钮五阳看了看问:"妈妈也来了?""她哪肯离开我一步呀!"钮五阳激动地说:"大格格,你还想着我!我以为这一世见不着你了!"墨琴坐在他身边,柔声说:"二爷,你要是真死了,我会不安的,好像是我害了你似的。""都是那个狗日的蔡鸿昆。不过大格格,为了你,我死也愿意!"墨琴幽幽地说:"别这么说。二爷,你是阔少爷,会有大出息,可别为我死。我一个烟花女子,总归是你们男人碗里吃剩的。""你不是,你是大格格,是世界上最高贵的女人。""你会说,嘴甜,可骗不了我!"钮五阳狂热地亲着她,两人倒在床上。

"墨琴,今天我不走了,就睡在这里。"墨琴推开他说:"不行!二爷,我是来给你上坟的,还好你还活着……我只是想见见你,见了你就行了,明天一早我就回上海!"钮五阳拉住她的手说:"我要和你一起走。"墨琴摇了摇头说:"不行,你是个男人,要做大事。钮大掌柜,明天我跟齐彻一条船走!"

钮五阳一惊,问:"什么,你认识齐彻?""原来不认识,现在他就住在绿杨楼……他人不错。""大格格,你知不知道……""我的二爷,你也别胡闹了,我们是没有结果的,林妈妈不让你赎我,你们钮家也不会让你娶我。你们有钱人家的少爷,到烟花柳巷玩玩而已,没正经的,最后必然是个悲剧。"钮五阳喊道:"不,大格格,我要娶你!真的,天地之间,除了你我什么人也不要。格格,别走,留下来,我们好好商量商量!"墨琴将钮五阳推到窗前说:"商量什么!二爷,我们面也见了,知道你好好活着,我就放心了。你回家吧,明天再说!如果惊醒了妈妈,她会大闹一场的。"钮五阳恋恋不舍地唤道:"格格……"墨琴不由分说,将他推出窗子,然后说:"回去吧,你没死,我就放心了。"

齐彻端着茶碗,边走边喝,他来到后园里,无聊地用茶水浇着墙皮上的老苔藓。艾尔博士跟了过来,他摸了摸齐彻的头说:"切尼,准备好了?走吧,船马上就到了。"齐彻吃了一惊,说:"这么快?我还想留几天……""走吧,这里有一股邪气,你回上海要静养一段时间。"齐彻点点头说:"好吧,教父,不过走前我还想见一个人。""我知道,你是想见钮小姐。""是的,教父,就像有人用刀子将她的形象刻在我的心上,我忘不了她!""切尼,男女相爱的事我明白,可是因为我们和钮太公是世仇,你不要再想她了。而且我有一种预感,你和她的事,将会是一个悲剧。""中国的罗密欧与朱丽叶,是不是?教父,那可是中世纪的故事了。"艾尔

第2章 六指头

博士有些生气地说:"切尼,我发现你越来越不爱听我的话了。""教父,虽然我是中国人,你却永远是我的父亲,我爱你!"这时,茶房在楼下喊道:"齐先生,有人找你!"艾尔博士无奈地说:"肯定是钮小姐。"话音未落,齐彻已经冲了出去。

在绿杨楼外的水轩边,齐彻和钮方丽迎面相遇。她盯着他,柔声问道:"你一定要走?"他点了点头。她又问:"那工厂的事……""钮小姐,不是我不想……你看,现在情况失控了。"她叹了口气:"小镇太小,而小镇又太富,这正是最麻烦的地方。""这话我不明白。""齐先生,镇子虽小富人多,富人多了好做事,却也格外麻烦。""这么说,这里所有的不幸,都是镇子太小富人太多的缘故?""齐先生,不要记仇,我哥哥死里逃生,父亲做的第一件事就是将你保释。连我都没有想到他会勇于认错,我已原谅了他!""可我不明白,他为什么会怀疑我?"钮方丽摇了摇头说:"我问过他,可是他不说。你教父和我爹是不是有过节?""我教父和他是有过节,但与我有什么关系?""爹很奇怪,前几天恨不得杀了你,现在又拼命地让我挽留你。""是不是看在你的面子上?""不知道,不过我是说过,他不把你放出来我就不认爹。""钮小姐,爹怎么可以不认!""看你,人家为了你,你还说风凉话。""不管这镇子是大是小,来了这几天,看到了不少新的东西。南溪可以说是江南第一商镇,很有潜力,所以我有兴趣,愿意来,条件也很简单:宁做鸡头,不当牛尾,要我做,我就要做大掌柜。"钮方丽为难地说:"齐先生,这个职务一直是留给我哥哥的,他不会让!""我知道,所以才想马上走……我觉得我和你哥哥很难共事,尤其在他手下,更是难!他好像手里拿着刀,随时准备割我的肉下酒。""齐先生,你是个做大事的人,一定要受得住委屈,在中国,做大事的人都需要度量。""当然,古今做大事业者,必先苦其心志,劳其筋骨,这些我都可以忍受,只有一点,钮小姐,我到贵镇是想一展抱负,而不是浪费时间!"她叹了口气说:"看来,我们确实谈不拢……你真的马上要走?"他点头道:"是的,船马上到。"她还想做最后的努力,继续劝道:"这么快?你再留两天,让我们钮家将过错弥补一下。"他摆了摆手说:"不必了。再见,钮小姐,如果有机会,我们会在上海见面。"

他独自离开,渐渐走远,将她一个人独自留在柳阴里徘徊。四周空旷无人,忽然她靠在树上,低低地抽泣着说:"不,我不要你离开这里!"她顺着树干,无力地滑到地上。

一个小时以后,墨琴和齐彻乘同一条客轮离开小镇。他们对小镇似乎都舍不下,站在船舱外,看着船徐徐离开。钮太公派人在开船前送来一张银票,可是齐彻没有接。船开的时候,钮五阳也气喘吁吁地跑到了,看着齐彻和墨琴并排站在船头,他愤怒地挥着拳头,好像是恨齐彻夺走了他的爱人!

第3章 神秘小蚕娘

南溪西南方有一座小山,叫含山,是一座秀丽的小山。每年的春天,四周的蚕农们都会聚到这里热闹一番,叫赶蚕花会。届时,会有无数的桑女蚕娘身着彩衣,怀里揣着蚕种,在花会上嬉闹,而这一天,无论男女老少、富贵贫贱,见了蚕娘那鼓鼓囊囊的奶子,都可以摸上一把——奶子上附着的就是一张布满了蚕卵的桑皮纸(越俗:春天用蚕娘的胸来孵蚕),据说摸过的蚕种会格外旺势。于是,这一天男人可以老少无忌,任意与年轻貌美的蚕娘嬉闹。

民国伊始,由于西洋大量需要中国的蚕丝,蚕茧市场奇好,所以养蚕的人越来越多,赶会的蚕娘也特别多,鞭炮锣鼓随处可闻,各种民俗表演争相登场。庙祝们将蚕花撒向人群,蚕娘们争抢蚕花,以装饰自己的鬓发。除此之外,还有一场大戏,让天下富人为之心动——在含山蚕花娘娘的大祠堂门口,贴着大字告示:"今年花会豪赌,天下好手尽聚含山!"

土匪也不会放过这样的机会。赌兴最大的是六指头,可他今年因为得罪了钮家,没敢出来,但是肖晃不怕,照例带着人来逛花会。这天,肖晃带着几个土匪化装成蚕农,也挤在人群里东张西望,好像是在踩点。肖晃看着告示,打趣地说:"老三,你也试试?"刀疤阿三傻笑着说:"我不敢。头儿,你是赌家,去试一把!"肖晃笑着说:"大头领喜欢大赌,我不会。"阿三说:"头儿,这是个机会,你看今年蚕花会,苏杭两州的赌王都来了,多好的机会!"肖晃说:"我行吗?"阿三说:"那就蛇吃鳝鱼——看谁长了!"

蚕花会临近,胡府七叔公上门邀钮五阳参加赌东大会,他同意了。历年来,他钮五阳都是花会上的豪客,可是今年他手里没有钱,因为太公怕他去上海找大格格,冻结了他的账房。钮五阳没办法,只好缠着母亲:"妈,我求你了,你跟爹去说说,别再冻结我的账房,我手里没钱怎么行?"姗如说:"五阳,你爹不是不给你钱,是怕你去上海找那个妓女。"钮五阳撒娇似的喊:"妈,不找了,我保证不找!"姗如不放心,又拗不过他,只好说:"五阳,你爹这几天躁着呢,这事还是先不说为好。你缺钱,妈给你私房钱用,行不行?"钮五阳不高兴地说:"妈,你那点钱怎么够我用?你去帮我求求爹,让章六松动一下,我就活了。妈,你也知道,钱是人胆,没有钱什么也干不了。你就说,我想让工厂揭牌开工!"姗如听了儿子这话,忙问:"是真是假?"钮五阳一看有空子可钻,忙说:"那还有假?妈,我能骗你吗?"姗如说:"如果你干正经事,你爹会答应的。""妈,你快去,我等着你的好消息。"钮五阳顿时两眼放光,谁知母亲却说:"我不去。我说也没有用,还不如叫你媳妇去求你爹,钱惠贤良,讨人喜欢!"钮五阳为难地说:"妈,这事怎么能求钱惠呢……"姗如无奈地说:"他下了死命令,恐怕谁说也没用,你就好好在家养一养吧。"说完就走了。

钮五阳正无可奈何之际,小妹曼蝉却来求他:"二哥,带我去花会玩玩行吗?""什么?你去花会?不行,你不可以去。""哥,我不去蚕花会,那儿太下流,我要去赌场看看。""那更不行,女孩子不可以进赌场,被人发现要轰出来的。""哎,那我可以扮个男的。""扮个男的?什么馊主意!我告诉你,你是大家闺秀,不是山村野姑!""我就要去,就去!"钮曼蝉撒开了泼。钮五阳看她这副模样,反而笑了,说:"曼蝉,你够野,我要告诉妈去,让她好好管你。一个深闺佳人要去花会参赌,被外人知道后,以后连傻子男人也不要你,你就等着在家里养老吧。"曼蝉撅起嘴来:"哥,你不

第3章 神秘小蚕娘

带我拉倒,说那么多的废话干吗!"说完,扭身就走。

曼蝉是钮家最野的一个女孩子,姗如简直不相信这个女儿是自己生的。她天生不爱女红,野得像男孩子一样,是钮府的一个异类。那年她出生时,钮太公得了一场大病,差一点一命归西,据道家仙师爻算,家里有人克他,于是算来算去应在曼蝉身上。钮太公本想把她扔到山里,可是姗如宁死不肯,最后只好将曼蝉送到七里郊外的一个蚕娘家里。曼蝉在乳娘的家里一直长到七岁才回钮府,所以,她似乎是一个外人,与豪门格格不入。

花会的前一天,在透明的晨曦中,曼蝉悄悄起床了。她换上一套乡间男子的服饰,将长长的头发挽在帽子里,然后照了照镜子,兴冲冲地下了楼,来到院子里。看门的老头刚刚打开门,拿了把扫帚在扫地,曼蝉一溜烟从门口溜了出去。老头觉得好像有人出去,过来一看没有人,还以为自己看花了眼,不由擦拭着眼睛。这时,钮五阳打着哈欠从屋子里走出来,老头上前讨好地问:"二爷,您赶会去?"钮五阳嗯了一声就走了。

天色还早,含山顶上的老祠堂前却早已是锣鼓喧天,人来人往,商贩拥挤不堪。乡民组成的舞龙长阵煞是好看,一条荷花龙,浑身的龙鳞都由荷叶组成,起起伏伏奔个不停。一个光头的小伙子站在一张几人高的皮鼓上,走着八卦阵,疯狂地击打出震耳的节奏,下面一些蚕娘就发疯似的往他身上扔花瓣。戏台上,一群绿衣少女跳着采莲舞,舞姿曼妙,十分显眼。茶楼酒店的豪赌之客,正对着戏台饮酒作乐。

几个贩赌票的黄衣客挥动着彩票,在老祠堂门口叫卖:"快买赌票,快买赌票,发大财的机会到喽!"这时男装的曼蝉走了过来,她停在一棵树下,四下张望。树下有一个老头在卖茶水,曼蝉要了一碗水,却一口也没喝,只顾问他:"老爷,这花会上怎么赌?"老头慢吞吞地回答说:"这容易,你有钱就买赌票,过一会儿,有三十六个蚕娘被关在祠堂里,让小伙子蒙上眼睛进去抓。蚕娘们身上印着十二季鲜花,抓到谁,揭出花名,那就是宝,押中了,最多的一陪二十!"钮曼蝉感到十分奇怪:"这算什么?"老头说:"蚕娘谁也不愿被抓到,因为被小伙子抓到,就要随他乱摸,蚕娘会没命地跑,像猫捉老鼠,多有意思!""谁要是敢摸我,我给他一耳光。"钮曼蝉一扬头说。老头笑了:"你是个后生,谁来摸你!"钮曼蝉赶紧以手掩口,知道自己失言了。她喝了水,一直挤到戏台前,看花会上被选出的那三十六个蚕娘。她们都是美女,鱼贯立在老戏台上,彩色衣服上印着各种各样的花卉,每种花卉都暗藏着一个古人的名字,台上充满了叽叽喳喳的欢叫,好像一群晨起的黄莺在歌唱……在锣鼓声中,她们列着队走进祠堂。

得赌一把试试!曼蝉叫住一个叫卖赌票的男童,让他把花花绿绿的赌票拿出来给她挑。她正在一张张地看着,肖晃带着手下,正巧也来到这里挑赌票。他抓起那叠印好的花票挑拣着,很快看中了一张印着番石榴的花票,伸手过去拿时,曼蝉却伸手抢了过去说:"这是我挑好的。"肖晃怒道:"嗨,有人敢跟爷抢花票!"曼蝉也学着他的腔调说:"嗨,有人敢跟爷抢花票!"肖晃斜着眼看去,想抓她的手腕,忽然他像发现了什么,嗨地一笑问:"小伙子,你哪个村的?"曼蝉一甩手说:"你管我是哪个村的!这票我已经要了。"肖晃摇了摇头:"那可不行,你是从我手里抢去的。"曼蝉哼了一声:"这说明你没本事!" 肖晃显然是在让她:"你抢东西,算什么本事?"曼蝉说:"谁说我是抢的?"肖晃说:"就是抢的,你是在我手里拿走的吧?不信你问卖票的。"卖票的男童赶快说:"二位爷,我没看清。要不这么着,你们俩赌一把,谁赢了谁就要这张花票!""好呀,爷就跟你赌一把。"曼蝉正中下怀。肖晃也

第 3 章 神秘小蚕娘

乐了:"赌一把就赌一把,我还赌不过你!""先别吹,看谁赢!"曼蝉向他做了个鬼脸。肖晃拿起骰子罐问:"你要什么?大还是小?"曼蝉不懂,问:"什么意思?"肖晃讥笑道:"这都不懂,还赌?摇骰子比点子大小,你说比大还是比小?"曼蝉想了想,说:"比大!"肖晃一笑说:"好吧!我把话说清楚,你比我大你赢,我比你大我赢……""知道了,啰嗦什么!"曼蝉早就不耐烦了。

肖晃拿起骰子筒,飞快地摇起来,然后猛地翻过来往桌上一扣,六个骰子加起来二十九点。肖晃手下的人欢呼起来。曼蝉说:"喊什么,还没完呢,该我了。"肖晃提醒道:"我摇了二十九点,你要大于二十九点才会赢我!"曼蝉学着他的样子,飞快地摇着。她显然不会,一不小心,将骰子全飞在沙地上了。肖晃和几个手下大笑不已,曼蝉却趴在地上,认真地一个个数点:"二十七、二十八、二十九、三十……噢,我赢了,赢了……"她跳起来,一把从男孩手里抢走了那张印有番石榴的花票。肖晃一愣,似有不甘,忽然灵机一动,猛地掀掉曼蝉的帽子,露出她的一头青丝。几个喽啰一起喊道:"哎,是个女的,假小子闯赌场喽!"看客们也喊了起来:"赌场上混进了蚕娘!"

一赌客骂道:"快滚,他娘的,真他娘败运!"胡家老族长在台上闻声而起,大声说:"快把那个蚕娘轰出去……"曼蝉见势不妙,落荒而逃。肖晃哈哈笑着说:"这个宝贝,轰她出去倒少了一份兴致!"喽啰讨好地说:"少了这蚕娘,说不定您会大赢。"肖晃一皱眉说:"你说她是蚕娘,不会吧?""那她是什么人?""绝对不是蚕娘。""管他!头儿,快走,等会儿开场了!""今天我得过把瘾,当一把骰子!""行,等会儿我们看你的好戏!"几个人都为曼蝉心动,她走后好久,还谈论个没完。

豪赌马上就要开始了。台上,六个年轻的男子站成了一排,肖晃也列在其中。这六个男子将充当骰子，由长老们投骰子决定他们的出场次序，然后他们将在祠堂里与蚕娘们玩一场猫捉老鼠的游戏，最后抓住六个女人，解下她们身上的绸布，露出衣服上的花朵图案。戏台下，正在出售最后的赌票。赌资不断投放于台上一只青铜大缸里，由几个拖着长刀的团勇看守。几千个赌徒围在戏台下，如沸腾着的一大锅热粥，狂热地叫喊着："摸彩了，摸彩了！"一只巨大的铜锣敲响了，预告赌局开始。几个长老列坐在台前，主持这台花会，钮五阳也坐在前列。主祭的是胡家族长七叔公。有人将一只鸡剁去了鸡头，鸡血淋到一只青花海碗里，每个抓骰子的人都要伸出指头蘸一下。六个当骰子的小伙子穿戴一新，站在台上，等待着最后的决定。七叔公哑着嗓子，对着几个长老说："诸位，开始吧！谁先摸？"一个灰衣老者抢着伸出筋骨棱棱的手，蘸了蘸血说："去年是吴老弟，今年我就当仁不让了。"七叔公一摆手说："慢着，今天钮二爷来了，先让他试试手气？"钮五阳忙谦让道："我是来散散心的，你们开盘吧。"另一老者将辫子缠在脖子上说："慢着，这骰子没摇匀。"他抓起骰筒，死命地摇晃着，听得里面三十六颗骰子刷刷直响。有人喊了声："好了。"灰衣老者朝那人白了白眼，骂道："多事佬！"摇骰子的老者跳了起来喊："谁多事？"七叔公一挥手，止住他们说："行了，别吵了！年年都这么闹，烦不烦？让人家笑话！"

这些人安静下来，各自伸手蘸着鸡血在一张白帛上捺下手印，这道手续十分繁复。他们各自从竹箩里摸出一粒骰子，以决定这些后生的编号，六颗骰子分别代表六个后生。仪式开始后，先由七叔公摸一粒骰子，决定最先进入老祠的男子，一个吊梢眼、长得有点像戏子的文弱小子被选中了，可是下面有人在喊："不行，这是个女人，女人！"七叔公站起来，以主祭的身份当着大伙的面将他的裤裆摸了一把，叫着是公的，可是下面人群继续起哄,他们认为这小子太文气,不够勇猛,说不定进去后就会让女人们给扔出来。他们爱看的是野性的男人,如老鹰捉小鸡一样将女人驯服。

含山的花会颇有些淫邪,让美丽的蚕娘当赌具,让潇洒的男子去游戏。这一习俗名动江浙,此时的老戏台下,早已坐满了众多江南豪客。戏台后的老祠堂内,蒙着眼的吊梢眼毛头后生被推了进去,接着门又关上了。祠堂很大,里面若明若暗,蚕娘们像鱼群般惊慌地四下逃散,充当骰子的后生叫嚣着张开双手,如一头瞎驴东奔西突。他显然是没什么经验,在一次奔袭中,一个蚕娘被他的手碰了一下,随即被他死死抱住,可是那女人显然更高明,她伸脚踢了他的裤裆,他疼得叫了起来,倒在地上,于是这条鱼就逃之夭夭了!门外赌徒们不耐烦地叫道:"快点,快点!"

"骰子"站了起来。这次他稍稍调整了策略,慢慢地走动,使劲地皱着眉头,想要挣开蒙眼的布条,可是那布包得很结实,他只能凭耳朵听动静捕捉目标。他忽快忽慢,在一次奔袭中抓到一个蚕娘时,毫不犹豫地猛扣她的手腕,将手腕扭向后方,然后腾出一只手,漫无目的地在她身上游动着。女孩尖声地叫着,又被他摸得痒不可当,像个疯子般尖声笑起来……胜利的"骰子"征服了她,他粗暴的作动吓坏了那个女孩,最后他的手伸进她的胯下,一弓身将她背起来,笑着向门外走去。

在众人的欢呼声中,"骰子"钻出老祠。他将蚕娘放在台前,用力扯下她身前遮掩着的绸布,在一声惊叫中,人们看到图案是一枝桃花。赌徒中响起一阵疯狂的欢呼。先出来的图案是一赔五的。曼蝉已混进了人群,她失望地看了看自己的那张赌票,上面画着一枝火红的番石榴花。

风吹云动星不动

高大的祠门开了又关，祠堂终于开始了最后一次角逐，是一赔二十的大赌，这回轮到肖晃充当骰子。他一步步慢慢地走进祠堂，里面黑乎乎一片，他蒙着眼，当然什么也看不见。蚕娘有了前几次的经验，更加难抓。她们生怕被他抓到，逃得更快更远，甚至躲在柱子后，如一群贪生的鱼儿拼命地奔逃……这种神秘的游戏，是让男人兴奋的乐事。肖晃动作麻利，显然是个老手，他似乎毫不困难地发现了目标，并且从蚕娘身上的标志中寻找着什么信息。他的手几次掠到蚕娘的绸衣，都无动于衷，突然他飞快地动作起来，从柱子后抓住一个穿着素色绸衣的娇小蚕娘，又飞快地将她捆起，冲出了祠堂。外面锣声如潮，淹没了蚕娘的叫喊声。

肖晃将蚕娘放在台上，用力扯下她身前遮掩的饰物——是一枝鲜艳的番石榴花。戏台下人群中，又是一阵欢呼。曼蝉高兴极了，她咧着嘴，向台上的肖晃举起了手里那张画着番石榴的彩票。肖晃愣了一下，跳下看台向前追去。刀疤阿三不解，从后面追上来问："头儿，你去哪儿？"肖晃边跑边说："找那蚕娘！好怪，我明明感觉抓的是一枝杜鹃，怎么变成了石榴！"刀疤阿三在后面追着问："是谁赢了？"肖晃说："那个女扮男装的假小子！"

两人追到了山下一个小村落，曼蝉早不见了。肖晃气喘呼呼地说："这小妞鬼得很，她肯定早领了赌金走了。真邪性，败在一个女人手下！"刀疤阿三笑道："这假小子长得还满标致……头儿，你抢回去做压寨夫人算了！"肖晃拍了一下他的头，说："算是个好主意。""可不，寨里人人有老婆，就你还是光棍！"刀疤阿三来劲了。两人沿着河边走边说，准备回去，冷不丁，曼蝉从小巷中一个门洞里蹿出来，一把将肖晃推到河里，一边大叫："让你坏我！"然后向他晃晃手里的彩票，得意地跑了。刀疤阿三将肖晃从

第3章 神秘小蚕娘

河里拉起来,曼蝉早已经没有影了。阿三笑着说:"头儿,今天你可真的栽惨了。"

肖晃水淋淋地从河里爬上来,向曼蝉跑去的方向又追了上去。

曼蝉筋疲力尽,总算跑到了钮府的后门,正坐在石阶上喘气,肖晃却一闪身出现了。曼蝉吓了一跳,赶紧逃到里头,将门关上,自己躲在门后。肖晃知道她在门后,故意说:"好啊,原来是钮府的人,有了庙就不怕找不到和尚!"曼蝉猛地打开门,摘了帽子,露出一头青丝说:"谁是和尚?"肖晃开玩笑似的说:"我是和尚,你是尼姑,行了吧!"曼蝉嘴一撇说:"我才不是尼姑,尼姑嫁不得人,我是要嫁人的。"肖晃凑上前去说:"你想嫁给谁?你该不是看上我了吧?要不,你推我到河里去干啥?"曼蝉怒道:"放屁!谁要嫁给你,是因为你先坏我!"肖晃辩解道:"我怎么坏你了?明明是你在跟我抢彩票!"

"就抢!"曼蝉开始蛮不讲理起来。"就抢?你们钮家的人不讲理吗?你抢我,我还想抢你呢!"曼蝉不明白,纳闷地问:"你抢什么?""抢你回去做老婆!"肖晃说完哈哈一笑,转身就走。曼蝉急了,在后面追着他喊:"你回来,把话说清楚!"肖晃大笑:"够清楚的了!明晚三更你在闺房里等着,我要来抢亲……"曼蝉一愣,见他笑着走了,急得追上去喊:"哎,你别走,你敢来抢亲?你不来不是人!""我一定会来。"肖晃的声音远远地传了过来。

曼蝉信以为真,肖晃英俊的脸让她着迷。夜里,曼蝉早早从自己闺房里溜出来,坐在后门等他。月光如银,外面一切清晰可见。等了一夜,可什么也没发生。天亮了,她坐在石阶上睡着了,直至太阳升起,她还坐在那儿。丫环苞梅出来打水,看见了她,惊奇地问:"小姐,你在这儿干啥?""我睡不着。"她等不到人,沮丧万分。苞梅不解地说:"怎么了?"曼蝉气愤地说:"那个家伙,他骗人!"说完,她一步步朝楼上走去。不知为何,这个"骰子"的脸就像印在她脑子里了,怎么也抹不掉!

齐彻回到上海,身心疲惫,一连休息了几天,没有见人。他心里隐约有个念头,总想着一个女人。这天他出了门,不知不觉就走到了和方丽第一次约会的红房子西餐馆。他坐在靠窗的老位置上,要了一杯咖啡。没喝几口,跟班常亮进来找他,递给他一封信,是南溪寄来的。他的心猛地一揪。侍者送上一把漂亮的裁纸刀,他把信裁开,真是钮方丽的信。他就瞟了跟班一眼,常亮知趣地走开了。

齐先生,你离开南溪,已有十几天了,我们真是十分想念你。这次你来南溪,是我不好,让你吃尽了苦,如今家父也十分内疚,觉得错怪了你,犯了很严重的错误,不知怎么才能赔偿你的损失。我哥哥似乎被土匪伤了元气,没有心思再管这厂,一心想着那位漂亮的大格格。我们的工厂没有首脑,这么好的设备,这么大的厂房,都闲置着,很可惜,倒是有洋人想来接手,可我父亲坚持要用中国人。真不明白,有这么好条件,你为什么不答应?如果你想做大事,就不要因这次所承受的苦难而却步……你还想来试试吗?

读完信,齐彻心里像拱进条毛毛虫,又不安起来。他出了餐馆,来到教堂,想找艾尔博士商量。艾尔博士一见面就告诉他:"切尼,我正要找你。昨天,我去了藤也那儿。"藤也是日本上海株式会社的社长。"你去那儿干什么?"艾尔博士笑着说:"切尼,你现在成了上海的名人,负责怡和这么大的商业集团生丝的出口,

第 3 章 神秘小蚕娘

可不是一般人能做的事。中国是世界上最大的生丝出口国家,所以各国的财团都想在上海建造绸厂,这是一个机会。我告诉你,藤也对你很感兴趣。""怎么,日本人也想在上海建绸厂?"齐彻不安起来。"是的,他们看上了你,而且想请你做他们的总经理。"艾尔博士说着,得意地笑了。齐彻想也没想,就说:"我不接受。"艾尔博士吃了一惊,问:"为什么? 有了这厂,你可以将钮世诠打败! 切尼,你不要有狭隘的地方观念,商业行为是世界性的。"齐彻摇摇头说:"教父,钮世诠的事情,我还没有想好。中国很落后,我是想为我的国家尽一点点力。"艾尔博士叹了口气:"这想法是好的,可你没有资金,谁来请你为国效力呢? 再去为钮家做事吗?"

齐彻情不自禁地说:"教父,如果为的是很长远的利益,我可以忍受一切,甚至愿意像汉朝的韩信一样,从别人的胯下爬过去,然后我要做中国一流的企业家,最后玩垮那老家伙,替你报仇!"艾尔博士不放心,他说:"切尼,我是担心你玩不过那老家伙,而且他已经知道真相,再不会请你了。""教父,不必担心,你看……"齐彻递过钮方丽的信。艾尔博士转了转眼珠说:"老东西让他女儿来叫你? 切尼,看来你已经拜倒在钮小姐的石榴裙下了。"齐彻笑了:"教父,怎么办?"艾尔博士果断地说:"放弃幻想,明天和我一起去藤也那里,他的厂会是远东最大的纺织厂,是你多年的梦想。"

第二天一早,齐彻被教父拉到了日本领事馆。藤也从商务处的办公室里迎了出来,握住齐彻的手,寒暄之后坐了下来。艾尔博士开门见山地说:"藤也先生,你的意思我昨天已经和教子谈过了,他也很感兴趣。"齐彻接过艾尔的话头说:"藤也先生想在中国建一家大型纺织企业,我很赞成,中国确实存在着纺织业生产的巨大潜力。"藤也十分诚恳地说:"是的,不然敝人就不会请齐先生过来。"齐彻问道:"藤也先生,你对我有什么要求吗?"藤也谦虚地说:"齐先生的才能在上海是有口皆碑,谁都知道你在怡和创造了三年最好的商业业绩,只有一点,你为我大和企业做事,必须签一份合乎我大和民族利益的合同。"齐彻有点怀疑地问:"是怎样的一份合同?""你看一下。"藤也把桌上的一份文件递了过来。齐彻接过文件,看了起来,眉头开始紧锁。藤也在一旁解释道:"其实也没有什么,办厂涉及商业和技术上的机密,如果齐先生在我大和厂任职,须满三年方可辞职,而且卸职后三年内不得到除日本企业之外的任何纺织机构做事,以免泄露我大和工厂的机密,这一点,我要齐先生以身家性命和全部财产做保证!"艾尔博士也感到有点为难:"这……"齐彻笑了笑:"这等于是卖身契呀!"藤也忙说:"不是那么回事。我必须确保我们大和企业的长久发展,立于不败之地。""这……我做不到。"齐彻站了起来。藤也笑了:"齐先生,你可能没有看聘金这一栏,我们大和开出的价码比怡和高出一倍,而且你是总经理,可以全权处理业务。"

艾尔博士看着齐彻:"切尼,这个价码倒不低呀。"齐彻大声地说:"这合约我不能签。"藤也激动了:"怎么,你拒绝了?"齐彻点点头。藤也冷笑着说:"没有一个人会拒绝我,尤其是中国人!报酬我还可以再增加。"齐彻说:"不只是报酬的问题,再见。"他走到门口,又回过头去,"藤也先生,说不定我们还会见面。"齐彻已经认准,这个藤也以后会是他的强劲对手。

整个蚕季,钮五阳都老老实实地待在镇上,哪儿也没去。今年蚕茧丰收,钮家的库房里堆满了收来的上好蚕茧,浔泰丝厂却还没有开工,这让钮太公有些急。这天,他叫来了儿子商量这事。桌子上放了一套青花茶具,一个丫环捧着一只青花茶船,走过来让钮太公鉴茶。钮太公嗅了嗅茶,将茶船放在一边。正在这时,钮五阳走了进来。钮太公喝着茶问:"老二,你想好了没有,工厂什么时候揭牌?""今年春蚕刚过,蚕户正忙着自己烫茧缫丝,没人手……爹,你别急,索性再等一阵子。""五阳,等不得。外面情况变化很大,听说英商美商还有日本人,都在筹办新厂,若是晚了,可就没有我们的市场了!"钮太公有点着急。钮五阳眼珠一转,说:"有些事倒是可以动起来……可是爹,你冻结了我的账房,我没法动。""钱,我不敢给你,怕你胡闹。"钮太公说。"爹,我不胡闹,不就是想讨个妾吗?"钮五阳还不死心。钮太公警觉地问:"你要讨妾?你跟媳妇商量了吗?""跟她商量什么,哭哭闹闹的,多烦心!"钮五阳有点不耐烦。钮太公一本正经地说:"五阳,别做对不起你媳妇的事。钱家有恩于我们,钱惠又孝又贤,多好的媳妇!五阳,你死了这条心,我不准你讨小。""哎,爹,我不是贪色。你看,钱惠没能给我生个男孩,没给我们钮家传个根,我总不能没儿子吧!"钮五阳不满地说。钮太公搔了搔头发,又端起茶船嗅了嗅香气,问:"你要讨谁?那个婊子?""爹,不会,保证不会!"钮太公叹了口气说:"看你这样,还是没心思办厂!"钮五阳还在纠缠:"爹,让我先讨个妾,厂我一定要办,不办厂,我能干什么?你放心,我办一流的大厂!""先办好厂,讨妾的事再说,只要钱惠同意,由我们操办,不能由着你的性子。"钮五阳说:"爹,你们给我找的女人,我不要!"钮太公一拍桌子,怒道:"我就知道,你还想找那个婊子!""爹……"钮五阳还想要说什么,钮太公站了起来:"五阳,你不明白,那女人是个狐狸精,会搞得我们家破人亡,我死也不会同意的。"说完,他拂袖而去。

儿子对那妓女的痴情,让钮太公彻底失望,可是他不知该怎么办。女儿一直在说要让齐彻来办厂,可是经过了那一番折腾,齐彻还愿意来吗?上海轮船靠岸后,有人送来了一份《时报》,报上登了条消息,说齐彻要去给日本人办厂,这让他大感意外。藤也是钮家的劲敌,钮太公感到事情急迫。他叫方丽来花厅商量,最后决定让她去一趟上海,试试齐彻的心意。他说:"只要齐彻愿意替钮家做事,我们出的价码一定比藤也高。"方丽见父亲松了口,马上就动身去了上海。

钮五阳在南溪再也呆不住了,因为有人告诉他,格格在上海去怡和找过齐彻,好像喜欢上了他。这让钮五阳心中打翻了醋罐,他将一只清乾隆年间的青花大笔筒死命地扔在地上,摔得粉碎。他向胡德林借钱,胡德林只借了一千块大洋,远远不够。他准备溜到上海,钱惠预感到他要走,就说:"二爷,你心烦,出去散散心吧,杭州、苏州都行,我陪着你。""不去!钱是人胆,没有钱我就是个瘪三,算什么二爷!"五阳愤愤地嚷着。钱惠急忙说:"二爷,我有点钱!"钮五阳冷淡地拒绝了:"不要,我不花女人的钱。""可我们是夫妻呀!"钱惠不解地说。"不要!"钮五阳坚持道。钱惠小声地问:"二爷,你是不是想一个人走?"钮五阳回过身来,吼道:"我连一个人走的自由都没有?我还是个人吗?"钱惠拉住他,哭着说:"二爷,别走,我听你的话。"钮五阳问:"真的?我说什么你都听?"钱惠点点头:"听。"钮五阳回过身,一字一句地说:"老婆,我告诉你,我要讨一个女人。"钱惠一愣,随即说道:"二爷,你讨吧!是我不好,好几年了,我没为钮家生下一男半丁,你讨妾也是应该的。"钮五阳吃了一惊,说:"哈,你也懂不孝有三,无后为大?"钱惠背过身子:"只要你开心!""我开心?好!我要娶妾,要三妻四妾,六妃八嫔……"五阳疯了一样,哈哈笑着走出了房间。

夜里,钮五阳正一个人睡在大床上,突然门帘一动,丫环梦

第 3 章 神秘小蚕娘

蚕走了进来。她端着油灯,放在床前的花几上,看了看闭眼睡着的钮五阳,褪下了外衣,身上只剩下一条薄如蝉翼的单裙。

梦蚕是钱惠从娘家带来的丫环,长得十分美貌,钮五阳十分喜欢她,几次想收她入房,梦蚕不肯。这天夜里,梦蚕正是见二奶奶伤心,想收收二爷的心,所以舍了自己,想讨好钮五阳,让他别离开家里。钮五阳本来打算走,就没睡着,起初他以为是钱惠来了,所以闭上眼,后来却感觉来人站在丝帐外,就坐了起来问:"谁?"梦蚕站着不敢说话。钮五阳又问了一句:"谁?闹什么鬼!"梦蚕羞答答地答道:"二爷,是我!"钮五阳一撩蚊帐:"梦蚕呀,你在这里干啥?"说完,又躺下了。梦蚕红着脸说:"二爷,二奶奶叫我来侍候你。"钮五阳又猛地起身:"她人呢?""二奶奶跟娟娟去睡了。"钮五阳这才明白钱惠的心意:"噢,叫你侍候我?"梦蚕在一边不安地摆弄着衣角:"奶奶说你要讨妾,就叫我来侍候你。"钮五阳生气地说:"讨妾?乱弹琴!梦蚕,你是个好姑娘,你愿意做妾?"梦蚕双手掩面:"我不知道,二奶奶叫我来我就来。"钮五阳将梦蚕搂过来,拉开她捂在脸上的手,看着她说:"梦蚕,回去吧,二爷不是不喜欢你,你要真喜欢二爷,到时候二爷就收你入房,但不是现在,现在你二爷心里另外有人!"梦蚕忽然坐上了床,背对着钮五阳喊道:"二爷,你就收了我吧!我看二奶奶可怜,心里不快活,我心疼!梦蚕是二奶奶家里带来的人,随二爷怎么样……"钮五阳对梦蚕又怜又气,他说:"梦蚕,你别说傻话了,二爷是个人,不是畜生!你快走吧,不然我可真生气了!你二奶奶脑子有问题,我是跟她开玩笑的。我说要讨妾,她就让你来,简直……"梦蚕忙不迭地说:"二爷,你别怨奶奶,我是自愿的!""好好好,梦蚕,你就让爷消停一下,睡个好觉吧!"说完,钮五阳翻身躺下了。梦蚕不肯走,她起身轻轻吹熄了油灯,然后弓着身子,爬上钮五阳的大床,缩着身子僵卧在床角。

天亮时,钱惠先到梦蚕的房间,发现梦蚕不在床上,她松了口气,小心翼翼地来到钮五阳的卧房。她敲敲门,没人答应,就轻轻地把门推开条缝,往里看了一眼,发现梦蚕像条小蚕般窝在床的一角,睡得正香,床上却没有钮五阳。钱惠推开门进来,走到床边推醒了梦蚕问:"你二爷呢?"梦蚕揉着眼,看了看床上说:"二奶奶,我睡着了,什么都不知道。""二爷昨天夜里没碰你?"梦蚕摇着头。钱惠心里掠过一阵寒气,打开窗帘,房间里亮了,才发现桌上有一张纸条,写着:"钱惠吾妻:我走了,我去上海散散心,在家里憋死了!"钱惠呆了。不用说,钮五阳趁天不亮时,已乘早班客轮走了。她大哭起来。

钮太公躺在床上,姗如端了一碗参汤过来,递到他的手里。钮太公喝完参汤,漱了口,吐在一只精巧的瓷口盂里。姗如小声说:"老爷,钱庄章老板一直等在外面,很长时间了,他说有要紧事要禀报……"钮太公手一挥说:"章六呀,都是自家人,你叫他进来。"章六进来告诉钮太公,钮五阳从钱庄开了五万大洋的银票,要去上海提款。钮太公气得浑身哆嗦,知道儿子又是为了那个妓女,他胆子也太大了。"你怎么可以给他钱?"章六为难地说:"他硬要提,我拦不住他。"钮太公大怒:"马上吩咐上海钱庄,不能让他兑现。五阳他又想塞妓院的狗洞,我一分钱也不给他,看他怎么办!"章六连连答应:"是,我听您的。"钮太公又问:"还有呢?""胡德林昨天来钱庄,他说如果工厂再不上马,他就要退股。""他要退就退。"钮太公烦躁起来。章六为难地说:"现在账上没有款子,怎么退?""上海洋行拆些款子不行吗?""难!太公,你有所不知,最近因为二爷这么一闹,上海商界都以为浔泰成了死骆驼,没人敢在这时候贷款给我们。"钮太公点点头说:"那倒是,机器设备进了一年,厂还没起来,难怪外边说长道短。那你看怎么办？"章六答道："太公，办厂是件大事，不能再拖，要速速决断，把厂办起来。是进是退，不能迟疑了！"钮太公叹了口气，说："我何尝不想快？都是被五阳这畜生搅黄了，让我进不得退不得……你觉得齐彻这人怎么样？"章六说："齐先生……我觉得他行。我和他原来也不熟，上次他来镇上后，我叫人在上海打听了，他在上海名气不小，是怡和的实力派买办。""唉，现在只能叫他来办这厂了。"钮太公若有所思地说。"能请得动当然好，听说日本人、美国人都在动脑子挖他，他和法国纺织巨头的公子扎曼是同班同学，好朋友，这关系不得了。"章六补充道。钮太公问："你肯定他行？"章六说："行，肯定行，只怕太公请不动。"钮太公定了定神："方丽已经去了上海。要不，明天我亲自出马！"

　　钮五阳到了上海，第一件事就是去提款，他知道，如果没有钱，密韵楼的大门是跨不进去的。他叫了辆黄包车，径直赶到了闸北钮家的浔泰银号。账房一见是二爷，赶紧请坐倒茶。"二爷，好久没来上海了。"账房恭恭敬敬地敬茶。"吴账房，我来取些钱。"钮五阳递上银票。"哎，二爷，对不起，电报刚到，章六爷发话了，这张银票一块大洋也不许提。"吴账房看也不看银票。"吴账房，你搞没搞错？这钱庄是我们钮家的，我是钮家的二爷！我不能提款？"他气得鼻子都歪了。账房满脸赔笑地说："二爷，对不住您，我们做的是小差事，您可千万别怨我们。章六爷规矩大，他说了，谁要是乱动柜上一块钱，马上卷铺盖走人。"钮五阳大声叫道："狗东西，你敢不兑？""二爷，您要真是没钱，我身上还有十块大洋，要不您拿着先用？"吴账房说着，递上一叠大洋。钮五阳顺手将那一叠大洋扔到外面，冲他吼道："放你的屁！你打发要饭的是不是？"说完，他气呼呼地冲了出去。

快到正午了,墨琴还躺在床上不起来。她照着镜子,左看右看,十分妖媚。这时,鸨婆敲门喊道:"墨琴我儿,起来没有?"墨琴啪地把镜子翻了过来,没好气地问:"什么事?""起来吧,蔡师长又来了。"鸨婆催促道。墨琴拿镜子朝门砸去,嚷道:"让他滚!我不想见他。"鸨婆劝道:"格格,钮二爷的事跟蔡师长没有关系,真的没关系,你不要怨他。""不见,就是不见!"墨琴不依不饶。"千万别这样!蔡师长是陈督军手下的红人,我们得罪不起的!"鸨婆急了。墨琴不耐烦地说:"不见就是不见,逼急了我就回北京。"鸨婆满怀怨气地说:"我的小姑奶奶,你的谱太大了!告诉你,在上海滩,我带出来好几个花榜啦,个个都比你强,可没人像你这么难弄,早晚非把我气死不可!"墨琴不服气地说:"怎么了?我就不喜欢当兵的。"鸨婆生气地说:"我知道你喜欢谁,不就是那个钮二爷?现在又再加上个姓齐的!"墨琴喊道:"钮二爷比姓蔡的强百倍,你不说我还忘了,我想他了,听说他已经到了上海。"鸨婆冷笑着说:"是到上海了,而且还来过密韵楼,让我给撵走了。"

墨琴说:"妈妈,你凭什么撵他?他是钮二爷,没有钱吗?"鸨婆神气地说:"你不听话,我就不让他见你。""随你的便,你要是再逼我,说不定我就跟他跑了,让你两手空空!"墨琴这下真的生气了。敲不开门,鸨婆气得在门口直叫:"你别总以为你是什么大格格,要不是我救了你,你只是一只大苍蝇,早冻死饿死了。现在说话不知牙疼,早知道你这么没良心,我就把你扔了喂狗……"墨琴推门出来,嚷道:"你喂呀,现在还来得及!"鸨婆想骂什么,又忍了回去,小声说:"告诉你,我就是不让你见钮二爷!"

钮五阳没拿到钱,志短了许多。他在密韵楼外不敢敲门,只

第3章 神秘小蚕娘

是静候着。半天出来一个龟汉,他上前问墨琴的消息。龟汉不耐烦地说:"不在,墨琴小姐去北京了,要下个月才回来。"钮五阳忙问:"什么?走了?昨天还没说要走。""接到一个电报……"龟汉继而小声地说,"我看她是躲你去了。""她们啥时候回来?"钮五阳已经急得不行了。"不知道。"龟汉咣的一声关上了大门。钮五阳像个流浪汉,独坐在门口的台阶上。没多久,天下雨了,钮五阳淋得像只落汤鸡,缩成一团。一道闪电划过,照亮门前,他仍不死心,蜷坐在门前不走。雨越下越大,一辆马车驶来,停在马路上,车上坐的是小坯子。他探出头来看了看,跳下车喊了一声:"二爷……"钮五阳慢慢地爬起来,像一个受伤的人。小坯子拉起他来,喊道:"二爷,你回家呀!"钮五阳突然激动起来:"小坯子,我要杀了她,杀了她。"小坯子一愣,问:"二爷,你要杀谁?""鸨婆!自古以来,没有一个鸨婆是好东西,我要杀尽她们!"钮五阳大叫大嚷。"二爷,你糊涂,杀人家鸨婆做什么?""她不让我见她,还带走了我的女人,带走了我的格格……"钮五阳的声音已经带着哭腔了。"上车吧,看你淋的……"小坯子忙把他推上了车。

齐彻从外滩的洋行刚出来,一个信差送来一张便条。他打开一看,是钮方丽约他在老正兴茶楼见面。齐彻激动万分,跳上一辆黄包车,车夫跑得飞快,他还是不断地催促着。进了老正兴,他推开门左顾右盼,一个个位子找过去,可是所有位子上都没有钮方丽。正在纳闷的时候,听到一个苍老的声音在叫他:"是齐先生吗?"齐彻转身一看,竟是钮太公,不禁大失所望。

齐彻走过去,失望地问:"钮小姐呢?"钮太公微微一笑说:"齐先生,你先坐下,老夫有话说。"齐彻无奈地坐下来。钮太公示意身后的管家离开,然后说:"齐先生,小女有事去了,是我想找你谈谈。"齐彻着急地问:"怎么,她生病了?"钮太公一边摆手示意他坐下,一边说:"放心吧,她好好的。""你找我有什么事情?"他有点不情愿地问。

钮太公满面赔笑,将一张支票递了过来说:"齐先生,上次的事,老夫心里一直放不下,这次到上海备了谢罪的仪金,请你收下,一定要原谅老夫。""老伯,事情既已过去,我不会多计较的。"齐彻不想要。钮太公高兴地说:"好,齐先生,你胸怀宽广,不记仇,这是做人最要紧的品质。"茶楼侍者送上点心清茶。"请……"钮太公端起了茶杯,齐彻喝了一口。钮太公看了看他说:"齐先生,说白了,我不喜欢洋人,尤其是你的教父,可是你不是洋人,所以我还是想请你到我的厂里来做事。""钮先生,是你的主意,还是钮小姐的?"齐彻似有不信。钮太公笑着说:"兼而有之。你会考虑吗?""我……"齐彻有点犹豫,钮太公诚恳地说:"我可以告诉你,这里绝对没有任何阴谋,我确实是看上了你的才能。另外我也知道,小女很喜欢你,你大概也喜欢她,你们两人真可以说是很好的一对。可是我要告诉你,你俩没有希望,因为方丽自小就许配给胡家了,这是中国的方式,你必须尊重。在西方,爱情是自由的,但我这个人,在婚姻上主张老式,当然在经商的思想上,却是越西洋越好,因为西洋的经济比我们先进……"

齐彻试探着问:"如果我答应了你,是不是意味着我和钮小姐可以相爱?"钮太公摇了摇头说:"我不能这样说。但我要问你:如果不考虑和方丽的感情,你会接受大掌柜这个职务吗?""大掌柜?"齐彻简直不敢相信自己的耳朵。"是的。"钮太公很坚定。"那钮五阳呢?""不要提他。"齐彻想了想,说:"让我考虑几天,行吗?"钮太公点点头,将一份拟好的合同递给他:"你看一下条件,我开的价钱并不比藤也高,你会答应吗?""老伯,你以为我看中的只是钱吗?""不,可钱代表了你的身价。"齐彻突然激动起来:"好吧,钮老伯,既然你这样说,我马上就签字。"他掏出钢笔,看也不看,就在这份合同上签上了自己的名字。钮太公惊奇地看着他问:"你不好好看一下这份合同?"齐彻一挥手说:"不用看了。"钮太公高兴地问:"齐先生快人行快事,佩服,佩服。能告诉我为什么吗?"齐彻很激昂地说:"因为这是我回国以后,第一次和中国人签的合同!""太好了,我喜欢你这种精神,成交。不过有一件事我还想问问你,是关于我们钮家和肖家的旧事:你是不是肖伯雄的儿子?"钮太公终于说出了他最担心的问题。齐彻摇了摇头说:"肖伯雄……我不知道……我一点儿也不知道。"

钮太公看着他的眼睛说:"太好了!我相信你没有撒谎。"他站了起来,钮家的师爷过来付账。他最后叮嘱齐彻:"齐先生,你有三天时间,准备一下,我们一起回南溪。"

连齐彻也没有想到,自己这么快就签字了,他承认,这是一次赌博,除了事业,钮方丽是一个很重要的因素,他认为值得一赌。第二天,他来到教堂,却不知如何向教父说。做完弥撒的人群刚刚散出,艾尔博士还在忏悔室。他走进忏悔的小屋,那小屋黑洞洞的,两人隔着一道帷幕,他感觉到了教父的呼吸,于是就跪在地上,问:"教父,是你吗?"

艾尔博士从遮蔽着的帷幕后伸过手来摸着他的头说:"你是来忏悔的吗?"齐彻有点内疚地说:"是。教父,我知道你不想见我,我对不起你,没有听你的话,我和钮家签了合同。"艾尔博士镇定地说:"我知道了,是从报上知道的。""教父,我想听听你的教诲。"齐彻低下头说。"切尼,我养了你二十多年,本想叫你为我复仇,看来我找错了人。"艾尔博士还是很平静。"教父,爱情都是愚蠢的,我也很蠢。"齐彻还想解释什么。"你选择了男女之爱,背叛了养育之恩。""不,教父,两者我都要!""你爱她吗?""爱,可也许是一种无望的爱!""你知道没有结果而继续去做,无论结局如何,都可以算是勇者!"博士的话不知道是责备还是赞扬。"这是我所听到的最让我开心的话,教父,别怨我,我需要你。"齐彻似乎受到了鼓舞,他站了起来,想走进去,可是,博士放下帘子:"切尼,从今天起,你不是我的教子了。"

齐彻愣住了,好一会儿才反应过来,连连喊道:"教父,教父!"里面没有回应,他掀开帘子,教父已悄然离去。齐彻跪在地上,痛苦地捧着头。

上海钮公馆的小客厅里,有人送来藤也公司研制出来的两只日本茧。在放大镜下,两只日本茧变得奇大无比,依稀可见里面的虫蛹。钮太公正踞坐在鸦片榻上,研究这两只大茧。章六凑上前去对钮太公说:"这是齐先生从洋行里拿来的日本蚕茧。"钮太公满脸疑惑地说:"好怪,这茧是比中国的茧要大,就是颜色黄了点。"章六解释说:"太公,据齐先生说,这茧是柞蚕茧,吃的是柞树叶,属于野蚕种;我们中国蚕吃桑叶,所以丝白细润。可是这柞蚕吐丝多,缫出的丝虽然不行,成本却低多了,齐先生说可以用它改良我们的蚕种……"钮太公点点头,说:"齐彻对世界各国的蚕丝倒是蛮有研究。看来,这个人我们请对了。""太公,我已经安排了船,明天和齐先生一起走。""通知齐先生了吗?"钮太公已经越来越在意齐彻这个人了。"就等着你发话呢。"钮太公喊师爷:"长根!"随声进来的却是钮五阳,他低眉顺眼地叫了一声:"爹……""五阳,你终于露面了。"钮太公见是儿子,翻身坐了起来。钮五阳恭恭敬敬地说:"爹,儿子知错了,我跟你回南溪!"钮太公讥讽地说:"身上短钱了?回家搞几个钱再来上海做潦坯?"钮五阳急了,连忙说:"爹,这回真的,我跟你回家办厂。"

钮太公哼了一声说:"办厂?晚了,厂子已交给了别人!"钮五阳是知道父亲已和齐彻签约,赶来劝阻的,他大声说:"不行,爹,

第 3 章 神秘小蚕娘

这厂是我张罗起来的,你不能让他来管!"钮太公喊道:"钮五阳,这厂的大掌柜现在是齐彻了,是你自己放弃的!""不行!爹,我是钮家惟一的儿子,我才是大掌柜!"到底是自己的骨肉,钮太公还是心软了,就问:"五阳,你真的要干?""不干,你叫我以后在上海怎么混!"钮五阳叫了起来。钮太公脸上露出一丝满意的笑容:"好,这还算是一句有志气的话。"

钮五阳连忙表态:"爹,真的,我要干,我会干好的,我发誓!"钮太公点点头说:"那好,你先给齐彻当副手,好好学学人家的管理经验!"钮五阳万万没想到爹会这样安排,不禁大叫起来:"什么?我给齐彻当副手?爹,你不嫌丢我们钮家的脸?"钮太公大喝道:"你才丢脸!你不务正业,让一个妓女牵着鼻子走,上海滩的大小报纸登遍了你的花边新闻,你倒不嫌丢脸?"钮五阳强词夺理地说:"爹,墨琴是淳亲王的闺女,有皇族血统,我丢什么脸!"钮太公叹了口气说:"五阳,你是傻子不是?居然相信妓女的鬼话。淳亲王还活着,就在天津,怎么不认她?一个密韵楼的小妓女,几句鬼话就把你给骗了?"

钮五阳辩白说:"爹,墨琴确实是皇族。"钮太公这下真的火了,嚷道:"放屁!就冲着你这话,你就干不了大掌柜,因为你是非不明。""爹,你为什么把外人看得比亲儿子还重?为什么?""因为你让我凉了心。""爹,这么说,大掌柜不可能是我了?""不是你,现在肯定不是。"钮太公坚决地说。"好吧,爹,我倒要看看姓齐的有什么名堂,我不相信他能管好我的浔泰丝厂!"

怡和洋行的总经理办公室外,齐彻拿着辞职书,轻轻地敲了敲门。总经理凯伦示意他进来,齐彻郑重地说:"凯伦先生,这是我的辞职书。"凯伦长叹了一声:"我已经知道了,因为你就聘钮氏企业的事昨天见了报。""对不起,我应该事先向你请示的。"齐彻的语气中带着一点歉疚。凯伦笑了:"没关系,你与怡和公司的合约已经到期,本来我是想再与你续签,可是看起来我们怡和已经没有这份荣幸了。"齐彻低下头说:"实在对不起,凯伦先生。"凯伦握着他的手,真诚地说:"齐先生,我任何时候都欢迎你回来!"

齐彻带着一脸灿烂的微笑走出怡和。不知为什么,定好的黄包车夫没有来,另一辆马车却停在了他面前。车上跳下来的人是钮五阳,他凶狠而挑衅地盯着齐彻,不怀好意地问:"齐先生,听说你要出门?"他平静地说:"是的,准备去南溪。"钮五阳走上前问:"你答应我爹了?当大掌柜?"齐彻整理了一下衣领,故意问:"为什么不?"钮五阳恶狠狠地说:"大掌柜应该是我,你懂不懂?"齐彻说:"钮先生,详情我不知道,我纯粹是一个受聘者。"

两人靠在外滩的石栏上,互相对望着。钮五阳急躁起来:"齐先生,我劝你放弃我爹给你的职务。"齐彻显然不明白:"为什么?"钮五阳大叫起来:"因为大掌柜是我的!"齐彻不以为然地说:"这是你们家族内部的事情,你应该对你父亲去说。"钮五阳不耐烦地问:"这么说,我的面子你不给喽?"齐彻摇了摇头:"这不是面子的事。"钮五阳猛地出拳,击中了齐彻,齐彻猝不及防,被打倒在地上。钮五阳咆哮着:"我来就是要告诉你,你不能去!"齐彻从地上爬起来,没等他抹净嘴角的血,钮五阳又是一拳,然后疯了一样一拳接着一拳。齐彻练过剑术,身子应该灵活,可是不知为了什么,他踉跄着,坚持不回手,并一次次站直了,避免被打趴下,这令钮五阳很意外。这时,几个印度巡捕看见这里骚乱,吹着哨子赶来,钮五阳罢了手,从口袋里掏出一叠大洋,哗的一声撒在路上,大声说:"姓齐的,想做我们钮家的一条狗,你还不配!这钱是给你买狗皮膏药的。"等钮五阳跳上车走后,齐彻像一棵被砍倒的树,慢慢倒在地上。

　　钮家的船在十六铺停了好久,等待齐彻。这是钮家的专用码头,船是一艘德国造的白色汽艇,里面装饰豪华,临水的舷窗雕着花,舱里铺着地毯,家具上放有精巧的摆件,榻上铺着贵重的红丝绒,红木盘中放着白铜的水烟壶,茶盘里放着江南独有的枇杷,随船有一个漂亮的丫环……齐彻一直人影不见,让钮太公心急起来。正张望时,钮五阳却气喘吁吁地赶到了。钮太公怀疑地看了儿子一眼问:"齐先生怎么还没来?"章六在一旁连忙回答说:"昨天我送信去的时候,他正在写辞呈,是不是洋行没有批准?"钮太公摇了摇头,说:"不会。齐先生这人做事一向很牢靠,既然已答应了,不出意外他是会来的。"

　　章六说:"可是早过了约好的时间……"钮五阳在一边冷笑道:"开船,走吧。"钮太公问:"走什么?等人呢。""还等姓齐的?"钮五阳说。"我来上海就是接他的。"钮太公淡淡地说。"接他?接吧……不过,我看姓齐的不会来了。"钮五阳说着,嘴角边露出一丝不易觉察的冷笑。"你不要胡说!"钮太公对儿子没有好气。"英国人的买办,做事情都这样,没正经!""你才没正经。"钮太公有点生气了。钮五阳委屈地说:"爹,你为什么信不过我?上海滩的洋行我比你熟!""你肯定齐先生不来了?"钮太公有点动摇了。钮五阳急着回答说:"都几点了,他肯定不来了!"钮太公想了想,大声地喊:"章六,开船。"钮五阳探出身去,朝码头上大喊一声:"章六,开……"话没有说完,却看见齐彻拎着箱子,正向码头走来。钮五阳大吃一惊,两人在船头对峙了一会儿,齐彻冷眼看着他说:"没想到吧?"说完,他与钮五阳擦身而过,进入船舱。钮五阳捏着拳头,恨恨地挥了一下。

齐彻知道,到南溪他将面临挑战,困难是多方面的,钮五阳这个花花公子绝不是省油的灯,跟他一般见识只会误了大事,自己只能隐忍着。他想起教父说过:耶和华到人世来就是受难,一个做大事的人是不应该惧怕困难的。

到南溪后,他被安排住进绿杨楼的客房里。第二天一早,师爷带着个风水先生来了。"齐先生,我带来一个风水先生,他说再过一个月才是黄道吉日,那一天揭牌开工最好。"师爷向他报告说。齐彻想了想说:"过一个月才是黄道吉日,时间太长了。我看不等了吧,尽快揭牌开张,江南气候湿热,这批进口的设备如不马上安装调试,恐怕会有问题。我已通知意大利的厂商,近日就来调试。"师爷点点头说:"也好,那今天你先歇着?"齐彻一摆手说:"不,我想马上去厂里看看。""现在就过去?那儿可是一塌糊涂。"师爷还想劝阻。齐彻又看了看客房,说:"住在这里太奢华,你帮我退掉房间,我搬到厂里去住。"师爷忙说:"不行,大掌柜,厂里太简朴!"齐彻干脆地说:"别啰嗦了,走吧。"

齐彻和钮府师爷一起来到浔泰丝绸厂的筹备处,只见办公室里乱成一团。员工有的正在搓麻将,有的在一边斗蛐蛐,总账房周心远捧着烟枪在大掌柜办公室里抽大烟,乱七八糟的。当齐彻他们一阵风似的走进来时,那帮人连头都没抬。钮府师爷只好大喊一声:"诸位,这是新来的大掌柜,齐先生。"一听说是新来的大掌柜,众人立刻吓得站了起来,不知说什么好。齐彻走到麻将桌前,抓起一把麻将看了看,笑着说:"搓麻将呀,我也会,你们谁是搓麻将的高手?我想玩两局。"其中一人连忙点头哈腰地说:"大掌柜,我们水平都差不多……"齐彻不理他,坐在桌前一边洗牌一边说:"谁要是能搓过我,就留下,搓不过我的,统统开除!来,谁上?"众人一听,明白这大掌柜是来给下马威的,没一人敢搭话。齐彻将牌一扣,冷笑着说:"不敢,是不是?那好,我告诉你

第3章 神秘小蚕娘

们,这是丝绸厂的办公室,不是茶坊。既然你们都不是高手,这种东西以后谁也不准再带到厂里来!"师爷也在一旁喊:"听见没有?这是大掌柜的吩咐!""是,是……"众人诺诺连声。齐彻又说:"常亮,员工们是否合用,你要重新考核。"

这时,周心远听得动静,端着烟枪从大掌柜房间里走出来。他是钮太公的正室钮王氏的娘家表侄,自恃关系硬,不以为然地说:"齐先生驾到,好气派,这么说,连我也要重新考核吗?"齐彻一时不明情况,没有说话。师爷悄声在齐彻耳边说:"这是总账房周老板,是太太的表侄。"齐彻没有回答,走进大掌柜的房间,看了看鸦片桌,嗅了嗅满屋子的鸦片气味,然后皱着眉走到周心远身边,拿过他的烟枪说:"周先生,你被免职了。"周心远大吃一惊,叫道:"什么,你敢免我?"齐彻正色说:"这是我的规矩,今后凡是有在工厂里吸鸦片者,一律免职!"周心远差一点破口大骂起来,可是他忍住了,端着烟枪冲出门去找钮五阳。

这时,一只载满了家具杂物的小船停在厂门口,章六提着咕咕叫的几笼鸽子下了船,向厂里走来。门卫挡住了他,没好气地冲他喊:"喂喂,你找谁?船不能停在这里。你看清楚了,这是工厂,不是会馆,快走!新来的大掌柜可厉害呢!"章六摸着脑袋说:"瞎了你的眼,你知道我是谁?"他拎着鸽子笼,跌跌跄跄地进了门,一下就被横倒在地上的笤帚绊倒,鸽子笼滚开去,几只鸽子飞出来,章六忙着抓鸽子,乱得翻了天。齐彻从里面走出来,章六仍在忙着抓鸽子。齐彻大声喊道:"章老板!"章六停下手,看着齐彻,发现了这里的紧张局势,不知所措地看着众人。齐彻平静地向大家介绍:"这位章老板,就是新来的总账房。"章六忙乱地向大家点着头,齐彻问,"章老板,你看我应该住哪间?"章六走到钮五阳的办公室看了看,说:"还是这间大点。"师爷连忙上前说:"这是二爷的房间。"齐彻走了进去,将桌子上烧过的大烟泡抹到地上说:"就用这间了。"这时,船夫搬着行李也来到大厅,问章六把东西放哪儿。齐彻说:"统统搬进来吧。"师爷悄声问他:"大掌柜,是不是跟二少爷通个气?"齐彻大声地说:"不用了,我是大掌柜!"他的语气中充满了威严。

　　钮五阳心里很憋闷。他根本不想去工厂,让他给齐彻打下手,他才不会干呢。回南溪的路上,齐彻没提他们打架的事,和父亲谈得很热乎。现在钮五阳还是想大格格,这辈子,他非要大格格不可。他从茶坊里出来的时候,胡德林从后面追了过来,焦急地喊着:"二哥,二哥。"钮五阳回过身来,见胡德林一脸惶然。"德林,这回是狼真的来啦,齐彻抢走了我的大掌柜,你和方丽更没戏啦。""二哥,你还斗不过姓齐的?不斗而已吧!""是斗不过,我在上海打得他满地找牙,可他还是要来!""这个人不简单!""你死心吧,方丽是被他迷住了。"胡德林刚从钮方丽那儿出来,她说三年之内不考虑出嫁,这把他气坏了。胡德林脸色铁青地说:"夜猫子进宅没安好心。他想要方丽,癞蛤蟆想吃天鹅肉!我跟他拼了。二哥,走,泡澡去,我和你好好商量商量,让他滚蛋。"

　　钮五阳和胡德林在澡堂里洗澡的时候,周心远闯了起来。这时,钮五阳正浸在一只巨大的木桶里,里面热气腾腾,什么都看不清,两个光溜溜的苏北女子正在给他搓背。周心远急躁地喊着:"五阳,五阳……"没有回应,他弯下身子四处探望,忽然哗的一声,一桶水浇在跟前,溅了他一脸,一个光溜溜的身子站了起来,只听钮五阳生气地问:"谁呀?"周心远连忙回答:"是我,五阳,我是心远。"他点着了一条烟引子纸。钮五阳奇怪地问:"心远,你不在厂里,来这里干啥?"周心远抱怨道:"五阳,我被开除了!"钮五阳吃了一惊,问:"开除?谁开的你?""还能有谁?新来的大掌柜呗!他不但开了我,还占了你的办公室。"胡德林光着上身,围着一块毛巾走了过来,他插了一句:"这狗日的够狂的。""他仗着我爹的支持,谁都不放在眼里。也难怪,在上海被我打了一顿,到南溪了,他是得找人消消气。"钮五阳说。"五阳,那姓齐的不是个东西,他哪是来做事的?搬到厂里,大小行李装了一船,还带着几十只鸽子,他不也是个玩家!"钮五阳皱起眉问:"他还带着鸽子?"周心远点点头:"是,好几笼呢,在厂里到处拉屎,又脏又吵。"钮五阳不怀好意地叮嘱说:"好,你暗中查访,看他还有什么劣迹,到时候一起治他。"水雾朦胧处,搓背的女子浪声浪气地叫:"二少爷,快点过来搓背呀!"钮五阳应了一声,转过头来对他们两人说:"你们俩先商量着,我马上来。"说着,就向里面走去。

南溪浔泰丝绸厂的开工鞭炮响了整整一天,江浙一带的名人富商近百人参加了这次揭牌仪式。自从回到南溪,钮方丽还从没有和齐彻说过话,只是远远地见过几次。他干起工作来不要命,有几次她到厂里,看到一屋子的人正在开会,就没有进去。这天,她听着鞭炮炸响,忽然觉得今天非见他不可。她想他,这个男人应该是她的白马王子。

夜里,她带上丫环如宝出了门。如宝不解地问:"大小姐,齐先生来了十几天,你就没和他说过话?"方丽幽幽地说:"他太忙了。""听说齐先生做事很认真,不要命的。""是的,他忙得没日没夜,我真怕他累坏了。"方丽语调中带着怜惜。两人走到工厂大门口,看门人拎着灯笼迎出来:"大小姐好。"钮方丽点点头,问:"大掌柜在干什么?"看门人说:"大掌柜忙了一天,现在一个人在写东西,连饭都是送进去吃的。""是吗?我去看看他。"钮方丽说着,径直往里走,心想,一个人正好,她多想好好跟他单独谈谈。可是看门人又说:"大小姐,你不可以进去。大掌柜吩咐过,他谁也不见。"钮方丽有些生气了:"你去通报一下,就说是我。"看门人犹豫了一下,说:"我不敢。他说,现在他任何人都不见。""连我都不见吗?"钮方丽一脸的不高兴。看门人毫不犹豫地说:"肯定不会见。"钮方丽听了这话,心里很不好受,眼泪涌了出来。她扭头就走。

为了不让齐彻施展才能,周心远和胡德林密谋的结果就是撤资。工厂刚办起来,资金困难,没了钱,齐彻巧妇难为无米之炊。这天一早,胡德林来到求是居,将一纸协议摊在桌上,声称要退股,钮太公只好叫来了齐彻和钮五阳,一起商量此事。齐彻进来时,钮太公正对胡德林说:"德林,你这是何苦!齐先生刚到,你这不是给他脸子看吗?"胡德林冷笑着说:"话不能这么讲。太公,说句不好听的话,我信得过你,可是信不过一个外人,我怕我的钱被糟蹋了。"齐彻说:"胡少爷何必多虑?我也可以给你一个保证:一年之内,本利还清,如何?"胡德林摇了摇头说:"不行。""为什么?"齐彻喊了起来。"不为什么,就因为我看你不顺眼,行了吧?"胡德林也喊了起来。齐彻看了看钮太公,为难地说:"太公,如果胡家坚持要退股,资金周转就成问题了!"胡德林站起来大声说:"这我不管!""德林,你有什么想法就说……"钮太公还竭力想挽回局面。胡德林说:"谁也别劝我,我不听。退不出钱,谁也别想进厂!"说完,他气冲冲离开客厅。齐彻不解地问钮太公:"太公,胡德林这是……"钮太公看着胡德林的背影说:"齐先生,这不关你的事,德林是冲着我来的,因为胡家也想当这个大掌柜,我没有同意……"齐彻摇摇头道:"我看他是冲着我来的,因为钮小姐不喜欢他,他就怪我。胡家占了多少股份?"钮太公叹了口气说:"三成左右。"齐彻惊道:"这可不是一笔小款子。""放心,我会想办法的,他要退只能让他退。只是我手上现款不多,大多是房产田亩,我可以让师爷去变卖一些,应该问题不大。"钮太公倒没有过于担心。

钮五阳在一边一直没有说话,这时却讪笑着说:"爹,胡家要退股,得怪方丽!她没脸没羞,半夜三更去找齐大掌柜,胡德林能不急吗?""五阳,这话可真?""爹,你问大掌柜就是。""二少爷,我告诉你,到南溪后我和令妹可是一次也没有见过。"齐彻实在忍无可忍。"是吗?你敢发誓?""有什么不敢?""你还要耍赖?爹,你叫如宝来问问,昨天夜里她是不是跟方丽一起到厂里去了?"钮五阳抬高了嗓门说。钮太公一屁股坐下,不耐烦起来,对钮五阳说:"好了好了,别说了!你出去吧,我跟齐先生还有事!""爹,你别被他骗了,他哪是来做事情的,存心想拐走我妹妹。他把我的办公室搞得跟大饭店一样,洋里洋气,还带着几十只鸽子来玩。你问问他,他到底来做什么?"钮五阳恨恨地说。"鸽子?"钮太公有点惊讶。齐彻笑了起来:"太公,那是信鸽,我用它们来传递上海丝行的行情。知己知彼,百战不殆,这是商家输赢的关键。"钮五阳连忙说:"爹,别听他狡辩!"钮太公喝道:"出去!五阳,你不在其位,不谋其政,没你的事!"钮五阳愤愤地走了,齐彻不知怎么样才好,他看着钮太公:"太公……"钮世诠却很宽容,对他说:"齐先生,你大胆地做事就是,我会支持你。不过,事业为重,你和小女之间要注意,她已与胡家订婚,南溪是小地方,我不愿你们闹出什么绯闻。"齐彻神色郑重地说:"太公,你放心,我会以事业为重的。"

尽管股东暗中闹事,浔泰的势头还是不错,成绩有目共睹。第一批花色湖绉产品问世,一亮相,定单就接踵而至。可是以胡家为首的几个大股东却要退股,实在让钮世诠不安。以他钮太公在镇上的威望,这是从未有过的事。沪上的许多大银行愿意提供贷款,可是他没有答应。按祖宗的规矩,他一般不向人借钱,也不借给别人钱。齐彻走后,他叫上儿子来到存武堂,想好好教训他一下。他脱下外衣,让儿子侍候他换上练功服,活动着筋骨,脸色冷冷地教训着:"浔泰厂是我多年的梦想,我一定要把厂办好。齐掌柜很有才能,你为什么不好好向他学?他比你敬业!"钮五阳不以为意地说:"爹,你看着吧,他会把浔泰给毁了。"钮太公想骂儿子,却觉得他现在已是朽木不可雕,于是弯下腰,想搬起一块一百斤重的武石。钮五阳在一边讪笑:"爹,你老了,别再逞能行不行?"钮太公一听这话就火了:"你说我老了,意思是我管不了你了,是不是?我现在就举起来给你看看!""爹,你别不服老,年纪不饶人!"钮五阳说。钮太公气鼓鼓地骂道:"你小子知道个屁!廉颇八十岁尚能拉动硬弓,我还七十不到!""太公……"师爷也上来劝阻。

"走开!我让你们看看,老夫……"钮太公一把推开师爷,弯下腰抱住武石摇了摇,往手心吐了口唾沫,"看我的!"他用尽全力,将这块武石抱到胸前,又颤巍巍地举过头顶,小坯子和几个下人大声叫好。不料,太公踉跄几步,将武石扔得老远,然后站定。众人赶着上来扶他,只见太公怒目贲张,口里吐出一股鲜血,倒在师爷的怀里,用手指着武石,说不出话来。

钮太公昏迷不醒,大夫急速赶到,坐在帐前细心地给钮太公搭脉,然后翻开他的眼皮看了看。太公剧烈地咳嗽着,又吐出一口血。大夫摇了摇头,钮王氏慌忙问:"大夫,太公他……"大夫又摇了摇头说:"太公高龄之人,筋骨皆枯,他恃勇使力,以致肝脾破裂大出血,你看……"他翻过太公的左手,指甲处血瘀点点,"这是体内积血的症状。"钮五阳在一边问:"情况到底怎么样?"大夫想了想说:"不过太公身体底子不错,内伤出血,总归是要大养的,现在已服了我的金丹,血会止住,但以后会怎么样,我不敢说!"钮王氏急了:"张大夫,你不能走,家里已经给你备了房间。""今晚我是不会走的,可是太公这伤……保险起见,我看还是请西医吧!此症中医不好出药,惟有西医可迅速止血活命。你们送病人到上海最为稳妥,不要耽搁。"钮方丽急忙说:"妈,送教会医院,今晚就走!"姗如迟疑地说:"可是太公最忌讳的就是西医。"钮五阳正想去上海,就一个劲催促:"救命要紧,别管他忌什么了,备船吧。"姗如低声问钮王氏:"大姐,你看……"钮王氏叹了口气说:"那就赶快去上海吧。"半夜时分,钮太公被一只快船接走,去了上海。

第 4 章
梅子黄时雨

钮太公在上海治病时，胡家终于撤走了股金。对于一家新兴的企业来说，这无异于釜底抽薪，浔泰的流动资金顿时干了。没有款子，进不了蚕茧，工厂眼看就要停产。齐彻心烦意乱，不知如何是好。这天，钮方丽让常亮捎话，说她一定要见他。他心里蓦地涌上一股热流。

夜里，齐彻应约悄悄来到南溪边的码头上，一只乌梢船船篷上挂着只灯笼，静静地泊在河边。他犹豫片刻，还是钻进了船舱里。方丽正焦急地等着他。他还没有坐定，船夫就划桨开船了。乌梢船悠悠地划着，只有船上那一盏灯笼泛着红光……

齐彻看看钮方丽，一动不动，眼神直直的，钮方丽也看着他，两人许久没有一句话。最后，齐彻冒出一句："钮小姐，这里不是塞纳河……""可你知道我在塞纳河上想的是什么？是这条溪，是江南的小桥流水！""我在塞纳河上曾吟过一个法国诗人的诗句：一颗温柔的心，它憎恶大而黑的空虚，从光辉的过去采集一切的迹印！天空又愁惨又美好，像个大祭坛，你的记忆照耀我，像朝阳一样的灿烂……"

钮方丽听齐彻念完，然后说："很动人的诗！是波德莱尔的吧？齐先生，今夜我请你出来，不是为了谈风月的！"钮方丽这稍嫌冷淡的话使齐彻有些尴尬："今夜只有风月，可我们又不能谈，那说些什么呢？自从我来到南溪，好像掉进了一个迷宫，处处都有玄机……不可思议！""齐先生，我知道你有困难，你要我帮你吗？我知道你现在不只需要感情的力量，还需要钱。""是的，我现在特别需要帮助，哪怕是一点点道义上的支持。可是在你父亲病倒以后，胡家撤了股，留下一家没有资金没有原料的空厂，你说……""可你为什么躲着我，不早点问问我？"钮方丽想说什么，可是又把话咽了回去，但马上又说，"我可以给你出一个主意。""我需要一笔大款子来周转，你有什么办法？""南溪虽小，可豪富人家却不少，世称有四象八牛七十二金狗，胡家虽然退出，可是要进来的人也绝不会少，那七十二狗就是有闲钱的人家。"钮方丽知道胡家已退股，所以就直截了当说了出来。

"这些土财主，怕只有钮太公才能说动他们。"齐彻说。"不一定，我想，怡和洋行的总经理凯伦先生如果肯出面，肯定就会成功！""凯伦先生？"齐彻对镇上的情况不了解，可是他知道让凯伦先生出面是他绝对能办得到的。"如果凯伦先生能来为你助阵，就可以把镇上的七十二狗都发动起来，让他们入股。"钮方丽很有把握地说，"因为凯伦先生曾在南溪住过三年，他在这里很有号召力。""这是很好的建议，凯伦先生会支持我的。"齐彻心里亮堂起来。"齐先生……""方丽，还是叫我齐彻吧。"齐彻挨到钮方丽身边坐下，握住她的手，"方丽，你该来厂里和我一起做事。你做我的襄理，好不好？""这事以后再说，你先要渡过难关。齐彻，只要凯伦先生能来，我可以去上海请一个演出队来为你助阵，让模特们穿上鲜亮的湖绉，让这些土财主开开眼，南溪也会热闹一番，让你这个大掌柜名副其实。"钮方丽说完笑了笑，身子离齐彻更近了。"太好了，方丽，我马上去上海，去找凯伦先生。"齐彻拉住钮方丽的手，兴奋起来。两人的手紧紧相握，钮方丽一双含情的眼久久凝视齐彻，这又让齐彻想到了她和胡德林的事，神情顿时冷峻起来，坐正了对她说："我的大小姐，我还有一个建议，你绝不可以嫁给胡德林，绝对不可以。""齐先生，我……"钮方丽感慨地想抽出手，眼里却已是泪水朦胧。

齐彻抓住钮方丽的手不放，温言命令道："叫我齐彻，你听见没有!"

凯伦先生到南溪的时候,钮方丽请来的少女表演队已经提前到了一天。东栅的老戏台上,奏响了欢快强劲的音乐,穿着时髦的真丝服装的少女,在戏台上跳起了采桑舞。这批上海滩来的姑娘靓丽多姿,轰动了小镇。戏台下众多的乡绅兴致勃勃地观看,发出一阵阵欢呼。在歌舞的背景下,凯伦先生出场了。他拉着一位女模特,扯着她身上的绸衣,用半生不熟的汉语说:"诸位先生,这是世界上最好的绸缎,是法国货,却是用南溪的生丝织成的。可是我说,你们的浔泰丝绸厂开张以后,也会生产出这种绸料,非常漂亮,会像这些姑娘身上穿的一样好,会风靡世界,我们怡和洋行,会全部包销……"

凯伦先生的话音还未落,台下众乡绅就鼓起掌来。章六趁机走上台说道:"诸位老板、掌柜,机会来了,南溪浔泰丝绸厂已经生产出了新湖绉,比法国绸更好。为了扩大生产,也给大家一个发财的机会,浔泰决定扩资,如果有谁想要加入浔泰,这可是大好时机。"章六的话说完,镇上的土财主却面面相觑,一时间谁也不作声,都在观望。因为他们知道,钮家虽是大商家,可是连与钮家十分要好的胡家都撤了股,他们入股进来,能赚到钱吗?况且齐彻又是一个外人,他又有什么高招呢?商家从不做赔本的买卖,所以台下的众乡绅谁也不愿意卷入这个漩涡。可如果有外国人加入,那就另当别论了。于是,大家你看着我,我看着你,谁也不说话,等待下文。"先生们,这么好的机会,如果你们没有眼光,那我们英国的绅士就不客气了。"眼看就要冷场,凯伦赶紧来打圆场。"凯伦先生,我要入股!"一见凯伦有那么大的信心,一个丝商终于忍不住了,突然跳起来说。接着,另一个丝商也站了起来:"我也要参股!"很快,许多丝商一拥而上。章六见凯伦先生的话起了作用,趁机喊道:"要入股的请到我这里来登记……"

章六登记完了,签了合约,共有十家加入,融资虽没有达到胡家所撤的份额,但也已足够延续生产。老戏台上的音乐更加强劲,少女们的舞步更加欢快热情。凯伦先生笑了。

由于七十二狗的踊跃投资,浔泰厂很快凑足了资金,机器飞快地运转起来了,还创出了一个小高产。没有几天,国内的各大报纸刊登了这个消息:齐彻——浔泰丝绸厂的新掌门人,站稳了脚。

在上海教会医院养病的钮太公也看到了这条消息。他拿着报纸,对站在一边的钮五阳说:"齐先生干得不错,产量这么快就上去了,现在报纸上天天都是我们的消息。"钮五阳不服气,对钮太公说:"爹,别信报纸,记者都是骗子,这些跟花边新闻差不了多少。"钮太公看了一眼钮五阳,没有说话。他想坐起来,却感到全身没劲。姗如扶起太公说:"老爷,别动,你还没好利索呢!"等钮五阳出去后,姗如说:"老爷,这几天五阳表现不错,可孝顺了,天天都陪在医院里。他虽在上海,可再也没去找大格格,现在又为你去请德国大夫了。"钮太公大概被她的话打动了,说:"都说养儿防老,可是五阳……我也不指望他什么,他能多陪陪我,我就高兴了。姗如,我想回南溪。""不行,老爷,你身子还没有好,不能出院,人老了不要逞强,会伤身子的。""你别拦着我,我想看看我的工厂,我的大掌柜。"钮太公拉着长声说。

第二天,齐彻来到上海,他直抵医院,向董事长钮太公汇报厂里的情况:新开张的浔泰厂共生产了十万丈湖绉,都已被怡和包销出口,现在南洋的客户也跟了上来,一切正常。齐彻又详细地将胡德林撤股以及七十二金狗入股的事说了一遍。钮太公大喜,他感到齐彻的确是个可靠之人,便坐起来,握着齐彻的手说,把厂交给他很放心,并答应每年提一笔干薪给齐彻。姗如见钮太公器重齐彻,怕儿子吃亏,赶紧插话说:"老爷,齐先生是很能干,你看是不是该叫五阳跟齐先生学学?"钮太公皱起眉头,但又觉得姗如说得很有道理,于是对齐彻说:"这正是老夫的一件心事。齐先生,钮五阳虽然不才,却是钮家的骨血,我想你一定要带一带他,不然以后我做了古,你们之间是很难相处的。"齐彻点了点头道:"如果董事长决定了,我只能执行。""好,齐先生大人大量。五阳呢?""爹。"钮五阳从门外走了进来。"五阳,你听好了,齐先生大人不记小人过,让你和他一起办这个厂,这可是机会,你愿意吗?""既然是父亲的安排,我当然要听。"钮五阳赶紧回答。钮太公见钮五阳回答得爽快,又说:"这厂是我一辈子的心血,你一定要上心,好好跟齐先生学,不过我要说清楚:大掌柜是齐先生,你是副手,一定要听他的,不要以为你是钮家的少爷就可以为所欲为,你要珍惜重视这机会!"钮五阳歪着头看了看齐彻,出人意料地说:"爹,你放心,齐先生的话我一定会听。"

齐彻和钮五阳坐着钮家的船从上海回南溪。汽船开得很快,两岸黑色的房屋、成片的桑林向后移去。在江南如画的运河上,齐彻与钮五阳在舱内面对面坐着,一动不动,各怀心事,谁也没有心思看两岸的风景。汽船超过一只挂着戏班旗号的戏船,船上一个涂抹着花脸的女戏子朝钮五阳一笑。钮五阳关上舱门,带有挑衅意味地问齐彻:"齐大掌柜,这次我跟你回来,你打算如何安排我?""如果你不反对的话,按照西洋的做法,就当我的助理,参与工厂的一切事务,这样你可以尽快掌握工序,熟悉机器的性能和管理方法。""要是我不愿意呢?"钮五阳拉着长腔,"有人说,宁做鸡头,不为牛后,我要一个部门归我管。""也行。"齐彻想了想说,"你是当地人,熟悉情况,进货这一块你负责,如何?只有这一块可以让你做,总账房有人了,销售这一块怡和做了代理,车间管理,你还没有入门……""齐大掌柜,你可真精,给我这吃力不讨好的一块。"钮五阳突然笑了,他觉得齐彻比他想象中的还要厉害,"这么说,你果然以为我是白痴?告诉你,如果我愿意,这个厂我也玩得利索。""是吗?可董事长选择的是我!"齐彻冷笑道,他打心里有点看不起钮五阳,觉得他只是一张嘴厉害。"不要以为我爹宠你,你就可以为所欲为,这终归是我们钮家的产业,让我来就是为了最终取代你,对此,你有什么想法?"钮五阳强压着怒气。"没有想法,但我相信,有你这种想法的人,是干不成大事的。我来之前,你打我的几拳我还记得,别以为我是懦夫,有一天,我会还你!"齐彻突然觉得钮五阳太嚣张了。"那为什么不是现在?"钮五阳被齐彻的话激怒了,倏地站起来,怒视着他,"怎么不打了,不敢?""哼,我不打,因为我从不打我的下属!"齐彻冷冷地说。"你……你才当了几天大掌柜,得意什么?"钮五阳气得跳了起来,两只拳头握得咯咯作响,"我警告你,别打我妹妹的主意,不然我照样揍你!"

齐彻根本不在乎钮五阳的所谓"警告"。在星期日,他约了钮方丽,来到太湖边的莺豆湖。这是一片无边无际的菱田,一个大大的水泊勾连着太湖。菱是江南特有的一种水生植物,每当成熟时,都会有许多男女来采菱。齐彻和钮方丽学着菱妇的样子,各自坐进采菱的木桶,手执一柄木桨,轻轻划动。突然,钮方丽的木桶在水里左右摇晃,吓得她叫了起来:"齐彻,我好怕呀!"齐彻听到喊声,赶紧跳下水,游到钮方丽的身边,抓住了摇晃着的菱桶。水波一涌一涌的,菱桶摇晃得更加厉害,钮方丽再次惊叫起来:"你别过来!"

"别怕,我们坐一只木桶吧。"齐彻说着,就要往钮方丽的菱桶里爬。"不行,这桶小,两人一起坐会翻的。"钮方丽再一次吓得花容失色。"没事。"齐彻跟钮方丽闹着玩,假意要往上爬,木桶晃得更厉害了。钮方丽急了,忙将桶里的红菱朝齐彻扔去:"快下去!""别别别。"齐彻连忙告饶,"菱角上面有刺,可扎人呢!"钮方丽又嗔又笑,仍将一只只红菱朝齐彻扔去。于是,齐彻游开去,游得远远的,可是趁钮方丽不注意,又从水里钻出来,扒住了她的木桶,笑着说,"我给你护驾,行了吧?"看着齐彻那执著的脸,钮方丽突然抱住齐彻的脖子,继而觉得失态,赶紧放开,抓着他的肩膀,掩饰地说:"都是你,想得出来,到这样地方来玩。"齐彻还浸在水里:"我们别无选择,这里没有法国式的沙龙,也没有异国情调的咖啡馆,你说我们去哪里?但是……"齐彻略叹了一口气,"方丽,你真是太法国化了,我们面对的大自然多美!你还是跳下来,彻底玩个痛快,这是江南最美的田园!"说着,一个猛子扎进水里,好长时间没有上来。钮方丽又吓得大叫起来:"齐彻,齐彻,你在哪里……"她不顾一切,慌乱地要往水里跳。

"大小姐,我在这儿呢。"齐彻忽地冒出水面,手里捧着一串菱草,上面吊了几只好大的红菱。钮方丽也下到水里,抓着木桶:"你坏,坏死了,不过这几只红菱真的好大。""是给你的。"齐彻扮了一个鬼脸,用京白腔调说,"小姐,书生略表心意。"钮方丽脸红了,两人抓着木桶,在水里说话。齐彻剥开一只红菱,送到钮方丽的嘴边,钮方丽不好意思地扭过头去。

两人在水里还没玩够,就听到常亮在岸上喊他们:"大掌柜,竹筒饭烧好了!"听到喊声,他们游上岸跑了过去,顾不得换下湿衣服就抓起竹筒,把竹筒敲裂,挖竹筒里的饭吃。齐彻禁不住赞叹道:"真香!"野外凉风习习,风光宜人,他们在一起玩得开心,待到了天黑还不想走。

月亮升起来时,两人背靠背坐在竹楼下,仰头看着天空。不远处是一棵杨柳的侧影,像剪纸一样黑白分明。"方丽,你为什么不说话?你在想什么?"齐彻问。"你问我?可是你呢?"钮方丽反问。"你说,要是我们在法国就认识了,你还会不会回来?""也许不会。""真的?"齐彻十分惊喜,"为什么?"她不答。"告诉我,行吗?""好,我告诉你,因为有个男人很坏很坏,所以我会留在巴黎和他斗。""是我?我很坏吗?"他说。"从某种意义上,你坏透了,因为你让人家爱上了你。"钮方丽说完,双手捂脸平躺在草地上。齐彻把脸凑过去,嗅着她身体发出的花一样的芳香,轻柔地掰开她的手,叹了一口气:"方丽,你知道,我是为你而来南溪的,没有你,我不可能来这里。"

钮方丽似乎很陶醉,放开手看着他:"齐彻……可是我们能成吗?"霎时齐彻觉得失望,他甚至怀疑这世界上究竟有没有真正的幸福和美满,因为他预感他和钮方丽的爱情是没有结果的。钮方丽也悟到这些,忽然伏在齐彻胸前轻轻抽泣起来。在法国的时候,齐彻常常悲叹中国人的落后和无奈,也曾发誓要回来向这个旧中国挑战,现在他回来了,回来就是为了奋斗,可是他却再一次感到无奈。"我需要你,需要一个能和我共同奋斗的人!"齐彻贴着钮方丽的耳朵说。钮方丽泣不成声地说:"齐先生,你知道我的事,我不想多说了。这门从小就安排好的婚事,对我是一场灾难,我真想和你一走了之,不要家,不要一切,和你找一个地方安安静静地过日子……可是不行!齐彻,我知道你想干一番事业,你必须留在这里,我们的爱情也许不会有结果的。"钮方丽抬头痴情地望着齐彻。"南溪是我事业的开始,将来会有那么一天,我和你像一对鸽子,向自由的天空飞去,可是现在怎么办……""胡德林缠着我,为了我他可以做一切坏事……我斗不过我的家族,这个社会是那么强大。""方丽,你不能毁了你自己,胡德林这个人,你不会跟他有感情的。如果抗争就有希望,方丽,你如果爱我,一定要想办法让你爹取消这门亲事……""我要抗争,我会抗争……"钮方丽激动得几乎喊了起来,可她突然又想到一个问题,"就算不理睬胡家,父亲他会怎么想呢?""我们一起争取,要你父亲同意。抗争才有结果。方丽,我爱你,我发誓决不背叛你,不然就让我淹死在太湖里!"齐彻说着将颈上挂着的一块圆润的玉佩摘下来,挂在钮方丽脖子上,"方丽,这是我惟一一件家传的东西,我把它送给你,做个信物。"

钮方丽将玉佩握在手里,两人不顾一切地亲吻起来……

花会以后,曼蝉再也没有见过那个黑衣男子,她情绪低落。这天,她与苞梅在花园里荡秋千,一闭上眼,满脑子就是那个黑衣后生。她把秋千荡得很高很高,嘴里拼命发出叫声,想忘掉那个人,可是她睁开眼时,却看到一个很熟悉的身影从墙外走过,好像就是那个黑衣人。她赶紧让苞梅把秋千拉住,下了秋千就追了上去。苞梅不知是怎么回事,跟在后面大喊大叫:"小姐,小姐!哎,你瞎跑什么……"

曼蝉看到的这个人,真的就是肖晃。他沿着街道,向沿河的一条拳船上走去。等曼蝉赶来时,肖晃已经带着几个人在使枪弄棒,看客围了不少。曼蝉挤了进去,见肖晃正在使一根棍,将棍耍得团团转,便老老实实地站在一边观看。很快,周围响起不少喝彩声,刀疤阿三就拿着草帽挨个过来讨钱。"给你!"曼蝉突然捡起地上的一块石头,往刀疤阿三帽子里一扔,眼睛斜着肖晃,"耍的什么破玩意,还想要钱。""哎,我说这位小姐,说话怎么这么刁!"刀疤阿三以为曼蝉是来捣乱的,想发急。"你看看我是谁?"曼蝉把头一歪,指着刀疤阿三的鼻子,"你不认识我了?我是你小姑奶奶。"肖晃一下子认出了曼蝉,赶忙拉开刀疤阿三,笑着对曼蝉说:"哎,原来小姑奶奶在这儿。你好,好久没见了。"曼蝉没有

第4章 梅子黄时雨

理他,径直上了他们的拳船,肖晃跟了过来:"怎么了?你生谁的气?""生你的气,因为你是个骗子!"曼蝉一字一句地说。"骗子?"肖晃莫名其妙地笑了笑,"我怎么骗你了?""你说好那天找我,可是你没有来。"肖晃这才恍然大悟,没想到他的一句玩笑,曼蝉竟当成了真。"好,那天是我失约。要不,今晚我找你如何?""我不信,因为你是骗子。""今天我肯定去。"肖晃举起手,做着要发誓的样子。"不信!你说话就像狗放屁。"曼蝉拨开他的手,"你住哪儿?我去找你。"肖晃指着船:"就住船上。""骗人!"曼蝉又想撒野,见有钮府家丁走过,不禁脸红了,小声说,"你等着,今夜我就上船来找你。"说完跳下船,一溜烟地跑开了。

"不见不散!"肖晃看着曼蝉远去的身影,故意大声喊道。他钻进船舱,刀疤阿三探出头,不解地问:"头儿,这妞儿疯疯癫癫的,你千万别惹她。""她是钮世诠的千金。"肖晃笑了笑,"我喜欢。""钮家小姐?头儿,钮家可是四象之首呀!哎,我们绑了她,要一大笔钱。""不行,这妞儿我真的喜欢。""头儿,你是白喜欢,她是大家闺秀,能跟你吗?只有一招:抢,抢回去当压寨夫人!""不行,这我不干!你别瞎出主意,我自有路数。""头儿,吃我们这行饭的,别这么多讲究!你不抢她,我是怕她总盯着我们,会坏我们的事!""不会,她一个小女孩子能怎么样!""那,今晚还是照原计划进行?"刀疤阿三问,肖晃没有做声。

肖晃一伙表面上是来南溪耍拳,暗中却是来踩点的。他们得知一个宁波富商在绿杨楼上住宿,随身带了不少银元,就准备劫他的财。入夜,太湖起雾了,伸手不见五指,正是抢劫的好时候。肖晃带着人出了船,摸进了绿杨楼,直奔一间客房。肖晃掩身窗下,从窗隙间望进去,只见里面点着灯,一男一女正趴在床上。男的是宁波客商,正和一个瘦马(妓女)作乐,瘦马在替他按摩。宁波客商捏着瘦马的奶子,似乎嫌她太瘦,正在问她:"你们老板养了多少瘦马?没有胖一点的吗?""没有了,就我一个。"瘦马娇滴滴地说,"庞老板,你不是最喜欢我,回回都叫我的吗?""可老吃排骨,也有腻的时候。"客商说到这里,好像听到窗外有动静,警觉起来,"好像有人!会不会是贼?""哪里有贼?"瘦马说着,扭着水蛇腰往外间走来。肖晃一挥手,几个人冲上去,把瘦马的头脸蒙住,接着几个人冲进里间,用刀子压着客商的脖子,吓得他直哆嗦。肖晃问:"银子呢?"

客商被勒得说不出话来,直接指了指床下的皮箱,刀疤阿三扑过去,拖出来一看,果然有一箱白花花的银元。肖晃见已得手,便放开客商,正准备撤,不想客商双手抱住肖晃,哀求道:"兄弟,给我留一点,别全拿走。"肖晃踢了客商一脚:"你这奸商,一直都卖假货,没要你命算便宜你。"说完,他吩咐喽啰将客商捆起来塞到床下,轻轻掩上门,来到院子里,从墙上跃了出去。

一伙人安全地回到船上,正要开船,肖晃却想起了白天与曼蝉的约会。她会等他吗?他一个人又上了岸,穿过一条巷子,向钮府飞也似的奔去。肖晃跑了一会儿,忽然感到后面有人,猛地回过身来,发现一个人站在巷口看着他。他掏出刀子,一步步慢慢地走近,突然发现这人是曼蝉。她一脸是泪,默默地看着他。"你这个傻丫头,真的在跟踪我?"肖晃走到曼蝉身边悄声问。曼蝉情绪激动,一言不发,突然双手掩面,哭出声来。那柔声哭泣让肖晃心动,他上前温柔地问:"怎么了?"没想到曼蝉却大哭起来,他吓了一跳,在这夜深人静时分,曼蝉的哭声实在够大,很吓人。"你哭什么?别哭,你再哭我就走了。"曼蝉越发哭得大声。他向后退了几步,她突然止住了哭声说:"你走吧,你走!你是强盗,强盗……"肖晃被这声音所惑,竟又舍不得离开,回过头来一把抱起她就走。奇怪的是怀里这个玉人儿竟然毫不反抗,反而用手紧紧搂住了他的脖子。肖晃抱着曼蝉快步来到船上,众喽啰一愣,他赶紧吩咐说:"快,快开船!"

来不及多说,拳船一直向太湖行去,直到湖边才停下,这期间她和他一直没有说话。船泊在无边的芦苇丛里,肖晃将她抱出船舱,穿行在芦丛间。曼蝉一只手紧紧地抱着肖晃的脖子,另一只手松松地掠过苇叶。突然,肖晃将曼蝉放在岸边石头上,伏下身子,手轻轻地抚过她的脸,就着月光细细地打量着,不禁赞叹起来:"小姑奶奶,你真的很漂亮。""我是你抢过的第几个女孩子?"曼蝉直起身子,很凶地看着肖晃。"我,我没抢过女孩子。"肖晃被问蒙了。"那你为什么抢我?""我们约好的,你忘了?白天在拳船上。""可我不知道你是强盗。"她说。"所以你就哭了?"他很有一点失落。"你是强盗,我为什么要哭?""因为你喜欢我,不喜欢强盗!"肖晃认真地说。"我为什么不可以喜欢一个强盗?"曼蝉瞪大眼反问。"你看,这是说不通的,一个大户人家的千金,凭什么喜欢一个强盗!""千金小姐和强盗有什么不同?""我们当强盗的,把脑袋别在腰上,说不定什么时候就送了命;而千金小姐有钱有貌,什么也不缺,她们会找一个有钱的小白脸,嫁人,生孩子,享受富贵,过着好日子……""不要说了,我不要过这样的日子。你告诉我,你叫什么?""我?我叫肖晃。你呢?""我叫曼蝉。""我知道,你叫钮曼蝉,是钮太公的女儿!""那你是太湖里的强盗?和六指头是一伙吗?""是又怎么样?""那我二哥是你们绑的票?你们剁了他的手指头?""不是我,我绑了他,可我也救了他!""那你是不是六指头?""六指头是我大哥!""你会剁我的手指头吗?""你的?"肖晃抓过曼蝉的手,看着她那青葱一样的嫩指,"我舍不得。""真的?你舍不得?好,我跟着你。""跟着我不行,我们是做强盗的,这种日子你怎么可以过?不可以。""因为我是钮太公的女儿,是个有钱人家的小姐,对吗?""是的,当强盗是很无奈的,风里来雨里去,替天行道,你吃不了那苦,况且你跟着我们能做什么呢?""我偏要跟着你,不是你们而是你。""跟着我做强盗婆?不行,我不能害你。""强盗婆就强盗婆,我愿意还不行吗?有句古话,叫胜者王侯败者寇!什么时候你胜了,你也可以称王!""真的不行!这行当十分危险,被人抓住要杀头的。钮小姐,趁天不亮,你回去吧,以后有空我会来看你,行不行?"肖晃觉得曼蝉很傻,可是又觉得她很真诚,不由起了怜惜的念头。"我不要回家!"曼蝉动真的了,"让我做几天强盗试试,行吗?""不行,绝对不行。你不回去,我就不管你了,把你扔在这儿让狼叼走,这湖滩上野狼是很多的。""叼走也不回去!""你不走,那我走了……"肖晃故意说。

  肖晃佯装要走,可是曼蝉紧跟着,一步也不离。众土匪要回去分饷,等得心焦,见肖晃回来,马上就要开船,见曼蝉还在后面跟着,不耐烦地问:"头儿,你干脆带她回去……""不,我送她回家。"肖晃摇了摇头。"不行,我们刚做了案子,这会儿你回镇上有危险!"刀疤阿三劝说。"没关系,我送送她,你们走吧!"肖晃有他的主意。"头儿,那我们等你,你快点。"肖晃和曼蝉沿着石塘走着,路过一片芦丛,曼蝉忽然跳起来抱住肖晃的脖子,亲着他,然后挣开他跑起来。肖晃一愣,马上飞快地跑去追。两人穿过弄堂、古桥,来到原野……跑着跑着,两人倒在一片绿色的草地上哈哈地笑起来。突然,肖晃一把抱住了曼蝉,曼蝉感觉到他重重的喘息喷到脸上,她也因娇喘而叫了出来,接着,两人在草地上翻滚、亲热……许久,两人才站起来,肖晃亲着她:"小姑奶奶,咱们去哪儿?""肖哥,随你。"曼蝉脸上的红晕还没有褪尽,温柔地说。"去你的闺房,你怕不怕?"肖晃搂着曼蝉问。"不怕。"

  曼蝉拉着肖晃的手,两人飞一样向镇里跑去……

第4章 梅子黄时雨

钮太公病好了以后,从上海回到南溪。钮五阳告诉他说,齐彻和肖伯雄肯定有关系。钮太公不信:"不会吧?我已查过了,他是个弃儿,育婴堂收留了他,后来法国人艾尔又将他收为养子。""爹,他真的是肖伯雄的儿子,你看……"钮五阳说着掏出一块玉佩递给了钮太公。"这是哪里来的?"钮太公看到玉佩,呼地坐了起来。"是齐彻送给方丽的。"钮五阳回答。在一旁的钮王氏也看到了玉佩,急忙抢过来仔细看了看,肯定地说:"太公,这是肖家的东西。好多年前我抱过肖家的大毛,他脖子上就有一块这样的玉佩……"

钮太公恍然大悟,伸手抓起这块玉佩:"对,是这只玉蝉,我也想起来了,这玉是肖伯雄的,是我和他一起在苏州抱古斋买来的,一共有两块,肖家弟兄一人一块。这是汉代的玉蝉,你看刀法简洁明快,汉玉一般有汉八刀之称,无论是多么复杂的造型,一般都只用八刀就刻成了,而且形神兼备,十分神奇!"

"太公,这怎么好?"钮王氏不禁为钮太公担心起来。"真是仇人之子?!"钮太公也瞪大眼睛,二十多年前肖家满门抄斩那一幕重又回到眼前。的确是他害了肖家,多年来肖伯雄被斩一幕在他眼前经常闪现,让他心惊不已……齐彻若是肖家之后,这深仇大恨他不会不报!

经过一个不眠之夜,钮太公明显地衰老了。他来到浔泰,径自进了办公室,随意地翻看着各种报表,对站在一边的齐彻说:"嗯,齐先生,老夫没有看错你,你确实能干,比五阳强多了。"齐彻又递上一份文件:"董事长,这是信鸽刚传递过来的西洋丝绸行情。我的想法是,浔泰最终是要走出中国,到西洋去发展,去办公司,怡和代理我们的丝绸,他们已经赚了许多钱……"钮太公说:"好,万事开头难,开好头至关重要!"齐彻看了看左右,将办公室的门关上,走到钮太公身边低声说:"董事长,我有一件私事想求你。""齐先生,有话你就说。""董事长,钮小姐不应该嫁给胡德林,她和他没有感情。""齐先生,这是老夫的家事。""董事长,如蒙不弃,我想做你的女婿。"齐彻低下头,说出自己的想法。钮太公盯着他,眼前又出现了肖伯雄的影子,不过他灵机一动:如果齐彻成了他的女婿,即便两家有仇,他还会报吗?这念头一起,钮太公刻意问道:"齐先生,我想问你一句,这次你到敝厂来就职,是出于对小女的爱慕,还是有别的因素?""确实有这方面的因素。"齐彻承认。"可是你应该知道,方丽已有婆家,钮家是大族,不该悔婚。""可是董事长,钮小姐并不爱胡德林,这样撮合两人是人生最残酷的事,会毁了钮小姐一辈子。时代在进步,你该为你女儿的幸福想一想。""看来,齐先生真的爱上小女了?"钮太公将头转了过去,"照理说,你是艾尔神父养大的,艾尔与我之仇……你——你恨我吗?""我不恨。"齐彻摇头说,"董事长,教父主张宽恕,这是基督的教义。""你会宽恕?如果有人杀了你的父亲,你也会宽恕?""杀父之仇另当别论。可是自由恋爱在国外早已风行,我和钮小姐是真心相爱,爱情会战胜仇恨。""说得好,齐先生,让我想想。不过你应该知道,在南溪镇上,悔婚是要出人命的。""董事长……"齐彻还想说下去,这时响起了敲门声,他打开门一看,是钮五阳、章六带着几名职员来见钮太公,好像有话要说。钮太公却不想多说,他摆了摆手说:"大家都辛苦了,今晚我为诸位庆功摆宴!"这会儿他心里乱得很,不想再说什么。

钮太公站在花厅外的葡萄架下,透过阳光,在照肖家的那块玉佩,试图从中找出一些蛛丝马迹。钮方丽却不知从什么地方钻了出来,站在钮太公背后叫道:"爹,这玉是我的!哥真是的,抢了人家东西不还。家里什么样的东西没有,他还稀罕这块玉?""这

第 4 章 梅子黄时雨

玉是谁的？""我的。"她脸红了。"是齐先生给你的，所以你珍爱，是不是？"钮方丽红了脸，钮太公转过身又问："他给你这玉佩是什么意思？"钮方丽背过身子："爹……没有什么意思。爹，我、我喜欢齐先生！""方丽，看来你们是商量好了，一定要悔胡家的婚了？"钮太公追问。"爹，我不喜欢胡德林，我不要嫁给胡家。"钮方丽走到父亲面前，突然跪下，"爹，你答应我吧。"钮太公叹了口气："我知道你不喜欢他，我也不喜欢他，可是做人要以诚信为本，谁让你爹当初答应了他呢？那么，齐先生……""爹，这与齐先生没有关系。""这么说，如果齐先生不追你，你也不愿嫁给胡家？""不愿意，我宁可不出嫁，爹。""方丽呀，你给我出难题了！""爹，我宁可当尼姑也不会嫁他，真的。"钮方丽说完，转身而去。钮太公呼了一口长气："噢，有这么严重？"

这几天，钮太公常常做梦，好像又回到了四十多年前。当初，钮太公只是个武夫，跟随左宗棠血战杭州，部队溃败，他负了伤，倒在太湖边的石塘上。肖伯雄的收茧船路过，把他救了起来。他那时一文不名，但肖家却是南溪的大户。肖伯雄收留了他，带着他一起做丝绸生意，后来又结拜为异姓兄弟，钮世诠渐渐发家了。不久，他发明了一种元宝经丝，丝质细润，一时非常有名，畅销各地，好多丝绸客都眼红了。当他听说肖伯雄也在辑里培育另一种优质野蚕时，疑心顿起，于是听信了胡进士说肖伯雄想吞并他的茧场的谗言，对肖伯雄起了二心。后来，一本违禁的《明史》让他看到了杀机，就向湖州府告发了肖家，致使肖家满门抄斩。恩将仇报，他钮世诠良心不安。

这晚，钮太公睡到了姗如的房间里，刚睡下，就又开始做梦了：在南溪垂虹桥下，肖伯雄夫妇双双跪在桥上，后面是一群肖家人，背上都插着斩标。监斩官高声宣旨："反贼肖伯雄，私自窝藏反对大清朝的庄氏《明史》，阴谋篡逆，罪在不赦，着旨处以极刑……斩！"刽子手一刀砍去，一道血光，人头落地……刽子手的那一刀好像砍在钮太公的身上，吓得他大叫一声坐了起来，嘴里直喘粗气，身上的衣服也被汗水湿透了。"老爷，怎么了？"姗如也被他吓醒了，急忙问。"我做了个梦，梦见肖伯雄……"钮太公抚着额头说。"老爷，这些陈年往事，不要再想了。""我觉得对不起伯雄，他是无辜的，他并没有做什么对不起我的事，可是我害了他，让他一家人都死于非命。虽然我现在大富大贵，可一想起他，心里总是像刀割一样。唉，阎王爷在阴间不会饶过我的……""老爷，肖家没有人了，你不必害怕。""不，有人，那个齐彻就是肖家的后人。今天他还向我提亲，说要娶方丽。""老爷，你说什么？这不可能，胡家能干吗？老爷，快睡吧，明天叫道士给肖伯雄做几个道场就是了，不要多想。""不，姗如，我想让方丽嫁给齐彻……这样是不是可以减轻我的罪孽？""让方丽嫁给齐彻？老爷，你想好了？"姗如顿感意外。"你说，如果我和齐彻成了翁婿，他就算真的是肖伯雄的儿子，还会恨我吗？""这样，我们和齐先生成了一家人，他当然不会……可是，老爷，胡家的人不好惹呀。""姗如，只有这一招了。我对不起肖家，让女儿嫁给齐彻，说不定就消解恩怨了。"钮太公的主意，让姗如也睡不着了。两人坐在床上，直到东方发亮，钮王氏派人叫走了钮太公。

节妇胡碧容得知钮太公想把方丽嫁给齐彻，雁影楼顿时闹翻了天。当钮太公带着家人迈进雁影楼幽闭的小院时，只见一条白绫抛在梁上，胡碧容正在哭天喊地，见钮太公进来，她哭得更凶了，嚎着："我不活了！为你们守了三十多年的寡，狗也不如，你们还要欺负我娘家，把胡家不当人！""碧容，谁欺负你们胡家了？"钮太公威严地问。"我不想活了，我想死！我要到宗庙去上吊！"胡碧容手舞足蹈，抓住白绫不放。"大少奶奶，你别闹了行不行……"钮太公找了一个凳子坐下。"我这是给谁家立的牌坊？明天谁爱砸就砸，不关我事！可怜我守得好苦啊！今天要砸牌坊，明天又要悔婚，我还算不算个人？"胡碧容喊得震天响。

师爷看闹得厉害，见胡德林的母亲仪慧也在，就将她拉到一边："亲家太太，你去劝劝大奶奶。""我？我才不劝呢。师爷，胡家对钮家可以说忠信两全，不知太公为何要悔我儿的婚事？"仪慧故意放大声音。钮太公瞠目结舌，声音不由低了下来："谁说悔婚了？我只是说着玩玩，你们就这样闹，我要是真把方丽嫁给了外人，你们还不得烧我的房子？"仪慧看了一眼钮太公，有板有眼地说了起来："亲家公，碧容是我们胡家门里的人，为了你们钮家，她守了三十多年寡，多苦的日子都熬了过来，为了什么？为了钮家的门脸，这不就是一诺值千金吗？她要是再嫁了，你们钮家能建起这牌坊？现在虽说是共和了，皇帝的圣旨不值钱，可清白贞烈人家这份荣誉不也照样千口传颂？当初你逼着碧容守节，指腹为婚，将方丽许给我们德林，虽是一句话，却掷地有声呀！太公怎么就不想想呢？碧容要是早知道如今是这样，又何必当初……"

一时唇枪舌剑，让钮太公闭口无言，节妇则时哭时嚎。一旁的师爷劝说道："胡家太太、大奶奶，都是一家人，有话好说，好好说就是，何必呢！别哭坏了身子……"钮太公觉得真不该让胡碧容出雁影楼，这简直是头母狼，不，比母狼还厉害。他忽地站起来："这个家里，你们都比我厉害！你们想怎么办就怎么办，我不管了好不好？"说完便拂袖而去。

回到求是居书斋，他把仆人都赶了出去，一个人闭眼坐着，像一尊石佛一样。直到夜里，钮太公才站起来，从香袋里摸出两根香，颤巍巍插到供桌上，伸出枯叶般的手点着香。小坯子走上前想帮他点香，可钮太公回绝了，他认为只有自己点香才算是虔诚。可是他的老手颤抖着,几次都点不着。钮方丽正好进来,便走上前去,轻快地擦着火柴,递给了钮太公。他回头见是女儿,噗地吹灭了火柴,脸上现出痛苦的神色,对她说:"方丽,爹对不起你。""爹,齐先生要见你,他已经来过几次了。"钮方丽说。钮太公板起脸:"方丽,爹今天什么人也不见!我没脸见人,家里被那个泼妇闹遍了!""爹,大嫂凭什么管我?她那贞节牌坊有什么稀罕,二哥说得没错,早就该砸了,给厂子开个正门!""方丽,你大嫂不好惹,她是只马蜂,关了三十多年,如今逃出蜂窝,会做别人意想不到的事,让钮家丢脸……刚才她又要去宗庙里自杀,想叫我愧对列祖列宗,这罪你担得起?""爹,那我和齐先生的事……""方丽,我很想答应你,可是不能,这母老虎是要吃人的。""爹,如果我不能嫁齐先生,这辈子我什么人都不嫁……"钮方丽失望地哭了。"方丽,你不要为难爹!"钮太公抚着钮方丽的头,"爹知道你难受,可是人这一辈子许多事都是命定的……爹求你一件事,暂时别和齐先生来往,行吗?""我不!我不!"钮方丽低声说。

"我对不起你,更对不起肖家……"钮太公站起来走到神像面前,忽然跪下,苍白的头发颤抖着,半天也不起来。"爹……爹……你起来,你别这样。我……我听你的话还不行吗……"一时间,钮方丽忽然觉得爹又苍老又可怜。

钮五阳人在南溪,心却一直在上海,他挂着大格格,心急如焚。墨琴北上寻父,断了音信,为此他焦躁不安,在厂里与齐彻摩擦不断,干不了一点正事。

春蚕刚过,正是茧子上市的时候。这天,他从章六那里领了一笔款子,准备出门去收茧。他和验茧的大先生来到码头上,正准备开船,小坯子跑来告诉他再等一会儿,说章六也去。钮五阳

第4章 梅子黄时雨

有些火了,向小坯子吼了一声:"老东西对我还不放心吗?"小坯子说:"这不是一大笔银子吗?"钮五阳骂着:"我就看不惯这老头!见了齐彻屁颠屁颠的。你去催他快点!"这时,一只信鸽在船头盘旋,脚上拴着一只纸袋,钮五阳一看,这正是他在上海豢养的信鸽,于是吹着口哨,信鸽慢慢地落下来,停在他手里。他摘下信鸽脚上的信,打开一看,立刻眉开眼笑,里面是墨琴的一张便条,上面写着:"二爷,我回来了!"钮五阳高兴得跳起来:"船老大,今天不去茧市了。走,马上赶到上海。""上海?"船老大不明白钮五阳为何突然改变了主意,"二少爷,不是说好了去茧市吗?""去上海,我有急事。"他捏着纸条,眉飞色舞,整个人都跳了起来,"开船!我付你双倍的船钱。""不等章老板了?"船老大问。"谁也不等,马上开船!"钮五阳的心早已飞向了上海。船老大一听有双倍价钱,也乐了,马上发动了船,突突地向上海方向开去。等到小坯子和章六赶到,船已没影了。看着远去的船只,章六忽然想到钮五阳身上带了许多银元,这笔钱不能让他带走。他如梦方醒,跳了起来:"快告诉齐掌柜去,二爷把茧款带走了!"

钮五阳带着二十万银元的茧款去了上海,这是工厂的流动资金,让他带走,肯定是肉包子打狗,有去无回。齐彻急了,他来到钮府门前,想向钮太公禀报。可是门人挡住了他,说太公吩咐,从即日起,他不能自由进入钮府。"我真的有急事,是厂里的事。"齐彻挥了挥手,大吼一声,"这厂要停产,要出大事,你懂不懂?眼下正是收茧的黄金期,收不够茧,下半年怎么生产?"他说了半天,守门人就是不让进。他明白这是在提防他和钮方丽来往。回到厂里,章六对他说:"茧市的老板我很熟悉,款是可以欠几天的,就怕二爷把款子花掉,补不上这缺口。我们现在形势虽好,可资金还是紧张。"齐彻自责地说:"是我大意,不该将这笔款交给钮五阳。""我马上去上海追回这笔钱,二爷肯定又去了密韵楼。""密韵楼?那个红倌人不是走了吗?""二爷这样的肥肉,她肯扔吗?晃一下再回来呗。""那你马上去上海,一定要拿回这笔茧款。"齐彻大声地说。

　　章六刚起程,工友又来报告,说是胡家领着一伙人在工厂门口闹事。"为什么?"他吃了一惊。工友告诉他,胡家是因为他和钮大小姐来往,破坏了胡家的名声,就打到工厂来了。常亮也进来小声说:"大掌柜,胡德林骂你抢了他媳妇,想打你。""打我?我去看看。"他拨开众人,出了车间,来到厂院内。胡德林带着许多族人啸聚在院里,见齐彻出来,立刻向这边涌来。

　　"胡先生,有话好说,你这是干什么?"他问。"你是什么东西,敢抢我们胡家的媳妇!"一个胡氏族人冲了上来。"胡德林,钮方丽是你的太太吗?""我们从小就定了亲,你不知道吗?"胡德林冷笑。"可你们是一场悲剧,方丽并不爱你……""不许你提方丽的名字!"一个胡氏族人上前扭住了他:"干脆扔太湖里喂王八去!""你们别欺负人!"常亮等人冲上来,挡在齐彻前面。"打架?我们可不怕,上……"胡德林一挥手,胡氏族人都围了过来,乱拳挥向齐彻和常亮……

　　正当众人扭打成一团时,钮方丽从外面跑进来,见此情景,她大声地喊道:"胡德林,你要干什么?"胡德林一见钮方丽来了,就停下了手。"大小姐,你来得正好,姓齐的要是再找你,败坏我胡家的名声,我们就揍他!"几个族人吼了起来。"胡德林,你不要不讲理……"钮方丽气得脸都变青了,"你这么没有教养,我就是不嫁给你,气死你!"

　　胡德林气灰了脸,他吼道:"好,我知道你的心已经属于别人,你不嫁给我,我就毁了这个姓齐的。我告诉你,他敢碰你一下,我就宰了他!"说完,胡德林捋着袖子冲了过去,扭住齐彻,不想拳未出手,自己却倒在了地上,鼻血喷涌。众人大惊,急忙护着胡德林走出去。

　　胡德林突然鼻孔出血,本以为是为乱拳所伤,没有什么,可是一连几天,他鼻血流个不止,头上裹着毛巾,鼻孔插着棉条,卧床不起。胡家见势不好,忙请来中医顾大夫把脉,也没有诊出个所以然来。半个月后,胡家才觉得胡德林这是病,不是硬伤所致,而且这病十分罕见。有一天,顾大夫忽然问:"你身上别处有无异常?"胡德林让丫环将他衣服撩到肚脐上,只见一道紫红色的斑带如一条蛇从肚脐下往两侧扩展。大夫将他的身子侧过来,眉头皱着,连声说:"这东西很怪,我看不懂!""顾大夫……"胡德林母亲仪慧觉得不好,急问,"这是什么?""不清楚,是险症。""险症?大夫,能治好吗?"胡德林声音低低地问。"难说,你这病我要想一想。"顾大夫说。"顾大夫,你是这一带的名医,你居然看不懂我这个病?"胡德林见大夫吞吞吐吐,有些着急。"不要急,让我回去查查书。"顾大夫说完,收拾药箱来到中厅,被胡氏族长七叔公挡住了:"顾先生,德林这病……""这病很凶险。老族长,不瞒你了,你去看德林的脸,从中庭到两颧有一道紫色,腰上有蛇斑,不出百日当有大难。如果腰上蛇斑头尾相衔接,则必死无疑!"顾大夫将七叔公拉到一边小声地说。"到底是什么病症?"七叔公也感到很惊讶。"说不上,与五脏六腑皆无关系,倒像是中了蛊毒。"顾大夫回答。"那蛊毒是什么?"七叔公更是不解。"蛊毒乃外来之毒,起初并无症状,但发作时心腹如刀绞一般,像是毒蛇在撕啮皮肉,七窍出血,最后五脏尽被蛊虫食尽而亡……""这么可怕!那该怎么办呢?""没有办法,我只能给开一点温补的药品,但吃了这药于病并无大益。"七叔公定定地看着大夫开方子,脸上渐渐露出一丝狡黠的笑容。胡家孤单,如果胡德林病逝,胡氏的家产是不可能留给只有一个姨太太身份的仪慧的。

当慧仪得知儿子身上出现了神秘的"红腰带"时,一下子联想到丈夫,她惊惶失措。当年胡进士也是腰上长了这样一条"红腰带",没多久,红腰带开始溃烂,他没出一年就死了。难道说悲剧重演了?她当然明白这里头的厉害,也看出族人的用心,因此十分着急。她急忙召来娘家兄弟包振,怕人听见,两人在花廊里悄悄商议。仪慧最担心的是,一旦胡德林死了,她没有继承人,胡家的族人一个个都会变成饿狼,她一个外姓人,家产难保。包振说,东林有一个黄仙姑很灵,仪慧让包振马上就出发去找仙姑。

一直到三更,仪慧还跪在佛堂的观音前祈求,包振摸黑进来了。他告诉仪慧,排了半天的队,总算见到了黄仙姑,把德林的八字送了上去,黄仙姑连摇了三次卦说,要治好胡德林的病只有一个办法:让他结婚冲喜,将这煞气阻一阻,如果红腰带不再长,这病还有救。"结婚?德林半死不活的,谁肯嫁过来!"仪慧感到很为难。"我外甥这病外人知不知道?"包振问。"都瞒着呢。""那就好。"包振附在仪慧耳边说,"外甥不是与钮家小姐早就定了亲吗?现在就给钮家送礼金,说要迎娶,越快越好。""这事……我得跟碧容商量商量。"

胡德林大闹浔泰,钮府得知后,限制了方丽的行动,不让她出门,外面的事她都不知道。这天她刚起床,丫环如宝一脸惊惶地迎了上来,告诉她太公正在发脾气,叫她马上过去。方丽知道,肯定又是胡家有什么事。她赶到求是居,看到母亲正满面泪痕地跪在钮王氏脚下,钮王氏正大声训斥着:"你还哭,你还有脸哭!你生的这一对儿女,活活要将我们气死!你儿子拿走了厂里办正事的银子,去给那个姨子用;你女儿呢,明明已许给了胡家,非要黏着个不明不白的外姓人,丢人现眼,辱败门风,弄得镇上谁人不知?叫我们老脸往哪儿搁?她是大家小姐,不是窑花……"

方丽见母亲跪着,心里很不是滋味。她知道母亲是姨太太,地位不高,一直很受气,但为了儿女,母亲都忍了。她心疼母亲,默默走到她身边说:"妈,你起来,要跪女儿跪……"可姗如没有动,钮方丽说着,扑通一声也跪在她旁边。钮王氏怪声怪气地说:"起来起来,我可没让你们娘俩跪。姗如,你已为人母,还动辄跪在地上,真是毫无母仪。""大妈,是我的错,你不要骂我妈了。"钮方丽执意不起来。"什么你妈,我不是你妈?姗如,你的两个女儿是怎么管教的?曼蝉在外头鬼混到三更半夜,方丽这个当姐姐的更不成体统,真是一对活宝,亏你们还叫我大妈。"钮王氏又重重地叹了一口气,"你父亲被你们这一对活宝气倒了,我看就是你把她们宠坏了……方丽,女大当嫁,我告诉你,胡家的人刚来过,他们要你马上嫁过去,你父亲已答应了,你准备一下,出门吧。"胡家真的来了!这句话从钮王氏嘴里得了证实,钮方丽惊叫了一声,上去抱住钮王氏的腿,坚定地说:"大妈,我不出嫁,我不想出嫁!"

这时,钮太公也从内室缓缓走出来:"方丽,你别做梦了。我想过了,你和齐彻不可能的,胡家的婚我们悔不起。你想想,你大嫂在我们钮家守了三十多年的节,我要是悔了胡家的婚,就是死了也会挨多少人的骂?""爹,我不……"钮方丽哭了起来。"不要再说了。你父亲一直宠着你,把你宠得没了样,别说是三从四德,就连起码的脸面都守不住,人家胡家还肯要你就不错了。"钮王氏坚决地说。"我一辈子陪着爹妈,不嫁人!"钮方丽见父亲不说话,彻底绝望了。"方丽,你不出门?这不可能,这算什么?未嫁而守节,世所未闻,再说胡家又不是虎穴狼窝,你怕什么?胡家也是大户,德林又不痴不傻的,你嫁过去也亏不着……"钮太公的话还没有说完,两行老泪也流了出来,转身进了屋。"爹,不,我不愿意……""你不愿意?"钮王氏发起怒来,转过身又向姗如发脾气,"这孩子简直目无祖宗,都是你让她去什么外国,学那洋做派,败坏钮家祖上的美德。"钮王氏又辞色严厉地对钮方丽说,"不嫁也得嫁,钮家的脸丢不起!你回去准备吧,嫁妆的事你就不用管了,师爷已经在办,你就准备挑一个好日子出门吧!"

钮王氏走后,钮方丽扑在母亲怀里大哭起来。姗如劝女儿:"方丽,听话吧,一切都是命!你生在钮家,享尽了荣华富贵,也该知足,到了胡家也一样会富贵的。"姗如搂紧钮方丽,两行泪水也禁不住流下来,滴在女儿头上。钮方丽心里突然涌起一个念头:不能,决不能!

是夜,齐彻也没有睡着。快到天亮时,他刚合上眼,房门突然被推开了。他睁开眼睛一看,钮方丽满脸是泪,未等他起身,已扑进他的怀里,不顾一切地亲着他。齐彻感觉到钮方丽的异常,着急地问:"方丽,怎么了?发生了什么事?"钮方丽没有回答,蓦然扭身要走,被他一把拉住。"我们没有缘分,没有缘分,分手吧。"钮方丽泪眼朦胧地看着他,痛心地说。"方丽,怎么回事?"齐彻意识到了什么,更加急切地问,"到底发生了什么事?""他们要我嫁人,要我马上嫁给胡家,我不愿意,不要!我要离开这个家,这个家是监狱,是枷锁,我要远走高飞……我要离开这里,永远离开……"钮方丽一边痛哭一边诉说。齐彻紧紧地抱住她:"方丽,你冷静一下,先不要慌!你不要走,别走,不管是多大的灾难,让我们共同来对付,好吗?""不,这没有希望,没有结果!我要走,离开这里,任何人都不会再找到我!"钮方丽挣脱了齐彻。"我们一起走！""不行，你不能走，你走了，厂怎么办？你会失去你的事业，你会一无所有。齐彻，你的事业正在起步，你会让中国的丝绸更美丽，我们……我们分手吧，这是无奈的选择！我祝你事业成功。"说完，她强行挣开齐彻，转身向屋外跑去。

开工的钟声已经敲响，员工已经开始上班。齐彻不顾一切追了出来，可是钮方丽已跑到大门口。齐彻发现自己还穿着睡衣，衣不蔽体，很是狼狈。等他回到房间，披了件衣服再出来时，钮方丽早已不见了踪影……

钮方丽失踪了，钮府里死一样沉寂。钮太公发了脾气，而钮王氏却认为与姗如有关。姗如本来是钮王氏的丫头，因为貌美，被钮太公强行占有，钮王氏得知后，本想将她送出府去嫁人，可是姗如却说自己怀孕了，所以钮家就留下了她。可姗如当时并没有怀孕，她是因为不想走，就撒了个谎。后来钮太公宠幸她，她也为钮家生了一子二女。为了这段往事，钮王氏很看不起她。钮方丽跑了，钮王氏更是向姗如大发淫威，大声责骂着，让她去找女儿。"姐姐，我真的不知道。"姗如怯懦地说。"姗如，我告诉你，你是想把老爷活活气死！方丽是你亲生的，是你养大的，怎么会一点也不听你的？你去把她找回来，一定要找回来！我肯定她在上海。"钮王氏缓了口气，"钮家是要脸面的人家，出这种事多难听，祖宗在地下也会不安，你快去把她找回来。家里呢，我们替你瞒着，就说她去上海置嫁妆了。""姐姐……"姗如欲言又止。"姗如，三十多年前，你背叛了我，做了一场戏，用你的肚子骗得老爷娶了你，也算你争气，替钮家生下三个儿女，可你是我贴身的丫环，是我从娘家带来的，我永远有权力管你！找不到方丽，你就别回来了！你看你那几个儿女，个个是活宝，都这么能折腾人，你就是商朝的妲己，钮家非毁在你的手里不可！""姐姐！"姗如哭道，"就怨我的肚子,老爷要我的身子,也许并不要我的孩子。""谁是你姐姐！不把孽种找回来,看你还有脸回来！"钮王氏忽地站了起来,摆了摆手,让姗如出去。

钮王氏说得不错,钮方丽的确到了上海。她乘早班船来到上海,没有敢去钮公馆,而是找到哥哥钮五阳。钮五阳正与墨琴在大世界跳爵士舞,钮方丽挤进舞厅,拉住钮五阳,告诉他自己逃婚出来,希望哥哥帮她一把。钮五阳觉得妹妹可怜,而胡德林确实让人讨厌,就答应帮她,让她住在他在静安寺刚买的公寓里。这房子他是买给墨琴的,钮家人并不知道。

钮方丽住了下来。这是一套豪华的房子,房间里有留声机、西式家具。钮方丽大概觉得过于奢侈,就问:"哥,咱们自己不是有公馆吗？你哪来的钱买房子？""你就别管了。"他诡秘地说。"是不是那笔买茧的款子？""是又怎么样？方丽,我不能回公馆。傻妹妹,我就是要找一个谁也找不到的地方,跟我的阿娇好好地度蜜月……"这时候墨琴走了过来,钮五阳亲着墨琴说:"对不对,我的大格格？来,咱们喝酒庆祝一下。"这套房子是墨琴看中的,因为鸨婆管束着她,很不自由,所以他们常溜到这里鬼混。鸨婆见管不住墨琴,只好睁一只眼闭一只眼。墨琴从酒柜里拿出一瓶高级法国洋酒:"来,妹妹,路易十四,你该喜欢的。""我不喝酒。"钮方丽回答说。"你出过国,还不会喝酒？"墨琴惊讶地瞪大眼睛。钮方丽看着这风姿绰约的女人,心想,哥哥真是有眼力,大格格确实是超一流的美女,怪不得他为之心醉神迷。钮方丽喝了一点沙士,放下杯子。钮五阳兴犹未尽,打开留声机要跳舞。墨琴留意到方丽疲惫的神色,说:"二少爷,妹妹一定累了,让她先休息吧！"

第 4 章 梅子黄时雨

第二天早上，钮方丽来到客厅，见钮五阳和墨琴还没有起床，便去书房翻了会儿书，心里始终平静不下来，忽然想给齐彻写信，就回房间拿起笔来：

切尼，我第一次这样叫你，不知你愿不愿意？出来已经六天了，总算找到一个安全的地方，稳定下来。前几天我一直住旅馆，而且换了几次，有一种流浪的感觉。我不敢去公馆住，他们肯定不甘心，会来上海找我。我只是担心母亲，她很柔弱，在钮家的身份低，总被欺负，不知她会怎么样……切尼，你好吗？离你远了，总是不踏实，好像生活中缺少了什么。我想告诉你，我哥哥已经把那笔买茧子的钱花掉了，我知道厂里等着钱用，你自己再想办法解决吧。我还在逃婚，而且不知这日子何时结束。切尼，你不要找我，也不要给我写信，因为我不会留下地址。我这样做是怕你分心，我知道丝绸厂正处在一个关头，昨天看《申报》，藤也的日本丝厂也建了起来，英国人和美国人也都准备建厂，这样你就面临着更激烈的竞争。事业也许是残酷的，我不想你为了我而怯懦，这虽然是钮家的厂，却也是中国人的事业……

钮方丽放下笔，看着镜子里自己的面容，一颗大大的泪珠从颊上滚落。这时，钮五阳敲门了："妹妹，别闷在家里。走，跟我们一起出去玩。""哥，不了，我想写封信。"钮方丽赶紧擦去眼泪，扭过头回答，钮五阳却走了进来："妹妹，你不去也行。不过，我和格格想去趟杭州，你身边还有钱吗？""哥，我是逃出来的，身上的钱不多，我还得走，怕不够，你还是另想办法吧。"钮方丽还想问，那笔茧款是很大的数目，难道已花没了？但是想到墨琴也在家里，就没有问。钮五阳也没再说什么，就出去了。

钮方丽写完信回到客厅的时候,见墨琴正在化妆,便问:"林小姐,我哥呢?""他刚出去,接个人。"墨琴媚笑着,好像和方丽很投缘。没过一会儿,钮五阳果然带着一个英俊的男士进来了。钮方丽一下子觉得这男士有些眼熟,钮五阳拍着来人的肩膀笑道:"景岩,介绍一下,这是我妹妹。""五阳,你还不知道吧?我和令妹早就认识。"来人走到她面前,伸出手说,"你好,钮小姐,还记得我吗?""是曾先生。"钮方丽很快就记起,他叫曾景岩,曾在中国驻巴黎的大事馆工作,他们有一面之缘,不知不觉,已经好几年过去了。她伸出手来握住曾景岩的手,两人四目相对,顿时好像有着说不完的话。"你看你看,重色轻友,是不是?"钮五阳在一边讪笑着。"哥,你胡说什么?我们在法国见过面。"墨琴从里屋出来,可是曾景岩却一直盯着钮方丽,钮五阳将曾景岩拉开说:"景岩,别老盯着我妹妹,还有一位更美的仙女等着见你。""不用说,这位就是名满申城的墨琴姑娘了?你好!"曾景岩转过身来面对墨琴。钮五阳向墨琴介绍说:"这位是曾公子,是湘军著名将领曾文公曾国藩的孙辈。"墨琴大喜:"曾先生是曾大人的后人?久仰久仰!"钮五阳说:"墨琴是大清朝的格格,她喜欢与皇室沾边的人。"曾景岩说:"不过,我不是保皇党。"墨琴扬起眉毛:"为什么?难道说这共和政体比大清朝还好?"曾景岩笑了笑:"墨琴姑娘是皇族,当然说皇上好。"墨琴问:"那你呢?你祖上可是一直食皇禄沐皇恩的……"钮五阳连忙劝开:"墨琴,活得累不累?不谈政治。我们听听音乐如何?我叫厨子做了几样江南的名菜,扬州狮子头加上太湖银鱼蟹羹……"

几个人坐下来,音乐声起,墨琴依然缠着曾景岩谈清帝逊位的事:"曾公子,你说皇上还会不会复位?""目前局势复杂,复辟势力很强大,说不准。"曾景岩的眼睛一直在看方丽。钮五阳看出了门道,将墨琴拉到一边悄声说:"曾公子是方丽的朋友。"墨琴拖着长腔:"噢……"钮五阳拉起墨琴:"来,我们俩跳舞。"两人在客厅里跳舞,曾景岩和钮方丽坐在沙发上想说什么,大概嫌吵,曾景岩悄声说:"钮小姐,我们去花园里清静一下?"钮方丽点点头,与曾景岩出了客厅。在花园里,他告诉她,回国已整一年了,一直在北平的外交部供职,接着又问钮方丽为什么不出来做事,并说,如果她想出来工作,他可以在实业部给她谋一个差。这让钮方丽心里一动:她出来逃婚,正想做点事情,有一份工作是最好不过的了,那样既可避开胡家,生活又有了保障。他们聊了好一会儿,菜好了,仆人过来请他们去用餐,两人才恋恋不舍地站了起来。

第二天一早,钮方丽出去找一个留法的旧友,没有找到,回来后打开抽屉,发现自己的钱包被动过了,打开一看,自己带的钱不见了。她四处都没有找见,正急得不知如何是好时,女佣吴妈告诉她,是钮五阳拿走了,他与墨琴去杭州玩,大概要几天才能回来,让钮方丽住在这儿帮他们看家。原来,钮五阳带来的那笔茧款早花光了,除了这房子,密韵楼那边要钱要得凶,大格格要去杭州玩,可是他没钱了,只好偷偷地将钮方丽带在身边的钱拿走。这让钮方丽急出一身汗。昨天她和曾景岩谈得不错,想跟他一起去北京。曾景岩很上心,这天下午又来了,说已托人在北京给钮方丽谋好了一份职业,在实业部做法文翻译,并让她和自己一起走。钮方丽突然变得身无分文,不由踌躇起来:"能否再晚几天?""为什么?""我……"她期期艾艾地说,"我哥哥……我还想回家一趟,带些路费。""不要紧的,车票算我的。"曾景岩说,"钮小姐,你放心,我们是老朋友,以后你有了钱还我就是。再说了,你们钮家是江南的大财东,我还怕你赖账不成?""要不,曾先生,你有事先走一步,我三五天后就过去。"曾景岩因为部里有事,必须马上走,只好先走了,但嘱咐钮方丽一定去北京找他,钮方丽答应了。但身无分文,怎么出远门?于是,她只能回公馆去拿一点钱。

这天一早,她悄悄地回到钮公馆,刚从侧门进来,就被如宝看到了,大喊:"小姐,小姐……"钮方丽惊得上前掩住她的嘴,小声说:"别喊!你怎么来了?"如宝说:"找你呀,姨太太都快急疯了,你快去见见她吧。""我妈也来了?"见如宝点头,钮方丽又说:"我知道你们会来上海找我,但我不能见我妈,她不会让我走的。你不要告诉我妈,我走了。"如宝大惊起来:"不行,小姐,姨太太已经急病了,几天都没吃东西,太公说了,找不到你就不让姨太太进门。"钮方丽一听,流下泪来:"他们做得够绝的!我妈她人呢?在楼上?"

姗如来上海已经好几天了,到处打听钮方丽的下落。前几天,下人听说钮方丽住在哈德门饭店,可是等他们赶过去,方丽已退房了,从那就再也没有人见过她。女儿的出走,对姗如的打击太大了,钮王氏的重言相责,让她面临精神崩溃。钮方丽看了看楼上说:"别告诉她我来过,你去拿一点我的首饰,我身上没有钱。"如宝拉住她:"小姐,你千万不能再走!你走了,姨太太会垮的。"钮方丽也急了:"如宝,你叫我怎么办,叫我怎么办?我不想嫁给胡德林!"如宝说:"小姐,你上楼去看看姨太太吧,求你了。"钮方丽说:"我不是不想看,我也心疼她,可是我知道,我见了她,就再迈不出这门槛了。"忽然,楼梯的灯亮了,楼梯口传来姗如的喊声:"方丽,你要是再走出这个门,我就从楼上跳下去,不活了!"钮方丽一惊,果然见母亲站在楼梯口,正要往下跳的样子,不由喊道:"妈,你别这样,我不走,行了吗?"姗如声泪俱下:"你要逼死我,你们都要逼死我!你哥丢了正事去找野女人,你又要

第4章 梅子黄时雨

逃婚,一个比一个作孽,你们让我这老脸怎么回钮家,我不活了!"姗如真的不顾一切要往楼下跳,下人们赶紧拉住她,在楼梯间慌成一团。钮方丽直奔上前,跪倒在楼梯口,爬到母亲脚下,抱住她的腿哀求:"妈,你别这样,别这样……我不走了,不走了,行了吧?求求你,别这样。"钮方丽伏在地上伤心地哭着……

就这样,钮方丽又回到了南溪。

一套喜庆班子吹吹打打地从胡府出来,大件小件的彩礼被搬到迎亲船上,十六个打扮好的相公抬着八大箱盒匣,里面装着聘礼和聘金。这只披红挂彩的船队,声势极大地向南溪南端的钮家慢慢行去。虽然这还不是镇上四象的顶级派头,却已引起了轰动。两岸观者如堵,喝彩声不断。

胡家已把新房布置好,一只老式红木床上雕满了吉祥人物,最显眼的是一床红色的大被,上面绣着百子图。胡德林一脸病态,坐在八仙桌边懒洋洋地问母亲:"妈,这就是我的新房吗?""是你的新房,你要娶媳妇了,不高兴吗?""我高兴不起来。""你不是很喜欢方丽吗?她同意嫁你了,明天她就过门,做你的媳妇。""现在我一点也不稀罕她。"胡德林冷冷地说,"我这病说不定就是被她气出来的。她是个骚货,不要脸,跟姓齐的混在一起,丢胡家的脸,不是好东西。""德林,钮小姐没那么坏,不管怎么说,她还是肯嫁过来的。你身子不好,大喜一冲,病就会好的。""妈,我到底得了什么病?你们一点也不肯告诉我。我只觉得很不好,四肢无力,腰上长的东西倒是不疼不痒,却罕见得很!我浑身没一点劲,也吃不下饭!""儿子,听妈的话,好好把婚结了,给妈生个大胖孙子,你的病也就好了。""只怕没什么用!"胡德林叹了口气。"你千万不能这么想。"仪慧说着落了泪。她就这么一个儿子,万一有个三长两短,自己在胡家怎么过?"妈,世界上只有你对我好……放心,我会尽量去做的。"胡德林尽管坏,却还有孝心,见母亲伤心,只好同意结婚。

为了钮方丽,齐彻追到上海,忽然得知她已回南溪,就和常亮马上起程回来。这几天他反复思量,明白自己离不开她,他宁愿放弃一切,也要和她去寻找一份自由。船一到南溪,他就迫不及待地去了钮府。钮府门前与往常大不一样,有许多人护院,不放他进去。看着齐彻焦急的神色,常亮安慰他说:"大掌柜,别急在一时,先回厂吧。"走了几天,厂里的事堆积如山,正等着他处理。

他关在办公室里,一连好几天处理留下来的事务。厂里的职员虽然知道钮方丽马上要出嫁,可都不敢告诉他。这天,齐彻从抽屉里翻东西时,又发现了方丽给他的信,他已不知读了几遍了。他推开窗子,外面锣鼓喧天,十分热闹。他起身推门出去,见外面阳光很好,几个工人正从外面看完热闹进来,就问他们:"外面什么事?""没什么事,乡下人娶媳妇。"常亮赶紧答道。"不像,是什么大户人家吧?好大的动静。"齐彻有些疑惑。"也就是七十二狗吧。"在一旁的章六正要说话,见常亮朝他努嘴,马上会意地改口。"这房里闷得慌,我出去换换气。"齐彻有些不相信。"大掌柜,你病刚好,不能出去。"章六慌忙拦住了他的去路,"怡和送来的绸样你还没有审看,他们等着回话呢!""我出去散散心。"齐彻见常亮和章六脸色都很异样,奇怪地看了他们一眼,一种不祥的预感告诉他,肯定是与自己有关,就大声质问:"你们是怎么了?为什么不让我出去?是不是大小姐结婚了?""没有的事……大掌柜,你好好养病,过几天我去约她!"常亮被齐彻说中,心里更加慌张,赶紧撒了一个谎。"你最好现在就去,我想知道她究竟怎么了。"齐彻命令常亮,"我不想等很久。"常亮还想说点什么,一个雇员进来,冒冒失失地说:"大掌柜,钮大小姐要出嫁了,外面嫁妆船过来了,可热闹啦!""什么,真是钮小姐要结婚?"齐彻一急,站了起来,他狠狠地瞪了章六和常亮一眼,突然大发脾气:"你们什么都瞒着我!这是南溪,不是上海,就豆腐干大的地方,你们瞒得住我吗?你们……"齐彻剧烈地咳嗽起来,起身向厂外走去,谁也不敢拦他。

第5章 一行白灯笼

齐彻屡被钮府所拒,愁苦难言,独自来到镇东头的春旺茶楼,要了一壶白片茶,喝了几口。傍黑的时候,他忽然看见方丽的小妹曼蝉从桥上下来,就跟了过去,想问问方丽的情况,可是曼蝉却要带他进入钮府。他想了想,不顾一切地答应了。

此刻的钮方丽呆坐在闺房里,这是她在娘家最后的日子。她脸上挂满了泪水,心事重重。她忘不了齐彻,他是她一生最爱的人。既定的婚约压得她喘不过气来,可是母亲又以死相胁,她不能不管。看来一切都是命,可是她心里多想见见齐彻,跟他解释一下。那天她决心逃去上海,齐彻那焦急和疑虑的目光让人揪心……她心上掠过一阵寒意。房间里人很多,几个喜娘在为她的出嫁做准备。一个老年妇人正在给她绞眉毛,让她的两只脚踏在两只果盒上,里面装着枣子、花生、红蛋等物品。一个喜娘在一边絮叨:"大小姐,你看这多吉祥,这是早生贵子,这是团团圆圆……""我不嫁人,我不想嫁人,谁逼我都没有用的。"钮方丽从床上站起来,对喜娘大发脾气,将花生、红枣蹬得满地都是。

突然,外面传来了脚步声,有人匆匆地跑上楼梯,不一会儿脚步声到了门口,来人正是齐彻,是曼蝉偷偷让他爬墙进来的。齐彻站在喜娘的身后,一动不动地凝视着她,惊得钮方丽说不出话来,眼里顿时沁出豆大的泪珠。喜娘觉出什么,一回头,发现黑影中的齐彻,忽然大叫起来:"你是谁?这是新娘子的房间,你不能进来。"齐彻不顾一切地冲上前,抓住钮方丽的手叫道:"方丽,你不能出嫁,你不能!"钮方丽也紧紧抓着齐彻不放:"齐先生,快救我,救我!"齐彻拉着钮方丽:"走,我们一起走,天涯海角,哪里都行。"两人甩开吓傻了的喜娘,牵着手往外跑。刚下楼梯,毛狗忽然冲了上来,将齐彻用力一推,使他重重地摔在楼下的花丛里。齐彻爬起来,嘴里仍在喊:"方丽,方丽……"可是话没说完,毛狗又过来了,当头给了他一拳,他满脸是血,被打倒在地。这时,几个家丁也跑过来,将齐彻绑了起来。另一边,节妇胡碧容闪了出来,走到齐彻面前问:"你是谁?"暗中有人回话:"大奶奶,他是齐大掌柜。"节妇大声喝道:"你这个狗男人吃了豹子胆,青天白日,敢闯我们钮府的闺房!快押到胡家祠堂!"立时有人上来扭着齐彻就走。"方丽,方丽……"齐彻虽被绑着,仍失魂丧魄地叫着钮方丽,可是钮方丽早被喜娘们捺着回了新房。齐彻被绑着拖出钮府,门口许多人围了上来,师爷见是齐彻被绑,上来阻挡:"大少奶奶,这是齐大掌柜,告诉太公再走不迟。""不行,这是我们胡家的事!告诉你,我爷爷是朝奉,我爸爸也做过县太爷,我们是好好的官宦人家,凭什么让这个外人欺负!带走!"胡碧容怒喝一声,见齐彻挣扎,走上前去狠狠给了他一巴掌。

当钮太公得知情况来到胡家祠堂时,齐彻已经被打得遍体鳞伤。胡家来了不少族人,一面向齐彻身上吐口水,一面骂着。钮太公有些看不过去,满脸的不悦:"放人。这是我们钮府的上宾,你们怎好随便打?""爹,这是个奸徒,他败坏我们胡家的门风。"节妇不依不饶。"你出去!钮家的事轮不到你出面。"钮太公发火了。

节妇想说什么,终于没敢说出来,愤愤地走开了。这时钮方丽也冲了进来,她叫着:"齐先生……"不顾一切地跑上前,心疼地掏出手绢替齐彻擦着伤口。钮太公对站在一边的毛狗喝道:"你也出去!我跟齐先生有话要说。"毛狗见太公发怒,不敢做声,走了出去。钮太公见齐彻浑身是伤,似有不忍,让人解开了他身上的绳子,尽量和缓地说:"齐大掌柜,你这是怎么了?他们会要你死的。"钮方丽也吓坏了。在她赶来之前,胡家说要杀了齐彻,她答应了胡家不再反抗。"齐先生,我的事就这样了,你不要管我,不要……"钮方丽费劲地说。"不,方丽,你决不要同意,决不可以嫁给他,这会毁了你的一生,我知道你不会喜欢他的。"齐彻的倔劲上来了。"来不及了,一切都晚了……我们留过洋,接受过基督教的浸染,耶稣说:人活着就是替人受罪的。如果我一个人受罪,所有的人都平安……"钮方丽流着泪说。"荒诞!即使你不爱我,即使你也不爱别人,你也不能强迫自己!"齐彻有点生气,声音也高了许多,"我可以发誓,如果新娘不是你,今生今世我决不结婚!""齐先生,话是这么说,可是没有人面对眼泪能无动于衷,生命就是这样,在情愿与不情愿中挣扎,你不要再管我!"钮方丽心一横,大声说,"我已决定了,我要出嫁!你死了这条心吧,胡家马上会来接人。""你爱那个人吗?你说呀,你不爱他!"齐彻越说越气愤,"不就是封建婚约那一套!方丽,你说过要砸烂一切旧的……""既然我要嫁她,就是爱他。一切结束了,齐先生,请忘了我,忘了南溪的这个小女子。"钮方丽扭过头去,"我砸不烂,砸不烂的……""你不爱他!快说,你不爱……"齐彻不相信钮方丽会这么说,可是她忽然坚定地说:"齐先生,别管我,我要嫁人了……我嫁给谁都一样,不过是嫁人!"说完,她把齐彻送她的玉佩摘下来,塞到齐彻手里,抽泣着跑了出去。

　　钮方丽的话像雷电一样击中了齐彻,他倒在地上,不相信这是真的,可这话是从钮方丽的嘴里说出来的,他还能说什么?其实,齐彻又哪里知道,钮方丽是为了救他,在胡家和父亲面前承诺,让齐彻彻底死心。

　　钮太公看女儿可怜,本也不想让她出嫁,可是胡家实在逼得太紧了。临出门的那一会儿,事情好像有了转机,钮太公的好友、

第5章 一行白灯笼

　　茅山紫霄宫的虚谷道长来访，这时胡家迎亲的队伍正候在钮家大院里，锣鼓喧天，一片喜庆乐声。道长听到钮方丽的哭声，来找钮太公，此刻太公正跪在祖宗神像前拜祭，喃喃地祷告："菩萨保佑，一切平安，让我女儿平平安安嫁过去。"突然，虚谷道长进来，他告诉太公：天有凶象，今日乃是大败之象，不能婚嫁！"真的？"钮太公大惊，他对虚谷一直是深信不疑的，于是马上吩咐道："既然道长这么说，赶紧拦住轿子。"师爷一听钮太公发话，马上转身跑了出去，一路朝下人喊着："快，快拦轿子，大小姐今天暂不出阁！"守在外面的下人听到师爷的话，一个接一个传了下去，正在使劲吹打的乐手一下子冷了下来。胡府管家直冲进来，大声质问师爷："时辰到了，还不让新娘子走吗？"师爷说："让胡家主亲的马上过来，我家老爷有急事要商量。听道长说，今天时辰不对，不能接亲，大小姐今天不能走。"

　　胡府管家认为是钮家又在刁难，不由大怒，骂道："这算什么鸟事？到时辰不让接亲，存心要耍我们嘛！"钮家的家丁也不示弱，在门内与他理论，东一句西一句，几乎要动手。这时，胡氏族长七叔公来了，他很不满地说："虚谷道长，迎亲的轿子到了门口，钮家却不让接人，是何道理？说是你不让接新娘，有何讲究，老夫倒想一听。"虚谷说："七叔公，这的确是意外。一个月前，钮太公就请我来为其女择一吉日婚嫁，因为贫道脱不开身，所以延至今天才来。昨天我将胡公子与钮小姐的生辰八字细细排算，两人相克相抵，于是昨天夜观天相，夫星黯淡，中有煞气，以本道之见，今日出嫁必丧一人，不利于钮胡两家结缘美意。""道长，这大凶之说，怕是狡辩之词，明明是有人想要悔婚，于是就让你编造什么大凶大煞，我不信。新人已经上轿，不嫁也得嫁。出门吧，如果真是大凶，也就认了！"七叔公得了仪慧的密嘱，怕胡德林得病的事泄露，所以执意要人，嘴里连说不怕。"七叔公，婚娶本是大喜大庆之事,若匆忙行事,会……"虚谷还想解释,被七叔公坚决地打断了:"道长,不要说了!大克大败也好,断子绝孙也好,我们都认了,南溪的人都在看我们讨新娘子,今天不过门,这脸我们丢不起!""你们胡家也是做官人家出身,做事为什么这样小气?我们钮家难道还赖婚不成?"钮太公想不到七叔公故意刁难,不由大为气愤,只是七叔公已年近八十,是胡族里威望最高的,他不想与之冲突。"太公,德林和方丽的八字,自小就排过了,也换了帖子,从没有相克相败之说,我看还是钮家不愿嫁女。钮小姐不嫁也行,那我们就动用族规,吊死那个姓齐的!"七叔公一句也不肯相让。"虚谷道长乃茅山道观掌门,声名远播,难道会说假话?"师爷见钮太公气得说不出话,就上前插言。"师爷说得对,虚谷道长是神道,必有奇术,如果真是大凶,那就请道长以法术破之。"包振在一边插话。"七叔公定要我说出个破解之术来?"虚谷也气呆了,"那好,我有一招,不知你胡家敢不敢用?""说吧,只要不耽误胡家娶亲。"七叔公冷笑。"戴孝出门。"道长将胡子用手一捋。

"戴孝出门,是何讲究?""戴孝出嫁。让新娘子穿孝上轿,点三十六只白灯笼,白衣白裙白轿子,丧服丧声,此为以毒攻毒,方可破此大败之忌。且你胡家不能宴客,不能放鞭炮,只须用一顶白轿子将新娘送到府上,即可合卺。"虚谷接着说,"别以为本道耍人,已有例在先,角里王翰林娶第二房祁夫人时,也是大败之日,王翰林让祁夫人素衣素面,白灯笼相伴,结果大败变大福,连生三子,不仅祁夫人得了诰命,而且夫妻二人活到高寿。""角里王翰林?"七叔公一时不知所措,回头来看着仪慧,没想到仪慧却很干脆,她朗声说:"行,不管怎么说,媳妇娶到家就是。"其实,她心里明白,儿子的病是大凶,是死马当活马医,她只要新人过来冲喜。她又和七叔公商议了一番,七叔公决定说:"好吧,随你们怎么办,今天就是要娶媳妇。"

傍黑时,天气阴霾昏暗,在一串白灯笼的引领下,一顶白色的轿子行走在南溪的巷子里,一只唢呐凄清地吹着……钮方丽白衣白裙,不施脂粉,冷落地坐在轿中,只有一个丫环如宝跟着轿子,走在后面。路上的行人纷纷避让,远远地,一只狗在吠叫,轿夫抬着轿曲曲折折地走过小巷,上了一座石桥。唢呐异常清冷的乐声缠绕着江南小巷……

在这凄凉的唢呐声中,齐彻不顾身上的伤痛,独自一人坐在垂虹桥上,远远望着胡家门前的那一排白色灯笼。此时,风雨大作,但齐彻没有走,他像一个石人般僵坐不动,两手紧紧抓着石栏……

新房内,十个焐床的小童在床上跳来跳去,将叠成团花样子的红缎被扯开,里面是一堆红枣、喜蛋和花生,他们抢个不休,而新娘新郎坐于花几两边各怀心事,闷声不响。直到小童一哄而散,两个丫环将新娘送上床,然后为她宽衣解带,只留一件绣着红色鸳鸯的短短的兜肚。新娘蜷起冰一样冷的身子躺下,像一条虫弓起身子。新郎让丫环走了,也爬上床来。他一言不发地看着她,像一条狗一样嗅着她。她皱着眉,沉默地忍受着……

"方丽,你不想跟我说话?"胡德林问,可是钮方丽还是不说话。"你知道的,我从小就喜欢你,做梦都在等着这一天。"胡德林又说。"那是父母之命,是媒妁之言,不是我的心意。"钮方丽说了话,接着又哭了。"你就是我的,你逃不掉,逃不掉的。"胡德林突然咆哮起来,"我要娶你,从小就要娶你。多年以来,我一直把你当作我的媳妇,不管你心里怎么想,你都是我的!姓齐的想抢走你,我不会放过他,你看着吧!他死定了,还会死得很难看。""我已经是你的媳妇,你还要怎么样?"钮方丽被激怒了,"白灯笼白轿子把我送进了你们胡家,我姓了胡,就是你们胡家的人,跟任何人都没了关系!你还要怎么样?""我就是要报复,要跟姓齐的过不去。"胡德林气喘吁吁,像一头狼一样嚎着。"胡德林,你是个男人,又哭又叫,干什么呀?你让我安静一点,让我好好休息,我太累了。我进了胡家,是你的太太了,你还要怎么样?""我要做一个男人该做的事!"胡德林说完,不顾一切地扑上来,压着钮方丽,掀掉她身上的被子,伸手向她贴身的兜肚抓去,上面那一对戏水鸳鸯在他看来是那么扎眼。胡德林狠狠把兜肚抛在地上,面对钮方丽雪白如玉的身子,他颤抖了,手忙脚乱地脱下自己的衣服。他扒光了衣衫,露出腰间一圈红色蛇斑,忽然双眼往上翻去,吼叫了一声,鼻孔滴血,口吐白沫倒在床上。钮方丽惊恐地叫了起来。

仪慧闻声赶到,把胡德林抱在怀里,说:"儿呀,你别激动,好好养神,明天就好了。""妈,我做梦也没想到,会在今天这样大凶的日子里娶亲!"胡德林头歪在母亲的怀里,轻轻地说,"妈,我想睡觉……""睡吧,儿子……"仪慧紧紧地抱着儿子,落下了泪。

钮方丽坐在外间发呆。梳妆台前,红蜡烛下,她的面容十分憔悴。她推开窗子,外面一片风雨。她坐了下来,吹灭了烛火,端坐于黑色之中,像个影子。新房里点着白色灯笼,昭示着不祥,这点白灯笼的新婚之夜,让她恐怖……

上有天堂,下有苏杭,当年的白蛇娘娘也被压在杭州的雷峰塔下,这自然引来许多墨客骚人游览,也引来不少的年轻男女,他们是来寻找当年白蛇娘娘不渝的爱情。钮五阳与墨琴也不例外,他们在杭州悠闲地与鬼神一起享受着一份爱情,钮五阳甚至不知道钮家发生了什么事……

第 5 章 一行白灯笼

一个阳光灿烂的好日子,他们躺在湖心的一叶扁舟上,在荷塘里戏耍。荷叶阔大如盖,小舟任意纵横,十分诗意。他们躲在荷叶下遮蔽太阳,墨琴抓到一只绿色小青蛙,将它捧到钮五阳的鼻子下面,问:"这是什么?""一只癞蛤蟆。"他开着玩笑,"就像我。""去你的,是小青蛙,很漂亮的。"墨琴有些撒娇地说,"连青蛙和癞蛤蟆也分不清。""这就是我嘛。"墨琴睁大了眼睛,有些发怒:"你不配,你是癞蛤蟆!"

钮五阳笑了:"我知道这是青蛙,逗你呢。"墨琴把小青蛙放钮五阳嘴边:"你把它吞了。""为什么?这么美丽的青蛙,吞到肚子里去?""看你敢不敢!"钮五阳存心想逗墨琴,赶紧说:"好,我吞它。"说完,真的一下把青蛙放进嘴里,努着嘴吞下肚去。"哎,你干吗,真吃它呀?"墨琴瞪大眼,她不相信钮五阳真的把小青蛙吞了下去,"它还是活的,你真是残酷。""是你让我吞下去的啊。"钮五阳突然捂着肚子说,"不好,它在肚子里蹿呢!但为了你,我什么都肯做。"墨琴没想到这个男人什么事都肯依她,心里一颤,但嘴上却说:"真的?我不信。你们有钱的男人都这样,开头对你甜如蜜糖,过了新鲜劲儿,就把你当成一块擦脚布扔到一边,就像杜十娘的李公子!""我的格格,我不是李甲,我要娶你。"钮五阳揉着肚子,抱住墨琴,吻着她说,"我说过多少遍,只要你下命令,不管什么,我都会执行。""你娶我?不可能!你家老爷子不会同意,再说我也不做二房。"墨琴再一次睁大了眼睛,看着这个痴情汉,"你老爷子恨我,上次我人还没到你们钮府,他就让人把大门关了,怎么敲也不开,好像我是个强盗。""老爷子不同意,我就不回家。不管他们,反正我要堂堂正正地娶你。""真的?"墨琴高兴起来,"哎,五阳,我喜欢南溪那个绿杨楼,你买下绿杨楼,就在那儿娶我,行不?"墨琴又一次撒娇。"这好办,我就把绿杨楼买下来给你。来,拉钩!"钮五阳将墨琴搂在怀里。"二少爷,我知道你对我好,可是林妈妈为什么不喜欢你？""你是她的摇钱树,她不愿意你离开她。"墨琴脸色阴了下来,她想起了自己的身世。她应该是宫中的格格,却流落到了民间,为了生活,要靠自己的身子挣钱。钮五阳对她好她知道,可是她不能随心所欲,障碍就是林妈妈,她是不会让她从良的。看着钮五阳痴情的样子,她心里突然像吞了那只小青蛙,蓦然想到:"哎,我们出来几天了？""七八天总有了。"钮五阳回答。"该回上海了。再不回去,妈妈肯定寻死觅活地闹腾,弄不好她会找法捕房,告你拐带人口……""格格,我们怎么办？"墨琴叹了一口气:"二爷,你一个大男人,总跟着我也不是事。你们钮家虽有金山银山,也还要有靠山,你斗不过姓蔡的。""不管怎么样,我就是要把你赎出来,你看着吧。"钮五阳口气很坚决,墨琴却懒洋洋地说:"我们回上海吧。"

  钮五阳回到上海,向鸨婆提出要赎墨琴。鸨婆不想让他赎,就漫天要价。钮五阳弄不到那么多钱,不敢拒绝,只说是在筹钱,赖在密韵楼不走。鸨婆知道钮五阳没这么多银子,见他又赖着不走,脸色就不太好看起来。

  这天,钮五阳正在墨琴房间里,忽然听得外面楼道上鸨婆在砸东西,接着又扯开嗓子骂街:"我们开妓院的,管你是少爷还是老爷,你家有多大的排场！老娘整天不见有一两银子的进账,还要养着个装门面的野汉,天下竟有白操的女人！"钮五阳知道鸨婆是在骂他,这几天不但赎金没有,连日常的奉金也没给,难怪她急了。

  一连几天,他没有再去密韵楼,这天墨琴差一个人来叫他,他一去,墨琴告诉他一个令他震惊的消息:说钮老爷子在当天的报上刊登声明,要除钮五阳的族籍。除籍是苏杭一带最严厉的家规,除了籍,他就不再是钮家的人,钮家不会再给他一分钱花,他将成为上海滩上的瘪三,穷瘪三。"不会吧?我爹没那么狠心。"钮五阳整个人都呆了一呆。"有可能,我叫小红去买报了。二爷,你还是赶快回家吧,别惹你爹生气。"墨琴说。过了一会儿,小红买了报回来,果然有这么回事。钮五阳拿着报纸,手都发抖了。"不管怎么样,格格,我喜欢你,只要不死,我一定娶你。"钮五阳一咬牙,扔掉手中的报纸。"二爷,你还是回家吧,你回去求求你爹,把工厂搞起来。你别再想着我了,如果皇上复位,我就得回去做我的大格格。"墨琴至今没有死心,她还想回皇城,做她的大格格。"不行,你留在这里我不放心。"他觉得墨琴在找借口疏远他。"二爷,回去吧,我是佾人,你犯不着在我身上下这功夫,没结果的。""我不走,就是不走,谁撵我也不走,只要你对我好!"钮五阳眼睛潮润了。"妈妈这气你受不了的。""大丈夫能屈能伸,她打我我也不走,看她怎么的!""你好无赖。"看着这个痴心的男人,墨琴也没有办法,只能叹气。"为了你,我什么事也敢做!"钮五阳靠在墨琴身上,竟哭了起来。这天,鸨婆也大发善心,竟没有撵钮五阳,让他在密韵楼留宿一夜。这一夜,他和墨琴极尽绸缪。

浔泰的生意在齐彻照料下,却做得红红火火,连西洋的丝绸考察团都来了南溪镇,小镇像过年一样热闹。洋人的丝绸考察团来这里还是首次,这不仅证明南溪是全国的最大的生丝集散地,也证明了这里蚕茧的质量和浔泰企业的利好前景。《共和报》上刊登了这样一则报道:"……中华丝绸厂一片凋零,惟南溪钮氏浔泰丝绸厂一枝独秀,年创利百万……"

钮方丽进了胡家,就好像被关进了牢笼里。她不知道胡德林是怎么了,自她进门,他就病怏怏地躺在床上,谁也不告诉她胡德林得了什么病,前景又如何。一个个医生来了又走了,这天,苏州最负盛名的前御医柴长卿又来了胡家。钮方丽知道,胡德林的病一定是不轻,但她仍没有想到他得的是绝症。柴长卿诊了很久,钮方丽走过的时候,好像听见胡德林在乞求大夫:"柴太医,只有你能救我的命。你说我会不会死?""胡先生,不要着急,病虽然凶险,但也不是无药可医。我在查你的病源,找到病源就能医。你不能太激动,你看,出了一身大汗,脉乱难察!"柴太医安慰胡德林。"我知道你们都在骗我,我的病没救了,你们谁也医不好我,医不好的,我要死了!"胡德林突然大叫起来,把放在床边的茶杯扔在地上。钮方丽一惊,手里的一杯水掉在地上,哐的一声,瓷碗碎了。里面已顾不上她,仪慧抱住了躁动的儿子,劝说道:"心肝儿子,你别心急,柴太医很忙,总算被我们请来了,他会医好你的病的。"她用手拍着胡德林的背,"好儿子,你的病没事,会医好的。"这时,七叔公走了进来,钮方丽赶紧走开去。仪慧走出了房间,与七叔公说话。"侄媳妇,德林的病怎么样?""不知道呢,柴大夫正在看。""仪慧,我看德林这病没救了!"七叔公干咳着,嗓音像公鸭一样。"什么,你怎么这样说?"仪慧大惊。"昨天我找到了一本族谱,是我爷爷在咸丰六年修的,其中提到我小叔的死,跟德林的病状一模一样。我突然也想起来,德林爹也是这种病,腰上有红腰带,死时六窍涌血……看来这是胡家的一种家族怪病。"七叔公叹了一口气,"这孩子……""那你是说请柴太医也没有用了,是白白浪费时间?"仪慧问。"死马权当活马医,我看只是个心愿而已,准备后事吧……"老族长又重重地叹了一口气,还想再说下去,可是柴太医搓着手出来了,七叔公和仪慧赶紧上前:"太医,德林的病况如何?""太太,我们是世交,不是外人,令子这病,老夫功力不够,不好说。"柴太医也叹了一口气。"以太医多年之医道,也不识德林的病?"七叔公又问。"的确不好说,凶多吉少,再过个一二十天看,如果脸色转变,如蟹黄者能活,脸色如枳,黄中带绿者必死无疑!"柴太医摇了摇头,悄声对族长道,"胡老爷,这病无药可医,但凭天命而已。"仪慧一听,差点瘫倒在地。如果连柴太医都没有办法医治,那么还有谁有办法?难道说她就这么命苦?

柴太医走后,仪慧满面是泪。包振把仪慧拉到后屋说:"姐,太医都没法治,只有找黄仙姑了,要不让黄仙姑来试试?""这黄仙姑到底灵不灵?"因为冲喜没有效果,仪慧有些犹豫。"灵。姐,你说,如果不是钮家小姐来冲喜的话,德林可能活到今天?""包振,娘家人里也就你跟姐姐贴心,姐全仗着你了。德林要是出了事,胡家那些族人……你别看他们人模人样的,你知道吗?七叔公要把他的孙子过继给我,如果过继了,我家的家产就是七叔公的了,我在胡家是呆不住的,说不定会给撵出去!"失子就意味着有一场夺产的风波,仪慧当然不愿看见这情况,所以只要有能治好儿子的一线希望,她都会要去试试。"姐,放心吧。我这就去。""夜里来,不要让媳妇看到。"包振应了一声,匆匆走了。

当天夜里,黄仙姑请到了。趁着天还没有亮,仙姑在新房外设一香案,焚香点烛,手持水碗,嘴衔金刀,口中念念有词:"天杀黄黄,地杀正方,千鬼万神,谁还敢藏……"钮方丽因为听到柴太医说的几句话,心里不安,想问又不好开口。她睡不着,起得很早,正推窗透气,看见香案上烛光闪闪,就跑出来问:"你们做什么?"包振一惊,吓得拉着仙姑赶紧跑。这时,胡德林穿着短衣短裤出来:"谁在乱叫?""德林,这是怎么回事?"钮方丽指着香案问。"这是在祛鬼!"胡德林看了看,冷笑着说。"这屋子里有鬼?"钮方丽还是不解。"有,当然有,有男鬼还有女鬼!"胡德林怕钮方丽追根究底,不再理她,转身回房。"德林,你们有什么事在瞒着我?我们好好谈谈,行不行?"钮方丽感到疑惑,也跟了进去。"说什么？什么也不说。"胡德林上了床，倒头自顾睡了。"你这是什么意思？""没什么意思！"胡德林将被子拉上来，蒙住了头。"现在是民国，一切都可以新派，你别以为自己得逞了，我们还可以离婚！"钮方丽见胡德林态度恶劣，气坏了。"不离，就是不离！要离，下辈子吧！"胡德林从被子里露出头来。"为什么？难道我们有仇？""这是你逼的！知道吗？一切都是你造成的！"胡德林恶狠狠地说。"为什么是我造成的？你不满意可以不结婚，为什么还非要我嫁给你？我这就走……"钮方丽真的生气了。"不必了，你一定想知道为什么吗？我来告诉你：因为我是个死人，我得了不治之症，我马上就会死，我死了，你就是寡妇，你就会自由，你再也用不着离婚，你尽可以去找别人了！"钮方丽惊呆了，瞪大双眼茫然地看着胡德林，觉得他十分陌生。她走上前，一把抓住胡德林的衣服问："德林，你得了什么病？真的是绝症？你是不是在胡说？""我就是患了绝症……"胡德林冷漠地看了钮方丽一眼，"我要死了，这下你高兴了吧！"他说完蒙上被子，再不理钮方丽。钮方丽脑子里轰的一声，一片茫然。她呆了，这到底是怎么回事？她觉得应当找婆婆去问个清楚。

钮方丽一脸怨气，来到仪慧房里。仪慧让丫环出去，突然扑通一声跪倒在钮方丽面前，把钮方丽吓了一大跳。钮方丽不明就里，也跟着跪了下来。仪慧知道瞒不住了，就向她明说了儿子得绝症的真相。她恳求钮方丽，只要替胡家传下一个种，她随时都可以走。胡钮两家本来就是姻亲，胡家只要钮方丽做一件事，生个孩子，她仪慧没齿不忘媳妇的恩德。钮方丽听了，百感交集，她绝没有想到事情是这样，更弄不懂的是，明明胡德林有病，危在旦夕，却将她诳来殉婚。她越想越气，浑身无力，对仪慧说："不行，我不是牲畜，我不能答应，不答应！"

钮方丽疯了一样跑回了娘家，她冲进母亲的房间，哭倒在地。钮太公赶来询问,她把胡德林患了绝症的事说了一遍。钮太公听了,也惊讶不已。"真有这样的事?胡家心真毒呀!"他叹息着。钮王氏也赶到了,她表面上装作吃惊不小,却冷言告诫钮方丽回去:"方丽,你还是回去,无论怎样说,你现在是胡家的儿媳妇了,只能认命,恪守妇道,不能丢了我们钮家的脸。""爹,妈……女儿实在不愿意!"钮方丽跪在地上不起来。钮太公想了想说:"女儿,胡家是不仗义,可是德林如果病入膏肓的话,倒是真不可以回来……本来你可以回娘家来住,甚至不回去,可是如果德林有病要死,你不回去,就不忠不义不贤,就会挨万人骂。他既然活不长,你们的婚姻也就到了头,女儿,你就坚持一下,恪守妇德,让他好好地上路。"说到这里,钮太公停了停,"今后的日子还长,你不要因为眼前的事弄得声名狼藉。"姗如见太公这么说,也随声附和:"女儿,你千万别感情用事。这时候你离开德林,如果他死了,你里外不是人,这辈子也难了。不管你和他好不好,也算是一份缘,你得把他送走,尽到妻子的责任。"

父母这么说,钮方丽一下子哑了,她一句话也说不出来,任眼泪肆意地流淌……

下午,钮方丽在家人陪同下回到了胡家。仪慧十分高兴,趁端药的机会,将一些壮阳药掺到儿子的药碗里,并告诉儿子,一定要与媳妇同房,好替胡家生下一男半女。胡德林问:"她肯吗?"仪慧含糊地说:"我求过她了。"胡德林勉强把难以下咽的药水一口气喝下了。夜里,他想着母亲的话,觉得母亲也很可怜,决定成全她的愿望,再加上药物作用,他躁动不安了。钮方丽洗过身子,脱衣上床,他挨了过来,手向她的胸前伸去。她不知道胡德林要做什么,就挡住他的手。胡德林摸了个空,脸上一片阴云,质问钮方丽:"你是不是我太太?为什么不让我碰你?""你想干什么?"

"我要你。"胡德林说着又伸过手来。钮方丽看着胡德林消瘦的脸,也觉得他有些可怜,劝道:"德林,你身子有病,不可以做这种事,会伤身体的,等你好一些,我会听从你。""不行,我得给我妈留下个孙子!"胡德林说着,手又乱动起来,将钮方丽的内衣尽数脱去。"德林,你不要命了……"钮方丽泪流满面。"你哭什么?"胡德林压在钮方丽身上,见她流泪,一下生气了,吼道,"难道我是一只蜘蛛,干了你就会把你吃掉?""你下去!我身上来着呢,这是我们女人的病,不会怀孕,你是在浪费生命。"钮方丽推开胡德林坐了起来。"你不让我睡你?为什么?是不是还想着别人?"胡德林妒火中烧,凶狠起来,又将钮方丽压在身下。钮方丽也急了,猛地一推,胡德林就滚下了床。这下胡德林更气了,从地上爬起来,狠狠地打了钮方丽一巴掌。钮方丽一动不动,没有反抗,只平静地看着胡德林,让他打。胡德林又恨又急,专打钮方丽的脸,直到把她的脸打肿。

钮方丽躺在床上,脸肿得老高。如宝心疼地替她敷药,她不明白,钮方丽为什么要让着胡德林?她完全可以还手或者逃走。如宝觉得钮方丽太委屈自己了,钮家是大户人家,在南溪也算是四象之首,又不是街头巷尾的小民百姓,不能任胡家这样欺侮,于是她说:"小姐,如果胡少爷再打你,我们就回去。""他是个半死的人了,我们还计较什么?"钮方丽叹了一口气。她想,既然嫁了过来,就善始善终吧!如宝觉得钮方丽心地太善良了,禁不住抱着她,伏在她肩上呜呜地哭了。

藤也的厂也办起来了,他们生产的野鸡葛覆盖了大陆和南洋的市场,虽然质量不好,但因价格便宜,令国内许多厂家都无法与他们竞争,纷纷倒闭。镇上好多家丝行关了门,一片萧条。齐彻感到了危机,他也在研究,致力改良蚕种。他做了安排,生产两种产品,一种是传统的优质高档湖绉,另一种则是针对中低层百姓的低档丝绸。齐彻还有一个想法,就是把日本柞蚕种和国内的二眠蚕杂交一下,兴许会产生一种新的蚕种,出茧率会大大提高,这样成本就会降下来,让浔泰厂立于不败之地。

这天,齐彻来到丝行埭店铺,见蔡鸿昆也来了,正坐在店里等他。蔡鸿昆这次来南溪,不是来谈生意,而是受上海督军陈其美之托找齐彻秘密筹款。原来,陈其美得知袁世凯要复辟,便伙同同盟会,要举义旗起事讨袁。齐彻支持共和,反对复辟,对此事非常赞成,但他虽是大掌柜,可是款项巨大,必须征得钮太公同意,可是转念一想,陈其美与钮世诠是通家之好,为什么蔡鸿昆不直接去找他,而来找自己呢?于是便问:"蔡师长,陈督军与钮太公私交甚好,为何不直接去找他?""陈督军是要我找他,可我和钮家钮五阳不和,所以懒得去钮家,免得碰钉子。"提起钮五阳,蔡鸿昆直冒火,"那个狗东西,仗着家里有钱,明火执仗,抢走我的女人,我要不是看在陈督军的面上,早一枪崩了他!""噢,我听说了,蔡师长与二少爷为了密韵楼的红倌人打了起来,不知确有其事否?"蔡鸿昆便说了一通他和墨琴的事。齐彻本来倾向共和,又被蔡鸿昆说动,便答应下来,说:"共和一事,大势所趋,袁世凯不谙民情,重建帝制,必不可行,各省讨袁势在必行,我赞成。""齐先生真是快人快语。"蔡鸿昆一听齐彻答应了,连忙起身向齐彻道谢并告辞。齐彻把蔡鸿昆等人送到门口,说晚上请他们吃饭。

送走蔡鸿昆后,齐彻马上回身问章六:"章总账房,你核算一下,我们的闲资还有多少?可以拨出多少钱给他们?""除了钮府拿走的,还剩余十万元左右。""就借给陈其美吧。""大掌柜,陈其美这事,是否要请示一下钮太公?"章六疑惑地问。"算了,"齐彻果断地说,"这事要极其秘密,而且会有风险,袁世凯在上海势力很大,弄不好是要掉脑袋的。我看还是不要让太公知道,万一有事,我一个人担当就是。""大掌柜真是侠义之人!"章六为齐彻设想周到而折服。"我拥护共和,是务必要尽一点心意的,个人又算得了什么?"

晚上,齐彻在绿杨楼设宴,陪蔡鸿昆喝酒。齐彻没喝几杯却醉了,宴会没结束,就一个人跌跌撞撞走出门,沿着河边走,不知不觉却到了胡府墙外。齐彻酒劲涌了上来,十分难受,吐了几次,都没有吐出来,便停下来靠在墙边,扶墙坐了下来。这时墙里正好有人走过,他从窗格看进去,见正是钮方丽和如宝。好久没见到钮方丽,齐彻的心一下激动起来,他连声叫着,可钮方丽和如宝似乎没有听见,转了过去。齐彻一急,便沿着山墙根追着钮方丽和如宝。他沿着墙跑,终于看见一棵树,连忙爬了上去,见钮方丽正在园里,赶紧跳了下去,向她们走去。钮方丽正从玫瑰花丛里摘花,手指被刺出了血,不觉叫了一声。"小姐,怎么了?"如宝走过来问。她看着手指说:"没什么。""出血了,小姐,脸上的伤还没好,手又弄出了血!"这时,钮方丽突然发现齐彻正拨开竹丛向她们走来,大吃一惊,不知说什么好。如宝问:"齐大掌柜,你是怎么进来的?""跳墙。"齐彻满嘴喷着酒气,"我想你,我要见你,方丽,你好吗?你的脸怎么了,怎么是青的?""你不该来这儿。"钮方丽捂着脸,"你为什么要爬墙?""我看见了你,就爬了进来。"齐彻移开她遮在脸上的手,"这是谁打的?难道是胡德林?"如宝忍不住说:"就是胡少爷干的。"齐彻叫了起来:"真不明白,你为什么要忍受这些?一个中世纪式的婚姻!""你不要管我。齐彻,你是个做事业的人,不可以做爬墙逾洞之类的事。"钮方丽推开齐彻,显然不愿意谈胡德林。"方丽,离开他,我们走,你看我们离得好近,却像远在天边。我想你,想和你在一起。如果你现在很幸福,我还可以忍受,可是你天天在受一个野蛮人的摧残!他虐待你,我不能眼看着你受罪。胡德林这个狗东西,我要找他算账……"齐彻显得十分激动。"齐先生,不要这么大声!"钮方丽怕胡家有人出来,"你快走吧,不要被胡家的人发现。"

齐彻醉了,他不肯走,嚷着要找胡德林,钮方丽急哭了,正相持着,忽然亮起了火把,胡家的几个打手出现在他们面前。胡德林拨开下人走上前来,冷笑着说:"齐大掌柜,夜猫子终于进宅了,好神秘呀!""你想干什么?"齐彻见胡德林来势汹汹,赶忙将钮方丽挡在身后。"大掌柜,你什么时候改了行?"胡德林一步步向前逼近,"刚才有人告诉我,院子里来了小偷,我不信,高墙大院的,谁敢来偷东西,偷人倒有可能。怎么进来的?""爬墙。""好,爬墙逾洞君子不为,早知道大掌柜爱爬山墙,我胡家的墙应该修矮一点,别让你摔着才是。""你别胡说,我只是想……""想什么?齐掌柜放着大门不走,却要爬墙逾洞,难道说与我太太无关吗?"胡德林指着齐彻的鼻子问,"你们唱什么蹩脚双簧我不管,我只要你说清楚!大掌柜,听说你要跟我叫阵,是吧?""就是!我看不惯你虐待女人,我要你善待钮小姐,不许打她。"这时,冷风一吹,齐彻的酒醒了一半,他稳了稳身子,大声说,"现在是民国了,不是清朝皇权统治,妇女也有人身权利。""她是我太太,任我打来任我骑,这关你什么事?你别狗咬耗子!我倒要问问你,她是你什么人?你有什么资格说这种话?"钮方丽知道胡德林没安好心,挤上前来:"齐先生,不要说了,这是我的家事,你快走吧。""想走,没那么容易!我话还没说完,我问你一句,你说的妇女权利,是不是让女人自由地偷汉子的权利?"胡德林凑到齐彻身前,挑衅地问。

一腔热血沸腾了,齐彻借着酒劲,大声说:"姓胡的,我告诉你,我们相爱,可是清清白白,没有一点脏事。今天我是路见不平,你有种就打我,欺负妇女算什么?"齐彻冲上去想抓住胡德林,教训教训这个家伙。胡家仆人一看,忙上来挡住,扭住齐彻就打。"不许动!"胡德林见状大喝一声,"你们都一边去,这是我和大掌柜两个人的事,与你们无关。"家仆们不敢再动,都退了下去。齐彻脱下衣服扔下在草地上:"好,算你是个男人。生死由命,来吧。"胡德林冷笑道:"听说你身怀绝技,隐姓埋名,来到我们镇上要做一件大事,你心里必有阴谋。有功夫,你都使出来吧!"胡德林歪歪斜斜向齐彻走来。

"不能动手,不能!"钮方丽冲上来挡在他们中间,"齐彻,你不要动手,我不准你动手。""你是不是想帮这个男人?不是就给我滚开。"胡德林猛地推开了钮方丽。"让开,方丽,我就要教训一下这个欺负人的家伙。"齐彻冲上去,一拳击中胡德林的脸。胡德林像树桩一样应声倒地,他又狠狠地一脚踢去,嘴里嚷着:"起来呀,起来!胡德林,有多大本事就使出来……"话音未落,钮方丽哭喊着扑上来,她用力推开齐彻,大声说:"你干什么?齐彻,他是个病人,他有病呀!你不可以打他。"接着,她又伏到胡德林身上,扶起他说,"德林,德林,你没事吧?"

家仆已扑上前来扭住了齐彻,胡德林大喝一声:"让他打,他还没有过瘾呢,是吧?有种的再打,再来打我,不打不是人养的!我要让全镇的人都知道,偷我的女人还要打我,你比西门庆还厉害。"胡德林抚着脸,嘴里喷出一口血来,昏了过去。众人一见不好,手忙脚乱地将胡德林抬走。一会儿工夫,人都不见了,只剩下齐彻呆呆地站在草地上。他没有想到会是这样的结果,一时不知如何是好。

齐彻居然打了胡德林,而胡德林是在病中,是要死的人,胡氏族人发怒了。钮太公知道这件事后,让人迅速去厂里通知齐彻去上海躲一躲。可小坯子还是晚了一步,胡家聚集了许多族人,带着家伙嚷叫着围住了浔泰。工友见胡氏族人来势汹汹,连忙关上门。胡氏族人叫不开门,便找来一条船上的桅杆,几个人抬着撞击厂门。齐彻要出去,可是章六不让,他找了一架梯子,爬上墙,从墙上探出头去,想劝住胡氏族人不要闹。可是七叔公一定要他们交出齐彻,否则就砸门。一下又一下,撞得大门咚咚直响,要不是这门异常坚固,早就被撞开了。章六不能眼看着大掌柜就这样被胡氏族人抓走,就回到齐彻的办公室里,劝他躲一躲,可他无论如何也不肯走。章六没办法,让常亮去通知包队长,弄几个带枪的过来镇压。常亮应了一声,爬墙从后面水路走了。章六刚到门口,听得钮五阳在门外喊开门。他听出是钮五阳,就上了梯子,钮五阳也在人群里,一见章六就命令道:"章六,马上开门。"章六说:"二爷,门不能开,他们会伤了大掌柜的。"钮五阳大声质问章六:"是厂重要还是姓齐的重要?这钮家的厂……"钮五阳话音没落,大门忽然自己开了,让胡氏族人有些意想不到的是,齐彻出现在门口,他接下了钮五阳的话:"二爷,当然是厂重要。"他说完走出厂门,几个胡家的小伙子不由分说,上来扭住齐彻就走。章六急得在后头追,却被人打了回来。这时,常亮也赶了回来,说包队长惧怕胡家势力大,不愿意来。

　　章六与常亮都傻了。章六知道大掌柜凶多吉少,随即对常亮说:"快,组织工人去胡家祠堂,我们不能让大掌柜死在胡家手里!"常亮召集了所有在岗工人,一起向胡家老祠堂赶去。

　　胡家老祠堂里点着一堆火,齐彻被带了进来,绑在一根柱子上。许多男女老少在看热闹,然而令七叔公十分尴尬的是,胡德林和他母亲仪慧却都没有到场。七叔公捋着胡须,觉得齐彻是钮家的红人,又是浔泰厂的大掌柜,万一处理不当,必定会影响胡钮两家的关系,他和钮五阳商量该怎么办。钮五阳说,姓齐的欺负他们胡家的人,不惩治不行,否则胡家丢不起这脸,但姓齐的罪不至死,只能狠狠地教训他一下。钮五阳有自己的想法,他想借此让齐彻滚蛋,离开南溪,于是拨开人群,走到齐彻面前说:"姓齐的,你很不幸嘛!不过,我可以帮你,只要同意我的条件,就可以没有事,平平安安回上海当你的洋买办,如何?"齐彻没有说话,他知道钮五阳肯定没安好心,最终意图是让自己辞去大掌柜一职,还政于他,因此不想与这个花花大少做交易。七叔公发言了,他说:"姓齐的,照我们族规,子弟如果有行为不检,败坏人名声者,须站木笼三天,就让你站三天木笼,你愿意吗?""一人做事一人当,你们不要损害浔泰工厂。我不知道胡德林重病在身,不过他虐待妇女,该打!"齐彻冷笑着说。"还嘴硬,算你是条汉子。"钮五阳哼了一声说,"姓齐的,站木笼一般人可吃不消,你细皮嫩肉的,恐怕挺不过三天。""你放心,我不会辞职。"这时,章六与常亮带着厂里的工人赶到了,在小桥处与胡氏族人相持起来。常亮喊道:"如果你们敢动齐大掌柜一根毫毛,就砸烂祠堂!"七叔公一听,也吓了一跳,工人年轻力壮,人数虽少,战斗力可不低。齐彻听见了,告诉七叔公:"让我和你们一起去劝工友。"

胡氏族人押着齐彻来到小桥边,只见双方人马对峙在桥的两边,一场械斗就要发生。齐彻被胡氏族人推了上来,他用嘶哑的声音说:"工友们,我是你们的大掌柜,我犯了错,罪有应得,听凭他们处罚。你们回去吧。""大掌柜,我们要你回来!"工友们平时就十分敬爱齐彻,见他被五花大绑,心里十分难过,挤着上来要救他,大喊着:"放了大掌柜!"钮五阳再一次上前:"我是你们的二爷,你们都给我回去。自古王子犯法,与庶民同罪,大掌柜这是罪有应得。你们先回去,最多三天,会让他回去的。"钮五阳见工人并不买账,就命令章六,"章六,你把工人带回去,要不出了事谁负责?"工人还是不走,齐彻嘶哑着嗓子说:"工友们,谢谢你们,回去吧,我命令你们回去,我自己的事自己负责。"工人们见大掌柜这么说,只好退了回去。按族规,齐彻必须在站笼里罚站三天。七叔公发了话,齐彻马上被关到站笼里。

夜里,胡家老祠堂门前,几盏灯笼挂在门外,整个祠堂都显得静悄悄的,像是一座古墓。江南的蚊虫特别多,入夜更是厉害。齐彻被关在祠堂前的木笼里,浑身被蚊叮虫咬得十分难受,昏昏欲睡。突然,一阵脚步声响起,一盏灯笼突然照在齐彻的脸上。他费劲地睁开眼仔细一看,来人不是别人,正是与他分手不久的蔡鸿昆,他领着一队士兵押着七叔公来到这里。原来,蔡鸿昆酒醒后,听说齐大掌柜被胡氏族人扣了,大怒之下带着兵到胡家祠堂抓了七叔公,让他放人。蔡鸿昆厉声喝道:"还不给我放人!"七叔公吓得直发抖,打开站笼,把齐彻放了出来。随着蔡鸿昆来的常亮等人将齐彻扶住。"齐掌柜,这些刁民如何处置,你说一句话,蔡某听令。"蔡鸿昆讨好齐彻。"算了,蔡师长,这是我们本乡的内务,我们自己会处理。"接着,他对七叔公说,"七叔公,多有得罪,请回吧。"经过这番折磨,他早已浑身发软,瘫坐在地上,有气无力地说,"蔡师长,谢谢你,也替我谢谢陈督军。""姓胡的,你听见没有?大掌柜非常恩慈,以后你要是再敢对大掌柜不敬,我杀你胡氏一族。"蔡鸿昆狠狠地踢了七叔公一脚,"还不快滚!"围观的胡氏族人还有些不服,可是蔡鸿昆一挥手,一排军人威慑地对着胡姓族人的头顶放了一阵排枪,吓得众人顿时作鸟兽散。众人这才搀扶着齐彻走过小石桥。

第 6 章
蚕蛾破茧

曼蝉从小是个天不怕地不怕的野丫头,她与方丽的性格,一个天上,一个地下。钮太公时时叹气,不知自己是哪辈子造了孽。何况他从来就不太喜欢这个女儿,认为她和自己相克。所以,苏州的古家一来提亲,他就应了,想让曼蝉早早嫁到苏州去,了却他一桩心事,也省了好多麻烦。他把日子定在中秋。

古家也是苏州的大户人家,曼蝉的未婚夫古小春却是一个好色之徒,长得一脸猴相,叫人讨厌。每次他来钮家,没人的时候,连下人的便宜都要占,没个正经,曼蝉打心里看不上他。可钮太公觉得钮曼蝉嫁到古家,像是掉进了福窝,古老太爷一倒,古小春是长孙,三分之二的财产就是曼蝉的,到时候曼蝉会是苏州城的大富婆。虽然古家有钱,曼蝉却死活不愿意,她心里早已有一个男人:太湖强盗肖晃。

这些日子,两人时常来往。钮方丽出嫁后,钮府的守卫松懈了许多,可肖晃还是不敢轻易来找她。作为一个强盗,最犯忌的就是一边抢劫,一边采花。但爱的力量是那么强大,足以让一个人不顾一切。他自己也不明白,一个豪门的千金,竟会让他日牵夜想。这个野性的女孩子,勾起了他强盗生涯之外的梦想,他好像离不开曼蝉了,以至于没有心思去做江湖上的事。这天,六指头去了江苏,让他守在老虫岛,到了夜里,他还是驾船出来,摸到镇上。他在船上坐了好久,望着钮府那一片灰黑的院墙,还是忍不住悄悄从后墙翻了进去。来到曼蝉住的楼下时,一个守更的看院人走了过来,他躲在树影里。刚下过雨,地面泥泞,在黑暗中他的一只鞋子被粘掉了。守夜人走过后,他在地上摸索了一阵子,也没有找到,索性把另一只鞋也脱了,光着脚悄悄地摸进了曼蝉的闺房。曼蝉正在屋里等他,见他进来,猛地吊在他脖子上,死也不肯放开。她已等了三天,如果肖晃再不来,她就会去太湖边上找他了。两人几天没见,激动得什么也不顾,紧紧地抱在一起,深情地吻着对方,恨不得把这些天未见面的遗憾全补回来。好一会儿,两人才坐了起来。

曼蝉吊在肖晃的脖子上,深情地说:"肖哥,带我走吧。""带你去当强盗,好不好?"肖晃开玩笑地说。"好啊,只是……我不明白,肖哥,你为什么要做强盗?"这话勾起了肖晃的心事,他说:"曼蝉,我天生就是个强盗!我从小没爹没娘,六指头在路边捡了我,收我做义子,把我养大,教我功夫,于是我就成了强盗。""你骗人!""不骗你,真的。"肖晃的眼睛里充满真诚。然后,他松开了曼蝉,躺在床上,将挂在脖子上的一块玉蝉取了下来,叹了口气说:"我不知道我父母是谁,但我想,他们应该是有钱人。你看这块玉蝉,据六指头说是我家里的东西,它能证明我的家世,所以我一直留着,希望能找到父母。""我看看。"曼蝉从肖晃手里抢过玉蝉,仔细地看了看,突然高兴起来,"哎,肖哥,这是玉蝉,我的名字就叫曼蝉,说明我跟你有缘。""真的?"肖晃从床上坐了起来。"你是公蝉,我是母蝉,是一对儿……"曼蝉话没说完,脸就红了。过了一会儿,她又说:"你家肯定是大户人家。""谁知道呢……但我恨他们让我变成了强盗。"肖晃突然有些恨他的父母。令他想不通的是,他好好的一个人,又不傻又不残,为什么将他遗弃,让他成了孤儿,又成了强盗?他想知道这一切。"肖哥,你恨你父母?你不做强盗,说不定我还遇不上你呢!我想肯定是有原因的,比如遇到强盗之类的大祸,他们为了救你,只好把你扔在路上。""总之,我想弄明白。""肖哥,"曼蝉拿着玉蝉不肯放手,"这玉蝉放在我这儿吧,我爸爸收藏了许多玉器,我给你去偷一件好的!""不行,这是我寻找家人的惟一凭据。"曼蝉攥在手里不放:"肖哥,你说过你要和我过一辈子,是不是?放在我这里就跟放在你那里是一样的。""可是……""可是什么,要么你是骗我?""曼蝉,给我……"肖晃站了起来,很严肃地说。"不。""我告诉你……"肖晃深思了一会儿,"曼蝉,我喜欢你,就不能当强盗,我想离开这儿。""你要去哪儿?"曼蝉有些吃惊,"不行,你不可以离开我。""听说保定有个军校,我想去当兵,混出个人样来,好回来娶你。"肖晃像是下定了决心。"不行,肖哥,我一天也离不开你。"曼蝉搂着肖晃,"我不让你走!做强盗怎么了?我跟着你当强盗好了……"

两人正在楼上缠绵,院子里突然锣声大作,守夜人大喊:"有小偷,有小偷!快抓小偷啊!"顿时,院子里嘈杂声一片,有人在喊着:"别放走了贼人!""不好!刚才进来时,我掉了只鞋,肯定有人发现了!我走,别连累你。"肖晃怕连累曼蝉,想跳窗出去。"不行!肖哥,你会被抓住的。"曼蝉拉住肖晃说,"你不能走,他们不会到我房间来;就是来查,我也不会开门……"曼蝉的话音还没落,苞梅就在外面一边敲门一边喊:"小姐,小姐,快开门……"走已来不及了,曼蝉拖过一条被子给肖晃盖上,自己过去把门开了条缝。苞梅迫不及待地挤进来说:"小姐,大院里抓小偷呢,我害怕,我要跟你做伴。""我都不怕,你怕什么?"曼蝉大窘,怕肖晃被人发现,赶紧坐回床上,脱了上衣,露出雪白的肩膀,对丫环说,"苞梅,站在门口看动静,别让任何人进来。"肖晃趴在被子里,紧贴着曼蝉,曼蝉又放下了帐子,只露出个头。"小姐,他们上楼了!"苞梅的话音刚落,师爷就敲门了:"二小姐,二小姐,开门。"原来,下人发现楼梯上几只湿漉漉的泥脚印通向这里。因为曼蝉不开门,下人去把钮太公叫来了。"开门。"钮太公威严地说,师爷又在咣咣地砸门。躲在被窝里的肖晃知道情况不妙,想出来,可是曼蝉死死压着他,不让他动。"爹,我睡了。""曼蝉,让爹进去,家里有小偷。"在门口的苞梅吓得直哆嗦,可曼蝉就是不开门,钮太公火了,正准备砸门,外面突然有人喊:"老爷,这里有人!"楼梯上的人闻声都赶了过去。

"小姐,饶了我吧!"苞梅突然跪在曼蝉面前。"饶你什么?"曼蝉被眼前的事弄糊涂了。"是钮平。"苞梅哽咽着说,"钮平夜里不走,死活要钻进我被子里。"原来这些日子,钮平强行睡了苞梅,而苞梅为了留在钮府,竟也依从了。"苞梅,怪不得这些日子你不愿陪我,跟大傻子黏上了。"曼蝉大吃一惊。

这真是乱中有乱,错中有错,连环戏让事情更加复杂。师爷带着人将在花园里慌不择路地钻进一片桂树丛的钮平抓住,送到这里。钮太公见是钮平,不由心疑:这傻子半夜三更不在自己房里,到这来闹什么鬼?当他问清钮平刚才是在苞梅房里时,不由大怒,一脚踢开曼蝉的房门,厉声骂道:"曼蝉,你自己成天价野,连个丫头也管不住,弄出天大的事来,这样下去,谁能放心?你还是赶快嫁人吧,省得我费心。明天我就通知古家来人商议婚事。"说完他门也没进,离开了曼蝉的闺房。曼蝉又惊又喜,喜的是肖晃没有事,惊的是父亲要她马上出嫁。

齐彻躲过胡家这一劫后,钮太公安排他去上海休养。可是钮家并没有安稳日子,除了二小姐曼蝉这个麻烦外,最令钮太公头疼的是儿子钮五阳。自他从上海回来,就没有回过家。钮太公收不住他的心,就管住自己的钱袋,不给钮五阳挥霍的机会。钮五阳没有钱,憋坏了,他花惯了,哪儿过得了这样的日子。他本来设计想拿下齐彻,自己接任大掌柜,就可以掌握钱财了,可是没想到齐彻让蔡鸿昆这狗日的给救了,如意算盘没打成。听说齐彻到上海养伤去了,他就哼着弹词来到钮氏钱庄,一进门就大喊:"章六,我要提些钱。""二爷,账上没钱,要不你跟太公去说。"章六说。"怎么,他齐掌柜敢不给我钱?""二爷,齐先生去了上海,我做不了这里的主,你得跟太公说去。"章六解释。"齐彻走了,二掌柜呢?二掌柜不是我吗?""二爷,太公吩咐了,不让我动一块钱。""狗眼看人!我这个二掌柜是虚的不成?"见章六死活不肯,钮五阳又来了一招:"章六,我爹卡得我好死,你就先借我点,到时候我给你个人二分的利钱,怎么样?""二爷,这可不行,打死我也不敢!钱是柜上的,要是被太公知道,砸了我饭碗不说,对不起柜上呀。"

钮五阳软磨硬泡,就是讨不到钱,只得灰溜溜地回去。他急得很,因为墨琴捎信让他去上海,可是没有钱,到了上海鸨婆也不会让他见格格。怎么办?钮五阳硬着头皮回了上海,像个贼一样偷偷地瞒着鸨婆溜进了密韵楼。墨琴正跟着留声机的音乐在房间里扭屁股,一见钮五阳垂头丧气的样子,不用问,就知道他没有拿到钱。她这几天正和鸨婆生气,因为鸨婆逼着她与蔡师长睡觉,她不愿意,于是偎着钮五阳说:"二爷,你不赎我,林妈妈就让我去接客,可我不想去。"钮五阳说:"当然不去!不就是银子吗?再宽限几天,我会给她的。"墨琴说:"二爷,妈妈也是没有办法,现在整天到密韵楼点着名找我的人太多了,她应付不过来,都是场面上的人,她谁也不敢得罪。"钮五阳搂住墨琴说:"格格,我不准你去接客!记住,我是要娶你的。""娶我?娶吧!"墨琴打了一个哈哈,"可是你又没有银子。亏你们钮家是江南数得着的人家,却把你不当人,花钱卡得这么紧。""你不知道,现在我爹不管事,钱都卡在姓齐的手里。"钮五阳狠狠地说,"如果不是他,我现在岂能没有钱?"一提到齐彻,墨琴从桌上拿起一张小报,告诉他一个难以置信的消息:齐彻捐给陈其美十万元。"你看,让一个外人花你们钮家的钱,一花就是十万;你是钮家的公子,却一两银子也花不着！二爷,你有什么用……"墨琴不屑地说。"这狗东西,拿我们钮家的钱做人情！"钮五阳看着报纸,气得肺都快炸了,"怪不蔡鸿昆这狗东西要救他。""二爷,其实齐先生人不错,你应该去找找他,跟他交个朋友。他给蔡鸿昆十万,给你五万行不行?"墨琴幽幽地说,"要不我去见见他?""此人铁石心肠,不好交,你不要见他。""他长得挺帅气,"墨琴浪笑着说,"说不定我会喜欢上他。""这狗日的真会迷惑女人,没准会把你也给迷倒。"钮五阳叹了一口气,"宝贝,我不准你喜欢他,只准你喜欢我一个人。""逗你玩的嘛。"钮五阳抱起墨琴正亲着,突然鸨婆走上楼来,吓得他躲在了门后……

齐彻住进了医院,他没想到藤也会来看他。日本人觉出了齐彻的分量,认为他是难得的人才,熟悉市场,又拼力开拓,在中国丝绸业一片凋零时,钮氏企业一柱擎天,这不能不说齐彻的确与众不同。藤也知道齐彻在钮氏企业并不顺当,便想借这个机会把齐彻挖过去,为他所用。可是齐彻第二次婉转地拒绝了藤也的要求。作为一个中国人,齐彻要办中国自己的企业。身子好了一些的时候,齐彻想见见教父,便去了趟教堂,可是没见到艾尔博士,于是约他在法租界的红德咖啡馆见面。

这天,齐彻早早来到红德咖啡馆等教父,刚坐下,钮五阳与墨琴也进来了。从齐彻身边走过时,钮五阳发现了他:"这不是齐大掌柜吗?心情不错嘛!""二少爷,你好。"齐彻彬彬有礼地站起来。"齐先生,我是墨琴,你忘记我了吗?"墨琴笑着招呼齐彻。"哪里,以墨琴小姐的风度,见一面足可终生不忘。""齐先生的嘴巴好厉害。"墨琴笑着说,"你不反对的话,我们想在这里坐一下。"墨琴坐下了,钮五阳只好跟着坐下。齐彻招呼侍者点饮料,钮五阳要了一杯威士忌,墨琴要了一杯薄荷酒加水。钮五阳喝了一口说:"齐大掌柜,过去多有得罪,今天敝人有事要求你。"齐彻说:"二少爷,你是钮家的继承人,有什么事会求我?""我们家的事,你比我清楚,老爷子相信你,大权在你手里。""别这么说,我只是负责厂务,你的家务事我可不管。""好吧,恕我直说,大掌柜,最近我需要一笔款子,去办一件我人生里最大的事情,想请你帮忙。"

齐彻看了看墨琴:"恐怕是与这位小姐有关吧?"墨琴说:"是又怎么样?齐先生给不给面子?""二爷,说句不好听的话,密韵楼是个无底洞,永远也填不满的。"墨琴的脸立刻阴了,说:"哎,你们别说我,我可不要二爷一分银子。"钮五阳有些生气:"姓齐的,你好像前世与我是冤家,你愿帮就帮,不愿帮就算,别说废话。钱是我们钮家的,你心疼什么?""二少爷,你是钮家惟一的继承人,浔泰这一摊子最终要交给你,我终究是要退出来的,这份家业你不心疼?""为了格格,花再多我也不心疼。""银子是你们钮家的,要花找董事长去。这些日子我在养伤,厂里的事都不管,别说你们的家务事。""这么说,齐掌柜,我的事你不管?""不管。休假就是休假,我没有权利处理任何事情。"钮五阳站了起来:"姓齐的,你是个王八蛋,你可以拿我们钮家的钱去做好人,却不把东家放在眼里。你别把我惹火了,我会跟上次一样揍你。"

齐彻突然站了起来,拿着酒杯,怒视着钮五阳,将残酒泼到他脸上。钮五阳大怒,扑过来要打齐彻,被墨琴拉住。齐彻穿上外套,拿出一张纸币扔付给侍者说:"这张桌子我买单。"这时艾尔神父进来了,将齐彻拉走。

鸨婆与钮五阳翻了脸,他只能偷偷与墨琴在外头幽会,可出来的次数一多,还是被鸨婆发现了,她大为恼火,关了墨琴不让出去。钮五阳来到密韵楼,又被龟汉们挡住,不让进门。钮五阳见不着墨琴,在公馆里闷了三天。静安寺的房子早已卖了,钱都花得差不多了。这天,他又被鸨婆挡在门外,喝得大醉,小坯子见状,教了他一个毒招。钮五阳想,反正无路可走了,不如一试,没有格格,他宁可死。这天一早,钮五阳穿戴一新,来到密韵楼求见鸨婆。鸨婆起初不见,可架不住钮五阳恳求,只好让他进来。钮五阳说,他马上要离开上海,要求见墨琴最后一面,说几句话就走,而且保证以后再不跨进密韵楼的门槛,鸨婆这才答应。钮五阳一进墨琴的房间,就死死抱住她:"宝贝,想死我了。""二爷,钱到手了?"墨琴以为钮五阳拿到了钱,高兴地翻身坐起来。"还没有。"钮五阳一脸的无奈。"那怎么办?妈妈天天逼我接客,我烦死了。""宝贝别急,我想了一招。"钮五阳附在墨琴耳边悄声说,"我已买好了车票。""去哪儿?"墨琴被钮五阳神秘的样子弄得云里雾里。"我们偷着走,去北京……""可我们怎么走?"墨琴一脸疑惑。"有一个绝招。"钮五阳站起来,走到窗前,看了看窗下的马路,掏出一根绳梯。原来,他所说的绝招就是跳楼逃跑。"后半夜时,你把绳子拴在窗户上,顺着绳梯往下爬,然后我们就直奔车站,呜,走了……"墨琴一听,高兴得抱住钮五阳亲了起来。

夜里,墨琴收拾好东西,早早地开了窗,站在窗口等着。后半夜,果然见钮五阳坐着马车悄悄地来到楼下,便把绳梯从窗上搭下来,然后扔下一只小包。她从梯子上一步步走下来,快到地面时,被钮五阳一把抱住。

两人进了马车,飞一样向火车站驶去。可是当他们进站的时候,被蔡鸿昆的手下看见了。当钮五阳自以为得计,与墨琴坐在包厢里开心地说笑时,一队印度巡捕冲进了他们所在的车厢,巡捕队长看了看钮五阳和墨琴,然后说:"大格格,钮二爷,下车吧,你们被捕了。"就在钮五阳和墨琴被巡捕押下车时,一个新闻记者路过此地,对着钮五阳和墨琴迅速地拍了几张照片……

齐彻一时不想回南溪，不想再看到那个令他伤心的地方。厂里有章六在，他很放心。加上时局动荡，反袁声势浩大，各路人马都准备北上，所以他就待在上海不想动。钮五阳和墨琴被捕，鸨婆告钮五阳拐带人口，上海各大报纸纷纷报道这一事件，并配上两人的照片。齐彻看到这条新闻时，正与艾尔博士喝茶。"这对活宝，天天有故事。"齐彻说着扔下报纸，然后淡淡地说，"只有我去把他赎出来。""钮世诠多行不义，所以必有此报，你又何必如此呢。"艾尔博士对齐彻参与钮氏企业终始不满，他力劝齐彻不要管钮家的事。教会最近要艾尔博士去比利时任职，他很想让齐彻一起去。"你不是为了钮方丽才给钮家打工吗？这老东西连女儿都不给你，你替他卖什么命？"教父说。"大概我欠了钮家什么吧。"齐彻回答。

　　过了几天，齐彻带着律师来到看守所，让律师开出了保单，墨琴随即被鸨婆领走。她出来时看见齐彻，得知齐彻不仅保了她，而且也保了钮五阳时，很感意外。她心里升起一团火，觉得齐彻不计前嫌，是个真正的男人。齐彻也签了钮五阳的保单，不过他不想见钮五阳的面，在放人之前自顾走了。

　　钮五阳出来后，并不知道是谁保了他，当然他绝没有想到会是齐彻。他来到密韵楼，却被龟汉们乱棍打出。他别无选择，又身无分文，不得不回南溪。这时上海的大小报纸都登了他和墨琴的花边新闻，他怕父亲知道了会生气，为了让父亲接受他，便托人从北京的古玩市场带回来一尊西周的青铜大鼎，他知道钮太公喜欢古玩。他灰溜溜回到家里，将大鼎送到父亲的书房。钮太公捧着这尊西周的青铜大鼎，心情复杂。钮五阳是他心头最大的痛，是一个败家子，但无论怎么说，是他亲生的惟一尚存的儿子，世上哪有父子记仇的呢？钮太公摸了摸这尊青铜双耳大鼎，又用手指叩了叩,听其声意,感觉这鼎阴气过重,不一定是礼器,礼器大都有铭记,而这尊铜器无铭,又土锈发白,是尸水浮浸过的随葬之物,但东西还不错,造型古朴,制作精良,应不是赝品。钮太公看了钮五阳一眼,见他一身晦气,面色颓唐,脸马上就沉了下来:"这是战国的,是一件上品。""爹,你真是高手!"钮五阳趁机奉承说。钮太公眯起眼躺在榻上,没有理会钮五阳的奉承,他心里在想,齐彻去上海已多时,还没有回来,捎信去叫也没有回音,不由有些担心,就问钮五阳:"你在上海见着齐彻了?""没有,不过我听说他不想回来,另有所图。爹,据上海的报纸所载,齐彻捐助了陈其美十万元。"钮五阳恶人先告状,"爹,他是拿你的钱做好人,所以我赶回来告诉你。""啊,有这种事?我怎么不知道?"钮太公吃了一惊,腾的一下从椅子上站了起来。"爹,他当然不会让你知道。我听说他和藤也来来往往,很是密切,是不是想跳槽?爹,人心隔肚皮,他毕竟不是我们钮家的人,听心远说厂里给搞得很乱,章六不是人,跟他穿一条裤子,两人私分厂里的钱。""有这等事?"钮太公拍案而起,"你去把章六叫来,查一查账!"

钮五阳有了这道"圣旨",转身就走,先叫人把账封了起来,又派人把章六叫来。章六正忙着,不明就里,急匆匆来到钮府,只见钮太公、钮五阳和周心远三个人坐在上首冷眼看着他。"章六,有人检举,说工厂的账有问题,所以要查一查。""有问题?不会吧?账是我管的!""你敢说没有?听说齐彻捐给陈其美十万银元,你不知道?"章六看了看钮太公,知道瞒不住,忽然跪下了:"太公,这事怨我没有对你讲。齐掌柜说陈其美讨袁是正义的,是挽救共和国,所以一定要捐。齐掌柜还说,如果太公怪罪,就算我们自己借的款,我和大掌柜都写了借条的,如果陈其美不还,太公可以从齐掌柜和我的薪金里扣除。""你们写了借据?""写了,不信你们可以查。"章六没想到这事这么快就透了出去,头上不由大汗淋漓。钮五阳站了起来,右手往桌上一拍,厉声问:"事情这么简单?这么大的款子,你们两个人就决定了,可见其他小账不知还有多少漏洞。"钮太公也生气了,觉得齐彻没有把他放在眼里:"章六,这事你们做得不对。陈其美是我的老朋友,他讨袁我会支持,你们为什么不跟我商量就捐钱?""爹,这事办得好呀,钮家出钱,姓齐的得名,我们成了冤大头!"钮五阳在一边说。这时,师爷拿着账本进来:"是有一张借据。"钮太公一看,果然是齐彻和章六署名的借据。钮太公说:"既然是你们借去的,就在薪金里扣除。这次算了,下次可要算你们贪赃枉法。"

这时师爷又送上一张单子:"太公,你看这个……"周心远先接了过来,再送到钮太公面前:"太公,您看,常亮三天前又支走两万元的现金。""这又是派什么用场的?"钮五阳像是发现新大陆一样,抢过账本问章六。"不知道,是常亮拿着齐掌柜的手令来取的款,直接送到上海去了。"章六说完,身上的汗把衣服都湿透了。钮太公的脸色难看起来:"是不是上海方面有什么用度?""我不知道。"章六喏喏地回答。"章六,你是死人呀,你辜负了老夫!齐彻在上海不回来,又取走了一笔款,他究竟想干什么?"钮太公回头看着钮五阳,"五阳,你与章老板先把账目弄清楚,厂里的总账房,暂让心远来管。""太公,是不是等齐先生回来再说?"章六还想规劝。钮太公暴怒了:"齐大掌柜不见得会回来了!五阳,我暂把钮氏企业交给你,你好好管,否则我再不会认你。""父亲放心,儿子一定不辜负你的期望。"钮五阳就等着父亲这一决定呢,他看了章六一眼,心里乐开了花……

钮五阳是真的想好好干一番事业。刚上任,周心远为他准备了几桌丰盛的酒菜接风洗尘。他踏进绿杨楼,员工们在周心远带领下鼓掌,可掌声稀稀拉拉的,钮五阳的脸色顿时不好看了。周心远一见,向员工训话:"大家听清楚了,二爷才是工厂真正的主人,姓齐的是外来人,他的问题很多,我们正在一步步地查,你们说今后该听谁的?当然是二爷的,如果有谁不服,嘿嘿,到时候别怪我们不客气。"一阵乱哄哄的声音里,钮五阳清清嗓子说:"诸位,今天这里有许多新人,眼生得很,好像都是齐先生招来的人马!我不管是谁招来的,我认不认识都没关系,我只想告诉你们一件事:齐先生是我们钮家聘来的经理,而我是钮氏产业的继承人,谁是东家,这一点你们应该清楚!这厂是我们钮家的,我愿花多少就花多少,天经地义,如果齐彻乱花厂里的钱,那就是侵吞钮氏财产,是要坐牢的!"钮五阳端起酒杯,"诸位,现在我宣布,周心远将荣升我们浔泰厂的总账房。"

周心远拍着手说:"大家说,浔泰厂是谁的?"众人附和着喊:"钮二爷的!"周心远说:"好!现在我正在查齐掌柜的重大贪污行为,你们如有知情者,赶紧向我揭发举报!"周心远朝众人扫了一眼,"敬酒开始!"众人轮流走上前来,向钮五阳敬酒表忠心。

章六最后一个上来敬酒,说:"二爷,恭喜你荣归。不过钮家这份产业不容易,我跟了你爹二十多年了,知道其中的辛苦。齐先生是个人才,他是在为你钮家做大事,这一点你千万要清楚!他做的事是为你好,为钮家事业好。"钮五阳没有举杯,哼了一声,看了看章六,很是不屑地说:"章六,我知道你那一只脚还踩在齐彻的船上不肯下来,是不是?你一直对我百般刁难,让我吃了多少苦头,我本想好好地治治你,念你老了,没什么大用,你还是回家吧!"章六说:"二爷……"周心远打断了他的话:"走吧走吧,二爷开除你了!"章六终于被激怒了,将酒泼在周心远脸上,骂道:"姓周的,都是你等小人挑唆二爷,污蔑齐先生,总有一天浔泰厂会败在你这样的人手里!""老东西,给你脸不要脸。来人,给我轰出去……"周心远当众出丑,恼羞成怒,急忙喊门外的警卫,还想上前去打章六。钮五阳拦住周心远,对章六说:"六伯,就算我钮五阳求你了,你回家歇着吧,工钱一分也不会少。"章六见钮五阳不听劝告,觉得再待下去已没有必要,可钮氏对他二十年的恩典他又怎能忘记?于是对钮五阳说:"二爷,不在其位,不谋其政,不食其禄!我章六两袖清风,对得起你们钮家!"说完扬长而去。

章六一走,厂里少了一个碍事挑眼的人。虽然钮五阳接管了浔泰厂,但这是家新型厂,他不懂管理,又时刻都在担心齐彻回来——他怕父亲心软了,仍让齐彻做大掌柜,因此决心好好表现一下,不能输给齐彻。可是当务之急是墨琴,她陷于密韵楼,鸨婆逼她接客,她哀求自己救她,又怎能不管?周心远是了解钮五阳的,他向钮五阳献策:钮太公刚盘过账,账上的钱不好动,不如把库存的生丝拿去卖掉一批,用这笔钱将大格格赎出来,这样既能躲过钮太公的眼,又能救出墨琴,一举两得。

钮五阳犹豫了一下。他知道这些生丝是存贮起来的必用品,品质优良,但最终他还是点头答应了周心远的这个方案,打算将这批优质生丝卖给藤也。赎墨琴要紧,顾不上别的了。周心远提上货就去了上海。

将近年关,大街小巷热闹起来,家家户户都点起灯笼,鞭炮声不断。一群小孩子手里提着灯笼,屋前屋后田头地角地蹿,嘴里念着童谣:"猫也来,狗也来,搭个蚕花娘娘一道来……"

被齐彻打了一拳后,胡德林的身子却似乎好了一些,饭也多吃了不少,可不久又不行了,病越来越重,连穿衣服的劲都没有了,孤独地躺在床上,似乎只有等死。年关到了,外面放着鞭炮,丫环们也被这年前的气氛所吸引,出去玩了。胡德林叫了几声没人应,自己挣扎着起来。钮方丽听到动静,赶紧过来。胡德林说想到外面去走走,钮方丽点头答应了。

胡德林在钮方丽的搀扶下,慢慢走出胡府,站在老桥墩的一棵大树下,看着远近的年关夜景,感慨万千。胡德林看着想着,不由对人生多了几分留恋,可他没有表现在脸上。钮方丽怕他累着,扶他坐到树下的石礅上。突然,近处有一只炮仗炸响,吓了他们一跳,还惊飞了树上一只大鸟,在暗地里飞了一阵,越过他们头上时,掉下一摊白糊糊的鸟屎,不偏不倚,正好落到胡德林的身上。"这他妈是怎么回事?"胡德林气急败坏。"是鸟粪。来,我给你擦擦!"钮方丽伸手要替胡德林擦鸟屎,不想胡德林忽然伸出手来给了她一记耳光,骂道:"你存心要坑我,要我坐在树下,大过年的喷了一身鸟粪,你说我有多晦气!"钮方丽想辩解什么,却忍住了,又伸手想帮他擦鸟粪。胡德林一把推开她:"离我远点,你个背时的货。我晦气到家了,娶你这么个老婆。"钮方丽扭过头要走,不再想管这种无情无义之人,但想想又回过身来:"德林,回家吧,你别在儿这发脾气。这是我在你们胡家的第一年,你让我太太平平过个年,好不好?""我不回家!我不能把晦气带回家,我不能把晦气带回家!"他几乎是吼了起来,"叫黄仙姑来替我驱邪。"

好在黄仙姑一直住在胡府里,她马上跟着钮方丽来到树下,看着一脸怒容的胡德林说:"大兄弟,鸟是天鬼,喷粪是恶咒,时辰不好,是大不吉利。""那怎么办?仙姑,快解晦气呀!"胡德林一听鸟屎不吉,更急了。"办法是有,"黄仙姑从一只竹箧里拿出一道符交给胡德林,"你先把这符贴在身上,然后再用百家童子尿洗去鸟屎——这鸟屎毒着呢!""百家童子尿……"钮方丽没听明白,黄仙姑又解释说:"少奶奶,就是一百家小孩子的尿,必须要你去讨才灵验。""还不快去?你要我死呀!"胡德林恶狠狠地嚷,"你给我听着,一百家,少一家也不行!"

阴风四伏,钮方丽和如宝两人一家家去讨尿,觉得张不开口。方丽瑟瑟地抖着,黑天黑地,要讨一百家童子尿,这多么困难,幸亏还有如宝帮她。胡德林虽然过分,可她不愿意与他计较。她甚至自责地认为,胡德林的病是因她而起的,她对不住他。胡德林这么多年一直在等她,而她又却想悔婚,因此胡德林憋着气,才得了这种怪病……怨她,是怨她。她这样想。

尽管如此,她还是牵挂着齐彻:他的伤了好了吗?现在怎么样?她给这两个男人都带来了麻烦,让他们都不顺利。她知道她内心里只有一个男人,那就是齐彻,虽然见不到他,可是正如秦观所言:"两情若是长久时,又岂在朝朝暮暮!"钮方丽的眼泪禁不住又流了下来……

一些小孩子从桥上跑下来,嘴里喊着:"猫也来,狗也来,搭个蚕花娘娘一道来……""一百家童子尿,简直是要我们的命!"如宝说。"那随便找几家,意思一下算了。""不行,小姐,就按姑爷的意思吧,否则他又会发脾气。""他是个病人,所以我不和他计较。如宝,我想过了,我过去对不住他,他的病是因我而起的,所以现在我吃苦也是应该的。""姑爷心胸狭窄,遇事想不开,小姐,我想你并没有对不起他。""如宝,你不知道,在与齐先生这件事上,我的确伤了他的感情。他等了我这么多年,可是我又想悔婚,他心里当然难受,憋着这口气,就得了这场病……""都怪太公,他就不该把你许配给胡家,你们两人性格不合……""一切都是命吧!""听说齐先生回了上海,再不愿意来南溪了?"如宝问。"真的?他不回来了吗?我好想见他,哪怕就跟他说一句话。""小姐,你千万别!上次惹了大祸,差点害死了齐先生……""我知道。可是齐先生用情专一,他会牵挂我一辈子的,我对不起他。""齐先生是个人才,他跟你真是天生一对!"她们走上桥,桥下人家的门响了一下,一个阿婆出来倒水。"如宝,你去问问,她家里可有小孩?"如宝应了一声,跑过去问:"阿婆,求你了,你家有没有小孩?让他给我撒一点点尿,我们姑爷病了,要用童子尿!"阿婆摇摇头:"没有。"如宝失望地回来,两个人无助地坐在桥上。

几个小孩又提着灯笼从小巷里钻出来:"猫也来,狗也来,搭个蚕花娘娘一道来……"钮方丽站在桥上,拦住他们:"孩子们,停一停。"孩子们停下来,瞪着大眼睛看她们,钮方丽拿出几块大洋,"阿姨求你们一件事,做好了,每人一块钱,好吗?"孩子们纷纷上前问:"什么事呀?"如宝说:"你们每个人往这只尿盂里撒一点点尿,就得一块钱,好吗?"一个孩子上前问:"阿姨,你要尿做什么?""给一个叔叔治病,好吗?"孩子们点点头,于是钮方丽将一块块银洋放在孩子手里,如宝将尿盂放在桥墩上:"你们一个个来?"一个男孩子正想尿,忽然很认真地说:"阿姨你们转过脸,不可以看。""为什么?你们还是小孩。""我们是男的,你们是女的,听说女的会割男人的鸡鸡,所以不能看!"一个大男孩说。如宝苦笑着问:"是谁告诉你们的?"那孩子说:"是我妈。"钮方丽拉开如宝:"好,好,我们背过身子,不看。"等她们背过身子,几个小孩乱七八糟往尿盂里滋尿,然后一哄而散。

等百家尿凑齐,已是四更了。胡德林斜坐在胡府门前,早等得不耐烦了,他接过童子尿,洗了鸟屎才进门去。

齐彻来到钮氏上海钱庄,吴账房告诉他,厂里变动很大,钮五阳当了大掌柜,章六被撤了职,说是因为贪污了厂里的钱,周心远还卖掉了一批库存生丝,钱刚到账就提走了。齐彻吃了一惊,没想到事态这么严重,他决定马上回南溪一趟。

齐彻一回南溪,即来到钮府。钮太公正在研究儿子送的青铜鼎,越来越觉得像赝品。他正在琢磨,下人来报说齐彻求见,他左思右想,不知道该怎么解释发生的一切。直到天黑了,钮太公都没有出来。齐彻焦急万分,等在大厅里,来回踱步。忽然钮五阳带着人进来,看见齐彻,便歪着头问:"哎,这不是齐大掌柜吗?怎么着,藤也那里混不下去了?"齐彻向他拱了拱手:"少东家,你来得正好,快去禀报太公,我有要紧的事。"钮五阳与周心远对视一眼,突然很严肃地说:"我爹他不想见你,有什么话就跟我说吧。""跟你说,为什么?"齐彻不由一愣。"为什么,你还有脸问?"钮五阳几乎吼了起来,"你装什么孙子?我问你,为什么在厂里做黑账?你有什么权利向陈其美捐钱?""我是大掌柜,难道不可以支配生产利润?""这钱是你齐彻挣的不假,可仍是我们钮家的钱,你可以调度,就是没有权利捐助,因为钱不是你的!"

"这不是黑账!"齐彻冷笑一声,"我齐彻没有做什么见不得人的事!这事我比你清楚,这笔款子,是我批准划给陈督军的,陈督军打了欠条,以后讨袁成功,一定本息俱清,这也算是我们浔泰厂的一笔政治投资,将来如果讨袁成功,其利万倍。怎么,不可以吗?""讨袁如果失败,钮家这钱不是扔水里了?"钮五阳冷笑着,"姓齐的,你花言巧语,骗得了别人,骗不了我!你以为你就这一档子事?你的事多着呢!""国有国法,厂有厂规,不管是谁,只要有问题,都得接受处罚。"齐彻反问钮五阳,"陈氏讨袁,事属机密,我是为了保护太公免受牵连,怎么,你不领情?"

这几句话的确厉害,钮五阳知道说不过齐彻,又想抖出那块猛料——齐彻让常亮从厂里划走的两万块现金,这不能不说是铁证:"好,齐掌柜,你说得好!我再问你,贪污算不算问题?""当然算!"齐彻斩钉截铁地说,"无论是谁,贪污都要受到惩罚。"钮五阳没有想到齐彻这么沉得住气,不禁气急败坏地说:"齐先生,你不愧是好样的,见惯不惊!不过,我告诉你一个消息,今天镇上刚刚成立警察局,还没有抓过人,你就算是第一个!"钮五阳说完一挥手,周心远就带着两名乡警拎着枪冲进来问:"是哪一个?""就是他!"周心远说。两个警察一听,不由分说,上来扭住齐彻就要带走。

"慢,五阳,先别抓人!"钮太公突然从帷幕后走了出来。其实他一直站在帷幕后,刚才听了齐彻与儿子的对话,觉得齐彻于钮氏企业有功,他不能做得太绝,所以出来阻止。"爹,齐彻贪污了巨款,该抓!"

"放了齐先生。"钮太公对警察说,"你们回去吧,这是我们的家事。""不能走!事情没弄清楚之前,警察不能走!"齐彻却叫警察留下,让人大出意料。钮太公扬了扬眉:"这件事到此为止吧,齐先生。五阳说得不是没道理,过去我一直很信任你,不过这两件事你做得不好,可我不想把事闹大,过去的就过去了,因为我觉得你对于浔泰,是功大于过。还有,反袁大事,我也支持,袁世凯虽然势大,但我不怕……可你得告诉我。"钮太公一脸不满。"太公,捐款的事没有告诉你,是我的错,可情势紧急确有危险。共和政体乃万民期待,袁世凯背共和而立帝制,实为天下人不服,所以我支持陈其美反袁,相信反袁一定会成功,成功后,这笔款会如数归还,如陈督军不还,我齐彻自己还!"齐彻缓了口气,"太公,我没有告诉你,真的是怕连累你……""爹,你不要听他胡说。"钮五阳插了进来,拿出账本问齐彻,"就算捐款的事你担了,这笔两万大洋的款,难道你没有贪污?""哪里还有两万?"齐彻一惊。"哟,齐掌柜还会装三孙子。"钮五阳指着账本说,"就是你叫常亮拿走的这两万,是怎么回事?""嗨,你不说我还真忘了。"齐彻恍然大悟,"的确还有两万,说我贪污也行,不过,我正要找你报销。"齐彻从口袋里掏出一只精致的皮夹,当着目瞪口呆的众人,变戏法似的从夹子里摸出一张纸条,大声说:"这两万现大洋,我是有发票的,还有法租界巡捕房里保释二爷的保单,两万现大洋成交，算我贪污。不过少东家，你帮我还给柜上吧。"

钮五阳拿过纸条一看，顿时傻了眼。他没有想到这两万元是派这种用场的，更没有想到是齐彻将他从法租界巡捕房里保释出来的，他随即变得有点可怜兮兮，问："你为什么要保我？谁让你保我？你这是黄鼠狼给鸡拜年，我不领情的！""我也有点后悔，为什么要保你？我还想问问你们，为什么要卖我仓库里上好的生丝？"齐彻越说越气，转身对周心远吼道，"说呀，新上任的总账房，你说呀！警察还没走，还来得及！是抓我还是抓你？""什么生丝？我不知道。"周心远推托着。"不是你吗？那么让警局介入好不好？"齐彻毫不客气。

在钮太公的逼问下，周心远说了实话，把钮五阳卖生丝准备赎墨琴的事说了出来。这下钮太公勃然大怒，拍着桌子骂道："钮五阳，你偷卖厂里的原料，要接一个婊子进门！你滚，永远别进这个门！"钮五阳拿了钱连夜逃走，钮太公恢复了齐彻的职务，随后自己也赶到上海去找钮五阳。

元宵节那天，胡德林正坐着看书，突然就倒在地上，不省人事，嘴里吐血。钮方丽大惊，急忙叫人把顾大夫找来。当医生把胡德林的衣襟解开时，不禁呆了：胡德林的腰间坟起一道道红痕，像长蛇打结，箍住了他的腰，几乎连一寸好皮肤都没有了。顾大夫替他合上了衣衫，叹息地摇了摇头说，胡德林腰上这条红色的蛇箍，如果头尾衔接，就是命断之时，如今只剩寸地，险而又险，看来活不过一个月了，他让胡家早早准备衣棺，免得到时候仓促。仪慧闻言，当下站立不住，昏倒在地。当仪慧醒来时，惊悚地问钮方丽，她与胡德林有没有合过房。钮方丽摇摇头。仪慧彻底失望了，她强忍着泪回到卧室里，想着儿子一死，族人会欺负她这个寡妇，七叔公家的那个孙子会名正言顺地过继到她的名下，将她的财产尽行分去……她不由得大哭起来。仪慧哭个不止,仆人们不安,叫来了包振。包振当然明白姐姐的心意,他问仪慧,如果钮方丽有喜,是不是事情就好办了?仪慧点头后,包振突然有了一个馊主意:"姐,让侄媳借种!""什么,借种?"仪慧大惊,忙问怎么借。包振就说,让别的男人去和钮方丽睡,直到她有了孩子。"不可以,钮家有钱,不会为了钱做这种事。""嗨,我的老姐姐,你只有这一条路。"包振把嘴附在仪慧耳边,"倘若她不肯,也好办,用蒙汗药蒙了她,找个男人,让她人不知鬼不觉地怀上个孩子。"仪慧一听,怔了半响,颤声问道:"人呢?上哪儿去找?本乡本土的谁敢!""姐,你这话说到点子上了,就找一个外乡人,蒙倒德林媳妇,不知不觉就种上一个……这事包在我身上。"包振笑着走出了姐姐的房间。

　　包振做过村长,自然做事干练。没多久他就相中一个河南的纤夫,带着他从后门溜进胡府,躲在胡家的柴房里。他对那纤夫许诺,只要办成了事,赏银绝对不会少。包振来到仪慧的房间里,说一切都弄好了,拿出一包药粉交给她:"姐,你把这包蒙汗药掺到汤团里,让媳妇吃下去,不出五分钟她就会倒下,其他的事都是我的!""方丽会发脾气的!"仪慧有些怕,不敢去。"姐,快去吧,没事!"包振催促说,"别看她是大小姐,吃这种亏她不会吱声,保证没事。"

　　仪慧攥着那包药,心神不定地坐着,不一会儿,方丽走了进来:"妈,你叫我?"仪慧吓了一跳,忙把药藏在身后:"媳妇,德林的病不见好,我心里烦恼,让你来陪我吃顿宵夜!"钮方丽不知何事,便坐下陪着婆婆说了会儿话。没多久,丫环把做好的宁波汤团端来了,其中一碗已下了药,钮方丽不知情,吃下汤团,站起来放碗,马上就感觉头昏,幸亏丫环扶住了,才没倒在地上。仪慧慌得手脚无力,包振走了进来,把钮方丽抱到水阁里一张宽大的床上,然后抽身去叫那河南纤夫。

纤夫摸黑来到水阁,他点亮一盏油灯,想看看是什么人。油灯下一看,竟是一个如花似玉的女子,面容秀丽,衣衫零乱,露出一截葱白的肚皮和红色的兜肚。纤夫手里的灯颤动着,他伸出另一只手,将女人的衣衫向上扒开,红色性感的兜肚上绣着一对鸳鸯……他从没有见过这么漂亮的女人,也没有见过这么性感的兜肚,嘴里喘着粗气,恨不得将眼前的女人一口吞下去。他把灯放在一边,手忙脚乱地去解女人的裙带,可是他粗糙而黝黑的手指颤抖着,格外笨拙,解了几次仍不得要领,于是有点急了,便探下头去,用牙咬那裙结,像狼撕开一块皮肉,终于,他将裙带咬断了,女人的身体完全裸露出来。纤夫兴发如狂,脱下自己的衣服,用力甩在地上,一步步向钮方丽靠近……

忽然,水阁外的水池里有声音。纤夫一惊,闪身躲在窗后,见池塘里有一个男人正向这里游来。他吓得来不及套衣服就往门口逃去,谁知,水池里的人比他还快,已经堵在了门口,不由分说就死死地卡住了他的脖子。来人正是齐彻。原来,如宝来找钮方丽时,正巧看到了仪慧与包振他们用药蒙倒钮方丽的那一幕,知道事情不妙,便转身出胡府找到了齐彻。纤夫用力挣脱了齐彻,跪下磕头如捣蒜。齐彻见到昏睡的钮方丽,叫了她几声,没有回应,用手试了试她的鼻息,发现她还活着,便拉过一件衣服给她盖上,厉声问纤夫:"你是什么人?想干什么?"纤夫吓得直哆嗦,跪在地上叩头不止:"先生,不关我事,是府上的人叫我进来的,说是借种,其他的事,我一概不知。""你碰了她?""没有,我一根头发丝也没有动她,他们……可能用了蒙汗药。""好大的胆!你知道这是什么罪?用蒙汗药强奸妇女,在清朝的时候要被木枷枷死。这么大的罪,你不怕?"齐彻狠狠地打了纤夫一个耳光。"先生饶命,我没这么大的胆,我是个拉纤的,只想挣两个钱回去过年。前几天,我在运河上拉纤,有个老爷来找我,给我五十块大洋,让我办一件事……他没说办什么事,就是问我有没有孩子,后来我就来了……"纤夫把他所知的真相说了出来。"是胡府上的人?"齐彻终于明白了,对纤夫喝道,"滚!"

纤夫爬起来越窗而去,扑通一声跃入水里,一会儿就逃得无影无踪。这时候面无人色的仪慧和包振进来了,两人一下子跪到齐彻脚下。"齐先生,求你了,这都是我的错!"仪慧说完大哭起来。"我不明白,你们这是干什么!"齐彻将一条绸巾盖到方丽身上,他阴沉着脸,疑惑地看着他们,"伯母,这究竟是怎么回事!""齐先生,这不关我姐的事,是我想出的主意。"包振跪着往前爬了几步。"齐先生,这是我的娘家弟弟……我们也是没有办法……"仪慧哭着说,"齐先生,德林昨天昏倒了,医生说他活不长了,我想叫媳妇给我们德林留个种,不然的话,他死了我怎么活!""留种?就用这种方式?你们简直没有人性!"齐彻大怒道。"是我该死,齐先生,你千万别说出去,不然我姐姐在胡家怎么做人!这事千错万错,都是我的错,你打也好骂也好,给我姐姐留一点面子,我给你烧高香了!"包振抢着说,"齐先生,饶了我们这次。""我活了这么大,第一次听说这种事,你们怎么可以乱来!我要把这事报告警署。"仪慧姐弟跪地求饶不止,齐彻心软了,他转过身去看了看钮方丽,吼道:"今天好险,我来晚一步,钮小姐就被这人……"他俯下身子叫道,"方丽,方丽……"

仪慧和包振借机溜走了,因为他们忽然想到,给齐彻一次机会,说不定他会给媳妇留一个种。

齐彻为钮方丽盖上被单,发现自己一身湿漉漉的,便脱下外衣,拧了拧,挂在椅子上晾着,顺便找了块纱巾给她擦了擦脸,又找了把椅子坐下来,老老实实看着她,等她醒来。

清晨,鸟鸣声声,钮方丽半醒不醒地睁开眼,朦胧中,发现一个男人正低着头在她身边打瞌睡,不由一惊,问:"谁?什么人?""是我,方丽……"齐彻也惊醒了。"齐先生,你怎么会在这儿?"她慌乱地问。"我陪了你一夜。"齐彻揉揉惺忪的眼睛回答。"什么,陪了我一夜?"钮方丽感到奇怪,刚想坐起来,发现自己上身裸露着,一丝不挂,赶紧用绸巾裹紧身子,气得惊叫了一声,用力扇了齐彻一记耳光,骂道:"我没想到你会这么下流!快给我出去!"

"方丽,你打我?"齐彻抚着脸转过身,眼里溢满了泪水,"打得好,也许我是该打!"这时如宝从外面进来,叫了声"小姐,你没事吧!"就紧紧地与方丽抱在一起,哇的一声哭起来。齐彻被钮方丽这一掌冷了心,背过身去说:"好吧,方丽,一切云开雾散,如宝来了,我就放了心。我回去了。""齐先生,你不要走!小姐,齐先生救了你呀……"如宝拼命叫着。钮方丽好像还没有清醒过来:"让他走。"齐彻冷冷地说:"如宝,我走。这胡府大院我来了两次,两次都挨了打,看来我是不受欢迎的。"他说完走出了水阁。直到没有了他的身影,如宝才问钮方丽:"小姐,你怎么打齐先生?"

"他不该……"方丽的话还没有说完,就昏睡过去,把如宝吓得大叫起来:"呀,小姐,小姐……你醒醒!"

钮方丽一直昏睡了两天。当她醒来,如宝把那天"借种"的事告诉她,她才明白:"这么说,我错怪了他,我冤枉了他?如宝,这借种的事是谁的主意?""齐先生是好人……"如宝叹了一口气,"是老太太,是你婆婆的主意。""他们怎么想得出来!"她气得直捶床,难以相信这样伤风败俗的事会发生她身上。"小姐,族里的人想得胡家财产,定要老太太过继他们的儿子,所以老太太被逼急了,定要你给她留一个种。小姐,我看你不如装着怀孕了,不然,他们是不是又会想邪招?"如宝想了想说,"顾大夫是我的表叔,又是现在的名医,他的话没有人不相信。他下次来时,我求他帮帮忙,就说你有身孕了,这样可以稳住胡家,胡家也不敢为难

第6章 蚕蛾破茧

你了。"见如宝这样说,钮方丽一时又没有更好的计策,她实在吓怕了,就答应下来。

齐彻来到绿杨楼,他觉得这楼与他有不解之缘。他抚着老墙,轻推了一下,没想到老墙塌了一片。这里年久失修,已经破败,可当年毕竟是很漂亮的园林。这勾起了齐彻想买绿杨楼的愿望,便叫章六去打听价钱。绿杨楼现在的主人是宁波人,开价不少于十万块光洋。章六嫌贵,劝齐彻别买,还说这里风水不好,因为绿杨楼以前的主人被皇帝满门抄斩,所以没人敢住,只能改做旅馆,没有多大的用处。齐彻不信邪,他觉得绿杨楼如果修葺一下,会是南溪一流的园林。正当齐彻出资要买的时候,丝商庞老板拜访了他。他们在绿杨楼里喝了酒吃了饭,庞老板直截了当地说:"齐掌柜,今天我一定要告诉你一件事,虽说是陈芝麻烂谷子,可跟你有关系。"庞老板晃动着微醉的头,"齐掌柜,你真不知道你父亲是谁?"齐彻摇了摇头,他只知道自己从小就被父母抛弃了,一直由教父把他带大。"你知道吗?你刚来的时候,钮太公怀疑你是肖伯雄的儿子。"庞老板打了个酒嗝。"是有这么回事,可我不是呀!"齐彻也打了个酒嗝说。"大掌柜,你就是肖伯雄的儿子,真的是,我可以打赌,"庞老板一把抓住齐彻脖子上的玉蝉,"就凭着这块玉。有人认识这玉,它是肖伯雄买给他儿子大毛的。""这玉是肖家的?是真的?"齐彻一下子清醒了许多。"这里有个老太太,曾在你们肖家做过佣人,她可以作证。"庞老板把嘴对着齐彻的耳朵悄悄地说,"大掌柜,你千真万确就是肖伯雄的儿子大毛,其实钮家知道得很清楚,我只是奇怪,钮太公为什么还要用你?""肖家和钮家到底怎么了?"齐彻问。

"你连这个都不知道?"庞老板喝了一口酒说,"这里头有名堂。我跟你说,我知道肖家的事,肖伯雄曾是这南溪镇上的大户,四象之首，祖祖辈辈都是这里的大户，他早在长毛造反之前就发了财，曾跟杭州的胡雪岩一起做过生意，江浙两省都知道他。钮世诠倒是外来的，听说他是个武进士，因跟着左宗棠打仗受了伤，是肖伯雄救了他，让他在镇上留下来，又帮他安了家。那时你们肖家的丝行开得很大，江浙织造局都来肖家进货。钮世诠看生丝行情好，也转行过来做生丝，可是肖家与英国人是长期搭档，谁也做不过你父亲，肖家丝栈的货比别家的货更好更便宜，不久，钮世诠开的丝行濒临倒闭。钮家与胡德林的父亲胡巡检是姻亲，钮世诠为了生意起了黑心，他通过这层关系，向浙江道密报你父亲私藏朝廷禁书，而杭州府来的武巡捕在你父亲的藏书楼里，真的找到一本清初庄氏所刻的《明史》，那是一本禁书，写了反清的事，光绪皇帝大为震怒，当场下旨满门抄斩，肖家完了，钮家的丝行从此大行天下。不过我听说，肖家是满门抄斩，不知你怎么逃得出来……"

庞老板的话还没有说完，齐彻眼中已溢满泪珠，他一手抓着玉蝉，猛地灌了一口酒说："我不知道这些，我记事的时候就已经在育婴堂了。""听说你还有个弟弟，叫二毛，不知还在不在。"庞老板摇了摇头，继续说，"肯定被钮世诠害了。钮世诠手狠心黑，这镇上不知多少人家败在他手里，现在他老了，想要求名，弄什么民族工业，我看全是假的。齐先生，他是用美人计，先让他女儿在上海把你勾过来，让你给他卖命，可他早把大小姐许给了胡家……你要小心啊，齐先生，你帮过我，我知道你是好人，你千万别再上他们钮家的当了……""你再喝一杯。"齐彻一杯一杯地灌酒，显然已醉。"不行了，再喝我回不了家了。小二，送我回去……"庞老板也醉得不轻，他摇晃着站起来，走到门口又回头说，"齐掌柜，下次再喝……"庞老板走后，齐彻坐着没走，心神不定地猛灌了一大杯酒，大吼一声，摇晃着走出去。

钮方丽怕胡家再做借种之类的事,便谎称自己已有了身孕。仪慧以为借种成功,心里暗喜。她一面放出风去,一面精心照料儿媳妇,亲自到厨房里为钮方丽煮鸡汤,并吩咐厨子,钮方丽每餐必有两汤,一是鲫鱼汤,熬成乳白浓汁,二是鸡蛋桂圆红枣甜羹,一日两次,按时送到。看着婆婆这样照顾自己这个假孕妇,钮方丽心里总是感觉难受,觉得婆婆可怜,但她又不能说穿;更可怜的是胡德林,每天死人一样躺在床上。每当胡德林那剧烈的咳嗽声传过来,她的心就紧得像搭在弦上的箭一样,一松手就会飞出去。她忍着对胡德林的嫌恶,精心地照顾他,心想,让他好好地去吧。这天,胡德林咳嗽后,又吐了很多的血,看得她心里发慌,一边替他捶背,突然想到,为什么不找西医看看?"德林,我们去上海吧,找家西医看一看,说不定……""不去,我宁死不看洋医。"胡德林拧着眉头,"连御医都看不好我的病,洋人看得好?我根本就不信。""可是,御医已……"她忍着没有说出顾大夫的诊断,"德林,去吧,上海的西医也许能治。为了你的病,我们和好吧,只要你身体好了,一切就都会太平,行不行?"

胡德林看了看钮方丽,和眉顺眼地抓着她的手说:"方丽,看来我时来运转了,这些日子你对我还不错……你家从小就把你许给我,我常常偷着去看你,我喜欢你,一直把你当我的太太……可自从你出国回来,就变了心,为此我痛苦嫉妒,我的病根就在这里……看来我们命里无缘,你看我们虽然是成了亲,也睡在一张床上,可我却没法跟你做一天的夫妻,你还是守身如玉……是上天不让我碰你。从道义上讲,你对不起我;从情分上说,我对不起你。方丽,你如果真要离开我,我可以写一张休书,让你自由……你只要答应我,方丽,下辈子嫁给我,真正地嫁给我一次。""不要,你不要多想,我宁愿你多活几天。"钮方丽竟被这几句话感动得眼泪哗地流了下来,"德林,这辈子你还没受够我的罪?干吗还要下辈子?""这辈子不算,我这辈子白活了,不能算一辈子。"胡德林眼里放出光,死死地盯着钮方丽。"德林,我们去上海,我要给你找西医治疗,如果真的能治好,我们好好过日子,今生今世做夫妻,好不好?"钮方丽突然坚定了要为胡德林治病的愿望,果断地说。"没有用,没有用,等下辈子吧!"胡德林扭过头,固执地说,"无论如何我都不会去上海,就是死也要死在家里。"说完,他再也不理钮方丽。胡德林越是这样,钮方丽就越是觉得自己有责任,她走出房间,下了决心,一定要带胡德林到上海去看病。

钮方丽回了趟钮府,吩咐下人小坯子去找一条船,再给她多叫几个人,她不管胡德林同意不同意,一定要将他送去上海医治。安排好了一切,钮方丽突然想起了齐彻,就问小坯子:"齐先生在吗?"小坯子说:"齐掌柜嘛,好像要买绿杨楼,最近他老是一个人往那边跑,刚刚还在绿杨楼与庞老板一起喝酒。有事吗?我去传个信?""没事,我就问问!"小坯子走后,钮方丽鬼使神差,竟向绿杨楼走去。

齐彻真的喝醉了,脑子全是肖家被钮家所害的情景。这个狗日的!他心里燃起对钮世诠、对钮家所有人的仇恨。他没有回工厂,却到了肖氏的废园里。齐彻推门进去,扫地的老妪远远地看了他一眼,没再理他。齐彻一个人沿着楼梯上了楼,他又看到了地板上那团黯淡的血迹。他惊魂未定,痛苦地趴在地上,用力擦抹那团黑红的血迹。他迷惑失态,满头是汗,仿佛有许多遥远的声音都聚了过来,"大毛,这是妈妈的血,你要记住……"还有一个小孩的声音:"哥哥,我要鸟、鸟……"齐彻颤抖起来,恍惚中,他看到了一个女人朝他走来,那样子极美,是那么熟悉,又是那么的陌生。女人扑到他身边:"齐先生……齐先生,你怎么了?""你,你是谁?"齐彻仰脸朝天,醉兮兮地问。"我是方丽……""方丽,钮家的千金,你……你来勾引我吗?"齐彻醉了,心中充满着对钮家的仇恨。"齐先生,你醉了,为什么要喝成这样?走,我们走……"钮方丽心疼地将齐彻拉起来,"齐先生,不要这样,上次我误会了你,是我不对,我向你赔不是。我嫁人了,我们没有缘分……""你骗了我,钮家骗了我,钮家是杀人犯!大杀人犯!"齐彻恶狠狠地说,"你为谁恪守妇德?为一个死人!""他还没有死,明天我要带他去上海治病,我要救他。""好伟大的爱情,救一个垂死的男人,我也快死了,盼谁来救救我,救救我!"齐彻吼道,"你为了他打我!我从没有被女人打过,你知道吗?""对不起,那是误会……"钮方丽更急了,又不知说什么好,站起来想走,"齐先生,我走了……""你不可以走,钮家欠了肖家的债……你想逃?不可以,不可以!"齐彻翻身跃起,疯了一样抱住钮方丽,不让她走,然后扑到她的身上。钮方丽温暖的肉体所传递的女性的一切,让齐彻彻底地冲动了,他撕扯着钮方丽的衣衫,疯狂地压在她身上。她起初挣扎着,后来竟为他的激情所感染,紧紧地抱住了他……

一轮冷月悄悄掠过天窗,又被云翳遮住。在这段时间里,世界上也许有无数的男人和女人正在做爱,正在感受生命和爱情的无穷魅力,而这里,说不上是谁对谁错,男人被疯狂的仇恨扭曲着心灵,而女人则是屈从于天命。他们越过这条红线,穿越了男女之间那道神秘的障碍,可是谁也没得到快活,似乎只是越过了沙漠与沙漠之间的一道沙线……

当齐彻从钮方丽身上下来,滚到一边时,钮方丽还死死地抓着他不放,好像他是她生命的全部。

齐彻用力甩开钮方丽,大吼道:"滚,滚开,钮家欠了我的血债,现在还清了……"

钮方丽被这粗鲁的征服、极度反常的咒骂激怒了,吃惊地看着齐彻。"滚开,滚!"齐彻又吼了起来。钮方丽愤怒了,她捂着嘴,不知所措地抓起撕破的衣衫遮住身子,然后疯跑着,跑出了肖氏旧楼……

齐彻一个人兀自茫然地直挺挺躺在地板上,他看着高高的天窗,月光和灰尘在那里交织。他干呕着,趴在地上对着天空大喊:"爹,娘,你们在哪儿?你们在哪儿?我把钮家的女儿给操了!"

当钮方丽捂着撕破的衣服,羞辱万分地回到胡府的时候,胡德林正起床撒尿,他吃惊地看着她,冲上去问她是怎么回事。钮方丽犹豫了一下,巨大的委屈和愤怒,使她不管不顾地将事情全部说了出来,接着哭倒在床上。胡德林气得满口喷血,却骂道:"钮方丽,你是个淫妇,是潘金莲……你连几天也忍不住了吗?我没几天好活了,等我死了,你愿跟谁就跟谁,只要你不怕下一世报应,不怕阎王把你劈成几块,分给好几个男人,因为那时候,跟你有过事的男人都会来争你!""德林,你不要这样……我……我也不想这样……""胡德林好像气疯了:"你想让我死!像庄周的老婆一样,我死了,你就在我坟上摇扇子,把坟土吹干,好再嫁人!"说完他又吐出几口鲜血,昏了过去。

钮方丽突然清醒起来,她想,她和齐彻已经完了,说什么也不能再让眼前这个男人死去。她决定一切照常,明天一早去上海。

胡德林一夜昏迷,钮方丽好不容易挨到天亮,就吩咐小坯子带着几个家丁将胡德林送上船。刚到大门口,胡府家人挡住了他们的去路,接着仪慧和七叔公也追了出来,仪慧拦住了钮方丽:"媳妇,去上海没有用的。""有用没用,去了才知道,我要救德林。"钮方丽十分坚定,又对小坯子说,"走!"七叔公上前挡着说:

"侄媳妇,没有用,连御医都看过了,洋医生能治得好?实话告诉你,这病族谱上有记载,没得救,胡家许多人都死于这病,你能救活德林吗?我告诉你,他这病如果不去洋人那里,还能多活几天,去了洋医院,就准备棺材吧!到时候出了事,连祖坟也不让他进,你可想好了?""你们谁也别拦我,救不活德林,我跟他一起死,你们总该满意了吧!"钮方丽也几乎叫了出来。"这可是你说的?"七叔公指着钮方丽的鼻子,"以后,别怪我没有说过。"说完气呼呼地走了。"就这么办!"钮方丽说完一挥手,钮氏家人将胡德林抬上了船。就这样,胡德林到了上海,被送入了教会医院……

钮五阳没想到,是齐彻去巡捕房赎了他,所以他一度拿着卖生丝的大洋,心中愧疚,想还给厂里。可是墨琴打来电话,说自从她出了巡捕房,已和鸨婆彻底闹翻,她死也不肯接客,鸨婆将她关在房间里,不让她出来,而且威胁她,要将她卖到下等妓院。这是她万分危急的时候,钮五阳一咬牙,决定用这十万大洋赎格格。钮五阳来到密韵楼,鸨婆起初不让他进门,可是他将大洋一块一块从外面扔进去,咣咣地响,鸨婆终于被大洋砸开了门。钮五阳将十万大洋放到桌子上,鸨婆和王八相互看了一眼,知道一切已无法挽回,只好写好了赎身文契,交给了钮五阳:"二爷,你坑了我,将格格的心哄黑了,要不然,格格至少能给我挣一百万。"墨琴跑出来抱住了钮五阳:"二爷,我们走吧。"她有点被关怕了。"你走吧,算我白养你,就是养一只猫,也知道叫几声讨人喜欢,有你这么没有良心的吗?你会被天雷打死,没心没肺的……"鸨婆咬着牙说,可眼里却涌出了泪水。"妈妈……"墨琴看到鸨婆眼里有了泪,也禁不住流出泪来。毕竟鸨婆养了她多年,在她流浪的时候,是鸨婆收留了她,给了她生命,也可以说是她的第二个妈妈。

当墨琴终于彻底走出墨韵楼时,就马上高兴起来:"我自由了,是不是?"钮五阳附在墨琴耳边说:"你是自由了,格格,我要娶你。""我要嫁给二爷……"墨琴亲着钮五阳。"我要在最大的酒店举办一个盛大的定亲舞会。"钮五阳高兴极了,搂住墨琴的腰,"格格,我要让你穿最漂亮的晚礼服,吃最大的蛋糕,请最新式的爵士乐队来为我们演奏。""二爷,可是谁来主持?我现在没有亲人。"她想了想,"二爷,我要请几位清宫的元老为我主持……""好办,你愿意请就请,上海的老寓公多的是。"

钮五阳迫不及待地在万国酒店里举行了定亲仪式。除了钮家,他在上海的朋友都叫到了,不过,钮家还是来了一位代表——在上海看护胡德林的钮方丽,也不算过于尴尬。主持定亲仪式的是一位穿着朝服的清朝遗老,他站在台上,理了理长长的辫子:"诸位高士,今天钮氏五阳先生在这里举行定亲仪式,他与我们的海上名花林墨琴经多年相爱,终于情订终身,要结秦晋之好!五阳是我的好友钮老太公的公子,钮老太公是我们上海的巨商,让我们先祝他老人家康泰,祝他的浔泰丝绸厂财源茂盛……"

接下来是西式自助酒会,客人自己随意取食,然后是奏乐跳舞。钮五阳正和墨琴拥舞的时候,又来了一位不速之客——蔡鸿昆,他带着警卫闯了进来,这令钮五阳多少有些不高兴。蔡鸿昆给墨琴送来了一份特别的礼物———条金光闪闪的钻石项链,让墨琴喜得当众在他脸颊上吻了一下,让钮五阳在一边很不舒服。"这是世界上最昂贵的南非钻石。"蔡鸿昆看着美滋滋的墨琴,将她拉到一边说,"格格,你的机会到了。""什么机会?"墨琴不明白。"你看,"蔡鸿昆从怀里掏出一份文书,"你不问时事,不知道皇上复位了。这是宣统皇上的诏书,大格格,你可以回清宫当你的皇亲国戚了……"蔡鸿昆向墨琴眨了一下眼,抖着那份诏书,"难道我还骗你不成?这可是事实啊。大格格,回北京吧,这是个绝好的机会,你将会是皇上最喜欢的大格格。""真的?我看看。"墨琴一把抢过蔡鸿昆手中的文告,果然是宣统的复位诏书。墨琴念着:"……天下汹汹,久未能定,共和解体,补救已穷,据张勋、冯国璋、陆荣廷等以国体动摇,人心思旧,合词奏请复辟……朕不忍以一姓之祸福,而置亿兆生灵于不顾,权衡重轻,天人交迫,不得已允如所奏,于宣统九年五月十三日临朝听政,收回大权,与民更始……"在场的几个遗老闻讯也围了过来,见了诏书欢喜雀跃:"皇上又亲政了!这下好了,我们都要回京城了!"这突然的消息让墨琴昏了头,她大叫起来:"我要回北京,我要回北京!因为我是大格格……"说完她再也不顾定亲仪式还没有结束,就疯了一样往外跑去。钮五阳赶紧跟着追了出来,在门前便道上追上墨琴,拦住了她跪倒:"格格,你跑什么?舞会还没结束,都等着你出彩呢。"

"不跳,不跳!我什么舞都不跳了,我要回北京!"墨琴拍着双手,"我要去找皇上,他是我的亲弟弟。""你相信蔡鸿昆的鬼话干什么?他是要我们的好看!"钮五阳上气不接下气地说,"就算你是大格格,人家认你吗?别说傻话了,墨琴,快回去。我们要回南溪,我要娶你。""为什么不认我?王公公说了,我之所以出宫,是因为隆裕太后恨我,现在太后死了,张勋复辟成功,我就还是大格格!二爷,你起来吧,到时候你娶了我,我可就不是什么红倌人,而你也是皇亲国戚了。""墨琴……""二爷,王府大格格的亲事,我说了不算,你必须到亲王府去求亲。二爷,你敢不敢?""我不要做皇亲,我只要你跟我回南溪成亲!"钮五阳抱住墨琴的双膝,"我不能去北京,因为我的辫子剪了,皇上对剪发的人会记恨在心。""辫子?怕什么?诏书上写着呢……"墨琴掏出诏书找着,

"在这儿,你看'……凡我臣民,无论已否剪发,应遵照宣统三年九月谕旨,悉听尊便……'这就是说,剪不剪发都没关系!"墨琴大笑着,"如果你不去,我就自己去。二爷,你放手……"说完,墨琴一招手,跳上一辆黄包车,径自往火车站方向去了。

钮五阳赶紧叫了一辆黄包车,失魂落魄地追去。待他赶到火车站时,墨琴已经上了慢慢开动的火车,钮五阳沿着一节节车厢,隔着玻璃窗踮着高寻找墨琴,终于在一节车厢里看到了她,她正用冷漠的眼神看着他,轻轻地、以不易觉察的方式,送了钮五阳一个大格格式的飞吻。

第7章 悲情绿杨楼

胡德林进了教会医院，经医生诊治，他得了一种遗传的怪症，几百万人中才会有一例，目前还没有药能够医治，只有德国发明的一种新的抗生素能够抵抗这种病毒，但因为是新药，疗效因人而异，也难说一定会好，但价格昂贵。钮方丽对医生说，要不惜一切代价救他的命。医院里向德国有关医疗机构拍了电报，请求邮购这种新药。

在西医的诊治下，胡德林的病情基本稳定了，没有继续发展，可是病况随时都有恶化的可能。德国的新药到了，医生看了说明书，告诉钮方丽，这种新药在中国还没有用于临床，效果难以预料。钮方丽和胡德林商量，不料胡德林拒绝用药，他不相信洋人的药能治好他的病，吵着要回南溪，说死也要死在他胡家的祖屋里。钮方丽急了，不知该怎么让胡德林相信她。"我不吃，要吃你也吃，我们一起死！"胡德林嚷着。"好！"钮方丽把药片放进自己的嘴里，"吃吧，德林，我已经吃了，要死我们一起死。"说着费劲地吞了下去。

胡德林看傻了。他看了看钮方丽，又看了看周围的人，这才勉强张开口将药吞了下去。钮方丽的这一举动，让整个病房的人都吃惊不已，谁也没有想到这样一个柔弱的女子，为了丈夫竟不顾后果吞下这种药。更吃惊的是值班医生，他虽然非常敬佩钮方丽，但更担心这药对她会造成不良反应，因为这是一种新的抗生素，副作用很厉害，没有病的人根本不该服用，因此他必须对这个年轻的妇人进行一次全面的检查。检查完毕，医生却告诉了钮方丽一个令她意外的结果："胡太太，祝贺你，你有小宝宝了，他很健康!""天哪!我怀孕了,会有这样的事?"钮方丽惊得说不出话,甚至捂上了自己的脸。孩子是谁的?来上海的前一天,她与齐彻在绿杨楼有了那事……如果孩子是齐彻的,那该如何是好?

"这下好了,小姐,我们用不着骗人了,你就是有了身孕。"如宝听了却高兴起来。"可德林不会承认这个孩子,怎么办?"钮方丽一脸疑惑,不知如何是好。"小姐,你可以说是那个纤夫的,那个他们叫来强奸你的纤夫!"如宝说。"不行,这样做对不起齐彻,我肚子里明明是他的骨血……再说胡德林不会相信,他知道齐彻和我在绿杨楼的事……"钮方丽摇头。"这怎么办?"如宝也一时想不出别的办法来,有些犯愁,"还是先瞒着少爷,别让他知道!"

新药用下去后,胡德林的病还真的见好了。如宝告诉钮方丽说:"小姐,姑爷的病真的好了些,前些天他已经不吃饭了,就喝一点水,刚才他说饿了,我喂了他牛奶。这药真的很灵!""太好了,如果他好了,我也算对得起他了!"钮方丽苦笑着,吩咐如宝照顾好他。这几天钮方丽身体虚得厉害,不知是这药的副作用,还是她太紧张了。

胡德林的身体一天一天地好起来。这天,在如宝的搀扶下,他像一个刚刚学会走路的小孩一样来到医院的花园里,找了一张椅子坐下。一会儿,钮方丽也坐着黄包车进来了,她带来了胡德林最爱吃的宁波小吃。钮方丽坐在长椅上看着胡德林吃完,他抓起她的手,愧疚地说:"方丽,那些日子我对不起你,把你累坏了,这几天你好好歇歇,调养一下,用不着天天看我,让如宝侍候我就行。""我是你太太,做什么都是应该的。你真的好了?""真的好了,那蛇斑也褪了不少,你看……"胡德林说着就撩起衣服,果然那红红的蛇斑只剩下浅淡的一条,正在渐渐地褪去。"快盖上,当心着凉。"钮方丽赶紧让胡德林放下衣服。"多亏你救了我,否则我的命就没有了……"胡德林紧紧抓着钮方丽的手,"等回到家里,我要你……我好想和你在一起。"钮方丽的脸红了:"德林,别想得太多。这几天上海局势不稳,张勋带着辫子军在北京搞复辟,上海租界里的遗老遗少都在蠢蠢欲动,街上不断有人插龙旗,龙华的军阀也在向城里派兵,恐怕要打仗了。""真的?那我们回南溪吧。""我怕你身子……""我没事,真的没事,这样的局势,倒是乡下安全,我们走。""好,我去问问医生,现在你可以走吗?"

龙华已在激战,上海人纷纷外逃,胡德林与钮方丽也趁乱回到了南溪。

船还没靠上码头,就有人去报告了胡家族长七叔公。当他看到活生生的胡德林站在面前时,眼睛睁得老大,立刻抬出了祖上的规矩,说胡德林是从鬼门关上爬回来的人,身上的鬼气必须去掉,也就是让他把所有的衣服脱掉扔在门外,光着身子进来,然后解形去秽,来次彻底的洗浴,换上全新的衣服。

祖上规矩不可破。胡德林让钮方丽自去休息,自己脱光了衣服,从石门前一直跑到水阁大浴房,那儿已准备好了一只大木桶,里面热气蒸腾,水面上浮了一层青竹叶。丫环们把胡德林扶进这只大木桶里,丫环顺玉穿着无袖衫、小短裤,侍候他洗澡。这丫环粗手大脚,胡德林发了通火,对她吼道:"走吧走吧!手这么重,还是叫如宝来。""姑爷,我没给男人洗过澡。"如宝听到胡德林叫她,害羞地说。"慌什么,这些日子不全是你服侍我,端屎端尿的?如宝,你待我不错,将来我讨你做小好不好?"胡德林一脸的坏笑,"快过来,脱了外面的衣服。""姑爷,这我可不敢。"如宝还是不想脱衣服。"那你怎么洗?快脱了。"胡德林命令如宝。如宝只得将外面的衣服脱掉,和顺玉一样穿着小短裤,帮着胡德林搓背。她问道:"姑爷,这水里的竹叶有一种香味,这些东西真的有用吗?""毛竹有清香,是些中药,能去死皮。"胡德林赤裸着,突然抓住如宝的手,"如宝,过来一点,我们一起洗……"如宝脚下一滑,倒在浴盆里,胡德林抱住如宝,使劲地亲她。"姑爷,姑爷,你要干啥?"如宝大为惶恐,不知所措,挣扎着要起来。可是胡德林压住了她:"如宝,我要你,在上海我就想要你。"胡德林喘着粗气说,他撕下了如宝的短裤。"姑爷,这不行。"如宝抗拒着,可是胡德林按得死死的,她一点也动不了。"如宝,我知道你家小姐她有了,可不是我的。我想有个孩子,如果你能怀上,你就是我的太太。"

　　胡德林疯了一样,他把如宝压在了身下,不顾一切地占有了她,如宝感到一种钻心的疼痛……末了,胡德林赤裸地躺在地上,看着忙乱着穿衣的如宝,大声说:"如宝,如果你有了身孕,好好留着这孩子,这才是我们胡家的种!""姑爷,我是小姐的丫环,这算什么呀!"如宝欲哭无泪。"如宝,你放心,我这就休了你们小姐!"胡德林淫笑着,"我说话是算数的。"

　　钮五阳是一个情种,墨琴抛下他去了北京,比杀了他还让他难受。他天天醉生梦死,在四马路各个艳窠里游荡,可是没有一个女人可以取代格格。张勋复辟已近两个月,还是没有格格的一点消息。上海大乱,各种娱乐场所都关门了,为避战乱,钮五阳也回到南溪家里,躺在自己房间里不敢出来。

　　钮太公得知钮五阳回了家,把他叫到书房骂道:"哼,让婊子骗完了钱,才又想着回家。你这么花钱打水漂似的,再大的家产也不够你败!人家大奶奶有意见了,钮平是长孙,凭什么让你一个人败?"

　　钮五阳跪在地上不敢出声。这时师爷送来一封信,是苏州古家的,信上说近日要派人来迎娶曼蝉。

"曼蝉该走了,那也是个不消停的货。"

"太公,"师爷附在太公的耳边悄声说,"听说古家发财了,古小春的哥跟袁世凯跟得紧,赚了不少的钱。""就快准备吧,定个日子……""就怕曼蝉闹。"师爷知道曼蝉不喜欢古小春。"女孩总得出门,都十八了。""二小姐是该嫁人了,太公,夜长梦多,再不出门,我看二小姐要闯大祸。""你这话什么意思?"钮太公一惊,"师爷,你听说了什么吗?""太公,二小姐她……"师爷又把嘴凑在钮太公耳朵上,"太公,有人看见二小姐出去跟个男人玩,还坐着船去太湖里!""有这事?"钮太公睁大了眼睛,有点不相信。他把小女儿叫来,狠狠地责骂了一番,并吩咐苞梅,无论如何也要看住曼蝉,否则惟她是问。

听说古小春要来迎娶,曼蝉心里毛了,她想溜出去告诉肖晃,却被看得死死的。这天,古家少爷果然来了。苞梅告诉她:"古家少爷来了,老爷要你陪着吃饭。""走,我倒要看看他是什么东西。"曼蝉冷笑一声,不等苞梅说话,就一阵风似的走进了花厅。

古小春正端坐在堂前与钮太公和姗如说话,古家的下人往上抬着聘礼,钮太公一见女儿进来了,便说:"曼蝉,古家少爷刚到,快坐下,跟古少爷说说话。""钮小姐近来无恙?"古小春站起来问。曼蝉不说话,横眉冷对。"曼蝉,傻闺女,怎么不说话?这是你的新郎官。"钮太公笑着说,"以后你就是古家的人了。""爹,我说过我不出嫁!"曼蝉一顿脚。"这孩子,不出门,还留你一辈子?"

钮太公一看曼蝉要闹,示意下人把她拉走。等曼蝉离开后,他解嘲地对古小春说:"这孩子,从小惯坏了,她舍不得离家。"古家总管说:"女孩子怕羞,都这样。不过这次我们来,古大人吩咐,要将少爷和钮小姐的婚期定下,古家也好开始张罗。""请方家择定吉日吧,古大人说了算。""那就定在八月十六,我们迎娶的花船都定好了。""好,就这么办。"

曼蝉知道,这次古家是真的要娶她了,如果再不想办法,肯定来不及了。趁家人不备,她悄悄溜出家门,在太湖上找了一天,总算找到了肖晃。

天上下着小雨,两岸芦苇如画,一只小船上,一个身穿蓑衣的老者在船头轻轻划着。舱内,曼蝉搌着肖晃问:"肖哥,你说呀,怎么办,怎么办……我不想嫁。""女大当嫁,你终究是要嫁人的。""肖哥,我不要嫁给别人,我要嫁给你。""你爹不会把你嫁给我的,因为我是强盗。""肖哥!"钮曼蝉生气了,"你是什么意思?你不想跟我好就说!你是不是一直在骗我?""没有呀,我怎么骗你了?""我要是嫁到古家,跟你就永远见不着了,对不对?""是的。""那你怎么一点也不着急?"

肖晃倒在船板上:"曼蝉,我不想坑你。古家是苏州名门,与你们家门当户对,你嫁过去后,吃香喝辣,穿金戴银,多美的日子;我一个强盗,风里来雨里去的,不配娶你。"曼蝉哭了:"不,肖哥,我要嫁你。""不行,人在江湖身不由己,我今天不知明天的事,时时刻刻会有杀头之灾,如果你嫁了我,就是强盗婆,他们会让你陪绑的。""那你我就远离江湖……""曼蝉,我也舍不得你,你的情我会记一辈子……你一个富家小姐,不嫌弃我是个强盗,我死也忘不了。""难道我们……就这么完了?""完了,不会有结果的。"曼蝉大喊:"我不信!"肖晃说:"曼蝉,回家吧,古公子刚到,你该回去陪陪他。"曼蝉又叫起来:"我不我不,就不……"她死死抱住肖晃,大哭起来。

肖晃将曼蝉送到镇上,让她下了船。曼蝉坐在石阶上,看着

第 7 章 悲情绿杨楼

肖晃的船划向太湖,整个心都碎了。突然她疯了一样沿着河跑着,死命地追着肖晃的船,一直追到太湖边,在茫茫的芦苇丛里深一脚浅一脚地走着,最后在烂泥里摔倒了,像个泥人,嘴里不停地大喊着:"肖哥……肖哥……"她筋疲力尽,倒在湖边的石塘上……

肖晃感动了。他何尝不喜欢曼蝉?他只想给曼蝉留一点最真的爱,舍不得她为自己受苦。他走下船,沿着湖边的苇丛跑来,看见倒在石塘上的曼蝉,心也碎了。他弯腰抱起曼蝉,涉过泥泞的湿地来到船上,用毛巾细心地为她擦抹干净,守护着她。当曼蝉睁开眼时,他说:"曼蝉,你要真不想嫁给古小春……那好办。"

古小春在钮家一连待了三天,除了刚到那一会儿,就一直也没再见到曼蝉,他很失望。他知道曼蝉从小性子野,而且不喜欢他,可曼蝉长得美貌多姿,别有一种风韵,让古小春着迷。如果不是喜欢她,他大老远来这里干啥?可是曼蝉总躲着他,他只得先回家。好在订下了迎娶的日子,他想,中秋节嫁过来后非得好好收拾收拾她不可。

这天他离开钮府,和管家包了一条船回苏州。船刚进太湖,和风丽日就变了,天上飘起了毛毛细雨。他躲进了船舱,半睡不睡的。忽然船身剧烈地抖了一下,好像撞上了什么东西,接着舱外有人大喊一声:"强盗来了!"就听得一阵厮打声。

古小春吓得一轱辘滚在船板下,想躲却没地方躲,这时冲进来一高一矮两个蒙面强盗,一步步逼近他,古小春像狗一样趴在地上直喊:"爷爷饶命……"矮个子不由分说,踢了古小春一脚,喝道:"跪着!瞧你这熊样。"高个子似乎和蔼些,用刀指着古小春,问他是干什么的。"我什么也不是。"古小春不明其意,胡乱答道。"你说清楚,到底是做生意的还是当官的?"高个子扬了扬手中的刀子,"到南溪来干什么?""爷爷,我真的什么也不是。"古小春哭丧着脸回答,"我来看我岳父的。""谁是你岳父?快说。"矮个子问。"钮家,钮世诠。""胡说,钮家哪来你这么个女婿?""还没过门,曼蝉小姐是我的未婚妻!""放你的狗屁!你还想来娶亲,娶你个头!钱拿出来,不然把你扔太湖里喂鱼!"矮个子骂道,却好像有一点女人腔。"爷爷,你留下地址,我保证送到,不送不是人!我是出来玩的,所以身上没带银子!"古小春吓得直磕头。"你出来娶亲没有带聘金?拿不拿?不拿就把你扔到太湖里!"

这时,又进来了两个不蒙面的强盗,不由分说,将古小春拉了出去绑在桅杆上。有人将一根绳索套在古小春的脖子上,大声说:"姓古的,南溪和你命里犯冲,你不该来这里,现在你后悔吧!你听明白了:明年的此日,就是你的周年。"古小春吓得一泡尿从裤子里直冲出来,大哭道:"爷爷饶命啊!"

几个强盗哈哈大笑着收紧绳子,滑轮在迅速滚动……突然绳子断了,古小春掉了下来。高个子哈哈笑着说:"姓古的,看来老天爷今天还不想叫你死!天不杀你,我们也只好把你放生了,不过只此一次,下次再碰见你爷爷,就没这么便宜了。""爷爷放心,我绝不再来了。"古小春趴在船板上直磕头。"你不是还要来娶亲吗?"矮个子又过来问。"不要了!我宁可打光棍也不再来了,爷爷放心。"古小春指天发誓。"好,就饶你一命,如果下次被我碰到,休怪老子不客气。"

强盗们搜尽了船上财物,跳上一只篷船离去。刚离开古小春,那两个蒙面强盗就露出真面目,不是别人,正是肖晃和曼蝉。他们是想吓古小春一下,让他不敢再来南溪,断绝与曼蝉结婚的念头。篷船一直开到老虫岛,这是曼蝉第一次来这里。听说肖晃抱得美人归,老虫岛众匪云集在码头,鞭炮鸣响,十分热闹。肖晃跳下船,将曼蝉抱了下来。六指头也站在岸边,大声说:"我倒要看看究竟是什么俏佳人,把我小弟的魂勾走了。"肖晃放下曼蝉,指着六指头说:"小妹,这是大哥,快叫。"曼蝉走到六指头面前好奇地看着他:"你就是江湖上有名的六指头?""嗨,你这个小丫头胆子真不小,没人敢叫我六指头。"六指头顺手就在曼蝉脸摸了一把,"长得好,长得好,比我当初抢来的湖州知府的三姨太还漂亮。肖晃,你真有眼力。走,小的们,给肖老弟庆祝一下。"说完一挥手,就带头朝前走去……

胡德林占有了如宝的身子,如宝的柔顺让他找回了做男人的感觉,他喜欢如宝侍寝,要她如何就如何。这期间他的身体也迅速地恢复了,男人的要求越来越强。他每次接近钮方丽,想要与她做些什么时,总不能如愿,觉得自己比她低一等,还不是一个完整的男人,甚至无法勃起。有一次他试探着想和钮方丽做爱,可是钮方丽借口肚子大而拒绝了。这让胡德林彻底地绝望了,于是,他搬出了与钮方丽共住的睡房,并找到了七叔公,告诉他:"我要休妻。"

"什么,休妻?为何要休了她?她可是已有了身孕。"七叔公惊奇地问,"德林,少奶奶她犯了'七出'的哪一条?""没有,她没有错。"胡德林回答。"德林,你一老早就叫我起来,说要休妻,可又没有理由,寻什么开心?祖宗没这个规矩。你要休妻可以,要说出道道,否则不行!这种大事是要告祭祖先的,再说了,你休的是钮家的大小姐,不是一般的人,说不出理由,我怎么叫钮太公来领人?"七叔公拗不过胡德林,只好叫来钮方丽,说明胡德林要休妻,钮方丽说:"叔公,他有病,你不要听他的。""叔公,我说的是真的。"胡德林斩钉截铁地说。"胡闹!理由呢?你有什么理由休她?"七叔公气得站起来,指着他的鼻子说,"你们家的事我办不好,你自己看着办吧,我不管了!"说完头也不回地走了。

胡德林冷漠地走出祠堂,钮方丽追了上去。在河边的街口,她挡住了他问:"胡德林,你演的什么戏?为什么让我走?""我们缘分已尽。"胡德林继续走着,"钮方丽,有些话我不想说得太清楚,点到为止,大家都留些面子不好吗?""说呀,为什么?我不明白。""你非要我说穿?"胡德林瞪大了眼。"你一定要说出来。"胡德林突然停下来说:"好,我说……我想不通,你为什么会有孩子?他是谁的?谁的野种?我一直在怀疑……我本不想说穿,是你逼我说的!你知道吗?如宝有了身孕,那才是我的,是我胡德林的骨血,我认。可是你身上怀着的是野种,你在我身边叫我如芒刺在背,一天也不能安生。因为你救了我的命,我不想让你难堪,不想告诉别人,只有你明白你肚子里孩子是谁的,我给你一点脸面,让你走,让你离开胡家,给你肚子里的孩子另找个父亲……我用心良苦,你还不明白?"

"胡德林,我明白了,这话你早该说出来,我肚子里的孩子确实不是你的骨血。"钮方丽没有想到自己家的如宝竟和他有了身孕,现在她一个临产的女人,叫她去哪儿?胡德林也太狠了。钮方丽努力平静下来:"德林,你替我想想,我快生产了,也不指望你什么,你宽容一点,让我生了孩子再走,行不行?你让我现在离开胡家,这意味着什么?现在我知道了,在临产的时候,我却必须为我的孩子重新找一个父亲。""不行,你知道谁该为这孩子负责。"胡德林说。"你是让我去找齐彻?""为什么不可以?他是你的白马王子、梦中情人……"胡德林冷傲地说。"好,我就去找他!"钮方丽气昏了头,转身而去。她要去找齐彻,她好久没有见到齐彻了,他才是她这一生中惟一的爱,这回她一定要拿出勇气来面对自己的爱。

第7章 悲情绿杨楼

钮方丽腆着大肚子坐在浔泰厂的办公室,常亮进去叫齐彻,可是齐彻一听是钮方丽,不但不肯出来,反而暴怒起来:"叫她走,我不想见她……她看上去天真善良,其实一肚子鬼招。我认清了她,肖钮两家是世仇,这仇恨永远无法泯灭……告诉她,我永远不想见她。"

钮方丽在外面听得清清楚楚,她强忍着泪水奔了出来,扑在厂门前的石桥上暗自流泪。正好钮五阳过来,看见妹妹在哭,不由惊问:"大妹,你怎么了?""哥,齐彻不肯见我……"钮方丽看到钮五阳,一肚子的苦水不知该不该倒。"这狗东西,不见就不见。"钮五阳又问,"大妹,你找他干啥呀?""哥,德林休了我。"钮方丽背过身靠在桥柱上,眼泪再次狂泻出来。"休了你?他敢!看我去揍他!他敢休我们钮家的人……不行!走,和我一起去胡家!"钮五阳火了,拉着妹妹要走。"哥,我不去,他已休了我,这事不怪他。""怪谁,怪齐彻?哎,你找齐彻干啥?"钮五阳有些疑惑地问。"哥,我要生了。"钮方丽挺着隆起的肚子。"这孩子……这孩子不是胡德林的?"钮五阳好像觉出了什么。"孩子没有父亲。"钮方丽说。"没有父亲……是不是齐彻的?"钮五阳马上明白这孩子一定是齐彻的,怪不得胡德林要休妹妹。钮方丽再也忍不住,大哭着扭头向家里跑去。钮五阳愣了一会儿,忽然大吼一声:"方丽,别走,我带你去找他,这个龟儿子!"

钮五阳不由分说,拉着钮方丽进了浔泰厂,狂吼着一脚踢开了齐彻办公室的门,大骂道:"姓齐的,你什么东西!你个狗日的,敢欺负我妹妹!"齐彻从桌前站了起来,一声不吭。钮方丽拉着钮五阳:"哥,哥,你别这样……""不行,欺负我们钮家的人,没门!"钮五阳上前直指着齐彻的鼻子,"你敢欺负我妹妹,弄大了她的肚子你就想躲,是不是?""你嚷什么?她肚子大不大,与我有什么关系?"齐彻推开了钮五阳的手,冷着脸问。"没关系?

方丽,你说!这孩子是不是他的?"钮方丽大声喊着:"哥,你别说了!""胡太太,这孩子跟我有关系吗?"齐彻反唇相讥,"早在中秋之前,满南溪的人就都已知道你怀了孕,是顾大夫亲自诊断的,难道这孩子是我的?"钮方丽有苦说不出来。起初时她是谎称有了身孕,可那是假的,后来在绿杨楼上齐彻强暴了她,她就这么一回,这孩子不是他的是谁的?可是她说不出话,只是任眼泪流了出来。"你还赖?我妹妹会冤枉你?我早就知道你不是人,没有人味……""少东家,你弄弄清楚到底是谁的种,查清楚了再说,别到处乱找榫头!"齐彻讥讽说。"还说不是你?我妹妹不会撒谎,她人善心软,一直洁身自好,是你一直在缠着她,搅得她在胡家待不下去……为了你,她被胡德林休了,而你居然不见她。好,就算你是头牲口,总还有点舐犊之情吧……"

钮方丽听到这里,再也忍不住了,她喊了一声哥,然后捂着脸跑了出去。

"方丽,方丽……"钮五阳见妹妹跑了出去,追了几步又回过头来对齐彻说,"你这个狗日的,你等着,这事跟你没完!""我奉陪到底。"齐彻看着他们的身影,冷笑着说。

胡家休妻的事,在钮府引起了轩然大波。谁都没有想到胡家会把方丽给休了,娶了一个婢女如宝。这是南溪钮家历史上最耻辱的事,让钮府大丢面子。当钮太公知道其中的原因后,顿时像霜打的茄子,瘪了下来。在南溪有一个流传了几百年的风俗,出嫁的女儿不可以回娘家生孩子。因此方丽没回钮府,而是住进了绿杨楼。姗如心疼女儿,来了几次劝她回家,可钮方丽像是吃了秤砣铁了心,就是不肯。

胡德林休妻,最担心钮方丽的是如宝,她责怪自己害了小姐,想随小姐一起去,可是她身上已怀有胡家的骨血……当她得

第 7 章 悲情绿杨楼

知方丽没有回家而是住在绿杨楼时,她的心都碎了,常瞒着胡德林来看她。

这天,在没有任何征兆的前提下,钮方丽开始阵痛,独自在床上痛苦辗转。如宝正好进来,见钮方丽躺在床上痛苦呻吟,一下子慌了神。"小姐,小姐……"她叫着。"如宝,你来得正好,快帮帮我。"钮方丽费劲地说,"我肚子……疼极了,好像要生。""小姐,你躺着别动,我去叫人……""叫我妈也来,快一点。"钮方丽感觉羊水正大量涌出。"我这就去,小姐,你忍着点,躺着别动。"如宝说完,便慌慌张张地跑了出绿杨楼,向钮府奔去。在垂虹桥上,胡德林不知从什么地方钻出来,挡住了她的去路。"如宝,你乱跑什么?你身上的孩子是我的……"胡德林吼道。"少爷,我去找接生婆,要生了,大小姐她……她要生了……"如宝慌不择言,想往前跑。"她生不生关你什么事?你这么跑,把我胡家的孩子跑掉了,我要你的命!"胡德林一把拉住她,"钮家有的是人,他们会去的。走,跟我回家去。""少爷,看在钮小姐与你夫妻一场的情分上,你就让我给她找个人吧。"如宝哭着哀求胡德林。"如宝,你别把我惹火了,快走,不然就不要怪我不客气。"胡德林不由分说,硬拉着如宝就往胡府走去。

如宝走后,阵痛一阵阵袭来,钮方丽感觉到孩子就要出世,她强忍疼痛,撕破了自己的长裙,挣扎着,盼母亲快点到来,可是嘴里却喊着齐彻的名字:"齐彻……快来呀,这是你的孩子!"但客房里,除了她自己,一个人影都没有……

钮方丽已经精疲力竭,终于听到了孩子的哭声。她脸上露出了一丝苦笑,看着血糊糊的孩子,用尽最后的力气咬断孩子的脐带,将孩子搂在她满是血泊的怀里,便昏了过去。钮方丽的叫声和孩子的哭声,终于惊动了左右的房客,马上有人去钮府报信了。

姗如从绿杨楼回来,告诉钮太公,女儿生了个男孩。消息传遍了钮府,大家都很高兴。事情已经如此,钮太公也只能接受事实。可他不明白,齐彻曾那么喜欢方丽,现在方丽为他生了儿子,他却为什么避而不见?到底出什么事了?他想去问问女儿,然后找齐彻算账……

这天傍晚时分,钮太公来到了绿杨楼,他走进方丽住处时,方丽正抱着孩子哼着一支江南儿歌:

> 一个小人三寸长,
> 茄子树下乘风凉,
> 被个长脚蚂蚁抬了去,
> 笑死亲爷哭死娘……

"爹,你来了?"方丽见到父亲,很感意外,她抱着孩子给父亲看,还逗着孩子说,"儿子,这是外公。"孩子的嘴动了动,钮方丽高兴地说:"爹,你看,他在叫你呢。"孩子面目俊秀可爱,让钮太公看得老泪横流,他抱起了外孙亲着:"小家伙真可爱,起名字了吗?""起了,就叫铁儿。"钮方丽说。"姓什么呢?"钮太公又问。"先姓钮吧。"钮方丽迟疑着。"铁儿,铁儿,真是一副乖相……方丽,搬回家去住吧,小姐楼的房间空着。"钮太公放下孩子,神色突然暗淡下来,"爹对不起你,当初就不该让你嫁给胡家,以致出了这么多的错。""爹,事情过去了,别再提了,我挺好的。"钮方丽抱着孩子,显然不愿提起旧事。"女儿,我想问你一件事,你要说实话——这孩子到底是谁的?"钮太公脸色凝重,"如果是齐先生的,我要去找他,这件事不能这么算了。""爹,别管是谁的,铁儿都是你的外孙。"钮方丽眼圈一红,"爹,这是我的事,你别操心了,行吗?你这么大岁数,就颐养天年,修福养寿吧。""修福养寿?不行,我问你,铁儿是齐彻的吧?"钮太公见女儿不肯说,更着急了,"如果是他的,我会让他娶你,我这就找他去。""爹,你别去,别管这事……""不行,难道我的女儿没有权利得到幸福?"钮太公吼着,转身向楼下走去。一个下人提着灯笼为钮太公照路,他怒气冲冲地走过街市……

齐彻与一位建筑师趴在桌子上,在看修复绿杨楼的图纸。他计划就在这个月把绿杨楼买下,于是从苏州请来一个建筑师,先在图纸上把绿杨楼恢复原貌。

这时钮太公进来了,齐彻打发建筑师先走,工友送上茶来。齐彻问道:"董事长,这么晚来,有什么事?"钮太公屏退左右,一本正经地问齐彻:"齐先生,你到南溪几年了?""三年了。""我们的合同……""合同还没有到期,还有三个月。""齐先生,你干得不错,三年时间,你让我们浔泰名符其实成了江南最好的企业之一,这都是你功劳,可是……"钮太公脸色一变,"齐彻,我想问问你,我对你怎么样?""不错,董事长,你对我工作上全力支持,不然我也不会做出成绩。"齐彻还是不知钮太公葫芦里卖的是什么药。"算你说了老夫一句好话。可是齐先生,我还要问你,难道除了浔泰,我们就没有别的什么话可以说说?"钮太公死死地盯着齐彻问。"有呀,我刚刚知道,我是肖伯雄的儿子。"自从齐彻得知自己的身世,他还没有与钮太公单独相处过,"我知道,我就是大毛,对不对?"

这话使钮太公很吃惊,尽管他已经基本证实齐彻就是肖伯雄的儿子,可他没有想到这话会从齐彻的口里说出来。但他今天来不是为寻根问底,而是为了女儿,于是说:"这段往事太沉重,我想忘记。""说开了,肖钮两家是世仇。"齐彻冷冷地说道。

"不是,我和你父亲不是仇人!其实,我们是朋友,后来因为误会,我是对不起肖伯雄……你好好想想,我用你,绝对没有害你的意思,而且我告诉你,我一直很喜欢你。""不会吧?既然我是钮家的仇人,你怎么会喜欢我?""因为我的女儿喜欢你,小子!人世上一切的恩怨都可以消泯,我不想把这恩怨带到棺材里头。"钮太公叹了一口气说,"齐先生,我没有别的意思,二十多年过去了,钮肖两家应该消除冤仇。我愿意给你补偿,甚至给你浔泰厂,但有一个条件……""什么条件?"齐彻问。"你必须娶我女儿方丽。"钮太公说。"我不明白,"齐彻冷笑着,"愿闻其详。""齐彻,我得说清楚,我就是想通过我们两家联姻来消除仇恨,如果你不娶我女儿,那你就是看不起我,就是想着要报复钮家,如果真是这样,我们的合作就失去意义了,我就要解聘你……""这是惟一的条件?""惟一的,只要你娶我女儿。""我不同意。""我给你三天时间考虑。"钮太公气呼呼地转身而去。

过了一夜,钮太公终于想明白,齐彻不要方丽是为了复仇。他可怜女儿,不想让铁儿这个小可怜儿没有父亲,尽管齐彻复仇的愿望很强烈,但他不想让这仇恨再继续下去。第三天,他又将齐彻叫到花厅,想好好和他谈谈。"齐先生,你想好了?"钮太公问。"让我走没什么,我可以马上走。""齐先生,我不是这意思,我知道你干得不错,我是为我女儿。我垂垂老矣,留下举国之富又如何?人总会死的,人生七十古来稀,我已经七十多了,说不定哪一天就死了,我为什么要给儿女们又留下一大堆仇人、一大堆痛苦,让他们去面对一个仇恨的世界?有再多的钱又有什么用?还不如让他们是个穷光蛋,重新开始……""董事长,我不明白你的意思。"齐彻冷笑着,"上辈子的事,你做得太绝了。你现在想化冤解仇,可是晚了,几十条人命,你能还得起吗?有时候冤仇欲解反还结,不是你所能控制的。""齐彻,你想干什么？我父亲都忏悔了,你还逼着不放？"一旁的钮五阳看不惯齐彻傲慢的样子。

"我就是不放。告诉你,这厂你们谁也干不了,我走了这厂马上倒,你们信不信？现在不是你们要解约,是我,是我不干了！""你这话是什么意思？"钮五阳也跳了起来,"有种你和我拼,别以为这厂离了你就完了。在你之前,苏杭两府最高的绸产量是我钮五阳创造的,你看我行不行？""我不是小看你,你那时代是手工生产,现在是机器时代。"齐彻轻蔑地说。"机器怎么了？你以为我不懂？"钮五阳也不示弱。"五阳,别吵了……"钮太公摆了摆手,示意钮五阳坐下,"这方面,齐先生自有过人之处。""爹,他不就是仗着这点,把我们钮家不当人,连我妹妹也敢欺负！他一点点地逼我们,现在又要买回绿杨楼,这里头分明包藏祸心。""齐先生,你为什么一定要买回绿杨楼？""这是我肖家的祖产。""爹,这就是复仇,他要和我们钮家拼命。爹,你还不明白？"钮五阳叫了起来。"齐先生,是这样吗？"钮太公脸色很难看。"你猜对了。"齐彻冷冷地说。

顿时,屋里的空气凝结了。三人你看看我,我看看你,钮五阳要冲过去和齐彻打架,被钮太公制止了。钮太公站起来说:"齐先生,去年我去了趟五台山,一位高僧对我说,人间一切善恶都有报应。当年我和你父亲是多好的朋友,他帮过我大忙,可因为误会我们成了冤家……今天你要是为你父亲的事恨我,想要复仇就对着我来,我的儿女都是无辜的……他们是无辜的……"

"随你怎么说。我的父母、我的兄弟、我的家人,三十几口人都因你而惨死,你让我饶了你？我为此吃不下睡不着,这一切我过去不知道,现在明白了,明白你就是凶手,你以为我会放过你？"齐彻声嘶力竭地叫着,"你不要劝了,我尊重你是一个对手,让我们真刀实枪地干上一场！如果我还是斗不过你，那我就认命；让我娶你们钮家的女儿，不可能！""那你就马上滚，你们肖家那点破事，跟我父亲有什么关系？你想报仇，还不是对手！"钮五阳挥着拳头。

两天后，愤怒的齐彻正式解约，离开了浔泰企业，新掌门自然是钮五阳。

火车停了。在前门车站，墨琴的两腿发软，久久不能下车。她看到城墙上挂着大清的龙旗，激动得浑身发抖。可是她现在还不能进宫，她要找到那个能说明她身世的王公公。于是她叫了一辆插着龙旗的人力车，找到了老井胡同。在一扇老旧的红漆大门前，她停了下来。凭她的记忆，这里就是老太监王公公的住处。他是惟一的知情人，他曾许诺，只要太后一死，他马上带她回宫认亲。墨琴迫不及待地向院子里跑去。一个老妈子在扫院子，问她："姑娘，你找谁？""王公公在吗？"墨琴小心地问。"王公公呀，他去年就死了。"老妈子回答说。"死了？"墨琴一惊，没有想到这么多年的忍辱负重，到头来却是一场空欢喜。她坐在地上哭起来，嘴里念叨着："我怎么办？怎么办？王公公能证明我是宣统帝的姐姐，我是大格格啊。"老妈子问明了情况，就说："姑娘，你傻了不是？在这儿哭什么，上什刹海亲王府去……现在又没人会办你冒充皇亲国戚。"

墨琴想，这是惟一的办法了。她从老井胡同径直来到淳亲王府，王府已不似昔日那么辉煌，只有一个旗兵在站岗，旗兵拦住了她，问道："小姐，你找谁？""我找王爷。"墨琴怯生生地说，"我是他女儿。""什么？你是王爷的公主？格格？"旗兵盯着墨琴看了一会儿，"不像呀。""怎么不像？你快去通报呀。"墨琴心里十分着急。"通报什么？就说是大格格来了？"旗兵笑了笑，突然发

第 7 章 悲情绿杨楼

怒道,"你找打不是?王爷没有你这么大个格格。""你怎么知道?快报王爷吧。""瞧你说的,我找挨骂不是?过去老有找王爷的,男的女的都有,不是格格就是小王爷,全是假的……""可我是真的!"墨琴火了起来。"真的?"旗兵正要进去,忽然王府里走出一个人,旗兵拉住这人说,"大管家,这闺女说她是王爷的格格,要找王爷。"管家瞅了她一眼:"没有的事。""那怎么办?她在这儿磨了半天了。"旗兵问。"轰走,轰!"管家没好气地说。

旗兵过来轰她,墨琴死也不走,这时一顶轿子从外面进来,旗兵大声吆喝:"快走,快走,王妃回宫了,小心别惊了王妃。"墨琴突然灵机一动,对着轿子大喊:"我是亲王府的大格格,让我进去!"

小轿略停了一下,里面的女人撩起轿帘一角,旗兵上前跟她说了句什么,然后轿子又飞快地被抬走了。墨琴又喊了几声,小轿自顾进去了,她被挡在王府外,又不肯走,拎着小包远远地守着王府的大门。每当她想走近,旗兵就用枪向她示意不准接近。天黑了,她叹了口气,沿着王府的墙根走着。远处巨大而辉煌的皇城,轻笼在落日余晖之中,她脚步的沉重与她的青春美貌很不相符……她再一次回头,注视着王府的角楼,往事浮现在她眼前。

据说,墨琴的母亲额尔德特氏,是一个蒙古王爷的家奴,自幼被送入宫里,她长得非常好看,比王爷的那几个福晋不知好看多少倍。王爷喜欢上了这个小宫女,并宠幸了她,在颐和园的树林里她怀上了墨琴。后来大福晋即荣禄的妹妹知道了这事,告到隆裕太后那里,太后发怒,要赐死这个小宫女。淳亲王知道后,叫王公公偷偷将额尔德特氏送到宫外……在老井胡同,额尔德特氏生下了墨琴,她也因此坐了病,临死的时候把女儿托付给王公公。后来,八国联军进了北京,火烧圆明园,北京人四下逃难,王公公把墨琴给丢了，鸨婆捡到了她，把她带到了上海……再后来，墨琴找到了王公公，可是王公公说，她还不能回宫，因为隆裕太后还活着，她恨额尔德特氏。再后来，皇上逊了位，成了一具空壳，自身难保……

墨琴正呆呆地想着这一切，突然一个流浪汉从后面扑上来，抢走了她手里的小包，将她扑了个跟头，她爬起来大喊："抢东西了，抢东西了！"墨琴追了几步，那人早没影了，她只好坐在地上呜呜地哭。这时，一队旗兵跑过来围住了墨琴，不由分说将她拉到一只轿子上，抬着她往重华宫跑去。一进重华宫，墨琴就看清了，宫椅上坐的正是白天在王府门前见过的王妃。王妃用尖尖的手指甲撩着茶盅里的茶梗，毫无表情地看着她，墨琴便跪下了。

王妃发话了："我已问过王爷了，也查过宫里的宗谱，都没有你母亲额尔德特氏这个人。"墨琴说："这不可能，是王公公亲口告诉我的。"王妃说："你所说的王公公，叫王福生，他是犯了事被赶出宫的，他不能证明什么。"王妃话锋一转，冷笑着说，"林墨琴，你冒充谁不行，非要冒充格格？""娘娘，我不是冒充，我真是格格，你让我见我父亲一面，让我说……"

墨琴的话还没有说完，一个宫女跑进来，小声对王妃说了些什么，于是王妃对墨琴说："行了，你别闹了，你不是要见王爷吗？王爷现在降旨了。"王妃的话刚完，几个太监走进来，为首一太监宣旨："民女林墨琴听旨。"墨琴不知何意，连忙跪下听旨。"民女林墨琴，听信流言，上京寻父，私闯亲王府，谎报家世，假冒皇族，罪在不赦，本当重责，但本王爷慈悲，念汝寻父心切，系孝心所致，故而不究，自宣旨之时起不得再骚扰皇族，否则乱棍击出……"

太监的旨还没有宣完，墨琴不服地抬头大喊："王爷王爷，我是真的，我是大格格，不是冒充！让我见见你，我要见我父亲……

第7章 悲情绿杨楼

我是大格格,我不走,我要见父亲!"太监见她闹了起来,不由分说将她掮起来抬往宫外。墨琴虽拼命挣扎,但无济于事,被抬出了宫门。她倒在地上,大哭起来。几个抢新闻的记者闻知,拍下了她认父未遂的狼狈相……

齐彻一走,钮五阳掌握了浔泰的大权。如今格格已去,他伤心之余,决定好好干一番事业,不能让姓齐的夺了钮家的风头。虽然经历了格格的风波,钱惠却依然贤惠,对丈夫温柔体贴。钮五阳爱睡懒觉,钱惠早早起来,做好了家务后,轻轻走到床边,十分温柔地唤他:"二爷,该起床了。"钮五阳翻身起床,妻子像对待一个孩子,给他穿衣服,连鞋都套在他脚上。妻子的举动让他惭愧,他想起当年娶钱惠时,曾对她发过誓,用的是乐府情诗:"山无陵,江水为竭,冬雷阵阵,夏雨雪,天地合,乃敢与君绝。"前段日子,自己为了墨琴没给她好脸看,可她对自己一如既往。钮五阳亲了钱惠一口,问:"阿惠,要是有一天我真的离开你,你怎么办?"

"不会的,二爷,我还记得你当年你娶我的时候说过的话。""阿惠,你真傻,那不过是男人们的顺口溜。""二爷,你们男人常说这种顺口溜吗?可是一旦被我们女人听进去了,就永远忘不了了。"钱惠突然泪水充盈。五阳赶紧抱着钱惠安慰说:"好了好了,阿惠,你放心,你对我这么好,我不可以没有良心。阿惠,我就是风流一点……男人嘛,此时不风流,做人一世不也太冤了嘛。""二爷,我不管你,我要求不高,你别忘了我们娘儿俩就行。"这时梦蚕进来,钱惠又接过洗面水给钮五阳洗脸。

钮五阳去浔泰上班,他路过茶坊时,一个工友急匆匆地向他跑来,告诉他:"大掌柜,复辟失败,皇帝又下台了,当兵的正在厂门口给工人剪辫子。"钮五阳随着工友来到工厂,果然见几个山东兵正在拦截工人,见有留辫子的就剪。一个挑篮卖菜的小贩走过来,被大兵一把揪住,小贩不肯剪,大兵嚷着:"留头不留辫,留辫不留头!"说完就咔嚓一剪刀,将他的长辫子剪去了。

钮五阳的辫子早剪了,他倒不怕,但这会儿,他又想起了格格。他进了厂,见周心远匆匆进来,就问:"复辟失败了,你知道吗?""刚知道,这下北京城又得横尸百万,血流成河了……""那格格呢?""格格?二爷,我看凶多吉少。你想啊,她要是认了皇亲,这回就得跟着死;她要是认不了亲,一个姑娘家在北京,兵荒马乱,人生地不熟的……"钮五阳跳了起来:"我怎么没有想到!墨琴她做不成大格格,就得回来跟我;她没有回来,肯定是认了亲……""那可完了。"周心远说,"革命党最恨复辟,哪次复辟不是喳喳地杀一大批人。看来,这次大格格跟着宣统皇上好事没沾上,倒惹一身大祸,说不定会被杀头呢。""不行,我要去北京找她。""不能!大掌柜,你刚接手,浔泰厂万事待兴,你怎么能走?""找格格要紧,你们就等我几天。"

当钮五阳匆匆收拾了东西,拎着箱子准备走时,钱惠不知怎么知道了,她死死地拉着箱子,泪汪汪地跪下了:"二爷,我求你了,别走。""阿惠,就几天,我马上回来。"钮五阳撒谎说。"别骗我,我知道你要去北京,你要去找大格格。"钱惠说完大哭起来。钮五阳急了,吼道:"你哭什么!好,我跟你说实话,我是去找大格格。皇上又下台了,大格格在北京日子很难过,我要去救她。这是救人的大事,我总不能不管吧?你吃素念佛,总有一点点佛心,对不对?"钱惠还是抱着钮五阳的腿不肯放。"阿惠,你放心,不管我在外面怎么花心,你和孩子都是我的亲人,还是那句古话:山无陵,江水为竭,冬雷震震,夏雨雪,天地合,乃敢与君绝——就是这话。"五阳的心似乎软了下来。

钱惠拗不过钮五阳,终于放了手。钮五阳赶紧出了门,回头一看,妻子和女儿两眼泪汪汪的,女儿在招手。他住了脚,停留片刻,又抬头望了望天,狠下心来向码头走去。

这时钮太公也闻讯赶到,得知儿子又要走,顿时气得七窍生烟,大骂道:"你还想着那婊子,一次又一次被婊子所误!这次我说清楚,你要走了,就永远别想回来,浔泰丝绸厂的大掌柜你也甭想做!"钮五阳像耳聋了一样,不敢搭茬,一个劲往前奔去……

钮太公对着钮五阳远去的身影大吼了一声:"钮五阳,你不是我儿子!"

第8章 雌雄二盗

认亲不成,又被抢去随身财物,墨琴身无分文,只好来到京城著名妓馆聚集地,落籍八大胡同,在一家叫杏春楼的山西妓馆里重操旧业。这天,她感慨万分地酒醉伏桌,状甚落魄,鸨婆进来推醒了她:"我的格格,起来,外头有个当官的想见你。""不见,我谁也不见。"墨琴含糊不清地说。"不行,格格,好像是个大官,样子挺凶,他说有宫中的事要告诉你……起来吧,说不定是好消息。""那就让他进来。"

一个北洋军官走进来,仔细看着她,意颇自得:"格格,本官从报上看到你的消息,所以过来看看你,并有一事相告。"墨琴问:"你是谁?别想骗我。""大格格,敝人在段帅手下做事,前些日子带兵入剿故宫的就是我。""那你见到皇上了?"军官一笑:"宣统只是个小孩子,见了我等哆嗦不已,掌权的是淳亲王,就是你父亲。那宣统瘦得跟猴似的,我真想打他几个耳光。"墨琴瞪着眼:"不行,那不行,他是皇上,也是我弟弟。""格格,这几天报上登了许多你的事,我问过宫里的人,本来皇上是想见你的,可是淑妃不干,她非叫宣统下一道旨赶你出去……""她赶了我出来,我就不是皇族了?我好奇怪,他们为什么一点骨肉情都不讲?""格格,别说傻话了,皇族没有亲情,自古凶残莫过于帝王之家……""你为什么要告诉我这些?""因为我仰慕你,格格。""仰慕我?现在皇上又逊了位,皇族一钱不值了,大格格也当不成,我又有什么能让人仰慕的?""大格格艳名远播,而且皇族血统不容怀疑。"墨琴痴笑着:"你不怕我是个妓女,影响你的前程?"军官色迷迷地说:"不怕你见笑,我冒死征战,大帅多有赏赐,已足够置家购产。""你说话太多,不累吗?我饿了,你请我吃饭吧。"军官立正说:"是。"

也正是这天,钮五阳到了北京。他走出前门车站,茫然地看着四周,不知到哪里去找墨琴。一个车夫过来问他要不要车,他摇了摇头,径自走向一个报贩子,拿起一张报纸翻了翻,见第四版上赫然登着一张大照片,照片上是墨琴被四五个太监撕扭着抬出宫门,报纸上大标题写着:"上海滩名妓女,冒充皇族被逐;宣统复辟失败,名妓仍操旧业"。钮五阳急向一车夫招手,跳上车大喊:"八大胡同!"

待钮五阳赶到八大胡同时,却正看到墨琴被一个军官抱上了马,她衣衫不整地浪笑着,向路人大抛媚眼,引得路人侧目。钮五阳心痛极了,他想不到,墨琴才离开他这么几天,就落魄成这个样子。他的心里一酸,大喊着"格格,格格……"追了上去,可是墨琴和那军官策马飞奔,一会儿就不见了,钮五阳一个人呆呆地守在八大胡同等候。

军官将墨琴带到一家饭馆,要了一间包间,迫不及待地一杯杯地向她灌酒。由于心情不好,墨琴很快喝多了。军官喝得连脖子都红了,脱了军服,光着上身,色迷迷地凑到墨琴身边,伸手摸她的脸。墨琴用筷子拨开他的手:"不要乱动,规矩点。""格格,我仰慕你,真的仰慕你。"军官兴发如狂,身子也靠了过来。墨琴无奈,酒醒了一多半,推脱说:"今天格格喝高了,明天再说,你送我回去吧。"说着她站起来就往外走,谁知军官不买账,突然拦住她:"格格,别走呀,敝人思慕格格已久,想请格格到我住处看看。"墨琴是被惯坏了的,哪容得了这个,她大叫起来:"你个破丘八,想打我的主意?格格我虽然身在欢场之中,可最不喜欢的人就是丘八!你们今天跟陈大帅,明天跟李大帅,为什么就不效忠皇上……"说完转身欲走。

军官哪里肯放,借着酒劲趁机在墨琴身上乱摸。墨琴火了,给了军官一个耳光,骂道:"你滚开……"军官没有想到墨琴敢打他,一时愣了,墨琴趁机冲出包间,踉跄着来到大街上。已是深夜,战乱年头街上行人稀少,墨琴走了没几步,军官就追了上来,他故意骑着马慢慢地跟着墨琴,有时绕在她前面阻挡,有时用马头撞她,墨琴快,马也快,墨琴慢,马也慢。墨琴突然疯跑起来,可人跑不过马,她摔倒在地,气得大喊:"狗丘八,你到底要干什么?""上我的马,我送你回去。"军官浪笑着,用鞭子打着坐骑说,"如果不去,就送你去灶王庙的妓女收容所,你可想好了。""放狗屁,我是格格!""哎,就算你是格格,如果你不是格格,我还不想惹你呢。"

墨琴转身就跑,军官紧追不放。墨琴终于筋疲力尽,又跌倒在地。军官骑马走到墨琴身边,马儿低头嗅了嗅她。军官下了马,一弯腰将墨琴抱起来放在马上,拉着缰绳正要走,突然钮五阳不知从什么地方钻了出来,一把拉住了马缰绳,大声喝道:"你放下她!"军官被突如其来的声音吓了一大跳,继而大怒道:"你是谁?敢坏我的事!""我是她哥,你放下她。"钮五阳大声喝道,"要不然,别怪我不客气!""甭找事,快滚!这深更半夜的,枪子儿可不长眼。"军官拔出枪来想毙了这个挡路的。"你敢叫我滚,你知道我是谁?"钮五阳咆哮着,一挥手,身后突然响起拉枪栓的声音,两排军人冲了上来,枪口都对准了军官。

这时墨琴也明白过来,从马上挣脱下来,扑到钮五阳怀里,哭着说:"二爷,你来了?你怎么才来?为什么才来?"钮五阳一手抱着墨琴,轻拍着她的背:"格格,我来得正是时候。"墨琴见有那么多的军人端着枪对着军官,很不解,她问钮五阳:"他们是谁?""是我舅舅的手下。你不知道吧?我有个舅舅,他现在是总统府统领。"钮五阳笑了笑,"我带他们来救你。"

听说是卢略的手下,那军官立刻就慌了,他连连向钮五阳赔不是,然后想开溜,却不料这边带兵的大声说:"说声对不起就行了?你们段长官就是这么教导你的?"话音刚落,一排子弹就射了出来,这军官倒在地上,抽搐着死去,吓得墨琴和钮五阳一阵哆嗦。钮五阳忙问:"怎么,为什么要毙他?"领军说:"二爷你不知,此人是段祺瑞手下,与我们素来不和,现在杀了他也没人知道。"钮五阳向官兵一拱手:"谢谢了,回去告诉我舅舅,一切平安。"

钮五阳和墨琴住进了前门大旅店。这段时间,墨琴连惊带吓,气血两亏,需要大补。钮五阳跑遍京城,为她忙个不休。他让药铺里煎上好长白人参,又从皇家狩猎场的鹿苑里弄来鹿血。经过调养,墨琴好了许多。这当儿,段祺瑞又杀回了北京,跟黎总统的人在抢地盘。钮五阳急着离开北京,可是眼下两军火并,沿线都在开战,南下的火车票很紧张。现在如果不走,恐怕来不及了。

这天,两人赤裸着躺在床上,钮五阳紧紧抱着墨琴:"格格,我们得赶紧走,北京危险,只要回到江南就没事了。""二爷,走吧,回上海,或者就去南溪,我不做格格的梦了。南溪虽小,却很安静,我喜欢绿杨楼,你要在绿杨楼娶我。"墨琴说完,脸色突然沉重起来,"二爷,不管皇上他认不认我,你要起誓,决不能做对不起大清的事,我必须忠于我的祖先。""格格,你的话就是圣旨,我会照办。"钮五阳吻了吻墨琴,深情地回答说,"行,我的额尔德特小姐。"墨琴的脸上这才有了笑容,伸开双臂拥抱着这忠心的情人……

第二天,钮五阳和墨琴好不容易上了南下去上海的火车。车里又挤又冷,两人蜷缩在车厢里。谁知,火车到了山东地界上不走了,一队士兵举枪拦住了奔驰的火车。钮五阳下了车才知道,前方路段在打仗,部队需要军饷,所以就拦下了这趟火车。当兵的嚷着,说这一火车从北京来的人都是复辟派,不给钱就毙人。钮五阳见势不好,把墨琴拉到车厢背后,两人走到士兵少的地方,见一个排长正在抽香烟,钮五阳急忙把他拉到一边,偷偷塞给他一把银元说:"老总,我们想去高粱地方便方便。"排长收了钱,眉开眼笑,一口答应,还告诉他:"要走趁早走,这车不会再开了,徐州那边的军队正在打过来,我们要用这车挡一挡……"墨琴一听大惊,忙问:"有这种事?那我们怎么去上海?"钮五阳暗地里捏了墨琴一把,悄声说:"别说傻话……"接着对大兵说,"老总,谢谢你,我们先方便方便。"

一到了高粱地里,钮五阳拉着墨琴就跑。跑了一会儿,墨琴气喘吁吁地停下来:"二爷,我跑不动了。""不能停,说不定他们会追上来!"钮五阳焦急地拉着墨琴不松手。"不行,我要解手,我憋不住啦。"墨琴挣开钮五阳的手,找了个草丛蹲下身子。钮五阳在一边放风,不停地催促墨琴:"快点,我的小姑奶奶。你不知道,我怕这帮兵爷要拉我们去挖战壕,那就惨了。""真的……"墨琴一听,吓得尿也没了,提上裤子与钮五阳又一阵疯跑。

天黑的时候,两人摸入一家农户的牲口棚,筋疲力尽地倒在一堆麦草上,又累又饿。钮五阳出去找吃的,棚子里只剩墨琴一人。突然间有动静,她竖起耳朵仔细听,一只大叫驴蓦地叫了起来。墨琴吓得从牲口棚里逃出来,见一个农夫拎着棍子从屋里冲出来,一步步地逼近她,用山东话喊道:"干什么的?""我,我不干什么。"墨琴吓得花容失色,结结巴巴地回答,"我……我从火车上……跑下来的……当兵的把我们撵下了车……"汉子一听,便拎了一盏马灯走过来照了照墨琴的脸,说:"原来是个细手细脚的娘们。你知不知道前边在打仗?你来找死?"墨琴正不知该如何回答时,一个老太太走出门来,冲着汉子喊道:"祥贵,你别吓着人家,兵荒马乱的,也是客,叫人家进屋呀。"汉子这才扔下棍子,冲着墨琴说:"进去吧,俺娘叫你进去。"说完,提着马灯在前面带路,墨琴一脸灰土,跟着汉子进了房间。

等钮五阳回来,摸进木棚,见墨琴不在,心里有点急了,慌手慌脚地一路摸去,不小心又摸到大叫驴的身上,大叫驴又昂昂地叫了起来。接着,一盏马灯在牲口棚门前晃了一下,原来又是那汉子,他朝钮五阳叫道:"喂,那汉子,你要找的娘们在屋子里呢,没事弄那驴干啥?"钮五阳一惊,知道墨琴在屋里,只好跟着他进了屋,见墨琴和一个老太太坐在炕头上,太平无事,不由放了心。墨琴一见钮五阳回来,高兴地说:"二爷,我跟大娘说好了,雇她家的毛驴走。""什么?毛驴车?那什么时候能到家?"钮五阳一惊,"这能行吗?""这位老板,前面正在打仗,你过不了徐州。我用毛驴送你们过徐州,到了南京肯定有火车,你们再去上海……"汉子出来打圆场说,"没别的办法,就这一招,要不,你在俺这住着,等他们攻破了徐州再走?我看一个月也攻不下来……""格格,那就坐毛驴车走?"钮五阳回过头问墨琴。"二爷,我想快回上海,越快越好!"墨琴回答说。"那好,你的驴车我雇了,只要把我们送到,我让你赶十头驴子回来。"钮五阳说着,拿出一大把钱递给汉子,"你这就给我们弄好车,明天一早出发。"

钮五阳走后,听说北京大乱,这让钮太公不知如何是好。他绝没有想到事情会这样发展,只能等儿子从北京平安回来。可是最近传来的消息更糟,钮五阳乘坐的那趟火车被劫了,京沪线全线停运,军队在徐州打仗。工厂没有掌门,生产一落千丈,钮太公在屋里狠狠地砸碎了一只茶杯。他找来章六,恳求他务必给守几天摊子。

钮方丽也没有回家,她在南溪开了一家西式的服装传习所;

在宝善桥边上买了所靠河的房屋，门上挂了块牌子："江南服装传习所"。开张这天，就有不少当地女子来看热闹。钮方丽找了几个体形好的姑娘，穿上她从西洋带回的服装走台。见大厅挤满了小镇上追逐时髦的女子，她就站在大厅里的老戏台上，开始了演讲："姐妹们，我们穿的衣服，几百年都没有变化，都是这种样子……我去过法国，学的就是洋人的时装，法国年轻的女孩子，衣服几天就会一变，穿得很得体，比我们中国的女孩子穿得漂亮，可是我们中国的女孩不比洋人差，而且江南出产美丽的丝绸，我们可以比她们穿得更好……我办这个传习所，就是要让中国女孩穿得更好看。姐妹们，下面请看我设计的几套衣服。"

钮方丽的话音一落，几个姑娘穿着她设计的衣服走上台来，在音乐声中翩翩起舞。台下那些来看热闹的人都看呆了。音乐还没有停下来，好些女子都冲到台前，嚷着："钮小姐，我也要参加，我要报名！"钮方丽十分高兴地说："姐妹们，不要挤，都可以的。我保证不出几个月，你们自己都可以做出最漂亮的时装。"

这时一个贫家女子挤了进来，怯生生地问："钮小姐，我可以参加吗？"钮方丽把她拉到面前，拢了拢她的头发，发现她不但面容俏丽而且体形一流，就问："你叫什么名字？""我叫桑双。"那女子怯生生地回答。"桑双，好，这名字起得不错。你过来。"她把桑双拉到一边，将挂着的衣服往她身上一比，桑双的美貌顿时显现出来，钮方丽不禁称赞道，"小姑娘，你长得好美，我留下你了……"

"姐，我也要参加。"曼蝉不知从哪里挤了过来，她穿着一套男式马甲，吓了钮方丽一跳："哎，曼蝉，你这是穿的什么呀？我还以为是个浪荡公子……"众人都笑了。"这也是时装，我从杭州买来的，好看吗？"曼蝉一脸的调皮相，"姐，这是男装？我不知道，你快给我换一套女装。"

第8章 雌雄二盗

钮方丽把曼蝉拉进了换衣间,让她试衣服。钮方丽边找衣服边问曼蝉:"小妹,我找了几天,不见你人影,前些日子听说你不见了,爸妈急得要命,你到底去哪儿了?""姐,我在逃婚!爹把我许给了苏州古家,我看不上那个男人,所以出去躲躲,跟几个姐妹去杭州玩了玩。爹那个紧张,快把我逼疯了。"曼蝉把嘴巴一翘。"曼蝉,你真大胆,敢自己一个人出去。"钮方丽不安地说,"一个女孩子出门,就不怕被人抢?""姐,现在什么年代了,谁都不兴管谁,自己走自己的路。听说上海北京都在反对封建,反对包办婚姻,我才不怕呢!"曼蝉一脸的调皮,"有人抢我就好了,抢到强盗窝里,做个压寨夫人,多好!""瞧你贫嘴。"钮方丽笑着说。"哎,姐,你这个服装传习所我也要参加,我要设计一套强盗服……""强盗服?"钮方丽不解。"强盗怎么了?姐,听说姐夫抢去了你的丫头?""别说了,我被他休了。"钮方丽有些伤感。"他呀,就是个精神病,你理他干啥!要是我,高兴还来不及,你该放鞭炮庆祝才是。"曼蝉搂着钮方丽,"我要祝贺你,你说怎么个祝贺法呢?要不,你就收我做徒弟,怎么样?""放心,不收别人也会收你。"钮方丽说,"你来也好,收收心。不过,你要老实点,别再跟什么人逃走,否则爹向我要人,我可没办法交代!""放心吧,我决不给你惹祸。"曼蝉朝钮方丽扮了一个鬼脸说,"我告诉妈,我住在你这里,不回家了。"

曼蝉一身黑衣,蹑手蹑脚走回自己房间,她拨亮灯,发现苞梅躺在自己的床上,两手扳脚,屁股拼命往上翘,身子窝成一团,样子非常可笑。曼蝉大喊一声:"苞梅,你在我床上干什么?""小姐,刚才钮平来过了,他睡了我。"苞梅回答说。"你不要脸,愿跟他睡,可是你这样子干什么?""我妈说,这叫承天雨露。"苞梅认真地回答。"承天雨露?"曼蝉不解,"什么叫承天雨露?""我妈告诉我,乡下的女人想要生儿子,行过房事后,马上就这个样子,不吃不喝也不能乱动。"苞梅又告诉曼蝉,她妈要她嫁给钮平,为了嫁给钮平,她得怀孕,为钮家添一个后代。如果她没有怀上孩子,大奶奶是不会要她做儿媳妇的,所以她必须要有身孕,否则就白白牺牲了自己。苞梅喋喋不休地说个不停。

曼蝉打断了她的话,问:"你真想嫁给钮平?怪事,竟有人喜欢傻子。""他傻,可是干那种事倒不傻。我妈说了,傻人有傻福,我不在乎。"苞梅说。曼蝉不想再听了,她问了问家里的情况,苞梅都一一做了回答。

曼蝉一连十几天闷在服装传习所里,设计了一套又一套的夜行服,她不敢让钮方丽知道,悄悄让桑双帮她试穿。曼蝉一边照着镜子,一边美滋滋地问:"桑双,这套怎么样?"小姐,这套衣服就像戏里的夜行侠客燕子张三穿的那种。"桑双顺手从衣架上也拿过来一件衣服,"二小姐,我也做了一件旗袍,你帮我看看。"桑双做的这件新旗袍十分漂亮,她穿上后,在曼蝉面前转了下身子,活脱脱一个美女。

曼蝉不禁赞道:"桑双,不错,你穿上真好看!佛是金装,人是衣装,你真的算是美人。"桑双红了脸说:"是大小姐帮我做的。小姐,你别取笑我,我一个贫女,算什么美人……"

桑双和曼蝉十分要好,两人经常在一起。这天,传习所的大门砰的一声被冲开,进来八条大汉,一律瓜皮小帽黑袍马褂,他们一言不发,分两排列在桑双身边。一顶花轿抬了进来,一个矮墩墩的男人跟在后面。这个矮男人叫吴三鹏,是南溪的小财主,先后娶了三个老婆,但都死于非命。当他看到桑双一天天地长大时,就动了邪念,用计让桑双的母亲借了他一百元利滚利的印子钱,几年时间一过,他就要桑双的母亲还一千块大洋。桑双的母亲还不起,吴三鹏就非让桑双嫁给他,抵这银子。桑双的母亲别无他法,只得答应。吴三鹏又怕事情中途有变,当天就抬着花轿要让桑双过门。

"桑双,你妈让我来接你,上轿吧。"吴三鹏走到桑双面前,就要拉她上轿。"我不去,不去!""不去怎么行?桑双,你是我的人了。""我不愿意嫁人……"桑双哇的一声哭起来,跪在地上,"吴大爷,钱我会还你,再宽限几天行不行?""桑双,女大终须嫁,别伤心了,快上轿吧。"吴三鹏气势汹汹地说,"现在你老妈欠了我的钱,她还不起,你想叫你妈死?"

曼蝉突然醒过神来,将桑双拉到身后,上前质问:"你干什么?出去!这是我们女孩子的地方。""是钮二小姐吧?我是吴三鹏。"他皮笑肉不笑的,"二小姐,这不关你的事,我们是来接桑双的,她是我的老婆,你看……"吴三鹏拿出一张纸来,"她要是不去,事可大了,如果惊动了官府,告她个欠债不还,桑双可要被官府打屁股……桑双,我可舍不得你那小屁股被人打……"吴三鹏的话还没有说完,曼蝉就嚷了起来:"流氓!你想娶桑双?瞧你长得那个熊样,癞蛤蟆想吃天鹅肉!""钮二小姐,你说话可不能伤人,我告诉你家太公去。""你去呀,去呀!"

围观的人越来越多,吴三鹏怕带不走人,一挥手喝令手下:"带走!"八条大汉上前抓住桑双。曼蝉不顾一切地冲了上去,打了为首的一个耳光,可是那汉子如石人一样不动,曼蝉倒疼得直叫。吴三鹏上前一把拉住桑双,想带她走,桑双咬了吴三鹏一口,逃到曼蝉身后,顺手拿起一把剪刀:"你们再逼我,我就死给你们看!"曼蝉也顺手拿起一把剪刀,对着黑衣大汉们大喊:"谁上来我扎谁!"面对这样的阵势,吴三鹏无奈,气呼呼地说:"那好,我们公堂上见,走……"说完带着八条汉子离去,桑双坐在地上大哭起来……

钮方丽从外面回来,才知道这件事,问明了情况,她决定帮助桑双。她带着一千块大洋来到吴三鹏家里,但吴三鹏不肯见她,说已将这件事告到镇衙,新来的镇长准备审案。得知新镇长接手了案子,钮方丽便让府里的师爷找新镇长说情,可是新镇长不给面子。现在是新政府,什么遗老遗少,他都看不起,他要秉公执法。钮方丽参与了审案,她提出桑家当初不过欠吴家一百块钱,利滚利滚到一千,实在骇人听闻,而且现在是民国,妇女应该有婚姻自由,桑双既不愿嫁吴三鹏,桑家所欠的银子,她可以替她还。可吴三鹏说他不要银子,要人。钮方丽反驳说,桑家欠吴三鹏的是银子,不是人。可是糊涂镇长认为,桑家欠吴家的钱是真,桑母用桑女抵债嫁给吴家也是真,吴三鹏无妻,桑双无夫,这是两全其美的事,所以当庭判决:桑双归吴家所有,从此人债两清。吴三鹏胜利了,他让手下拥着桑双,像老鹰抓小鸡一样,拎到船上,扬长而去……

　　吴三鹏把桑双带回家的当夜,就迫不及待地与她拜堂成亲。他怕钮家捣乱,吩咐八个保镖轮流在门前站岗。门前一对大红灯笼高高地挂着,大厅里,一群人正在吆五喝六,大吃大喝,好不热闹,整个吴家都喜气洋洋的。桑双盖着红盖头,被两个力气大的老妈子推进洞房里,强行脱光了她的衣服,让她进木桶洗浴,水气蒸腾,水面上浮着一层青竹叶。"我不要洗!"桑双绝望地喊叫着。

　　"姨奶奶,很舒服的。"一个老妈子劝她,"水里有毛竹叶,很清香,等会儿你躺在老爷的被子里,浑身香喷喷的,多好。"桑双猛地把脸上的竹叶抹掉,坐了起来哀求:"我不想嫁你们老爷,我不想嫁。"老妈子相互看了看,不再说话,只是轻轻地往她身上撩水。"你们出去吧,我自己洗。"桑双把老妈子打发出去了,她绝望

第8章 雌雄二盗

地倒在大木桶里,连头也浸在水里,水面上只看见一层青青的竹叶。她想死,可不知怎么死。她湿漉漉地站起来,穿好衣服,坐在床边,找出一把剪刀来想自杀,可又犹豫不决。她不愿意这样死去。

当她举着剪刀犹豫的时候,窗扇动了一下,桑双一惊,只见两个穿着眼熟的夜行服的蒙面人从窗子里跳进房间。其中一个人示意桑双别出声,接着,将一条绳子搭到窗外,让桑双顺绳滑到楼下,然后自己也顺绳滑下,另一人则留了下来。这两人正是曼蝉和肖晃,白天曼蝉见新镇长不明事理,将桑双判给了吴三鹏,案子一结束,她就去找到肖晃,两人出来救桑双。他们扮成一对阔夫妻,抬着礼箱来给吴三鹏贺喜,抽空溜进新房,搭救桑双。

婚礼很热闹,吴三鹏喝多了点,一脸彤红地送走客人,举着蜡烛急不可耐地来到洞房,嘴里嚷着:"桑双呀,我的心肝……我来了。"他撩开帐子,见里头有人,就吹了灯,慌忙地脱掉衣裤,然后扑到床上撩开被子,忽然被子里跳出一个男人,正是肖晃,他一翻身把吴三鹏压到身下,一手掐住吴三鹏的脖子,低声吼道:"别叫,要不我宰了你!""你是谁?"吴三鹏没想到被窝里是一个陌生男人,吓得筛糠一样跪在地上向肖晃求饶,"好汉饶命,屋里有什么东西尽管拿。""我什么也不要,就要你新娶的老婆。"

"好汉,饶了我吧,你要什么都行,千万别要她。我讨了三个老婆都死了,这是好不容易才娶到家里的……"吴三鹏又是磕头,又是求饶。"我说过了,就要她,"肖晃拿出一张纸来:"这是一份契约,你按上指纹,从今天起,桑双与你无关。""不行,我宁可死,你不能带走她。"吴三鹏几乎是哭喊着,"好汉,千万留人,我要她,要她……""你知道我是谁?"肖晃突然亮出自己的手,手上竟有六根手指头,他一刀下去,砍下那只多余的指头,血涌了出来。吴三鹏一看,吓得大叫:"啊,六指大盗!"

肖晃将那只血淋淋的断指往吴三鹏面前一扔:"我做事有个规矩,就是砍一只手指头做记号。今天我砍了自己的手指头,算我买下桑双的定金,如果你不按手印,也砍下一截手指头来。来,你砍!""爷爷饶命,我按,我按……"吴三鹏吓得尿在裤裆里,哆嗦着在契约上按下自己的手印。

肖晃收起契约,把刚砍下的那根指头丢给了他说:"给你,这是你的了。桑双我要了,你以后再敢找她的麻烦,就活不到阎王爷给你的阳寿。"说完他在窗口一闪,不见了。

吴三鹏坐在地上愣了一会儿,听到没动静了,就推开窗大叫起来:"来人呀,太湖强盗来了!六指大盗来了,他劫走了新娘子!"护院们闻声冲了进来,可是人影全无。面对伤心欲绝的吴三鹏,一个护院捏起断指,扔在桌上,忽然用刀一拍,断指扁了,他小心地说:"老爷,这是假的,是面捏的。"吴三鹏闻言大叫了一声,昏倒在地上……

湖边的坟丘地上,齐彻带着一干人,正忙着寻找父亲的葬身之地。他认定了自己是肖伯雄的儿子,杀父之仇比天还大,他当然是决不肯给钮家卖力了,但他也没有离开南溪,而是住进了绿杨楼,伺机向钮世诠报复。常亮在一片竹林边喊了起来,齐彻赶紧跑过去,只见这里荒草丛生,几无痕迹可寻,但拨开草丛,发现地上横倒一碑,抹去石碑上浮土,就看见上面刻着"肖伯雄之墓"几个字。他鼻子一酸,跪在地上号啕大哭:"爹,儿子终于找到了你,儿子要给你上坟!你的坟很不像样子,明天我会派人来修,我知道你在望着太湖,望着太湖里的船,盼你儿子来为你报仇……"齐彻的哭声真挚凄惨,随行的人无不为之动情。齐彻哭完,又磕了三个头,站起身回过头去,看见不远处的太湖在太阳的余晖下泛着金光……

第8章 雌雄二盗

钮府中只有钮方丽不知道齐彻为什么要走,她找到父亲,请求让齐彻留下来。"算了吧,方丽,事情无可挽回,我已说出口,改不了,他也不肯回来的。"钮太公叹了一口气,"他没有走,只是离开了浔泰,听说他在湖边为肖伯雄造坟,他恨我们呀!""爹,我不明白,他跟肖伯雄有什么关系?""方丽……"钮太公欲言又止,最后只好把话扯开了,"你不知道的事,还是不知道的好……哎,听说你的服装所办得不错,连苏州的太太小姐都来订做衣服。""爹,你不是反对吗?""我以为只是个乡村小裁缝店。""爹,看你说的,我们的服装所在国内也算是先进的,不会令你失望。""这就好。爹想通了,只要你高兴就行,随你做什么,我不会管。"钮方丽走后,钮太公突然想去看看肖伯雄的墓地,就吩咐下人准备了祭品。

钮太公带着随从,步行上山。肖伯雄的坟墓已修葺一新,他站在墓前思绪万千,仿佛又回到了过去。肖伯雄有恩于他,两人曾是那么好的朋友,自己不该听信胡家的话去害他……想到此,钮太公便吩咐下人退去,一个人独自对着墓碑垂下头,对着孤坟忏悔起来:"伯雄,我对不起你!这几天我天天做梦梦见你,梦见和你一起做生意,一起喝酒,一起赌钱,可是你死了,死在我前头。我对不起你,没有你,就没有我钮世诠的今天,是我害了你。当年,我们的生意的确有冲突,但我不想害你,可是胡煦元坑了我,他说你要把我赶出南溪。我不是四象八牛,我只是一个外来户,只有你知道我的底细,当时如果不赶走你,你就会赶走我……我绝望之下,做了对不起你的事。后来我才知道,那全是胡煦元的鬼话。我不是为自己辩解,因为再辩解也没有用了,为此肖家多了几十个冤魂,我罪该万死……幸好你的儿子还活着,又有了孙子,而我却不知道钮家能不能够传宗接代……也许老天已经在惩罚我了,你在冥冥中没有饶恕我,派你的儿子来惩罚我,我死有余辜……"

一阵冷风吹过来,钮太公站起来转过身子,看见齐彻拿着一束鲜花,一步步地走上山来。齐彻意外地发现了钮太公,眼睛里满是仇恨。他将鲜花放到肖伯雄墓边,冷言冷语地说:"太公,想不到在这里碰到你,这更证明了我的预感。"

"贤侄,我……"钮太公想说点什么,可话到嘴边又说不出来。"不要叫我贤侄。在我父亲的坟前,你这样说会惹怒地下的亡灵。"齐彻一脸冷相。"随你怎么想,我到这里来是凭吊多年老友。"钮太公站起来,在风中显得有些憔悴。他看了看肖伯雄的坟,又看了看齐彻说:"我不想说假话,毕竟我们钮家是靠了肖家才发展起来的。""太公,你终于说了一句实话。"齐彻带着讽刺问钮太公,"如今你名满海内,而你的恩人和老朋友却长眠在这里,对此你有什么想法?""齐先生,生死有命,富贵无常,这是句老话。不过,如果换个位置,今天站在这里的是你父亲,埋在地下的却是我,你又该如何想?"钮太公问齐彻。

"血债血还,这也是句老话。该活着的死了,不该活的却活着,这说明其中必有血债,你以为呢?"齐彻恨恨地说。"齐先生,随你怎么说怎么做,我已是耄耋之年,快随你父亲去了,老友们终将在阴间相见。"钮太公又重重地叹了一口气,他似乎已把生死看淡,"齐先生,这几年我们合作得好好的,你为什么突然这么恨我?"齐彻咬着牙说:"因为我的良心,也因为中国人的孝心,因为我父亲在阴间诉说着他的冤屈。""齐先生……"钮太公刚想说什么,突然听到有人在山丘下喊他,他一回头,看见钮方丽带着服装传习所的姑娘正在湖边玩耍。

看见女儿往这儿跑来,太公回过头,对齐彻说:"齐先生,我们之间的事,希望你不要对方丽说,她已经够苦的,你不要再伤害她了。"

齐彻没有做声。钮方丽跑了过来,拉住太公问:"爹,你在这干啥?湖边风大。""方丽,我来看看风景,也祭一下你肖老伯。"钮太公苦笑了一下,"方丽,登高望远,别有一番滋味……你们所里的女孩子都上了山吗?""是的,你看……"钮方丽指着不远处,所里的女孩子正在野地上疯跑……

"你们好好玩吧,我回去了。"钮太公说着,几个下人过来,扶着太公往山下走,只是他没有来时那么急切,一霎时,他觉得衰老了。

钮方丽目送父亲,感觉到他的背影不再挺拔,像风中的落叶,颤抖无力,心里不由一酸。她回过头,见齐彻的脸色仍那么冷峻,便猜想刚才他与父亲肯定说了什么,于是就问:"齐先生,你和我爹在说我吗?""没有。"齐彻冷冷地回答,继而又问,"钮小姐,你能不能告诉我,为什么你父亲要祭肖家的坟?""不知道……对了,我刚听说你找到了肖伯伯的坟,让我也来拜一拜。"钮方丽说着,将手里的野花放在碑前,然后跪下,朝碑鞠了三个躬。"你好虔诚。"齐彻有些讥讽。"我当然要虔诚,因为肖伯伯是我父亲的朋友。"钮方丽没有听出齐彻的讥讽之意。"肖家没有钮家的朋友,你别枉费心机了。"齐彻越说脸色越难看。

钮方丽不解地看了看齐彻,然后指着远处正玩得起劲的那群女子说:"齐先生,别生气了,跟我们一起玩吧。""没有空。"齐彻跪在地上没有起来,也不再理钮方丽。

钮方丽见齐彻不理她,心有不甘,她很想劝齐彻不计前嫌,留在浔泰。可是齐彻已经死了心,虽然他心里还爱着这个女人,他的血曾为这女人沸腾过,但他决不能娶一个仇人的女儿做妻子。钮方丽以为齐彻是对她不满,于是认真地说:"齐先生,我已冷静地想过了,人生中什么事都可能发生,也许相处时间长了,你对我失去了兴趣。一个女人的容颜是如此的易衰,一个男人的爱心也容易衰退,看来你对女人也不过如此……可是我还想劝你留下,这并不是为了我……"钮方丽的话一出口,齐彻就被激怒了:"钮大小姐,你可以用语言来侮辱我,但我齐彻不是这样的人。我可以告诉你,尽管你耍弄了我,可是我还可以和你结合,但有一个条件:你与钮世诠断绝父女关系,行不行?"钮方丽没有想到自己的好意却被齐彻这样理解,一下子惊呆了,她冷笑着说:"齐彻,你也是在污辱我的人格,我嫁不出去也不会牺牲我的人格……"说完转身就走下山去。

齐彻默默地看着钮方丽的背影,突然跪下,大喊:"爹,我宁可独身,也不会娶钮世诠的女儿!因为我记着肖家的血海深仇!"

一九一八年五月,孙中山辞去了大元帅之职。政治巨头的离去,丝毫没有影响江南小镇南溪,丝业公所会董大会在一阵细雨中如期召开,来自江浙沪的丝商都聚集南溪。这是钮世诠最后一次主持会议,齐彻也参加了。浔泰是国内丝绸业的领头企业,目下却正在衰退,所以在会议进行中,一个执事向坐在上首的钮太公提出了问题:"钮董事长,我提一个问题:浔泰企业如日中天,正是好势头,为什么齐先生要提出辞职?"

话音一落,众人的目光齐刷刷地盯向了钮太公。他脸色沉郁,过了好一会儿才回答说:"诸位,这实属私人问题,你们就不要问了吧。""让我来说。"齐彻突然挑衅地站了起来,众人盯着主持会议的钮太公,钮太公却出人意料地挥了挥手,同意齐彻发言,于是齐彻向众人拱了拱手说:"诸位会董,我要说几句,也许与浔泰和我个人没有关系,可与丝业公所的使命有直接的关系……我说一件事,几千年以前,在西洋,正是古罗马帝国最兴盛的时代,凯撒大帝穿着新装去罗马大剧院看戏,当他走进会场时,整个剧院沸腾起来,长老院的长老翘首延颈,疯狂地盯着凯撒,以致没有心思看戏……为什么呢?因为这一天,凯撒大帝穿了由中国运去的丝绸制成的服装,这衣服薄如蝉翼,透明无色。也正是因为这种真丝服装,安徒生才创作了《皇帝的新装》……这种华丽的丝绸,柔软、舒适、美丽、高档,产自于离他们国土极其遥远的东方,他们不远万里将它运到了罗马,在他们的市场上价格曾高达十二两黄金一磅……这就是我们的丝绸,是中国人的骄傲,我相信凯撒大帝所穿的丝绸,正是我们江南的产品。几千年来,我们赢得了丝绸之府、鱼米之乡的美誉,这是世界公认的。可是现在我们的丝绸业遇到前所未有的挑战,西洋各国掌握了这门技术,而且在迅速地赶超我们,祖宗创下的这块金字招牌就要毁在我们手里,我不甘心。"齐彻顿了顿,"说实话,我不想离开浔泰,虽然这是钮家的企业,可也是中国惟一的一块名牌,但我不能不走,浔泰丝绸厂是中国的招牌企业,但董事长是钮太公,自古以来吃东家的饭总是冷的,如果有一天我拥有自己的企业,才能真正实现我的梦想,让中国丝绸再次赢得全世界的喝彩。"

众会董听到齐彻这妙语解释,都禁不住鼓起掌来。许久,众人的掌声才停下来,却还有一个人孤零零地无力地拍着手,众人一看,是钮太公。钮太公又拍了几下才说:"齐先生说得好,事情也做得漂亮,实在是我们丝绸行业里的才俊。以齐先生这几年做出的业绩,证明他没有吹牛,但是我还是要说一句,我这个东家并没有给他冷饭吃,这几年我是全力地支持他……"这时一名执事过来附在他耳边提醒,时间来不及了,应该选举新会长了。钮太公这才住了口。

执事说:"进行下一项:选举下届会长。"众人议来议去,觉得还是钮太公最合适,纷纷要求他续任会长,就在执事要敲木锤时,钮太公站起来挥了挥手,又看了看会场上的众人说:"慢,我老了,也许撑不到三年。我倒有个提议,我们为什么不可以提携我们的新人,选一个年轻的?"

"太公,你说谁能行?"执事吃惊地问。

"齐彻。"钮太公看了看齐彻,喝了口茶,继而用一种舒缓的调子说,"我建议,我辞去丝业公所会长一职,由齐彻先生担当。齐先生这几年在浔泰的表现,足以证明他堪当此任。"齐彻不知所措,张口结舌地呆在那儿。执事也有些不知所措地问:"太公,这……"

"请大家举手表决吧!"钮太公朝执事挥了挥手,便率先举起了手。众人还有些犹豫,但看钮太公先举起了手,纷纷将手举了起来。

散会后,齐彻站在门口的石狮边,他怎么也想不通,钮太公今天突然把会长这么重要的职务给了他。他是不是还想让他继续做浔泰的大掌柜,才故施此计?真是让人捉摸不透。齐彻正在发呆时,钮太公在众人的簇拥下走出来,他离开众人,来到齐彻面前说:"祝贺你,齐会长。""太公,你这是什么意思?"齐彻见是钮太公,正好要问个清楚。"没别的意思,希望你留下,继续为浔泰做事。"钮太公拍了拍齐彻的肩膀,"你那番话打动了我。"齐彻正要说什么,许多人挤过来向他祝贺。钮太公吩咐执事请齐彻去酒楼庆祝,于是齐彻像一匹被牵住了鼻子的马,不由自主地跟着众人前去,他不知道这是喜还是忧。

桑双回到服装传习所,曼蝉和肖晁也完成了一次冒险。曼蝉经历了这一次刺激,对强盗生活更充满了好奇和梦想。她有事没事就去找肖晁,两人摇着船,蒙面在运河里作案,有时是玩,有时却是劫富济贫,日子倒也惬意。可肖晁不愿意让曼蝉做这种事,时时劝她回去,说这活不是女人干的,但曼蝉十分任性,说了也不听。她借口在服装传习所住,天天昼伏夜出,拦路抢劫。于是这一带就流传了许多"雌雄大盗"的故事,似乎不亚于六指头的名声。

这天夜里,曼蝉与肖晃两人又来到运河上,把船停在潘公桥下,两人在舱里玩耍。忽然一只江西的货船擦了他们的船一下,曼蝉出来,见那船装了一船瓷器,停在不远的码头上,许多人正往岸上搬瓷器。曼蝉戳了一下肖晃的鼻子:"看我的。"她说着拿出一面黄旗插在船头,假装成是一只去杭州的烧香船,一面划着船,一面悄悄地靠在江西货船边上。卸完货不一会儿,瓷器商从酒店出来,哼着小曲往船上走。曼蝉装扮成村姑,从船里探出半身,将一盏茶向他迎面泼去。瓷器商呀地叫了一声,曼蝉假意慌不迭地拿出一块白春罗的手绢给他擦,还故意往他身上靠了靠:"哎,瞧我这茶,倒得不是地方。对不起,对不起。"

瓷器商正待发火,见是一个妖娆女人过来用手绢给他擦衣,半边身子都酥了,连连说:"没关系,没关系,这黑灯瞎火的,是看不见。""你这位老板真是一表人才,"曼蝉嗲声嗲气地说,"可惜我要跟我娘去杭州灵隐寺烧香……我娘上岸看熟人去了,现在也不回来,一个人真是怕死了。""要不,小娘子到我船上来坐坐?我有好酒。"瓷器商两只眼睛直冒绿光,讨好地说。"老板,可不敢,都说你们男人喝了酒胆大……我已经烧了水,还要洗澡呢。"曼蝉说着向瓷器商抛了一个媚眼,就闪进舱里。

瓷器商回到自己船上,横竖睡不着,出舱坐在船头张望,看到左右船夫睡了,不远处曼蝉的船上,船篷间透出一丝丝灯光,不由心生歹意,偷偷来到曼蝉的船上,从篷隙间往里看,只见那个女人正在搓洗身子,半遮半掩……忽然舱内的油灯灭了,什么也看不清了,里面传来一个娇嗲的声音:"你进来呀,陪陪我!"瓷器商大喜，拨开舱门向里摸去，忽然他绊了一下，摔倒在舱内，刚想爬起来，一把尖刀顶住了他的脖子，肖晃低声喊道："别动，狗东西！"曼蝉衣着整齐，端着油灯出现在瓷器商面前，问："瓷老板，没想到，你还真狗胆包天哪。""姑娘，对不起，我错了……"瓷器商被刀顶住喉咙，吓得直哆嗦，连连求饶，"我不敢，求你们别杀我。"

曼蝉伸手就是一记耳光，骂道："该死！花心大萝卜，你夜里摸进女孩子的船舱想做什么？我本不打算要你，可是你太色，不教训教训你，真不知道你会不会欺负良家女子！"说完伸手从瓷器商的背心里掏出银票，"这是你卖货的钱？""姑娘，这是小人的身家性命，你千万不要拿走，小人家里还有老母和妻儿。"瓷器商见银票被曼蝉拿去，心里大急，边哭边求饶。"你上有老母，下有妻室子女，为什么还要做这等欺心下流的肮脏事？"曼蝉大喝一声，"现在晚了！你说，要钱还是要命？"瓷器商一听，脸都吓白了，忽然大喊起来："救命呀，你们快来救我！""真是愚蠢。"肖晃给了瓷器商一巴掌，一把将他拎到舱外，"你喊吧，大声点。"瓷器商抬眼一看，周围已是一片白茫茫的水域，原来船早已到了太湖中，不由瘫倒在地。"色鬼，今天碰到小姑奶奶，饶你一命，算是便宜了你。"曼蝉笑道，朝肖晃使了个眼色，他领会了她的意思，丢了块木板在湖中，把瓷器商推下湖去："下去吧，往岸上游，也没多远。"

曼蝉坐在船头，看着瓷器商在水里扑腾，她拍手笑着："多耗点力气，省得做色鬼……"瓷器商在水里挣扎了许久，好不容易游到了岸上，坐在河边大哭起来。最后，他还是跑到镇衙去报了案。这下，雌雄大盗更出名了……

第9章 妓门无情

还是一九一八年的春天,在上海繁华的租界区,一个男人赶着一辆驴车,上面坐着一个破衣烂衫、脸上抹着煤灰的女人,驴车摇摇晃晃地停在钮公馆门前,引得不少路人侧目,以为是江北来的逃难者。几个印度巡捕过来想拦住驴车,可是赶驴车的男人忽然跳下车,显得十分兴奋,他伸开双手把女人抱在怀里,大喊大叫:"格格,我们到上海啦!"

这就是钮五阳和墨琴,他们经历几个月的生死旅途,终于回到了上海。仅仅隔了一天,这一对男女就出现在万国俱乐部,许多记者闻讯赶到,见钮五阳和墨琴穿着最时髦的衣服,挽着手从楼梯上下来,一副当红明星的样子,完全没有了昨天那副落魄相,又俨然是上海滩上最时髦的人物了。

记者们拦住钮五阳,抢着提问:"钮五阳先生,请问你真的是死里逃生吗?""我愿意回答这位记者的问题。"钮五阳清了清嗓子,"我和格格坐的火车在德州路段被劫,大兵洗劫了乘客,我们落荒而逃,向山东老乡雇了一匹大叫驴,冒死穿过了徐州,赶驴的老乡被打死了,最后是我自己赶着驴车和格格回到了上海!"有记者问:"你们一共走了多少天?"钮五阳答道:"整整三个月。这三个月,我们被强盗抢过,被人打过,我们要过饭,偷过地瓜,还有饥饿的难民要杀我们的驴。我们靠的是天运,靠的是格格的福气,才躲过一劫又一劫,顺利回到上海,这是上天对我们爱情的褒奖!""钮先生,这次回来,请问你有什么打算?"另有记者问。"第一,我要和大格格结秦晋之好;第二,我要回到南溪去继承我父亲的企业。""钮先生,你回浔泰企业,那么齐彻呢?"

"他该走路了,这问题在我离开家时就已决定。"一个女记者突然冲了上来:"钮先生,你觉得你比齐先生强吗?""我会超过他的。"

看着钮五阳春风满面,墨琴觉得也得说几句:"记者们,我过去一直很讨厌你们的,因为你们喜欢挖别人的隐私,总是制造恶心的花边新闻,可是今天我喜欢你们,因为我要宣布:我和钮先生将结婚生子,我们将离开上海,到一个美丽的江南小镇上去生活……"女记者问:"墨琴小姐,像结婚这样的事情,是不是应该由男人来宣布?""我声明:格格可以代表我发言。"钮五阳双手抱起墨琴,大声说,"经过这样的磨难,我们今生今世再不会分离!"

一时间,记者们的闪光灯乱闪。

十六铺码头,钮家的白色汽艇擦拭一新,鸣叫着沿黄浦江向内陆开去。五月,田野繁花似锦,钮五阳和墨琴戴着墨镜,衣着暴露,躺在船板上晒太阳。墨琴头上扎着一块绿色的头巾,抽着烟,很像一个波斯女人。船快到南溪时,墨琴再也无心看风景了,她翻身起来问:"五阳,你爹要是再不让我进门怎么办?""不会的,他是我爹,还不得随我。你想想,他就我一个儿子,我大哥那孩子是傻子,老爷子跟我抗,就是想绝钮家的后!"他胸有成竹地说。"钮家怕绝种,你怕不怕?"她嘴巴一撇,反问钮五阳。"我怕什么?我又没到老爷子那把年纪,我和格格,说不定会生一大堆儿女……"他凑过来想亲她。"二爷,我可不想生那么多,累不累!""随你,我的格格,你不要孩子也行,只要你对我好。"她搂住钮五阳:"二爷,我不要住你们家里,你们老爷子那脸色太可怕了。""不住我们家,那我们住哪儿?""哎,绿杨楼,绿杨楼不错。""可绿杨楼是旅馆。""那你不会买了绿杨楼?"钮五阳听到她要买绿杨楼,感

第9章 妓门无情

到很吃惊:"怪了,格格,你跟那个姓齐的一样,怎么都看上了那房子?""齐彻也看上绿杨楼了?"她问。"可不是,他一心一意想买下它,说不定已经被他买了。""不嘛,我就喜欢那房子,不然你就造一幢一模一样的给我!"她扑在钮五阳怀里撒起娇来。"行行行,我尽力而为。"他紧紧地搂着她,好像怕她跑了。随着船近南溪,钮五阳知道,家里这一关并不好过。

果然,钮太公绝不让墨琴进钮家的大门,他们只好先在绿杨楼住下。得知钮二爷和上海红妓女回乡,绿杨楼外聚集了不少看客,围着他们的住房,问钮五阳啥时候摆酒请客。钮五阳走出门来,对大伙说:"乡亲们,嘿,老哥们,我钮五阳大难不死刚到家,你们让我歇歇行不行?等闲了我在绿杨楼请你们,你们放开肚子吃喝,喝不倒人不算数,到时候请诸位赏脸……"

小镇上沸沸扬扬,钮太公当然不会不知道。他不让儿子带墨琴回来,自有他的道理。第一,墨琴是一个妓女,以他钮太公在江南的名望,儿子嫖妓本就是不良行为,何况还将妓女带到家来,成何体统?第二,钮五阳的结发妻子钱惠是公认的贤惠儿媳,何况有一年当钮家的生意面临困境时,钱家曾资助过钮太公,帮了一次大忙,恩不可忘。这双重原因使钮太公铁了心,随儿子怎么闹,也不会同意墨琴进门。他吩咐师爷去告诉钮五阳,快让墨琴走,如果敢把墨琴留在镇上,他真的不认这个儿子了。师爷领命,急匆匆地来到绿杨楼,把钮五阳从房间里叫出来,在楼下的茶楼里,把钮太公的话转达给他。钮五阳一听就急了:"不行!认不认我都行,你告诉我爹,没有格格,我活不下去!""二爷,可家里二奶奶怎么办?""二奶奶怎么了?她是她,格格是格格,我就不兴再讨一个?"他理直气壮地说,"男人讨个妾很正常,二奶奶人好,可没给我生儿子,让我绝后不成?不准我再娶,没门。""二爷,钱家有恩于钮家,太公没齿不忘,当初钱家怕委屈女儿,曾立下规矩不让你讨妾,你忘了吗?人活着不能忘恩,钮家也不能背上忘恩负义的罪名……再说了,二奶奶口德好,人贤惠,上上下下谁不夸她?你要是伤了她,府里的人都会寒心。""寒心又怎么样?又是老套子,要把我开除族籍。我想过了,就算我爹下得了手,我也不怕,因为钮家这辈就我这么一个男人。"师爷见劝不通,又说:"二爷,要不你缓一缓,让格格在上海住几天?南溪是老家,不管怎么说,人都得有老脸不是?在外面随你怎么花心,眼不见为净,太公也就会放你一马。你非把人弄到镇上,弄到太公和二奶奶的鼻子底下硌应他们,他们能不生气吗?""师爷,不是我不答应,大格格喜欢南溪,她是想堂堂正正入我钮家的门,你给她一个面子吧,否则名不正言不顺。做人嘛,谁不图个名分。""那钱惠怎么办?"师爷问。"先入门者为大,她是正,大格格为偏!"钮五阳说完站起来,头也不回出了茶楼,往绿杨楼走去。

钮五阳回房间时,在过道里碰到齐彻。他很意外,上前拦住齐彻说:"你怎么还没走?""我不走了。""怎么,还想当大掌柜?""不可以吗?我想跟钮太公买下浔泰,或者租赁。""不可能!钮家与你有仇,要卖也不会卖给你。"钮五阳没想到这点,不由反应激烈。"有什么不可能?另外我是来告诉你的,要对你说声对不起,我已买下了绿杨楼,你们请找地方搬出去,我要修整一下。"

"齐先生,你要撵人?"墨琴不知从什么地方走出来。"不是撵人,因为绿杨楼我买下了,要修缮。""那不行,齐先生,住绿杨楼是我和二爷结婚的条件之一。""结婚的条件?凡事有先来后到,我已经谈好了。"齐彻不明白墨琴和钮五阳之间有什么条件。

第9章 妓门无情

"条件就是——没有绿杨楼,我不和他结婚。"墨琴嫣然一笑。"齐先生,这房子你就让给我吧。格格看中了这楼,要在这楼上结婚,我看你就君子成人之美吧!"齐彻皱了下眉头,他不能忍受钮家的霸道,便直说了:"告诉你二爷,这楼我是要定了,因为它是肖家的祖产,我是肖家的儿子,所以才不惜花大价钱买下它。"钮五阳反唇相讥:"别那么大的口气,龙卷风也刮不走南溪。告诉你,我想要的东西,别人还不敢买!你信不信?""你是太湖强盗?"钮五阳大笑着说:"也许比太湖强盗更厉害。""我就不信,咱们去找执事来解决这件事。"齐彻不屑地看着他,心里十分光火。"好,看看你行还是我行。"

当钮五阳找到宁绍会馆的执事,说他也要买绿杨楼时,周执事犯愁了:钮家他是绝不敢得罪的,但齐彻已付了定金。于是他将钮五阳和齐彻叫到一起,对他们说:"二爷,齐大掌柜,你们两人都要绿杨楼,我不好决断,因为你们俩都是镇上的大人物,我谁也不敢得罪。我希望你们能通过协商,决定绿杨楼的归属。""不行,你说卖给谁就卖给谁,这楼你说了算。"钮五阳逼着执事,暗示一定要买绿杨楼。

"周老板,为了这楼,我跟你谈了几年,做买卖可有个先后?"齐彻说。

"两位爷,你们可难为死我了。"执事朝他们摊着手,苦恼地说,"这样吧,你们俩抓阄怎么样?"

钮五阳一听,喜得从椅子跳了起来:"行!撞大运,我是猪肥不怕烫,运大不怕赌,可我估计有人不敢。""齐掌柜,你呢?"执事侧过头来问。"他不怕,我也不怕。"齐彻见执事这样办事,十分生气,可也没其他办法,就点了点头。

执事掏出一枚花钱给他们看,一面是人一边是字,他很稔熟地将钱竖在桌子飞快旋转,然后笼在袖口里,忽然手掌压下,将花钱盖在掌下推到桌子中间,问:"你们谁先要?"钮五阳轻蔑地说:"让他先要。"执事问齐彻:"要人还是要字?""要字。"齐彻想都没想,答道。"那我要人。"钮五阳神秘地笑了笑。

执事一点点移开手掌,花钱显示出人形一面。钮五阳一拍桌子,站起来大笑:"天意!齐彻,你还说什么?""大掌柜,一赌定输赢。对不起了,房子归钮二爷。"

钮五阳胜了一筹,他就在绿杨楼设宴为墨琴接风洗尘,也趁机款待众人,宣布齐彻与他抢绿杨楼的结果,这让他大长面子。正当众人喝得开心时,小坯子却惊慌地进了包间,在钮五阳耳朵边小声说:"二奶奶来了。"他顿时一惊:钱惠早不来晚不来,偏偏在这个时候来了。

他放下酒杯,走到窗前往下一看,只见妻子抱着女儿站在楼下的走廊上,含泪深情地望着他,女儿却不管不顾地大喊:"爸爸,爸爸……"他只好下楼去将妻子拉到一棵树下,呆呆地站在她面前说不出话来,倒是钱惠打破了僵局:"二爷,你回来了,为什么不回家呀?娟娟想你。""爸爸……"娟娟伸着双手,钮五阳抱过女儿,摸了摸女儿的脸:"阿惠,你先回家,我明天就回去。""二爷,你骗我们娘俩……""明天保证回去,放心,你们先走……"他将女儿塞到妻子怀里。

他刚把妻子送到门口,突然墨琴从门内跑出来,大叫:"二爷,二爷……"钮五阳应了一声,墨琴飞也似的跑过来,看到钱惠母女就问:"二爷,她俩是谁?"他醒过神来:"噢,格格,我来介绍一下,这是我太太钱惠和女儿娟娟。""哦,二奶奶……"墨琴脸色阴下来,她伸出手想摸摸娟娟的头,娟娟将头一闪,不让她摸。钱惠没有理她,扭头抱着孩子向外走去。

看着钱惠远去的身影,墨琴问他:"她就是你太太?""是。"

第 9 章 妓门无情

"嗨,她还挺神气的,跟我摆臭架子……你休了她!""格格,不行!"

墨琴冷着脸,哼了一声,转身就走,钮五阳跟在后面。墨琴跑进房间,狠狠地关上门,将门闩住,大声宣布:"钮五阳,我告诉你,要我做你的偏房,做小老婆,没门!""格格,你听我说,她比你早进门,又为我生了孩子,不能休她。"他为难地说。"我不管!我是淳亲王的女儿,是皇族血统,你让一个大格格到你家做小老婆?美死你了,这在前清,是杀头的罪!"墨琴使劲地拍着门哭起来。

钮五阳隔着门跪了下来:"格格,别哭,我俩都生死考验了,你就别在乎名分,只要我爱你,把你当成大老婆,不就行了?你看几年下来,我对你的情坚不坚?""不行,我进你家的门,就成了你的奴隶,我才没那么傻!这么多年,你从来没说娶我是要做小老婆,我一直以为二爷是个人物,家里的老婆无足轻重,没有爱情你才找我,没想到你老婆在钮家有这么大的势力,你看她有多么傲气,理都不理我……只要她在,就没我的好日子过。我说明白了,有我没她,有她没我!"墨琴斩钉截铁地说。"大格格,你别往死里逼我,我已经为你争来了绿杨楼,我们会在绿杨楼结婚,我求求你!"钮五阳一脸哭相,几乎是在哀求墨琴。"你别装出一副可怜相。你是钮二爷,是上海滩上的小开,有名的花花公子,你们钮家有钱,谁知道哪一天你又腻了我,再去追什么花琴月琴的?我一个小老婆算什么,到时候人老珠黄,你就甩了我。"墨琴越说越气,用手抹了抹眼泪,"告诉你,我没那么贱!要我嫁给你可以,有两个条件:一,我不进你们钮家的门,我要在绿杨楼成亲;第二,你要休了你老婆,娶我为正妻!我这个人心性强,不愿与别人共一个男人。""大格格,钱惠她老实贤惠,我不能逼她。""那你就滚,滚回去找你钮家的贤妻吧!"墨琴大喊了一句,随他怎么劝说,就是不开门。

钮五阳在墨琴的门口坐到了半夜,后来他终于明白,事情僵住了,格格心高气傲,怎么会同意做他的妾!他只有回家和钱惠商量。对于他来说,这也是天大的一件难事。钮五阳垂头丧气地回到家,见钱惠不在房里,他撩开梦蚕的帐子,梦蚕穿着贴身的小衫坐起来,说钱惠在娟娟房间。钮五阳坐在梦蚕身边,将他的心事告诉梦蚕,问她怎么办。"二爷,这可千万使不得,二奶奶心慈,你让她怎么办?太罪过了。"梦蚕摇着头。"梦蚕,二爷求你,我是没有办法了……二奶奶听你的,你劝她同意离婚,不过我会去看她,也认她,她一辈子都是我的媳妇,行不行?"他哀求着,可梦蚕坚决地推开他:"二爷,这话我不会说,死也不会说,你太过分了。"说完扭头就不再理他。

钮五阳回到了房间,一个人倒在床上,两只大眼瞪得溜圆,直盯着天花板,想着该怎样办。一会儿,钱惠推门进来了,发现躺在床上的钮五阳,惊喜地叫了一声,忙着给他倒茶水,又帮他脱掉鞋,见他郁闷,就说:"二爷,你睡个好觉,我去女儿房间。"

钮五阳闭着眼,任凭妻子侍候他,听了妻子的话,他似乎有所感动,突然坐起来扇了自己一记耳光:"阿惠,我不是人,是个混账,我对不起你。你找我这么个男人,够倒霉的不是?""二爷,你……"钱惠上前抱住丈夫,"你是怎么了?"钮五阳百感交集,大哭了起来,在钱惠的追问下,他只好说了出来:"大格格她不愿做妾,她要做正房……阿惠,你说我怎么办?"钱惠怔了一刻,问:"二爷,你怎么想的呢?"他嚎叫着:"我不知道,我不知道……""二爷,你别伤心,你要我走的话我就走。"她再也控制不住自己,扑在他怀里啜泣着。"阿惠,我不要你走,我舍不得你,你对我好我知道,我舍不得你走。"他将妻子抱得紧紧的……

第9章 妓门无情

第二天一早,钮五阳蓬头垢面来到墨琴门前,敲了敲门,依然没有动静。他在门口坐了一会儿,又敲了一会儿,还是没有动静,就推了推门,里面紧紧闩着。这时有人走了过来,钮五阳无奈地走到楼下,坐在院子里一只石凳上看着墨琴的房门。突然门开了,墨琴走出门,他站起来,刚想叫她,一只藤箱从楼上扔了下来,墨琴怒不可遏地叫道:"钮五阳,你给我滚蛋,我再也不要见你!"接着钮五阳的衣服用物雨点一样从楼上抛下来,钮五阳躲闪着,很是狼狈。这场面引来很多看客。

墨琴把钮五阳所有的东西扔下来后,又叉着腰站在栏杆边,大声嚷道:"钮五阳,你听着!从今天起,你不准踏进我的房间!你嫌我,我还就不走,就在这南溪赖上了!如果你敢跨进我房门一步,我马上就自杀!"

"格格,我到底怎么了?"钮五阳急得直跳。"你听着,我告诉你,你别想脚踩两只船,一边把老婆当正餐,一边把我当点心。我不当你的小点心,死也不当。"墨琴气呼呼地又说,"想骗我进门?哼,你休了老婆再说……我没进你家的门就给我气受,你死了心吧。""格格,让我进去,你让我把话讲完。""不听,就是不听!"她说完走进房间,猛地一甩门,可是没一分钟又冲了出来,将钮五阳的礼帽扔了出来。礼帽在空中飞得好远,落在门房脚下,门房讨好地把礼帽拣起来交给钮五阳,钮五阳又把礼帽给扔飞了:"格格,我保证你不做小,行了吧!"

钮五阳好几天没有来,墨琴心里有些后悔,想自己是不是闹得过分了,可她又实在看不惯钱惠盛气凌人的样子。她一个人住在南溪,感到很闷,于是就雇了只船来到太湖边。下了船,她在湖边一带散步,湖光山色,波影桅迹,只是独自一人甚感无聊。她不由得叹了一口气。

突然，一只野鸟从草丛里飞起，她吓了一跳，意外地看到了为父亲上坟的齐彻，便走过去拦住他的去路说："齐先生，这么巧，在这儿也会碰见你。""你好，墨琴小姐。"齐彻朝四周看了看，不见钮五阳，便问，"二少爷呢？""二爷？我跟他掰了。"提到钮五阳，她心里来气，"他要我给他当妾，我不干。""难道他以前没告诉过你他有太太？"齐彻问。"我知道，我要他休妻。""听说他妻子非常贤惠，所以钮家不同意他休妻。""他非休不可，男人娶两个老婆是陋习，现在是民国，是一个新的时代。"她忽然又新派起来，"齐先生，我虽然是个女人，可也有权利是不是？""墨琴小姐，这话我倒赞成。"齐彻笑了笑，"时代在进步，墨琴小姐，你一夫一妻的要求不过分。"墨琴乐了，拉着齐彻说："齐先生，就冲着你这话，今天我请你吃饭。""不了，墨琴小姐，今天我有事，再说吧……"齐彻想了想又说，"你要请我，我很高兴，只是我们在一起不太好，谁都知道你是二爷的人，这里是小镇，不是上海，小镇上的人不会理解。""齐先生，就吃顿饭，又不是做见不得人的事。哎，你是不是怕钮五阳？""话不是这么说。"齐彻苦笑着摇了摇头。"这面子齐先生一定要给。"她坚持说，两人不知不觉已走到停船的地方，齐彻说："墨琴小姐，上我的船吧，我送你回去。""好吧。"墨琴上了船。

齐彻和墨琴约好在醉湖楼吃一顿饭。墨琴为了这次约会，特意在钮方丽那儿定做了一套洋装。高头大马的格格穿上洋装，更是别有一番风采。湖边相遇，墨琴发现齐彻很有男人魅力，比钮五阳更男人。再说，齐彻至今还是单身。她好像朦朦胧胧有一种希望，又说不清是什么……

醉湖楼上，墨琴早早就来了，齐彻来得很晚，就在墨琴以为他不会来的当儿，他才进来。两人坐下点菜，要了绍兴黄酒。席

第 9 章 妓门无情

间墨琴问:"齐先生,想问你一个问题:你今年多大了?"齐彻摇了摇头,开玩笑地说:"墨琴小姐,是不是这几天钮五阳没理你,你寂寞了?"墨琴夸张地瞪着眼:"我寂寞?怎么会?这世界上三条脚的蛤蟆难找,两条腿的男人到处都是。""那我不能算是三条腿的蛤蟆吧?""你?齐先生,你是金子王老五,比三条腿的蛤蟆可难找多了。"墨琴很会说话,她又一本正经地问:"中国的男人孝道为先,不孝有三无后为大,往往十五六岁就娶妻生子,你为什么到现在还不成家?""男子汉事业为重,立业为先。"齐彻收起笑容说,"还因为我是在洋人的家里长大的,中国人的早婚没有轮上我。""还有……"墨琴欲言又止,"你说男人和女人会不会成为好朋友?比如说,我们都是单身,又都是外来人,为什么……""我们做好朋友?墨琴小姐,我太忙了,好像还没有时间对付别的事,不像有的男人,他们是感情动物,一辈子就钻在男女情里……""你是说钮二爷?""还有谁?""齐先生,不知为什么,二爷对我好我是知道的,可是我对他就是没有那种感觉,好像他不是个男人,嫁也可以,不嫁也可以,没有那种生生死死的味道。""这是因为他对你太好,所以让你找不到感觉了。""好像是这样的,他越对我好我就越没劲。我总在想,为什么我不能生生死死地爱上一回?"墨琴叹了一口气,"我有蒙古血统,有点野性,像草原上的马一样……""看来,你也是个理想主义者。"喝了几盅后,齐彻突然看了看表,端起酒杯:"干杯。时辰不早了,我该回去了,厂里还有事。""别忙,菜还没上齐呢。我敬你一杯。"她端起了酒杯要敬齐彻,这时钮五阳突然走上楼来,他气急败坏地走到酒桌前,一声不响,猛然掀翻桌子:"齐彻,你他妈的混蛋!"墨琴嚷着:"走,齐先生,换个地方,真倒霉,到处都会碰见这个跟屁虫。"

这时候,钮家的打手走了进来,站在两边。钮五阳对墨琴说:

"格格,你可以走,但齐先生要留下。我要教训教训他,告诉他做人要懂得规矩。"墨琴仰着头,挑衅地说:"钮五阳,我告诉你,你今天敢动齐先生一根汗毛,我马上从楼上跳下去!你找齐先生撒什么气?是我约他的,有种你对着我来,把我揍一顿好不好?就因为我不听话,不想做你钮五阳的小老婆,你就找茬?你打呀,打我呀!"说着就把头扎到他怀里。钮五阳惧怕墨琴,铁青着脸,打手们让出一条窄窄的通道,让墨琴和齐彻走出醉湖楼。末了,墨琴还喊了一声:"二爷,你给我把账结了。"钮五阳居然眼睁睁地看着齐彻和墨琴走了出去。

齐彻刚回到绿杨楼的住处,门就被砰地踢开了,钮五阳冲了进来,他大喝道:"齐彻,你欺人太甚!你先是欺负了我妹妹,然后一脚踢开了她,怎么,现在又想欺负我的格格?""钮二少爷,是你打到我的门上,你欺人太甚!"齐彻换着衣服,"墨琴小姐并非你的太太,她愿意和我在一起,与你何干呢?""齐彻,我看你是找死!格格是我的人!"钮五阳气急败坏,"你敢动她一手指头,我就跟你拼命。"齐彻也来气了:"看你说的,我倒想试一试,今天夜里,我就偏找墨琴去玩。""这么说,你存心要找我的格格?"钮五阳没想到齐彻这么硬,也脱了上衣,摆出一副打架的架势,"好,别说我欺负你。""是又怎么样?你给我找的麻烦够多的,看来我也得给你制造些麻烦。"齐彻挽起了袖子说,"我和你交过许多次手,你都赢了,但这次你恐怕会输!"

门房过来,见势不对,赶紧插在他们中间,劝道:"二爷,大掌柜,你们不要打架!""放心,我们打的次数多了。"齐彻将门房推了出去,回过头来对钮五阳说,"开始吧!亮出你的绝招,我齐彻从来没为女人打过架,今天想试试。""好!你个兔崽子,是你自己找打!"钮五阳怒不可遏,像一只斗鸡般扑了过来。两人撕扯着,

第9章 妓门无情

一会儿齐彻就扭住了钮五阳的脖子,将他捺倒在桌子上,死死地卡着他,钮五阳一动不能动,脸憋得像猪肝一样。齐彻大声说:"钮五阳,你真以为我怕你!"

门外,几个看客挤着从门缝往里看,忽然他们争着退后,砰的一声,钮五阳被齐彻从里面扔了出来,摔倒在外面的草地上。众人赶忙上去,将钮五阳拉起来。齐彻走出来大喝一声:"起来!有种的起来!"钮五阳推开众人向齐彻冲去,齐彻一侧身,右脚横扫,将他击剑的功夫用了一招,钮五阳又摔了个狗吃屎,躺在地上爬不起来了。齐彻向他走去,忽然伸出一只污辱性的中指:"钮五阳,我是男人,我找女朋友用你管吗?我为什么不可以跟墨琴小姐相好?"钮五阳擦着嘴角的血:"放你狗屁!你看着,你敢动我的格格,你死定了!"齐彻说:"那你就等着吧。"

几天以后的一个晚上,一叶扁舟载着齐彻和墨琴,浮于湖中一面峭壁之下。湖风微起,苇声遍地,夜鸟疾飞于水面,叫声怪异。这么多年,齐彻是第一次打赢钮五阳,并让他输得很难看,齐彻从没有这样痛快过。男人都有一种心态,越是不让他找某个女人,他越是要和她在一起,齐彻也不例外,他要气气钮二爷,让他难受,齐彻是说到就做到的男人。

"你这是一种逆反心理。"她听了他的叙述说,"你跟我出来不是认真的?""你说得不对,"他说,"这次,我是很认真的,我好久就想看看太湖夜色,没想到却是这样一个机缘。夜色果然非凡,我记得苏东坡赤壁赋里有佳句:江上清风,山间明月,耳得之而为声,目遇之而成色,取之无尽,用之不竭,正合今夜。""你说的是风景还是男女之情?""你说呢?"见她不解,他又说,"这就是风月,也就是我们说的男女之情。""你说得太奥。"她吃惊地看着他,"我不懂,你们男人的学问,用在谈情说爱上也这么费劲……"

齐彻靠在船舷上仰天看月。墨琴悄悄靠在齐彻的肩膀上，也望着天空出神，那一轮明月好像照透了两人的内心。这时，她才发现这是与钮五阳没有过的情调，很新鲜，于是问："齐先生，如果我愿意嫁你，你会不会娶我？"齐彻笑了笑："难说，因为你太漂亮了。男人娶过于漂亮的女人为妻是有祸的……""我开始喜欢你了，齐先生。"她又把头靠在他的肩上，"不过我知道，我所喜欢的男人都不会要我，而我不喜欢的男人却会死命地缠着我！这就是我的命，曾经有一个犹太人给我算过命，我信。"齐彻推开身边的佳人，赶紧说："天不早了，回去吧，说不定钮五阳正在发癫。"

墨琴从太湖夜游归来，推开门走进黑黑的房间，想要脱衣休息，忽然被人从后面抱住。尽管她拼命反抗，还是被这个人扔在床上，死死地压着。尽管黑暗中这个人戴着头套，一副歹徒的模样，但她还是从这人身上的酒气中辨认出是钮五阳，于是她大叫一声："钮五阳，你装什么孙子！"

钮五阳一愣，看着她问："格格，你怎么知道是我？""你少来这一套，就是烧成灰我也认得出你的骨头。"墨琴点燃灯，十分生气地说，"你戴着头套，想到这儿来抢人？""格格，别闹了，我们和解吧。"钮五阳一把拉下头套，跪在地上哀求说，"格格，我没脸见你，所以才戴头套。求了你，别再折磨我，我快死了，我死给你看行不行？""起来起来，男人像个男人样。"墨琴骂道，"天生的软膝盖。""你不理我，我就不起来。"墨琴很是厌恶地看了钮五阳一眼说："怪事，你爱下跪？跪你老婆去。"钮五阳仍跪在地上哀求说："格格，别再生气了。""哈哈，生气？我快活得很。"墨琴突然笑了，"告诉你，我和齐彻去玩了，夜游太湖，天下一大

第9章 妓门无情

至景,好快活!"钮五阳一听墨琴跟齐彻出去玩了,心里老大不痛快:"格格,你不要相信齐彻,他是个坏人。""他坏?怎么坏?就说你吃醋得了。我今天和他谈了半天,喝了很多酒,觉得他是个好男人,至少比你强。再说了,他是个单身汉,想结婚就结婚,没你那么啰嗦。""格格,我爱你,我们一路上生死与共的情分,你忘了吗?""你别总提北京的事,好像我是个忘恩负义的小人,是你自己去北京找我的,我又没有求你!"墨琴虽然口气很硬,但提到北京的事,她心里还是猛地一缩:是啊,那是他们生死与共的日子。她口气也缓了下来:"好吧,我给你时间。你说吧,什么时候?""格格,再给我几天时间,就几天,我会离婚,我会想办法……行不行?""你什么时候休了钱惠,什么时候来找我。不过可得快,如果我有了其他的心上人,那可就不怨我了。你走吧,我累了,没空跟你磨嘴皮子,你谁也不用怪,要怪就怪自己……"说完她将钮五阳推出了门。

面对温柔贤惠的妻子,钮五阳怎么也开不了口。他想着墨琴,闷闷不乐,不思饮食,几天都没有吃饭,恹恹地躺在床上。钱惠一如既往地照顾钮五阳,以为他病了,就对他更好,每顿饭都端到嘴边喂他,钮五阳却一口也不吃。

钱惠端着饭菜哭了,细声细语地道:"二爷,你吃点吧!好几天了,这是干啥!"钮五阳不说话,闭上了眼。钱惠几乎是哭着问:"我的二爷,你这是绝食呀!急死人了,有什么话就说,别这样行不行?"钮五阳翻了个身:"不吃,你烦不烦!""二爷,你说,你真的想休我?"她轻轻地靠在他身上哭着问,"告诉我,我们娘俩就这么让你讨厌?"他忽地坐了起来,指着钱惠的鼻子说:"讨厌讨厌,讨厌死了。""那你就让我死了吧。"钱惠松开了丈夫,大哭起来。"你别拿死吓唬我,我钮五阳命贱不值钱,我死也轮不到你。水井没捂盖子,你往下跳呀!我什么都没说,你倒先闹我。"钮五阳吼道,"格格在外面闹,你们在家里闹,你们还让我活不活了?都他妈死去!""二爷,你,你……"钱惠看着躺下的钮五阳,心里像一潭死水。突然她抹着眼泪跑出去,守在门外的梦蚕看到,也跟着追了出去……

钮五阳绝食的事,钮太公也知道了,他来到儿子的房间,钮五阳只好起来。钮太公看着儿子颓唐的样子,心里也有些不忍。

他坐在花几前注视着儿子:"五阳,我今天不骂你,也不打你,我只问你一句话,你还是不是钮家的子孙?""爹,我当然是你的儿子呀!""好,有句古话,子以父为天,这话对不对?""当然对,没有天哪有地,没有父哪有子!爹,你是想说……""我想说我老了,钮家的这份家产早晚是你的。可是,这个家被你弄得鸡飞狗跳,唉……""爹……""五阳,你要是我儿子,就必须要守规矩,听我的话。我要你发誓,决不可以休妻,不可以讨那个婊子。"钮五阳一听,这比上刀山还难,于是反问了一句:"爹,我要是说不呢?"钮太公厉声说:"如果你违背了上面这两条,我就取消你的继承权,把你赶出钮家!钱惠被你闹得寻死觅活,她有个三长两短,我惟你是问。做人要有良心,钱家有恩于钮家,我们有今天,多亏了你岳父,所以你绝不可以亏待钱惠。""你别管她瞎闹腾,她不会怎么样!大不了回娘家就是,她还年轻,还可以嫁人,怎么了?我又没打她没骂她,我只是对她没感情。"钮太公顿时大怒,质问儿子:"这么贤德的媳妇,你没感情?你说你要休妻,三从四德她违背了哪一条?""爹,我求你,钮家的一切我都可以不要,你就让我离婚吧。我喜欢格格,我要娶她!"钮五阳忽然跪倒在地,"爹,我放弃财产继承权,行不行?""做梦,你休想!一个长三妹把你迷成这样?大丈夫三十而立,四十而不惑,五十而知天命,你不

第 9 章 妓门无情

想立身扬名,做一番事业,却迷恋烟花女子,忤逆父命,背叛亲情,人不像人!"钮太公一拍桌子怒道,"你以为我真的可以容你胡闹?我钮家现在是只你一个儿子,但你这样的儿子,我宁可不要!""爹,你别再逼我!"钮五阳站了起来,绝望地叫起来,"不管你怎么说,我就是要娶格格,没有格格,我活不下去。""你还犟嘴!"钮太公咆哮起来,"来人啊,给我掌嘴!"

几个下人上来,把钮五阳扭住往外拉。钮五阳嘴里一个劲地喊:"我要娶格格,我要娶格格……"

钮五阳的声音传到隔了一墙之隔的房间,清楚地传到钱惠的耳中,她绝望了,哭着站起来,掩面冲了出去。夜里,在冷冷清清的卧房,她找到一条白绫子抛上梁去,结成一个死结。她不想活了,丈夫的话让她彻底绝望了。她放心不下女儿,跑到女儿的床前,见娟娟睡着了。她大滴的眼泪往下掉,弯下腰亲吻着女儿:"女儿,你亲娘走了……你长大时,记着到娘的坟前来看看,记着娘,也别恨你爸爸,他不是坏人,是被坏人迷住了……"

女儿翻了个身,她怕惊醒女儿,赶紧离开。经过梦蚕房间时,她张望了一下,见梦蚕已经睡着了,便写了张纸条,放在桌子上:"好梦蚕,我不想活了。我走了,替我照看好娟娟。"写好纸条,她又回到房间,手扯着白绫发呆。突然,她看见床上丈夫脱下的衣服凌乱地扔着,就走过去拣起来,亲吻着衣服上丈夫熟悉的气味,像往常一样为他叠好,整整齐齐地放在一边。她又从箱子底拿出一只红木的首饰盒,里面是她的私人积蓄和首饰。她打开匣子,一件件地检点……最后她用一块绸巾将盒子包起来,端正地放在床前枕头边,才回到桌前,噗的一声吹灭了灯,爬上准备好的板凳,抓起白绫套进自己的脖子……

钮五阳被暴怒的父亲打得浑身是伤,来到绿杨楼找墨琴,谁知她不在。他等着,直到外面敲三更,还是不见她回来,他这才垂头丧气地回到家里。一进门他就大叫:"阿惠,阿惠,点灯呀……"屋里没有回音,钮五阳便在黑暗中摸索着,突然,他的头碰到一只垂在空中的手,接着又摸到一个女人的身子在空中悬浮着,他突然惊醒,抱起上吊的妻子,疯狂地喊起来:"来人呀!来人呀……"

喊声在暗夜里十分恐怖,梦蚕蓬头散发跑进来,点燃灯,见状也发出尖锐的哭叫。一会儿几个家人打着灯笼冲进来,七手八脚,解下钱惠平放在地上。钱惠气若游丝,钮五阳死死地抱着她,不说一句话。几个下人也呆了,不知如何是好。梦蚕一见,大声喊道:"你们呆什么,还不快去叫大夫!"

下人赶紧跑了出去,钮五阳站起来,将妻子抱到床上,看着忙忙碌碌哭叫着的下人,呆了。他发现了枕边绸巾包着的首饰盒,打开来一看,里面有妻子留下来的信:"二爷,我走了,我们的婚姻走到了头,我很失望。我是爱你的,爱我们的孩子,没有你我失去了活下去的勇气。二爷,我不要求别的,只求你一定把我埋在钮家的祖坟里,一定要在墓碑上刻上'钱惠——钮五阳之妻'……"钮五阳还没有看完,泪水已布满眼眶,他手里的首饰盒掉在地上,首饰落了一地。

忽然,他发出一声大叫,大哭起来:"阿惠,阿惠,你干什么呀!我不休你,我不休你,你不要这样!阿惠,我的宝贝,你是我最好的媳妇。你别死,千万别死,我不休你,再也不休你,谁休你天打五雷轰行不行?阿惠……"他哭着哭着就扑到妻子身上,抚摸着她,突然觉得妻子的身体还有余温,便急忙扒开她胸前的衣服,把耳朵贴上去听听,惊喜地抬起头来:"梦蚕,阿惠没有死,她的心还在跳,你听……快……"梦蚕一听,急忙扑上来,也把耳朵

第9章 妓门无情

贴在钱惠胸前,惊喜地叫起来:"二爷,奶奶没有死,真的没有死!"钮五阳轻轻抚着钱惠的脸,用嘴去做人口呼吸:"阿惠,你醒醒,醒醒呀!"管家婆走进来:"快,给二少奶奶喝点水。"

有人端了一碗热水,钮五阳试了试嫌烫,他含了一口水,用嘴给妻子喂了一口,钱惠忽然咳嗽着,呛出一口水来,她睁开眼睛,哭起来:"你们干什么!别管我,我要死,我要死呀!""阿惠,阿惠,是我,我是五阳……"他紧紧把她搂在怀里,哭着说,"阿惠,我不休你,不休你!谁说我要休你?阿惠,我向你起誓,我要是再休你,天打五雷轰!""二爷,二爷……你……"她并不相信,闭上眼又呜呜地哭起来……

在小镇,墨琴无处可玩,有事没事就到钮方丽的服装传习所去,和一帮姐妹混得挺熟。她订做了一套时髦的宫廷服装,试穿着,觉得自己好像又过了一回做大格格的瘾,一直不肯脱下来。她穿着这套宫服学钮方丽跳国外流行的爵士舞,逗得大家哈哈大笑,倒是很开心。不觉夜已深了,方丽让她留下来,墨琴却想回绿杨楼。她不让人送,一个人跑过小桥,在路过河边黑乎乎的一道窄巷时,忽然一个门洞里抻出几双手搂住了她,一只厚厚的口袋猛地将她的头蒙住。墨琴想叫,可是叫不出来。说来也巧,齐彻正从绿杨楼出来,路过桥头时,与扛着墨琴飞奔的黑大汉撞到一起,墨琴大叫出来:"救命,救命……"齐彻听声音耳熟,上前将蒙在她头上的袋子扯了下来,发现真是墨琴。黑汉子摔倒在地,另一个汉子拔出一把尖刀,向墨琴刺去,齐彻见势不好,猛地一脚踢去,那汉子的刀还是刺中了墨琴,她大叫起来。这时,几个杀手全围了过来,齐彻见势不妙,不顾一切地拉起墨琴,大喊一声:"墨琴,往河里跳……"

两人跳到河里,杀手们也跳下水,朝他们游来。这时一只鸬鹚船里钻出一个渔夫,齐彻喊道:"老伯救我们,快救我们!"老渔夫顺手拎出一支竹篙,站在船头,朝那几个杀手迎头打去。这时河边的人家纷纷推窗观望,人声鼎沸,杀手见势不好,只得上岸逃走。墨琴和齐彻爬上船来,墨琴的胳膊被刺伤了,鲜血直流,她又惊又吓,一头扑到齐彻的怀里哭了起来。

齐彻撕开衬衣,一边为她包扎,一边对船夫说:"老伯,快送我们去镇公所,我会好好谢你的。"他替墨琴包扎好伤口,才问:"墨琴小姐,这伙人是谁?为什么要杀你?""我不知道,我一点也不知道。""那钮五阳呢?"他问。"二爷……"她抖抖瑟瑟地回答,"好几天没有人影了,听说被老爷子打了。""那会不会是钮家想要害你?"齐彻又问。

他分析得不错,的确是钮家的主意。钱惠自杀未遂,钮太公知道后十分震怒,他钮世诠也算是个人物,可子孙让他伤心,但根源却在墨琴身上,如果没有她,儿子就不会闹出这么多的败家之事来。所以钮太公认为,墨琴不除,钮家就永无宁日。"钮家?肯定是钮家……"墨琴也突然明白了,"钮家好歹毒呀!齐先生,刚才多亏你,不然我就没命了,谢谢你救了我……齐先生,我要报答你!""墨琴,你现在很危险,那些人还在追杀你,你最好的选择就是离开这里。""他们为什么要杀我?我是个女人……"她赌气说,"我就不走,让他们来杀我好了。"他看着她问:"你不怕死?""跟你在一起我就不怕。""别说傻话,你和钮五阳断不了!""齐先生,那我不明白,你为什么要救我?""墨琴,我喜欢你,也许非常喜欢你,可是光喜欢没有用,人活着,要受环境和条件的约束,不可能想要什么就是什么。"齐彻叹了一口气,"我送你走,今天就离开南溪。"

船夫将船驶到镇公所的码头上,可是他们没有上岸,直接回了绿杨楼。第二天一早,他们就乘早班船走了……

第9章 妓门无情

第二天,钮五阳好像听到了什么消息,他来到绿杨楼,门房告诉他,墨琴走了,还告诉他昨天夜里墨琴被黑衣强盗刺伤,差点丧命,齐先生救了她,今天一早他们一起走了,也不知去了哪里。钮五阳冲进墨琴住过的房间,发现她留给他的一封信:"二爷,我走了,我们结束了。这回是真的跟你告别,不要找我,我永远不会再见你,我怕你们钮家心黑手辣……"

钮五阳出了房间,大声问门房:"谁要杀她,谁敢杀她?"门房回答:"不知道,镇长派人调查过了,说是外地人抢劫。""不可能,这不可能。"钮五阳突然哈哈大笑起来,然后一阵风似的冲了出去。

他回到钮府,钮太公正在打坐参禅,他不顾管家拦阻,擅自闯了进来,指着父亲的鼻子说:"爹,这是我最后一次叫你爹,从现在开始,你不是我爹。""你说什么?"钮太公一惊,骂道,"你发什么酒疯?昨天刚挨过家法就忘了,再胡说八道,我让人给你嘴里塞粪。""钮世诠,你不是我爹。你什么事都干得出来,你就干吧,这辈子做了多少亏心事,你会得到报应的!"钮五阳跳着高,一字一句地骂,"你不要装了,是你派人去杀大格格,就是你!你要断我的后路,我已发过誓不同她来往,你还要害她,你有人性吗?""你骂我,好,快来人!"钮太公气得发抖,"把他给我捆起来,送祠堂公议。"

下人们拥上来,用绳子将钮五阳捆了个结实,送到了钮氏祠堂里,捆在一根大石柱上。深居简出的族长九叔也到场了,他坐在上首,周围聚满了钮氏的族人。

"五阳,你家的事情本来我不管,可你爹一定要我来。"九叔发话了,"子不言父过,你怎么敢骂你爹?这叫忤逆!族规上第一条就是:乱伦灭理,忤逆父母,公议处死。""死就死,我不怕,我死了他老人家就断子绝孙啦！"钮五阳说完，哈哈笑了起来，"九叔，随你怎么处置我！借债还钱，杀人偿命，我还是要说，钮家不能再干伤天害理的事了。二十年多前，钮世诠害了肖家，现在又来害自己的儿子，真好……"

众人看钮五阳这样，不禁面面相觑。九叔见钮五阳冥顽不化，一时也没有办法，只得把几位年长的族人叫到祠堂后密室里问："你们看二少爷这事……"一个同宗长老说："难办，这种不肖子孙，按族规他是九死有余，可是世诠家就这一根苗，死了就断线！"另一人对钮世诠的叔兄弟说："你家里儿子多，过继一个给世诠算了，保证世诠家的香火有续。"九叔说："那可便宜了你，钮家这一大宗财产……""那你说怎么办？""关键是世诠的意思。""他气得半死，让人送二少爷过来，说是让我们秉公处理。""那就按族规上所议，处死他！"小个子老三说。"钮五阳忤逆，传出去有损钮家的面子，各位姑息他，钮家的声望何在？""就是，二少爷绝对不思悔改的，想救他都没法子救！""那就只能让他死喽！"九叔说。

最后众人一致点头同意，动用本族最严厉的族规：吊死钮五阳。

第10章 残　月

钮太公一直坐在椅子上发呆,当他听说族里长老公议要吊死儿子时,飕的一下站了起来,一捋胡须,拄着拐杖来回走着,忽然停下来:"死就死吧,这个逆子。"说完一转身进了花厅。师爷不知所措,怕出什么事,跟了进去,太公忽然转过身来,对着师爷大吼:"出去,任何人不准跟着我!"师爷战战兢兢地退下,有生以来,他从来没见太公发这么大的脾气。

花厅内,钮太公心里的火苗在烧,像有一条毒蛇沿着他的肠子往上爬,直缠着他的心尖啃啮着,他无法控制自己,气急败坏,甚至连神志也不清楚了,疯狂地举杖砸着屋子里的各种摆设,一只青铜大鼎被他高举着扔到院里,骨碌碌地滚着,他嘴里大嚷大叫:"钮家绝种了,绝子绝孙!我要这举世之财,要这浮华之名何用?钮五阳,你这狗东西,你害得我好苦,你死也不能葬在钮家的祖坟里,你这个孽畜,老夫后悔生下你,该在小时候就卡死你,老夫前世欠了你,今世来还账……"

钮太公砸了只大花瓶,接着又想砸那块皇赐的求是居大匾,脚下一绊,一个趔趄倒在地上。钮家上下几十个仆人恭敬地站在花厅外,一言不发,听着里面的动静,谁也不敢进去阻拦。当花厅里没了声音时,众人仍不敢进去。又过了一会儿,钮太公抓着一本庄氏《明史》走了下来,他一步步走到花园里,将手里的书撕成一片片,随手抛向空中,然后大喊一声:"肖伯雄,我知道是你,这都是你干的!你想让我断子绝孙!"《明史》的黄纸页在空中飘散,好像是一片片招魂的纸钱。忽然,钮太公身子一歪,倒在草地上,嘴里流出涎水来。师爷和众人这才上来扶起他,大喊:"太公,太公……"

　　钮太公双目紧闭,人事不省,师爷赶紧叫人去请大夫,自己则又跑到祠堂,见钮五阳仍被绑在石柱上,低垂着头,已没有先前那种盛气,旁边还有许多年轻的钮姓子弟,九叔正阴沉着脸教训他们:"你们都看着,这就是钮家的二少爷,过去是钮家最好的生意人,因为忤逆父母,就要被处死。家有家法,族有族规,我们钮氏族规在宗谱上记得很清楚,第一条就是要孝敬父母,子以父为天,钮氏一向以孝治家,以孝治族,人若不孝,与猪狗何异……你们都好好看着,钮太公家虽就这一个儿子,可是家法无情,天理难逃,照样依族规论处,凡钮家子弟一律记牢,绝不可学钮五阳,败家丧伦!"

　　这时,师爷附到九叔耳边,悄声说:"九叔,且慢。太公听说要处死二少爷,中风倒地了,看来难逃一劫,这里先放了二爷吧,尽孝道要紧,其他以后再说。""有这等事?"九叔站了起来,问师爷,"你是说放了二少爷?"师爷哭丧着脸:"太公生死存亡之际,钮家不能没有子孙呀,否则成何体统?"他转身对另外几个长老恳求,"各位长老,就让二少爷先回去吧,等太公的病情明确后再来论罪。"众人见师爷这么说,只好同意。师爷走到钮五阳身边,为他松解绳索。钮五阳麻木地抬起头来:"师爷,是你救了我,还是我爹?""二爷,你快回家吧,你父亲知道要处死你,急得中了风,危在旦夕了。""真的?"钮五阳此时觉得对不起父亲,他一边跑一边说,"师爷,我不该,不该……""别说了,快走,这是你补救的最后机会,再不走,见不着你爹了。"

　　经大夫检查,钮太公脑中有淤血,脉象浮乱,确是中风。大夫说,以钮太公之高龄,得此重症,恐难恢复,他只能开点药,但没有大用,让钮五阳等随时注意,三五天内,钮太公可能会醒,也可能就去了。钮方丽又提出送上海找洋医,这次大夫摇了摇头说,

第10章 残 月

中风一症,无论中西医都治不好,而且中风之症最忌移动,需静卧不动,一旦移动,会导致脑中溢血继续扩大,就会马上死亡。大夫如是说,儿女们只能在家好生照料父亲。

在清理花厅里被父亲砸坏的东西时,方丽发现撕碎的《明史》书页,她不知道父亲为什么对这部书特别仇恨,就问哥哥是怎么回事。钮五阳告诉她,当年,肖家就是因为这套《明史》而被杀头。她还是不明白:"哥,这到底是怎么回事?"钮五阳说:"你还不知道?爹做事太毒,我已答应他,不与格格结婚,可是爹还要派人去杀格格。"她虽听说了墨琴被暗杀的事,但听说是父亲所为,还是吓了一跳:"是爹干的?真的吗?""不是父亲是谁?格格在镇上得罪谁了?谁会害她!"钮五阳说着,把那几张撕碎的书页扔到一边。

钮太公中风,钮府有一个人特别兴奋,这就是节妇胡碧容。她认为机会来了,开始在暗中筹划分遗产的事。她回到娘家,商议夺产。胡碧容明白,钮太公一旦去了,而钮五阳又没有被族人处死,将是和她争夺财产的最大劲敌。而太公的遗嘱究竟如何,现在还是个谜。她胡碧容虽说是钮家的大房,又为钮家立了功,御赐贞节牌坊,可肚子不争气,生了个傻子,按理应有遗产,但肯定不会多。除了钮王氏,姗如一房的人数多,而且在场面上出头露面,他们都是争夺遗产的对手。胡德林出了一个阴招,他告诉姐姐,要想独吞家产,必须更改遗嘱。他还说,他最近养了只大山龟,山龟爱在他的砚池里撒尿,他发现龟尿磨墨写出的字不沾纸,三五天墨迹就一片片掉落,最后一抖仍然是白纸一张。于是胡碧容决定试试。

这天一早,钮太公突然睁开浑浊的双目,费力地看着站了一地的众人,一个个看过来,看见了儿子钮五阳,他指着儿子:"过来,过来……"钮五阳跪下了:"爹,我错了。"钮太公摇了摇手:"知错就行了,传我的话,叫他们别杀你。"胡碧容赶紧领着钮平上前:"爹,你孙子也在这儿。"接着推她的儿子说,"快,钮平,给你爷爷磕头。"钮平大步上前,咣咣咣地磕了三个响头。钮太公苦笑着:"这孩子,还真往地上撞。"他的目光继续搜索,"我的两个宝贝女儿呢?"姗如拉着方丽和曼蝉:"太公,她们在这里呢。"方丽和曼蝉也叫了一声爹。钮太公说:"乖女,爹最放心不下的就是你们。""爹,你放心吧,我好好的。"方丽说。"爹,我也好好的。"曼蝉也说。

　　钮太公清醒了以后,突然想起了齐彻,一定要见他,于是师爷匆匆将齐彻和章六叫到病房。钮太公看了看他们,脸上露出一丝苦笑,招手让齐彻走近,抓住他的手:"齐先生,老夫要走了,你给老夫一个面子,管好浔泰企业。"齐彻的话似乎含有别的意思:"放心吧,董事长,浔泰这块招牌是不会倒的。"钮太公摇了摇他的手:"好,这样我就放心了,齐先生,你也要放心,过去的事情不要记在心里,我对你、对你父亲会有一个交代!"听钮太公提到父亲,齐彻一惊,抽回了手。章六老泪纵横,赶紧上去抓住太公的手:"太公……"钮太公感慨地说:"章六,我们是老哥们了,你要帮好齐先生,帮好五阳、方丽和曼蝉……"章六满眼是泪,不敢说话。钮太公一阵咳嗽,大夫忙过来说:"太公刚刚醒来,身子虚得很,不能多说话。"钮太公向众人摇摇手,又闭上了眼。

　　齐彻和章六出了钮府,章六走到桥边,突然掩面哭泣起来。"怎么了,章叔?""太公今天这话,有点托孤的意思,让人好伤心。""他预感到自己不行了。""太公是个好汉,我佩服他!"章六抹着泪水。"他害了那么多人,你也佩服?""乱世之中做事难,有时候你不杀人,人家就会杀你,适者生存,物竞天择!""你这是杀

第10章 残 月

人逻辑。"

　　这时钮五阳从后面追上来,喊着:"齐彻,齐彻!"齐彻不理,自顾走,可是钮五阳追了上来,拦在桥上,气喘吁吁地问:"齐大掌柜,别走呀,我要问你一点事。"齐彻转回身:"有什么事?""齐大掌柜,今天我是来谢你的。""谢我?为什么?""谢你救了格格。""我不是为你而救墨琴小姐的。""那你能不能告诉我,格格她在哪儿?""回上海了,在这儿她的安全得不到保障。""她住哪儿,你知道吗?""我知道,但她不让我告诉你。"钮五阳沉默了一会儿,忽然问道:"你是不是要娶她?""我不能回答你。""齐大掌柜,你知道我喜欢格格,超过我的生命。我想告诉你,无论是谁,都别想从我手里抢走她。""二少爷,跟我说这些没用,关键是墨琴已不爱你了,你狗皮膏药死贴着有什么意思?""你知道一个人病入膏肓会怎么样?会疯,会玩命,这就是我。我有些病态,这辈子我就咬着格格,也许有一天我会和她同归于尽,包括什么别的碍我事的人。你觉得我可怕吗?""你真是不可救药!"齐彻说完扭头就走。

　　看着齐彻走去,钮五阳忽然怪异地笑了起来。

　　一连多日,钮太公的病势虽危,但仍然活着。子女们日夜陪伴,也累得不行。为了照顾病人方便,花厅就成了临时病房。这天深夜,花厅里仍灯火通明,钮太公躺在病榻上困难地喘着气,太医在外屋趴在桌子上睡了,几个小厮也累得直瞌睡。钮五阳挺到半夜,累得疲惫不堪,回去睡了,只剩下一个人,就是胡碧容。尽管她的双眼早已熬得通红,仍守着病榻不肯走。她心里酝酿着一个阴谋,在等太公醒来。她知道太公的病无力回天了,但回光返照的那一刻,便是最后的机会,她一定不能错过。

　　这天夜里,昏迷了好些日子的钮太公突然醒来,剧烈地咳嗽着,但双目烁然有神,他环顾四周,胡碧容赶紧上前。太公问:"五阳他呢?""爹,他们都回去了,只有我没走。"胡碧容说着,吩咐下人替钮太公擦脸。仆人是新面孔,四十多岁,是桑双的母亲依菱。太公见是生人,就问:"她是谁?"胡碧容回答:"是我叫来帮忙的。"依菱刚替钮太公擦洗完毕,胡碧容就撵了她出去,对太公说:"爹,趁你醒着,有话要说吗?"钮太公叹了口气说:"大少奶奶,我是有话,可他们都不在。""爹,我你还信不过了?万一……""好吧,大少奶奶,我怕是不能好了,可后事还没安排好。我决定把浔泰丝绸厂转给齐彻。"胡碧容一惊:"爹,这是为什么?这是我们钮家的厂,为什么要给姓齐的?"钮太公说:"你应该知道了,齐彻那小子其实姓肖,是伯雄的儿子……光绪五年的时候,是我害了他们肖家。当初,他们肖家财大气盛,比我有钱多了。伯雄是我们的恩人,后来一起做生意争市场,他财大气粗,我争不过他,蚀了大本。走投无路的时候,是你父亲给我出的点子,让我去密告肖伯雄,说他密藏庄氏《明史》,那是清廷最犯忌的禁书,私藏此书罪同谋反。其实,那《明史》是你们胡家给我的,我鬼迷心窍,去衙门密告了肖伯雄……"

胡碧容满脸怒色,陈年往事她可不想听,可她没说什么,反而装出一副笑容来安慰钮太公:"爹,过去的事,对错谁也说不清,你就别想了。""我忘不了,我对不起肖伯雄,让他落个满门抄斩。我作恶太多,会有报应。你看,我们钮家儿不孝子不昌,女儿也被休,这是报应!所以我向菩萨许过愿,一定要给肖家一些补偿,不然我死不瞑目……""爹,老黄历翻不得。"胡碧容想劝,但知道劝不住。"中国自古以来就讲'忠义'二字,我伤了义气,背叛了朋友,所以终将不得好死!"钮太公土褐色的额上青筋滚动,"你,你扶我坐起来。大少奶奶,趁我现在还明白,有精神,你去拿纸……"胡碧容一惊,问:"爹,你这就要写?"

钮太公没再吭声,只是伸出一只干枯的手。胡碧容心想,幸好准备了龟尿,便示意站立在一边的毛狗,说:"快去给太公磨墨拿纸。"毛狗应了一声,出去了不一会儿,就端着砚台进来,将纸铺在一只红木小榻上。胡碧容扶着钮太公靠在枕头上,他闭目凝神片刻,开始往纸上写遗嘱:"钮氏家产如下分配:钮氏房产各房不动,其他田亩山庄按钮胡氏三、钮五阳三、钮方丽一、钮曼蝉一、钮王氏一、姗如一分配。浔泰丝绸厂一切财产、资源悉归齐彻所有。父字:钮世诠。"钮太公放下笔,又躺下来。毛狗将纸拿起来,胡碧容铁青着脸,看着遗嘱说:"爹,我把这个给你收好。""不用,你放到箱子里锁上。"钮太公不满地看了胡碧容一眼,"然后把钥匙给我。"

胡碧容不情愿地将这份遗嘱锁进箱子,然后无奈地将钥匙放入钮太公手里。适逢依菱进来,钮太公便把钥匙交给她说:"你把钥匙交给族长九叔,现在就去。"依菱接过钥匙出门去了。原来,依菱一直在门外偷听他们的对话,正值有人路过,她躲闪不及,只得进了钮太公的房间。

依菱走后,胡碧容和毛狗退出房间,毛狗吃惊地问:"大奶奶,怎么钮家的工厂要给齐彻?"胡碧容满脸怒色:"你看这老东西有多狠!钮家的财产凭什么送给外人?"毛狗说:"幸亏您料到他这一招。大少奶奶,这龟尿有用吗?""有用,不过三天,字会自动褪去。龟尿虽骚,倒也有妙用……不过,一旦姓齐的得了厂,就晚了。""那怎么办?"毛狗问。

胡碧容脸上凝聚着一股怨毒,对毛狗做了个"杀"的手势,说:"要不,干脆就杀了他,重新改了遗嘱……"毛狗惊悚地问:"杀人?大少奶奶,这我不敢!"胡碧容骂道:"你杀了那么多的人,不敢杀一个老头子?他像根柴火,一拧就折了。"毛狗有些为难地说:"大少奶奶,这是两回事。"胡碧容怒道:"一个老家伙,又不用刀,一个枕头就够了,走……"说完,她转身回到钮太公的房间,毛狗无奈,跟着走进去。她轻手轻脚地走到床边,见钮太公闭着眼,就轻轻抽出一只枕头,对毛狗做了一个压的手势。毛狗拿着枕头犹豫着。胡碧容吹熄了灯,踢了毛狗一脚。黑暗中,毛狗拿着枕头扑了上去,床上一阵乱动……一会儿,钮太公的手无力地垂了下来……

钮太公死了。遗憾的是,他不是寿终正寝,是被一双恶毒的手用枕头闷死了,终年七十一岁。钮太公终结了一个旧时代民族丝绸的王朝,他创造了一笔巨大的财富,也许算得上是这个时代的精英。然而,在民国八年的一天,钮太公的时代结束了。

钮太公一死,钮府立刻大乱起来。首先最要紧的是要分财产,除了曼蝉外,钮家妻妾儿女都到场了。九叔从一只密闭的铁匣里拿出钮太公的遗嘱。胡碧容一看,正是那天夜里她写的,不由暗中一笑。

师爷念道:"家产按各房分配如下:钮王氏二成,姗如一成,五群及钮平得四成,五阳方丽曼蝉各得一成……"

"这是爹的意思?不对吧……"钮五阳还没有听完,就满脸怀疑地抢过遗嘱,"这不对,大妈和妈的我没意见,可是大嫂一人占四成,我们兄妹几人只占三成?""这就是爹的最终意思,怎么,你不同意?"胡碧容把眼睛一斜,孤傲地说,"兄弟,本来没有你的份,你惹恼了爹,让你得一成爹算客气的。""是不是你弄了什么鬼?"钮方丽见事不对,赶紧出来说:"哥,算了,要么我那一成算你的。""也好,你们姐妹总是要出嫁的,出了嫁的可以不分娘家的财产,古来有例。你二哥一人占了三成,不是和我差不多了吗?"胡碧容满不在乎地说。"大嫂,你敢说你没有弄鬼?"钮五阳几乎跳了起来。"我知道的,老爷子就是这意思。"钮王氏说话了。姗如怕大太太,所以忙劝说:"五阳,就这样吧,照这意思办吧。"

"不行,我也不愿意。"突然,曼蝉不知从哪里冒了出来,"妈,我不同意这样分。我知道爹在死前,当着大嫂的面立过一份遗嘱。""真的?"钮五阳一听大惊,问,"你怎么知道?""就锁在爹房间里那个红木书箱里,钥匙在九叔手里……"曼蝉一字一句地说。"太公临死前是有钥匙交给我,可不知是怎么回事。"九叔脸上有些尴尬,只得叫人把钮太公的那只木箱拿来。待下人把箱子拿来,众人的眼睛都盯住箱子,钮五阳大喊一声:"开箱!"九叔这才开启红木箱子,拿出一张长长的纸卷。钮五阳迅速地接过来展开一看,呆了:只是一张白纸,什么字也没有。

"姗如,好好管管曼蝉,净在这里捣乱。"钮王氏也不满钮五阳与钮曼蝉的做法,只得把矛头指向姗如。"我知道的,是有的,有人亲眼看见过。"钮曼蝉也不敢相信自己的眼睛。"小妹,你说,谁告诉你的?"钮五阳有点不甘心地问。"我不说,我不能说。"钮曼蝉见事情闹到这份上,知道说出来也没有用了。"大奶奶,就按这份遗嘱分吧!曼蝉是个孩子,净胡闹。曼蝉,你出去吧,别在这儿胡闹行不行?少不了你的嫁妆就是……"姗如急忙把小女儿拉了出去。曼蝉母女出去后,胡碧容松了口气,脸上也露出了不易觉察的笑容,她抢着说:"让师爷划好田庄地块,分成四等份,抓阄解决。""那浔泰绸厂呢?怎么办?"钮方丽问。"我建议浔泰厂为钮家共有,每年大家可以分些红,不必分给什么人……"胡碧容说。"不行,这厂我要!我讨厌齐彻,叫他滚。"五阳一脸怒容,为了他的格格,他不能让齐彻再跟他捣乱。

"哥,爹临终的意思我知道,是要齐彻继续做大掌柜,不能叫他走。"钮方丽说。"五阳,你要不要这厂?"胡碧容阴毒地说。"你定下来给我?"钮五阳问。"你说呢?我们钮家,就你是个办厂的材料。"胡碧容讥讽地说。"给我,我就让齐彻滚蛋。"他转身又对妹妹说,"妹妹,你不知道他在厂里黑了我们钮家多少钱,他再做下去,这厂就不姓钮了。""哥,你不能胡说,浔泰厂开工到现在,产生了多少效益?现在投资早已收回,你算过这本账没有?"方丽分辩道。"他有多大本事,我也照样有,这不算什么,我们南溪得天独厚,他靠的是先进的设备,不然他一个孤儿院出来的穷小子,跟了个法国教父读了几天书,哪来的本事?妹妹,你看我的,我两年就叫厂子翻一番。"他有些得意忘形了。

"别争了,方丽,你是钮家嫁出去的闺女,没有发言权。五阳,你赶走齐彻再说,这厂绝对不能再让姓齐的插手。"胡碧容严肃地说,"要我说工厂算是家产,大家共有,每年分红一次。""我不同意,这不合商业操作的规矩。"方丽说。胡碧容毫不理睬,对钮五阳说:"就这么办,五阳,这厂让你做大掌柜了,过年我们可要分红。""好,我这就让齐彻滚蛋。"钮五阳大笑起来……

钮太公死后,钮王氏一下子老了许多,百事不管,胡碧容执掌了家务。姗如一房日子倒也平淡,随着时间推移,争执很快就淡忘了。

由于丧事,曼蝉多日没有见肖晃,她很是想他,可又不知到哪里去找他。这天,她爬上一棵树,向外瞭望,这里能看得很远,甚至看见了太湖上的帆影。她从树上下来时,发现钮平藏在假山后面,她突然想起,这几天苞梅像怀孕了,于是就大喊:"钮平出来,你贼眉贼眼的,在这里做什么?"钮平乐颠颠地跑过来问:"小姑,我找你。"曼蝉大笑起来:"你别撒谎,我知道是你来找苞梅的,是不是?"苞梅正向他们走来,钮平说:"就算是吧。"曼蝉指着苞梅的肚子问钮平:"我问你,你是不是把苞梅肚子睡大了?""肚子,这儿是肚子。"他指着苞梅的肚子,"我听不懂……"曼蝉很严

第10章 残月

肃地说:"我再说一遍,苞梅这儿有你的小孩了。""有了有了。"钮平傻笑着说。曼蝉问他:"那你怎么办?你得娶她!"钮平看着苞梅,又看了曼蝉,憋出一句:"那,我得问我妈。""你赶紧回去告诉你妈,说你睡大了苞梅的肚子,就说你要娶苞梅!不然下次我就打你。"傻子一听要打,吓得赶紧跑了。曼蝉大笑起来,想去追他,不留神滑了一跤,倒在地上,哎哟哎哟地叫……

就在他们说话的时候,墙头上有一双眼睛在注视着曼蝉,是那个江西瓷器商。银票被抢,他没脸回家,一直在南溪镇逗留,希望能找回自己的钱。他偶然听到了曼蝉说话,就爬上墙头,越看她越像雌雄大盗,不由大吃一惊:"好你个雌雄大盗,原来在这里。"于是,他盯着曼蝉,看她一步步走上小姐楼,然后他顺着街道一路小跑,一直跑进镇公所去报告。

这天夜里,曼蝉估计肖晃会来,她精心地在床上叠了个鸳鸯被,放着双枕,静心等待着。她刚支走苞梅,门外就传来沉重的脚步声,她探头一看,一群警士顺着楼梯上来了。她大吃一惊,刚想溜走,乡警已经破门而入,瓷器商也挤了进来,指着她说:"就是她!"苞梅闻声赶来,给了瓷器商一个耳光:"你做什么,乱闯小姐的绣楼!"曼蝉不知所措,苞梅已奔了出去:"二少爷,二少爷,来人呀……"警长给了苞梅一记耳光,止住了她,然后提着灯笼照了照曼蝉的脸,问瓷器商:"是她吗?你看清楚了?"瓷器商十分肯定地说:"就是她,扒了皮我也认得出。""那就带走。"警长一声令下,警士们扭住曼蝉往外走。

"小姐,小姐……"苞梅坐在地板上大哭,钮府大院里也是一阵混乱,钮五阳听到喊声匆匆赶来,挡住了乡警喝道:"你们站住。"可是乡警们不理他,带着人自顾走。看着被带走的小妹,钮五阳一筹莫展,他问苞梅:"怎么回事?"苞梅哭着说:"他们抓小姐,说她是雌雄大盗!"钮五阳一惊:"雌雄大盗?我妹妹是雌雄大盗？岂有此理！"

这时，姗如也匆匆赶到，她见曼蝉被带走，焦急万分地对儿子说："五阳，你快去镇衙要回你妹妹，你爹不在了，他们就欺负人！曼蝉她金枝玉叶，受不了这苦。"钮五阳也急了："妈，你别着急，我换件衣服就去镇衙。"

钮五阳赶到镇衙，想见镇长。镇长是外地来的，好像跟钮家有隙，不肯出来见他。钮五阳生气至极，大骂狗官，可是又想不出其他办法。还是方丽说通牢头，让他们进去见妹妹。他们进了关曼蝉的牢房，只见破墙间一盏孤灯，栅栏间满是粗大的黑影，曼蝉一个人孤零零地坐在牢房里，手里抓着一把乱草，她沉默着，不知在想什么。

里面的牢头认识钮五阳，见他和钮方丽一起进来，就问："二少爷，你怎么来这儿？""这是我妹妹，我能不来？"牢头大惊，曼蝉见到哥哥姐姐，隔着栅栏，伸手抓住他们的手说："哥，姐，快救我出去。"方丽问："小妹，到底是怎么回事？""姐，我也不知道，糊糊涂涂就被他们抓进来了。哥，我要回家。"曼蝉说，"姐，我不是强盗！""曼蝉，你放心，我要叫这狗官下台，滚出南溪。"钮五阳嚷着。

镇长不见钮家的人，其实他一刻也没有闲着，因为秘书告诉他，被抓的人是钮家二小姐，他有点慌神。他不明白：钮府的小姐如花似玉，又有享不尽的荣华富贵，怎么去做强盗？她既是"雌"，"雄"是谁呢？现在是放人还是不放？凭钮家在南溪的地位，他闯入钮府抓人，已经是很不恭了，钮五阳的大骂他听得见，可是不敢出来。最后秘书出了个主意说，让瓷器商与钮曼蝉对质，不然就把瓷器商抓了，以平钮家之愤。镇长想，也只能这样了。

第10章 残 月

第二天一早,镇长正在整理衣服准备出堂,秘书进来禀报:"镇长,二少爷又来了。"镇长皱着眉沉思了一会儿,说:"那就让他进来。"钮五阳进来,面带讥笑说:"镇长,省主席也没你派头大,好难见。"镇长面带尴尬地说:"二少爷,镇虽小,公务却多,请坐。"钮五阳冷冷地问:"小妹昨夜被抓,我想知道究竟是为何?"镇长连忙掩饰说:"我也不明底里,早晨起来,有人告诉我,有个江西瓷器商举报你妹妹抢劫,等抓到人才知道是府上的小姐。""荒唐!我小妹乃大家闺秀,何时成了江洋大盗?""二少爷,本镇实在不知,那瓷器商死咬着你妹妹,等会儿我开堂审理,你也听听吧,没事就让她回家。"钮五阳怒道:"我当然要听!你身为镇长,不问青红皂白就抓人!钮府是什么人家?让你们这么折腾,我看你的官是当到头了……""二少爷,不要以势压人,现在是民国,一切都有礼法,王子犯法与庶民同罪,何况钮家乃一白丁……等会儿公堂之上,众目之下,是非自然分晓!""好,你说出来也好,钮家乃一白丁,所以阿猫阿狗都来欺负我们!"钮五阳暴跳起来,"好!公堂上见,如果审不出事由,我就不依!"

镇衙大堂上站满荷枪的乡警,堂下围了许多镇上百姓,见钮曼蝉出来,七嘴八舌地议论,嚷着看打她的板子。钮五阳自然脸不是脸鼻子不是鼻子的,觉得丢了人。待一干人都到齐后,镇长斜着眼看着瓷器商问道:"卖瓷器的,这个女孩是雌雄大盗吗?""是她,抢去了我的银票!"瓷器商说,"大人,春天时候我来这里报过案,她劫走我身上的三千元银票。大人,还有一个男的……"

曼蝉脸上青一块红一块,不知所措。钮五阳忍不住替妹妹辩解:"喂,卖瓷器的,那男的是不是我?我们家的钱多的是,抢你的干啥?你是穷疯了,想讹我们吧?"

镇长似信非信,大喝一声:"你看清楚了?钮小姐是大家闺秀,诬陷之罪是不轻的。"于是瓷器商走到曼蝉身边,定定地看着她,让曼蝉有些心虚。

"是她吗?"镇长问。"大人,看清楚了,是她!"瓷器商更加肯定地说,"大人,我的船停在码头上时,她在烧香船上,靠在我船边上勾引我……""怎么勾引的?""她,她扮做烧香的村姑,打扮妖艳,引我上她的船,她和一个穿黑衣的男子把我身上的银票劫走……""就这些?""大人,就是她,我丢了钱,回不去家,跟要饭花子一样,所以我一定要抓到她。""你是怎么发现她的?"镇长又问。"大人,小人身上没了银子,不敢回去,没法向东家交代,所以在这里候着,宁可被雌雄大盗杀了,也要抓住他们。"瓷器商大哭着说,"她的样子刻在我脑子里了,我死也不会忘掉。"镇长又问:"噢,这么说,她真是雌雄大盗?"

钮曼蝉有些紧张:"我不是,哥,我不是……"钮五阳忽地站起来质问镇长:"镇长先生,你们说什么废话,我妹妹……"镇长站起来打断他:"你坐下,慌什么,二少爷,让我问你妹妹。"于是他得意地看了看众人,然后又大声说,"诸位百姓,放心吧,敝人曾在河南道做过师爷,审过无数案子,一贯是明镜高悬,对得起我头上的这块匾。"下面有百姓起哄:"别吹了,快审案吧。"

镇长走到曼蝉身边问:"钮小姐,我问你,南溪女孩子多的是,这位老表谁都不指,就认你这个大家闺秀是强盗,这是为何?"曼蝉只好胡编:"我不知道,不知道。我是贪玩,有时出去玩,可能……可能他不怀好意……他为什么要咬我,我是他的前世冤家不成?"瓷器商走上前来:"你不要耍赖,是你!我记得清清楚楚。"曼蝉慌了,向钮方丽求助:"姐,他们赖我……"

钮方丽走上前,她平心静气地问:"卖瓷器的,我问你,你认定是我妹妹?"瓷器商肯定地说:"这声气模样,就是她。"钮方丽

第10章 残月

说:"可你说你的钱是夜里丢的,那么说,你是在夜里看见她的?""是的,她点着灯在船上洗浴,被我看见了。"众人一听,突然哄笑起来:"这个无赖小人,偷看女人洗澡,多下流,活该……"

钮五阳气坏了,他根本不相信妹妹会做强盗,认为这是对钮家的诬蔑。他走到瓷器商身边,恨不得用拳头打下去,就朝瓷器商脸上吐了一口:"你这种奸邪小子,下流坏,别说被人抢了,就是打死你也不多!你看我们家有钱,想来敲诈是不是?"瓷商器被他一逼,说话结巴起来:"真真,真的是她……"钮五阳骂道:"奸邪之徒,我告诉你,我们钮家银钱成千上万,抢你三千块大洋做什么?难道我妹妹没有嫁妆,要自己去抢?"

镇长见瓷器商说不出所以然,而且镇上百姓无人相信四象八牛的门庭会出强盗,就站起来走到瓷器商面前说:"你看清了,这是钮家小姐,是江南的大富豪,家有几千万的银元,会要你这三千块小钱?""大人,真的是她。"瓷器商一下子跪在地上,"大人明断,没有钱我回不去家,我家里有妻儿老小,大人明断……"镇长又说:"好,你说她是雌雄大盗,有谁可以作证?"瓷器商耷拉着脑袋说:"没有。""不是说还有几个伙计吗?难道都没有看见?""他们都回江西了。""不管他们在哪儿,他们能不能做证?""不能。""那你乱告什么?凭空污人清白!"瓷器商吓得叫起来:"大人……"

镇长进去了一会儿,大概和秘书商量了一下,再出来,就一拍惊堂木,大声喝道:"好了,本官已做出判断。师爷,念!"秘书拿起判词念道:"有江西瓷客崔某,独自来南溪经商,生性浮浪不轨,见色起意,偷窥良家妇女洗浴,定是被人所擒,自失家财。不料大胆刁徒,一口咬定本镇巨族之女为江湖雌雄大盗,而崔某一无人证,二无赃证,口说无凭,不足为信。鉴于其淫僻无耻,本官不采信其言,判定钮氏女无罪,当堂开释。瓷商无耻,既偷窥良家妇女洗浴,玷人清白;又利令智昏,见钮氏有财而存心讹诈,继而诬控钮女为盗。本镇明镜高悬,丝毫不爽,判定该瓷商着枷号十日,期满重笞驱逐之……"

秘书念完判词,镇长当场宣布释放钮曼蝉,并自得地问钮五阳:"二少爷,你看此案判得如何?""狗屁!"钮五阳大吼着,拉着曼蝉走出公堂。身后,乡警们放倒了瓷器商,使劲地打他的板子。

太湖边,清风朗月,岸边一只孤零零的渔船。肖晃靠在竹棚上,心疼地看着曼蝉手上的绳痕,听她诉说与瓷器商对质的情景,然后仰头朝天说:"曼蝉,我们结束吧。""不,就不!"曼蝉大声说。肖晃叹了一口气:"你还想再进去?"曼蝉瞪起眼:"肖哥,只要跟着你,我不怕。我当时怕极了,想承认,可是我不能说,因为我一承认,狗官肯定会问,既然你是雌的,还有一个雄的呢……""曼蝉,难道你就真的愿意跟一个强盗在一起,或者说当一个强盗婆?曼蝉,我做强盗是被迫的,是他妈的这个社会逼良为娼,我没爹没娘,无依无靠,我得活着,我是无奈的;可你不一样,你家里堆着金山银山,吃不完用不光,你何苦要做个强盗?你是不是觉得做女强盗好玩?可是你玩进了大牢,受了苦……这次我连累了你,你躲过了这一劫,可下次你还会被抓,会被他们砍头!你知道吗?昨天我也在人群里,如果那狗官判你有罪,我会上去跟他拼命。我的兄弟都在镇衙外等我的号令,为了你,说不定会死多少人……曼蝉,你是大户人家的千金,犯不着和我这样的人来往……"

曼蝉突然站起来问:"你说完了没有?"见肖晃不响,她又说,"没说完再说,我听着呢。"肖晃摇了摇头:"你听有什么用呀?左耳进右耳出。我真不明白,你到底怎么想的?"她回过身来说:"你做强盗,我就做强盗婆。""那我要是不做强盗了呢?""那我也不做强盗婆了。""你总是和我缠。曼蝉,我跟你说清楚,我离不开我那些兄弟,我与他们生死与共,我不能为你断了兄弟们的情分。从今天起我和你一刀两断,断了,断了……"他扭过头去。"偏不!就不断!我就跟着你,我去老虫岛。"曼蝉突然大叫起来。

"你跟着我有什么用?我会让你找不到我,或者把你扔进太湖里喂鳖。"肖晃气得脸色发青,"去老虫岛?你不怕六指头收拾你?他可是大色狼……行了,我劝不通,我走了。"曼蝉上前拉住肖晃撒娇:"不嘛,肖哥……""我还有事,我真的要走。"肖晃说完跳上船,可是她也不声不响地跳上船,一屁股坐到船头上,一动不动。"你干什么?快回家去,你家里人在找你。""不走,我要跟着你。"

肖晃没有办法,又跳下船,往芦苇深处走去,她也跳下船,亦步亦趋地跟着。肖晃忽然疯跑起来,她使劲在后面追,可是肖晃腿快,一会儿就不见了。她看不见他,急得大喊:"肖哥,肖哥……"可哪里还有肖晃的身影?她像个孩子般大哭起来,到处寻找,摔了个跟头,弄得满身泥。当她失望地嘟囔着,哭丧着脸回到船边,却发现肖晃好好地坐在船头。她扑上去捶着他,嘴里骂着:"你坏,你坏……"接着就在他怀里嘤嘤地哭起来。他慢慢伸出手,抚摸着她。一个痴情的女孩子,对他如此忠诚……他不觉涌出两行热泪。

直到月亮又升起来,两人才松开对方。肖晃点燃一支香烟,说:"你以为我愿意做强盗?我不愿意,可是没办法。我们老虫岛的强盗,除了我和六指头,其他都是太湖沿岸的农民,他们平日里缺衣少食,或被劣绅欺诈,才走了这条路。官兵剿则散,不剿则聚,太湖沿岸地方大,脉通运河,交通便利,是中国最富裕的地方,也是土匪最好的天地,太湖的土匪成了中国名气最大的土匪。你看我抽的这烟,这'老盗牌'上拿刀的老盗就是太湖强盗,他像不像是我?"她接过纸烟看了看:"不像,这人一股凶气,你没那么凶。肖哥,你不像强盗。"肖晃被曼蝉逗笑了,问:"那我像什么?""像人家的账房先生。""穿长衫马褂,背着算盘的那种?我有那么斯文?""真的像。哎,肖哥,我去找找我二哥,让他留你在厂里做账房。"

这时,几只夜鸟飞过,两人不再说话,紧紧抱在一起。一会儿,肖晃轻轻地推开了曼蝉,说:"不早了,你刚经过一场官司,还是先回去吧。"曼蝉点点头,依依不舍地说:"肖哥,那你一定要来看我。我不愿这样偷偷摸摸的,我要跟着你走天下。""我会的。"肖晃想了想说,"我不愿你跟着我当强盗,我要对你负责。我回去和六指头说一下,如果他同意,我改行。"她在肖晃额上轻轻一吻,说:"肖哥,那我等你消息。"肖晃解开船缆,划船而行……

毛狗把镇长的判词给节妇看,胡碧容看了,大骂姗如,说她这一房的子女没一个好种。毛狗神秘地告诉她,曼蝉夜里经常一个人出去,他都见过,说不定曼蝉真是雌雄大盗。节妇问:"这么说来,她真是雌雄大盗?"毛狗回答说:"没准。我看她天天溜出去,夜里出门非偷即奸,对不,大少奶奶?"胡碧容有些疑惑:"她这是为什么呢?不缺吃不缺穿的,好端端地要去做强盗?""也许什么也不为,就为了过过瘾。""你说,还有个男人?""肯定有,不然我们找个人跟踪着?""找什么人?你跟着她看看。""说不定能抓到一对。"

得了胡碧容的话,毛狗像得到圣旨一样。这天夜里,曼蝉又不见了,毛狗急忙招集一伙下人,又吩咐管家,让他多派几个人

第10章 残 月

带着家伙里外把守,一定要把送曼蝉回来的人抓住。他自己则埋伏在钮府门前河道上,躲藏在一只空船舱里。一直等到天快亮时,有只船从桥那边轻轻划过来,一个家丁看到了,对毛狗说:"你看……"毛狗没有做声,用手示意下人抓住手里的家伙,准备出动。来的正是肖晃和曼蝉,他们将船停在岸边,曼蝉下船后走到钮府的围墙边,墙上垂下了一条绳梯。她与肖晃亲吻了一下,正要上墙,四下里有人围了过来。曼蝉先看见人影晃动,猛地推了肖晃一把:"不好,有人!肖哥你快跑。"

肖晃刚想跑,毛狗带着人已围上来,拦住了他。他冲开人群狂奔,穿过一条弄堂,不料有人扔出一只箩筐将他绊倒,门洞里冲出几个家丁挡住了肖晃,毛狗带着人也追了上来,合力将肖晃抓住。

肖晃被押到钮府存武堂里,毛狗举着火把,细细照着他既酷又冷的脸,几个家人在小声议论这个小伙真帅,不知是谁家的后生,能将主家的小姐迷住。毛狗报告了胡碧容,她大喜,通知钮王氏和姗如一起去存武堂。她们来到时,曼蝉不顾一切,也要冲进存武堂,被人挡住。钮王氏走到曼蝉面前问:"曼蝉,你真是雌雄大盗?"曼蝉:"是又怎么样?放了我!"钮王氏顿时脸色十分不快,回过身来对姗如嚷道,"钮家的脸都让你给丢尽了。"说完她转身而去。姗如搂住女儿说:"曼蝉,你胡说什么?"曼蝉却直言:"妈,我就是雌雄大盗,我喜欢他。"姗如当即掩面痛哭起来,胡碧容冷笑着。肖晃被捆在柱子上,向胡碧容大声说:"大少奶奶,都是我的事,与曼蝉没关系。"

胡碧容看了肖晃一眼,毛狗悄然上前说:"我认识他,他是六指头手下的人,叫肖晃。"胡碧容一惊,走上前去:"小妹,你老实说,他是谁?""大嫂,跟他没关系,你们放了他。""放他?小妹,你说得好容易,他是太湖强盗肖晃,对不对?"胡碧容把眼睛一

风吹云动星不动

横,"抢劫、绑架,这都是杀头的死罪!你们俩谁也跑不了,雌雄大盗成双成对,好啊,送衙门……"胡碧容的话还没有说完,姗如就跪了下来:"大少奶奶,曼蝉还是个孩子,她还小,不懂事,千万不能……""人小做天大的案,有你这么不懂事的娘吗?总有一天,连我们都会卷进去。"她皱着眉对师爷说,"把小姐带走,先看起来,别让她到处乱跑。"几个家丁上来,将又犟又疯的曼蝉硬是带了下去。这时胡碧容走到肖晃面前问:"小白脸,看你年轻轻的,当了几年的强盗?"肖晃面不改色:"大少奶奶,肖晃的确是强盗,请速把我送去镇衙,曼蝉只是跟我玩玩,事情都是我做的,我认罚认打,与曼蝉没有关系。""你倒是挺义气!只是我弄不懂,你一个强盗怎么会和曼蝉认识?""天地之间,无缘不是巧识,认识就认识了。""你们既然认识,也知男女非礼之交为奸淫下流之事,却又为何要去明抢暗夺,做那伤天害理之事?你是强盗,让我妹妹也做强盗?"胡碧容叹了口气,又问,"外面盛传的雌雄大盗真的是你们?""对不起,大奶奶,我知错,罪该万死,我这几天也在为这事忏悔,不该将曼蝉拉上贼船,害她终身。"胡碧容走上前抽了他一耳光,骂道:"巧言惑众,你也只能迷惑小姑娘,老娘我不吃你这一套。"说完,她吩咐下人看紧肖晃,等商议后再定夺。

胡碧容回到雁影楼,心里十分得意。不过没有想到的是,曼蝉和六指头的人混在一起,她害怕肖晃把当年派毛狗去老虫岛让六指头杀钮五阳的事说出来。现在看来,不能送衙门,只有迅速杀了肖晃,灭他的口,让他永远都不会说出来。于是她让毛狗去杀人,吩咐毛狗把事情办得利索干净,不能留一点蛛丝马迹。毛狗领命而去。

这天,钮五阳很晚才从厂里回来,一进大厅,就见小妹曼蝉

第10章 残 月

风风火火地闯进来,后面还跟着几个家仆。钮五阳冷着脸问:"怎么回事?"曼蝉上来拉住他,哭着说:"二哥,快救肖晃!""肖晃?谁叫肖晃?"他一愣。"二哥,你认识肖晃的,你忘了?那次你被土匪绑架,有个姓肖的,他救过你。"曼蝉哭着说,"他被大嫂抓了,现在关在存武堂,你快去救他。""为什么?""我们是雌雄大盗。"钮五阳大惊:"怎么,你们就是雌雄大盗?"曼蝉哭得更厉害了:"我们不是强盗!哥,我爱他,我要嫁给他。""肖晃?嗯,我认识,他是救过我,在哪儿?"

钮五阳和曼蝉向存武堂跑去,跑到存武堂,只见毛狗已将肖晃的眼蒙了起来,举着刀正要砍下去。曼蝉不顾一切冲上去抱住毛狗的刀,钮五阳也大喝一声:"你干什么?"

毛狗见来了人,手一抖,刀掉了下来,曼蝉用力将毛狗推向一边,解开肖晃蒙眼的手巾。钮五阳走上前去,借着火光仔细地看着他,说:"是你,没错!"他吩咐毛狗马上放人。毛狗急了,说:"二爷,这、这不行……大奶奶不让。""叫你放人就放人。"他朝着毛狗吼道,"你算什么东西?"

"是谁要放人?"胡碧容从侧门闪出,原来她不放心,又赶来了,不想正碰见钮五阳。钮五阳看了看胡碧容:"大嫂,你这是……"胡碧容一脸不高兴地说:"别叫我大嫂,我丢不起这人。""那就请你给我这位兄弟松绑。当年如果没有这位兄弟,我早就被六指头害了。""什么,你们认识?""认识。""这么说,他和小妹是你拉的线?""是我又怎么样?我一人做事一人当,现在放了他。""不行,你敢!我马上通知镇警,叫他们来带人!""可以,要绑绑我,行了吧?"钮五阳说着不由分说,上前扯开肖晃身上的绳子,将肖晃扶出了存武堂。胡碧容没办法,眼睁睁地看着钮五阳把人带走了。

钮五阳救了肖晃,一是还报当年的救命之恩,第二他不明白曼蝉和肖晃是怎么回事。肖晃虽是一条汉子,可毕竟是个强盗,他们怎会相爱？做强盗的风里来雨里去,杀人放火劫财,而小妹是钮府的千金,撒娇任性是她的特长,这两人怎么会混在一起？于是他问："兄弟,你们怎么会相爱？你知道吗？你这样做是害了我家小妹。""二少爷,我知错了。"肖晃低下头说,"我不该爱上她。""今天太危险了,没有下一次。肖晃,你们不合适,我想送我妹妹去国外,我希望你以后不要再和她来往,永远不再见面。所以,你必须答应我一个条件……"肖晃说："行,你说吧。""你要发誓别再和曼蝉玩。好兄弟,你真不该做强盗,我会给你一笔钱,你好好生活,别再跟着六指头,太冒险了。""二少爷,你放心吧,我可以发个毒誓,我决不会再来找曼蝉。不过,我不要你的钱。""不要我的钱？难道我的钱不是钱？那你在江湖上抢来抢去的,是为什么呀？""图个痛快！为那自由自在的生活。"钮五阳做了个杀头的动作说："痛快是要付出代价的。如果我说,这钱与曼蝉没有关系,只为了报答你救我呢？""不必了,我已同意你提出的要求,一定不再与曼蝉来往。如果我肖晃再和曼蝉相好,就被官府活捉,乱刀砍死……"肖晃说到这里,不想曼蝉正在幕后听着,当她听到他发誓时,忍不住大哭,冲了出来。为了曼蝉,钮五阳迅速地送走了肖晃。

在节妇眼里,钮太公一死,这个家应由她来当,因为钮王氏听她的,没想到钮五阳并不把她放在眼里,生生地从她手里抢走肖晃并放了他。她担心前情暴露,忐忑不安地回到雁影楼,浑身发软,瘫了一样倒在毛狗的身上。毛狗将她抱到榻上,又跪在地上,替她解下又臭又长的裹脚,然后帮她洗脚捏脚。毛狗的手艺确实很好,捏得胡碧容直叫唤。毛狗的手放肆地顺着脚踝向上摸去,一直抵达她的阴部。在这通体的舒服中,她有了一个歹毒的念头,她对毛狗说:"毛狗,你是我的人吗?"

"毛狗听奶奶使唤。"毛狗揉着她的肚子,像狗一样把身子向前倾了倾。胡碧容抓住了他的手:"你得向天发誓。"毛狗跪着举起右手说:"老天爷在上,我毛狗发誓:要是不听大少奶奶的话,让乌鸦扒我的肠子,让野狗啃我的骨头,让我死得连骨头渣子也不剩。""好。"她将毛狗的手放在胸前,"我还让你去杀人,你去不去?""大奶奶,毛狗干过一次,不想干第二次了。""什么?你再说一遍!"她一下子撕开脖子上围着的绸巾,露出一道黑黑的伤痕,"毛狗,我脖子上这道伤痕,你早就看见过,你知道这是怎么来的?"毛狗脸色一变,说:"我当然知道,是奶奶上吊留下的。"她推开毛狗说:"你既然知道我是节妇,还要偷窥我身子,毁我名节,你是人吗?""毛狗不是人。"他哆嗦了。胡碧容斜着眼睛说:"我曾发过誓,要么做天下第一贞节的女人,要么就做一个天下闻名的淫妇,你明白不?""明白。""我的身子只有你看过,你知罪吗?""小人不敢,小人衷心爱慕奶奶贤德,实在不敢心存妄想!"毛狗趴在地上,匍匐向前,吻着胡碧容的三寸金莲,惶恐不已,"毛狗知罪,毛狗是奶奶的一条狗,连命都是大奶奶的,要我做什么都行,我一定会替你杀了你想杀的人。"胡碧容问:"那,你知道我想杀谁?""钮五阳。"毛狗抖索着身子说。"还不算傻。你知道,六指头的手下如果说了当年你去过老虫岛,知道是你我要害他,我们就完了。所以……""这事我明白,放心,就是说出是我,我也不会说出是大少奶奶指使的。""那不行,毛狗,我不能没有你。快点,毛狗,我脚趾缝痒,给我捏捏,使点劲……"

胡碧容躺在床上,散发出老女人的气息。毛狗受宠若惊地爬上前去,用他那像狗爪一样的手轻轻地抚摸着节妇的小脚,并放在自己的胡子上用力地磨蹭,节妇舒服得哼哼起来……

风吹云动星不动

钮太公死后,齐彻感到一丝快意,他去坟上告祭了自己的父亲,且不顾一切地买下了绿杨楼。他觉得钮家正如节妇,已是充满阴气的腐朽之家,钮太公暴死的结局,让他感到了恶有恶报的天理,虽然这只不过是他的梦想。他带着常亮一干人,将一块写着"齐宅"的牌子钉入地下,脸上终于露出了笑容,吩咐常亮带人迅速施工,尽快恢复旧时模样。

他又上了废楼,在那块有血迹的地板上,俯下身子细看,血迹似乎更加明显了。他坐下来,闭上双眼,仿佛又回到二十多年前的夜晚。大风刮得瓦片直响,连梆子声都听不见,一队官兵点着火把,冲进绿杨楼,到处抓人,遇有反抗就杀……母亲见情况不妙,用绳子把两个孩子从墙上吊下去。官兵冲了进来,母亲硬是抵住了木门,争取到了让儿子们逃生的那点时间。可是尖刀刺进了母亲的胸膛,随着母亲凄厉的叫声,门被踢开了……

齐彻正沉浸于往事中,突然一阵轻微的脚步声由远而近。他睁开眼,眼前出现了几个蒙面汉子,正一步步向他走来。在阳光下,他们蒙着的脸显得十分可怕。他跳起来:"你们干什么?"蒙面汉子围了上来,为首的一个说:"齐老板,你的死期到了!"齐彻大惊,问:"你是谁?为何不摘下头套?"这汉子说:"因为你认识我!"他问:"你是钮五阳?""我是谁你管不着。"蒙面汉冷冷地说,"齐老板,听说当年你逃出了这间屋子,所以活到了今天,可是今天这里还是你的死地,看来是命里的定数。""你不要过来,我喊了。"齐彻连连往后退。蒙面汉拎着铁棍一步步逼近,突然举起铁棍向齐彻打来,正中他的头,鲜血迸流。齐彻扑上去,死死地抱住蒙面汉的腿,另一蒙面汉从后面又是一铁棍。齐彻惨叫一声,倒在地上。蒙面汉子再次提起铁棍朝齐彻打下去时,突然有人大喝一声:"住手,你们干什么?"

出现在废楼上的人是钮方丽。近来孩子生病,总是向她要父亲,让她不安,所以想找齐彻谈谈。她来到绿杨楼,碰到正出门的常亮,于是知道齐彻在后面的废楼上,就遁迹走来,没想到看到杀人的一幕,她恐怖地大叫起来:"来人呀,杀人了!"

蒙面汉慌了神,赶紧逃窜,方丽不顾一切扑上去,忙乱中伸手抓住一个蒙面人的头套,被他挣脱,落荒逃去。接着她扑到齐彻身边,见他满脸是血,她一声声呼叫,可是他没有一丝反应。血在不断涌出,钮方丽冲到窗前,再一次歇斯底里地喊着:"来人呀……"门房听到了喊声,跑到楼上来,把齐彻抬下楼去。

齐彻脑出血,人昏迷不醒,镇上中医都摇头,钮方丽决定连夜将他送往上海急救……

就在齐彻受伤的那天,钮五阳回到浔泰厂,宣布解除章六的职务,还让周心远当总账房。他担心众人不服,就趁热打铁,召开全厂大会,发表了自己的施政演讲:"从今天起,这厂里是我说了算。因为这是钮家的厂,牌子也是钮家的牌子,它是江南最大的绸厂。你们要明白,这几年你们吃的是我们钮家的饭,齐彻和你们一样,也是我们钮家的下人。自古以来尊卑有别,上下有序,所以东家说的话就是规矩,无规矩则不成方圆,我当大掌柜首先是要立规矩……"

周心远带头鼓掌,下面的人也跟着鼓掌。钮五阳说完了,周心远接着说:"诸位,二爷制定的厂训是:吃东家的饭,听东家的话,做东家的事,是东家的人,永远效忠东家!大家一起喊。"职员的呼应却是稀稀拉拉,而且还阴阳怪气的。钮五阳一听,心里就火了,大声质问:"有人不服是吗?"周心远上前道:"王彦四、张兴太、阿土,你们出来。"三人站了出来:"二少爷,我们……"钮五阳看也不看,周心远说道:"你们被开除了。"三人哀求道:"二少爷,我们怎么了?"钮五阳说:"没什么,开除就是开除!"周心远大喊:

"再喊一遍厂训！"众人起立，一遍遍反复念着："吃东家的饭，听东家的话，做东家的事，是东家的人，永远效忠东家！吃东家的饭，听东家的话，做东家的事，是东家的人，永远效忠东家！吃东家的饭，听东家的话，做东家的事，是东家的人，永远效忠东家……"这声音传了出去，又洪亮又整齐……

方丽亲自送齐彻到上海。一路上他昏迷不醒，到了静安教会医院，洋大夫马上为齐彻做了检查。最后的结论是：外颅重伤而引起的脑出血，此时送到医院已经太晚了，已经无法做开颅手术清除淤血。方丽顿时哭成泪人。在医院里过了一天，医生发现病人脉搏甚微，几无生命迹象，让家属到医务室签字，说病人已死亡，同时通知工友送太平间。方丽听到这结论，当即呆了，双脚竟迈不动，泪水模糊了双眼，什么也看不见了……

那天夜里，宽大的太平间空旷寂静，孤零零的一张门板上，躺着她所爱的齐彻……时钟在滴答响着，格外清晰。她紧紧抓着他的手，眼泪接连不断，她嘴里小声地嘟囔着："齐彻，你不能死，千万不要死，我们的孩子不能没有父亲。我爱你，我们的爱情还没有开始，就不能结束。这几年你不理我，我不怪你，我知道你心里的苦衷。我爱你，齐彻，齐彻……求求你，千万不要，不要死……你会听见铁儿叫你父亲，他真的是你的儿子，我不骗你，你有儿子，你会喜欢他……你听见没有？齐彻……"

她的眼泪滴下来，掉到齐彻冰冷的手上，她盯着那手，忽然见手指颤动了一下，好像对她的哀求有了回应。她惊喜地发现了这一动作，抓着齐彻的手叫着："齐彻，齐彻……"接着她奔了出去，在空无一人的走廊上一路狂奔："医生，医生……"

医生来了，心脏停止了的齐彻好像又有了脉搏，医生马上把

第10章 残月

病人送至急救室抢救。直到第二天早上,手术才做完。一切顺利,只是麻醉剂的作用还没结束。

急诊室里,时间一分钟一分钟地过去,一个手持鲜花的人冲了进来,是林墨琴。她被齐彻从南溪救出后,回到上海,如今听说他受伤,可是不知在哪家医院,找了好几家,才到了这儿。这时钮方丽端了盆水从外面进来,墨琴赶紧走上前问:"你在这儿,齐先生怎么样?"钮方丽见到墨琴很吃惊,说:"正在抢救,很难说。"墨琴一脸怒气:"是谁干的?又是你们钮家?"钮方丽回答:"我不知道。"墨琴大声说:"我知道,肯定是你们钮家干的。"主治医生转过身来,将手放在唇上,示意她小声点,钮方丽脸上一阵腓红,两人站在那里不知所措。

突然,医生叫道:"病人有反应了。"钮方丽和墨琴一听,急速跑到病床前。齐彻的眼皮真的在动,他突然睁开眼,用微弱的声音说:"我要撒尿……"医生叫道:"家属,快……"方丽没有犹豫,迅速将他的身子扶起来。墨琴见状很不高兴,将手里的一束鲜花扔在床上,走出病房,来到走廊上,呆呆地站着。

过了一会儿,方丽端着尿盆出了病房,走过来坐在墨琴身边,看了看她说:"墨琴,对不起,你受害的事,我后来才知道。我想是我父亲干的,可他已经得到报应,他死了。"墨琴撅着嘴说:"看到了,上海的报纸都登了讣告,我十分高兴,还放了几挂鞭炮,这样的人不死,活着就害人。"钮方丽哀求地说:"别那么说他,他是我父亲,给死人一点面子吧。"墨琴十分生气地说:"不给,凭什么给?他害人,害了无数的人。"钮方丽叹了一口气说:"墨琴,你有理由发脾气……好吧,今天我们不说这件事,齐彻醒了,你进去看看他吧。"

墨琴说:"我想,他不会喜欢你在他身边!"说完走进病房里,齐彻正静静地躺着,看着那束她带来的鲜花。"齐先生……"她靠在床边,亲昵地抓着他的手。"墨琴,是你?"他有些迷惑地问,"我不明白,我是怎么了?""你被人打伤,昏迷了三天,今天是第四天了。"她娇媚地说,"我是你的福星,你看我一来你就醒了。"齐彻低声问:"是谁打我?""谁?还有谁?你自己好好想一想。"墨琴说。"谁想杀我?钮家吗?"齐彻有些不解,"可是钮老爷子死了啊!"墨琴反问:"齐先生,你真天真,老爷死了,就没有少爷,就没有小媳妇之类的?""又是钮家害我!"齐彻好像恍然大悟,又问,"我刚才看见方丽在这里,她怎么会来?我不要她,你帮我在上海另找个人,让钮小姐回去。""我们想多活几天,是得少和钮家的人沾边。"她脸色微红,"齐先生,我来侍候你。""你……"齐彻说,"墨琴,这不行。""齐先生,你救了我,我还没谢谢你呢。"墨琴说,"不要说了,危难之际见真情,对吗?"

这时,钮方丽进来了,齐彻看见她,又闭上眼睛。墨琴转过身来说:"钮小姐,齐先生的伤已有好转,谢谢你,你可以回去了。"钮方丽惊讶道:"墨琴,我可以照顾他。"墨琴说:"不行,你愿意,可是齐先生不愿意,他现在对钮家十分仇恨,不想见到钮家的任何人。""这是他的意思?""当然,不信你问他。"方丽看了看齐彻,可是他一直闭着眼,什么也不愿意说。墨琴说:"好了,你走吧。他受了重伤,要好好地调养,你不要破坏他的情绪……"

钮方丽走到床前轻轻地问:"是这样吗?"齐彻闭目微微点头,墨琴得意地说:"别说了,快走吧。"钮方丽哭了:"我不走,我要留下来看护齐先生……"

墨琴看了看齐彻,他睁开了眼睛,费力地说:"钮小姐,你别争了,我和你早已结束,现在我爱墨琴,因为我们都是钮家的受害者,她会好好照看我的,你走吧。"墨琴紧紧抓住齐彻的手,他说:"墨琴,亲我!"于是墨琴弯下身子,恋人一样亲吻着他。方丽见状,掩面冲出病房……

第 10 章 残 月

钮五阳接任大掌柜以来,一个月的时间,产量提高了一成,他很得意,觉得自己比齐彻强。齐彻在时生产了 04 葛,他觉得这 04 葛的确好看,如果墨琴穿上,一定十分漂亮,于是他下令让周心远提高 04 葛的产量。可周心远告诉他,英国洋行还没跟浔泰签合约,大量生产会有风险。钮五阳不以为然,一定要提高产量。

这时钮方丽从上海回来了,告诉钮五阳,墨琴和齐彻好上了,正在医院里侍候他。这如晴天一个霹雳,钮五阳惊呆了,抓着妹妹的肩膀问:"妹妹,你告诉我,他们在哪儿?"钮方丽说:"我不告诉你。"看着妹妹因受煎熬而消瘦的脸,钮五阳咬牙切齿地说:"姓齐的,看来不杀你是不行了。"

苞梅的肚子一天天大起来,胡碧容终于知道了自己的傻儿子竟有种弄大了丫环的肚子,看在孩子的面上,她同意娶苞梅,为钮家传后。苞梅要出嫁了,曼蝉有些舍不得,她能为苞梅做的惟一的事,就是在服装所替她设计制作了一件新娘装。苞梅穿好新娘装,显得容光焕发,可是她和钮平坐在一起时,却愁眉苦脸起来。众人的眼光讪笑地盯着傻子:一身新郎打扮的钮平,头上插着两根鸡毛,坐在八仙桌前搔头抓脚很不安分,要多傻有多傻! 真是一朵鲜花插在牛粪上。

当迎亲的锣声和鞭炮响起的时候,傻子从椅子上跳起来,挣脱拉他的人,想往外跑,嘴里还喊着:"妈,我要看新娘子和新官人……"

胡碧容见儿子出了丑,给了他一耳光,大声喝道:"你就是新官人! 你还看谁?""我就是新官人?"钮平惘然,"那外面敲锣打鼓的是谁?""这孩子问得真傻。"她叹了一口气,怨自己背运:

她胡碧容聪明盖世,偏生了个傻瓜儿子,还得替他娶一个老婆……

苞梅出嫁时,曼蝉舍不得,可她又没有办法,因为她被严密看护起来,不得出门。钮家已定了日子,姗如要亲自送她去苏州古家完婚。她当然不愿意,虽然肖晃失去了踪影,再也不来南溪了,可是她发现自己怀孕了。她不想孩子一出生就没有父亲,于是表面答应去古家,心里却一直想跑。

苞梅嫁人的第二天,就是曼蝉上路的日子。曼蝉故意穿了套随便的衣服,精心地收拾了一只小包,准备暗中逃走。正在忙活,姗如上楼来催她,曼蝉跳到床上盖上被子,忽然发现包袱还在床边上,就伸手拿过来,塞进被子,压在屁股下面。姗如推门进来喊道:"曼蝉,啥时辰了,今天要出门呀!"曼蝉装着不舒服的样子说:"妈,我不舒服。"姗如大惊,问:"怎么了,要不要看大夫?""不用,妈,你别管我,我睡睡就好。""起来吧,去苏州。曼蝉,快起来,这回你离开家,到了古家可不能任性。听话,别让你妈丢脸!""好好好,妈,你说了算。"

两人吃了早饭,匆匆来到码头上。嫁妆早装上了船,好几个仆从在等着。钮五阳在码头上为她们送行,姗如推了女儿一把:"你姐生病了,没有来,快跟你哥说再见吧。"曼蝉从船舱里伸出头来,懒洋洋地喊:"哥,再见!"钮五阳挥挥手:"小妹,这次去要乖一点,听妈的话。过几天我去苏州看你。""知道了。"曼蝉朝哥扮了个鬼脸。姗如这才吩咐船家开船。

船沿着河缓缓行驶,曼蝉忽然高兴起来,问母亲:"妈,这船在前面停不停?"船夫说不停。曼蝉就说:"妈,干吗不停?等会儿我要上岸买东西。"姗如道:"有什么东西可买?"曼蝉忽然叫住一

第10章 残 月

个船夫问道:"喂,前边是不是织里镇?"船夫答道:"小姐,是织里。"曼蝉脸上露出了不易觉察的笑容。姗如说:"织里?出太湖强盗的地方。"曼蝉说:"妈,织里的浇花绸好看。"

很快,船就到了织里码头,刚靠岸,岸上就传来了一片叫卖花绸的声音。曼蝉对母亲说:"妈,你看,岸上有卖浇花绸的,我要上去看看,买一点。""别去了,浇花绸苏州多着呢……"姗如想拦住曼蝉,可她从舱里飞快地跑了出去,跳到岸上,头也不回直扑人群。姗如大急,喊道:"曼蝉,曼蝉……"又吩咐丫环,"快给我追。"丫环追了上去。等姗如上岸,哪里还有女儿的踪影?

第11章 奶头蚕种

大英怡和公司突然就拒收浔泰的04葛了。钮五阳傻了，一个上午就站在厂里的鸽笼下面，呆呆地看鸽子。鸽笼里只有一只鸽子在趴窝，他依稀记得，以前这鸽笼里养着许多鸽子。见周心远过来，他问："心远，怎么笼里就剩下一只鸽子了？"周心远过来，往里瞧了瞧，觉得一股鸽粪臭，就说："齐彻一走，这些鸽子也跟着跑了。""连鸽子都姓齐呀……这齐彻真是有招！你看，他一走，怡和就不要我们的货，我看是齐彻在坏我们。"钮五阳一心觉得是齐彻在捣乱，"这么多的04葛压在库里，你说怎么办？""怡和一直抢收04葛，可是现在突然拒收，就是齐彻捣鬼，他一直在上海……这么多年，凯伦跟他穿一条裤子，能不帮他？""那你说不是我们的货出了问题？跟以前有什么不一样吗？"钮五阳疑惑地问，"是不是原料有问题？""也许，不过……"周心远小心地说，"二少爷，你忘了，最好的丝抵给了藤也，剩下的不是一个等级。齐彻那时的料比现在精良，是用最好的生丝！""怪不得……心远，我限你三十天内处理掉这批次货。"他给周心远下了一道死命令。"二少爷，难呀！04葛不好卖，只有海外市场才要，可是英国人不要……"

没等周心远说完，钮五阳打断了他："难什么？玩命也得给我完成，现在是我当家，不是齐彻。如果浔泰厂被这批货压死，没有流动资金，这厂就得破产，不在经营上动脑子，一天到晚总是大喊口号，有鬼用。"说到这里，他非常生气，将怨气发到周心远身上，"别给我叫苦，心远，你想想，为什么齐彻不用你？商战无常法，谁都不可戏弄市场，你不要让我挥泪斩马谡。我现在命令你：一，马上停止生产04葛；二，恢复原来正常的绸料生产。"

周心远被骂得大汗淋漓，他转身去了制茧车间，找到一个小工头，劈头骂了一顿。原来，周心远与这个小工头在进货上又做了手脚，他们图便宜，买进了不少次货，从中赚了不少的黑钱。"都他妈是你，进了这么一批秋茧，出的丝全是断头，现在上海退货，钮五阳发了脾气，要是真查出来，他会打死你我，你说怎么办？"周心远心里寒丝丝的。"哎，我有一个主意。"小工头突生一计，"周老板，二爷喜欢那个红倌人，我们只要找到她，告诉二爷，他肯定要赶去上海。他要是走了，这厂还不就是交给我们玩？我们再想办法，等捞够了钱，去苏杭弄套房子，溜之乎也！""你小子果然一肚子坏水。"不过，周心远思忖着，也只有这一招了。

肖晃悄然回到老虫岛。他的心碎了，眼里满是曼蝉的影子。他曾发誓再也不见她的面，可是没有她的日子，他不知该怎样打发。他好像垮了一样，整日里坐在湖神庙前一只大土筐里，摊着四肢，闭目养神。山上同伙知道他心情不好，都不敢惹他。这天，他依旧坐在土筐里闭目朝天，小女孩毛毛悄悄走过来，先是用狗尾草掏他的耳，然后要他去荡秋千。他没有精神理毛毛，惹得小女孩不高兴了。这时刀疤阿三过来告诉他，岛外来了一个女人。"是谁？"他跳了起来，心情急切，又不敢肯定到底是谁。他从土筐里出来，飞一样跑了出去。跑到岸边一看，来人果然是曼蝉！他又惊又喜，嘴里却说："谁让你来的？"

可是曼蝉不顾一切，扑上来抱住了他，在她的柔情里，他的心其实早已溶化，紧紧地搂着她说："你不该来，我已发了誓呀！"曼蝉向他诉说，自己如何逃出母亲的监管跑到岸上，然后换了身男不男女不女的衣服，用手上的镯子做船资，让老船夫夜渡太湖上老虫岛……

湖神庙里,左殿的判官泥塑早已断成了两截,这是肖晃的住处。两人抱在一起,曼蝉不顾一切地亲吻他,将积蓄已久的感情释放出来,肖晃却在一阵狂热后冷静下来,突然推开她说:"曼蝉,我发过毒誓,我们结束了,你不该来这里。""我是你的,肖哥,我永远是你的……肖哥,誓言就那么重要?"

"是的,这是一个人的信义。"肖晃垂下头。"可是肖哥,如果我怀孕了呢?"曼蝉的脸红了,显出柔情的一面。"真的?你没有骗我?"肖晃问。曼蝉点点头,将他的手放在自己肚子上:"你的孩子,已经四个月了,会动了。"肖晃闭上眼,又突然张开,笑容满面,跳起来抓住她使劲地亲,问:"你真的怀孕了?这么说,我肖晃有孩子啦……"肖晃抱着曼蝉疯狂旋转,高兴极了。这时候门被毛毛推开了,她站在门口大声喊:"肖叔叔,我不准你亲她!""毛毛,你出去。""我不许你亲她!你答应过,我长大了,你要娶我的。"小女孩一点儿也不怕他。"好好好,可是你还没有长大不是?"肖晃哭笑不得,将毛毛抱了出去,把门关紧闩好,走到判官像前,跪下磕了三个头,然后回到曼蝉身边,又跪下来捧着她的肚子说:"曼蝉,我们有孩子了!我肖晃从小就没爹没妈,可是也会有孩子!说不定是个儿子……我一直以为我的下场就是被人抓住,乱刀砍死,然后抛尸野外,从没有想到我会娶妻生子……"曼蝉抚着肚子:"肖哥,你摸摸,这是你的孩子,它在动,可能是个男孩。"肖晃扶着她说:"好,你躺下,曼蝉,好好躺下,别动,我去给你弄吃的。"然后用手轻轻抚过她的肚子。"肖哥,你弄得我肚子好痒。"曼蝉痒得咯咯直笑。肖晃也像一个小孩子似的说:"我在摸我的儿子。"曼蝉抱住肖晃,沉浸在温情里,然后说:"肖哥,我不回去了。""不回去?不行!"他坐起来,"你不可以做强盗,我是个强盗,也不能要孩子!"他捂上了脸,"曼蝉,你不可以留下,因为你不可做强盗,我说什么也不同意。""肖哥,只要跟着你,我

第11章 奶头蚕种

什么也肯做。如果我不做强盗,我们怎么办?那我们只能逃走,你也不要做强盗了……""小心,隔墙有耳,千万别让人家听见,否则我们死定了。"他忙掩住曼蝉的嘴。

"怎么办,你说呀!"曼蝉推着沉思的肖晃,悄声地说,"肖哥,我们一起走,我要给你生孩子!""为了孩子,走!你不要急,我们要逃到一个谁也不认识我们的地方。""肖哥……"听肖晃答应与她一起逃走,曼蝉兴奋地抱住了他脖子又亲起来。

门口有轻微的响动,肖晃用手示意不要出声,他走到门口,将门突然推开,六指头等人正在门前,显然是在偷听。"大哥,怎么不进来?"肖晃说。六指头尴尬地说:"肖弟,听说弟媳妇来了,我来看看,又怕惊了你们的好事!""看你说的,大哥。"肖晃回过头喊道,"曼蝉,大哥来了。""大哥。"曼蝉甜蜜蜜地叫了一声。六指头走到她面前,被曼蝉的天真所吸引,伸出手指刮了她的脸一下,说:"到底是大家闺秀,长得秀气,跟我们这些粗人就是不一样。走,开宴,我请你们夫妻。"六指头让肖晃和曼蝉跟着,来到大厅里,几个土匪已经准备好了酒菜,六指头吆喝了一声,众土匪依次坐在席上。起初土匪们还一个劲看着新来的女人,几杯酒下肚,便开始了划拳,吆三喝四,大碗吃肉,大碗喝酒。没多久,他们就有了醉意,七歪八倒了。六指头也喝多了,突然想起了这个大家闺秀,就说:"弟兄们,你们就知道喝,钮小姐刚到,是我们岛上的稀客,让她唱个歌怎么样?"众土匪喊道:"好!唱一个唱一个。"曼蝉看了看肖晃,在他的示意下,她站了起来,在众多粗犷的土匪面前,用哀伤的调子唱了一支太湖民歌:

> 细竹青青未出笋,
> 几时共妹成竹林。
> 风吹叶落随天去,

望断湖波叶残飞。

曼蝉唱得很用心,不顾众人在场,满眼是泪。肖晃感动了,他接着唱:

妹有情来哥有心,
隔湖栽竹也成林。
枝长伸从水面过,
竹枝竹叶交情深。

众土匪从没有听过这么柔情的曲调,纷纷拍手叫好。但六指头从他们的歌声中好像觉出了什么,于是,悄悄地对身边的一个土匪说:"我看肖晃不对劲,他会背叛老虫岛。这几天你盯着他点,如果他想逃,就杀了他!"那土匪似乎一惊,他看了看肖晃,咬了口肉,颔首同意。

宴席散后,夜已深了,肖晃带着曼蝉回到湖神庙。他们一点睡意都没有,整夜都在商量如何逃出老虫岛匪巢。不过,肖晃已经预感到六指头会派人监视他,也知道如果逃不走被抓回来,后果不妙,六指头是杀人不眨眼的魔头。可尽管如此,肖晃已打定主意要离开老虫岛。

齐彻的伤一天天好起来,人虽然还在医院,心却早已飞回南溪。虽然钮五阳接管了浔泰,他还是很关心这厂的经营,可是报上关于浔泰的消息却越来越少,最近只有《申报》上说:"钮氏浔泰企业新产04葛,技术不过关,怡和洋行拒收该批绸料,浔泰绸厂损失甚巨。"看到这里,齐彻很生气,他尽心尽力创出的一块牌子,让钮五阳给砸了。接着他心里又有了新的主意:静观其变,说不定浔泰破产,他就会拣这个便宜。

这些日子,墨琴天天守着他,让他十分感动。当墨琴又走进病房将花瓶里的花换掉时,他放下报纸说:"格格,今天你来得够早的。""你看,你怎么也叫我格格?"她觉得不习惯。"怎么,我叫不得?这格格只能钮五阳叫吗?""看你说的,我喜欢你叫我墨琴。"她拧了一把毛巾来给他擦脸,"医生说你快出院了,所以我得赶快表现一下,好让你爱上我。""我喜欢你呀!""真的?那天你当着钮小姐的面亲我的时候,绝对是天下第一大情人的水准,够水平,我都被你迷住了,可打那以后,你的吻就不够水平了。""瞧你说的,格格……对不起,"他意识到自己叫错了,"墨琴,你是红遍上海的名人,追你的人多如牛毛,我高攀得上吗?那天我不是有意侵犯你,是想叫钮小姐死了心。""这么说,齐先生,你是利用我在演你的戏?说真的,你喜欢我吗?""你身边有两大情人,都是上海滩上惹不起的人物,一个有枪,一个有钱。我斗不过他们。""别找借口,我知道你会说什么,你会说喜欢我,但不爱我,对吗?""你怎么知道?"她偎依在他怀里,痴情地说:"齐先生,能对我说说钮大小姐吗?我知道,你们曾生死相爱,现在你真的不爱她了吗?为什么呢?"齐彻闭上眼:"其实,我还是爱她的,一直也忘不了她,可是当我想到钮家是害肖家的仇人,我的身上的血就在燃烧。中国人讲究孝道,父仇如天,我不能无动于衷,更不能和仇人的女儿谈情说爱,我父亲的在天之灵会不安的。""那你真的永远不理钮小姐了?"墨琴又问。"她离我渐渐远去……""那我呢?是不是离你越来越近?""墨琴,我是事业型的男人,对男女之欢并不在意,也许你会很失望。你看,我到现在还念念不忘这个浔泰厂。"齐彻指了指报纸说。墨琴看了看报纸,说:"钮五阳把你赶出来,自己当了大掌柜,章老板也被他们解聘,真够狠的。不过二少爷如果好好干,我相信他不会输给你。"齐彻轻轻地推开墨琴说:"看来你对他还有感情。"墨琴轻叹了一口气说:"他是天字号的大傻瓜,傻得让人无法爱他。"齐彻回答说:"钮五阳的确是个怪人,他在没有遇到你之前,兢兢业业,可是见到你以后,就心魂不定……"墨琴说:"我现在不愿谈他。齐先生,等你出了院,我们离开这里一起去法国,好吗?"齐彻忽然想到教父,自从他住院,教父一直没有来过,他问:"墨琴,你去过教堂了?""去过了,你教父病得不轻,他说要你送他回法国。我没敢说你受伤了,正好我们一起走。"她说。"他是我的养父,对我有养育之情,我会去送他的。"

　　江南的春天正是养蚕旺季,南溪的桑市也热闹起来。挑担进镇子卖桑叶的多了起来,街上满是碧绿的桑叶,河船上也是桑叶,到处新鲜湛绿。桑农们叫喊着:"新鲜桑叶啦,一块钱一担!"这是江南一个特殊的市场——桑市,也是丝业兴旺的结果。上海和杭州的丝客不会放过这机会,揣着银票来到南溪,坐待收茧。六指头他们也当然不肯放过这个机会,在南溪悄然住下来,想捞一条大鱼,做一票大案子。

　　肖晃和曼蝉随着六指头下来踩点。他们从一只化装成桑船的乌篷船上下来,曼蝉化装成蚕娘,与肖晃在熙熙攘攘的桑市上游逛。他们漫不经心,东张西望,直往人群里钻,可是后面有个土匪像影子一样盯着他们,那是六指头的亲信小五。

　　肖晃看见一条桑船上的老大是熟人,就假装上前搭讪,暗中对曼蝉说:"我们分开走,小五肯定会盯我,你悄悄回来,上这条船,千万不要走开,不见不散。"曼蝉答应了一声,她看到街口一个估衣店,便钻了进去,东摸西看,肖晃则继续向前走。小五走到估衣店门口,发现曼蝉在挑衣服,他想了想,跟着肖晃继续向前。等曼蝉出店门时,见肖晃和小五都不见了,便赶紧回身,一路跑

第 11 章 奶头蚕种

到桑船上,不问青红皂白跳了上去。船老大挡住她:"喂,姑娘,你找谁?""大叔,肖晃让我在这里等他。"曼蝉说。"噢,是肖老弟的人,进舱吧。"船夫拉开舱帘,让她钻了进去。舱里满是桑叶,她躺在软绵绵的桑叶上,好舒服。她一直往里拱,一直爬到舷窗下,从窗缝里向外看。

肖晃越走越快,小五生怕丢了他,紧紧跟着。肖晃索性跑了起来,跑过一堵断墙,躲在墙后,见小五过去,又撒腿往回跑,还未跑出街口,忽然被人绊倒在地。他抬头一看,正是小五,这小子脚头好快。"二头领,你搞什么鬼?看来老大没说错,你是想跑。二头领,你为啥要跑?大哥对你不好吗?"小五揪着他说。

"小五,放开我。"肖晃猛地拨开他,"我没做对不起大哥的事,让我走。""不行,除非你死。"小五拔出刀来对准了他,可是又放下了,"二头领,你为什么不反抗?我知道,你的功夫比我强多了。""我不愿意打自己的兄弟!好吧,小五你杀了我,我不想回老虫岛了。我有罪,对不起湖里的兄弟,我该和你们生死与共,可是我也不能辜负一个女人。""行,这是你说的,二头领,这不怪我。你闭上眼。"待肖晃闭上眼睛后,小五痛苦地将尖刀抛向竹林,将肖晃独自留下,扭头走了。过了一会儿,肖晃睁开眼,发现小五不见了,他明白小五放了他,跳起来飞也似的往河边跑去,一直跑到桑船上,问船老大:"我媳妇呢?""刚才有个姑娘进了舱,那是你媳妇呀?进去吧。"肖晃推开舱门轻声唤着:"曼蝉,曼蝉……"曼蝉躲在桑叶中,像一只猫,忽地扑上来,浑身上下都被绿乎乎的桑叶糊满了。两人像两条大蚕一样滚在一起,弄得船都摇晃起来。两人嬉闹了一会儿,曼蝉扒开脸上的桑叶:"肖哥,我们是两条大蚕!"肖晃也扒开脸上的桑叶说:"快让老大开船,这里不安全。"可是船老大说再等一等,桑叶还没卖掉。"不行,马上开船,这船桑叶我包下了,走。"船老大一听,只好上码头解了绳子,摇着橹,把船摇走。

慢慢地,船划出南溪,两人的心情才放松下来。一路的青山绿水,小桥人家,景色如画,老船夫嘴里哼着土里土气的船歌:

> 姐儿生来扮相绝,
> 粉脸桃腮嫩如雪。
> 斜插着一丈青,
> 九尖八角三道弯。
> 盘龙那个髻,
> 毛蓝小袄衣露出了肚脐眼,
> 百褶裙下衬着小红鞋。
> ……

肖晃和曼蝉放宽了心,他们打开一扇舷窗,靠在桑叶上,听着船老大悠悠的情歌。肖晃突然问曼蝉:"哎,曼蝉,我们去哪儿呢?"她说:"你说去哪儿就去哪儿。"他摇着头:"我不知道!""那就去辑里吧。"她想了想,"我乳娘的家在辑里。那是南溪尽头的一个小山坳,很少有人去的。""辑里?好吧,先看看再说。有涛声吗?我不听太湖的涛声就睡不着。""涛声?没有。我不比涛声重要?肖哥,我从小在那里长大,我喜欢那儿。""好吧,只要你奶妈不赶我走……可是在奶妈家,我们怎么住?在一起吗?曼蝉,我们还没有结婚呢!""我们就是夫妻,肖哥,我有首饰可以卖,买一间房子几亩地,我们从头干起,我会给你生一堆孩子……"曼蝉想着未来,憧憬说。"那我们还要举办一个婚礼。"肖晃说。"当然,举办一个南溪最隆重的婚礼,请四象八牛七十二金狗都来参加……"她翻身起来,趴在他胸前,抱着他使劲地亲着,两人深陷于桑叶中。

第 11 章 奶头蚕种

曼蝉突然想起了什么,站起来说:"别动,躺着。"肖晃躺着没动,身上满是桑叶,曼蝉又往他身上盖着桑叶,直到把他全部掩盖,然后用一种滑稽的念悼词的语气说:"太湖强盗肖晃已经死了,他被埋在这里,活着的是个叫肖晃的农民。"然后,她也直挺挺倒在桑叶中,大声说,"肖哥,快来埋我!"肖晃也往她身上堆桑叶,堆满了以后,说:"大家闺秀钮曼蝉已经死了,她被埋在这里,与一个叫肖晃的土匪埋在一起,因为他们是一对雌雄大盗!现在活下来的是一个蚕娘。"曼蝉高兴地大叫起来,她推开桑叶,与肖晃抱在一起嬉闹。桑船上的老大,嘴里仍然哼着什么,他划着船,悠悠地往更远的地方行去……

辑里村是南溪西边的一个小村庄,村虽小,却也是一片春蚕繁忙的景象,看上去十分兴旺。这里清溪绿水交错成潭,人家多沿水而居。潭深而多红菱,肉白质嫩,味美汁甜;溪清而多石,磊磊如巨卵,水流潺潺,村上随时可见白色丝绸随风飘动。蚕娘们一边将洁白的绸坯在溪水里浣洗,一边唱着民歌:

> 四月蔷薇叶正青,
> 西木巷口像阊门。
> 卖桑的船客上岸把雨躲,
> 蚕花娘娘吃得醉醺醺……

钮曼蝉和肖晃两人从桑船上下来,向村里走去。肖晃见岸上随处可见丝坯,问:"这就是辑里?"曼蝉说:"是的。小时候我爹不要我,我就被送到这里,好多年了,我还记得这里好美。"曼蝉指了指不远处的一家农舍,"肖哥,你看,那边就是我奶妈的家。我奶妈对我可好了,我小时候她奶我,可是奶水不够多,为了我,她把自己的儿子送了人。"

两人说着就到了农舍跟前,曼蝉推开柴扉进屋,一个手脚麻利的中年妇女在摇着一只古老的纺车,曼蝉大喊一声:"奶妈,奶妈……"那妇人回过头来,似乎惘然。"我是曼蝉,蝉儿呀!"她大叫着。

奶妈站了起来,认出了曼蝉,笑逐颜开,说:"真是小蝉儿,昨天一只大蜘蛛爬到我蚊帐里,我说今天准有客来,真的来了客。"曼蝉扎在奶妈怀里,撒娇地说:"奶妈,我不是客,你看我把女婿给你带来了。"肖晃十分乖巧,甜甜地叫了她一声:"奶妈。"喜得奶妈连声应着。

乳儿的到来,让奶妈十分高兴,她忙了半天,倒水沏茶的,最后夸曼蝉说:"哎,小蝉儿,真是没有白奶你,你还记着奶妈。你们这一对,郎才女貌,真好。快坐下,我去叫你干爸。""奶妈,先别去,我跟你商量个事。"曼蝉一把拉住奶妈,小声说,"奶妈,我和阿五——就是他,你女婿,想在你们家住一阵,好不好呀?""好!这还用问,都是自己人,家里空房子还有,你们随便住,就怕住不惯。"

百年白果树的浓荫笼罩着农家小院的西厢,奶妈就让曼蝉和肖晃住在这屋子里。晚上,他们走进这间暂时属于他们的新房,一张简易的棕床和农家蓝白相间的旧棉被,虽然不比钮府,却比老虫岛的湖神庙强上百倍。在这里,用不着偷偷摸摸提心吊胆。他们双双对坐在床上,相互凝视对方。然后,肖晃轻轻地把曼蝉抱上床,抚摸着曼蝉那隆起的肚子,轻轻解开那块红鸳鸯兜肚……

他们高兴极了,终于有了一间自己的房间,在一个山清水秀的地方,过着一个蚕娘和一个渔夫的日子。

第11章 奶头蚕种

隔壁奶妈房间里,一盏油灯在昏暗中亮出一点光芒,奶妈的男人柴根靠在床上,看着油灯发呆,奶妈还在摇着纺车。突然,她停了下来,对双眼发直的男人说:"柴根,你还不睡?"男人用枯涩的声音说:"你也好睡了。曼蝉来了你太高兴了。"男人看了看老婆说,"不过,对那个男人我有些疑心。"奶妈吃惊地问柴根:"你疑心什么?"柴根说:"阿花,你看这男人不像个有钱人,钮府这么大的人家,会让女儿嫁给他?"他叹了一口气,"阿花,他们肯定是私奔。我们要当心,到时候钮家埋怨我们,我们里外不是人。""这倒是。前几年听太太说,曼蝉许给了苏州古家,那才是大户人家。"奶妈想了想,觉得柴根的话很对,也跟着叹了一口气,"曼蝉这丫头我喜欢,随她去,就当不知道。""还不是像你,富人穷相。"柴根的话好像触到了她的隐私,奶妈站起来,严厉地对柴根说:"柴根,不管怎么说,曼蝉是我奶大的,就跟我自己的女儿一样,不许你说她。""放心,我还会去钮家讨赏不成?"柴根见老婆发火了,只得把话打住,倒头便睡。

齐彻的伤终于好了,左额角留下一块发亮的疤,不过无损于他的潇洒。墨琴办好了出院手续,将住院的东西装入一只箱子,准备离开病房。下人将箱笼先拎上车,齐彻穿好衣服,墨琴把一枝新鲜的玫瑰插入他西装的口袋里,看了看,说:"齐先生,你今天真精神!""我们走吧。"墨琴挽起齐彻的胳膊,两人刚要出门,突然门外闯进一个人,伸出一只手,傲慢地挡住了他们。来人竟然是钮五阳,他挡在门口说:"齐先生,你没有想到吧?"齐彻一惊,没有说话。墨琴紧紧拉着齐彻的手问:"钮五阳,你想做什么?""好呀,墨琴,攀新枝了,够快的。不过我不是来找你的。"他看了一眼墨琴,又看了看齐彻,"我和齐先生有几句话要说。""走,我们走,别理他。"墨琴说。"墨琴,你先出去。"齐彻轻轻推开她的手,拉她到门外,"你在门口等我,我是要和他谈谈。""不行,齐先生,钮家心狠手黑,我不放心。"墨琴不肯离去。"格格不走也行,就听一听吧。"钮五阳跟了上来,"我正是为这句话而来,你一定怀疑是我派人害你,我要当着墨琴的面讲清楚,我不是杀人犯。""你不是杀人犯谁是?难道不是你们钮家派人害我,又要害齐先生?"墨琴嚷着。齐彻说:"墨琴,还是让我们男人自己说。"他随手关上了病房的门,墨琴拉不开,气得狠狠地踢了门一脚。

钮五阳将一支雪茄弹到半空中,傲慢地一脚蹬在椅子上,说:"想不到,齐先生真是情场高手,我钮五阳费了半天的劲,齐先生竟然不费吹灰之力,就得到了格格。你教教我,有什么绝招?是不是说我钮五阳杀人,然后博得了格格的同情?""害人必害己。二少爷,我已向吴兴县政府提出请求,要求侦破此案,所以就案情我不想多说,到时候自有公论。"齐彻不屑地说,"不过,我知道钮家想撵我,你得到了梦寐以求的大掌柜的位置,对不对?""什么意思?你到现在还以为是我害你?"钮五阳有些急了,"你以为我稀罕这位置?我告诉你,你把格格还我,大掌柜随你去当。""墨琴是人,不是东西,你想和她好,我没有意见,只要她愿意——可是她不愿意。"钮五阳冷笑着说:"齐彻,你少给我来这一套。我是来告诉你,我没有害你,没有对不起你。我今天来求你,如果你不听,非要坏我的事,和格格来往,那你真的死定了。"齐彻也冷笑着说:"在你们钮家手里,我死过好几次了,不怕再死一次。""这么说,你是要跟我斗到底了?""随你怎么想。""我说过,格格是我的人,没有她我宁可死!"说完,钮五阳突然抽出一把刀来,架在齐彻的脖子上,"今天要么你死,要么我死,我们两个人只有一个可以走出病房这门。你要知道,为了格格,我什么都干得出来。"刀架在脖子上,齐彻闭上了眼,但钮五阳没有下

第 11 章 奶头蚕种

手。齐彻慢慢地说:"钮五阳,有种你就动手。你现在能做的事只有一件,就是杀了我,因为墨琴的确喜欢我。"

两人对峙着,门外的敲门声更加激烈,门突然被踢开,几个巡警闯了起来,几把枪对准了钮五阳,大喊着:"放下刀子!"墨琴也随着巡警冲了进来,插在两个男人中间,挡住了刀子,对钮五阳说:"你杀人成性,索性连我也一起杀吧。"钮五阳看了看墨琴,手颤抖着,刀子落在地上:"好吧,齐彻,你又赢了。"巡警趁机冲上来将钮五阳抓住,戴上手铐,将他带出病房。齐彻松了一口气,瘫坐在床上。

夜里,齐彻的住处亮着烛光,齐彻和墨琴两人对坐,他们喝着一瓶法国红酒。墨琴的脸红红的,她又斟满一杯,一口灌下去。齐彻抓住她的手:"墨琴,不能再喝了,你醉了。"墨琴却靠在齐彻身上:"我没事,我高兴,齐先生。""墨琴,钮五阳真的很喜欢你,他会玩命的。""那我们就走,离开这儿去法国。齐先生,你不是说要和教父去法国吗?我们一起走,别再跟钮五阳斗,他是个疯子,我们离他远点。""刚才,他真的想杀我。"齐彻淡淡地说,"墨琴,也许你该回到他身边。""为什么,你怕了吗?"墨琴感到吃惊,她瞪大了眼,"我不喜欢他,真的不喜欢,你看他那么有钱,那么爱我,为了我他肯做一切,可是我不知为什么,就是不想和他一起生活,我和他最多像是朋友,一个异性好朋友,而不是爱人。""不过墨琴,我今天有点为他的疯狂感动。如果我是女人,我想我会选择他。""我是曾想嫁给他,被他的诚心感动,可是他居然让我做二房,让他妻子来欺负我。我不信,难道我们从青楼里出来的人就得做小?偏不!"墨琴有些激愤,"我出身名门,虽流落青楼,可我就是要我的身份……钮五阳是那种老婆也要情人也要,什么都要的男人,这种臭男人,呸!""墨琴,我听说过,要他离婚也难,钱家有恩于钮家,再说钱惠在钮府最贤良。"齐彻解释说。"齐先生,你是怎么回事?一个劲替钮五阳说好话,是不是你真的怕他了?"墨琴一下子光火了,"你想让我怎么样?""我不是怕,我不愿和钮家沾边,也许所有与钮家沾边的人,我都害怕。墨琴,恩情不是爱情。""你是说你不爱我?""我喜欢你,但不是爱。""我就是爱你,看你怎么着?"墨琴将身子贴在齐彻身上,死死抱住他。齐彻一动不动,良久,他推开了墨琴,有些冷漠地说:"墨琴,我送你回去。我刚出院,让我想一想我们该不该再进一步发展,也让我好好想一想钮五阳这个人。""别那么酸,世上的男人就这么回事,不爱我的,只有你一个。齐彻,我今生就跟定你了。""走,我送你。""不用,明天我还要来。"墨琴说着,站起来冲出了门。

第二天一早,墨琴精心打扮好自己,特地带了一束鲜花,坐着黄包车来到齐彻的家里。女仆一开门,她冲了进来,大声喊着:"齐先生……"可是女仆告诉她,先生一早就走了,也不知到什么地方去了,说是要过好些日子才回来。墨琴急了,有些不相信,她冲上楼,打开一个个房间的门,里面都是空的。她失望了,狠狠地将手里的花扔在楼梯上,转身冲出了屋子,一个人向黄浦江边跑去。

一连几天,墨琴天天到齐宅去,可是一次也没见到齐彻。她找遍了所有齐彻能去的地方,都没有见到人,他好像失踪了。这天,她从齐宅出来,来到江边,整整一天,她坐在堤岸上,面无表情地看着大小货轮缓缓驶过……钮五阳远远地跟着她,她一无所知。傍晚,她站起来向前走,走出很远,来到一只倒扣着的破帆船旁,她坐下呆望天空,暮色四围,江风扑面。她觉得冷,身子开始发抖。这时钮五阳走了上来,将自己的衣服脱下来披在她身

第11章 奶头蚕种

上,她以为是齐彻,猛地回身:"齐……"却看见了钮五阳。她跳起来将衣服扔在地上,歇斯底里地叫道:"钮五阳,我不要见你,你给我走开!"

远处的江水怒吼着,像是在为墨琴抱不平。她哭了,为一个不爱她的男人哭泣。等她哭够了安静下来,钮五阳走上前说:"大格格,回去吧。""不回,就不回。你走开,我不要理你。钮五阳,你虽然救过我,可也差点害了我,现在我们两清了,谁也不欠谁的。你不要跟着我,像一条癞皮狗……你为什么要像一条癞皮狗!""格格,求你了,回去吧!你放心,我不会硬缠着你,因为我对不起你,我没有离婚,在没有离婚之前,我是有罪的,可是你要给我时间,我一定会离掉。"钮五阳低声下气,在格格面前,他永远像一个仆人。"钮五阳,你说什么也没用,我这辈子不会嫁你。"墨琴哭得喘不上气来。"格格,在我没离婚之前,你可以自由和男人来往,我没权力管你。"他抓着墨琴的手,"但是格格,这世界上你跟谁好都可以,就是不可以跟齐彻好。""鬼话!你管不着。"墨琴推开钮五阳,跳了起来,"你说呀,我为什么不能和他好?""好!我告诉你,因为我们是对头,我看不起他,他毁了我妹妹,他也会毁了你,他是我们钮家的天敌!"钮五阳费力地舔了舔嘴唇,"大格格,你还不明白?齐彻他不是真心爱你,他是想利用你来报复我。""别把我跟你们钮家扯到一起,我跟你们钮家还有什么关系?"墨琴又大叫起来,"我告诉你,他到现在也没说过爱我,是我爱他,你明白了吧?"

钮五阳不说话了,脸色阴沉。天更黑了,他招了招手,远处一辆马车驶了过来。他说:"格格,上车吧,这车是送你回家的。"墨琴头也不回地上了车。他默默地独立风中,一动不动,挥了挥手,让马车先走。直到车走了好远,他还石头一样伫立在泥泞的江边……

钮五阳将墨琴留在上海,让小坯子照顾她,自己则回到了南溪。他脚刚跨入家门,就得到了曼蝉逃婚的消息。"跑了,怎么会呢?"他拍着腿,"都是我不好,不该放了肖晃,小妹肯定是去老虫岛了。这个肖晃说话不算话,我要找他算账。""哥,怎么办?妈不吃不喝几天了。"丢了小妹,钮方丽比谁都急,她看到钮五阳回来,就像见到了救星一样,让他拿主意。"怎么办……"他蹲下来捶着头,似乎想起什么,忽然站起来,"妹妹,这样吧,我上老虫岛找肖晃去。""哥,不能去!太湖强盗没有信义,他们会杀了你。"她坚决反对。"我不怕,不能毁了小妹一辈子。我放了肖晃,是我的错。我在家里瞎折腾,让你嫂子生气,格格也离开了我,小妹又找了个强盗,你还让人给休了,都怨我这个当哥的。我算什么呀,我不是人,我得去找小妹……"钮五阳似乎良心发现,说着就走,来到河边就往船上跳,让下人开船去老虫岛。方丽拼命拉住他,哀求道:"哥,不能去,你别去……"钮府的丫环见此情况,也飞奔进去叫钱惠。

钮五阳推开妹妹,挣脱了她的手,喝令船夫:"开船,快开船。"可是又一个女人冲了过来,双手死死地抓着船缆不放。钮五阳一看,正是妻子钱惠……

由于钮王氏的纵容,胡碧容俨然成了钮府的当家人。这时,她懒洋洋地躺在榻上让丫环侍候着。雁影楼建得小巧别致,里面却显得阴黑潮湿,很符合女主人阴暗的心情。丫环飞红给她梳头,稀疏的头发从梳间流过,挽成一个复杂的盘龙髻。飞红拿过镜子,胡碧容对镜左看右看,突然啪地给了飞红一记耳光。飞红被打得捂脸后退,不知何事,问:"大奶奶,我怎么了?"胡碧容骂道:"你说怎么了? 我一个节妇,给我梳这样的妓女头,想叫我丢人?"飞红捂着脸,两行眼泪不住地掉下来,说:"大奶奶,我不知道该梳什么头。""不知道该梳什么头?你个笨丫头,还不如男人。"她一边骂,一边说,"去叫毛狗来。"胡碧容的话音刚落,毛狗就进来了,他告诉胡碧容,胡德林又来了,在门口等着见她。"德林,他来干什么?"她似乎不想见他,对毛狗说,"叫他等一会儿,你给我梳头。"

等毛狗替她梳好头,她懒洋洋地出来,刚到天井,就看见胡德林正在小天井里左看右看。胡德林来过雁影楼几次,但留在天井里还是第一次,这个封闭式的小楼让他感到十分气闷。他看见节妇出来,赶紧上前说:"姐,这天井连阳光都钻不进来,三十几年真够你熬的。""你知道就好,这三十几年,不是人过的,这块牌坊毁了我一生啊。"胡德林有些不解,问:"姐,我听说当初是你自己要守节的。"她叹了口气说:"你知道什么?我从来就没想过要守节,是爹和钮世诠逼着我。当年,爹和他们钮家为了一件什么事大吵,钮家和爹过不去,最后爹让我守节才算完……于是钮家建了这高墙深院,又用一块大武石挡住了我的门,把我像牲口一样圈起来,逼我守节,这么多年我连亲生儿子都没见过几次,你说我苦不苦?""爹为什么要逼你?"胡德林好奇地问,见她不愿意说,便扯开了,"姐,现在好了,苦日子过去了,你立了牌坊,钮家也被你一把抓在手里,我们胡家门第生辉,总算也是个善果。""没那么容易,我不会让钮家好过。"她咬牙切齿,两眼瞪着连太阳都照不进来的小院,半晌又问,"德林,找我有什么事?""姐,家有金山,也是坐吃山空,不如日进寸银。"他低着头说,"姐,兄弟想求你一点事,钮家现在是你说了算,我想要齐彻留下的这个厂。""你想要浔泰厂?可以呀,你是我们胡家的人,交给你,比交给钮五阳放心。"她看着胡德林,"行,德林,你要能干好,就算替我们胡家争口气。"胡德林见节妇这么说,就高兴起来:"姐,那你答应了？那你说，我是当大掌柜还是二掌柜？""哪能让你当二掌柜呀！你回去准备吧，我去和我婆婆商量一下，我也要晒晒太阳，这院子太阴了。"

节妇刚听说曼蝉跑了，觉得有文章可做，急着去找婆婆，就带着毛狗出了雁影楼。尊德堂里，九叔和钮王氏正襟危坐，姗如则一脸哭相坐在一侧，节妇故意大声问："娘，镇上都传遍了，说曼蝉上了老虫岛，跟一个土匪私奔了，真的吗？""那还有假？我钮家的脸算是被她丢尽了。"钮王氏瞪了旁边的姗如一眼。"曼蝉这丫头，敢上老虫岛？"九叔知道曼蝉逃婚，但对她敢上老虫岛还是很诧异。"现在人影不见，她喜欢上了太湖强盗，不上老虫岛，能去哪儿？"节妇说，"九叔，她跟一个叫肖晃的土匪要好，这土匪是老虫岛的二号人物。""你怎么知道？"九叔问。"这姓肖的被我抓到，正准备送镇公所，让钮五阳给放了。"钮王氏越听越生气，忽地站起来，用手点着姗如的鼻子骂："当初老头子收你做二房，我就知道你是个狐狸精，非把钮家给搅了不可。"姗如被钮王氏骂得满脸通红，羞愧难当，走到钮太公灵位前突然跪下，一边哭着一边说："太公，都是我的错，是我的错。"钮王氏还不解恨，不屑地说："看你，像个当长辈的吗？动不动就跪就哭，好像谁欺负了你。"这时，一个下人突然闯了进来，说钮五阳在码头上闹着要去老虫岛找钮曼蝉，没有人能够劝阻他。节妇一听正中下怀，赶紧抢着说："去就去，事情是他惹出来的，当初我说把那土匪杀了，他非要放，这回出了事，他顶着就是。不过曼蝉这样的女孩子无法无天，回来也得送祠堂论处……"钮王氏一听，也一时没有了主意，说："那就算了，她要去跟土匪，能有好？我们不管了，二姨太，你说呢？""大姐，曼蝉是我养的，没有管好，是我的错。"姗如爬起来咬着牙说，"她不守妇德，自甘堕落，丢我们祖宗的脸！她穷死饿死……以后，我、我再也不管了……"节妇冷笑道："二娘，那可不行,总归是我们钮家的人,丢我们钮家的脸。九叔,你看怎么办?"

族长九叔想了想,说:"这样,马上去人把五阳拉回来。曼蝉嘛,如果真是上了老虫岛,我除她的籍,给族人立个规矩,叫镇上的人看看,我们钮家也是有规矩的。"九叔的话音一落,众人表示赞同。只有姗如闻言泪如泉涌,又不敢哭出声来。

一行工人排着长队站在外面,等着领工钱。总账房周心远坐在账桌前,与工头商量如何克扣工钱以肥私囊。站了好半天的工友,不耐烦地喊了起来。工头板着脸说:"好好好,马上发……急什么。"这时周心远出来,让账房发工钱。领到钱的织工,一个个脸色不满,嘴里小声叽咕着。突然,一个老妇人也来领工钱,账房没有见过她,大声问:"你是谁?"老妇人回答说:"我是黄阿毛的娘,阿毛病了,让我来领。"

"黄阿毛,两块大洋。"账房把两块大洋放在她手上。老妇人数了数,问:"怎么少了一块?周先生,我儿子说应该发……""你懂不懂规矩?"工头站起来对老妇人吼道,并推了她一把,差点把她推倒在地上。老妇人稳住身子,哀求说:"周先生,我儿子生病了,等这钱去买药呢,你们不能克扣。"周心远见她敢还嘴,怒喝道:"滚!你儿子的工钱,你凭什么来拿?你要是不拿,还给我。"一个排在后面的青年织工大为不满,他上前和老妇人站在一起,大声质问:"周掌柜,你克扣工钱,总得说出个道理吧?""你要听道理?有呀,我告诉你,这个月是大掌柜的生日,你们不该孝敬孝敬?"年轻工人也不示弱地说道:"上个月厂庆,这个月又是生日,下个月还有什么?有完没完?"周心远越听越气,大叫道:"嘴硬!把他拉出去打。"周心远的话音刚落,几个厂丁上来,凶神恶煞一样将这名织工拉到厂门口,一顿拳打脚踢,顿时,这名织工被打得浑身是血。厂丁好像还不解恨,又把他从地上拖起来,捆在门柱上示众。

直到下午,这名织工仍被捆着,他衣衫褴褛,鲜血满面,眼已肿得睁不开,样子非常可怕。工人们见厂方无故殴打工友,无心工作,都停了机涌了出来,门前人越聚越多。有人小声议论:"周心远这狗东西不是人,他当了总账房后,没有一次不扣工钱的……"另一人接着说:"周心远到处做手脚,你看他进的茧,全是烂茧,上海退了几次货,这种茧能出什么丝。"终于有人喊了出来:"干脆叫周扒皮滚蛋!"周心远见好多工人围在这里,怕人多闹事,匆匆从办公室出来,嚷着要他们散开,他指着被捆的织工说:"你们都看清了,这就是抗上的下场。国有国法,厂有厂规,谁要是再敢跟本账房找事,这就是下场!快回去做工。"工人们谁也没走,人群里忽然有人喊:"周扒皮滚蛋!"周心远一愣,大声问:"谁喊的,谁?老子他妈的……"下面的工人爆发出吼声:"周扒皮滚蛋,周扒皮滚蛋!周扒皮滚蛋,周扒皮滚蛋!"

胡德林本来挺高兴的,既然胡碧容答应他做浔泰大掌柜,他也得准备一下。正是这天,他带着师爷来厂里看看。他知道钮五阳走后,厂里十分混乱,胡府王师爷听说浔泰经营极差,气数已尽,想挽回生意难上加难,劝胡德林犯不着为钮家去垫刀子。"没那么严重吧?"胡德林有些不相信,没想到两人过了桥,远远看去,厂门口乱成一团,周心远和厂丁与工人发生了冲突,打了起来。王师爷说:"少爷,别过去了,出事了。"胡德林不明白怎么了,王师爷说:"肯定是钮五阳用人不当,把这厂搞乱了。"胡德林刹住脚步,站在桥上,吃惊地看着眼前这一幕。没一会儿,只见周心远抱头鼠窜,工人们在后面追打。胡德林吓得赶紧溜了,回到家里,惊魂未定,他叹了口气,决定放弃当大掌柜的想法:"败家之

第11章 奶头蚕种

子,败厂之贼,竖子不足与谋!"师爷也说:"刁民,刁民!"

周心远衣衫不整地闯进了钮府,撞翻了钱惠端来的清茶,嚷着要见钮五阳。"怎么了,心远?"钮五阳问。周心远跪在他面前,哭着说:"二爷,我对不起你。""起来吧,你这是干啥?到底什么事,你说。"周心远仍跪着:"我不起来,二爷,我要辞职。""辞职?为什么?有什么事,你起来说。""二爷,你不答应我决不起来。""你爱走就走,别烦人了。快说,什么事?"钮五阳烦了。周心远这才为自己辩解说:"二爷,浔泰的工人都被齐彻养刁了,对钮家是没有半点感情。你看,下个月是你的生日,我说让大家凑点份子钱,给二爷你买些小礼物,可工人们就为此大闹了起来。"钮五阳一听,瞪着眼骂道:"心远,你绝对是个废物!你拍马屁拍上了牛屁眼,糊了一手屎。我要什么礼物?简直是乱来!"

这时,一个下人跑进来对钮五阳说:"二爷,厂门柱上绑着的那个人死了。"周心远跳起来:"什么?死了?我不是放他回家了吗?"下人回答说:"是的,可是他伤太重,流血过多,没到家就断了气。"钮五阳转过身去:"这下好,出了人命,你就是不辞职,我也不敢留你了……"周心远吓得连滚带爬跑了出去。"心远,心远……"他连叫几声,正想去追,冷不防有人在背后说:"让他走,这种废物有什么用?"钮五阳一回头,见是节妇,就大声说:"不行,这一屁股的稀屎他得给我擦干净。"

节妇摆出一副架子问:"老二,你还想上老虫岛?这厂里乱了,看你怎么办?"钮五阳说:"厂乱了怕什么,不就是少挣了钱?曼蝉是我小妹,我能不管?""你要管的人多了去了,你那大格格呢,也不管了?"她讥讽道。"我现在是个废人,谁也管不了。""老二,就因为你情迷心窍,所以干啥啥不行,你知道吗?""大嫂,你说话怎么跟爹一样……""别提爹,他都被你气死了。老二,自从你接手这厂,浔泰乱得不成样子,这烂摊子怎么收拾?我想叫德林去帮帮你,可是他到了厂门口,门都没进就出来了。""大嫂,没这么严重,我会重整河山。我知道,只要有一笔小小的流动资金,这厂能活。""你是在装傻吧?你去问问师爷,自你接手这厂后,你挥霍了多少钱?如今这厂已资不抵债,现在厂里只有一些陈货,霉烂的生丝又有多少?旧的出不去,新的进不来,你等着倒闭吧。"节妇有些轻蔑地说,"没人敢给你投资,家里也不会再给你一块大洋。""行,你看我的,我钮五阳活得硬气,谁也别想用钱压我。""好,这是你说的。"她见钮五阳还嘴硬,话中带刺地说,"谁敢压你,不过你要明白,现在是我当家,你不当家不知柴米贵,钮家不是昔日光景了,别说现在是头象,我看连牛都快不是了。""你放心,我会东山再起……""好,老二,有骨气,我给你三天时间,你好好想想,如果不行,我就卖厂了。爹辛辛苦苦创下的牌子,是在你手里化成了灰烬。"她说完,气呼呼地走了花厅。钮五阳流下了泪,他躺在床上,一双玉手悄然用温润的丝帕为他擦脸,这是他温柔的妻子钱惠。

一切都准备好了,齐彻订了星期三的英国邮轮,打算和教父一起去法国。可是意外发生了,当他去怡和洋行和朋友告别时,教堂的执事跑来告诉他,艾尔博士病危,主教请他赶快去一趟。齐彻大惊,急忙叫车赶到教堂。可是已经晚了,教父突发心肌梗死,已经病故。一大圈燃烧的蜡烛下,铺满了鲜花,齐彻跪在地上,泪流满面。夜里,他凝视着教父,想起一点一滴的往事,充满了对往日的回忆。他吻着教父的手,发现教父的手紧紧攥着,便用力掰开它,见上面写着一个"钮"字,另一只手里写着"报仇"两字,不由大哭起来。夜半哭声惊动了主教,他走了过来,劝慰说:"齐先生,蒙主宠招,艾尔博士已经进入天国,请你节哀吧。""主教大人，教父留下了遗言。"齐彻说着掰开了艾尔博士的手。主教画了一个十字，说："齐先生，艾尔博士是个好人，可主并不赞成以血还血，以牙还牙。"齐彻心里默念："教父，我不管主怎么说，我一定会听你的话，回南溪，和钮家干到底。"

在一个多雨的日子，在一声靠岸的汽笛声中，齐彻下了船。他戴着墨镜礼帽，似乎想掩盖什么，一身颜色过于深重的衣服，显得忧伤。只有常亮一个人撑着伞来码头接他。

到了绿杨楼，常亮告诉他，修复绿杨楼的方案已定，问何时可以开工。齐彻走到窗前，看着那栋属于肖家的大宅子，回忆着教父手心里的字，坚决地说："马上开始动工，尽可能恢复原样，后面废园也要修缮，不过有天窗的那一间先不要动。"定好的修缮方案是，前面继续营业做旅馆，后面修好住人。"常亮，我想要你来当绿杨楼的老板。"常亮感到有些吃惊："我，行吗？""你行，就这么办。"

常亮沉默了一会儿，忍不住告诉他说："齐先生，我看这绿杨楼营业的事，先不要考虑。"齐彻惊异地问："为什么？"常亮说："机会来了，浔泰出事，工人罢了工，要让钮五阳和周心远滚蛋，有几个工人来打听过你，想让你回去。"齐彻眉毛一动，他想了想，对常亮说："浔泰今非昔比，已病入膏肓，我们还是先静观其变吧。"

烟雨蒙蒙，水色茫茫，鸟儿在水面上低飞，乡村格外宁静。曼蝉站在溪边的柳树下，望着远处一只只渔船。她把手拢在唇边，拉长着声音喊："哎……"随着声音，肖晃划着小船过来，靠在岸边。曼蝉跳上船去，肖晃扶住她问："小心。怎么我刚出来，你就叫我？"曼蝉调皮地说："我想跟你一起去。""那谁在家养蚕呀？"肖晃心疼怀着身孕的妻子,不愿让她出来。"蚕刚喂过,这蚕都快上山了。""上山?"肖晃好奇地问。"就是做茧哪!快划,我要带你去一个地方,别老问个没完。"她说。船又前进了,在一个湾口停泊下来。曼蝉迫不及待地下了船,肖晃也紧跟其后,两人拉着手向不远处的尚书坟跑去。尚书坟是明代徐阁老的墓地,坟前有明嘉靖年间修好的甬道,石人石马、文人武将排列两侧,墓前有石桌石椅,在风雨的侵蚀下,显得十分古旧。曼蝉指着那坟说:"这就是奶妈说过的尚书坟。""我也听说了,一个忠烈的尚书,因受奸臣的陷害被砍了头。后来皇上惩治了奸臣,给他办了国葬,用黄金打造了一个金头,让尚书入葬。"他歪着头问,"对不对?"

曼蝉笑了:"肖哥,你知道得比我还清楚。""阁老是忠烈之士,我们给他磕个头。"肖晃说着跪下了。"你磕吧,我也磕。"曼蝉见状也在他身边跪下,悄声地对他说,"肖哥,我知道你在想什么。"肖晃转过头来,曼蝉点了点头,"你在想,让尚书的灵魂帮你找到父母,让你孝敬他们。""这愿望太大了,我可不敢想。"肖晃忽然站起来,有些茫然。曼蝉见状安慰他说:"也许有那么一天,你会找到他们。"肖晃一听这话,把曼蝉脖子上的玉佩摘下来放在供桌上,连磕三个响头,大声说:"尚书老爷在上,我肖晃如果找到父母,天天给你上供,烧高香……"

月光似水,清溪流淌,不远处,陵墓的轮廓依稀可见,近旁荷塘,蛙声如鼓。石供桌上,荷叶为盘,竹叶为碟,盛着野菜、桑果、竹笋、鱼以及几只小石蟹和青蛙。他俩端坐于石桌两侧,石人石马为伴。钮曼蝉往一只藕杯中注入清水,将藕杯高举过头,肖晃也随着举起。曼蝉想了想,又放下了。肖晃问她怎么了,曼蝉说:"肖哥,我们相好日久,如今更是像夫妻一样生活,可我们没有行过大礼。我好想办一次婚礼,你骑马,我坐轿,红灯笼,红盖头……多美多好,我都不敢想。"她蒙上脸。肖晃抱着她说:"曼蝉,会有这么一天的。你我现在都是孤身,无父无母,无兄无弟,天下之大,惟有你我为亲。今夕何夕,惟天地可证……"曼蝉不解地问:"证什么?""证婚呀。"他说,拉起她的右手,"曼蝉,我当了多年的土匪,没念过什么书,可是我发誓,只要你不嫌弃我,我肖晃会永远爱你,因为你是我今生今世惟一的亲人。"

钮曼蝉也举起她的右手来:"肖哥,你看明月当空,清风徐来,天地作合,尚书为证,你我以野蔬为肴,清流为酒,让我们举案齐眉,白头偕老。肖哥,干一杯。"两人神情庄重,饮尽藕中清水。肖晃面对着曼蝉说:"从现在起,我们就是正式的夫妻了。"曼蝉甜蜜蜜地应了一声。肖晃又将藕杯注满清水:"来,再干一杯。"两人庄重地饮尽,然后肖晃略吱一声将藕杯咬去一半,说:"好酒惹人醉,我连酒杯都想吃了。"曼蝉假意嗔怒:"不行,肖哥,这是我做的酒杯,我们还得喝酒,这杯子你可不能吃。"肖晃说:"好吃,真的好吃,你看满桌的菜,不是生的就是假的,就这杯子可以吃,你尝尝。"曼蝉说:"不行。"可是肖晃要逗她开心:"你不吃我吃。"曼蝉撅着嘴说:"肖哥,你真坏,你不想和我喝交杯酒了?""想呀,我有更好的办法,你看……"肖晃拿来根芦苇,横着从藕节里插入,一头在他嘴里,一头在曼蝉嘴里。她抿嘴笑说:"我就知道你想使坏。""喝酒。"两人头碰头,嘴碰嘴,共吸一根苇秆。曼蝉看着肖晃陶醉的样子,用劲吹着苇秆,水从秆中冒出来,喷了他一脸。于是曼蝉大笑着就跑,肖晃从后面追。他们绕着荷塘跑,跑到溪边的一块沙地上,曼蝉摔倒在地上,肖晃扑了上去,抱住曼蝉,两人在草地上翻滚……

正在尽兴极乐的时候,突然四周响起一阵狞笑,接着一个声音说:"肖老弟,你活得真潇洒。"肖晃急忙转身一看,是六指头带着四五个兄弟,站在竹林边围住了他们。"大哥。"肖晃急忙爬了起来,走到他们身边。

风吹云动星不动

"自古有句名言,叫做英雄难过美人关,肖老弟,这话就应在你身上了。"六指头顿了顿又说,"肖晃,今天兄弟们好容易找到你,想请你回老虫岛。你看,你是跟我走呢,还是留下?"

肖晃一听,跪下说:"大哥,我肖晃蒙你栽培,跟了你十几年,情同父子,义结手足,本该生死相报,可是……"他看了看曼蝉,"这碗饭我不是不想吃,是不能再吃。下山之前我立过誓,库里的财物,我分文没动,连你分给我的银子,也没动一分,请分给山上的兄弟。我光着身子下了山,想趁着年轻从头开始,当一个普通的船夫。大哥,你看我们过这种清贫的日子,身无分文,真是什么也不贪图……"

"你图的是女人,大户人家的闺女,钮二小姐,对不对?""大哥,我真是想过平淡日子。""这么说,你是决心已定?"肖晃点了点头。六指头叹了一口气说:"一对欢喜冤家。钮小姐是四象之首钮家的豪门千金,放着万贯家财不要,跟你过要饭日子,确实是可嘉可贺。"曼蝉走过来抓住肖晃的手,也跪下求六指头:"大头领,你饶过我们吧!"六指头挠着下巴:"肖晃,你说得倒都是实话,不过你这么做,重色轻友,寒了兄弟们的心哪!"众土匪也朝肖晃跪下:"肖哥,回去吧,兄弟们想你。"肖晃忙上前扶起他们,满眼是泪,痛苦地说:"好兄弟,我也舍不得离开你们。这么多年,我们在湖里厮杀,一起快活,但好宴席终究会散,晚散不如早散,下辈子让我们再做朋友……"六指头冷笑道:"肖晃,你吃了这么多年的行饭,也知道这行的规矩,你不回去,就得见血!"肖晃喊了一声大哥。刀疤阿三上来劝解,让六指头饶肖哥一次。六指头闻声大怒:"狗崽子,你们一听可以分他的钱,就想饶了他,是不是?"

肖晃走上前,跪在六指头面前,抱着他的腿:"大哥,别怪他们,都是我,我愿意受你的处罚。"六指头看了看肖晃和跪了一地

第11章 奶头蚕种

的众匪:"规矩既然立了,就得执行。看在众兄弟的面上,死就免了,但血还是得见一见的……""谢大哥。让我自己动手。"肖晃拔出刀来问,"大哥,你说怎么办?"六指头厉声说:"还用说吗?我六指头的规矩你是知道的。"肖晃想了想,将左手伸开,张着五指正反地看着:"剁手指头。"

"肖哥,你不能!剁我的手指头吧……"曼蝉见状,扑上来抱住肖晃,哭着喊着,"我要跟你有难同当,有苦同受!"肖晃浑身一震:"曼蝉,你让我丢人!我是个男人,不能让女人为我受罪。放心吧,大哥已饶了我们。"说着,他推开钮曼蝉,右手持刀猛地挥去,一截断指掉在地上……

周心远失踪了。钮五阳顾不得找妹妹曼蝉,来到工厂,可是工人们把他阻在门外,不让他进,让他交出周心远。他们还学着上海的工人,打起了横幅:"交出周扒皮,我们要齐大掌柜回来!"钮五阳傻了,才知道事态比他想象的还要严重,他暗中让人去叫镇警来护厂,又让师爷先去沟通。师爷分开人群,对工人们说:"怎么,连大掌柜都不让进了?"

工人们怒吼道:"交出周扒皮,让我们的齐掌柜回来!"钮五阳见工人提到齐彻,以为他们受了齐彻操纵,就推开师爷,上前说道:"工友们,你们听着:第一,不要被别人利用,马上回厂工作;第二,周心远克扣工钱是不对的,我要吩咐柜上分文不少发给你们;第三,昨天被打死的兄弟发二百大洋的抚恤金;第四,周心远已被开除。这样,你们满意了吗?"人们小声地议论着,过了一会儿,钮五阳以为没事了,一个工人却跳了出来,大声说:"少东家,虽然开除了周心远,这厂还兴得起来吗?库存的生丝都是次品,绸料卖不出去,还有这么多的废品,没有能人,支撑不了几天,开除周心远也无济于事。我们要齐掌柜回来,只有他能救活这厂。"钮五阳火了,大声说道:"你们怎么知道我不行?都这么小看我?我告诉你,就是因为一些刁徒存在,这厂才会败成这样。有谁再闹事,开除!"这时一队黑衣警察持枪跑来,将枪口对准工人。钮五阳说:"统统让开,否则格杀毋论。"

面对黑衣警察的枪口,工人们并不害怕,相反,他们纷纷顺手拿起身边的东西,与黑衣警察对抗起来。眼看工人们就要吃亏,突然一个工人站在桥上喊:"工友们,齐掌柜回来了,他就住在绿杨楼。""齐掌柜回来了?走,我们找他去!"众人一听到喊声,好像找到了救星,纷纷往绿杨楼跑去。钮五阳十分生气,看来只有找到齐彻,才能解决问题。

钮五阳怒气冲冲地来到绿杨楼,重重地敲响了齐彻的房门。齐彻听到敲门声,问:"找谁?"钮五阳火气十足地吼道:"齐彻,开门。"齐彻听出是钮五阳的声音,他不想理这个花花公子,故意答道:"这里没有这个人。"钮五阳更火了,大吼道:"开门,你装什么装?"说完又连踹两脚。门开了,齐彻走了出来,不屑地说:"钮二爷,怎么打上门了?"钮五阳指着他的鼻尖怒道:"有种你别开呀。"齐彻冷笑说:"怎么,上门打劫呀?"

"齐彻,你听好了,我不是找你打架的,我是来请你回厂的,你赢了,齐大掌柜。"齐彻不动声色地说:"就这么请?算是兵谏!"钮五阳说:"行了,你别摆谱了,工人们在厂里打着你的旗号造反,这家厂我管不了,早就姓齐了。""这厂姓钮,不姓齐!""你说对了,这厂是钮家的,不会白送给你。你说吧,开什么价?""你说是这厂?浔泰?""还有什么厂?""我不要,这厂现在白送我也不要!""为什么?你别耍花招,这厂是你创下的牌子,你不想要?""想要,但不是现在。"钮五阳一愣,然后像是明白了什么,说:"干啥?你拿我开涮不是?你要买就快,不买拉倒,我卖给别人去。"

第11章 奶头蚕种

齐彻冷笑说:"放心吧,这厂马上就会贱如烂泥,到时候,你会白送我。"

钮五阳大笑起来:"白送你?齐彻,做你的黄粱梦去吧。""那就等着瞧!"齐彻说完进屋关上门,被钮五阳一脚又蹬开了:"齐彻,你真他妈不是东西,我爹怎么请了你这头狼?你把格格弄得神魂颠倒,又来颠倒浔泰,天下好事都让你一个占了,天上掉馅饼是不是?告诉你,过这村没这店,到时候别后悔,你二爷也不是个大白痴。"

这时工人们也陆续地赶到绿杨楼,派代表上楼来,可是齐彻推说身子不好,一概躲了。

一连几天,齐彻躲在绿杨楼里,看着工人们在修缮老房的一点一滴。历史的旧观在复原,他好奇,也探求着房子里他家族的信息。他,一个肖氏的后人,将为肖氏完成一件大事:肖氏又重回绿杨楼,并成为楼的主人。于是他兴奋着,感觉特别爽心。常亮指着正在修缮的青灰地砖对齐彻:"齐老板,一切在照原样修复,可是这地上的老青砖是乾隆朝的糯米金砖,制作相当讲究,秘方现已失传,你看怎么办?"齐彻说:"花钱吧,贵点就贵点,一切要按老样子。"常亮说:"大掌柜,这种砖市面上没有,镇上只有钮家尊德堂里有,可他们未必肯卖。"

齐彻哼了一声,说:"我不管,只要你恢复原样,用什么办法是你的事。"说完他上了楼。废屋里,常亮指着地上的血迹说:"大掌柜,这间屋子太旧了,还是修一修吧。你看,这块血迹太吓人了,不处理掉不吉利吧?"齐彻突然发作,大声说:"不行,绝对不行,这是我母亲的血,提示我不要忘记过去。这屋子绝对不要动,一切都按原样放着,这就是我们肖家的历史。"

齐彻走出废屋,来到窗前看着天井,常亮跟在后面说:"大掌柜,这几天浔泰厂的工人代表天天来找你,你见一见吧?"见齐彻没有回答,他又说,"听说钮家在上海找买家,想把浔泰盘出去呢。"齐彻轻松地说:"你放心,这事我有打算,这厂早晚会姓齐的!没有人会接这个盘,上海丝绸界无论是谁,要置业都得听一听我齐彻的意见。"常亮有些不解,问:"你的意思是……"齐彻笑了:"等羊肉当狗肉卖的时候吧。"常亮还不明白:"大掌柜,钮家的大权已经旁落,那个节妇很刁,比钮五阳难斗!""是啊,节妇不好斗,她在楼里修炼成精了。"他交代常亮,浔泰的事不要管,让他们去闹,千万不要卷进去,被钮家抓住口实。齐彻吩咐完,就回到客房。

　　钮方丽在南溪的服装传习所渐渐有了点名气,江浙一带的名媛淑女,纷纷来定制新款时装。上海的《新世界》画报上还登了服装传习所的照片,一时很是轰动。桑双和几个女孩子专攻在丝绸上绣花。这种手艺她们小时候都学过,所以做起来很顺手。锦绣团花上绣出的富贵牡丹耀人眼目,让蚕妇们羡慕。

　　一天,钮方丽进来的时候,桑双正专注地绣着一个小兜肚,小兜肚上戏水鸳鸯的图案,惹亮了许多人的眼睛。方丽拿起兜肚看看,赞叹着问:"桑双,你的手真巧!是给情郎绣的?"桑双脸一红,说:"我自己用。"方丽笑了:"这鸳鸯绣得真漂亮,留着出嫁的时候穿吧。"桑双见方丽笑她,赶紧改口说:"大姐,这是我给你绣的。"

　　这话触动了方丽的心事,她呆了一会儿才说:"桑双呀,我不需要。我一个人带着铁儿过,穿这种兜肚给谁看呢?还有谁会要我?""大姐,怎么不会?"桑双天真地说,"你很漂亮,你还会嫁人的,会嫁给像齐先生这样的人。"钮方丽脸上闪出一丝惶惑,像是自言自语地说:"桑双,我为什么要嫁给他?"桑双心直口快地说:

第11章 奶头蚕种

"我知道,你喜欢他,齐先生一表人才。""不要瞎说,是谁告诉你的?"方丽说。桑双脸红了:"是曼蝉姐姐告诉我的。"方丽沉思着:"曼蝉现在不知在哪里呢!"桑双问:"大姐,曼蝉姐姐到底去哪儿了?好久没见,怪想她的。"钮方丽悄声道:"别问了,她跟一个人跑了。"桑双问:"跟谁?""当然是她所爱的人。""真的?曼蝉姐姐跟着所爱的人走了,就是到天涯海角,也没什么,她真是有福。""你说什么?"钮方丽问。桑双掩饰着:"我……没有呀。""小丫头,你想男人了?"桑双羞红了脸:"大姐……听说齐先生回来了,住在绿杨楼,你见过他吗?"方丽摇头。"哎,大姐,他为什么不来找你?上次是你救了他,他该来谢谢你。""谢什么,我救他只是偶然,可是我在怀疑,想杀齐先生的人说不定就是我们钮家的,如果是这样,是我们钮家欠下了债,所以他并不欠我什么。""大姐,是不是你们有误会?要不我去叫他来?""桑双,你千万别去,我们没有缘分了。"桑双见她表情凝重,将兜肚扔在一边:"大姐,我就不相信你们没有缘分!"说完就跑了出去。

齐彻从肖家废园回来,就在桌上演算中国最古老的数筹,在古人没发明算盘之前,就是用这种方法算数。齐彻是从一个老巫婆那里学会的,他时常算着玩玩,作为一种消遣,想体会一下古人的聪明。常亮为他倒了茶水,外面突然响起了敲门声,常亮走到门前轻声问:"是谁?""我。"外面一个女孩子的声音。他打开门后,看到一张阳光般的笑脸,正是桑双。齐彻并不认识她,问:"你找谁?"桑双还是一脸的天真,说:"就找你。齐先生,那天我随着章老板去厂里,试穿用04葛做成的衣服,你忘了?"齐彻这才想起,这是方丽那里的人。

常亮替桑双倒茶,又让桑双坐下。常亮早就喜欢上了桑双,见了她,眉目都是情。桑双接过茶,对齐彻说:"齐先生,我来是想告诉你,你不要再欺负钮小姐了。"常亮听了,瞪大了眼,但还是宽容地说:"桑双,你不可以这样说大掌柜,大掌柜是好人。"桑双望了常亮一眼,说:"齐先生,我看钮小姐很想你,可是你老也不去看她,为什么?"齐彻说:"谁叫你来的?是钮小姐吗?"桑双说是她自己要来。齐彻见常亮和她眉来眼去的,就问:"怎么,你们认识?"常亮红着脸:"就是上次试装……"齐彻看出了门道:"噢,试装……你刚才说,我欺负了谁?"桑双说:"钮小姐,你不理她就是欺负她。大小姐为你付出了多大的代价,受了多少苦,你为什么……"齐彻摆了摆手,心中十分不高兴:"你是为钮小姐打抱不平来的,好,她给了你多少好处,你这么替她说话?"这话说重了,桑双顿时泪水欲滴:"齐先生,你别冤枉我。"齐彻说:"小姑娘,别在我这儿哭鼻子。回去吧,告诉她,只要她还姓钮,我就是她的敌人。"常亮看不下去了:"齐先生,桑双并不知道你们的事,你这是何必!"桑双站了起来,瞪大眼睛:"齐先生,我可以担保,钮小姐是好人,真的是好人!"齐彻有些不耐烦了,站起来对常亮说:"常亮,送客。"

桑双出去后,齐彻站在窗前,看着常亮亲热地和桑双一直走出去。他回过身来,却再没有心思玩那算筹,他抓起来想了想,又刷的一声散在桌上。齐彻脸上阴晴不定,茫然地看着这把算筹,然后拢起来,摆成一个大大的"钮"字。

自从肖晃断了根指头,老虫岛的人总算放过了他。曼蝉和肖晃在辑里生活也渐渐习惯。

一天,中午才过,一家人正在竹棚下吃饭,曼蝉又呕吐了,肖晃忙着把她扶到榻上。曼蝉肚子已明显隆起,分娩期近了。肖晃轻抚着她的肚皮说:"曼蝉,你要多歇息,从明天开始我不去打鱼了,帮你养蚕,直到你生下孩子。"曼蝉露出快做母亲的喜悦,说:

第 11 章 奶头蚕种

"肖哥,我没事。"奶妈走过来,看他们恩恩爱爱,笑着说:"曼蝉,从今天开始,你不可以进蚕房。女人有了身孕不可以养蚕,蚕花娘娘要生气的。"钮曼蝉问:"真的?""当然是真的。""那怎么办?"她急了起来。肖晃安慰她说:"曼蝉,不要紧的,我来帮你好吗?"曼蝉点点头。

于是肖晃这些日子不出去打鱼了,天天泡在蚕房里。在肖晃的养育下,蚕上山了,蚕儿爬在稻草扎成的草簇上,结成一个个白白的茧子,只是这些茧子格外小。肖晃不明白原因,就问奶妈:"奶妈,这茧怎么这么小?是不是我们不会养的缘故?"奶妈看了看茧子,想了想说:"这是茧种不好。你叔叔不会挑蚕种,总是这样,一年好一年坏的。这养蚕,选种最重要!""怎么才算是好种呢?"肖晃有些不解,"奶妈,下次我去挑种。""我也说不清,就凭自己本事了。挑种是门学问,南溪的李家办了育种场,自己不养蚕,每年育一批种,靠卖蚕种就吃不完用不完的。"

肖晃突然想到,奶妈说的也许是个好主意——育蚕种。于是肖晃着了迷,他走乡串户,考查一家家蚕户,看他们的蚕房,最后把每家的蚕种都要了些回来。回到家里,肖晃就让蚕蛾把种下到桑皮纸上,到了育种期,他就按古老的育种方式,将桑皮纸贴到自己的肚子上。曼蝉贴好蚕种,又用一条白色的布带将它们绑了起来,肖晃看起来好像全身都受了伤似的。曼蝉忙完一切,自己也忍不住笑了,问肖晃:"谁教你这么个损招?是老母鸡孵小鸡呀。"

"这是秘方,男人精气旺,育种比女人强。人家都是女人养,放在奶头上焐着,就像老母鸡孵蛋……"曼蝉说:"那好,我来孵。"肖晃憨笑着说:"曼蝉,你别急,你先帮我把儿子生出来,到时候有你孵的。""可男人行吗?""怎么不行?我不要做养蚕专家,我要做育种专家。你小心点,我肚子下边现在有几十个品种,我要一一孵化,择优交配,最后会得到一个优种,到那时候,我就专卖蚕种,发大财!你要做肖晃的太太,而不是老婆!"钮曼蝉问:"你贴了这么多,夜里怎么睡呀?""我朝天躺着,要不就这样。"肖晃说着做了一个姿势,拱起身子趴在床上。肖晃这一动作更把曼蝉逗乐了,她大笑起来:"这算什么?当王八呀!"肖晃严肃地说:"你别管我,十天半个月就完事,小蚕就会爬出来,说不定是良种,是蚕王……""这十天半个月间,要是你儿子降生了呢?""那不就是双喜临门了?"肖晃更乐了。"去你的蚕宝宝,我要儿子!"曼蝉掐了肖晃一把,脸上却显现出幸福的笑容。

钱惠跪在厅上为钮太公供香,她嘴里喃喃地念着:"公公在天之灵,保佑你儿子事事平安……"钮五阳突然闯进来,钱惠回头对他说:"二爷,快来给爹磕个头,让爹保佑你平安!"钮五阳哼了一声:"爹会保佑我?连他的宝贝女儿都保不住。他做事太绝,在阴间不会好过。"钱惠赶紧阻止钮五阳:"二爷,不可以这么说爹。""阿惠,这乡下我是呆不下去了。"钮五阳叹了口气,"我想换换环境。我一回到家,整天都是工厂、工人……都在找我玩命,我真的怕了!""二爷,这厂一团糟,我看你别管了,要不我们走?我爹在上海开了个洋行,我们一起去打理。""真的?可是浔泰怎么办?总不能不管了,这厂眼看要完。"钱惠忧心忡忡地问:"不是说齐先生会要吗?""他是老狐狸,现在才不会要呢!我现在到处找买家,可没人要!"钮五阳叹着气说。"二爷,能不能让齐先生回来,让他参股?这样我们就可以脱身。二爷,你们之间有过误会,可能不好说,要不我去说?""生意上的事你不懂,齐彻是在等,他想杀我们的价,想杀到我肉里……"钮五阳还没说完,就见小坏子在外面悄悄向他招手,他披衣就往门外走。钱惠见他出去,想留住他:"二爷,你刚到家……""我身上痒痒,去澡堂子泡泡,晚

第11章 奶头蚕种

上再跟你说。"钮五阳知道小坯子肯定有要事找他,丢下一句话就跑了出去。

钮五阳和小坯子洗完澡,躺在榻上,小坯子为钮五阳烧着流行的水烟,吹得扑哧哧响。果然,小坯子告诉钮五阳:格格走了。钮五阳一听,翻身坐起来,变了脸色问:"走了,她去了哪里?你是怎么看着的?""我看着呢,前天格格还让我陪她去跳舞,回来以后忽然就没影了。"小坯子赶紧低下头,"对了,大格格碰上过姓蔡的军官……可是那天,格格没理他呀。""跟姓蔡的走了?"钮五阳颓丧地倒在榻上,两眼望着天花板发呆。

墨琴不是跟蔡鸿昆走的,而是被他抢了回去。蔡鸿昆把她关在自己家中一间装饰得非常豪华的大卧室里,墨琴哭着闹着要走,可是蔡鸿昆不放她,还在房子外布满了大兵,大铁门加铁丝网,连一只鸟也跑不出去。墨琴越想越气,从沙发上跳起来,将客厅里一只古董瓷瓶咣的一声砸了个稀巴烂,接着又在屋里乱砸东西。卫兵跑了进来,又不敢动她,只是围着她,不让她碰东西:"格格,你不能砸,这瓷瓶是康熙朝的古董,是官窑,值大钱呢!"墨琴叉着腰瞪着眼说:"怕砸?怕砸放我走呀!"卫兵说:"你别砸这东西,这东西真的是国宝!师长会枪毙我们的。"这时蔡鸿昆走了进来,他说:"格格,砸吧,只要你喜欢,想砸什么就砸什么。""好,我就砸给你看。"墨琴说着,又把一件古董砸在地上,砸得蔡鸿昆的眉毛一跳一跳的。墨琴又拿起第三件,卫兵冲上来拦住她。"滚出去,这里就是大格格的家,她想干什么都成。"蔡鸿昆对着卫兵喝道,又转过身来对墨琴说,"大格格你放心,我蔡某只是请你到家住几天,决不会动你一根汗毛。我要明媒正娶,绝不像钮二爷,没有做妾这一说。""蔡鸿昆,你是土匪,抢人哪,我要回去。"墨琴大喊着,她抓起一只明代梅瓶,像手榴弹一样拎在手里挥舞,"你死心吧,我不会跟你的。"蔡鸿昆笑了笑:"会的,格格,我蔡鸿昆喜欢你,真心喜欢你。这里就是你的家,什么都有,你要砸就砸,因为这些都是你的!闷了的话,叫卫兵陪你到花园里走走……"墨琴说:"姓蔡的,你白费力气,没有用的!"蔡鸿昆打开衣柜,换了身衣服:"格格,我要去开会,有什么事告诉卫兵,他会转告我的。"他走到门口,又回身严厉地对卫兵说,"这屋子里的东西,只要格格愿砸,不许阻拦,随她高兴。听见没有?""是。"卫兵的话音未落,又是咣的一声,梅瓶砸得稀烂,蔡鸿昆脸上一颤……

只有八天,蚕宝宝就开始在肖晃的肚子上蠕动,小蚕蚁出来了。曼蝉站在床上,将肖晃肚子上的桑皮纸一道道揭下来,皮纸上面细如蚂蚁的小蚕在蠕动。"出蚁了出蚁了……"曼蝉高兴地叫起来,"肖哥,你看……""太好了。"肖晃兴奋地看着小蚕蚁,"你看,这就叫蚕蚁!真跟蚂蚁一样大小……""快把它放到竹箩里,将桑叶切得细细的喂它们。"曼蝉亲了一下肖晃,"真看不出,你还会像母鸡一样孵蛋。嗨,你成专家了。""别忙,让我来把它们分开。我都记着呢,这里有好多种蚕,你看这是三眠种,这是白皮种、泥种、还有这是再生蚕。"肖晃把一堆蚕分开饲养,十分专注。他亲了一下老婆说:"等你生了儿子,我不但是养蚕专家,还是生儿子的专家!"曼蝉开心地说:"肖哥,我们要生一大堆的孩子。"肖晃说:"当然,跟蚕宝宝一样多!"钮曼蝉拿着另外一张桑皮纸问他:"肖哥,这张上面的蚕种怎么还没有出来?"肖晃拿过来看了看,也感到疑惑:"这张为什么不出蚁?""肖哥,别急,我来孵……"曼蝉说完,将这张桑皮纸揣入自己怀里,放在奶尖上。肖晃制止她:"曼蝉,不要,你快生了。"曼蝉说:"让蚕宝宝和我们的儿子一起出生,不也挺好!"

第11章 奶头蚕种

小蚕蚁长势良好,肖晃就在门口挂上了一块牌子:"老五蚕种养育场"。辑里村办起了育种场的事,一下子就传开了,许多蚕农都来肖晃这里购蚕宝宝,称赞他的蚕宝宝长得挺结实。一个蚕农看了,告诉其他蚕农,说肖晃育的是白皮种,他去年养过,结得茧又大又圆。另一个老蚕农当即说:"好,拿称来,我称点去。"肖晃说:"称?我没有呀!"老蚕农开导肖晃说:"你呀,不会做生意,做蚕种跟卖鱼卖肉一样,得称一称。"肖晃说:"你先拿去吧,以后再算。"老蚕农摸着胡子:"那就不好意思了。要是你的种育得好,以后我们都到你这里拿。"一位邻居也过来说:"这附近养蚕的人家多,阿五,你的生意会越做越大。"

养育场初见成效,曼蝉生产的日子也临近了,可是她见肖晃日夜操劳蚕种,自己就帮他做一些力所能及的事。晚上,曼蝉坐在床上缝衣服,她刚学会,缝得并不好,而肖晃正在专心看养蚕的书。突然曼蝉眉头皱了起来,抚着肚子。肖晃见状扔下书:"曼蝉,怎么了?"曼蝉摸着肚子说不出话来。肖晃忙问:"是不是出蚕儿了?快,我帮你拿出来。"曼蝉摇摇头,挡住胸口。肖晃慌了:"到底怎么了?"曼蝉费劲地说:"快,肖哥,疼,我肚子疼……"肖晃恍然大悟:"曼蝉,一定是要生了!你别慌,我去叫人,你躺着别动……"他急急奔了出去,到隔壁门前大声喊着:"奶妈……"奶妈听到喊声,也急忙跑出来。肖晃连夜去邻村请接生婆……

曼蝉的生产十分艰苦,一直到天快亮时,她还在痛苦地挣扎。肖晃不安地缩着肩,在院子里来回走动着。他看着窗子透出的光亮,听着曼蝉的呻吟,突然跪下,头埋在地上痛哭不已,嘴里祈求着:"老天爷,请保佑我的曼蝉……我给你磕头了!"突然,屋子里传来曼蝉一声声惨叫,肖晃将头埋在地上,更是痛哭不已,奶妈的男人过来说:"阿五,没事,你别急!"肖晃满脸是泪地说:"叔,我有个朋友,他老婆就死于难产。""不会的,阿五,曼蝉是有福相的。"在揪心的等待中,屋子里突然传出婴儿的啼哭,接着奶妈出来了,面带笑容对肖晃说:"阿五,恭喜你,生了个千金。"肖晃急忙问:"那曼蝉呢?她好吗?"奶妈说:"大人孩子都平安!"这时,接生婆出来说:"你好进去了。"肖晃飞奔进屋,见曼蝉脸色苍白地躺在床上,女婴放在她的身边哇哇地哭。他紧紧抓住曼蝉的手,激动得说不出话来:"曼蝉,吓死我了……"

曼蝉微微一笑,"肖哥,我完成任务了。"肖晃亲了亲女儿说:"是,曼蝉,你当妈妈了。"曼蝉疲惫地歪着头,看了看孩子,忽然又皱起眉来。肖晃见状问:"曼蝉,哪里不舒服?""肖哥,我胸口痒……""怎么回事?"他问。"可能是那张蚕种。"曼蝉说。肖晃从她怀中摸出一张桑皮纸,问:"怎么好像还有一张?""这是另外的,我跟看山的王老头要的。""真的?"肖晃瞪大眼,将手慢慢摸进她的怀里,又掏出了一张薄树皮,上面粘满了蚕种。肖晃笑了起来:"呀,曼蝉你也着迷了,不过你看,这蚕种出蚁了!该是窝好蚕!"两人看着蚕种,曼蝉说:"肖哥,这是好兆头,说不定是最好的蚕!"

第12章
辑里湖丝

绿杨楼废园修缮一新，门口挂满了红灯笼，楼门上两个颜体大字"肖园"，乃安吉画师吴昌硕所书，看上去气势磅礴。齐彻一脸喜色，好像找回了记忆中的那种朦朦胧胧的感觉，并亲手点燃一串红红的鞭炮以示祝贺。齐彻和常亮走进大厅后，常亮用脚顿了顿地上的方砖，悄悄地对齐彻说："大掌柜，你知道这砖是谁家的？是钮府尊德堂的。"齐彻略有些吃惊地问："怎么，这乾隆朝的金砖他们也卖？"常亮得意地答道："还不是通过师爷！假意装修，将老的换出来，新的换进去，那新砖不出三年就得断，这老砖却可以千年百代地用下去。""常亮，你干得好。"齐彻蹲下去，抚摸着地砖，恨恨地说，"这乾隆盛世的金砖到底是好，细得跟大理石一样。我要踩它一辈子，借这风水，让钮家彻底完蛋。""大掌柜，你好像现在越来越恨钮家了。""当然。教父从小就让我替他报仇，我原来很不解，看来，对恶人不能不报复。只要走进绿杨楼的老宅，我脑子里马上就是父母惨死的情景，我不能不恨。"两人正说着话，外面有下人来报，说钮家二少奶奶来访。齐彻眉头一皱：钮五阳的太太钱惠为什么来？他想了想，告诉下人，前厅见客。

齐彻和常亮一走进前厅，端庄秀丽的钱惠和她的丫环梦蚕都站了起来，敛衽行礼："齐先生……""二奶奶，许多日子不见，为何行此大礼？"梦蚕说："我们少奶奶有事求你。""求我？那二少爷为什么不来？"齐彻知道钮五阳不会来，故意这么问。钱惠脸一红，说："他不敢来找你，所以要我来。"齐彻说："只怕是二爷不愿来。"钱惠脸上掠过一丝尴尬，说："齐先生大人大量，别跟他一般见识。"齐彻却一步不让："二奶奶，你这是说到哪儿去了？一直以来,他是东家,我是伙计,我怎么敢得罪二爷!"常亮见他冷言冷语,怕委屈了两位女客,就说:"二少奶奶,有事你就说吧,我们齐掌柜会帮你的。"齐彻横了常亮一眼,没有说话。"齐先生,你和二少爷的结越缠越紧,你就别提他了,就算是我求你。齐先生,浔泰厂快垮了,这厂是你一手创出来的牌子,你就一点也不心疼吗?"钱惠顿了一下,终于说出来,"齐先生,浔泰厂姓齐,行吗?"齐彻心里十分得意,答道:"二奶奶,我是想买,不过要看价钱。二奶奶请开价,价格高了我可出不起。""三十万块大洋。"钱惠慢慢地说。

"三十万?太贵。""齐先生,这价钱很便宜了,你应该知道这厂,这设备的真正价值……""二奶奶,不是我不买,这个价格我买不起,我没这么多的钱。"齐彻摇摇头,又说,"况且,彼一时,此一时。若在鼎盛时期,就是一百万我也敢买,现在就难说便宜了……这个价钱,你与家里人商量过了吗?""齐先生是明白人。我们开价三十万,而且条件非常优惠,齐先生有多少现钱就先付多少,其余都可以欠着,或是算做是我们的股份也可以……"钱惠十分老实,她一心想兑出浔泰,让丈夫手里有现钱花,见齐彻冷面相拒,十分着急,她知道齐彻不买这个厂,一时是不会有人买的。她再也顾不了什么,说:"齐先生,你是丝业行会的会长,你说不行,谁还能行?你当了多年的大掌柜,工人们都认你,只有你他们才会服……况且,卖了厂,二爷再不去跟你斗,我们会离开南溪去上海,家父有一家丝绸行让他打理。你安安心心地在南溪办厂,不好吗?"齐彻冷笑着说:"二少爷要是真的走了,南溪倒是要冷清不少。"

钱惠见齐彻还是冷言冷语的,简直要哭出来了,她几乎是哀求道:"齐先生,钮家过去对你不住,就借着卖厂的事和好了吧。"见齐彻还要拿把,常亮再也忍不住了,他赶紧说:"二少奶奶这番

第 12 章 辑里湖丝

话是诚心诚意的,你放心,齐先生会考虑的。"钱惠站起来道:"齐先生,那我回去了,等你的消息。"

钱惠走后,齐彻回过头来看着常亮:"便宜吗? 三十万块大洋……"常亮说:"大掌柜,够便宜的,还是你手段高。答应吧,别再折腾这二少奶奶了,她挺可怜!""常亮,你什么时候学会怜香惜玉了? 我告诉你,这厂是捏在我手里的面团,我想给多少就是多少……"常亮有些吃惊,说:"还杀价呀,大掌柜?""再说我们没那么多钱,最多出个五万十万的,剩下的让钮五阳担着,不过我们必须是大股东,绝对要说了算,才能跟钮五阳玩,这是北洋政府新出台的公司法。"齐彻脸上掠过一丝不易觉察的冷笑。常亮明白过来,问:"齐掌柜,你还要跟钮五阳斗?""钮五阳不能走,他要是走了,我多寂寞。"齐彻心里坚定了一个想法:不能让钮五阳走,他走了,自己复仇的计划怎么完成?

钮方丽忽然听说齐彻要买下浔泰厂的大部分股份,心里很高兴:浔泰有救了。可是听说他还差一部分钱,无论于理于情,她都觉得要帮他。于情来说,她还深爱着齐彻;从理来讲,齐彻确实是一个难得的经营人才,在短短几年中,浔泰厂在日商和洋行的冲击下,不仅被他办得红红火火,还创出中国丝绸业的一块名牌,实属不易。这是钮家的企业,有她一份心血,她愿意看到它发达。它就像是钮家的一个孩子,她又怎么能不管?

钮方丽名下的家产都在胡碧容处掌管着,她没有现金,只好来到钮家的钱庄,向掌柜的说要取两万块大洋。掌柜的踌躇了一下,说:"大小姐,柜上没有这么多的大洋。钮家不比从前了,老爷子在的时候,别说借二万,就是二十万,只要老爷子伸伸手指头。现在柜上的钱都是当金,不敢动,动的话要抵押。"钮方丽想了想,除了分家时分到的那一份田契,她没什么东西可

339

抵,于是就回家去拿那份文契来抵押。她回到家里,翻箱倒柜地找到那份文契,把文契打开,惊讶地发现上面空无一字,除了一个红红的大手印外,就是许多墨片片。桑双问:"小姐,不是这张吧?"她困惑地说:"就只有这张,上面怎么没有字?"桑双像发现了新大陆一样,指着文契对她说:"大小姐,你看这纸里有不少的墨片,是不是字都从纸上掉下来了?"

钮方丽从桑双手里接过文契一抖,掉下好多墨片。她思前想后,着实想不通,自言自语地说:"怎么会呢?墨写在纸上怎么会掉?"桑双疑惑地问:"小姐,这墨怎么不沾纸?""我也不知道,掉了墨,文契只是一张废纸。"钮方丽一下子瘫坐在椅子上,几乎是哭着说,"桑双,走,找我大嫂去。"

毛狗一双粗大的手灵巧地从胡碧容的头上掠过,他正为她算头,一根根的头发从他的指缝间流水一样地泻下来。节妇感到舒适,脸上的每一根皱纹都舒展开了。她闭着眼说:"想不到,你这双杀人的手,侍候起女人来比飞红的还软。怪不得慈禧太后非让那个李莲英梳头,这里头还真有讲究。"毛狗得意地吹嘘着:"大少奶奶,我这手艺是当年侍弄那批死囚练出来的。"节妇眉头一皱:"毛狗,你说啥呢?多不吉利,我的头是死囚的吗?"毛狗赶紧赔不是:"不不不,大奶奶,您不是死囚。我是说我这门手艺是在管带衙门里学下的,那时候死囚的辫子都是我去扎的,每个死囚临刑前都得重新梳头,不然辫子缠在脖子上,这头就难砍了,碍事。"节妇厌恶地说:"行了,别吹了。你再能耐,也不过是个刽子手。少拿我比,我可不是死囚。"毛狗贼眉鼠眼地说:"当然,大奶奶是金枝玉叶,侍候奶奶不但心情愉快,而且延年益寿。"

这时,飞红进来告知胡碧容,钮方丽与桑双来了。胡碧容瞪大了眼想,钮方丽来做什么?随即指了指后屋,让毛狗先进去避着,没有她的招呼不许出来。毛狗刚进去,钮方丽红着脸与桑双一起进来了。胡碧容让飞红倒了茶。钮方丽拿着那白纸问:"大嫂,你看,我的文契怎么这样了?"节妇接过来看了看,说:"这是什么?一张白纸,你的文契呢?"钮方丽辩解说:"这就是分家时写的那张文契。""不可能。雁过留声,墨过留字,这白纸上空无一字,怎能叫文契?"节妇心里当然明白,这是那泡龟尿起作用了,于是突然翻脸说,"方丽,你不要胡闹,是不是你自己把文契给当掉了,拿这么张白纸来糊弄我?""我没有,我记得就是这张文契。"钮方丽无助地看着阴狠刁蛮的嫂子。"那你再去找。我忙得很,既已分家,自己的东西自己保管好,出现差错自己负责。"节妇板着脸说,"方丽,我们都是一家人,你要是缺吃少穿,尽管开口,可别跟我耍心眼……飞红,送小姐走。"说完,就做出了送客的架势。

钮五阳和齐彻相互折腾得筋疲力尽,经过多个回合,两人都泄了气,最后丝业公会公论,以二十万大洋将浔泰厂定盘。可是,齐彻将一部分钱花在了绿杨楼上,只剩不足十万块,如果这样盘兑,钮家反占大股,一旦出现风险,钮五阳就会耍他。手里没有现钱,让齐彻为难。正在犹豫间,章六来绿杨楼找齐彻,他说:"依老朽之见,先将浔泰盘过来再说。听说藤也要到南溪来,是不是为了浔泰?"齐彻闻言一惊,他就怕藤也来搅盘子。可是他一时又凑不够现钱,只好对章六说:"你知道的,绿杨楼花了我不少钱,否则我会全部买下来。"他叹了口气,接着说,"当时我不惜一切,就是要买下绿杨楼,这是我们肖家的产业。"章六突然想到蔡鸿昆,就说:"齐掌柜,有一个人会有钱:蔡鸿昆,这些年听说他在上海捞了不少外快。我们不是帮过他忙吗?可以去试试。"齐彻一想,事情紧急,也只有这样了,他吩咐常亮跟章六走一趟。章六还告诉他,先与钮家签约,再去筹款,免得中途有变。"藤也那个狗日的,眼红着呢,上次我们生产出04葛,将他的野鸡葛给弄垮了,他气得要命,说不定这次是来报复的。"听章六这么说,齐彻心里掠过一缕凉意……

　　章六和常亮赶到上海,来到蔡鸿昆家里。卫兵放他们进来,两人坐在客厅里等了很久,也不见蔡鸿昆出来。天很热,章六刚打开扇子,就听得楼上咣的一声,好像是一只瓷器被砸碎了,接着传出一个女人的声音:"我不吃,饿死拉倒。让我出去,我又不是只鸟,天天让你这么圈着。"常亮歪头看了看楼上,立即有人把楼门关了,声音顿时小了许多。章六歪过头问:"是不是两口子打架了?""章爷,这声音一股北味,好像是格格!"常亮又仔细地听了听,说,"我敢肯定,是格格。"章六摸着胡子说:"你说是二少爷喜欢的那个墨琴?有可能,蔡师长喜欢格格,那会儿二少爷不是为了她跟蔡师长闹过吗?"常亮说:"格格怎么会在这儿?是不是被蔡师长关在这儿了?""别管闲事,别忘了,我们是来借钱的。"章六告诫常亮。可是常亮听听声音说:"章爷,你不知道,这格格挺仗义的,我们不能见死不救。""那你说怎么办?""救她。"章六劝阻常亮说:"你别胡来!怎么救?你看这房子周围都是兵,弄不好,蔡鸿昆可是会杀人的。"常亮不听,他看看客厅没有人,便沿着楼梯上了楼,只见满地都是花瓶碎片。

　　这时,墨琴已爬到窗台上,她怒视着蔡鸿昆,又看看外面,大喊着:"姓蔡的,你别过来,你要再逼我,我就从这儿跳下去。"蔡鸿昆连连摇手:"大格格,我决不逼你,我真心喜欢你,要娶你……"墨琴往窗外跨了一步:"你要娶我?可以,你娶我的尸首吧!你蔡鸿昆娶什么人不行,偏缠着我!我快憋死了,就是跳下去死了,也比被关着强!"蔡鸿昆慌了神,大声喊:"你别跳,格格,有事好商量……"当墨琴把身子钻出窗外时,他大喊:"快来人呀!快救救大格格,快救她!"房子里的卫兵立刻冲了上来。墨琴站在窗台上喊:"谁也别过来,再过来我就跳下去!"

卫兵围着窗子,却又不敢上前,常亮见状,上前大喊:"格格,千万别跳。"墨琴看见常亮,好像见了救星:"常亮,快救救我!"蔡鸿昆问卫兵:"他是谁?怎么进来的?"卫兵说:"是跟南溪的那个章先生一起来找你的。"这时,章六也上了楼,常亮对蔡鸿昆说:"让我去劝劝格格。"蔡鸿昆斜着眼,小声说:"好,你去,千万别让她跳楼。"常亮一步步走过去:"格格,有什么大不了的事,快下来。"墨琴攀着窗子,就是不下来,说:"姓蔡的想逼我嫁他,我决不嫁。""格格,你相信我,我是真心的。"蔡鸿昆几乎是哀求说,"格格,我追了你这么多年,你要怎样才相信我?"墨琴说,"我就不干!你放了我,让我好好想想。一年之后,如果我没嫁人,我就嫁给你。""真的?"蔡鸿昆无可奈何地问。"我墨琴说出来的话,决不食言!""大格格,这可是你说的,你得发一个毒誓。""好吧。"墨琴答应,"凭着我的皇族血统起誓:一年之后,我墨琴如果没有结婚,一定嫁给你,否则天打五雷轰。"蔡鸿昆说:"那好,你下来吧,今天有你的熟人在,大家可以做个见证。快下来,我不挡你,你自由了……"墨琴还是不信:"真的?""是真的,我堂堂一个师长,言出必信。"墨琴这才从大窗台上跳下来,飞一样往外跑。常亮见状,赶紧追了出来。

墨琴跑到大街上,高兴得一个劲地喊着:"我自由了,我自由了……狗日的丘八,关了我一个星期呀。""大格格,慢点慢点,你跑什么?"常亮从后面追了上来,"现在没事了,真的没事了!""我真怕他再来抓我。"墨琴逃到一个巷子里才停下来,靠在一个门洞里,只见常亮一个人跟了过来,便问,"哎,那个老爷子呢?"常亮停下来喘着气说:"你这么跑,他哪里追得上?我们等等他。"墨琴也直喘粗气,说:"常亮,幸亏你们来。哎,你们是来救我的?""不,我们来借钱的。"常亮解释说,"齐先生在南溪,他想买下浔泰丝绸厂,现钱不够,我们来找姓蔡的借钱,不想碰上了你……"墨琴眉毛一扬:"齐先生在南溪?"常亮说:"他在南溪,他买下了绿杨楼。""他是个坏蛋,把我给闪了。"墨琴既喜又恼,心情十分复杂,"常亮,齐先生还差多少钱?"常亮说:"十万块大洋。我们刚才去向蔡鸿昆借,这不,没来得及说,让你的事给搅和了。"这时,章六也追了上来:"你们这些年轻人,也不等等我。"墨琴说:"不就是十万块吗?"她说完转身就走。常亮在后面喊:"哎,大格格,你去哪儿?"墨琴没回身,嘴里说:"你们回南溪吧,这钱让我来想办法。"

齐彻与钮五阳签了约,约定十天之内交钱,逾时不交,钮五阳就可以悔约。这时,藤也也来到镇上,他是带着现钱来的,但晚了一步。他笑眯眯地对钮五阳说:"二少爷,我看齐老板没钱,他不会买这厂的。"钮五阳说:"藤也先生,你晚了一步,我已经签了协议,收了定金,十日为限,如果他筹不到钱,我就吃了他的定金,把厂给你。"藤也有些不甘心,说:"二少爷,齐老板的大洋在天上飞,我藤也的钱就在兜里。""放心吧,齐彻弄不到钱。听说他去向蔡鸿昆借钱了,姓蔡的老狐狸是不会借给他的。"

日子一天天过去,章六已经回来,钮五阳暗中打听,得知果然没有借到钱。第十天藤也来了,他对钮五阳说:"二少爷,签合同吧,你白得了一笔定金。这下姓齐的失算了,他是欺负你,仗着他牌子硬,华商没有人敢要,可我们日本人不怕他。""好吧,我让人写契约。走,到书房里去坐。"钮五阳说,"听说齐彻已经又研制出了06葛,比04还走俏。他是你的死敌,也急着找厂家生产。"

"可是没有这套设备,他生产不出06葛。"

两人正在拟契约,王师爷进来禀报钮五阳,说齐彻已到尊德堂,要见他。藤也脸色有变,心虚地问:"是不是他筹来了钱?""不可能。"钮五阳飚地站了起来,与藤也一起走进尊德堂,只见桌子上放着齐齐的一堆银票,顿时脸色大变。他没有想到齐彻会这么快就筹了钱来,便问齐彻:"大洋齐了?"齐彻说:"还差五万,所以我来跟你商量,再通融通融……"钮五阳看着藤也,松了口长气,悠悠地说:"齐先生,别商量了。既然你没有钱,我就另找主了。"齐彻一咬牙说:"那不行,我和你已有协议。这样吧,二少爷,你要是急,我拿绿杨楼做抵押,先拿下这厂。""不行,我不要抵押品,我缺的是钱,藤也先生捧来的可是现大洋。""二少爷,再宽限一天!""算了吧!齐先生,这一天时间,你能筹到什么?我正要与藤也先生签约。""不行,钮五阳,我们的合约还没有到时间。"齐彻阻止钮五阳,"你让我再想想办法。"

"是没到,按照协议,今天日落为限,你看这会儿太阳已经往西边沉下去了。"钮五阳冷笑着说,"来不及了,不要耽误藤也先生的时间。送客。"钮五阳的话音刚落,一个小厮从外面飞奔而来,大声喊道:"二少爷,二少爷……"钮五阳骂道:"什么事,慌慌张张的,成何体统?"小厮上气不接下气地说:"外头有一个女人硬是要冲进来,说她是格格。""格格?"钮五阳如被电击,兔子般奔了出去,齐彻也跟着出来。

在门口静静地坐着一个女人,果真是墨琴。钮五阳激动万分,大骂下人:"你们瞎了眼,她是格格!""二爷,你别骂他们,我不是来找你的。"墨琴冷笑着说,"我找齐先生。"钮五阳感到很吃惊,问:"你找他做什么?""送钱。常亮和章六在上海救了我,我是来答谢他们的救命之恩的。"墨琴说着,将包里的一叠银票拿出来递给齐彻,"这是五万元。"齐彻大喜过望,对墨琴说:"墨琴,谢谢你,你真是我的救命菩萨。"钮五阳喊道:"格格,我卖厂可全是为了找你呀!"墨琴说:"我知道,不过你先办事吧。"说完扭身就走。

靠着墨琴的五万元,齐彻终于把浔泰厂盘下来。他把浔泰厂的招牌换成了"南溪齐氏浔泰丝绸厂"。开张那天,门前长长的鞭炮从高墙上挂下来,喷着火焰,一枚又一枚二踢脚在空中炸响,在一片喜乐声中,一只龙船划过,壮汉们擂着巨大的皮鼓,往两岸扔着小鞭……两岸街市,舞龙人舞起江南特有的百叶龙,时而荷花变龙,时而龙变荷花,十分奇异……

晚上,齐彻在绿杨楼大厅里设宴招待众人。等到菜齐酒酣,宾客醉醺醺的,却找不到齐彻的踪影了。原来,齐彻躲进了那间未装修的屋子里,他跪在屋中间,在他母亲留下的那摊血迹边奉香,嘴里喃喃地念叨着:"父母大人在天之灵,儿誓要为你们报仇,誓要让钮家片瓦不存,家破人亡……"他沉浸在复仇的情绪中,这时一个人影出现在他身旁,齐彻一惊,蓦然回首,见来人是墨琴,便站起来,一言不发,抓住她的手:"格格,你该来参加我的庆祝宴会。""我这不是来了?"她说。"不是这儿,是在外面和客人们一起。""我不想跟那些俗人在一起。"齐彻想了想说:"好,我们下去,我要敬你酒。""不,我想在这儿和你呆一会儿。"墨琴按住了他。"我找了你几天,这几天你在哪儿?"齐彻说。"有一个地方,你肯定没去,我就在南溪,钮大小姐处。""你怎么在那儿?"他惊诧地问。"为什么不?从她那里,我知道了好多你的事。""我以为你回钮五阳那儿了呢。""你想我回他那儿去?""墨琴,我和钮家势不两立,你和我在一起钮五阳就更失落。""你是想用我来气他?"齐彻笑了:"不,格格,我喜欢你……""真的?我不敢相信这是齐大掌柜说的话。""是真的。"他说。墨琴的眼中飘过一丝惆怅,"都说你主张单身,是事业至上民族至上者,你真的准备娶我?""你要嫁我?""当然,只要你求婚,我会嫁给你。"齐彻想了想道:"好吧,格格,我要娶你,我们这就宣布。"墨琴笑了:"应该是我来宣布。怎么,你比我还急呀!""走,去外面宴席上,他们在等我呢。"

两人携着手,来到人声鼎沸的宴会厅,微笑着面对一张张惊愕的面孔。齐彻举起了酒杯:"诸位,我向诸位介绍,这是齐氏浔泰厂的另一个大股东,墨琴小姐。"一位丝商喊道:"我认识她,她是格格,是钮二少爷的女人!"齐彻说:"不对,今天我要宣布,格格是我的女人,我们将结为夫妻!来,让我们为墨琴小姐干杯!"顿时,大厅里一片哗然……

曼蝉和肖晃都很忙。曼蝉将她的百般疼爱都放在她的胖胖的女儿宝妹身上,而肖晃却忙于育种。他育出来的蚕大而结实,结出的茧又大又白,是许多育蚕人一辈子都没有做出来的,来找他买种蚕的人络绎不绝。曼蝉头上扎着产妇巾,抱着宝妹,拿着桑叶喂小蚕。她伸手将一张爬着绿莹莹小蚕的桑叶拿给宝妹看,女儿伸着手在空中乱舞,要抓那桑叶。看着女儿可爱的样子,曼蝉脸上露出了幸福的笑容,对女儿说:"不行不行,你不可以摸,要等到你长大,做一个蚕妹的时候。你爸爸是个蚕夫,你妈妈是个蚕娘,你该是个出色的蚕妹。"可是那小蚕却被肖晃抢了过去:"别动,这是我的三眠蚕,是良种呢!"曼蝉气得大叫,可是肖晃痴迷于养蚕,不为所动。这时来了一个蚕农买蚕种,肖晃替他称了四两毛蚕,曼蝉又多送了几条给他。蚕农捧着毛蚕,乐得直夸:"这阿五,人聪明,还找了个好老婆,又漂亮又能干,真是前世修来的福气,什么时候我请阿五喝酒,你也来。"曼蝉嘴很甜:"好,请走好,到时候我与阿五一定去。"肖晃送蚕农出门,一直没有回来,曼蝉就抱着女儿去门口张望,肖晃人影早没了。

肖晃去赶桑市了。因为正是养蚕的季节,买桑叶的人很多,许多蚕农在路边交易桑叶。肖晃在熙熙攘攘的桑市上游逛,一个摊子一个摊子地走过去,看见一个戴毡帽的老汉在河边拣别人扔下的残桑叶,看上去像个山里人,便走上前去问:"老伯,你拣这老叶子有什么用?"老汉看了看他,抓了抓头皮憨笑说:"喂蚕呀。"肖晃有些不解,说:"老叶子不行,你该用嫩桑叶喂。""老弟,实不瞒你,我是山里的,抓了几条野蚕在家,没事养着玩的。"老汉还是一脸的憨笑,"你不知道,这山里野蚕吃柞树叶,多老都啃,我拣点桑叶给它们尝尝就不错了。"肖晃想不到还有食性野的蚕种,顿起兴致,对老汉说:"老伯,我是育种的,想跟你去看看你的野蚕,行不行?"老汉说:"你不用去。"肖晃以为老汉拒绝,就央求说:"老伯,就让我去吧。""你不用跟我去,蚕就在我身上。"老汉说着就摘下帽子,露出一块桑树皮,上面密密匝匝地布了一层籽,说,"我已经焐了三天。"肖晃看了半天,觉得这蚕种有些异样,就问:"老伯,这蚕种能不能卖给我一点?"老汉很爽快地说:"这是我在山上捡的野蚕,卖什么卖,你要就拿去。""不行,我得给钱。"肖晃拿出一把银角子来,老汉说什么也不要,肖晃把银角子放在老汉的手里就跑了。

肖晃拿着老汉给他的蚕种,迫不及待地跑回育种场,全神贯注地观察起来。在烛光下,树皮微微透亮,黑黑的蚕种清晰可见,布籽的图案十分奇特。他连饭都顾不上吃,曼蝉来催了几次,直到曼蝉抱着孩子再一次催他时,肖晃的眼睛突然亮了起来,说:"曼蝉,你快过来!我敢说,这肯定是最好的蚕种。"曼蝉凑过来看了好一会儿也没看出个所以然来, 就说,"我看不出什么名堂呀!""你看,这籽布得弯弯曲曲,像不像条龙?"肖晃指着蚕种说,

"兆头不错吧?你再看,这籽颗颗饱满,比我这里的任何蚕种都大一点!"曼蝉听说,便仔细地看起来,觉得肖晃说得没有错:"嗯,被你一说,倒真是条龙,你看,龙头、龙尾,连龙爪都有,真是吉祥!"肖晃高兴地说:"这蚕出蛾的时候,我用白皮蚕蛾跟它交配,肯定会产出优质蚕种……"

这时,奶妈在屋外喊:"阿五,曼蝉,吃了饭再弄蚕,饭都凉了。"两人应着,这才恋恋不舍地去吃饭……

胡碧容的远房舅舅卢略从北平调到上海任督军,地方乡绅纷纷来巴结节妇,让她觉得这是一个吉兆,决定邀卢略来南溪,以扩大自己的影响。卢略接受了节妇送上的一份厚礼,答应来南溪看看。卢略来的那天,船还没有到码头,节妇早已招集了南溪的乡绅迎接,岸上还打出横幅:"南溪工商界欢迎上海督军卢大人光临"。节妇自己则坐在码头上最显眼的位置上,凤冠霞帔,显得格外引人注目,钮五阳坐在她的身边。卢略是上海督军,兼管江浙两省事务,财势煊赫,本来他是要去杭州的,借机来南溪小住。

"我得好好谢谢舅舅,那年在北京,他为我救了格格。"卢略的气势让钮五阳不由羡慕起来,"嫂子,我想跟舅舅去当兵,这年头还是当兵有出息。""那你就到舅舅手下混几年吧。"节妇接口说,"有卢大帅做靠山,满世界谁还敢欺负你。""大嫂,你帮我说几句?"节妇说:"想明白了?这年头做生意没奔头,还是枪杆子硬。"这时船已经靠上码头,在十几个大兵的护卫下,踌躇满志的卢帅下了船。节妇满面笑容地迎了上去。在一片阿谀声中,卢帅向钮府走去。

齐彻和常亮也夹在欢迎的人群里,他们没有一同前往钮府,只冷眼看着这一切,然后回到工厂。"大掌柜,这卢帅与节妇关系不一般呀。"常亮说。"钮五阳开窍了,与军阀挂上钩,治他就难了。"齐彻有一点担忧。"他是胡家的远房亲戚,节妇的人,钮五阳未必能攀上。我看倒是那个节妇,春风得意,此人不可小觑。大掌柜,我看得小心她。"

自从接管了浔泰,齐彻觉得很费劲。被钮五阳这么一折腾,老客户都走了,加上周心远留下的这堆陈货,吓得丝绸商谁也不敢上门。齐彻说:"看来一切都得重新开始,不能大意。在人事上,我看章爷老了,这几年你跟着章爷学了不少,要不,总账房一职你接过来?""我能行吗?""不行也得接。""谢大掌柜栽培。"齐彻想了想又说:"现在你首先是处理库存,索性登报声明,将这批陈货降至血本以下;二是要迅速抓一批好的生丝,没有好料,怎么出好绸?这点上我们半点不能马虎。""好。"常亮领命而去……

肖晃从老汉那里买回来的蚕种很快就结茧了。肖晃又把自己培育的蚕茧也选出一些放在竹匾里,他期待着茧子成熟,破茧成虫,然后让它们交配产出良种。破茧之前,肖晃把屋子遮得黑黑的,看着白花花的茧子被咬了个洞,蛾子正在往上爬。竹匾边上,爬了一排蛾子,雌雄成对。肖晃往蛾子身下放着桑纸,曼蝉在一边问道:"布卵了吗?"肖晃回答说:"要等到夜里。明天天一亮,它们就成双作对地飞走了。"他精心地在蚕房里守着,点燃了一盏油灯,说:"给它们一点点光。"

第二天一早,曼蝉终于看到蚕蛾产籽了,她高兴得大喊:"肖哥,肖哥,蛾子布籽了!"肖晃听到喊声,一溜烟跑了过来,邻里的一群孩子也围了过来。奶妈听到喊声,跑过来问:"曼蝉,什么事这么高兴?"肖晃激动地说:"奶妈,龙蚕布籽了!"奶妈闻声仔细看了看蚕籽,也激动地说:"这是龙蚕,真的是龙蚕!""当然,你看吧,这蚕将是最好的蚕!"肖晃将竹匾搬出来放到阳光下,钮曼蝉端来一盆清水,将蛾子捉住放在水里,蛾子见水,挣扎着飞向天空……院外,辑里的儿童们齐声念着:

> 阿蛾阿蛾转团团,今年去了明年来,
> 阿蛾阿蛾转团团,今年去了明年来……

在孩子们的童声中,蚕蛾破茧而出,飞向天空。可是产了卵的飞蛾,不到夜间,就会死去。

有卢大帅撑腰,胡碧容把凤宝银楼盘了下来。开张这天,热闹非凡,鞭炮放了又放,老远就让人感到喜悦的气氛。只是这热闹的场合里,却不见钮五阳,胡碧容就叫下人去请。钮五阳不在屋里,钱惠找了半天,才在假山石凳上看到钮五阳正躺着喝酒。钱惠捡起酒瓶看了看,说:"二爷,你又喝酒了。大嫂盘下了凤宝银楼,今天开张,叫我们去致贺呢!""我不去,不想动。"钮五阳翻了一下身,"阿惠,我要去当兵。""二爷,你千万别去,当兵危险。"钱惠急了,"二爷,要不我们就去上海?我爸爸一直催我们去,他丝行里缺人手。"钮五阳执著地说:"我就是要当兵。"

"卢大帅说过了,他那儿不缺人。不过……"她试探地问,"二爷,听说格格在镇上,你见过她了吗?"自从得知墨琴与齐彻宣布定亲,钱惠宽心了许多。钮五阳却不耐烦了,他说:"阿惠,你看你看,你不就是醋这个格格?现在人家名花有主,是齐彻的人了,我沾哪份腥?""那你又为何不高兴?"钱惠见五阳不响,又说,"二爷,我昨天看见一个女孩,长得真漂亮,比格格还要好看。我想,我没能给你生个男孩,你就纳个妾吧!你不喜欢梦蚕,那个叫桑双的蚕花姑娘比格格还好看,我去说,讨给你做妾。""不要……

阿惠,难得你有这么好的心。"钱惠怕他郁闷成病,心里有了主意,定要给钮五阳纳妾。

钮五阳来到凤宝银楼时,节妇胡碧容正躺在烟榻上,毛狗为她点一种山里的草烟,长长的竹竿子,满屋子都是浓烟。胡碧容见到钮五阳就说:"老二,我的银楼是开张了,办得好不好,还得靠你。"钮五阳问:"靠我?为什么?""大帅说了,运河一带的丝船都由他保护,这茧丝市场,没有军队的保护,谁做得成生意?"胡碧容冷冰冰地说,"老二,所有丝绸交易都由我凤宝银楼结算,还怕赚不了大钱?还有……"毛狗接着话说:"大帅要给我们派一个连。"钮五阳一听,突然大笑起来,咬着牙说:"好,这下齐彻这小子就成了绳上的蚂蚱,怎么蹦也蹦不出我们的手心了。"节妇有些不解,问:"你高兴什么?""嫂子,如果我们控制了蚕茧市场,他就得不到好的蚕茧,没有优质蚕茧,他怎么生产上好的丝绸?嫂子,我跟着你干。"节妇也大笑起来,说:"想不到我胡碧容熬了几十年,成了节妇,现在却又成了个生意人。"

听着胡碧容那浪荡的笑声,钮五阳皱了皱眉头,但他还是奉承说:"大嫂,可惜你是女人,要是个男的,肯定比胡雪岩还会做生意,那齐彻算什么?""老二,以后不许叫我嫂子。"胡碧容听了很得意,摆了摆姿势说,"叫我大掌柜。"

头眠茧刚上市,齐彻就带着人去蚕茧市场。船还没到市场,齐彻就发现茧市外站了一排兵。他感到很奇怪。船进了水栅口,见茧市的班头无所事事地站在栅口上。齐彻问:"班头,有货没有?"班头有些丧气地说:"别提了,大掌柜,四乡来的茧船,都让大兵赶到里头去了,说是凤宝银楼包下了,要货的再跟凤宝银楼去要……"齐彻一惊,问:"凤宝银楼?"班头回答说:"就是钮家那个节妇,仗着有卢大帅的命令,让大刀鬼毛狗

第12章 辑里湖丝

来收茧,谁也不准私卖,真是邪门。""进去看看。"齐彻命常亮把船停在栅口。

水栅上有一间小竹棚,正是凤宝银楼代办处。钮五阳跷着腿坐在一边,指挥毛狗往里搬货。常亮试着问钮五阳:"二少爷,不让人进吗?"钮五阳一脸的傲气,说:"奉大帅的命令,在这里收茧。"齐彻闻声出来,冷笑着说:"哟,这里成了钮家的茧市了?"钮五阳耷拉着眼皮答道:"齐大掌柜,别瞧不起人,我是奉卢大帅的命令在此收茧,怎么,你有意见?"齐彻有些愤怒了,说:"姓钮的,你们收光了茧,我们去哪儿收?"钮五阳得意地笑着说:"天下大着呢,自己去淘弄呀。"齐彻的怒火暴发了:"这南溪湖丝天下第一,我们要的就是这儿的丝,你要我们去哪儿淘弄?"钮五阳厉声说:"哎,姓齐的,你说话客气点。现在是非常时期,军方奉命收茧,保护蚕桑,不让奸商随意掌控。你不满,你到上海督军府找卢大帅去;你要货的话,就到凤宝银楼去登记。"常亮说:"二少爷,浔泰是南溪的大厂,你不能损我们。"钮五阳说:"小畜生,快走,不是看大掌柜面子,我给你两个耳刮子,乡里乡亲的,我仗义着呢!"

齐彻没有其他办法,说:"好吧,我们要一船。"钮五阳看了看,往边上一指:"那船,就是那船,刚收上来,还没进舱呢。"常亮过去一看,是些瘪茧。常亮抓了一把给齐彻看:"大掌柜,你看这茧!"钮五阳斜眼觑着:"爱要不要。不要,这茧明天也没了,藤也的船等了几天都还没有货。""你这是……"齐彻气得说不出话来。"怎么,急了?大掌柜,我告诉你一个招,让格格做大掌柜,明天来求我,我一定给她好的!"钮五阳说完,狞笑起来,背着手进了凤宝银楼代办处。

齐彻生气地出了水栅,失望地站在船头。空荡荡的船舱,一无所获。他知道,与钮五阳的新一轮交锋开始了,但这一轮钮五阳有卢略撑腰,自己处于下风。金黄色的油菜花在两岸灿烂地开放,他没有心思去欣赏春景,苦苦思索着如何打破钮家垄断蚕茧交易的局面。常亮从舱里钻出来,见齐彻犯愁,就说:"听说藤也去年直接到乡下去收茧,我们何不自己去乡下收?""问题是我们不知乡下的蚕茧好不好。""听说辑里有好茧。"齐彻想了想,没有其他办法,只好先去乡下收一些,以后再想应变的招数。最好是跟日本人一样,办自己的茧场,搞育种,然后把蚕种分到蚕农家里,委托他们代养。回到厂里,他当即就吩咐常亮下去收茧,并让他一并找几个育种专家,办蚕种场,自己开发蚕茧。

钮五阳在茧市一连多日,没见齐彻再来,他心里奇怪,就去找毛狗问情况。毛狗说,齐彻好像自己在乡下收散茧,今天一早,他看见常亮往辑里那边去了。钮五阳说:"怪不得,要不你去看看。"毛狗刚要走,又突然想起一件事,就对钮五阳说,前几天有人告诉他,辑里村有个姓肖的,蚕种育得特别好。这时,一个班头闻声说,他认识那个姓肖的,是个外来人,就住在他亲戚家。钮五阳吩咐毛狗:"明天,你去访访这个姓肖的!"

第二天一早,毛狗就带了几个人赶到辑里,来到了肖晃的育种场。肖晃一眼认出是毛狗,想溜已来不及,赶紧把草帽压得低低的。毛狗过来,在水缸里舀了一瓢水喝,然后坐在竹椅上,问肖晃:"听说你养成了龙蚕?"肖晃压低声音说:"没那事。龙蚕那是天上蚕神,我怎么养得成?大爷别听外人乱传。""不过外头都传你这儿的蚕苗子好,是不是?""不算好。"肖晃说。毛狗急了:"看你,我又不会抢你的,有什么绝招,我花钱买还不行?""真的没有。"肖晃只想快点把毛狗打发走,可看毛狗偏偏像是生了根似的,坐在那里没有一点走的意思,于是又说,"对不起老板,我还有事。""娘的,你知道我是谁?"毛狗见肖晃要赶他走,火了。肖晃侧影一晃,让他怀疑起来,就伸手过来,想掀肖晃的草帽。肖晃眼疾手快,又捺住了:"老板,你这是做什么?我是癫痫头,最怕人看!"毛狗疑心地看着他:"这位老弟,我好像见过你。""不可能,我不认识你,你快走吧!"说着肖晃躲到后院茅厕里,不肯出来。毛狗疑惑地在门口逡巡了一会儿才走。一上船,毛狗突然想起,这人就是肖晃!便令船家赶紧开船。回到南溪,毛狗一阵风似的直奔节妇的房间,他告诉胡碧容,他找到了拐走曼蝉的土匪……毛狗不想自己惹麻烦,他又去镇公所报了案,说肖晃是太湖强盗,因此镇公所立即派乡警出发缉拿。

毛狗一走,肖晃就冲进曼蝉的房间,见她抱着宝妹睡得正香,伸手急摇:"曼蝉曼蝉,出事了!"曼蝉被摇醒,睁开眼问:"肖哥,啥事呀?我困嘛。""刚才毛狗来过了。"肖晃着急地说,"就是你大嫂的那个看门狗。我记得他是六指头的朋友,我在老虫岛见过他,损过他。""毛狗?"曼蝉顿时大惊,忙问,"他认出你来了?""好像是,他临走时,在门口站了好一会儿。"肖晃也不能断定。"毛狗怎么会到这儿来?"曼蝉更急了,"肖哥,怎么办呀?他会告诉我们家的人。""我们得搬家,等这茬毛蚕出来后就搬。现在先出去躲一躲再说,没事再回来。""行,要不我们马上就走,别等这茬毛蚕了。""不行,这茬毛蚕品种最好,我指望它出最好的茧呢!"听他这么说,曼蝉也没有了主意。

毛狗刚走,常亮也来到了辑里,发现辑里的茧子真的很不错,还打听到辑里有个叫阿五的人是育种高手。常亮带回的辑里茧子,让齐彻爱不释手,连连赞叹,当即让常亮去辑里育种场,把那位叫阿五的人叫来谈谈。常亮领命马上出发。可是已经晚了,他刚到辑里育种场,就见一队士兵扭着五花大绑的肖晃走出屋子,奶妈一家人在后面追着。常亮惊讶地看见,钮家二小姐曼蝉从屋子里疯了一样冲出来,不顾一切地扑向肖晃,一边拉住肖晃不放,一边骂警兵:"你们凭什么拉他走?他是好人,是好人!"

"你个疯婆子干什么?找死!"警兵推开曼蝉,"滚开,你敢妨碍公务?""不行,谁也不能抓走我男人!"曼蝉挡着院门,嘴里大喊道,"你知道本姑娘是谁?敢抓我的男人!我是钮府二小姐,你敢跟我动粗!""拉开她。"警长命令手下的人把她拉开,又朝她大骂,"你是钮府的二小姐?钮家会有你这么个女儿?强盗婆,做梦去吧!把她也带走。"曼蝉见警长不理她,索性躺在地上大声叫喊:"你们要抓他,就从我身上踩过去!""嘿,这疯婆子,找死呀!"警长见曼蝉撒泼,也气极了,抬起脚想踩上去。这时,常亮上来推开警长,说:"警长,她真的是钮府的二小姐。"警长一脸怒气,问常亮:"你是干吗的?""敝人是浔泰绸厂的账房。"这时奶妈和几个邻里过来,拉住了曼蝉,这才闪开一条路,警长带着人扬长而去。

奶妈和几个邻里把曼蝉扶进屋里,常亮也跟了进去,问:"钮小姐,到底是怎么回事,能不能告诉我?我可以让齐掌柜想想办法。"曼蝉紧紧抱着宝妹,哭着不吭声,突然她跳起来,把女儿放在奶妈怀里,说:"奶妈,你帮我看着宝妹,我要去救我肖哥。"说完,她不顾一切地冲进黑夜里。常亮追出来,曼蝉的人影已经消失……

曼蝉知道,此事必是毛狗所为。所以她离开辑里,连夜赶到娘家钮府。伸手不见五指的午夜里,披头散发的曼蝉重重地擂着大门,如鬼魅夜至,令人不寒而栗。看门的老头从门隙间看出去,以为是鬼,吓得不敢应声。可是曼蝉重重的擂门声惊动了钮府上上下下的人,纷纷起床跑出来。姗如也从楼上赶下来,走到门口问:"你是谁?"曼蝉听到母亲的声音,如同得到救星一样,赶紧应答:"妈,我是曼蝉,是曼蝉呀。"姗如一听是曼蝉,赶紧叫看门老头开门,老头还未动手,背后却传来一个声音:"二娘,你不能开门。"来人正是节妇,她威严地说,"深更半夜兵荒马乱的,说不定她身后就是强盗。"

看门老头哆嗦着说:"大奶奶,是小姐,是曼蝉小姐呀。"姗如也哆嗦着说:"是我女儿,我听出来了,是曼蝉。"节妇大声说:"二娘,如果是曼蝉,更不能开门!她败坏了钮家门风,还有脸回来!""妈,开门呀,快给我开门。"曼蝉在外面拼命地喊,声音越来越弱。姗如忍不住跪下了:"碧容,开门吧,她真是你妹妹。"胡碧容恶毒地说:"放她进来干什么?她和土匪是一伙,镇公所马上会来抓人,她呀,还是跑了好……"姗如扒着门缝喊道:"曼蝉,不是妈不留你,你回不来了呀,你快走……还是自己找生路去吧。"说完扭头向屋子里跑去。曼蝉仍不走,在门外哭诉:"妈,大嫂,我向你们磕头,随你们打我骂我,你们救救我的肖晃,我们已经有了孩子。妈,你有了外孙女,她叫宝妹。"

节妇走到门前,细声细气地说:"二妹,你走吧!肖晃被抓了,雌雄大盗成双成对,镇公所会连你一起抓的,你走得越远越好。"曼蝉大喊:"我不走,我死也要和他死在一起!"节妇冷笑着扭头就走,走了几步又回过头来,"谁也不准开门,谁开门,我就绑谁!"

直到第二天早上,姗如再也忍不住了,她趁着节妇不在,拼命扒开门,可是曼蝉已不在了。

肖晃被五花大绑地带到镇公所,镇长亲自审问。一连审了几个小时,镇长烟瘾犯了,在小鼻烟壶里挖着鼻烟,一边斜着眼审问肖晁。为了曼蝉,肖晁不承认自己是强盗。没有人证,镇长没办法,叫来毛狗对质,谁知毛狗不敢。镇长急了,这案子是毛狗报的,说肖晁是土匪,可又不来指证,这叫他如何给肖晁定罪?毛狗送上一笔厚礼,告诉镇长,是节妇的主意,不能让肖晁活在这个世上。镇长还指望节妇在卢大帅那里替他美言,有这样的事,岂能不为?他吩咐手下立刻用刑,把肖晁打得半死不活。钮五阳从镇公所出来,告诉节妇:"土匪死不认罪,快被打死了,镇长还真厉害!""那老狐狸敢不打?"胡碧容伸着小指尖说,"不是他厉害,是我厉害,他怕我,怕舅舅卢略。一个小镇长,只是舅舅手下的一个小卒,说撤就撤。"钮五阳说:"也怪,舅舅他就认你,别人他都不认。""五阳,他官做得越大,越需要钱,我给他钱,跟他合伙做生意,他能不认我?"节妇得意地说。"大嫂,你现在真是越来越狠了!""不狠能行吗?你们钮家才狠,三十多年了,我受够了气,熬到现在容易吗?我不该王八伸头——透透气吗?"

这是节妇第一次向钮五阳透露心迹,其实她对胡德林说过更狠的话,她要让钮家死完死光,要杀了肖晁,让曼蝉气死,让钮五阳去打仗,死在战场上。"那方丽呢?"当时胡德林问,节妇说:"方丽?你还想着她?"胡德林虽说已休了方丽,可他心里仍没忘了她:"姐,我想要她回来。"节妇说:"算了,这女人对你如此薄情,你还想着她?胡家与钮家不会再有任何亲情。"

常亮在辑里购了一船茧,齐彻觉得特别好,他用这些湖丝制成了一批绉,并且做成了新式旗袍,特地请来英国丝商凯伦先生来看他的新产品。墨琴和桑双穿上旗袍来到绿杨楼展示,在凯伦先生面前左旋右转,将丝绸美丽的色泽显示出来。凯伦先生忍不住赞叹:"噢,齐先生,不错……我看看这绸料。"他扯起裙料仔细

第12章 辑里湖丝

地看着。齐彻介绍说:"这是06葛,比上次的04葛又先进一步。"凯伦抚着绸面,爱不释手地说:"很不错,我可以大量进货。""现在还不行。"齐彻叹了一口气,"06葛所需的丝经非常细,要求蚕丝的品质较高,可惜现在我们没有大量这样的经丝。""为什么?"凯伦感到奇怪,"春蚕刚刚上市,为什么没有货?""我们收不到茧,日本人买通了卢督军,断了我们的货源。"齐彻摇摇头,"没有办法,我们只能自己开辟原料基地,这需要时间。""原料是最要紧的事,巧妇难为无米之炊。"凯伦肯定地说,"只要你能开辟原料基地,我们可以共同投资。"齐彻拱手说:"那真是太好了。"这时墨琴换了身衣服进来,凯伦站了起来:"墨琴小姐,你穿上这衣服很美,请赏光跳个舞吧。"墨琴含笑说:"当然可以。"

一个下人手摇着原始的留声机,音乐响起来。凯伦和他的随从站起来步入舞池。下人送上红酒,齐彻斟了一杯。常亮进来了,他刚从辑里回来,把肖晃的事情向齐彻汇报。齐彻听说育种的人被抓,就让常亮去镇公所打听,看能不能救出来。到了晚上,常亮回来告诉他说:"我们去晚了,镇长不肯见我。我问了他的师爷,听说这个人叫肖晃,是太湖强盗,详情还不知道,不过那人看上去挺不错,人很机灵,弄不好真是可用之才。""是土匪?这可能吗?一个人做了强盗,很难收得住心,还会静下心来钻研蚕种?"常亮答道:"管他是不是,反正人都快打死了,另外找人吧。"齐彻想了想说:"凯伦先生现在情绪很高,为了我们的06葛,蚕茧生产基地要迅速建成。"常亮说:"关键是人,我再找找看。大掌柜,人才不易得啊。"

曼蝉抱着最后一线希望,找船来到老虫岛找六指头。她天真地以为,六指头与肖晃曾经是患难与共的兄弟,不会见死不救。曼蝉一下船,便直奔湖神庙,见六指头正与手下的土匪围坐在木墩子旁喝茶,曼蝉走过去跪在地上,已经是泣不成声。"大哥,救救肖哥吧。他被镇公所的人抓去了,他们要杀他,求你们去救他,否则他就没命了。"刀疤阿三探询地看着六指头:"大哥,是肖哥的媳妇曼蝉。你看……"六指头看着曼蝉,始终不响,脸色阴阳不定。他站起来走到她面前,慢慢地说:"钮小姐,这是他自找的!我们上次在辑里见过面,话已经说清楚,我们和肖晃现在是井水不犯河水,他已切指为誓,与我断了交情,你来找我们有屁用?"曼蝉又哀求说:"大头领,我知道你们讲义气,看在过去的份上,你就伸手救他一救,以后听凭你叫他上山下湖,只要他能保住性命。"

刀疤阿三和几个土匪也为肖晃求情:"大哥,肖哥是重义之人,我们要去救他……"六指头不语,似乎犹豫不定,忽然毛毛跑了过来,指着曼蝉说:"爹爹,她怎么又来了?她抢走了我的肖叔,我不喜欢她,叫她走!"六指头一拍桌子:"听明白了没有?我女儿不喜欢你,你给我走!"曼蝉抽泣着伏在地上,无法动弹。六指头一挥手,两个土匪上来,架着她拖出了匪巢。

吴镇长判肖晃死刑,说是为了镇吓太湖里的强盗,他命令将浑身是血的肖晃捆在通济桥边一根拴船柱上示众一天,并在桥边贴了一张布告:擒获太湖悍匪一名,姓肖名晃,定于明日午时枪毙停尸示众……南溪百姓纷纷前来围观,有人往肖晃脸上吐口水扔脏物,有的还大声咒骂。

肖晃闭着眼,满不在乎,一脸顽劣地微笑着。天渐渐地黑了,被晒了一天的肖晃口干舌燥,他费劲地舔着嘴唇,向边上的警兵讨水喝。警兵骂道:"你个土匪还想喝水,喝尿都不配!"一个泼皮见状,在河里舀了勺脏水,往肖晃头上浇了下来,水里面的菜叶和垃圾挂了他一头,泼皮还狂笑着说:"喝吧,喝吧,喝个够!"

第12章 辑里湖丝

月冷风凄,夜深人静。肖晃的头终于垂了下来,身上满是垃圾菜叶。警兵也困了,坐在桥墩上打盹。一个披头散发的女人沿着河边走来,警兵忽然惊醒,问:"谁?什么人?""是我。"曼蝉撩起头发,露出一张白净的脸,并掏出几块光洋递给警兵,"大哥,这是我的男人,让我跟他说几句话,道个别,明天他就死了。"警兵看了看她,收过钱说:"你快一点,别太久,让长官看见会骂我们的。"另一警兵见了,嘀咕说:"挺好一个女人,怎么找了个强盗?"

曼蝉来到肖晃身边,见他半跪着,头垂到了地上,心里一酸,就跪了下来,她轻轻拿掉肖晃脸上沾着的菜叶,抚着他的脸,亲着他,不停地唤着:"肖哥,肖哥……"肖晃听到曼蝉的喊声,慢慢地睁开眼,微微一笑:"曼蝉,曼蝉,我害了你……"她将肖晃搂得更紧,流着泪说:"肖哥,是我害了你。我求过家里救我,他们不答应;我也去过老虎岛,他们也不肯来。肖哥,我来陪你,明天让我跟你一起去死……"肖晃浑身一震:"曼蝉,不能!为了宝妹,你不能死!"曼蝉哭泣着:"没有你,我怎么活?"他挥身颤动着,声音嘶哑:"你要活下去,活下去,为了我们的孩子!我肖晃从小就没爹没妈,无亲无故,不能让宝妹再没有爹妈!不行,这太残酷了……曼蝉,我求求你,求求你,我心里只有你和孩子!曼蝉,我给你磕头,你一定要带大我的孩子!"

肖晃大哭了起来,曼蝉一直紧紧抱着他,待他平息下来,曼蝉才轻轻地说:"肖哥,那好,我答应你,我不死。"肖晃的眼睛一亮:"曼蝉,谢谢你,我在阴间会保佑你们娘俩。下辈子我不再做强盗,我们做夫妻,好好养蚕。"两人难舍难分,像两根藤交缠在一起,说个没完没了。警兵怕有人来,在一边吆喝:"哎,疯婆子,快点走,等会儿有人来了。"曼蝉的目光冷峻起来,她亲了一下肖晃,从脖子上摘下肖晃送给她的玉佩挂在他的脖子上,说:

"肖哥,这是你的。我知道你还有一个心愿,找到你爹。这玉佩是你给我的,你带着走,这是物证,你到阴间找爹的时候,说不定用得上。"肖晃点点头:"好!曼蝉,我渴,能不能给我弄点水……"曼蝉看了看左右,想了想,解开了怀:"肖哥,没有水,河里的水脏,不能喝,可是我有,你看我有奶水,涨鼓鼓的,只有宝妹和你才可以喝。你喝吧,喝个够。"曼蝉说完,抱着肖晃,将乳房贴到他的嘴上。肖晃大口大口地吮吸着,奶汁从他嘴边奢侈地流出来。

突然,一排大竹灯笼从桥的那边移动过来,警兵一见,赶紧上来推曼蝉:"快走快走,来人了。"可是曼蝉死死抱着肖晃不愿放手。灯笼越来越近,终于照到了肖晃和曼蝉,是钮府师爷和毛狗带着人来了。一个下人提起灯笼照着肖晃和曼蝉的脸,然后大声对着师爷喊:"师爷,是小姐,小姐在这儿。"毛狗也跑了过来,见曼蝉死死抓着肖晃不肯放,对下人喊道:"把小姐拉开。"几个下人上去,连同警兵也上去帮忙,才将曼蝉拉开。毛狗吩咐下人将曼蝉送回钮府,曼蝉不肯,嘴里还一个劲地喊叫:"肖哥,肖哥,你放心,我会带大你的孩子。"曼蝉凄惨的叫声在深夜里回响。月光下,肖晃的脸在颤动,两行泪水和着血与嘴边的乳汁交织着……

处决肖晃这天,正赶上丝行埭开市。齐彻起了个大早去赶茧市,坐着船出了门。船栅的礼炮迟迟不响,齐彻问跟班是什么原因。有人告诉他,今天午时通济桥上斩土匪,斩人煞气重,丝商们不敢上市了,所以才推迟开市。船行过通济桥时,常亮说:"看,就是那个土匪。"齐彻让船靠在通济桥上,那土匪突然抬起头来看着他。齐彻问:"是那个辑里的养蚕人吗?"常亮肯定地点点头。齐彻下船径直走上桥面,只见肖晃浑身是血,头发乱得像

第 12 章 辑里湖丝

一个鸟窝,脸和头发上又被泼上垃圾,嘴唇干得裂开了缝,便问:"你就是肖晃?听说你育种很有一套。"肖晃点点头。"你叫什么名字?"齐彻问。"肖晃。"他盯着齐彻,头扬得高高的,脖子下的那块玉佩也因此在晨光中闪闪发亮。"这是什么?"他抓起肖晃胸前的玉佩问。肖晃微微咧嘴笑了:"一块老玉。不是抢来的,是我父亲留下的。"齐彻疑惑地从自己脖子上也摘下一块玉佩,两块玉佩一比,还真差不多。这时候,警兵凑了过来,见齐彻反复比较两块玉佩,就说:"大掌柜看上这块玉,拿走就是。他反正快死了,用不着。"肖晃说:"不行,你不能拿走,我得戴着这玉去阴间找我父亲。""你父亲?"齐彻一惊,继而又问,"你父亲是谁?你这玉从何而来?""我从小戴着的。我不知道我父母是谁,我倒是很想知道他们是谁。"肖晃回答说。"这玉是父母留给我的,从小就挂在我脖子上。后来我进了孤儿院,交给了嬷嬷,我长大的时候,嬷嬷还给了我……你,你怎么也有一块?"齐彻将两块玉佩看了看,然后送到肖晃面前,"你看,这两块玉一模一样。"肖晃也看出来了,不由得问:"你这块玉从哪里来的?""我父亲留下的。"齐彻加重了语气说,"我父亲!"

齐彻好像悟到什么,他盯着肖晃困惑的眼睛,忽然扬起手,用自己的衣襟擦干净他的脸,然后替他整理一下头发,问警兵:"你们看,他是不是跟我很像?"两个警兵傻笑着:"不像不像,齐掌柜一幅富贵相,这死囚寒寒酸酸的,哪能跟您比。""怎么不像,他跟我就是很像!"齐彻忽然扇了警兵一个耳光,对肖晃说,"兄弟,你姓肖,真的姓肖?"肖晃点头,齐彻说:"你该是我的弟弟!"他忽然跃起来,"你等着,我要想办法救你!"说完没命地向镇公所跑去。

齐彻跑到镇公所,要求镇长收回成命,可镇长说肖晃已经承认自己就是土匪,要放人,除非找县里的大法官,按照司法程序,现在已完全没有办法。齐彻以他的工厂担保,要求镇长再宽限一天的时间,镇长还是不肯。在两人的争执中,壁上的挂钟"当当"地敲了十二下,要救肖晃,只有求神仙了。齐彻绝望地从镇公所又跑向通济桥……

通济桥下,一只大酒碗在石板路上砸得粉碎,肖晃嘴角挂着酒痕,被从石柱上解开,众警兵押着他往刑场走去。走过洋龙会时,前面一群百姓嚷着涌了过来,有人大喊:"不好了,丝行着火了!"果然,丝行埭那边浓烟滚滚。

"救火要紧!"行刑的刽子手想去丝行埭救火,警长说:"先把死囚扔到牢里去。"两个警兵慌乱地把肖晃往回拖,还没走几步,河边的一只乌篷船里忽然跳出几个强盗。看守急忙放枪,一个强盗倒地,另外几个仍然冲了上来,与警兵发生搏斗。这时齐彻正好赶到,混乱之中,他猛地拉过肖晃钻进临街的门洞,又从院子里找到一把菜刀,割断绳索:"快,往河里跳!"两人跳下河,这时常亮也划了只船过来接应,两人爬上船,船迅速划走。岸上,去丝行埭的警兵发现中了计,又折了回来,与土匪们肉搏。有人喊了一声:"死囚跑了!"兵匪两边一听,都嘡啷一声分头而散……

舱内,齐彻脱下自己身上的衣服让肖晃穿上,常亮在舱外喊道:"大掌柜,警兵追过来了!"齐彻蹿出舱:"快,划到巷子里去。"划过一道短桥,小船径自进入人家的私家花园,两个人匆匆上岸,常亮将船继续向前划。

齐彻和肖晃上了岸,跳入一个小院,园中虽没有人,可是无处可遮蔽。"翻墙。"齐彻低声说,用力将肖晃托起,让他爬上靠墙的树,这时警兵已经追到,齐彻大喊一声:"快走!"肖晃见警兵进院,只好翻身跳了下去。

第12章 辑里湖丝

警兵进来,见齐彻坐在石上整衣,气喘吁吁,警长问:"齐掌柜,死囚犯呢?"齐彻瞪着眼:"什么死囚犯,我又没看着。"监斩官怀疑地看着齐彻,一警兵指着墙上的水渍:"你看,他翻墙逃了。"

警长狠狠地瞪了他一眼:"走!他跑不了……"警兵追了出去。

肖晃从墙上跳下来,发现是一条窄弄堂,他只好一瘸一拐地再向前奔逃。巷子尽头,前面已是开阔的田地,那里他无处可藏身,肯定会被抓住。他东张西望,看见边上有一侧门,正是钮方丽开的服装传习所,门半开着,便推门而进。院内没有人,他反闩上门,摇摇晃晃地进来,想到后院躲藏,没想到与出来的钮方丽撞到一起,她惊叫一声:"你是谁?"肖晃倒在地上,认出了是钮方丽:"对不起,大小姐,外面有人抓我,我想躲一躲。"她问:"你是谁?"他说:"我叫肖晃,我见过你。""肖晃?你就是太湖强盗,是小妹所爱的那个人?"肖晃点点头。方丽说:"曼蝉昨天来过这里。"肖晃刚想问些什么,外面警兵已在重重地擂门,"他们要抓我!"

钮方丽一惊,继而镇定下来,拉着他说:"快,跟我来。"肖晃跟着钮方丽来到楼上,进了她的卧房,她一把将他推到床底下:"趴在床底下,千万不要出来。"肖晃点头。钮方丽放下床裙,等她来到楼下,警兵已踢开门拥了进来。钮方丽喊道:"哎,你们干什么?青天白日往人家家里闯,你们是土匪呀!"警长看了看钮方丽说:"土匪?正是土匪进了你家。"钮方丽喝道:"你是什么人,敢这么跟我说话?"一警兵小声对警长附耳说了什么。警长知道是钮小姐,连声道歉。钮方丽毫不客气地问:"你们砸我的门干什么?"警长说:"对不起,钮小姐,刚才有个太湖强盗进了你家。""太湖强盗？不可能，我怎么没见？"警长看着她的脸："我们看见他跑过来的，这儿没别处可逃，他一定藏在你家了。"钮方丽说："不可能，我关着门呢，他怎么会进来？你们愿意，就随便看看，不过别翻我的东西，都是女孩子用的。"几个警兵草草地里外看过一遍："报告长官，没有人。"警长边走边看，走到楼梯口问："楼上呢？"桑双过来说："楼上是小姐的绣房，谁也不准上。"钮方丽也说："我刚才正在房里睡觉，不可能有人进来。"一个警兵说："我上去看看。""放肆！钮小姐的闺房，怎么好上？"警长知道他惹不起钮家，来了个顺水推舟，朝那个警兵骂道，"肯定逃到田里去了，快去追。"说完，领着警兵跑了出去。

方丽把门关上，背靠着大门透了口长气。忽然又有人敲门，她一惊，从门缝里看出去，见齐彻和常亮浑身是水，狼狈地站在门口，便打开门，齐彻急切地问："钮小姐，刚才有一个受伤的人过来，你看到没有？""你和警察一样，也想抓个太湖强盗？"她脸上掠过一丝不快，说，"对不起，我不知道。"说着将门关上。齐彻一脸焦急，常亮说："钮小姐好像不高兴。""当然，我和钮家有仇嘛。"齐彻说完，领着常亮走了。

齐彻走后，钮方丽赶紧把门窗都关了起来，发现肖晃已在床下昏迷不醒，她与桑双合力把肖晃拉出来，又找来伤药给肖晃抹上。桑双说："大姐，他伤得不轻，得看大夫。"钮方丽说："现在不行，外面正在抓他。"怕警兵再来，她们连夜将肖晃又转移到阁楼上，阁楼的出口面对着河，情况紧急的话，可以逃走……

墨琴与齐彻出双入对，让钮五阳醋意大发。他真有点后悔，当初从北京把墨琴救回来，不应该回南溪，随便找个地方住下，也就和格格地老天荒了，绝不会有今天这样的结果。南溪是块福地，对他却凶煞无比。他想见一见墨琴，于是斗胆来到绿杨楼，敲

第12章 辑里湖丝

响了墨琴的房门。墨琴正在屋里,以为是齐彻来了,娇声娇气地应着,打开了门,见是钮五阳,脸子顿时挂了下来:"二爷,你来做什么?"钮五阳不说话,只是一个劲儿地看着她。墨琴被他弄得莫名其妙,有些生气地说:"你倒是说话呀!听说你要去当兵,给卢大帅当差?""我……现在我还不想走,我走了,就见不着你了……"他见墨琴不说话,又接着说,"格格,姓齐的要是敢欺负你,我跟他玩命。""我不用你管。"又过了一会儿,他又挤出一句话来:"格格,这几天我老婆要为我讨妾。"墨琴苦笑着说:"那好啊,多贤惠的女人,想得周到,还给老公找小老婆,叫我可办不到……娶你的小老婆去吧。"钮五阳大惊,问:"格格这话什么意思?""你好好想想!你有个老婆,我已受不了,哪还受得了你妻妾成群!"墨琴讥笑道,"你现在倒好,既惦记着媳妇,又想着情人,还要娶妾,真是吃着碗里的看着锅里的。""格格说得对,"钮五阳扇了自己一个耳光,"我真傻,娶什么妾呀!"他站起来,也不说话,木木地朝外走去。墨琴看钮五阳这样,倒有点受不了,她追了出来,见钮五阳头也不回地下了楼梯……看着他没影了,墨琴这才回到房间,突然想到与齐彻已有几天没见面了。

当墨琴风风火火地来到工厂的办公室时,见齐彻和常亮正在小声地商量什么,墨琴心里就有一股怨气,问齐彻:"我的大掌柜,这几天你神神秘秘地在干什么?总不见你的人影。"齐彻见是墨琴,赶紧关上门悄声说:"墨琴,我告诉你,我找到了我的弟弟。""你说什么?你弟弟?我从没听你说过你有弟弟。"墨琴睁大了眼睛,"你弟弟是谁?""就是被捆在通济桥上的那个强盗。"齐彻解释说,"我从他身上佩带着的玉器上得知,他肯定是我的弟弟。""那个太湖强盗?"墨琴感到有些不可思议,"你弟弟怎么会是强盗?镇上的人都在说,太湖强盗把那人劫了。""是我帮他逃跑的。我有好多的话要问他,要跟他说,可是现在找不见他。"齐彻叹了一口气,"当年如果没有艾尔神父救我,我也一定是个太湖强盗了。"

墨琴听了他的讲述,感到惊奇:"这真是天缘,你从死囚身上找回了弟弟。不过我听说,那个人就是曼蝉的相好,这你知道吗?""我刚知道,正为此而奇怪,如果他真是我弟弟,为什么又和钮家有瓜葛!"齐彻脸上阴阳不定,"肖钮两家血仇似海,决不能通婚,我要尽快找到他,只是不知道他现在逃到什么地方去了。""他会不会回老虫岛?""我猜,肖晃会去辑里。"常亮插了一句,"因为他们的孩子还在辑里。""对呀,很有可能。只要他逃走了,就会回去找钮曼蝉。我们走!"齐彻恍然大悟,命令常亮马上备船去辑里。

在通济桥,曼蝉不忍见肖晃被砍头,她听从肖晃的话,决心把女儿宝妹带大,所以当天就哭着回到了辑里。一看到宝妹,曼蝉泪流不止。奶妈到此也已明白真相,除了安慰她外,也只能陪着掉几滴泪。正在这时,柴根从外面跑进来,告诉曼蝉说,午时三刻,太湖土匪进镇了,他们劫了法场,抢走了肖晃。"逃走了?真的?这么说他没有死。"曼蝉眼睛一亮,"真的吗?""村里人有去看法场的,他们说的肯定没错。"曼蝉立刻容光焕发,她站起来,走到供桌旁,跪下向观音磕了个头,默默地说了些什么,然后站起来对奶妈说:"太好了,奶妈,阿五会回来找我。宝妹,宝妹,你爸爸没有死!"

肖晃在钮方丽的阁楼里醒来以后,已是深夜。他到厨房里找了点吃的,换了件衣服,连夜出了南溪。中途天亮了,他爬入田间一个稻草堆里藏了一整天,直到天黑的时候,才从草垛里爬出来。

他悄悄地走向奶妈家里,见周围没有人,先潜入蚕种养育场,从梁头上拿了一张布满龙蚕的桑皮纸,那是他育出的良种,他揣在怀里,看了看左右没人,才向有着灯光的那一间屋子走去。里面传来一声婴儿的轻啼,接着是女人的声音。肖晃走近那间房子,趴在窗外,舔破窗纸往里看。房间里曼蝉抱着宝妹,轻声地哼着:

　　白公鸡绿尾巴,一头钻到地底下。
　　穿青衣骑白马,泥里坐水里耍……

他用手将窗纸一点点撕破,越撕越大……他伸头进去,渐渐身子也从窗户里爬了进去。他悄悄地来到曼蝉身边,轻声叫道:"曼蝉……"她回过头看见肖晃,似乎不敢相信这是真的,伸出手,流着泪说不出话来。"曼蝉,是我,你为什么不说话?说话呀!""肖哥……"两人面对面跪在一起,亲吻着孩子,宝妹哇地哭了起来。"曼蝉,快收拾东西,我们离开这儿。"肖晃一边说着,一边抱过孩子站了起来。"肖哥,我们去哪儿?"她问。"天涯海角,越远越好,越远越安全。"曼蝉应了一声,急着收拾好东西,就跟肖晃出了门。两人走到门口,曼蝉说:"肖哥,跟奶妈道个别吧。""好,奶妈对我们不错。"他与曼蝉快步走向奶妈房间。

推开奶妈房门时,两人突然发现堂上坐着两个生人——齐彻和常亮,不由傻了眼。曼蝉首先反应过来,拉住肖晃转身就跑。齐彻尾随而出,喊道:"曼蝉,我们不是来抓你们的,我们是来救你们的。"肖晃忽然停下。"快走,别听他的,"曼蝉拉了肖晃一把,"他是齐彻。"肖晃说:"曼蝉,这个人是好人,他和你一样给我擦过脸,我听得出他的声音。"肖晃将孩子放在她怀里,猛地转过身子,上前抓着齐彻的手说:"齐先生,你是好人,我谢谢你。""走,快走,这里不是说话的地方,上我的船。"齐彻说完,拉着他们上了岸边一条船。

一进船舱,肖晃看到桌上并排放着一模一样的两块玉佩,其中有一块是他的。看到这两块相同的玉佩,他心里也突然有所悟。"你知道我和你是什么关系?"齐彻抓着玉佩问他。肖晃一下子就明白了,这一定是梦中的亲人,便趴在舱板上,朝齐彻磕头,喊道:"哥,你一定是我哥哥!"齐彻也叫了声:"弟弟。"他一把搂过肖晃,两人紧紧抱到一起。肖晃激动得失声而哭:"我一直在梦想能找到亲人……哥,在这世上我终于有一个哥了!"

见他们兄弟重逢,曼蝉惊呆了,傻傻地抱着孩子坐在船的另一边,把头埋得低低的。好一阵子,齐彻松开肖晃,又冷眼看了看曼蝉,问肖晃:"弟弟,你知道害死我们父亲的是谁?"肖晃站了起来,咬牙切齿地说:"谁?我要杀了他们!"齐彻冷言道:"是钮世诠。""钮世诠?"肖晃惊讶地转向曼蝉,"是你爹?""肖哥,你别相信他的鬼话,这不是真的,不是!"曼蝉有些害怕,她扑在肖晃的怀里,轻声说,"肖哥,别听他的,他跟我们有仇。"舱里的空气凝固了。

船在慢行,早已到南溪,向着京杭运河而去。肖晃终于推开曼蝉说:"曼蝉,我有权知道真相,对吗?就让我哥说。"齐彻利剑一样的眼睛直逼曼蝉,说:"钮曼蝉,肖钮两家的仇恨永远无法消除。我爱你姐姐,可是因为仇恨,我不会娶她。这血海深仇,让肖钮两家永无和解的可能。当初,是我父亲救了钮世诠,把他留在了身边,他却恩将仇报,向官府密告肖家藏匿禁书,致使肖家满门抄斩,血流成河……"他的话还没有说完,双眼已经含满了泪水。

肖晃的手指在颤抖:"哥,那我们哥俩是怎么活下来的?""我不很清楚。估计官府抓人的时候,妈为了救我们,被官兵砍死在绿杨楼,那摊血还留在肖宅的地板上,永远洗不掉。见了这血,我就恨由心起,下决心要报仇。""哥,孽都是钮太公造下的,曼蝉她们没有罪。"肖晃流着泪问,"哥,你说我该怎么办?""弟弟,我们已经夺回了肖家老宅,夺回了浔泰厂。"齐彻看了看曼蝉,对肖晃说,"弟弟,我们肖家不能和钮家发生任何关系。"肖晃大声说:"哥,不能!我爱曼蝉。爹妈的仇我记着呢,可我答应过曼蝉,我们永不分离!"曼蝉双眼充满泪水,她看了看肖晃,说:"肖哥,你不能这样说,齐先生是你哥哥,只要你俩好好活着,我走……""不,曼蝉,你是我的妻子,永远是,你不能走。"肖晃跪下,向齐彻磕头,"哥,我和曼蝉永不会分手。我谢谢你救了我,可是,我们不能分开……"他拉了曼蝉一下,"曼蝉,快叫哥呀。"曼蝉甜甜地叫道:"哥,齐哥……"

"我不是你哥!这么说,我们兄弟刚刚见面,就得分手?"齐彻像被人抽了一耳光,愤怒地向肖晃,"你真要和曼蝉在一起?""是的,我们已有了孩子,会永远在一起。"肖晃回答说,"哥,你若不能容我,我就走。一母同胞,骨肉之情,我忘不了,我们还是后会有期吧。"齐彻铁青着脸,大喊一声:"停船。"

船停稳后,肖晃带着曼蝉上了岸,两人抱着孩子向荒野走去。

南溪一年一届的蚕花庙会又到了,一支支船队装点着凉伞旗杖等,搭着彩台,首船上插着"南溪"的大旗,吹吹打打地沿着南溪而上,两岸聚集了许多观看的百姓。桑双是这支船队上的蚕花姑娘。在另一条岔河上,这只船队与另一支插着"菱湖"旗帜的船队相遇,两队乐手更加卖力地吹打,船台上各色戏曲人物纷纷登场,刀马旦也出来比试拳脚,引得两岸观众喝彩不绝。

这时,又有两只船划进埠,还没等船停稳,船上的人就起劲地表演起来,接着,化了彩装的男女花花绿绿地从船上下来,吹打手在前面,后面跟着一抬大轿,是本村选出的蚕花姑娘,再后面是各种历史人物,都搭成架子抬起来。当桑双乘坐的大花轿抬过来时,众人都发出一声声赞叹:"这囡囡好看,真像仙女一样!"

钮五阳带着小坯子也来赶会,找了个地方坐下喝茶。小坯子首先看到了桑双,便喊钮五阳:"二爷,你快看,这轿上的就是桑双!"钮五阳问:"谁是桑双?""二爷,你忘了,就是二奶奶要给你娶的妾。"小坯子说,"几次叫你去看,你都不去。""妾?我怎么不知道?"钮五阳不由得抬起眼看了看桑双,问小坯子,"就是她?"

正说着,桑双的轿子从钮五阳身边经过,她嫣然一笑,钮五阳不由得呆了。小坯子见状问:"二爷,这桑双是这一带出名的大美人,好看吗?"钮五阳心不在焉地回答:"嗯,好像在方丽那里见过……小家碧玉,倒也不难看,可比格格差远了。""二爷,我觉得她比格格好。""你懂个屁,大格格那脸相,那身段,是大家气度,皇家气派,一眼就让你神魂颠倒。""我怎么没觉出来?"小坯子伸伸舌头。钮五阳很不高兴地说:"你知道个屁!凤栖梧桐,乌龟对王八而已。"小坯子以为钮五阳骂他是王八,心里极不服气,嘟哝了一句:"二爷,谁是王八?"钮五阳笑了:"这是个比方,快去叫二奶奶吧。"

小坯子走后,钮五阳便顺着人流来到娘娘庙门口,在彩台下边看热闹。只见各村的十几个蚕花姑娘齐刷刷地站在彩台上,每人手里一只小竹篮,里面放了一篮小小的蚕花,等待那些善男信女在娘娘庙里敬过香出来时,向中意的蚕花姑娘要一枝蚕花作为吉祥物。很快,桑双的竹篮就见了底。这时,钮五阳走到桑双身

第 12 章 辑里湖丝

边,问:"最后一朵,可以给我吗?"桑双看了看竹篮,抱歉地说:"二爷,没有了呀。""在这儿!"钮五阳突然伸手从桑双的鬓角上拿下最后一朵,向众人展示,众人大哗。南溪的人大声庆贺起来:"我们赢了!"

那晚,肖晃下船后就失去了踪影。齐彻有些后悔,他念念不忘,多次派人出去找肖晃,想让他回到身边,可是肖晃如泥牛入海,一直不见。有一次,齐彻听说肖晃在织里,他亲自去找了好几天,还是一无所获。当他拎着箱子回来时,见墨琴在花园里坐着等他。

"你回来了。"墨琴站起来,不无怨气,"你一去这么多天,我一个人在大宅子里住,快闷死了。找到肖晃了吗?""没有,真怪。"齐彻灰心地说,"我刚找到弟弟,却又没了。"墨琴说:"还不是怨你?肖钮两家冤冤相报,何时是了?""那不行,我的良心不会答应。父母生我,此恩此德剔骨断肠也难以报答。"齐彻显得十分激动。"我知道你为什么不娶钮方丽了。"她见齐彻激愤的样子,又说,"其实我知道,你还爱着她,就是这道仇恨的高墙隔开了你们。"齐彻抓住她的手说:"墨琴,不说这个。我喜欢你,真的。""齐彻,既然你喜欢我,为什么我们还不结婚?"墨琴不高兴地甩开齐彻的手。齐彻想了想说:"墨琴,乱世春秋,多灾多难,你让我忙过这一阵吧。结婚是件大事,要好好准备一下。""齐彻,我告诉你,我不喜欢西式婚礼,我要中式的,带点儿皇家气派,气死钮五阳……""且慢,你说什么?我们结婚,跟钮家有什么关系?""你还不知道?钮五阳要娶妾了,我们不能比他晚!""你心里还是忘不了钮五阳。"齐彻一阵失望。他似乎明白,墨琴丢不下钮五阳,而他心中也丢不下钮方丽,只是那仇恨始终在他的心里化解不开……

节妇仗着上海督军卢略的势力，垄断了南溪的丝市，齐彻的"齐氏浔泰丝绸厂"生丝原料一直不够用。常亮虽然四处收购蚕茧，设立蚕桑基地，但杯水车薪，货源始终紧张。齐彻一急之下，派出了许多员工去收茧，能收多少是多少，他自己则去凤宝银楼找胡碧容。

齐彻走进银楼，伙计开了侧门引齐彻上楼。齐彻沿着老式楼梯直抵楼上，看见节妇坐在一只大账桌前，手捧着精巧的铜手炉烘手，边上一只火炉上放着陶壶，正在煨茶。"大少奶奶真是好雅致。"齐彻说，"多日不见，没想到，大少奶奶虽是守节多年，越老越青春焕发了。""怎么，齐大掌柜，这附庸风雅的事，只你们男人做得？"节妇觉得他是奉承自己，心里很高兴，让飞红为齐彻斟茶，又说，"你是说我人老珠黄，还是说我老来不守妇德？不过我知道，这也算是你的一句恭维话。"齐彻说："大奶奶，不恭维不行，我们已经断顿了。"节妇当然明白齐彻此来的目的，但她故作不知："大掌柜，无事不登三宝殿，有事就直说吧。"齐彻说："我是来要生丝的。"节妇脸色略变，说："生丝紧张，我也没有。"齐彻知道她想涨个好价，可又不能与她撕破脸皮，就说："好丝都在你手里，你不给我，我怎么办？""你问我？"节妇突然笑了起来，好一会儿才停下，"那就关门卖厂。"齐彻被弄得莫名其妙，问："卖厂？谁要这厂？"节妇突然站起身来，说："我。"

齐彻摇头："你们钮家的人好像都不正常，去年你们疯了似的要把厂卖给我，怎么，今年你又想收回去？""彼一时也，此一时也。"胡碧容一字一句地说，"我实话告诉你，第一，你的06葛秘方在我手里；第二，我的一级生丝多得压库，我得把它们用出去。"齐彻见她撕破脸皮这么说，只得退了一步说："我缺的就是原料，你有库存卖给我就是，贵一点就贵一点，我好坏都要，这总行了吧？""不行。因为有人不愿意你的06葛抢他们的生意。"胡

第 12 章 辑里湖丝

碧容一字一句地说,"你明白,这厂本该是日本人的,去年你抢先了一步。"齐彻有些不解,问:"那你生产06葛,日本人就愿意了?"胡碧容点了点头说:"当然,因为我们订了盟约,日本人会包销的。""卖厂绝对不行,我不卖。"齐彻冷静地说,"不管是肖家还是钮家,这厂总归是中国丝绸的一个品牌,卖给日本人,中国丝绸还有脸吗?我是会长,我不同意。你们垄断生丝,我要去上海总商会去告你们。""齐大掌柜还真是爱国,不过爱不爱国都一样,这厂不出几天就会倒闭。"胡碧容冷笑着说,"别告我,告卢大帅去。"齐彻十分愤怒地说:"你以为我不敢?我会到民国政府去告!"说完拂袖而去。

桑双在蚕花庙会出尽了风头,也带动了钮方丽服装传习所的生意,每天来传习所定制时装的人越来越多。方丽也很看重桑双,把她当作自己的亲妹妹一样看待,但是她不知道,有一个人已留意上了桑双,这人就是钱惠。钱惠想用桑双来留住钮五阳的心,特别是在蚕花庙会那天,她觉得钮五阳对桑双很满意,这更增加了她的信心。

这天,钮方丽将一块美丽的丝绸裹在桑双身上,让她展示衣料的特点。钮方丽指点着,对学员讲授这绸料的制作要点。钱惠走了进来,坐在学员中,一眼不眨地看着桑双,直到那些学员下课后,她才站起来。钮方丽刚想走,见座上还有人,仔细一看是钱惠,忙问:"嫂嫂,你怎么来了?""我来听了半天了。"钱惠顿了顿说,"方丽,我有事找你。""找我有事?"钮方丽有些惊讶,拉着钱惠进了小缝纫房,说,"嫂嫂,都是自家人,你客气什么,有事尽管说。""你一定舍不得答应。"钱惠说,"妹妹,嫂嫂要你先答应我。""嫂嫂,我有什么舍不得答应?"钮方丽问,"只要方丽有的,嫂嫂只管开口,我决不会不答应的。""这样就好。"钱惠这才笑了,"方丽，听我慢慢说。你二哥这段时间心情不好，总想着那位格格，心神不定，不过总算是在家里呆定了，我倒过意不去。你想，我也算是对不起钮家的，只给你二哥生了一个闺女，要是我生个儿子，也就不想别的了……"钮方丽耐心地听着，可是钱惠说了半天，还没说出是什么事，就问："嫂嫂绕了好大圈子，到底想要说什么？""我向你要一个人。"钱惠终于说了出来，"我要桑双。"钮方丽顿时明白过来，问："你要桑双给二哥做妾？"钱惠点点头："你放心，嫁到嫂嫂这里，我会像亲妹妹一样对她。""这我倒是相信，可桑双……她不会听我的话，她家里有个母亲。"钮方丽说，"还有，如果桑双不同意呢？"

"我去过她家了，她母亲说，桑双就听你的。"钱惠有些伤心地说，"大妹，我也就是担心这个，所以嫂嫂求你了。我还怕你二哥不喜欢桑双，这回蚕花会上，他总算点头了。我想，只有找一个他喜欢的女人，让他宽宽心，忘了大格格，这个家才有安宁。爹又死了，现在谁也管不住他，你说我能怎么办？"钮方丽见钱惠一脸的伤心无奈，只好说："嫂嫂，我帮你说说，只要桑双同意，我不会拦她。"钱惠说："那太好了！妹妹，事情如果成功，爹在九泉之下也会谢你，他是被格格气死的，我想现在也只有用桑双来治格格了。"钮方丽低下头说："好吧，被你这么一说，我心里也不好受。我们兄妹几个日子都不好过，我独身，曼蝉又不知何处去了，二哥和你应该过得比我们好，你这么喜欢我哥哥，为他付出这么多，实在是叫我感动……我会去劝说桑双，不过，她同意不同意我不好说，听说桑双喜欢上了齐先生手下的常亮……"

常亮去上海收购蚕茧回来，刚下船，桑双就追了上来。她知道母亲要把她许给钮五阳做妾，心里十分焦急。钱惠也来过了，要她尽早过门。可是一方面她爱常亮，一方面母命难违，她只好找常亮商量一个对策。因为厂里缺蚕茧,开不了工,常亮急如星火,齐彻也急着找他,他以为桑双不过想和他在一起说说话,就没有太理会,只是说:"桑双,现在我有急事,很重要的事,等一会儿完了事我去找你。"说完,直奔厂里。桑双在传习所等了一夜,也没见常亮的人影,气得她直跺脚,喊道:"当了总账房,就这么牛性!"

常亮在厂里开了一夜的会。他到处找人,总算有消息来,说在苏州宁绍会馆收到几船生丝,看来也最多可用一个月。"先用着再说吧,我已告到了北京政府,也正式向上海市政府提交了抗议,要求卢略停止垄断性收购蚕茧。"齐彻也有些无奈,但他坚定地说,"这次,我们跟钮家斗到底了。北京实业部的朋友也发来电报,政府正派人前来调查,看钮五阳仗着卢略,还能横行几天!""我知道,昨天上海的报纸也登了,新闻界对我们还是很支持的,看卢略敢不敢干到底。"常亮想起什么,从身上掏出一个蚕种包,说,"大掌柜,我在上海碰见肖晃,他托我给你带回这个。""这是什么?"齐彻接过蚕种包,问,"肖晃他住哪儿,你知道吗?""他没告诉我。"常亮说,"这是你弟弟培养出的优质蚕种,叫'莲心种',这蚕出茧不大,但丝纹极细,可分九到十一条经,是目前最好的经丝。""太好了!中国古代的丝绸薄如蝉翼,柔若无物,如果肖晃的莲心种能解决这问题,我敢说,我们的丝绸就可以天下第一了!"齐彻终于有了一点安慰,顿时兴奋起来,说,"莲心种可以作为我们蚕丝基地的主打品种。""好!"常亮说,"我马上安排人去育种。"常亮终于忘了与桑双见面的事。

钮方丽不愿意违背苦命嫂子的要求,就答应了她。这样一来,桑双就无可选择了。喜庆的日子到来时,钮方丽把一套西洋人的婚纱给桑双穿上,说:"这是西洋人结婚时穿的婚纱,你穿过好几次,很漂亮,这次可是真的要嫁人了。"钮方丽叹了一口气,"桑双,我舍不得你走,可是我哥既然喜欢你,你就到钮家吧,这样我们就成了亲戚。我嫂子人挺好的,她不会欺负你。"可桑双心里还想着常亮,她说:"姐,我不想穿婚纱,也不想出嫁。"钮方丽问:"为什么?二爷不好?"桑双忙答:"姐,不是不好,二爷是个好男人。""噢,那你是为什么?你到底是愿意还是不愿意?""不为什么,"桑双低着头说,"不愿意又怎么样!""为什么?因为常亮?"钮方丽问。"别提常亮了。自从他当了总账房,我们没见过几次,前天我在厂门口拦住他,他还是没空理我。看来我就是个当妾的命!"桑双长叹了一口气,又抱住钮方丽,"姐,我舍不得走,舍不得离开你,我想陪你一辈子。""女孩大了总是要出嫁,别像我,单身一人,过得多凄凉。"钮方丽拍着桑双的肩,"你要是能给我哥留下一脉,也算是对钮家做了贡献。"说完,也忍不住掉下了眼泪。她现在还是孤身一人带着儿子铁儿,又有谁来安慰她呢?

第二天一早,服装传习所的门前响起了锣鼓声,接桑双的花轿到了。钮方丽扶着桑双上了花轿,在鞭炮喜乐声中,沿着南溪河边的石板路,桑双被抬入了高耸着风火墙的钮家。门前围着许多看热闹的人。也巧,常亮正和一个工友去码头,冷不丁被人碰了一下。常亮拉住那人问:"看你急的,谁结婚?""噢,是钮二爷娶妾。"那人答道,"新娘子是今年的蚕花姑娘,漂亮极了。""是桑双吗?"常亮听得是蚕花姑娘,心里顿时一惊,感觉一股酸酸的味道在心里汹涌,他挤上前去……

钮府的喜庆气氛虽然很浓,钮五阳却是一脸的木讷,他任由人摆布,让桑双来拜他。而挤在人群中的钱惠抱着娟娟,眼里流出泪水,不知是幸福还是悲哀。举办了纳妾仪式,钮五阳还是木木的,随着众人来到宴会厅。酒过三巡后,他与桑双一起向来宾敬酒。宾客敬酒,钮五阳都是来者不拒,大杯大杯地喝下去。钱惠

第12章 辑里湖丝

很是担心地看着他。当钮五阳又一次举起杯时,钱惠看不下去了,就上来劝道:"二爷,你大喜之日,要少喝点……"一位宾客见状,说:"哎,二奶奶,今天可不行,今天你不能管他,要是喝不痛快,还叫什么娶亲!""说得对,来来来,再干……"钮五阳说完,举杯一饮而尽……

直到很晚,宴席才散了。钮五阳被人搀扶着走进房间,桑双端坐于床前,一脸秀色,美得像画中人一样。钮五阳醉了,连看都没有看新娘一眼,就醉倒在床上。桑双不敢擅动,梦蚕进来帮着钮五阳宽衣解裤,钮五阳却半睁着眼推开梦蚕,嘴里含糊不清地说:"你别管我,叫二奶奶来侍候我。"梦蚕说:"二爷,今天你大喜,二奶奶不能过来,这是规矩。""规矩?好……那我不脱了。"钮五阳说着翻身倒下。梦蚕见状,对桑双说:"姨太太,今天是你的大喜日子,你侍候二爷睡,行不行?""我,我没侍候过男人……让我试试……"桑双慌乱地说完,就笨手笨脚地为钮五阳宽衣,解了半天也没有解开钮五阳衣服上的八宝环扣。钮五阳在醉中一甩手:"你笨,你不会侍候人,去叫二奶奶……"说着,摇摇晃晃地坐起来,向外走去。

常亮知道桑双做了钮五阳的妾,整个人都萎靡了下去,好像矮了一截。他挤在人群里,看着桑双幽幽地走出轿子,心都碎了。齐彻安慰了这个忠心的手下后,来到墨琴的房间,见她正在房间里用油灯照着一盒小蚕,纤手拈着一叶青桑,用指尖揪碎撒下喂蚕,便问:"墨琴,你在干啥?""你看,"墨琴捧过养着蚕的纸盒,"这是我向常亮要的小蚕苗,说是什么莲心种。""小蚕很可爱,不过,常亮今天很伤心。"齐彻看了看说,"因为他爱的桑双今天嫁给了钮五阳。""钮五阳真的讨妾了?今天?"墨琴听了似乎很失落,她痴痴地说,"我是不是该送份礼?""他没告诉你?

也许他不会再来纠缠你了,因为他又有了新的美人。"齐彻觉出了墨琴脸色的变化,"你没想不开吧？""我？怎么会？"墨琴苦笑着说,"只是我觉得他待我还不薄,尤其是冒死去北平救我那回。人总得有良心,你说是吧？""有道理。墨琴,早点睡吧,我走了,明天还有事。"他说完转身要出去,墨琴却抓着他不肯放:"不,不要走,今天陪陪我。"齐彻又坐下来,问:"你怎么了？""心里乱乱的。"墨琴靠在他身上,这时,门突然被人敲响。齐彻悄声问她:"谁,这么晚了？"墨琴起身过去开门。门开了以后,钮五阳醉醺醺地冲了进来,对着墨琴叫道:"格格,你怎么不来吃酒？我想和你喝一杯……"墨琴没有想到他在新婚之夜还会来她的房间,心里一阵激动,但没有表现出来,只淡淡地说:"二爷,这是你新婚之夜,怎么把新娘子扔家里了？齐先生,叫人送二爷回去。"齐彻刚要叫人,被钮五阳拦住:"慢,让我呆一会儿,就一会儿,你不介意吧……"墨琴见他那副样子,心里好像突然被人割了一刀:"二爷,你讨得美人归,是大喜,我们该祝贺你,你要是愿意,让我们喝一杯,祝贺你娶了个美貌的女子。"钮五阳伸手要酒,说:"行,大格格,喝酒!"墨琴拿出酒瓶倒了酒,一共三杯,她交到钮五阳手里说:"二爷,为你燕尔新婚,也为我和齐先生即将举行的婚礼,干杯!"

钮五阳接过酒杯,双手颤抖着,把酒洒了一地。突然,他把酒杯扔在地上,人也坐倒在地上,哇的一声号啕大哭起来。齐彻放下酒杯,想把钮五阳从地上拉起来,可是他忽然死死地抓住齐彻不放,大声说:"齐彻,不管我和你是敌人还是朋友,当着格格的面,你要老实地告诉我,你是不是真的爱格格？""这是我们两人的事,我无须告诉你。"齐彻说,"你喝多了,等你酒醒的时候再来吧。"钮五阳揪着齐彻胸前的衣服吼道:"不行,今天你必须告诉我!"墨琴挡着他说:"二爷,今天是你的大喜,你别闹了行不行？"

第12章 辑里湖丝

钮五阳哭了起来:"什么大喜,狗屁!格格,只有你嫁给我,才算得上大喜!"墨琴幽幽地说:"二爷,说这些没用,一切都晚了,你享了齐人之福,已有一妻一妾,我和齐先生也即成良缘,过去的事不要再提,让我们好好做朋友吧。"钮五阳听了这话,就站了起来,他看着齐彻:"告诉你,我钮五阳一辈子爱着格格,为了她,我会去拼命,会去死!你要好好待她,如果你亏待了她,我会和你玩命!"说完,他用力推开齐彻和墨琴,摇摇晃晃向外走去。屋子里的两人都不说话了,墨琴忽然掩面哭泣起来。齐彻摇摇头,走了出去。

钮五阳醉醺醺地回到钮府,他并没有进新房,而是蹲在回廊上,捏着只小酒壶喝个不停,似乎在哭,不停地用胳膊抹着脸,头顶上的那一排红灯笼在风中摇摇晃晃,也似乎在为钮五阳的痴情鸣不平。三更了,节妇带着飞红提着灯笼走过这里,见钮五阳在哭,停下来问:"老二,新婚大喜,哭什么?进新房呀。""别管我,谁也别管我!"钮五阳抹了抹眼泪说,"我难过,我不服,为什么好事都被齐彻一人占了?""不服,不服有什么用?"节妇叹道,"老二,不是我看不起你,你斗不过姓齐的,你败了,两强相遇勇者胜,齐彻是你的克星,这辈子你就是输在他一个人手里。""大嫂,你说我该怎么办?"钮五阳突然来了精神。"你要听我的,就有办法打败姓齐的。"她露出了凶狠的目光,"你走,去上海找舅舅,马上就去,只要舅舅帮你,齐彻算个屁,灭了他就跟捏死一只蚂蚱一样!"钮五阳振作起来:"好,我去,明天就去!姓齐的,我要你死!"在黑暗中,他的声音显得那么无力,那么凄凉……

第二天一早,钮五阳不辞而别,带着一大堆无锡大阿福到了上海,找到了圆头大耳的卢略。卢略对钮五阳带来的礼品非常满意,询问了钮五阳一些情况。钮五阳趁势告了齐彻一状。他告诉卢略，齐彻是钮家的仇人，是南溪一个与洋行关系密切的工厂主。卢略听说过齐彻，知道他去北平告过自己，他骂道："这狗东西，敢到北京告我！不就是个蚕茧市场吗？想跟我作对，他死定了！"钮五阳乘机吹捧了卢略一番，然后问："舅舅，我这次是想投靠你。""我知道。"他笑着，"五阳，你是该做点事了，不然，人就废了……我最近在四川没收了一批鸦片，想把这批货弄到江浙卖了，是一大笔钱呢！我必须找个可靠的人，所以非你不可。你帮我跑一趟四川，把货接来。""鸦片？"钮五阳一惊，想了想，"我去？谁和齐彻那小子斗……""别忙，五阳。"卢略顿时了顿说，"我弄死齐彻，就像捏死一只跳蚤。"钮五阳一听，笑了，说："愿为舅舅效命。"

钮五阳扔下娇美的桑双，不辞而别去了上海，没几天，又捎信回来说他要去四川。桑双独守了几天空房，这天，她再也受不了被抛弃的感觉，来到服装传习所，伏在钮方丽怀里痛哭起来。钮方丽得知详细情形后，惊奇地睁大眼问："什么，我哥没有碰过你？那为什么要娶你？"桑双摇头说："我不知道，不知道。他第二天一早就去了上海，昨天让人传信回来，又说是要去四川。"说完又埋下头，伏在钮方丽怀里轻轻啜泣。"别急，桑双，等我哥回来，我问问他。我们女人就是命苦……桑双，大姐对不起你。早知这样，你还不如跟了常亮。他昨天来过，知道你嫁人了，非常伤心，他是真心爱你的。"桑双抹净了泪，说："小姐，别告诉常亮我的事。你放心，我会好好地呆在二爷家里，规矩做人，侍候好二爷。"钮方丽替她擦着泪："桑双，你也算是苦命，我原以为我哥他喜欢你，会对你好，没想到……他心里还是有格格！"

桑双从钮方丽处出来，走到小巷时，突然常亮从后面追上来。她一回头，见是常亮，心中一酸，加快了脚步。常亮追了上来，说:"桑双,我有话对你说……那几天我真是很忙,工厂停工待料,款子打不过来,多急人哪,都怪我没去找你……"桑双边走边说:"常哥,现在说什么也晚了。当初我找你,是想告诉你这事,可是你没空,也没有来,我只好嫁给二爷了。"桑双站下来,看了看常亮,一双俏眼里满是委屈,幽幽地说,"常哥,这辈子我们无缘,我嫁了人,你再另找个好的吧。"常亮一脸的伤情,说:"桑双,我谁也不找。"桑双见常亮吐露真心,眼泪再也忍不住流了出来,她抽泣着说:"别傻了,你要等我只有下辈子……但愿下辈子我别这么命苦!"常亮一把拉住她:"他要是对你不好,你离开他。"桑双凝咽不语,突然猛地挣开了常亮,说了声:"晚了!"扔下常亮,独自穿行在悠长的小巷里。

常亮将从肖晃那里带回的莲心茧送到了基地,很快就出蚕结茧了,经过推广,做成了最新的绉料。英商凯伦先生看过样品后,马上要和齐彻签包销的合同。可是,莲心种推广后,还来不及大量生产,生丝跟不上。齐彻正与常亮商量扩大生产,一职员进来禀报,说钮大小姐来访。齐彻皱了皱眉头说:"是钮方丽?她可是好久没来了。"常亮看了看齐彻说:"大掌柜,就叫她进来吧。"齐彻点了点头。顷刻,钮方丽一身旗袍,庄重而高雅地走了进来。常亮端上茶来,自己退了出去。齐彻很客气地问:"钮小姐有什么事吗?"钮方丽没有说话,递给齐彻一张《中华工商报》,上面登着:"大总统徐世昌批准中华工商界参加在巴拿马举办的万国博览会。"齐彻的眉毛一扬:"万国博览会!"钮方丽说:"你应该参加,听说你的06葛在南洋击败了日本人的野鸡葛,如果用06葛参展,肯定会获奖。""钮小姐消息灵通,说得不错。"齐彻不冷不热地说,"可是你不知道,我们现在还有更好的产品,绝对世界第一!"钮方丽顿时一喜,问:"真的?那更值得祝贺了。"齐彻话不多,钮方丽也没有多说,两人一下子又冷下来。过了一会儿,齐彻开口问:"你现在过得怎么样?"钮方丽一怔:"我?我现在身无分文,莫名其妙就成了穷人,不过我带着孩子过,谁也不求。"齐彻带着讥笑说:"是啊,很难想象,江南大富豪钮世诠的女儿,会过这样的清贫日子。"钮方丽站起来:"你不会是幸灾乐祸吧?"齐彻冷笑道:"我敢吗?当年我们肖家遇难的时候,幸灾乐祸的人倒不少。"

钮方丽突然爆发了:"齐彻,你怎么会说这种话?过去那些陈年旧事成了你的心病,你背了多大的包袱?齐彻,你原来不是这样的,你原本富有同情心、善良、正义,是世界上最好的男子汉,我喜欢过你……你有事业心,是办企业的天才,企业成功了,可你人却变了,变得野蛮,变得没有人味,我不敢相信现在的你就是原来的齐彻!""你说对了,这就是我!我姓肖,你才知道吗?""好了,我是多此一举,以后不会再来求你。"说完,钮方丽平静地走了出去。"钮方丽,你用不着哄我,我又不是三岁的孩子!"齐彻冲着她的背影叫道,可她快步走了。他说不上是痛快还是悲哀,愤愤地用力将手里的杯子摔到地上。

常亮听到响声,马上跑进来问:"大掌柜,怎么了?"齐彻指着常亮的鼻子:"常亮,你去通知门卫,以后不许让钮小姐进来。"常亮叹道:"大掌柜,又怎么了?我看钮小姐以后不会来了,她是个很有自尊的人,今天她来,是为我们好呀。""常亮,你存心想和我作对?"齐彻怒气未消,等了一会儿才说:"她送来了一张报纸,建议我们参加巴拿马的万国博览会。""所以说,大掌柜,我绝对认为钮小姐是好意。"常亮见他不语,又问,"大掌柜,巴拿马世博会我们参加吗?"齐彻想了想,答道:"当然,我要让世界各国都知道中国丝绸是最好的。"常亮又问:"我们送什么参展?"齐彻抬起头来,说:"辑里湖丝。"

第 12 章 辑里湖丝

一个月后，齐彻带着湖丝去了巴拿马。

肖晃带着曼蝉来到上海，在闸北租了一个亭子间。为了一家人的生活，他去藤也的工厂扛麻袋，每天早出晚归。回来看到妻子和女儿时，他感到了人生的幸福。

有一天，肖晃戴着鸭舌帽，缩着肩，与一个同班的工友边走边说着，从日本株式上海会社大门里走出来，刚到街口，听到背后有人喊他："肖哥！"肖晃回头一看，吓了一跳，原来是他旧日的土匪部下刀疤阿三。刀疤阿三走上来，很亲热地说："肖哥，你让我们找得好苦，老大来了，他要见你。"肖晃一惊："怎么，老大也来了？"肖晃跟着阿三来到一家客栈。六指头在里面，正趴在妓女的肚子上打牌，见肖晃进来，拍着妓女的肚皮说："你们出去吧。"一名妓女浪笑着抓住六指头不肯走，刀疤阿三老鹰抓小鸡一样，拎着她走了出去。肖晃怯生生地喊了声："大哥。"六指头坐好了，从头到脚打量着他，表情很怪："阿晃，你这身打扮，叫我认不出了。我原以为你娶了钮大户的女儿，会过上好日子，可你看你，不是在山里养蚕，就是要被人砍头，现在又去给日本人打工，都是苦日子，这么熬着有什么劲？回来吧，我少个帮手，山上没有你不行。"肖晃摇了摇头，说："大哥，我们不是已经了结了吗？"六指头突然发怒道："了结？不错，可你回去问问你媳妇，当初是她找到老虫岛，说只要救出你，让你干什么都行。阿晃，我告诉你，那天你被捆在通济桥上要砍头，为了救你，小五和钱八都死了。你今天活得好好的，就不想想为救你而死的兄弟？没有他们，你活得到今天？"六指头缓了一口气，"阿晃，回山寨！现在就跟我们走。"

"恕小弟不能！小弟如今有家有小，已没脸在江湖上行走。大哥，你就饶了我吧。"肖晃向六指头跪下，"大哥，小弟在九泉之下衔草结环，也要报答你。""别在九泉之下，说话吉利一点好不好？"六指头腾地拍桌站起，"阿晃，两个兄弟的血不能白流。我告诉你，如果你有良心，马上就跟我走；如果你不走，就是看不起我六指头，今生今世，你就是我的仇人。""大哥，小弟真的不能！天地有耳，我发过誓的！我走了，叫曼蝉她们娘俩怎么过？"肖晃站了起来，脱了衣服，伸出头说，"大哥，生死之情，我肖晃没齿难忘，可是我发过誓再不回江湖，我不能改口。大哥，我的命早晚是你的，随你处置，我不会喊冤，愿杀愿剐都行，就算我报答你了。"六指头拍着桌子怒道："你这是干什么？欺负我胆小？我告诉你，肖晃，这是上海，在这儿我不想取你的性命，兄弟们冒死把你救出来，不是为了杀你。肖晃，你听着：从今天起，你我不再是兄弟。我不杀你，也不骂你，不过，这么多年的交情，今天就算完了！从今以后，天高任你去飞，海阔任你去跳，各走各的，我们没账、没缘、没情。你记着，下回别管发生什么事，都别来找我，不要惹我……我六指头算瞎了眼，认了你这么个兄弟！"肖晃跪在地上喊道："大哥……"六指头扭过头不再理他。肖晃又转向其他土匪，喊道："各位兄弟……"其他土匪也不再理他。肖晃缓缓转过身，痛苦地向门外走去。

辑里湖丝获巴拿马金奖的消息很快就传到了南溪，这回可忙坏了墨琴，因为齐彻走时说过，等他回来立刻与她举行婚礼。墨琴喜欢中式的、带点儿皇家气派的婚礼。眼看大喜的日子不远了，墨琴来到服装传习所，想让方丽帮她设计一套宫里大福晋的服装。她来到所里，方丽却不在，设计室里，她发现案子上有绣好的鸳鸯兜肚，很精致，不由得看出了神。这时方丽回来，她便问："好漂亮的兜肚，给谁绣的？""我绣着玩的。你找我？"方丽脸红红的。墨琴说："方丽，我要请你为我做一件婚服，宫里大福晋穿的那种，我和齐先生准备下个月结婚。""你和齐先生结婚？"钮方丽一听，顿时脸像纸一样白，但还是忍不住想证实一下，"和齐彻？你们定下了？""当然，我骗你干啥。"她看着方丽，脸上露出了得意的笑容，"其实这个男人我是拣来的，因为我一直以为齐先生会娶你。""你好福气，男人都喜欢你。"方丽背过身去，尽量不让眼泪流出来，"我和齐先生没有缘分。""话不能那么说，我看你还是挺想着他的，前些天，你不是还去找过他？"她一脸得意的样子，"你送了一张报纸，让他去参加博览会，他很听话，带着他工厂生产的辑里湖丝去了。听说他回到了上海，听说还获了个巴拿马大奖，马上就来南溪了。"

"是，获奖的事我也知道，报纸上登了。厂里这几天不是一直在放鞭炮庆贺吗？"钮方丽听到这话，平静下来，"我很高兴，齐先生会成功的。""钮小姐知道的事比我多。"墨琴也笑了笑，又问，"钮小姐，你为什么一点也不恨他？"方丽低头不语，墨琴却追问道："你说话呀！"钮方丽被她问得心里十分难受，转过身说："放心，墨琴，你的大福晋婚服，我会尽全力为你做好。""那好，不耽误婚礼的话，我会重谢你的。"墨琴脸上露出胜利的笑容……

沪上工商界为辑里湖丝的获奖在上海凯伦大酒店里举行庆祝酒会，国内商界的名流都到了，还来了不少的记者。齐彻发表了热情洋溢的讲话，他最后结束道："丝绸是中国发明的，湖丝天下第一，会在我们手里重现光彩。谢谢诸位！"话音刚落，下面响起一阵雷鸣般的掌声。戴着瓜皮帽的商会会长王一亭咳嗽着说："下面是记者招待会，请记者提问。"齐彻西装革履，风度翩翩地站在主席台上，众记者围了上来，七嘴八舌地提问。一记者问："请问齐先生，获奖后你下一个目标是什么？"齐彻答道："我们会不断推出新研制的湖绸，去参加五年后的纽约博览会，我相信也一定会获奖。"另一记者提问说："现在日本的野鸡葛占了中国市场很大的份额,齐先生,你对这个问题怎么看?"齐彻自信地一笑:"放心吧,我们已生产出了04和06葛,而且还将研制07葛,对比日商产品,将更有优势。""会打倒野鸡葛吗?""货比三家,顾客自会选择,竞争应该是自由的。"一小报记者突然问了一个让他难堪的问题:"齐先生,恕我冒昧,听说你与钮方丽钮小姐有一个私生子,是真的吗?"齐彻脸色不快,冷笑着说:"这是胡说,是不负责任的胡说!是哪一家小报造谣?我会控告它!"记者答道:"是钮家自己说的。"齐彻大声说:"这完全是子虚乌有。现在我将宣布一个消息,本人即将与林墨琴小姐结合——我想,这就是这谣言的根源。"另一记者紧追不放:"齐先生,你话里的意思是,因为你要和林墨琴小姐结婚,钮小姐嫉妒你,故意中伤你,才这么说,是吗?"齐彻冷冷地说:"答案并不难找,你们自己想吧。"还有记者问:"请问齐先生,林墨琴小姐就是当年密韵楼的红倌人格格,是吗?"齐彻脸微微一红,情急之下有些结巴:"就、就是格格,怎么样?"记者尖刻地问:"齐先生,你是著名的企业家,她是红遍上海的妓女,就像是洪大状元和赛金花,你们会有共同语言吗?"齐彻终于忍无可忍,大声说:"我抗议!"说完,他匆忙离开主席台,走向门口,可是记者一直在后面追着不放……

第13章
河　灯

　　钮五阳穿上了军服,卢略给他一个少校的军衔,于是,他带了十几个兵,连夜出发了。经过十几个昼夜,一身烟土味的钮五阳终于把一船上好的鸦片运回了南溪。他疲惫不堪地从船上下来,指挥着军士将货物全部搬进丝行埭钮家的仓库。

　　他顾不上睡觉,连夜敲响了雁影楼的大门。节妇听到敲门声,让飞红出去看看是谁。飞红刚把门开了条缝,钮五阳就闯了进来。节妇没有好声气地问:"老二,你这是干什么?深更半夜闯我的住处,你嫂子可是个节妇!"钮五阳大咧咧地坐在椅子上,说:"嫂子,还吹什么节妇?这年头,过时了。船刚到,我累得跟狗似的,告诉你……"他见飞红还呆立一边,对飞红喝道,"飞红,一边去。"丫头出去后,节妇问:"什么事?鬼鬼祟祟的!""大帅让我拉来了一船鸦片。"他悄声说,"是军队没收的,他让你处理。""鸦片?这……这可是掉脑袋的事。"节妇一惊。钮五阳说:"鸦片值大钱,虽然危险,不过有舅舅这把伞撑着,你怕什么?"节妇问:"真的很值钱?""那当然。嫂子,货我安全送到,剩下的事归你,你马上去人验货、出货。卖了货,你和舅舅分账,我不管了。明天我就回上海。"钮五阳交代清楚了,起身想走。节妇却拦住他:"急什么?我告诉你,你不在,齐彻那小子火了,他弄出什么辑里湖丝,获了什么洋人的金奖,你知道吗?"钮五阳摇摇头。节妇说:"你看,做生意你不如人家,连自己的马子也跟人家跑了——听说格格马上要跟姓齐的成亲了!""钮五阳脸色铁青:"我投军就是为了格格,我不会这么便宜他!"节妇说:"你斗不过他,只有让大帅出招。""现在没有办法,徐大总统的特使在上海,大帅不敢有大动作,等特使走了,有他的好看。""真的?你在舅舅身边,替齐老板'美言'几句,好让他早点完蛋。"

临出门时,节妇看着钮五阳身上的军服,虚情假意地说:"老二,你穿军装真神气……舅舅封了你个什么官?"他回答道:"少校副官,管他身边的事。""哦。"她应了一声,鼓励说,"好好干,往上爬一爬。我看你不是做生意的料,还是当兵吧!""我走了。"钮五阳哈欠连天,没等节妇把话说完,就走出了雁影楼。

月光如水,桑双在房间里,隔着窗户看见钮五阳走来,她轻轻地起了床,到门前把门栓打开,等待钮五阳进来。可是钮五阳走到她门前,只是停了停,却向钱惠的房门走去,并敲响了钱惠的门。桑双将房门闩紧,回到床上,放下帐子躺下。这时,一只猫在夜里凄凉地叫着春……

节妇躺在美人榻上,毛狗正替她梳头。他确实是一个懂得主子心思的下贱胚子,只梳头这一招,就能让节妇舒畅开颜。她摊开四肢,略敞着怀,闭着眼,任毛狗的大手狗舌一般舔过头发。他抚着节妇干枯的毛发:"大奶奶,好久没侍候你了,手生了,还舒服吗?"节妇心里舒坦,嘴上却酸:"毛狗,你除了砍头,就是梳头,还吹什么。"毛狗说:"奶奶,女的里头,毛狗就为奶奶梳过头,男人的头我梳过、刮过、砍过,这不一样。"她皱了皱眉头:"我不许你提杀人的事!我不爱听。我问你,那批货怎么样?""奶奶是说鸦片?都进仓了。"他把嘴附在节妇耳边悄声说,"奶奶,太好卖了,想不到这么好卖。鸦片这东西,前几年多的是,不值钱,现在政府一禁,有瘾的怎么办?到处求人,价钱涨了几倍都不止。才几天哪,货就去了一大半。"节妇说:"真的?好,这钮五阳够傻的,冒死运来的货,却撒手给了我们。卖鸦片有什么可怕?舅舅是挑我们发财呢。""不过……"毛狗欲言又止,"奶奶,这东西得小心,得

第 13 章 河 灯

防人家知道。别人不怕,就是那个齐彻,我们的仓库跟他的厂太近了,那边好像有人在盯着我们。我出货的船总是碰上他们,看大门的总是站在门口看着。""那你小心点,这个姓齐的,必须将他赶出南溪……"

毛狗说:"这个人是我们的对头,我们搞不赢,只有让舅爷出手了。"节妇哼了一声:"舅舅现在腾不出手,还是你想招吧!"毛狗突然想一件事,说:"有人告诉我,二爷娶的那妾,跟齐彻手下的总账房有来往,要不,我派个人盯梢,捉奸成双,抓到这一对,稳稳地治他?""你是说常亮?那小子可是齐彻的左右手。"节妇想了想,"毛狗,你不再是过去的你了,你现在是我的左膀右臂。你要动动脑子,若是搞垮了姓齐的,你的功劳就大了。"毛狗有些心虚:"怕不容易。"节妇懒懒地说:"抓那个桑双。只要她敢去绿杨楼,就抓,然后赖在齐彻身上不就是了?""这倒是个办法,还是奶奶高明。"毛狗低眉顺眼地说。

辑里湖丝获巴拿马金奖的消息已在南溪传得沸沸扬扬,齐彻回南溪的船还没有到码头,常亮就指挥洋泾浜铜管乐队在码头上站好,吹奏起了欢迎的曲子。码头上展着横幅:"欢迎齐大掌柜载誉归来,辑里湖丝获巴拿马金奖"。镇长和一批乡绅亲临码头,钮方丽也挤在人群里观看。好一会儿,客轮开了过来,齐彻站在船头上,春风得意地向众人招手。船靠上码头,钮方丽想往前挤,却不料墨琴已经抢在她前面,拼命大喊:"齐彻……"钮方丽突觉心惊,她悄悄退后,黯然离开码头,朝服装传习所走去。突然听到有人叫她的名字,她回过头一看,是胡德林。"方丽,方丽……"胡德林从后面追上来,"我找过你好几次了。"钮方丽问:"有事吗?"胡德林上气不接下气地说:"方丽,如宝生了孩子,你怎么一直不去看她?她很想你。"钮方丽说:"替我祝福她,我也想她,过几天就去看她。""好的,她老是念叨你。"胡德林说,"回来看看吧,你要是愿意,你……还是我的太太。""你太太?那如宝呢?"钮方丽有些生气,"我不明白你是什么意思!最初,你死活要娶我,后来又休了我,现在又要让我回去,你反反复复烦不烦?""方丽,你听我说,你才是我太太,如宝算什么,她最多只是个妾。"他几乎是在哀求,"那时候,我是因为你肚里的孩子,咽不下这口气,不愿看到孽种在我家里出生,所以……""别说了,在我最需要你的时候,你无情地赶我出来,我不可能饶恕你。"她靠在墙上,心情十分复杂,眼里已有了泪花。她镇定了一下,大声地告诉他:"晚了,全都晚了!"说完,她转身往前走。胡德林跟着后面,像一个乞丐般伸着双手:"我错了,随你怎么惩罚我,我愿意认铁儿为自己的儿子,你想怎样都行! 方丽,求你回来! 好女不嫁二夫,你是我太太,跟我回去,我会张灯结彩,大摆喜宴。我真的想你,天天想你,连觉都睡不着……我知道我不是人,对不起你,我只想将功补过……"

钮方丽堵上耳朵,快步地往前走,什么都不想听。胡德林终于停下脚步,他冲着她的背影喊叫:"方丽……你救了我,我得报答你!"

钮五阳一直没有碰桑双,这次回来仍然去了钱惠的房间,让桑双十分没脸。早晨起来,她一大早就来到绿杨楼,进了常亮的房间。常亮正在算账,问:"这么早,你怎么来了?"她拿出一条绣着鸳鸯戏水的兜肚,说:"这是我给你绣的。"常亮脸红了:"桑双,我戴上会被人笑的。"桑双说:"这是我过去给你绣的……没什么用,不要你就扔了……"见她一脸不快,他说:"好吧,我留下。"他接过兜肚,"听说钮二爷回来了,怎么你不陪他?""他不喜欢我。"桑双叹了一口气说,"连新婚之夜都没进我的房门。""真的?如果

第13章 河 灯

这样,我去求二奶奶,让二爷休了你,我娶你。桑双,你愿意吗?""你说呢?"桑双的脸更加红了,她走到常亮身边,害羞地说,"抱抱我。"他犹豫着伸出双手,轻轻地摸了摸她柔嫩的脸说:"你好美。""你说我美?可二爷他连看都不看我。"她双眼一闭,扑到他怀里,"常哥,娶我吧,你娶了我吧!"常亮退了一步,费劲地说:"桑双,你耐心点,我去求二奶奶。不过你要小心,不要总到这儿来,免得人家说闲话。"他痴痴地看着她,"都怨我,前阵子太忙,现在总算有点空了,可你已是人家的人了。""常哥,好不容易才见一次面,今天我在你这儿多呆会儿。""怕二奶奶要找你的。"常亮说。桑双靠在他肩上:"不会,二奶奶对我很好,我白天出来她也不管,以为是去大小姐那里了。""那……桑双,我去叫点酒菜,我们吃顿饭。"

常亮说完,出门去叫菜。一会儿,小二送了双份碗筷、一瓶绍酒和几碟小菜到他的房间里。常亮和桑双坐好,倒了两杯酒,两人举举杯,一饮而尽。"桑双,哥陪你,喝个双盅吧。"常亮又倒了一杯。几杯酒下肚,常亮放开了,他说:"桑双,今天哥和你喝个够。"桑双也拿过酒瓶,给他倒酒说:"哥,小妹与你喝个交杯酒。"常亮应着把手伸了过去,两人的手臂缠到一起,头碰着头,忘情地吻了起来……

忽然,桑双一阵头晕,咚的一声倒在地上,紧接着常亮也倒了下去。屋外冲进几个汉子,为首的正是毛狗。他看看倒在地上的常亮和桑双,脸上露出了得意的笑,马上指挥人把常亮装进麻袋弄走。几个男人粗手大脚地将桑双的衣服脱下来,只剩一件绣着鸳鸯的兜肚。毛狗又发现了桑双送给常亮的兜肚,将它挂在帐钩上,最后,让桑双躺在常亮的床上,放下蚊帐。做完这一切,毛狗又摇了摇桌上的酒瓶,淫笑着说:"没喝多少,再多灌一点,她就别想醒了。"汉子们说说笑笑,吃光了桌上的剩菜。

南溪的乡绅在绿杨楼为齐彻接风,席间,众人频频敬酒。一个说,齐彻是英才,是实业救国的楷模,该敬酒;另一个又说,这是千古难逢的喜事,不醉不休。齐彻心情畅快,喝了许多酒,有了醉意,可乡绅和丝商们还是不放过他,左一杯右一杯的,直到他大醉。齐彻去了一趟厕所,回来差一点摔倒了,他不耐烦地将好几只酒杯用手拨开,说:"我不能再喝了,醉了……"说完,不顾众人,竟回身向外走去。刚到院子,一下人过来扶他:"大掌柜,我扶你。"便领着他一步步上楼,来到常亮的房间,推开门,将他送了进去。屋里面黑黑的,什么也看不见,齐彻咕哝着:"这不是我的房间,你搞什么鬼?"可是那人将他引到床边,说:"就是这儿,你睡吧。"

齐彻倒在床上,酒劲涌上来,他浑身发软,不能自禁。见床上有人睡着,以为是墨琴,就推了一把,醉兮兮地喊着:"谁呀?我喝多了,帮我脱衣服……"话音刚落,他感觉到喉咙发痒,就吐起来。吐完以后,他顺手一捞,将挂在帐钩上的一只红兜肚扯过来擦擦嘴,然后沉沉睡去。

常亮被迷药麻倒,两个汉子架着把他拖进了一条小船,将他径自送到了钮府存武堂,往大厅的角落里一扔,出去锁住了大门。

没多久,常亮醒了过来,他费力地睁开眼,见自己被绑着,门外有两个人影在月光下徘徊,大概是看守。他不知是怎么回事,只知情况不妙。他的头疼得像要爆炸,环视四周,见只有一扇小窗开着。他艰难地爬到窗口,窥视窗外,外面是一条河。他又缩回来,忽见旁边有几件兵器,便爬到兵器架边,找到一把红缨枪,使劲地戳入绳结之中,来回磨动,直到双手全是鲜血,才将绳子解

第13章 河 灯

开。他翻身上窗,抓着窗户,顺着一滑,溜入水里,奋力向前游去。

在乡绅们为齐彻接风的同时,钮家也举行了一场家宴。尊德堂坐满了钮家族人,为首的是族长九叔。正喝得高兴时,毛狗从外面进来,对节妇说了几句话,她脸上顿露一丝春风,站起来给九叔敬了一杯酒。九叔的酒刚落肚,一个下人跑进来对着满堂的人喊:"不好了,二爷新娶的桑双与齐大掌柜私通!""私通?"节妇假装吃惊,喝道,"不许胡说!""真的,他们在绿杨楼客房里呢!"那下人说,"有人看见她进去了,后来齐大掌柜也进去了,到现在都没出来。"九叔一听大惊,怒道:"有这种事?"节妇做出一副为难的样子,说:"九叔,你说钮家倒霉不倒霉?老二刚刚走,钮家的女人就被人欺负。这桑双是老二刚娶的妾,喜欢得不行,我们可怎么向老二交代?"九叔一拍桌子:"姓齐的是在找死!他抢了浔泰厂,又来奸淫钮家的女人,真不像话!"另一族人也跳起来:"九叔,走,捉奸去!不能饶过这王八蛋!"节妇煽风点火说:"姓齐的是想报仇,要把我们钮家赶尽杀绝,他来这儿的几年,做了多少坏事呀……""大奶奶,此人不除,钮家永无宁日!"毛狗说。

这时,九叔站起来,用拐杖敲了一下地:"走!大胆奸徒,太嚣张了!"族人也附和着说:"走,抓他去!""快去通知人。"九叔带着人来到绿杨楼前,毛狗一脚踢开大门,众人拥了进去。门房前来阻拦,被毛狗推了个大跟头。毛狗率领众人大步流星地闯进常亮的房间。此时的齐彻,大醉淋漓,手里抓着一只红兜肚,另一只手则放在桑双的胸前,似乎亲密无比,酒酣人醉,都在梦乡之中。

几顶红灯笼同时照在床上,众人的喧哗声终于把齐彻惊醒了。他困惑地睁开眼,举起手里的红兜肚,迷惘地看着众人,不知道发生了什么事。九叔指着他的鼻尖,大声说:"奸夫淫妇!捆,快给我捆!"得到九叔的命令,众人争先恐后地把两人绑了起来,押到外面的船上。九叔命令族人敲锣游街,毛狗尖着嗓子喊道:"快看快看,西门庆和潘金莲偷人养汉!快看呀!"顿时,许多百姓打开临河的窗子,探头向河面上窥视。

船头上,桑双和齐彻被押在一起,船向钮家老祠划去,锣声响亮,喊声悠长不绝:"快看呀,西门庆和潘金莲……花花公子和大淫妇!"这时,常亮刚刚逃出存武堂,从一只桥洞里爬了出来,他浑身水淋淋地挤进人群,不知何事。当船划过,他惊讶地发现船头上捆着一对人,正是桑双和齐彻,不禁大喊:"齐大掌柜,齐大掌柜!桑双,桑双!……"喊声惊动了毛狗,他看见常亮,悄声对身边的人说些什么,船上立刻跳下几条大汉,朝常亮追了过来。常亮发现情况不好,撒腿就跑……

常亮发疯一样跑回厂里,使劲地摇着大门,声嘶力竭地大喊:"快开门,开门……你们快去救大掌柜,大掌柜让人抓走啦!"工人们听到常亮的喊声,纷纷离开机器,出了大门,常亮指着河面说:"快去钮家老祠堂救齐掌柜!"一个工人问:"齐大掌柜怎么了?你说呀!大掌柜怎么了?"常亮有气无力地说:"齐掌柜被钮家抓走了,有人要害大掌柜。""走,救大掌柜去。谁敢害大掌柜,我们跟他拼了!"工人们纷纷点起火把,跑步向钮家祠堂而去。桥口,工人与钮氏族人对峙在两边。工人喊着:"放了大掌柜!把大掌柜放回来!"钮家不放,工人们想就冲过桥去救齐彻,但被钮氏族人们挡住,双方动手厮打起来。

这时,镇公所的乡警乘了一条船,全副武装地开到。镇长在船头朝天开了一枪,大声喊:"全都给我退后,否则我开枪了!"可工人们不肯退后,嘴里大声叫喊:"还我大掌柜!"

镇长跳下船走上桥头,看了看挥动着火把的工人,说:"不许闹事,否则格杀勿论。有什么事,本镇自会公正处理!"工人们大声说道:"镇长,钮家乱抓人,抓了我们齐大掌柜!"镇长道:"你们

第13章 河　灯

先静一静,我先问明情况。"钮氏族人让开一条道,让镇长带着护卫往钮氏祠堂走去。

镇长走进钮氏祠堂,只见长长两排灯笼照着阴森森的过道,高大的祭堂挂满钮氏祖宗的画像,明烛高台,九叔正跪在蒲团上敬香。镇长走过去,站到九叔背后,问:"九叔,这究竟是怎么回事?"九叔回过身来答道:"镇长,你来得正好。齐彻心术不正,勾引我钮族良家妇女,被我们钮氏族人捉奸在床,你说该当何罪?这可是捉奸成双,如果不是我亲眼所见,我也不信!""真的?"镇长瞪大了眼,"齐掌柜做了这样的事?""犯我族规,大恶不赦,不惩治是不行的!我们钮家是南溪大户,岂容这种败坏门风之事!"镇长的脸上闪过一丝忧虑,问:"九叔,你们打算如何处置齐彻?""家有家法,族有族规。按老规矩,男的放河漂,女的沉潭。""什么,钮氏族规如此峻烈?""镇长,这规矩可不是我立的,你看……"九叔拿起一本《钮氏家规》来,"这是光绪三年族人所立,你看第八条。五福,你念一下。"

五福接过《钮氏家规》,咳了一下,念道:"第八条,惩邪淫。万恶淫为首,无道祸即随,坏人名,乱人闺,伤风败俗无穷极……凡我族人,有贪好女色,肆行淫恶者,干天地鬼神之怒,即当重惩,犯宿娼者,罚戏一台;与人妻妾合奸者,男放河漂,女沉潭。立予除名,永禁入祠……""好了好了,这说的是你们钮氏族人,齐氏又不是你们族人。"镇长也许觉得这家规太残忍了,说,"九叔,伤风败俗虽然世所不容,不过,外面工人闹得厉害,你看还是将齐老板交给我处理,如何?""不行。"九叔严词拒绝,"这是我钮家的事,桑双是五阳的妾,刚进钮家就被齐彻奸淫,你说他缺不缺德?""男女私通情节严重,齐彻单身多年,自身未必检点,不过放河漂恐怕太过峻烈。他毕竟是一厂之主,现在又是中华名人,是不是改以重刑责之,以儆效尤?""镇长,这姓齐的小子本是世诠请来的掌柜,他受恩不思报,竟然几次犯我钮氏之女,连钮大小姐的孩子也是他的。他还夺走钮五阳最喜欢的格格,又勾引了他的妾,三番五次,是可忍,孰不可忍?""九叔,这齐氏千罪万恶,终由官方处置为好,私刑早已废了,否则,你们和工人发生械斗,出了人命我可不管!""我不怕他们。""你去外头看看,人多着呢。""我不怕!齐氏作奸犯科,天人共怒,他浔泰的工人就不讲天理了?"

九叔和镇长来到桥边,只见两边人众都红着眼,手里拿着石头铁耙等物,不时发生冲突,警兵有些控制不住局面。"让开,让开!"九叔和镇长一起推开众人,走上桥头,九叔大喊:"浔泰工友,你们听我讲几句好不好?"人群依然势头不减,镇长只好拔出枪连开几枪,才镇住人众。九叔说:"诸位乡亲,我们钮族乃古镇的大族,你们大多数人最早是吃我们钮家工厂的饭,现在厂虽属于齐氏,却还是我们钮家的根基,对不对呀?"工人们一片沉默,九叔见工人们不说话,又说,"我问你们,你们都是父母所生,家里都有妻子儿女,如果有人睡了你们的妻女,你们会怎么样?"九叔的话音刚落,人群里一片雀议嘈杂。有工人喊:"大掌柜不会做这种事!""不会做?我告诉你们,我们自古以来讲究妇贞子孝,方为大福,淫恶乃万罪之首,无人不恨。你们齐大掌柜先是勾引我们钮家小姐,其次又诱奸钮二爷的新婚之妾,被当场捉奸,如此淫贼,我们钮族难道不能惩戒他?"他抓着两条红兜肚,"你们看,这就是证据!捉奸捉双,被我们在床上抓住的……"

一时,工人们面面相觑,不知如何才好。镇长见机也说:"工友们,别被人煽动,天都快亮了,快回去上工吧,大掌柜的事我会处理。"在镇警们的枪口下,工人们竟渐渐地退了。

节妇恨透了齐彻,见镇长不敢擅动,于是她密报上海大帅府。第三天,钮五阳回来,交给了镇长一封信,说是大帅密令。镇

第13章 河 灯

长打开信一看,上面写着:"齐氏一事,由钮族自行处理,勿引发地方骚乱为要。"镇长看完,将纸条交还给钮五阳说:"既然这是你们钮家自己的事,我就不管了,你们自己解决。"随即大声命令下属,"走,回去!"镇长撤了守护在祠堂的警兵,钮五阳迫不及待地问九叔:"人呢?"九叔答道:"别急,在祠堂里。"

齐彻和桑双被捆在一只十字交叉的木架上,成双成对,一正一反,手臂双脚全都捆在一起。这是祠堂里专门惩治作奸犯科男女的古老刑具,颇为奇特,叫木驴。一个祠壮拉着木架子,木架子转动起来,鞭子抽过去,正好男的一鞭,女的一鞭。齐彻已被打得昏了过去,一个祠壮向他泼水,齐彻睁开了眼,手一动,扯动反面桑双的手,疼得她叫出声来。

钮五阳没等到天亮,迫不及待来到祠堂,走到齐彻面前,看着他说:"齐掌柜,你为什么要做这种事?你喜欢我的妾,我送给你就是,何必偷偷摸摸呢?""钮五阳,你少装,纯粹是钮家陷害我!"齐彻咬牙切齿,"我知道你们恨我,可要斗就光明正大地斗,少来阴招。""是,不错,你招人恨,栽了不能怪我,事发时我可是人在上海。"他回过头又问九叔,"九叔,他不认吗?"九叔摇头:"不肯招。""不肯招?"钮五阳恨恨地说,"这一对儿捉在床上,是不是?还硬什么,就打吧,狠狠地打。"齐彻冷着脸说:"钮五阳,这是阴谋,我不会承认的!"

九叔一挥手,一个祠壮又拿起皮鞭抽下去,另一个祠壮拉着木架子疯转。齐彻咬着牙硬挺,可是桑双的惨叫响起来,让他心惊肉跳,他不能让这个单纯的女孩子跟着他一起受折磨,便大叫:"停!停!你们到底想干什么?"钮五阳举手示意:"这就对了,齐掌柜学聪明了。说吧,你们是如何通奸,一共几次?""钮五阳,你们不就是想要我的命吗?好吧,桑双是无辜的,你们先放了她,我就说。"

钮五阳瞄了一眼桑双,大概动了一丝恻隐之情,说:"好!英雄救美,我成全你,你画了押认了罪,就放她。"九叔附和着说:"你画了押,保证不再打她。"齐彻一咬牙,说:"好,我画押。你们不准再折磨桑双,她还小。"钮五阳一挥手,一个祠壮送上纸来……

齐彻和桑双通奸被抓的事,钮方丽当天就知道了,她根本不相信这事是真的,便疯狂地跑到祠堂,但镇长不让她进。当镇长撤了兵后,她又来到祠堂,齐彻已经在供词上画了押。钮方丽哀求九叔放了齐彻和桑双,可九叔根本不理睬钮方丽,说:"你这孩子,不要背祖叛宗!"并申明一定要用钮家族法来惩治齐彻。钮方丽转过身求钮五阳,说:"哥,这绝对是没有的事。""没有?那你的铁儿是谁的?难道不是他造的孽?"钮五阳冷着脸,"他敢欺负你,难道不敢欺负桑双?哥这是为你报仇,你应当高兴才是。""铁儿那是两回事,桑双是从我这儿出去的,我了解她,她不会跟齐先生有什么私情。"她苦苦哀求,"二哥,齐先生也不会做这种事。现在是民国新时代,不可以动旧刑,你们放了桑双和齐彻,如果有罪,也应该让政府来办,私刑不合法!"钮五阳烦了:"方丽,你别没头苍蝇一样!找我没用,这是族里的规矩,找九叔去。"九叔就说:"方丽,我问你,怎么不合法?我们钮家的家法有一千年了,比王法还长,合法得很!"钮方丽说:"九叔,我说不过你,我只求你放了他们。"九叔一口咬定:"不行。""那你要把他们怎样?""按老规矩,男放河漂女沉潭!""你们这是杀人!我要去县里告你们。"钮方丽知道他们已丧心病狂,要救齐彻,只有到外面去求援。

毛狗见钮方丽去县里告状,赶紧跑到雁影楼报告节妇。胡碧容一听,害怕夜长梦多,让毛狗去找九叔,要他早点把齐彻给办了。

第13章 河 灯

桑双的母亲依菱得知这一消息后,趁九叔不在,悄悄来到钮家的祠堂。此时天阴着,愁云惨淡。依菱跪在地上,求看守的钮族祠壮,让她进去看看桑双,虽然女儿丢人现眼,但毕竟是母亲的心尖肉,她要见女儿最后一面,给女儿送点吃的,即便是死,也不能让女儿做饿死鬼。两个祠壮倒是动了怜悯之心,说:"你进去吧,快点,别让九叔看见。"依菱千恩万谢地进了祠堂,见女儿和齐彻双双被绑在木驴上,她扑到女儿身上,心痛地说:"女儿,你怎么会这样!"齐彻见状不忍,对依菱说:"老人家,我对不起你,她没有错。"依菱走到齐彻面前,啪地打了他一个耳光:"齐先生,你是个有钱的人,怎么可以做这样的事?你害了我女儿!"桑双大叫起来:"妈,是我不好。我是去找常总管,你错怪齐先生了,我和他没有什么事……妈,我和常总管好了很久,跟齐先生没关系。""天呀,这么说齐先生又是被冤枉的?"母亲抱着女儿,抽噎着,"好女儿,你的命好苦,你知道吗?他们要把你沉潭。妈救不了你,这是我们最后一面。女儿,妈对不起你,你记着,下辈子投胎,要找一个好人家……"突然,窗外一个惊雷,雨下了起来,大风刮着门窗发出格格的声音。"老人家,这完全是阴谋,我们都是无辜的……你女儿没有罪,她不应该死。"他看着这对母女,觉得愧疚,"老人家,求你一件事,如果我死了,请转告我的兄弟,让他替我报仇,替你女儿报仇!"依菱摸了摸女儿的脸,又走到他的面前,泪光闪闪,她说:"齐老板,我认识你父亲母亲,他们死得很惨,我没想到,你也会死得这么惨。钮家害人哪!你兄弟在哪儿?我怎么找他?"齐彻说:"清明那一天,他会到我父亲的坟上来扫墓,他叫肖晃,娶的是钮曼蝉。"

依菱听完,不由得倒抽一口气:"你们肖家为什么总和钮家搅在一起,生生世世地搅和?"依菱说完,见桑双半裸着身子,就脱下自己的衣服替女儿穿上，又把带来的酒倒了一碗，端到女儿面前说，"桑双，妈给你带了一点酒，是你大喜那天剩下的女儿红，你喝一点提提神。"

桑双点了点头，大口地喝起来。依菱看着女儿，泪水在脸上纵横。待女儿喝完酒，她又倒了一碗端给齐彻，说："齐老板，你也喝一点壮壮胆。生死由命，富贵在天，我知道你父亲的事，我本来早想告诉你的，可是现在说也没用，因为你要死了。"齐彻眼睛一亮："老人家，告诉我真相，我想知道。""你先喝了酒。""好。"他一口喝了下去。依菱接过酒碗说："好，我现在就告诉你。早先，我在你们肖家做事……"

突然，祠门被推开，一伙剽悍的钮氏祠壮涌进来。在一顶毛蓝色大雨伞下，满脸杀气的九叔走了进来。依菱吓得脸都白了，再也不敢说话。"谁放老婆子进来的？滚出去！"九叔骂道，两个汉子上来架着依菱拖了出去，他又命令祠壮，"把奸夫淫妇放下来。"四五个祠壮一起上来，将他们从木驴上解下来。

九叔抽出文告念着："奸夫淫妇，你们听着，族里公议决定：姓齐名彻者，乃外来游民，因依附洋人，称雄我里，为人不齿，近又与我钮氏良人勾搭成奸，被当场捉获。此奸夫淫妇，败我钮族门风，此风不除，将增族中邪气，长淫秽之风，不法之人将聚而效尤，故上拜天地，下祭祖宗，将奸夫齐彻放湖漂，淫妇钮桑氏沉河，永不入祠！"九叔念完，就把文告递给了身边的祠壮头目，"贴出去。"

九叔问祠壮头目："都准备好了没有？"祠壮头说："叔公，一切就绪。"九叔喊道："走，送他们上路！"几个祠壮将齐彻和桑双一起拖了出去……

钮方丽赶到县里时，吴县长正在办公，她顾不了许多，直冲进去，也不管他们正在议事，大喊："吴县长，快，快去救齐彻！他

第13章 河 灯

们,他们要点齐彻的河灯!""点河灯?怎么回事?"当吴县长弄明白情况时,不由愤怒起来:"这年头还有人敢点河灯?这酷刑早在清朝时就废了!是谁,是什么人?""是我们钮家的人,他们说齐先生与我哥的妾私通。""齐彻是我们县的名人,刚刚获了世界金奖,他们敢点他的河灯?"吴县长拍了桌子,"不过,钮小姐,齐先生和钮二爷的妾,是不是真有一手?""我不知道,不过我想齐先生不是这样的人,事情确实很蹊跷……吴县长,求你快派兵吧,不然来不及了。""好,我马上派人……不,我要亲自去。"吴县长站起来对卫兵说,"去,把水上警戒队汤队长叫来。"一个小时后,吴县长和钮方丽上了县里的快艇,一队水警随之前往,快艇绕开周围的运输船只,沿着笤溪疾速向南溪开去。

齐彻出了事,墨琴很无奈,醉了三天。她想去求钮五阳,却看见了街上贴的告示,于是知道了齐彻放河漂、桑双沉河的消息。她冲到祠里,那里已没有人,她不顾大雨,疯了一样跑向溪边。

大雨如注,天昏地暗,南溪里波涛滚滚,浊流滔滔。赤裸着身子的桑双只套着那件所谓捉奸证据的红兜肚,被装进一只捉鱼的长竹篓里,竹篓上绑着一块大石头,放在溪边。她闭着眼,一只狗走过来,舔着她脸上的雨水。齐彻被五花大绑捆在一块门板上,上面竖着一道幡,幡的两边各挂着一只白灯笼,写着"奸夫必死,救者男盗女娼"。南溪的水无情地舔着长满芦苇的岸边,十几个精壮的大汉站在两侧。九叔和众长老坐在溪边搭起的雨棚里焚香,告祭祖宗。钮五阳脸色铁青,低着脑袋,似乎不想看到这一幕。许多不顾风雨前来围观的人们,他们有的在摇头,有的在说着什么……

待墨琴赶到时,九叔已经焚好香,告祭了祖宗,正下令把齐彻和桑双送上筏子,划到溪心。墨琴猛地扑上前去,拉住门板,对着齐彻猛喊:"齐彻,齐彻!这是要干什么?""墨琴,我没有罪,我没有罪!"齐彻努力睁开肿胀的双眼,沉重地说,"墨琴,我是被陷害的,告诉他们为我报仇!"墨琴却疯了一样扑在他身上,撒泼似的打他:"你该死,该死!什么要做这样的事!什么事我都可以原谅你,惟独这种事,不可原谅!""墨琴,这是陷害,是阴谋!""可你是被他们当场捉到的呀!"墨琴瘫坐在泥地上,嘴里喃喃着,"我不信,齐彻,怎么会是这样?真倒霉,为什么我喜欢的男人也总是这样倒霉?齐彻,你害了我。不行,你不能死……""墨琴,你自己好好过吧!不管你相信不相信,我们谁也不欠谁了。我死了以后,你去找常亮,拿回你的股份回上海吧,这里不是你呆的地方。"齐彻迟疑了一下,但也十分无奈,"墨琴,我不会白死,请你告诉常亮,这厂要干下去,不能放弃,一定要找到我弟弟,说我原谅了他们,我让他当大掌柜,这是我的意思。还有,钮五阳……我一定饶不了他!"

墨琴放声大哭起来,齐彻强忍着泪水说:"墨琴,我走了,你离开南溪才是上策,不要再迷恋绿杨楼,绿杨楼是个血腥之处……"他的话没有说完,两个祠壮就推开墨琴。这时,桑双先被拖上了一条平头竹筏。岸上擂着鼓,许多人在呐喊,火把在晃动。平头竹筏划到了南溪的中流,八条大汉伸篙入水,撑住平头船。一个持剑的道长道貌岸然,站立船头。这时,雨已稍停,两岸观者如堵。

八个祠壮平托起桑双,走向船头。桑双吓得在竹篓里扭动,大声尖叫:"叔叔伯伯们,我没有罪,你们别杀我!到时候你们会后悔的,我在阴间做了鬼也会来报仇……"站在船头的道长打了一个寒颤,挥着剑:"封她的口,不能让她发毒誓。"找不到别的东西,一个祠壮只好往桑双嘴里塞了一把青草。她用力将草吐出来:"我做了鬼,也会找你们……"道长无奈,用剑割断了她的喉咙,血洒了一船,她的声音哑了下去。道长将剑扎在船头上:"抛下去……"八个汉子将竹篓抬到船边水面上,齐喊着:"一、二、

第13章 河 灯

三!"把桑双连同竹篓一起扔进了南溪里。瞬时,桑双随着竹篓沉到水里,咕咕地冒出几个气泡,顷刻就没影了……

墨琴在岸边再也忍不住了,她抬起头来走到钮五阳的身边,问:"钮五阳,你为什么总要做这种缺德事?"钮五阳低着头:"格格,他们这是咎由自取。"齐彻在门板上大叫:"钮五阳,你赢了!当年你父亲灭了我们肖家满门,现在你又杀了我,肖钮两家仇深似海!不过你别得意,肖家还有人,血债必须血来偿!"墨琴上前揪住钮五阳说:"钮五阳,你说一句话,只要你放了齐彻,我跟你走。""格格,晚了!族有族规,我没有权利救他。我是说过,谁动了我的女人,我要他死,他不但抢走了你,连我的妾也不放过。这种人,你何必为他求情?"他转过身去。墨琴说:"那好,你对我的情算是两清了。"这时,几个祠壮上来要拖人,墨琴拦阻着,不让齐彻被拖走。九叔吼着:"让开!到时辰了,耽误了时辰,阎王爷不收人了!"他们用力推开墨琴。她不管不顾,上前吻了一下齐彻,转过身来,朝着钮五阳吐了一口唾沫,然后哭着冲向雨里……

齐彻又被拖到筏子上,当筏子划到南溪中流时,道长挥剑舞了起来:"起人!"八条汉子将齐彻抬了起来。道长又喊:"点灯!"一人上来点燃了白灯笼。道长又喊:"下水!"祠壮们沿着筏子边,将齐彻头朝前顺势推下,齐彻和门板随水向下流去,他发出惊心动魄的一声长啸,以示不平。道长口吞灭邪水,喷出一口火来,用剑顺势斩成三截。门板载着齐彻顺流漂去,水流很快,霎时就已老远。白灯笼在水面上摇晃,白幡被风扯着,不安地抖动着,远远的岸边,依稀听得到齐彻发出的吼声……

当精疲力竭的常亮赶到南溪边,齐彻已被丢下了河,门板正向远处的太湖漂去。常亮顺着溪水急追,连声叫着:"大掌柜,大掌柜……"可是泥泞的岸边没有路,弯道又多,很快门板渐渐远去,只有那几盏白灯笼还闪着白光,渐渐也看不见了。常亮重重地摔倒在岸边,河水冲溅着他的身体……

一场大雨,南溪水浩浩荡荡地流向远方。齐彻被捆在门板上,随水而下,几只小船在他身边驶过,他大声呼救。一只船上有人听见,用竹篙子将门板勾了过去,但看到"救者男盗女娼"的字样后,又将竹篙一松,让门板顺水而去。溪流汤汤,门板迅速远去,变成一个小小的黑点。天色已暗,水浪不减。没多久,载着齐彻的门板上被水冲到了太湖里,门板上竖着的白灯笼早已灭了。一只黑色的水鸟停在门板上,黑豆眼一眨不眨地看着齐彻。那鸟过来想啄他,他大叫一声,吓走了那鸟,可一口水涌过来,将他呛得直咳嗽。他的脸被水草和风浪划出一道道血痕,那只可笑的红兜肚还挂在他肚皮上,好像是一块耻辱的标记……黑鸟啄着兜肚的带子,好像那是一条长吻鱼。太湖浪大,狂风袭来,门板差点翻过来,忽而被推上浪尖,忽而又回落下来……

墨琴回到绿杨楼,已泣不成声,她急匆匆收拾行李,想赶快离开南溪。一个门房小声地劝她:"格格,你不能走。"她声嘶力竭地喊道:"我要走,就是要走!"门房小心地说:"你走了,谁给齐老爷收尸呀!""谁爱收谁收!"她哭喊道,"我不想看见死人,齐先生能回来的只是一副骨架!我听说过,放河灯是人间最残酷的刑罚,没有人性,一路上蚊叮虫咬,天鹰地鼠,不用到太湖,他就是一副骨架子了……我不想看,不要看这种残酷!"说完,她拎着箱子冲出了绿杨楼,来到码头上。墨琴跳上船,却没有马上进舱,她抓着栏杆,呆呆地看着小镇。轮船一声鸣响,慢慢启锚开船,墨琴这才又大哭进来……

钮方丽他们来晚了一步。吴县长下令将桑双的尸体打捞

第13章 河 灯

来,停放在镇公所的大厅里。一个孤弱女子死后凄惨的样子,惹得好些人都心生怜悯。而齐彻被放了河灯,更是没了人影。吴县长怒不可遏,把镇长和钮家的当事人都带到镇公所里。常亮闯了进来,哭倒在地,向吴县长哭诉:"吴县长,这事情与齐掌柜没一点关系!桑双与我恋爱一年多,后来嫁给钮二爷,因为钮二爷不喜欢她,所以仍想嫁给我,我们正在商量这事……而齐掌柜那天是参加丝业公所的庆功宴会,怎么会到我房里与桑双相会!"九叔不甘心,他反驳常亮:"你不要替齐彻打掩护,我们可是当场捉奸,在床上抓住的。"常亮指着他的鼻子:"你卑鄙!是你在酒里下了药,我们被麻倒了,人事不知,我被关在存武堂里,后来我醒了,磨断绳子才逃出来的……你们看我的手,这就是见证!桑双与我同时喝酒,也被药蒙倒,怎么会跟齐先生幽会?"九叔刁钻地说:"这么说该点河灯的是你?"常亮哭着说:"我愿意!只要齐先生没死,点我一千次,我也决不皱一下眉头!"

九叔还想说什么话,吴县长气得脸都青了,大喝一声:"把钮世隆给我扣了!"几个警兵虎狼一样冲过来,将九叔反扭着胳膊绑了起来,钮氏族人顿时惊得说不出话来。"你知道我为什么抓你?"吴县长指着九叔骂道,"两条人命,两个年轻的生命就这么丧在你这个老贼的手里!齐先生是丝业公所的会长,是你说杀就能杀的?现在,你赔命吧!"九叔慌了,嘴却还硬着:"吴县长,我告诉你,你要是敢抓我,你走不出这南溪镇!点齐彻的天灯,不是我一个人的事,是钮族长老会合议过的。"镇长见状,赶紧过来向吴县长求情,可是县长惊堂木一拍:"也是你失职,县议会将免你的职!玩忽职守,见死不救不禀报,你在哪里做过官?以为这是过家家?"

镇长被吴县长一骂,脸都灰了,他忍不住上前附在吴县长耳边悄悄地说:"吴县长,这不能怪我,钮二爷带来卢大帅的密令,我不敢管。""既有密令,拿出来让我看看!""钮二爷已销毁了,不敢留存。""他人呢?""钮二爷刚回上海。""放屁!没有人证物证,你想陷大帅于不仁?罪上加罪!"吴县长厉声说,"将钮世隆押走,带到县里处置。当务之急,镇上所有船只出动,全力搜索太湖,救齐先生要紧,生要见人,死要见尸。如果齐先生死了,你们也死定了!"

镇长惊惶失措地跑了出去,立刻派出所有船队,并悬赏出动渔民,去太湖上寻找齐彻。常亮和钮方丽也跟着船去找。

一天过去,搜索的人没有找到齐彻,他们放弃了搜索,筋疲力尽地回到南溪。钮方丽和常亮呆站在码头上不肯走。钮方丽突然坐在地上,失声地哭了起来:"太湖这么大,一块小门板漂到湖里,早就碎了!桑双不管怎样还有个尸体,齐彻是尸骨无存呀……""是我害了他。"常亮弯下身子扶起她,"大小姐,其实我们都明白,你对齐掌柜最好,齐掌柜是迷了心窍,他对你复什么仇呀!""我真的是非常非常爱他,可是他……"钮方丽的泪水肆意地流着。常亮也陪着流泪:"大小姐,你心肠太软,齐先生不该想着父仇家恨,现在说什么也晚了。真可惜,你们是很好的一对。""我爱他,可是我不明白,他为什么对我绝情,这么仇视我?而且我越是对他好,他越是不理我。"钮方丽哭诉着,"常亮,现在说什么都晚了!""其实,这也不能全怪他,肖家吃钮家的亏太多了,所以他不敢跟你好。"常亮沮丧地说,"大掌柜死了,桑双也死了,我生命里最重要的人都死了……大小姐,我也不知道怎么办才好。"

她没有回答常亮的话,两人沉默地远望着汹涌的太湖……

钮五阳回到上海时,大帅府发生了政变,钮五阳意外地立了一次功——他救了大帅。因为俄国革命,白俄们被赶出了俄国,他们是忠于沙皇的,到了中国又效忠于清朝的皇上,被蒙古王爷收买,想利用他们占领大帅府,在上海实行复辟。白俄出动装甲

第13章 河 灯

车攻入了大帅府,卢略卫队被击溃,张副帅被打死。卢略喝醉了酒,动弹不得,正好钮五阳赶到,背着卢略逃出大帅府。此后大帅的人马在龙华与白俄激战了三天三夜,白俄才溃散。卢略捡了条命,为了感谢钮五阳救命之恩,特地提拔他为上校团长。

这天中午,卢略在他的大帅府设宴招待属下,他连连往钮五阳碗里夹菜,夸奖钮五阳说:"五阳,多吃点,舅舅这命多亏了你,想不到你真是块军人的料子。原来我以为你只是个浪荡公子,就会吃喝玩乐,其实不然,你有勇有谋!""舅舅,我也是赶巧了,那几个白俄想进你的房间,我从后面抄过来,一连打死好几个……"钮五阳讨好地说,"这是大帅你的福分,是上天救你的。""还别说,就差那么几分钟,没有你抵挡那一阵,背着我跑,我还不是跟张副帅一样,被他们杀了?"卢略放下筷子,感叹说,"五阳,这两件事你都办得很好,运鸦片也赚了大钱,我得好好提拔你,因为你是我的福将。"钮五阳赶紧站起立正:"谢谢舅舅!"接下去,舅甥两人转到密室,卢略说:"哎,五阳,这几天,上海的报纸传得挺邪门,说是南溪点了齐彻的河灯,有人已告到司法部,我们要小心。那封密件呢?那事千万不能让人知道。""放心,已被我毁销了。""齐彻灭了?""灭了。"钮五阳应着,却一脸愁容,重重地叹了口气,"现在好了,我没有敌人,也失去了对手。""叹什么气?是不是小妾被沉了潭,你心疼她?""谈不上,我不喜欢她,自从讨进家门,还没有沾过她的身子,可毕竟也是一条命,挺可爱的一个女孩子。"钮五阳摇了摇头,又沉思了一会儿,拍着大腿说,"只是我和格格也就彻底没了戏。"卢略打了他脑瓜一下:"你看你看,死也忘不了那个红倌人,她真有那么好?还想她?别说女人了,来,喝酒!"钮五阳端起酒杯一饮而尽,却没有了往日的那种快乐……

齐彻没有死。经过两天两夜的漂流,门板终于在湖中一个荒岛上停下了。岛上芦苇丛生,有一块泥涂地。他试着翻过身来,背着门板,像一只甲壳虫般向岸上蠕动。到了岸上,他发现这荒岛上有一块红薯地。他用力挺着身子,发现绳子已略有些松动,便侧着身子,拱到一块地瓜,顾不上擦洗,就啃了起来,发出咯咯的声响。旁边有一只窝棚,看瓜的老汉听到动静,走了过来。他抽出刀对准门板就砍,齐彻吓得在门板下叫着:"别砍,别砍!"老头举着刀,吓得一哆嗦:"门板还会说话?你是人是鬼?"齐彻回答说:"我是人,在门板底下,救救我。"老汉抖抖索索走过来,弯下身子,看见门板底下果真是人,他用镰刀割断了绳索,推开门板,将齐彻放了下来。这时齐彻已筋疲力尽,路都不会走了。

老汉将他背在身上,回到看地的棚子里,将他放在地铺上,又生了火,替齐彻熬了一碗稀饭。齐彻喝了两口,哇哇大吐,满地都是湖水和刚刚吞进肚里的红薯皮。待齐彻心神稍定,老汉不由问道:"客官,你可是碰着太湖强盗了?"齐彻闭目摇头说:"不是。""那是怎么了?""有人害我,我在湖上漂了两天两夜……""两天两夜?客官,你命真大,赶上这几天落雨,太湖里水浑,要不是下雨,黄白鱼会啃得你连骨头也不剩一块。"老汉大惊。齐彻再也说不出话来,老汉说:"客官,看样子你伤了精神,要好好养一阵才能动。"齐彻心里念叨着:"天不灭我,必有大用!"

后来他知道,这是个荒岛,叫甲鱼墩,岛上没有居民,都是荒地。老汉家贫,在岛上开了荒地种红薯,所以有时上来看看。到了夜里,齐彻有了点精神,对老汉说:"老人家,谢谢你,我好多了。我是南溪的,你要能带我回去。我会重谢你。""好。"老汉爽快地答应,"我明天走,你跟我的船回去就是。"

第二天,直到太阳照进小棚,齐彻才睁开了眼,但手脚的伤痛得厉害,他躺在地上,向四周看了看。老汉不在,身边一碗地瓜

第13章 河 灯

　　稀饭已经熬好,还冒着热气。他硬撑着坐起来,将粥喝下去,扶着柱子站起,慢慢向外移动。还没到门口,老汉进来,白了他一眼,背着地瓜袋就往外走。齐彻急得大喊:"老人家,你去哪儿?"老汉说:"我回家。"齐彻急得大喊:"别走呀!老人家,救我!"老汉回过身来骂道:"你不是好人,是被点河灯的,上面写着呢!没人会救你的,昨天夜里什么也看不见,要不……我才不会救你。"他说完了,还猛地朝地上啐了一口,然后就快步地走到湖边,解开小船的绳索,慌不迭地上船逃走。

　　齐彻想追上去,但因脚太软,跌倒在门口……

　　钮五阳升了官,卢略派他回南溪取卖鸦片的款子。他回来时,有点得意洋洋,进了钮府,突然觉得气氛不对。只见钱惠眼神发呆,木木地抱着娟娟不理他,对他回家没有一点反应。他连叫了几声,她都没应。他见妻子不乐,上前去亲她,却被她轻轻推开了。"怎么了,阿惠?"他问。钱惠还是没吱声,他将手伸向女儿:"娟娟,让爸爸抱抱。"女儿也缩着身子闪在一边,哇的一声哭起来。钮五阳火了,对着母女俩大声叫道:"你倒是说呀,到底怎么了?不愿做我老婆就他妈滚!"钱惠抱着女儿哭倒在床上,钮五阳也觉得话说重了,他出了门,转了几个房间找到梦蚕,见梦蚕正在收拾行李,就一把拉住她问:"梦蚕,二奶奶到底怎么了?"梦蚕看了看钮五阳:"自从桑双沉了潭,二少奶奶就一直这个样子,她说明天走,要回娘家去。"钮五阳这才觉得事情闹大了:"二奶奶的意思……"梦蚕说,"二奶奶说,如果再跟你过下去,会害死更多更多的人。""这么说,她是要跟我离婚?梦蚕,阿惠这回是真的?"梦蚕点头:"二爷,这回是真的,你称心了,你可以去找格格,齐彻死了,桑双也死了……""好吧,你们都走,我没对不起她娘儿俩!你们走了,我就娶我的格格,行了吧!"他丧气地坐在床上,将脚架得老高。

"二爷,二奶奶是个好人,这辈子你再不可能找到比二奶奶更好的人了。"梦蚕哭着,"二爷,钱老爷要带我们回湖州。"钮五阳听说岳父来了,真的吃惊了。梦蚕说:"你快躲一躲吧,钱老爷会骂你的。"他一把拉着梦蚕的手:"可是,梦蚕,你们走了,我想阿惠、想你、想娟娟怎么办?"梦蚕说:"我不知道。我是二奶奶带来的,奶奶走,我当然也走。"

这时,外屋传来一个威严的声音:"阿惠,船叫好了,走吧!"梦蚕惊慌地说:"二爷,钱老爷来了!"钮五阳站起来想了想,慌乱地来到大厅,见岳父正板着脸,看都不看他一眼,只好硬着头皮上去叫了一声:"爸……"岳父根本不理他,只是叫女儿快走。钱惠出来了,手里抱着娟娟,梦蚕跟在后面。"爸……"钮五阳厚着脸皮又叫了一声。"我不是你爸,你别叫我,我当不起!当年你父亲那么求我,我才把女儿嫁给你,可你把阿惠当成什么?难道阿惠是你们钮家拣来的一条狗?"钱父大吼着,拉起钱惠一边走一边说,"走,走!我们走,不理他,我看他胡天胡地地胡闹,会有什么好结果,弄不好跟姓齐的一样,让人点了河灯!"

钮五阳见岳父真的要拉走妻子,一时感慨万分,跪在岳父面前说:"爸,我对不起阿惠,你打我吧,我不还手。""二爷,你不要这样,我走,是为你好。"钱惠冲过来抱住他哭道,"二爷,这样你就可以和格格在一起了。""走,他不值得你可怜。"钱父一把拉起她。钱惠跟跄着跟父亲走到门口,仍然回头一望。钱父也转回头来说:"离婚契约我会派人送来的。"

钮五阳呆了一会儿,突然悟到什么,他追了出去。可他们已经走出了很远,在小桥边上了船。他想追,可是来不及了,他知道追也没用,声嘶力竭地喊了一声:"阿惠……"

第13章 河 灯

看着钱惠被其父带走,姗如心里非常难受,她只能一把鼻涕一把泪地数落儿子:"五阳,你该死!多好的媳妇,你留不住。妈盼你妻妾齐全,子孙满堂,可你……我可怎么办!方丽被胡家休了,曼蝉又不知去向,这回,你也孤身一人了,叫妈怎么办?难道钮家的祖坟真的风水不好,非孤即寡?……这都是你自己作的孽,为什么非要缠那长三妹……""妈,我对阿惠也不薄呀!我喜欢格格,为她我什么事也肯做……阿惠人不错,可惜跟我没缘分,吃尽了苦头,她还是走了好。"钮五阳掏出手绢替母亲擦泪,"妈,这事不能怨我,我没让她走,是她自己要走的。""五阳,你不能昧良心,阿惠人很善良……妈求你,你去湖州把她娘俩儿接回来吧……"

钮五阳悲喜全无。原本妻妾双全的他,如今妾死妻走,只剩一人形影相吊,但他心里升起了另一种希望:他可以和所爱的格格好事成双了。一切似乎很不容易,又很容易……一对孤男寡女,半世生死情缘。他在一阵肝肠寸断后,来到了绿杨楼,敲着大门,里面无人应。他激愤起来,用拳擂门,大门吱的一声开了,门房衣衫不整,刚从床上爬起来,见是钮五阳,就说:"二爷,这都几点了……"他喝道:"格格在吗?""格格?"门房看了看他,"二爷,格格在齐老爷点河灯的第二天就走了。""走了?"钮五阳蹬开大门,疯子一样往里闯,他来到墨琴的住处,一脚踹开房门,里面黑乎乎的,他大声说:"点灯!"门房将美孚灯点着,举着进来,幽光照射着屋子,里面凌乱不堪,桌上翻倒着几只酒瓶酒杯,锦帐一直拖到地上,长长的,如一片月光。钮五阳睹物伤情,眼泪忍不住流了下来,坐在那里不想动。突然,他从口袋里掏出几块大洋扔给门房说:"你走吧,我在这儿呆一会儿。"门房收了钱,关上门,拎走了灯,房间陷入一片黑暗。

墨琴回到了上海。这天,她一个人坐在黄包车上,漫无边际地让车夫拉着走。直到车夫有些不愿意了,她才让车夫拉她去老北京酒楼。她走进去的时候,一排待应生在门口恭候,里面却一个客人也没有。她感到奇怪,选了一个靠窗的位子坐定,拿出化妆镜上妆。突然,小圆镜里出现了一排穿戴清朝服饰的侍从。她惊讶地回过头,侍从已经到了她面前,一个穿着大福晋衣饰的领班向她施礼:"给格格请安。"她扬着眉,不知所措地问:"这是怎么回事?"没有人回答。接着,一个穿着清朝王爷服装的人出现了:"格格,我等你多时了,就想在这儿给大格格接风。"墨琴一看,顿时傻了眼:这位"王爷"竟然就是蔡鸿昆!"你怎么会在这里?你知道我会来这儿?"她问。"你一到上海我就知道了,你和齐彻的事大报小报天天在登,已家喻户晓。"他在墨琴对面坐下,"格格,一年前的诺言你没忘了吧?"墨琴装傻:"一年前?我说过什么?""你说过,如果一年内你不结婚,你就嫁给我,这可是你亲口说的。那是去年的阴历七月十六,到今天正好是一年。""噢,我说过吗?"蔡鸿昆没有回答,向侍从拍了拍手说:"开始!"

　　大厅中出现了一些乐人,弹奏起清宫的雅乐,侍从们模仿着皇族进膳,菜流水一样一道道送上来。这一切让墨琴目瞪口呆,不由得为蔡鸿昆精巧的设计折服,她问:"这么大的饭店,怎么就我们两个人?""我包了。"他又点了点头,一个侍从送上一套大福晋的服饰,非常漂亮。"换上吧,这是真正的贡品,苏州贡院制作的。"墨琴说:"这太奢侈了,我只是个格格,这规格够得上王爷福晋了。""格格,在我眼里,你比皇上还大!格格,这套福晋装是光绪爷给瑾妃定做的,可是我量过,你穿正好。"墨琴一惊,问:"真的?"她爱不释手地把玩着这套服装,觉得心花怒放。"这是真正的贡品,穿上吧,你肯定喜欢。"他一挥手,过来一群侍女,她们拥着墨琴走入内室换衣。一会儿,墨琴穿着大福晋的服装出来了:"你看怎么样?""不错,格格一身皇气!"他痴情地望着墨琴,"格

第13章 河 灯

格,嫁给我吧!你还要我等多少年?"

墨琴无言了。一名侍从过来斟酒,蔡鸿昆趁势举杯:"格格,请,里面还有更精致的房间。"她中了魔一样,不知说什么好,犹犹豫豫挽住了蔡鸿昆的胳膊,半闭上眼……蔡鸿昆一手挽着她,另一只手举着酒杯,在飘飘欲仙的乐声中走去。在雅室的门前,他一扬手,将一只空了的玻璃杯抛向空中,玻璃杯落地碎裂,发出清脆的响声。

钮五阳来到雁影楼,他站在天井里等待节妇出来。胡碧容从小窗探出头来,粗声大气地喊:"老二,进来呀!"等钮五阳走进房间,她问:"怎么,回来好几天了,都不到我这里看看?扳倒了齐彻,用不着嫂子了,门也不进了,是不是?""大嫂怎么说这话!"钮五阳一脸的不高兴,"寡妇门前是非多,我敢吗?"她酸酸地说:"寡妇?我还节妇呢。老二,灭了齐彻,你该高兴才是,怎么看上去情绪不好?""妾死妻走,高兴不起来啊。"他说。"看你,真是的,如今男人三大福气:升官发财死老婆。你老婆没死,走了,多好的事,旧的不去新的不来……""大嫂,这话可不像是你说的。""老二,这时代可不是我守节那会儿了,要女人三从四德,阿惠想走就走,回到娘家再嫁个人就完了……像我那会儿,你赶她走她也不会走,你死了,她还得给你守节!你们钮家不是喜欢节妇……"她看钮五阳十分气恼,就改口说,"老二,你有钱有势,穿着上校军服,是全上海最值钱的钻石王老五,讨个美人还不是唾手可得,灰心什么?你升了官,当上团长,是大帅面前的红人,这么干下去,钮家的名气就不是经商了,而是要出一个政客、大官,你说呢?""大嫂,别寒碜我了,有事就说。"节妇眉头一皱:"我找你来是为了九叔,他还在里面关着呢!""关就关吧,这事民愤太大!让他委屈几天吧,他手伸得太长了。""老二,他可是为你顶了缸。你别因为上次九叔要严惩你,所以对他不满……"她阴着脸说,"齐彻的事是你拿着大帅的密令来办的,否则他敢?""别往我身上推,我不知道,我只知道如今是民国,族规不能代替法律。"钮五阳忽地站起来,"这事不是我搅出来的,别往我身上推。""老二,你没良心!为你办事,替你出气,你不领情?"她气得站了起来,又不好发作,忍着气说,"老二,我们没往你身上推,我只是说你回上海后,让大帅给吴县长写张条子,放了九叔。""不行,这个忙我不帮。"说完,他转身而去……

钮方丽病倒了,她恹恹地躺在床上,脑子里是一幕幕与齐彻相识相爱的往事。这天深夜,她起床想点香告祭齐彻,忽听有人敲门,她开了门,肖晃和曼蝉突然出现在面前。她抱着妹妹哭了起来。曼蝉是得到齐彻被放河灯的消息后,与肖晃一起赶回南溪的。肖晃说:"听说浔泰厂要为我哥办一个葬礼,找不到尸体的话,就搞一个衣冠冢。"钮方丽说:"我总觉得齐先生还活着,因为那天下雨,我去湖边寻找线索,有人告诉过我,一个种地瓜的老汉在湖中岛上看见过什么,可是我找不到那老头,也不知道是湖里的什么岛。""我哥活着,在岛上?"肖晃瞪大眼睛,"这是真的?"钮方丽点点头又摇摇头:"只是一种可能。""那我就去找!太湖里的小岛,没有一个我不知道的。"

一条大篷船张足了帆,在湖面上搜寻。肖晃站在船头,手上拿着一张图,和船老大商量。常亮说:"好像那边还有个墩子。""那是甲鱼墩,王八不拉屎的地方。"船老大说。常亮举起望远镜看着,过了一会儿说:"你看,墩子上好像有块红薯地。"肖晃从他手里接过望远镜,一望,果如其所说,于是说:"走,靠上去看看。"很快,船到甲鱼墩,没等船停稳,一拨人跳了下去,沿岛边搜索。

泥泞的岸边长满了芦苇,他们在岛边发现了一根拴船的桩

第13章 河灯

子,浅浅地插在泥里,前面是一块地瓜田。一个船夫喊了起来:"这儿,你们看!"肖晃和常亮一起赶到,看见了那块门板。肖晃十分激动,说:"快,分头找!"说完,他像一只猴子,急速地在草丛里穿行。突然肖晃摔倒在泥地上,待他爬起来时,不远处出现了一堆新翻的泥,一块木牌,上面有炭写的黑字,字迹很清楚:南溪肖伯雄之子齐彻之墓。

原来,老汉走后,荒岛沉寂着,再无人来。齐彻还是抱着一线希望在湖边眺望太湖,朝来往的船只呼救,可没人理他。他孤坐在岸上,一缕孤烟正飘飘袅袅地升向天空……几天过去,齐彻吃完了老汉留下的食品,生还的希望十分渺茫。于是,他将门板上的白幡撕碎,可是一片碎布条中,"奸夫"两字兀然犹存,惕目惊心。他用一根柴棍挑着白幡点燃,慢慢地烧起来。当白幡烧尽的时候,他肚子饿了,就从火堆里扒出一个烧得乌黑的红薯,放在地上拍打了一下,贪婪地啃着,连皮上那一点点渣子都不放过,吃得满嘴乌黑,然后,他走到湖边,趴下身子,大口大口地喝水……他抬起头来,脸上东一道西一道,像上过墨彩的印第安人。然后他用力挖了一个坑,用黑炭在一块木牌上写下"南溪肖伯雄之子齐彻之墓",就躺下等死了。

"哥……哥……"肖晃喊了两声,见没有动静,就扑到土堆上,看见齐彻直直地躺在坑底,一副人死气绝的样子,不禁叫起来:"哥,哥,我在这儿……"然后他滚到土坑里,抱起齐彻,听了听他的心口,觉得好像还活着,于是给他做人工呼吸。这时,众人也赶到了,他们七手八脚将齐彻从坑里抬起来。一个工人朝天空放了一枚穿天的焰炮,将消息告诉搜寻的人群……

第14章 小红孩骑大马

墨琴嫁给了蔡鸿昆。婚后第三天,蔡鸿昆去视察军营,墨琴一个人在家睡觉,直到太阳老高也不肯起床。佣妇把当天的报纸递给她,她懒懒地翻阅着,突然,一条标题新闻抓住了她的眼球:"浔泰企业大掌柜齐彻太湖获救"。她顿时花容失色,再无心看报,站起来走到窗前,继而将报纸撕成两片,推开窗,仇视地看着花园。

与此同时,钮五阳从南溪返回了上海,他偶然得知墨琴就在蔡鸿昆家里,就迫不及待地来到蔡府。以他现在的身份,卫兵不敢阻拦。他敲响了墨琴卧室的门,里面没有回应,他又敲几次,墨琴的声音才懒懒地传出来:"谁呀?"他没有说话,径自推开了门,看见墨琴背对自己,呆呆地看着窗外的花园,就走到她的身后,轻轻地叫了一声:"格格。"墨琴忽地回身,见是钮五阳,不由大吃一惊:"怎么是你?""格格,我找得你好苦。"钮五阳咚的一声单腿下跪,迫不及待地告诉她,"格格,我和钱惠离婚了,我现在可以光明正大地迎娶你了。""你和钱惠离了婚?"墨琴语气很淡漠,她的脸渐渐地憋红了,"二爷,你我真是一对阴差阳错的冤家。你不觉得来晚了?我已经结婚了。""格格,你在说什么?"他不以为然,"你难道嫁给了蔡鸿昆?""是的,在三天前,老北京饭店,你不相信,你看……"墨琴指着挂在衣架上的大福晋服装,凝视着他,"这是我的婚服,我穿了它就是真正的格格了。"他站起来吼道:"不行,蔡鸿昆不能娶你,你是我的人!""事情就是这么凑巧,我和你都失败了。我告诉你,并不是蔡鸿昆打败了我们,是天意,是老天爷打败了我们。"墨琴幽幽地说完,然后坐下,把那张撕开的

第14章 小红孩骑大马

报纸扔给钮五阳,"齐彻并没有死。"钮五阳抓起报纸,将碎了的两半对在一起,看到那条登载齐彻获救的消息,顿时像木头一样呆住了……

这时,蔡鸿昆闻讯赶到,他带着副官进来,对着钮五阳大喊:"钮五阳,请你出去。这不是军营,这是我的私宅,你闯进来想干什么?""噢,蔡师长,怎么,不欢迎我?"他转过身子,挑衅地用肩膀撞开蔡鸿昆,"可是,我不是来找你的,我找格格。"蔡鸿昆十分生气地说:"你凭什么找她?不行!""滚开,你这个乘虚而入的爬虫!无赖!我要到大帅面前告你!"他愤愤地大骂,又转身对墨琴说,"格格,我先走一步,这事没完。"说完,他默默地向外走去,到了门口又回过身来,对墨琴说:"格格,我会来接你的。"蔡鸿昆觉得蒙受了奇耻大辱,他从腰里拔出枪来,想冲上去,可是副官按住了他,劝道:"师长,钮五阳现在是大帅的红人,不是从前那个小开!""狗娘养的,欺负人到家了!"蔡鸿昆不服地收了枪,朝着钮五阳的背影骂道,"什么大帅,今天来一大帅,明天来一督军,走马灯似的换将,哪个比老子长久?看他还能管我几天!"副官掩住他的嘴,小声地说:"师长,小声点!"

经过几天的调养,齐彻终于能睁开眼说话了,他看着肖晃,伸出手来紧紧地抓住他的肩膀:"弟弟,我到处找你,以为再也见不着你了。"肖晃也十分激动:"哥,我一直想来见你。我想通了,我们爹妈遭受的一切,不能在我们身上重现!"齐彻也显得十分激动,说:"这样也好,我不会强求你了。不过,你答应我,再不要离开我了。""哥,放心吧,我不想离开你。"肖晃说,"哥,你知道吗?这回全靠方丽,她到处找你,而且提供了一条最重要的线索,我们才找到你。要是没有她,你真就没命了。""是方丽?"齐彻一惊。"是她,要没有她,你真的没命了,她对你很好。"齐彻叹了一口气:"只可惜她姓钮。""哥,我们不能太绝情……父母一代的仇和恨都过去了!"肖晃耐心地劝道,"哥,今天她来过了,看你伤成这样,难过得哭了。""肖晃,不是我绝情,你知道妈是怎么死的?你去看一看绿杨楼废屋里那摊血迹,那是妈的血……父母之仇大如天,我个人的恩爱小如绿豆芝麻,尽管方丽她人不错,可我这辈子还是不想和钮家有瓜葛。"

肖晃站了起来:"哥,那曼蝉你见不见?"齐彻看着他问:"你和曼蝉怎么样?"肖晃坚定地说:"我和她生死不离!"齐彻说:"弟弟,我不想再离开你,你和曼蝉就留下吧。不过,我不希望她介入我们的事业。我们是兄弟,是血缘之亲,你千万不能重色轻亲!"肖晃勉强地点点头答应:"哥,好吧。"齐彻又问:"墨琴呢?""你放河灯那天,她去了上海,听说嫁给了蔡鸿昆。"齐彻一惊:"你怎么知道?""我在船上看到了报上的消息。"齐彻转过头去喃喃自语:"她一定以为我死了……""哥,你别着急,一切可以从头开始。"

这时,常亮进来说:"大掌柜,吴县长来看你了。"吴县长来绿杨楼看望齐彻,并告诉他,原来的镇长已撤了,他新任命了一位镇长,是个北方人。

新镇长上任第一件事,就是开庭审理钮氏族长钮世隆。齐彻被放河灯一事见报后,引起全国公众的义愤,新镇长认为,对于这种宗族陋习必用重典,而且以其人之道还治其人之身,以儆效尤。他判示如下:"钮世隆身为族长,不思奉公守法,屡屡聚众犯禁,竟为些许地方小事,杀人沉潭放河灯,其罪不容赦,念其年事已高,不堪重刑,特重枷号笼三日,以示儆尤!今后地方众事,一律依法办理,各族不得擅自行刑……"通济桥下,钮世隆被枷在号里,来往行人纷纷来看。天热,钮氏族人派人来给他遮凉打伞。

齐彻恨钮世隆恨得直咬牙切齿,听说他被枷示众,立刻前往,他推开人群站在木枷前,冷冷地说:"九叔,想不到我们还会见面。"九叔白头直撞木枷:"你是只死不了的甲鱼……别得意,迟早有肚皮翻天的日子。""怎么,还想放我的河灯?""你这种奸淫之人,下次就要砍头,让你立毙!"齐彻大怒:"钮世隆,我本看你年迈,不想与你争长短,可是你却步步紧逼,必欲置我于死地而后快,我不明白,你为什么如此恨我,总要陷害我?我得罪了你吗?明明是你们灌醉了桑双,将常亮绑架,又设下圈套,把我们关到一起,如此下作的事,你一个白头老人怎么做得出来?""我不知道!我就看见你们睡在一起,就算你是铁嘴铜牙也赖不掉。你无非是有钱,买通了县上。别忘了你是被捉奸在床,男女两获。姓齐的,这南溪是钮家的天下,你走着瞧吧!""九叔,就是你在枷里,我也惹不起你,今后凡是你们钮家的人和事,我都不介入,行了吧?"九叔翘着胡子得意地说:"说这话,算你聪明!"

姗如来到绿杨楼,一个个房间里找曼蝉。她拦住一个门房问:"我女儿曼蝉在哪里?"门房悄悄地指着后面。于是,她来到后花园,见曼蝉坐在一只秋千上,抱着宝妹在玩耍。姗如叫了起来:"曼蝉……"曼蝉放下女儿,扑进了母亲的怀里,母女两人好生激动。姗如抹着泪说:"你这死丫头,回来也不回家,真没良心。"曼蝉将宝妹递了过来:"妈,这是你外孙女。"姗如摸着宝妹的脸,问:"听说她叫宝妹?囡囡真乖!"曼蝉喊女儿:"宝妹,快叫外婆,叫呀!"姗如亲着外孙女:"曼蝉,回家吧,回家陪陪我。""我不回家。"曼蝉有些赌气地说,"妈,钮家作恶累累,我不要跨进钮府大门了。"姗如有些无奈地说:"曼蝉,你妈是钮家的媳妇,你不要妈了?""妈,你要是愿意就搬出来,别跟他们住在一起,我看那里是个大臭水坑。"姗如无奈地看看女儿,问:"女婿呢?"曼蝉说:"他不在,妈,你说过,嫁鸡随鸡,嫁狗随狗,我嫁了肖家,和钮家没关系了。"姗如没想到女儿会这样恨自己的娘家,眼里不由湿了,她几乎是哀求地说:"曼蝉,你回家住几天陪陪妈吧。"

这时,肖晃从外面进来,曼蝉对他说:"肖哥,这是我妈。"肖晃脸上阴晴不定,似乎怕齐彻知道这事,冷淡地说:"是你妈呀?她来干什么?""哎,她是我妈啊,怎么就不能来?"曼蝉觉得他说话太过分了。"曼蝉,我怕我哥看见,他不想见你们钮家的人!快走吧。"他说完,贼一样溜走了。姗如无声地站了起来,将孩子还给曼蝉,向外走去,曼蝉在后面追着说:"妈,你别生气!"姗如没有回头,她扔下了一句话:"我不生气,这是你爹造下的孽,你我都还不清!"

钮五阳旧病复发,他见过墨琴后,每天都要到蔡府的楼下等她出来。一连多天,墨琴对他还是老样子,不理不睬的,也不见她走出蔡府半步。只是蔡鸿昆对他恨得牙根痒。这天,蔡鸿昆起床后,走到窗前掀开窗帘,又看见钮五阳远远地站在门前的一棵树下向上望,他非常生气,回头看了看墨琴,见她还在酣睡,就拿起桌上的手枪,躲在帘后,向钮五阳瞄准。这时,墨琴醒了,倦怠地睁开眼,见蔡鸿昆在窗前行动诡异,就说:"喂,你在干啥?"蔡鸿昆一惊,忙把手枪放在窗帘下,回过身来。墨琴披着睡衣起来,走到窗前,拉开窗帘,见钮五阳正抬着头向上仰望。蔡鸿昆愤怒地说:"这个钮五阳,太无耻了!"墨琴呆站在那里,心里开了锅似的,她自语道:"这世上,惟有二爷真心爱我。"蔡鸿昆不满地问:"墨琴,你这话是……""你放心吧,我既然嫁给了你,就是你的人。"说完,她缓缓地放下了窗帘。

钮五阳一直待到中午,仍不见墨琴出来。他怅然离开,回到大帅府的书房,呆呆坐在桌前。他忽然想写点什么,就拿起毛笔在纸上乱画,不久竟拼成一副对联:"妻离妾死,终成孤寡独鳏;爱恨别离,直至鬼婚阴亲",横披:"非墨琴不娶"。刚写完,卫兵进

第14章 小红孩骑大马

来通知他,大帅已第三次来电。钮五阳扔下毛笔,喝道:"对大帅说,我病了,去不了。"卫兵正想退出去,他又把卫兵叫住,"拿去,把这对联贴在大门口。"卫兵看了看对联,说:"团长,这恐怕不好,别人会笑的。"他一拍桌子:"贴!""是!"卫兵上前拿走对联。对联贴出后,就引来许多军人观看……

为了寻找齐彻,方丽感染了风寒,多日才好,齐彻却一次也没来看望过她。她去过绿杨楼,可是看门人不让进,她问为什么,门人说,掌柜的吩咐了,只要是钮府的人都不让进。她无奈地回到住处,见门前站着一个拎着包的男人。那个人见她回来,一脸笑容地迎了上来。方丽仔细一看,竟是曾景岩,她忧郁地笑着:"景岩,怎么是你?"曾景岩见她脸色不好,关切地问:"方丽,你怎么了?"听到他这种关切的话语,她再也控制不住自己,竟一头靠在丫环肩上哭了起来。曾景岩心知她受了委屈,又不好多问。进了屋子,趁方丽换衣服,丫环咬牙切齿地告诉他:"被齐彻害的。"

丫环沏了茶水出去了,轻轻地关上了门。曾景岩问:"方丽,到底发生了什么事?"她擦着泪:"你帮不了我,谁也帮不了我。"这时,铁儿推门进来,他看到曾景岩,歪着头好奇地问:"妈妈,他是谁?是我爸爸吗?我要爸爸。"她一把抱住儿子:"铁儿,叫叔叔。"铁儿看了看他:"叔叔?那我爸爸呢?你知道我爸爸在哪里吗?"钮方丽语塞,拉着儿子说:"好孩子,去外面玩,妈跟叔叔有话要讲,过一会儿妈来叫你,好吗?"铁儿出去了。曾景岩不由得问:"这孩子真乖,他爸爸呢?"钮方丽愣了一愣,突然说:"他爸爸是齐彻!"曾景岩一惊:"齐彻?"当他了解了内情,不由愤怒了,他说:"我这就去找他!"方丽挡他没有挡住,曾景岩就噔噔地跑掉了。她很后悔说出了真相,可是这些年来,话堵在喉咙口,再不说就得把她憋死。

曾景岩到了绿杨楼，要了一个房间住下，然后写了一张纸条交给门房，让门房转交齐彻，约他夜游太湖。接着，他去码头包下了一条游船。彩船扎得很漂亮，船上一张花几，摆设精致，备好了酒菜。齐彻在厂里开会，晚到了一会儿，当他踩着跳板上船时，曾景岩出来迎他，还搀了他一把。进舱后，两人坐下寒暄。齐彻曾和他同去法国，是老相识，相见很是高兴："景岩兄，你好兴致，刚到南溪就要游太湖，我在这住了好几年，也只游了两次。"曾景岩笑道："太湖胜景，天下闻名，怎可不赏？"齐彻问："老兄在北京实业部混得如何？"曾景岩仍然笑道："仍是佥事，一介白丁，哪像你，已是天下闻名的大企业家喽。"齐彻也笑道："过奖过奖，做企业辛苦，哪像你们做官的，吃皇粮多舒坦。"两人聊了一会儿，齐彻见曾景岩似乎心神不定，而且没有叫船夫开船的意思，就问："莫非景岩兄还约了客人？"曾景岩说："被你说对了，确实有一个，是个女客，也是同学。"齐彻忽地站了起来——去法国留洋的，在南溪除了他就只有钮方丽，于是问："谁？钮方丽？如果是她我就不去了。""不行，看我面子，你一定要留下。"曾景岩一把拉住了齐彻，这时，钮方丽也正好赶到，她一上船，见到齐彻，不由一愣。曾景岩一把将她拉过来说："方丽，齐先生也在，我们三个都是留法的，今天只饮酒作乐，不谈旧事，如何？"方丽犹豫了片刻，曾景岩就说："方丽，你要大气些，人家齐先生都坐着没动，你就来吧。"接着，大声呼唤船夫，"开船！"

很快，船就到了太湖中，离岸也不太远，此日风平浪静，湖景很美。三个人坐在舱内，对着一桌精致的小菜，谁也不说话。看齐彻与方丽之间火药味十足，曾景岩只得先开了口："齐公子，钮小姐，来，不才举杯，敬你们如何？"其实，他这次约这一对冤家出来，意不在游山玩水，而是想化解他们之间的误会。钮方丽听了曾景岩的话后，强作笑脸，先举起杯说："曾先生，齐先生，我敬你

第 14 章 小红孩骑大马

们。"说完,一口饮尽。曾景岩也饮尽杯中酒,扬着杯看齐彻,齐彻举起了杯,只放在唇边嗅了嗅,就放下了。曾景岩知其心意,便又倒了一杯酒,举起来对齐彻说:"来,我们哥俩喝一杯,行不行?"齐彻这才将杯中酒喝得一干二净,还说:"好酒,不错!"曾景岩又举起一杯对钮方丽说:"钮小姐,来,我敬你。"钮方丽端起酒杯,不由得感触旧情,于是说:"景岩,我们是第一次游湖,可我跟齐先生……已是第二次了。我还记得齐先生为我下湖去采红菱,甜甜的红菱,至今还有余味。"齐彻回答说:"没错,那一次我们正在热恋中。"曾景岩一听,笑了起来:"那好办,现在又是采红菱的季节,又是旧地重游,齐先生,我们可馋了,等你再露一手。"齐彻觉得这似乎是钮方丽设下的圈套,酸酸地说:"谁想吃红菱,自己下去采呀!"曾景岩说:"那不行,你是高手,红菱可是江南美味。"齐彻不冷不热地说:"这我可不敢。景岩兄,你不知道,我在钮府之人的眼里是个奸淫之徒。景岩,今天如果你不在,我断不敢上这船……"齐彻说话很冷,曾景岩想替方丽挽回一点什么,就劝道:"齐先生,这就是你的不对了,钮家的罪过不能算在方丽的身上。你留过洋,应该知道罗密欧和朱丽叶的故事,爱情终究会战胜世仇、战胜家族,因为生命就是一种爱,像水一样无所不在……"齐彻说:"说得好,可是钮府人人都是蛇蝎,那钮府门内断没有爱,没有情,只有血光剑气!"方丽的眼中闪出了泪光,双手打颤,以至于把面前的酒杯都碰倒了,洒了一桌。曾景岩也坐不住了,说:"齐彻,你太过分了!你应该尊重女士,钮小姐是我请来的客人,你不能这样说。"

见船在湖边划行,离岸不远,齐彻站了起来,将衣服脱掉,站在船头愤愤地说:"景岩,你设计了一个圈套,不就是想要我给钮家采红菱吗?采红菱确实很浪漫……"说完,就跳下水,游到水草间,将半生不熟的菱角雨点一样抛过来,砸在他们身上,一只菱角抛进汤盆里,溅了他们一脸汤汁,曾景岩和钮方丽左躲右闪……齐彻闹了一阵,在水里喊道:"节目很精彩,可惜结束了。"说完,独自向岸边游去。

看着齐彻游上岸,头也不回地渐渐远去,方丽失声哭了起来。曾景岩劝道:"方丽,这种人算了,我看他真是绝情。""景岩,别的我都能忍,可是铁儿不能没有父亲。孩子还小,他希望跟别的孩子一样有父爱……为了铁儿,我还会去找他。"

齐彻从湖边独自走了,方丽与曾景岩无心游湖,也回到绿杨楼。曾景岩见她一脸忧思,就说:"我出去一趟。"他来到齐彻的房间,见齐彻正泡在一个大木桶里洗澡,就叫了一声。齐彻忽地从桶里冒出头来说:"回来了,景岩?别到处走动,南溪离太湖近,小心让土匪把你绑了。进来洗个澡吧,这浴汤里我加了竹叶香蒿,清肺理气,对人的五脏六腑有好处的。"曾景岩站在门口说:"我不洗。齐彻,钮小姐在房里,我看你们真该好好谈谈,说不定是什么误会。"齐彻一脸的不快:"她脸皮真厚,怎么还不走?""齐彻……"曾景岩还想说什么,不料齐彻火了,从水桶里站了起来,光身走到窗前,冲曾景岩房间的方向大喊:"姓钮的,滚!你愿找谁就找谁,别来烦我!我和你没关系,世界上男人有的是,你嫁一条狗也比嫁我好几千倍!"

方丽正在房间里闷坐,一听这话,急火攻心,咣的一声昏倒在地上。曾景岩也大怒,本想上前教训齐彻,听方丽那边声音不对,赶紧回房间抱起了她,放在床上,用冷毛巾给她敷了一会儿额头,钮方丽苏醒过来。齐彻的所作所为让曾景岩非常气愤,他送走了钮方丽,又赶到齐彻的房间。齐彻正要出门,被阻在门口。曾景岩冷着脸说:"请留步,我有话说。"齐彻说:"还有什么名堂?""你必须为刚才的行为负责!"曾景岩愤怒地大叫起来,"齐

第14章 小红孩骑大马

彻,你算不上是个堂堂正正的绅士,你侮辱了一个正派的小姐,也侮辱了我,你必须有个说法。""你向我挑衅?""随你怎么想,法国式决斗吧!胆小鬼,既然你是留法的,就按法国人的方式。"齐彻没有想到曾景岩会来这一招,不禁一愣,问:"如果我说不呢?"曾景岩一字一句地说:"可以,你必须向钮小姐赔礼道歉。"齐彻瞪了大眼说:"决不!我接受你的挑战!"

决斗的地点选在了尚书坟。一个穿军装的中尉做证人,古老的石人石马肃立两旁。齐彻说:"我喜欢这儿,有老尚书作证,是一个出英雄的时刻。"曾景岩的随从端上一只锦盒,拿出两把左轮枪,曾景岩说:"这枪,我本来是送你防身的,今天正好派上用场。你请。"齐彻随手拿了一把,肖晃接了过来,打开扳机,朝天放了一枪,刺耳的枪声惊飞了附近的乌鸦。他又装上子弹,递给齐彻说:"哥,这把给你。"齐彻拿在手里,垂直地拎着。曾景岩看也不看,拎起了另一把,走上前来对中尉:"中尉,可以开始了。"中尉说了声:"好!"又挥一下手,齐彻和曾景岩两人执枪背靠背站着。"这是最后的机会。"中尉看了看两人,"你们都可以反悔。"齐彻说:"我不反悔。"曾景岩说:"死而无悔。"中尉见两人都没有悔意,就命令道:"开始,每人向前各走十步。"齐彻和曾景岩各自朝相反方向走了十步,然后转身,举起枪瞄准对方。中尉一挥手,喊道:"开枪!"齐彻瞄准对手的枪突然垂了下来。曾景岩不知道为何,也把枪垂了下来,问齐彻:"你为什么不开枪?"齐彻说:"你先开。"曾景岩慢慢地举枪,瞄准对方,他想了想,觉得这不公平,于是朝天开了一枪,缓缓垂下手。这时,齐彻却举起了枪,他看也不看,就很坚决地朝对方射去。砰的一枪,曾景岩的身子震动了一下,缓缓倒地,血从肩窝处流下来。齐彻慢慢地走过去,把枪扔在曾景岩身边,冷酷地说:"再见,曾先生,但愿你以后不要多管闲事了。"

　　曾景岩的伤势严重。钮府派了几个下人用担架将他抬到码头,直接送到上海教会医院,住了半个月才稍好一点。因为北京有事,他赶着回去,钮方丽送到火车站。在车上,曾景岩紧紧抓着她的手说:"方丽,听我一句,好吗?"她说:"景岩,我对不起你。你是我最好的朋友,你为我而受伤,我真不好意思。""方丽,离开这儿吧,我还是那句老话,跟我去北京。"他的脸色苍白,显得力不从心,"我看透了齐彻,他变了,变得没有人性,蛇蝎心肠,你早该离他而去。""景岩,要是没有铁儿,我马上会跟你走。"钮方丽仍然是一脸的泪水,"我一向是个和事佬,不想掺杂上一辈人恩怨,可齐彻逼我成为肖家的一个敌人,在敌人和爱人之间,我没有选择,尽管我想做肖家的朋友,消弭两代的仇隙,可是你看……""你不要再想他了!"曾景岩说,"方丽,你很善良,可是齐彻他很绝情,出乎我的想象。""我不走,为了铁儿,我要和他斗。"这时,汽笛鸣响,火车缓缓启动,曾景岩的手微动示意,他眼角都是泪:多么好的女人,却毁在一个罪恶的家族里!

　　从尚书坟回来,肖晃发现妻子不见了。宝妹找不到母亲,哭个不停。肖晃找遍了该找的地方,都没有曼蝉的下落,他急得像热锅上的蚂蚁,在屋里来回走动。齐彻判断说:"肯定是钮家在捣鬼,节妇和毛狗比任何人都毒!"肖晃一听急了:"那怎么办?""你不要露面,那帮人认识你,正要抓你。我去钮府看看。"他想了想,"你把你身上这套衣服借给我,然后准备一条船。""你穿我的衣服?为什么?哥,还是我去吧。"肖晃见要他冒充自己去钮府,知道必有危险,就说,"哥,你不能冒这个险。"齐彻笑了笑说:"放心,我自有办法,你快脱衣服。"然后在肖晃耳边嘀咕了一阵。

第 14 章 小红孩骑大马

易装后的齐彻像一个太湖里的捕鱼人,从钮府的墙上跳进钮府,直奔存武堂而去。他从窗户的一角往里望去,果然见曼蝉被绑在一根柱子上,两个健壮的女佣看着她,曼蝉已经筋疲力尽,嘴里仍一个劲在喊:"让我走,让我回去!"齐彻跳窗进去,向曼蝉一步步走去,脚下忽然被绊,重重摔倒在地,几个埋伏的家丁冲进来扭住了他。这时,毛狗不知从何处闪出,得意地狂笑起来:"好个太湖强盗,我就知道你要故伎重演,小跳蚤能翻起什么大浪!"曼蝉以为肖晃中计,大喊:"肖哥……"毛狗对曼蝉喝道:"别肖哥肖哥的,雌雄大盗成双成对,你想两人一起去坐牢?"然后,又吩咐家丁把假肖晃送镇公所。天色已晚,众人点起火把,打着灯笼,准备去镇公所,刚到门口,推开大门,不由傻了:无数的工人举着火把将钮府大门前照得亮如白昼。毛狗又赶紧关上门。师爷听到闹声,也赶来了,惊惶失措地喊道:"这是造反!他齐彻目无国法,聚众闹事,离死也不远了!他敢来抢太湖强盗,正好也抓住他。快去报官。"毛狗有些为难地说:"师爷,我们现在可是出不去啊。"正僵持间,镇公所的警兵闻声而来,他们鸣枪驱散众人。毛狗和师爷趁机开门出来,向新来的镇长报告:"镇长,齐彻他聚众闹事。"常亮从人群里出来:"镇长,钮家无视法律,抓走我齐大掌柜,我们是来要人的。"镇长一惊:"噢?又抓了齐大掌柜?"毛狗狞笑着:"镇长,没那回事,我们抓的是太湖强盗肖晃,该抓。"常亮说:"是齐大掌柜,不信,你让他出来。"镇长一听,也一时辨不了真假,对毛狗说:"走,去看看。"毛狗说:"镇长,他们造谣,我们抓的这个太湖大盗,是太湖第二大匪首,人还在这儿,正准备送到你处请功……"

一个家丁推出蒙着头的齐彻,镇长走上去,一把扯下他头上蒙着的布袋。齐彻捋捋头发:"镇长,这是怎么回事?""齐先生,真的是你!"镇长随即转过身来向毛狗咆哮,"你,你目无国法!"就

429

在齐彻与毛狗一干人在门前争执时，肖晃早从后门溜进了存武堂，悄悄带着曼蝉跳到墙外，沿着小巷飞奔，他们来到河边，上了他早已准备好的船只。宝妹正在佣人的怀里啼哭，曼蝉一把抱过宝妹……

钮五阳的痴行惊动了大帅。卢略本来对蔡鸿昆不满，便将他叫到帅府狠狠训了一顿，并将白俄攻打帅府的责任算到了他的头上，将他解除了武装。蔡鸿昆被关在帅府，三天没让他回家，第四天北洋政府来电，总算留了他一条命，放了出来。当他走到自己家时，蔡府大宅门前已空无一人。他披头散发，便衣闲装，只有一双马靴，还让人看得出他曾是个当兵的。靴声橐橐，他走进门来，穿过大厅，一直到了楼上。大宅里空荡荡的，他站在卧房前，慢慢地推开了门，见墨琴正坐在沙发前发愣，见他进来，跳了起来："鸿昆，怎么回事？站岗的兵都撤了！"蔡鸿昆没有说话，呆着脸坐下。"你哑了？到底怎么回事？""红颜祸水。我输了，格格，我和你还是没有缘分。"他结巴起来，"钮五阳赢了你，格格，你走吧。""说什么呀你？他赢了我，这是什么意思？"她不明白，走到他面前，"鸿昆，你葫芦里卖的什么药？到底是怎么回事？你不是说回安徽老家，把我带回去给乡亲们看吗？今天你……"蔡鸿昆低着头说："格格，钮五阳在大帅面前告了我，我被解职了。""解职了？好呀，回家当农民去。"墨琴拍手大笑，"我是你老婆，去你的老家当老农也强似当个杀人军阀。""格格，我不能带你走，那里太穷，你住不惯的。"蔡鸿昆仍然低着头，小声地说，"钮五阳救了大帅的命。前些日子，淳亲王，也就是你的父亲在上海，他策动白俄搞了一次兵变，差一点活捉卢大帅，是钮五阳救了大帅的命，现在他是大帅面前最红的人，我惹不起他。"墨琴一惊，问："这么说，你要休了我？""休？我不敢。格格，我们没有缘分。"蔡

第 14 章 小红孩骑大马

鸿昆把头埋得更低了,"我要去向钮上校请罪,请他饶恕!""好,真好!你他妈的……"墨琴想骂人,却没骂出口,,气得给了他一耳光,"真没骨气!我是什么?是你们男人春风得意时的点缀?一旦有个风吹草动,你就缩头了,你信誓旦旦地说过的话,都是谎言。好,我走,我走!你这种男人,不跟你过也罢!"说罢,她冲到内室收拾衣物,然后一阵风似的下了楼,扬长而去。

墨琴拎着包,刚跑出门,一辆豪华的汽车驶进了蔡府,钮五阳衣装笔挺,从汽车里下来,走进了蔡鸿昆的小楼,推开了门,见他呆呆地坐在窗前,喊了一声:"蔡师长,我来接格格。"蔡鸿昆立刻站了起来,用一种可怜的口气说:"钮上校,格格刚走,她是你的了。""哎,你怎么不叫她等一会儿?"钮五阳快步下楼,跑着上车,对司机说:"快追。"钮五阳出去后,蔡鸿昆站在窗前一动不动,向外看了很久。最后,他站了起来,将那只他修了又补的官窑瓷瓶狠狠地扔向楼梯……这是一个小军阀的情史,他曾不可一世的气焰随着仕途的结束而结束,女人抵不上点缀在他军衔上的一颗小星……

齐彻带着肖晃和曼蝉连夜到了上海,住进齐彻在九江路的大房子里,房间配有暗室,十分安全。肖晃和曼蝉足足睡了一天,到了晚上才起来吃饭。这时有人敲门,齐彻让肖晃他们藏了起来,自己去开门,见是墨琴,他惊讶地叫了起来:"格格,怎么是你?"墨琴放下包说:"齐先生,你又叫我格格了。"齐彻笑了,曼蝉知道是墨琴,也从藏身处出来,拉着墨琴的手:"墨琴姐姐,快过来一起吃饭。"墨琴坐定后,齐彻问她:"你怎么了?听说姓蔡的把你看得很牢。""蔡鸿昆斗不过钮五阳,把我给卖了。"墨琴叹了一口气说,"把我退给钮五阳了。""这些军阀实在是可笑!对待爱情就像搞政治一样卑鄙。"齐彻放下筷子又问,"墨琴,那你怎么办?""我跟你走。本来就是一次误会,我以为你死了,才嫁给了蔡鸿昆。"齐彻说:"好,墨琴,你先住下来,明天我去一趟怡和洋行,后天我们回南溪。"墨琴点点头,门口又响起尖锐的汽车喇叭声。肖晃走到窗前一看,说道:"大哥,是钮五阳。""我出去看看。"齐彻站了起来,墨琴走过去,按住了他:"你们都别去,我去!"说完她走出门来,钮五阳正靠着汽车站着,一见墨琴走来,满脸堆笑:"格格,我知道你不喜欢蔡胖子,所以来接你。我给你找了上海最好的地方住。""谁是你的格格?别苍蝇一样老叮着我行不行?让我自己过清静日子。"她没好声气地说,"就算我不喜欢蔡鸿昆,也不喜欢你,我不会跟你走的。"钮五阳脸上变了色,不怀好意地说:"格格,你肯定不知道,这房子里住着一个警方通缉的太湖强盗,听说日本人也要抓他,他是经济间谍,你住在这里会有危险的。"曼蝉在屋里听着,再也忍不住了,从屋子里跑出来,对着钮五阳喊道:"哥,这个太湖强盗是你的妹夫!你要干什么?"钮五阳得意地说:"小妹,我干什么,要看格格的表现!"曼蝉说:"哥,你怎么没脸没皮?格格根本不认你。"钮五阳阴笑着说:"她不认我,那我也不认你们。"

墨琴回到房间,齐彻气愤地说:"这钮五阳简直是只大苍蝇。"墨琴看了看外面,问:"怎么办?"齐彻和肖晃脸色凝重,墨琴怯生生地问:"是不是我又给你们带来了麻烦?"齐彻说:"钮五阳居心不良,得不到你是不肯甘休的。我是不怕他,只是肖晃有危险。"肖晃提议说:"要不,我们再换地方,马上走。"齐彻说:"怕他已派了兵监视我们。"夜里,墨琴和齐彻去万国酒店,引开了钮五阳,肖晃和曼蝉悄悄地溜了。他们以为很隐秘,其实早被钮五阳盯上了。

在万国大酒店,墨琴和齐彻步入舞池,她贴着他亲热地问:"你真的爱我?"齐彻伸出手捻着她的鼻尖说:"墨琴,没有钮家害我,我们不是早就在一起了?"墨琴将双手吊在齐彻的脖子上,狂热地亲着他。"明天回南溪,"齐彻说,"回南溪举行婚礼。"墨琴的脸上露出了幸福的笑容……

墨琴与齐彻的婚事定在秋分,日子不远了。墨琴想念蔡府里那件大福晋的礼服,就去苏州订做,作为婚服。她不想让钮方丽知道她的婚事,可是礼服送来时,钮方丽还是知道了,心里很不是滋味。铁儿在院子里看母鸡领着一群小鸡在找食,好奇地问她:"妈妈,妈妈,这么多小鸡,为什么只有一个鸡妈妈?它们跟我一样,也没有爸爸吗?"钮方丽顿时泪如雨下,她抱着铁儿说:"孩子,你有爸爸,可是你的爸爸就要娶别的女人了。"铁儿从母亲怀里挣了出来,好奇地问:"妈妈,那我爸爸是谁?他要跟谁结婚?"她背过身去,掩口哭了出来。这时,一个下人过来告诉她,胡德林来了。

胡德林脸色苍白地走了起来,他好像有些无奈,又想掩饰无奈。"有事吗?"她问。"没什么事,来看看你。"她看出了胡德林的窘迫,于是就问:"如宝好吗?我啥时候看看她去。"胡德林不答,突然地说:"方丽,我想要你回去……"见她愣了,胡德林接着说,"我想你。过去的事是我不好,我问心有愧,对不起你。"说着,他跪下了,抱着她的膝哀求,"你是我们胡家最好的媳妇,你救了我,我反而休了你,我没有良心。我告诉你,这些日子我总在做梦,梦见我们胡家的祖宗在骂我,让我寝食不安……""这不可能……"她推开胡德林,转过头去,"你我缘分已尽。""没有尽!方丽,你还单身一人,足以证明你是清白的,齐彻也定在秋分结婚,一切都该有个了局,方丽,我们复婚吧!""这不可能!"提起齐彻,她心痛起来,"德林,我们本不该走到一起,那完全是一种误会。而且,你不会接受铁儿,铁儿没有爸爸也不行,铁儿是齐彻的儿子。"胡德林却说:"你还骗我,铁儿不是齐彻的儿子!""你不信也得信。"她转过身来,"那么你说,铁儿是谁的儿子?"

婚前,一个稳婆来绿杨楼为墨琴绞面。稳婆在她脸上敷了一层绿色的西瓜皮泥,还直夸墨琴的皮肤好,就像婴儿面一样。墨琴躺着,听凭那婆子待弄她。"这是宫里的秘方,西瓜皮泥会让你的皮肤更好更白。"墨琴听了,高兴极了。钮方丽提着一盒礼物走了进来,她将手放在唇上,示意稳婆不要说话,默默地看着墨琴。墨琴全然不知有人进来,仍闭着眼在说:"我喜欢齐先生,是因为他是个重情重义的男人,他救过我,帮过我,我帮着二爷害过他,他都不计较……"婆子推了她一下,墨琴睁开了眼,看见了钮方丽,于是坐了起来:"方丽姐,你不该偷听我们说话。""没有呀!我刚进来。"她将手里一盒礼物放在桌上,"我是来送贺礼的。""这是什么?""打开看看吧。"墨琴没有想到钮方丽会来送礼,于是就打开了礼品包,发现是两条鸳鸯戏水的小兜肚,不禁赞叹起来:"真漂亮呀!谢谢,你的贺礼真的很漂亮。结婚那天,我和齐先生一人一件。"听墨琴这么说,钮方丽强忍着眼泪,可还是控制不住,先是眼中流泪,嘴巴抽搐着,接着就双手掩面无声地抽泣。"方丽姐,方丽姐,你怎么了?"墨琴坐起来,轻轻拍着她的肩,"到底怎么了?"钮方丽摇了摇头,说不出话,只是趴在桌上哭。墨琴示意稳婆出去,她轻轻地问:"是不是为了齐先生?你还爱着他?……别瞒我了,他是喜欢你,可他不可能娶你,你们钮肖两家仇深似海,从上辈又到今天,方丽姐,你想开些……""墨琴,你们就要结婚了,也许我不该对你说,可是我觉得铁儿他不该没有父亲!"她声音低沉,"铁儿,我的孩子,也是齐彻的儿子,他天天向我要父亲,我真受不了!我受点苦没什么,可是孩子……他多想有一个爸爸!""你说什么?铁儿他真是你和齐彻的孩子?"墨琴似乎难以置信,"铁儿不是胡家的孩子吗?""不,铁儿是我和齐彻生的。""真的?""是真的。"墨琴呆了好一会儿,突然跳了起来,说:"方丽姐,我最恨不要孩子的父亲了!我从小就没有父亲,他到现在也不认我。虎毒不食子,男人简直狼心狗肺!"墨琴触动了儿时的心事,突然发起火来。方丽说:"你不要这样说,齐先生到现在也不承认铁儿是他儿子……""他跟我父亲完全一样,淳亲王不是到现在也不认我?可我就是格格,我就是他的女儿!没有一个母亲会说错自己孩子的父亲……方丽,他为什么不认?因为仇恨钮家,所以不认儿子?他不管娶谁,这孩子他必须得认!"钮方丽不经意的几句话,竟惹动了墨琴一肚子心事,勾起她的一股怨气。钮方丽见墨琴认真起来,就劝她:"你千万别为了我伤了你们的和气。""不,我要让他认儿子!"墨琴坐下说,"方丽姐,其实我很同情你。我也想过了,齐先生对我好,可是比起别的男人,他还是差点儿劲。我喜欢他,是因为他是个真正的男人,如果他不认自己的儿子,我就不嫁给他!"

"墨琴,这是何苦?你们历尽苦难,走到这一步也不容易。"她劝道,"我只是心里难受,忍不住了跟你说说。再说,齐彻他不会认铁儿的。""他不认,我就走。他不认儿子,以后也会不认我……方丽姐,你提醒了我,我是应该走,把齐彻还给你……"方丽见她真的要走,拼命地拉住她……

当天夜里,墨琴和齐彻吵了架,第二天一早,她收拾了东西,到服装传习所来找方丽,说:"我决定了,走。姐姐,你这么爱他,我希望你能勇敢些,找他说清楚。"说完,她把一只小兜肚还给她,一只则收了起来,放进包里,接着说,"谢谢你这精美的礼物,也许会在别处派上用场。""墨琴,你不要走!"钮方丽还想说什么,可是墨琴已经开门拎着东西走了。她愣了一下,忙追了出去:"墨琴,墨琴,你去哪里?你不要走!""我不知道……"墨琴说完,头也不回地向前走去……

墨琴走后,齐彻在屋里闷了一天,他知道是钮方丽来找墨琴的缘故,气得把手里的酒杯丢在地上,吼道:"又是钮家搞鬼!"他大踏步走出门,来到钮方丽的住处。刚走到门外,就听到铁儿和钮方丽一起念童谣:

> 小红孩,骑大马,一走走到丈人家。
> 大马拉到梧桐下,小马拴到栀子花。
> 大小姐扯,二小姐拉,
> 红鞋粉高底,桃腮官粉擦。
> 马鞭扔在楼底下……

齐彻推开门进来。方丽不知所措地站了起来,当她看到是齐彻时,就抱起铁儿:"铁儿,这是……"可是,她一时语塞,不知说什么好。"妈妈,来了一个叔叔,对吗?"在以前,凡是来了男人,方丽都会让儿子叫叔叔。"不。"钮方丽突然大声地说,"铁儿,他,他是你爸爸。"齐彻以为她又在玩把戏,板着脸说:"好了,钮小姐,别玩这种游戏了,我不是他爸爸!""齐彻,不管你承认不承认,铁儿他就是你的儿子。"钮方丽把儿子交给门外的保姆,然后咬紧牙关,一字一句地说:"我以我的人格发誓,他就是你儿子,是那次你在绿杨楼留下的种。""钮大小姐,可你告诉过我,在那之前你在胡家已怀了孕,是你亲口告诉我的。""我是说过,可不是真的,我是怕胡家再让人干坏事……""我不信,你别再说了。你一次次说谎,到底为什么?我一次次躲着你们钮家,可你们一次次找上门来,肖家被你们害惨了,你还要一代代地害下去吗?"齐彻冷笑着说,"我知道,为了绿杨楼上的那个错误,你要讨个说法,是不是?好吧,就算铁儿是我的儿子,我也不会承认,算是我惩罚你们钮家留下的孽种。""齐彻,你伤害我可以,不要伤害这个孩子。铁儿真的是你的骨血,你们肖家的……"铁儿听到争吵,从外面跑进来:"妈妈,你别吵了,我不要爸爸,不要了。""铁儿,每个人都有爸爸。"她抱起儿子,坚定地说,"他就是你的爸爸,不管他要还是不要。"

　　看着孩子无辜的脸,齐彻心软了下来,可是嘴里又冒出一句:"你到底想要什么?""我只想给铁儿要个爸爸!"她说。"你难道只是为了孩子才气走墨琴?为了孩子?我不信!""是的,我告诉了墨琴铁儿是你的儿子,她生气了。如果你把账算在我头上……你放心,我明天去上海,把她找回来还给你,这样你总该满意了吧?"

　　齐彻想说什么,他看了眼孩子,眼神变得很奇怪,最后挥了挥手,什么也没说,扭头走了。

　　肖晃和曼蝉在租界找了房子悄悄住下,但军政当局并没有放松对肖晃的追捕,报纸登了对肖晃的通缉令。曼蝉看了报纸,十分担心。齐彻觉得现时的上海很危险,决定让肖晃带着曼蝉出国。曼蝉非常高兴,可肖晃却很犹豫,他认为正是齐彻事业的危急时刻,他不能离开哥哥。自从他们弟兄相认以来,他觉得齐彻现在更需要他了。"可是,肖哥,我们这样东躲西藏的,怎么帮你哥做事?"曼蝉说,她认为肖晃的话有道理,但实在太担心他的安全,所以力劝他出国躲躲。"再等等,等我哥这儿的事平定下来,再走不迟。"他突然想起一件事,对曼蝉说,"曼蝉,昨天我在静安寺碰上刀疤阿三,他们也看到了报上的通缉令,劝我回老虫岛去。"曼蝉瞪大眼睛:"你千万不能回去,土匪兄弟是挺义气,可现在你有了妻儿,不可以再做强盗,不可以的。"肖晃说:"我不会回去的,曼蝉,你们娘儿俩是我的命根子,我不会回去,我们一生一世也不分开。"肖晃答应了曼蝉,等齐彻一结婚,他们就去国外,一辈子厮守。

　　钮方丽一夜未眠,齐彻最后看孩子的那一眼,让她深思。铁儿越来越像齐彻,他真的就是齐彻的儿子。天快亮时,她决定将铁儿留在齐彻的住处观察一下,看他们父子的缘分。于是,她去了绿杨楼,把铁儿留在齐彻处,让女仆依菱帮她看几天。齐彻从厂里回来,突然看到铁儿,不禁问:"这是怎么回事?"依菱说,钮方丽去了上海,把孩子留在这儿住几天。见齐彻一脸不快,她说:"要不,我送他回去?"齐彻看了看铁儿那张稚嫩的脸,说:"算了,你就带几天吧。"铁儿十分乖巧,走过来伸出双手要齐彻抱。齐彻弯下腰仔细地看着孩子的脸,已伸出双手,终于又缩了回去。

　　夜里,齐彻在灯下看书,忽然厢房里铁儿哭闹起来,怎么劝也不听,他不要依菱要妈妈。齐彻被吵得不行,大步流星地从书房赶过去,呵斥依菱:"连个孩子也不会看,干啥吃的?"依菱说:"老爷,铁儿没离开过母亲,一时不太习惯。""这么闹,叫我怎么工作?"铁儿从床上爬过来:"爸爸,我要爸爸!"

　　齐彻一时有些尴尬,犹豫着接过了铁儿,抱在手里。铁儿真的不哭了,安静地伏在齐彻的肩膀上,一动不动……依菱轻声说:"老爷,这真神了,刚才好些个人轮流抱铁儿,他都闹,到了你的手里就不哭了,你看他多乖呀!"

　　窗前月光透进来,泻着水银一样的光。齐彻抱着铁儿,铁儿已经入睡,他轻轻地把孩子放在自己床上,替他盖好被子。月光下,孩子的脸特别宁静、乖巧……齐彻用手轻轻抚着他的脸,忽然想到什么,在抽屉里找到一张自己小时候在育婴堂里的照片,坐在铁儿身边,用放大镜细细地看,发现铁儿真的跟自己小时候很像!此刻,这个钢铁男人被一种柔情软化着,那是人类的天性,是孩子花朵般美妙的脸,撒下了亲情的种子,像铁树一样在午夜时分开花了。在这天夜里,齐彻终于相信了:这就是他的孩子,是他的骨血,从小缺乏父母之爱的他,也许比别人更理解一个孩子真正的需要!

　　第二天早上,兴奋的齐彻抱着铁儿来到办公室,职员们一看,都围了过来,有人问这是谁的孩子,齐彻笑了笑说:"你们看他像不像我?"威严的大掌柜一下子变得这么和善,员工纷纷上来替孩子相面,都说像,有人问:"哎,真有点像。不过大掌柜,你又没结婚,哪来的孩子?""是我的孩子,当年丢了,现在找回来了。"他把铁儿放在大掌柜的座位上说,"将来这个座位给他!"铁儿似乎很听话,在他手里十分温顺。下班后,齐彻把铁儿放在肩上扛回去。为了让铁儿高兴,齐彻跪在地上,让铁儿骑着。这天,铁儿骑在齐彻身上,齐彻边爬边说:"铁儿,拿鞭子抽马,让马儿走快一点。"铁儿拿着一根竹条轻轻抽了一下,齐彻装着很疼的样子,铁儿就扔下竹条,弯下身子贴住齐彻的背:"不打,马儿会疼的。"齐彻转过身来把铁儿揽在怀里:"铁儿这么小,就知道心疼爸爸了。"铁儿像是没有反应过来,呆了一会儿,问齐彻:"爸爸,你为什么是我爸爸?"他被孩子逗笑了,反问:"你说呢?"铁儿摇了摇头说:"我不知道。妈妈告诉我的。"齐彻看着铁儿问:"铁儿,你想妈妈吗?"铁儿突然哇的一声哭了起来:"我想妈妈了。"齐彻只好哄铁儿,在月光下,他抱着铁儿一起睡,念着方丽念过那首儿歌:

　　　　小红孩,骑大马,一走走到丈人家。
　　　　大马拉在梧桐下,小马拴到栀子花。
　　　　大小姐扯,二小姐拉,
　　　　红鞋粉高底,桃腮官粉擦。
　　　　马鞭扔在楼底下……

铁儿念着念着,睡了。在梦中,铁儿喊道:"妈妈,我要爸爸。"齐彻惊了一下,将脸贴近铁儿,亲着孩子的小脸,眼里流下泪水……

方丽一连多日没回来,她好像把孩子忘了。

方丽在上海找到了墨琴。当墨琴知道方丽此次来的目的后,埋怨她说:"姐姐,你真傻,我知道你爱他,你们其实都在相互爱着,只是上辈子留下的仇恨在作怪。我想过了,我不能回去,我和齐彻可能不是一路人,他留过洋,是个实业家,我是个老古董,上海的长三妹……还是你跟他最般配。"钮方丽住了几天,见墨琴不愿回南溪,就想走,可是墨琴不让她回去,说:"姐,在上海住几天陪陪我。""不行,铁儿没人看,我把他放在齐彻那里了!""你把铁儿交给了齐彻?""是的,我没地方可以安排他。"她说。墨琴笑了:"哎,姐姐,你真聪明,孩子放对了地方。你想想,这是给齐彻一次机会,可以看看他对铁儿好不好,孩子是一块试金石,可以试出一个男人的心。如果好,你们就结合;如果他和孩子没有缘分,你也不必想齐彻了……所以,你更不能急着走了,陪陪我,让他们父子在一起多待几天。"钮方丽一想也对,于是点点头,答应在上海陪墨琴。

这天,墨琴拉着方丽去先施百货,出来坐电车时,碰到了钮五阳。墨琴不愿见他,想躲,可是他死死地跟着她们。墨琴说:"钮五阳,你别老跟着我,你是个男人,做些大事正事好不好!"说罢甩开他,噔噔地上了一辆黄包车。方丽刚想上车,被钮五阳一把拉住:"妹妹,帮我劝劝格格。我不明白,她为什么恨我?当初格格为了钱惠没嫁我,现在我离了婚,她为什么还不回来?""哥,强扭的瓜不甜,别费劲了!爱情是两厢情愿的事,你这样一味逼她,反而欲速不达。你就不会像个男人,做点格格最喜欢的事吗?"她说

第 14 章 小红孩骑大马

完,也跟着上了黄包车,与墨琴一道走了。钮五阳默默地看着她们远去,两眼无光,低着头离开。

弄堂口,一堆孩子堵住了路,车夫停下车来吆喝着,钮方丽一下子想起了儿子,对墨琴说:"墨琴,我想我该回南溪了。"墨琴一时没有反应过来,问:"再陪我几天好不好?""我想儿子了。"她低下了头,"铁儿从来没有离开我这么久。"墨琴说:"姐姐,你真傻,留给他们的时间越长,齐彻和铁儿的父子之情就会越深,这是谋略,我父亲淳亲王是带兵的,所以军事上的事我也懂一点,什么三十六计,什么天韬地略……"随墨琴怎么说,方丽去意已决,她实在太想孩子了。

临走前,方丽想到钮五阳,说:"墨琴,我觉得我哥他对你真心实意……"墨琴叹了口气道:"姐姐,五阳对我是不错,可是我有顾忌,有个算命的说,我和他生肖不合,八字犯冲,如果在一起会铸成大错。他对我很痴情,让我不知该怎么办。再说,这也是我离开齐先生的原因,我不愿再给齐先生添麻烦。""别信算命的,我哥是个情痴,我看,他只有得到了你,也许才会不痴了,他得不到你,这辈子指不定会做什么更大的痴事。"钮五阳是墨琴的心痛,她不愿意提,低头想了半天,抬起头问:"姐姐,你明天真的要走?"钮方丽点点头。

正如墨琴所预料的,齐彻和铁儿父子感情日益加深,虽然工厂里很忙,但他尽可能早些回家来陪铁儿。这天他早早地回到家,进了门就喊:"铁儿,铁儿!"喊了几声没见人影,也没有人应,便去铁儿睡觉的房间,仍然没有人。他急了,跑到后花园,一路找来,仍然没见。齐彻感到纳闷,回到房间,见依菱匆匆进来,便问:"铁儿呢?"依菱说:"钮大小姐来过了,把铁儿带走了。""什么,铁儿回去了?"齐彻一惊,有些发怒地问,"你为什么叫她带走?"依菱见齐彻发怒,小心地说:"老爷,铁儿是她的孩子呀。""啊,是她的孩子……"齐彻脸上有些尴尬,但他突然省悟到什么,抓起衣服,急冲冲地来到钮方丽的服装传习所。还没进门,就听得铁儿念儿歌的声音:

> 小红孩,骑大马,一走走到丈人家。
> 大马拉在梧桐下,小马拴到栀子花。
> 大小姐扯,二小姐拉,
> 红鞋粉高底,桃腮官粉擦。
> 马鞭扔在楼底下……

铁儿念完,告诉方丽说:"妈妈妈妈,爸爸也会念。""爸爸会念'小红孩'?"钮方丽问,"他念给你听的?爸爸对你好吗?""嗯,爸爸对我可好呢,他念得可好呢!"铁儿又反问母亲,"妈妈,我们为什么不住在爸爸那儿?"钮方丽叹着气说:"儿子,爸爸要你,不要妈妈。"铁儿一听不愿意了:"要的,要的,妈妈,爸爸要你的。"齐彻呆了一样站在门口,不知该不该进去。他犹豫了一会儿,还是转身离开了。

回去后,他叫来了常亮。常亮看见齐彻脸色凝重,问道:"大掌柜,有什么事?""我弟弟那边的事办得如何?"他问。"手续都办好了,让他们搭一只西班牙的货船,只是宝妹不能走,让宝妹回南溪,曼蝉也答应了,可是肖晃突然又不走了。""为什么?"他着急地说,"不走不行呀,上海风声这么紧,万一被抓住怎么办?"常亮说:"我说过了,可是他就是不走,看来,他是真的不想走。""那怎么办?"齐彻问,"反正决不能再留在上海。"常亮想了想说:"要么让他们夫妻到西天目,在山里躲躲?我有亲戚在那边,那儿深山老林,就是寂寞点。""你安排吧,让他们尽早离开,不过我还

第 14 章 小红孩骑大马

想和他见个面。"齐彻想了一会儿又说,"还有一件事,你去找一趟钮方丽。是关于铁儿的事,我查过了铁儿的出生证明,他确实应该是我的儿子。"常亮笑着说:"大掌柜,这可是大好事!"齐彻说:"你先别急,我只想要孩子……可是,我不能买猪头搭脚爪子。""大掌柜,你的意思是……就要孩子,不要大小姐?""就是。"常亮一听,皱起了眉头,有些为难地说:"那大小姐不会答应。"齐彻挥了挥手说:"你去跟她谈,什么条件都答应她。"常亮虽有些为难,但还是点了点头。

常亮一早就到服装传习所去了。整个上午都下着雨,常亮灰着脸回来时,见齐彻一个人撑着青花布伞在绿杨楼前等待,一见他就迫不及待地问:"怎么样?办好了吗?"常亮连连摇头:"不肯,她不肯。""不肯?凭什么?那我去……"齐彻突然激情爆发,他冲入雨中,急速向西栅跑去。

齐彻进了服装传习所,见方丽抱着铁儿正在收拾东西,铁儿见到齐彻,伸出双手大叫一声:"妈妈,爸爸来了。"衣服湿透的齐彻看着铁儿,眼中那种渴望让人害怕,钮方丽赶紧抱紧铁儿,连连后退。齐彻伸着两手问她:"方丽,你要什么条件?什么条件我都答应。""我没条件,只是铁儿他有爸爸也必须有妈妈。"她坚定地说。"这么说,我只有娶你这一条路了?""我并没有这么想。"钮方丽转过身去。"这就是你的目的,你预谋好的,别假惺惺的了!"她回过身来问:"齐彻,如果你是铁儿,你会选择爸爸还是妈妈?"齐彻急得团团转,一头大汗,突然像疯子一样大喊起来:"好吧,我娶你,娶你!总行了吧?"钮方丽冷淡地说:"你不要勉强自己。""勉强?为了孩子,你我都必须勉强自己!"钮方丽呆住了。这时,齐彻一把从钮方丽手里接过孩子:"走,铁儿,我们回家!"铁儿哭叫着:"爸爸,我要妈妈!""你妈妈会来的。"齐彻抱着铁儿向雨中走去,钮方丽拎着小包在他身后慢慢而行……

为了铁儿,齐彻终于妥协了,他决定与钮方丽结婚。没有太多的准备,婚宴也很简单,没有几个人,钮家的人,除了姗如,一个也没叫,似乎只是一场家宴。简单的仪式过后,客人们都早早离去了,他们从齐彻的脸上看出了风暴。

新婚之夜,本该夫妻鱼水相欢,然而齐彻却在钮方丽来到新房卸下新娘装后,冷冷地说:"方丽,你不能睡在这里,铁儿的房间已收拾好了,你和儿子住在一个房间里。"她坐在梳妆台边上,一动不动,豆大的泪珠无声滚落。齐彻看了看她说:"方丽,你要识相,今天我是给足了你面子,可是我要告诉你,仅此而已。你知道,我是为了儿子才跟你结婚的。从现在起,你还是你,我还是我,还是界线分明的肖钮两家!"

钮方丽低声问:"那么铁儿不是肖钮两家的结合吗?"齐彻大声地说:"铁儿姓肖,不姓钮!""知道了。"钮方丽应了一声,为了铁儿,她顺从地站起来,点了一支蜡烛走进铁儿的卧房。她俯下身子,想看看儿子睡着了没有,却发现铁儿的眼瞪得大大的,喊了一声:"妈妈。"儿子在哭,一脸的泪水,钮方丽鼻子一酸,一把抱住铁儿,眼泪也忍不住掉了下来……

婚礼过后,一对本应恩爱的男女并没有同过房,仆人们都在窃窃私语。方丽贤惠,很得人心,仆人都为她不平。这天夜里,齐彻翻来覆去睡不着。外面阴风阵阵,窗子也瑟瑟地响,他睁眼看见窗上贴的斗大的双喜字,忽然听到外边有动静。他站起身来,确认有人在院子里,便摸黑一步步向外走去。在楼道里,他顺手拿起一盏灯笼,一直走向老宅废屋。进了屋子,他吓了一跳,一个老女人披头散发地跪在那摊血迹前。他拎着灯笼看了半天,也没

第14章 小红孩骑大马

有看清是谁,便警惕地问道:"是谁?"老女人忽然回过头来,原来是依菱。她说:"老爷,是我,我是桑双的母亲。"齐彻似乎迷惑了:"什么?你是桑双的母亲?""是,老爷,我是桑双的母亲,我在你家多日了。"齐彻仔细辨认依菱的脸,不觉大惊:"老人家,我一直没有认出你来,你为什么不早说?怪不得我觉得在哪里见过你!我怠慢了你,我应该叫你声妈妈。"依菱惊慌地说:"老爷,可不敢。"齐彻赶紧搀住依菱的手说:"你不能叫我老爷,桑双与我一起受难,因我而死,她虽然不是我的媳妇,可是我得叫你一声妈!""你别这么说,桑双她配不上你!""别说了。老人家,这深更半夜的,你为何坐在这里?""老爷,你还记得吗?钮家放你河灯的那天,我曾有话要告诉你,可惜没有来得及。""我一直记着,一直想找你问个明白。""因为当年我是肖家的人,我是你妈的丫头,你妈是死在这里的,我亲眼看见的。""什么?你说什么?"齐彻惊骇了。

依菱说:"你听我说,大毛——这是你小时候的名字,当时我是你们家的丫环,才十五岁,你们肖府满门抄斩的时候,我跟着你母亲从睡房一直逃到这里,还没过这个门,官兵上来了,给了她一刀……你父母的死,钮太公的死,我都在场。我知道肖钮两家结仇的真正原因,不管你信还是不信,也只有我一个人知道得最清楚……今天你和钮小姐终于结婚了,我好高兴,你们两家的仇应该结束了……""老人家,肖家和钮家究竟怎么回事,你能说明白吗?"齐彻摇着她的胳膊。依菱擦了擦眼泪:"我能。这仇,除了肖钮两家,还有第三家,那就是胡家!当年,肖家真正的仇人是胡家……当初,你们肖家和胡家是镇上的四象八牛,也是最大的两家,因为抢生意而互有不满。后来钮世诠来到这里,他先是跟着你父亲,后来又听信了胡煦元的教唆,以为你父亲要害他,他才慌慌忙忙地向官府告发,致使你父亲被杀。那本庄氏《明史》,是胡家栽的赃,先是偷偷叫人塞到钮家的藏书楼上,却又有意让钮世诠知道。钮太公他误会了,以为你父亲要害他,所以抢先一步告发了你父亲,其实是胡家的借刀杀人之计……直到你父母死后,钮太公才明白真相……所以他特别恨胡家的人,就逼胡家的女儿守节,又故意不想让方丽嫁过去,要绝他们胡家的后……钮太公死的时候,我也在场,他写了忏悔信,要将这厂留给你,算是对肖家的补偿,可是大奶奶用龟尿磨墨,瞒过了大家,独吞了钮家的家产……"

"老人家,这事真叫人难以相信。"齐彻摇了摇头,"我相信钮太公将死之时,其言也善,可是肖家一家老小几十口人的命,太公补偿得起吗?""老爷,你可以不信我,我是一个穷老婆子,无儿无女,什么也不图,我撒谎给谁听!"依菱又擦了擦眼泪,"其实大小姐是钮家最善良的人,对你是真心的。肖钮两家的冤头债主,都与她无关,她和我家桑双一样,是个善良的女孩子,我看见过她跪在钮太公面前为你求情……"齐彻忽地站起,喃喃地说:"这么说,我是错怪她了?""大小姐是好人,她一心爱着你,看着她受苦,我心疼……"她说着,老脸上又露出一丝苦笑,"看到你和钮小姐终于成了亲,我为你们高兴,可是你……老爷,我能把事情的底细告诉你,我真的很高兴,你信不信我不管,我只想说出来……"齐彻的眼潮润了,只觉得一股凉气从后背升起,直顶后脑勺。"老人家,起来吧,谢谢你告诉我。"依菱起来后,齐彻突然向她跪下了,"老人家,你是我们肖家的老人,我相信你。从明天开始,你不是我们家的佣人,是恩人,你就是我妈妈,我齐彻会奉养你,只要我有一口饭吃,你也就饿不着。妈妈,以后叫我齐彻……"

依菱的话让齐彻深思,很久以来他心里压抑着的感情突然火山一样喷发出来。他安顿好依菱后,举着灯来到铁儿的房间。灯下,方丽蜷着身子,像只畏寒的猫,紧紧地抱着孩子睡着了。齐

第14章 小红孩骑大马

彻看了好久,才轻轻地推了推她,悄声唤道:"方丽,方丽。"她睁开眼,惊讶地看着齐彻,不知他有什么事,索性披上衣服坐起来,问:"怎么了?"齐彻抓着她的手说:"原谅我。"他将她的手放在自己脸上。方丽还是不懂,她挣了出来。齐彻又说:"方丽,我对不起你,这些年,我真该死!"这回她听明白了,张口结舌地问:"齐彻,你……不是病了吧?""没有,我没病。方丽,我明白了,这世上最爱我的人就是你……其实我也爱你……"钮方丽瞪大了眼,看着齐彻,突然一下子扑到他怀里,哭了起来:"齐彻,我不相信这是你说的话,是你的声音……这么多年我们近在咫尺,竟如远在天涯……""方丽,你好好地哭吧,把心里的委屈都哭出来。我对不起你……我是怎么回事,老想着过去,冤仇是没有根的,它不可能世世代代传下去……方丽,我想明白了,爱情应该比仇恨更加重要!我一直爱你,可我被仇恨蒙蔽了双眼,看不见你透明的心。今天,我终于想明白了,这么多年,没有一个女人像你一样执著,我感谢你,不光为我生了儿子,还保存了一份真爱……"

"齐彻,我父亲对不起肖家,我应该为他赎罪,我愿意为我父亲赎罪!只要你和铁儿幸福,我愿意为钮家的过去而终身补过。""别说傻话了,从今天开始,我们是一个完整的家,幸福应该属于我们三个人。"他说完,一把抱起钮方丽,回到他们的婚床上,亲手为她解开贴身的兜肚,亲着她温润的肌肤。她在齐彻耳边轻声地说:"别对我太好,让我为钮家的罪孽承担一点点苦难吧。"他疯狂地亲着她身上每一寸肌肤,然后在她耳边说:"你的泪水沾湿了我的胸脯,我的心也因此而受洗了,仇恨不应该存在。今天才是我们新婚之夜,天都快亮了,新的一天又开始了……"

两人静静地躺着,紧紧搂在一起。窗外渐渐透出曙色,一只公鸡在远处"喔喔"地叫了起来……

第15章
太湖的涛声

江浙一带的烟患，引起了有识之士的警惕。有记者暗访南溪，回北京后在报上发表文章，民众舆论纷纷，指责江浙军方参与盗卖走私鸦片，北洋政府因此紧急派员调查。卢略得到密报，急派钮五阳回南溪处理，务必销毁所存鸦片。钮五阳连夜乘船回到南溪，船一靠岸，便直奔雁影楼。节妇胡碧容正躺在烟榻上抽大烟，这大出他的意料，于是大声责问："大嫂，你一个节妇，何时成了个烟鬼？""我没有大瘾，只是心烦的时候烧一点。"节妇一脸尴尬，见他气势汹汹，知道肯定有什么事，就问，"老二，出什么事了？""大帅让我告诉你，有人向徐大总统密报了江浙有人盗卖鸦片的事，北洋政府马上要派人来查，情况很是危急。大帅让我告诉你，将货全部销毁。""销毁？这可是一大笔钱哪！"节妇跳了起来，"老二，这笔钱也有你的份，我们是交了定钱的，总不能让我们倾家荡产。""这是大帅的指令，舅舅的红顶子要紧还是钱要紧？"他掏出枪来拍在桌子上，"国内禁烟自清朝林则徐就开始了，一直屡禁不止，民间偷偷地卖，偷偷地吸……可这次这烟是大帅在四川没收的，一旦出事，他这个督军就完了，货是我运来的，我也逃不脱干系！被人查到，是要吃枪子的，你要钱还是要命？"节妇也慌了，她问："那这烟怎么销？""统统倒入太湖。"钮五阳的话没有半点商量的余地，节妇只好答应。

待吃了饭，节妇告诉钮五阳，方丽嫁给齐彻了。钮五阳不明白妹妹为什么要嫁给齐彻，节妇恢复了先前的从容，高傲地说："你们钮家算是众叛亲离，方丽和曼蝉姐妹两个都嫁了仇家，根本没把你我放在眼里。听说方丽还写了张文书，与钮家脱离了关系。"他眉毛扬了起来:"嫂子,齐彻对我们有刻骨仇恨,他娶方丽,会不会是别有所图?方丽真是鬼迷心窍……不行,我得去找她!"说完,他匆匆而去。

毛狗从内室出来,节妇问:"你都听见了?""听见了,大奶奶,我怀疑是齐彻向北平告的状。我们在这里做鸦片生意,只有齐彻知道,这地方太小了,什么也瞒不过他。"毛狗说。"有可能,齐彻一直暗中盯着我们。自从那次放他河灯,他恨死了我们,不过……"她皱起眉头,"毛狗,照大帅的意思,我们就亏惨了。你说我们怎么办?""是呀,这大烟就是黄灿灿的金子,舍不得呀!可二爷专程回来监督,怕是瞒不过他。""要不,你转移走一部分,留一部分让老二去毁?不然我们就完蛋了。毛狗,你连夜去收拾一些,越多越好。""好,大奶奶,我听你的。"毛狗说完,匆匆而去。

方丽自与齐彻和好以后,就没有去过西栅传习所,在家里做起了全职太太,她沉浸在幸福的喜悦中。白天齐彻去工厂的时候,她就留在绿杨楼,与铁儿在院子里开心地玩耍。只要齐彻回来,他们三个人会在一起说说笑笑,尽享天伦之乐。铁儿喜欢在大门口迎接爸爸,每每太阳下山的时候就往门口跑。这天,母子二人又来到大门口,冷不防小坯子出现了,他向钮方丽作揖,说:"小姐大喜,恭喜了。"钮方丽脸红了,这是娘家第一个向她表示祝贺的人。小坯子又说:"大小姐,二爷回家了,他叫你去一趟。"方丽听说钮五阳回来了,不以为然,她说:"有事吗?我忙着呢。"可是小坯子说有急事,一定要她回去,她只好将孩子交给依菱,跟小坯子回钮府去。自从与齐彻结婚以来,她还没回过家。

回到钮府,一进花厅,方丽就叫了起来:"哥……"可是没人理她,她觉得有点不对劲,一回身,见两排威武的卫兵持枪站在门口挡住了她的去路,钮五阳军装笔挺地走了过来。"哥,有什么事?没事,我回去了。"她说。钮五阳看着妹妹,忽然发问:"方丽,你嫁人这么大的事,怎么钮府的人一个都不告诉?""哥,这是我自己的事,我不想麻烦你们。""妹妹,父亲虽已不在,可你还有哥。国有大臣,家有长兄,没有我的话,谁也不可以娶你!"方丽后悔回家来,于是大着胆子说:"哥,我已经嫁给了他,你就别说了。""你糊涂!齐彻在精神上羞辱我们,在经济上掠夺我们,他一直在仇恨我们钮家!你是真的不懂?你嫁的是钮家的大敌……你一直喜欢他,谁都劝不住!爹没死的时候,也想把你嫁给他,以此缓和肖钮两家的矛盾,可是他齐彻不同意,他不要你,要和钮家对抗到底,为了这事我和他吵过骂过,你都知道。你倒想想,为什么现在他又要娶你?这里头的名堂,你还不懂?"钮方丽知道自己说不过哥哥,只好低声辩解:"哥,我嫁给他,就是想让肖钮两家化解冤仇,这也是爹的意思。"他见妹妹执迷不悟,悄声说:"方丽,这个人蛇蝎心肠,你还没有看透他?他蓄意与我们为敌,要置钮家于死地。你知道我这次为什么回来?是他……他齐彻……他向徐大总统密告我们贩卖鸦片,这也是满门抄斩的死罪,你说他有多毒?"钮方丽大惊,忙问:"哥,难道你们在卖鸦片?如果你们卖鸦片,我坚决反对!鸦片是一种毒品,是毒害中国人的。""没有的事,这是齐彻在诬告我们……方丽,我要你和齐彻决裂,肖钮两代的冤仇不可能终结,已从上一代传到了我们这一代!""不行!哥,我嫁给了他,就是齐家的人,你和他也是一家人了。哥,该结束了,齐彻现在是你的妹夫,你们不能再斗了。"钮五阳终于咆哮了:"你放屁!我不想跟他攀亲戚。你马上整理东西,我们要去给爹扫墓,然后你跟我去上海,曾景岩在上海等你,多好的男人,你为什么不嫁?""不行!我现在哪里也不会去的。""连给爹扫墓你也不去?""爹的墓,我自己会去扫。"她边说边后退着,想往外走,可是兵士拦住了她。钮方丽朝钮五阳喊:"哥,你想干什么?"

"你出不去这道门的。"他冷笑着说,"按照中国的礼法,婚姻应该是父母之命,媒妁之言,父死随兄,就是说我说了算。我宣布:没有我同意,你们的婚姻无效。"方丽急了,奋力往外冲去,可是身强体壮的卫兵拦住了她。她向钮五阳哭喊着:"哥,你毫无人性!"钮五阳不理会她的喊叫,转身走了。

铁儿跟着依菱,见母亲久久不回,就大哭大闹起来,依菱怎么也哄不好。齐彻回来了,抱起铁儿问:"铁儿乖,你为什么哭?""我要妈妈!"孩子说。齐彻转过头来,惊诧地问依菱:"方丽呢?"依菱说:"她下午被钮府的人叫走,到现在还没回来。刚才常亮过去了,钮府关着门,不让进。"齐彻放下铁儿,觉得好像不对,又等了一会儿,晚饭时间已过,齐彻抱着铁儿向钮府走去。到了钮府,他左手抱着铁儿,右手咚咚地敲门。许久,钮家师爷将门开了一条缝。齐彻迫不及待地问:"我太太方丽呢?"吴师爷冷淡地说:"大掌柜,你弄错了吧?我们钮府没有你太太。"齐彻焦急地说:"可是我和方丽已经成亲了。""你们的关系,钮府不承认!"师爷说完,咣的一声关上了大门,把齐彻丢在门外,不知如何是好。

钮五阳处理好鸦片的事,立马回上海了,他本想把方丽也带到上海,可方丽死活不肯上船,他怕出事,吩咐把方丽关在存武堂里,绝不能让她出来。钮五阳走后,毛狗立即来到雁影楼向节妇禀报,她傲慢地躺着,问:"毛狗,鸦片怎么样了?"毛狗小声说:"倒进太湖里了。真可惜,湖水都染黑了,鱼死了一大片,多少钱,就这么没了!"她叹了一口气说:"算了,还是命要紧。老二呢?""走了。"毛狗答道,"二爷满脑子想着那个红倌人,忙着回上海,家里又有大小姐的事闹着,没工夫细查,我趁机藏了三分之一……""干得好,毛狗,过些日子风声一过,全部抛出。你呀,跟着我几世也吃不完。"她翻身起来,"方丽呢?""二爷吩咐把她关在存武堂,不让她出去。""齐彻那边呢?""听说急得跟猴似的,满世界找,赶到上海找钮五阳玩命去了。"毛狗又有些担心,"不过,大奶奶,放在家里总是不行的,姓齐的一知道,就会来闹,得挪远一点。""那怎么办?"节妇想了想,"干脆让六指头带走她,说是被人绑架了,让齐彻出大价钱来赎,让他倾家荡产……"毛狗一听,急忙奉承说:"大奶奶,这可是一举两得的妙计。不过,送到老虫岛六指头那儿,大小姐可别想活着回来。""这赔钱货黑心,竟甩了胡德林,该让她吃点苦头。""大奶奶,我这就去办。"毛狗说完,兴冲冲地出去。

存武堂是钮太公当年练武的地方,筑造得非常结实。毛狗进了存武堂,正值钮方丽在和家丁交涉,她要出去,家丁不敢放人,只是同意替她带一个口信给外边。毛狗听个正着,他走过去抽了家丁一耳光,骂道:"你还敢通风报信,找死不成!"说完,他色迷迷地走到钮方丽身边,突然伸手用手巾捂住她的嘴,手巾里有一种闷药,只一会儿,钮方丽就被麻昏过去。毛狗指挥下人说:"快,把她塞到口袋里!"下人拿口袋过来,将钮方丽套了进去,悄悄地抬上河边的一只船,向太湖划去。

齐彻以为钮五阳把方丽带到了上海,就把厂里的事交给常亮,连夜赶到上海。一下船,几个衣冠楚楚的浙商围住了他,告诉他北洋政府决定要修一条上海到宁波的铁路,可是卢略却将修路的合同交与英美铁路公司。消息传出后,商界哗然。自清朝到现在,洋人控制了中国铁路,赚了多少黑心钱,现在中国人自己能建铁路,为什么还要让给洋人!浙商发起了保路运动,决定争回路权。齐彻是丝绸业代表人物,得知他要到上海,商人们连夜在码头守候,要他去上海湖州会馆开会。齐彻听了以后,也情绪激愤。他在船上已看了报纸,得知上海的学校罢了课,自己的旧

第 15 章 太湖的涛声

友、铁路总工程师汤绪因此绝食而死,所以齐彻想也没想,就跟着浙商去了。

闸北的湖州会馆里,挤满了商人和学生,他们都举着小旗,上面写着"收回路权",有的拉着"某某保路会"、"浙江铁路协会"的横幅。王一亭正在讲话:"我们中国人不能白死!汤绪先生是用自己的死来唤醒我们的良心,帝国主义不能再欺负我们了,我们江浙人并非争路,并非争利,而是争取我们中国的人权!"

王一亭会长说完,看见齐彻,就停了下来,伸手将齐彻拉上台,说:"现在静一静,我们请江浙丝业公会的会长齐彻先生说几句。"齐彻本来没有准备,但被民众的爱国情绪感染,他走上讲台,激昂地说:"诸位仁人志士,汤绪之死,令我齐彻十分震惊,我敬佩他,也敬佩你们,你们在为中国争发展,争进步!我不懂铁路,可我是中国人,所以我要参加你们的运动。很惭愧,本人的南溪浔泰企业不景气,正值低谷,拿不出更多的钱,可是我仍要竭尽全力。所以我宣布,齐彻要毁家保路,出卖我在南溪的祖产绿杨楼,出资二十万建这条铁路……"齐彻的话音刚落,一阵雷鸣般的掌声响起。记者手快,早把齐彻的话记了下来,并飞也似的跑回去见报。

第二天,齐彻的演讲便在上海各大报纸上登了出来。齐彻已忘却寻找妻子的事,一心投入保路运动中。他在万国酒店秘密叫来了肖晃,告诉他准备毁家保路。肖晃大惊:"哥,这绿杨楼是我们的祖产,有它就好像有爹妈在我们身边,怎么能卖?""资金不足,修路需要巨款,这是中国人的脸面,必须卖绿杨楼,支持保路。弟弟,这铁路是中国人的,不能不争。"肖晃想了想,没有反对,只是问:"哥,这次你来上海就为这铁路?"齐彻说:"我本来是来找你嫂子的。钮五阳带走了方丽,我需要她,孩子也需要她,现在我终于发现方丽在我生活中的重要!我要尽快把她找回来,钮五阳很坏,他恨我们……肖晃,你在上海也不安全,你要么出国,要么就去天目山躲躲,总之,不能待在他钮五阳的眼皮底下。""嫂子在他那里?"见齐彻点头,肖晃说,"哥,我曾救过钮五阳,要不我去找找他?在我印象里,他不该是个不讲义气的人。""算了,你不要出面,要注意自己的安全,绝对不能出错,我们兄弟都必须好好活着,才对得起我们的爹妈!""哥,你放心,我不会惹事。"

齐彻开车将肖晃送了回去,肖晃下车后,又回过头:"哥,你要保重,钮家有权有势,别跟他们硬拼。""放心吧。"

齐彻与肖晃分手后,径直来到龙华的大帅府找钮五阳。钮五阳傲慢地跷着脚,冷笑着说:"嗬,告状的来了?"齐彻知道现在不能惹恼了他,便平静地说:"钮二爷,让我见见方丽。""见我妹妹?为什么?噢,我听说你们最近结婚了,是不是?"他一脸揶揄。"我妻子在哪儿?我想见她。""齐彻,我妹妹反悔了,她不愿见你。""为什么?""因为是你肖家的儿子,跟钮家势不两立,你敢娶钮家的大小姐,就不怕你地下的父母有知,骂得你此生不安?""钮五阳,肖钮两家的恩怨,在上一代就结束了,这一代我不想延续。"钮五阳狂笑着:"这是你说的?我,我有点不相信自己的耳朵了!"

这时,却见卢略走了出来,他大声呵斥道:"五阳,不许对齐先生无礼。"卢略突然对齐彻殷勤备至,让他生疑。卢略请齐彻进去,到密室一叙。齐彻进了他的书房,一名军官送上茶来,卢略示意齐彻喝茶,然后说:"齐先生,你在湖州会馆的发言已见了报,齐先生一腔热血,让民众更是疯狂,你的爱国热情可喜可敬,但你不知内情,路权问题政府也有难处,徐大总统已与美国人签了约,作为一国之大总统,签而悔之,无脸面可言。徐大总统急电刚到,命我去京面商此事,齐先生你看,能不能平息一下民众之心?""大帅,江浙铁路事关万众民心,洋人插手中国事务实在太

第15章 太湖的涛声

多,不平等之条约,早该废除。我想大帅应据实向徐大总统禀报江浙民意,否则将会殃及政局平稳。政府若能顺应民意则好,否则即如逆三峡急滩而行舟,其难可知。""齐先生,大总统的意思是时机尚不成熟,平息民心,维系旧约,渡过难关,实乃不得已而为之。"卢略见齐彻不买他的账,很不舒服,就软中有硬地说,"这么说,齐先生是不愿为大总统分担忧愁了?"齐彻站了起来:"我齐彻乃一介草民,而保路运动正成为江浙沪最大之洪流,我不会逆时而动,愿大帅据实禀报。"卢略走到他面前说:"齐先生,宝眷的事,卢某略知一二,钮府不愿千金嫁给先生,将大小姐带走了,如今先生面临内室无主、亲子无母之处境……不过卢某倒是可以帮着调停,只要……"齐彻迅速站了起来:"卢帅,不必了,我一向公私分明。请恕我告辞!"说完,他正色走了出来。钮五阳随后进去,卢略说道:"妈的,这小子很硬。"钮五阳笑着说:"大帅,我们让他一辈子见不着老婆就是。"

  墨琴离开南溪,又回到她熟悉的上海。她不想回妓院,又不堪钮五阳的追逐,竟日里借酒浇愁。有一天她喝醉了,从餐馆里出来,被候在外面的小报记者公木跟踪,不时偷拍,将她的醉相照了下来。她无意间发现了公木,认识是那个专拍她隐私的坏记者,气愤地用手一指,公木吓得掉头就跑。她借醉追赶,公木逃进一条死胡同,被墨琴堵住,扯住照相机死不放手,公木拼命一甩,让墨琴摔了个大跟头,他趁机拿回照相机跑了。墨琴爬起来想追,可是伤了脚,近处的一个乞丐见状,趁机捡走她掉在地上的包。墨琴大呼小叫,可过路的人没一个理她。这时,一辆轿车停在她身边,车上跳下钮五阳,他什么也不说,背起墨琴就上了车。墨琴大声嚷着:"不要,我能走!"钮五阳就放下她,可是她站都站不稳,钮五阳又抱起她:"不行,你必须去医院。"钮五阳把墨琴送到医院,敷了药,又把墨琴送到住处,女佣出来后,他说:"格格,我走了。我想告诉你一件事,我明天起程去北平,要为你做一件大事。""什么事?"墨琴惊异地扬起眉,发现他脸色怪怪的。"对你来说,也许是最重要的一件事。"钮五阳转过身来欲走,忽然又回头,"我要去淳亲王府,找你爸爸,让他认你这个女儿,恢复你格格的身份。如果不成功,我决不回来见你。""这不可能,你不可能做到!"墨琴大吃一惊,"如果淳亲王真的认我归宗,我,我就嫁给你。""决不食言。格格,一言为定。"说完,他决然地上了汽车,汽车一溜烟开走。直到车没了影,她仍然站在门前,望着车去的方向……

为了实践自己毁家保路的诺言,齐彻回到南溪。铁儿见不着母亲,哭闹个不停,齐彻心急如焚。一连多天,他派出的人都无功而归,方丽无影无踪。这天夜里,齐彻抱着铁儿在院子走动,常亮悄然进来告诉他:肖晃来了,在河边的船上。齐彻将铁儿交给依菱,来到河边。上船进到舱内,只见肖晃端坐着,身前放了一把枪,曼蝉抱着孩子,神情十分紧张。肖晃神色十分严峻:"哥,告诉你一个坏消息,我过去的兄弟告诉我,钮府将嫂子送到老虫岛六指头的手里了。那节妇的手下毛狗是六指头的旧交,是他牵的线,他们现在靠得很近,正合伙做鸦片生意。"齐彻忽然惊醒:"这些败类!你嫂子落在他们手里,怎么办?"肖晃说:"也许,他们会开一笔很高的赎金。"齐彻咬了咬牙说:"不管多少钱,我会付的。""哥,没那么简单,他们会榨干你的钱,然后杀了嫂子。"肖晃肯定地说,"我跟了六指头这么多年,知道他的习惯。""那怎么办?"齐彻眉头紧锁,想了想说:"要不要通知吴县长,围剿老虫岛?""现在暂时不要,这样只会逼六指头提前下手。"肖晃说,"只有我去一趟,相机行事,让嫂子回来。""能行吗?"他不安地问。

第15章 太湖的涛声

"放心吧。"肖晃说。"好兄弟,铁儿不能没有母亲,我也不能没有弟弟,你千万要当心。""在最困难的时候,只有咱们兄弟才能相互排忧解难。"齐彻看了看曼蝉,说:"曼蝉她们娘俩留下,我会照顾她们。"曼蝉摇了摇头,把宝妹放在他手里说:"不,我要跟肖哥一起去救我姐,孩子交给你了。""这不行。"齐彻不同意。肖晃却说:"这样也好,曼蝉去,也许他们不会疑心。哥,宝妹留下了,这是我们的孩子,也是肖家的后代……"肖晃说着,眼里闪着泪光,他知道这一去凶多吉少。齐彻拉着肖晃的手:"弟弟,你们一定小心。要不,别去了……""别说了,你就等消息吧。"曼蝉亲了女儿一下,对肖晃说:"走。"肖晃低着头对齐彻说:"哥,我们走了。"说完,齐彻上岸,小船消失在茫茫的夜色中……

老虫岛上,肖晃和曼蝉刚跳下船,几个土匪就围住了他们。为首的是刀疤阿三,他抱着肖晃说:"真的是你!肖哥,老远就看着像你。"说着,就让他们上山。到了湖神庙,忽然闪出一伙土匪,上前就扭住了他俩,肖晃冷静地说:"兄弟们,我是肖晃。""绑的就是你,肖晃。"六指头从里面闪出,一脸阴笑,"我不是你大哥了,上次在上海我们已经划清界线,你忘了?""大哥,请恕小弟不义。可我们生死结义,我没做对不起大哥的事。""别大哥大哥的,我不是你大哥了,这时候你想到了大哥?肖晃,我没想到你是个有来历的人,是肖伯雄的二公子,豪门之子,不像我们,纯是面朝黄土背朝天的农户。"六指头摇了摇头,"我的肖老二,为了救你,我们死了几个兄弟,你屁都没放一个,不就是找了个阔媳妇吗?为了一个女人,你什么人都能背叛?""大哥,随你怎么说,我来找你,就是记着我们的交情,否则我来老虫岛干什么?"肖晃料到六指头已不买账,抛出事先的计划,"大哥,我是有一笔大富贵送给兄弟们。""大富贵?别骗人,你以为你来干什么我不知道?"六指头冷笑着说,

"你来是为了钮方丽,你的嫂子,是不是?""大哥,只要你肯放她,什么条件都可以谈。"肖晃见六指头已经知道他来的目的,也就实说,"大哥,你说要多少?""我不跟你谈判,要来叫齐老板来,有人已出了大价钱。"六指头突然哈哈大笑起来,"我要现大洋,装满我那只老刀号篷船,然后和兄弟们漂游四海,你说我想要多少大洋?""大哥,除了政府银行,个人谁也拿不出这么多。不过我答应你,你和兄弟们也该收手了,我可以让我哥给你们一大笔钱,够你们一世富贵。大哥,这占山为王的日子也该结束了,你们要是同意,我就回去筹款。"六指头想也没想,就说:"一百万,回去拿钱吧!不过,夫人得留下,让她陪陪她姐。"肖晃没想到六指头比过去更贪婪更无耻了。一百万大洋是天文数字,齐彻无论如何是拿不出来的,可是他不能说不行,得稳住六指头,他问:"大哥,不能少一点?""不行,少一块大洋,我也不放人。"

曼蝉在一边急了,她说:"放心吧,肖哥,我就留下,六指头是你结拜兄弟,你怕什么?"肖晃似乎很犹豫,他想了想,就说:"大哥,我可以看一眼我嫂子吗?""不行,你马上走。三天,三天筹不到款,你们哥俩就统统成了光棍。"六指头脸色一黑,转身而去。

肖晃走后,六指头把曼蝉关到湖神庙后殿。几个土匪见曼蝉俏丽,又是个女流,看管得不紧。入夜,曼蝉见土匪睡了,从圆窗里爬出,找到肖晃过去藏在暗穴里的一枝枪,悄悄地向山顶的水牢处走去。当她快到水牢的时候,发现有人从那边过来,领头的就是六指头,便赶紧闪到路边草丛里。这伙人边走边谈,曼蝉听见六指头在说:"大家闺秀到底姿色不同,等会儿送我房间里,过一把瘾。她早晚得死,不然便宜了她不是?"拎着灯笼的土匪说:"大哥,她饿昏了,你想干她,正是时候。"六指头骂道:"你懂个屁!我不在这里玩,水牢臭气冲天,让她吃饱了,鲜亮起来,那才

第15章 太湖的涛声

是女人。我六指头不是采花大盗,要采,连个女人也治不了吗?"

曼蝉等他们过去,急速来到水牢前,见有个土匪靠在床上瞌睡,她用枪对准了土匪,可是手颤抖着,怎么也扳不开枪机,慌乱中枪响了,土匪跳了起来去抓枪,她又开了枪,总算击中了土匪,可土匪没有死,狂叫着倒向一边,向后爬去。曼蝉追上去又是一枪,土匪趴在地上不动了,看见他身上冒出的血,曼蝉吓得不知所措。她颤抖着从土匪身上摸到钥匙,打开牢门,见方丽脸色苍白,正伏在石阶上张望,忙大喊道:"姐,姐,是我……"钮方丽定睛一看,认出是妹妹,她大为惊慌地问:"小妹,怎么是你?""我来救你。姐,快走。"她说着将方丽拉出牢门,没命地在岛上飞奔。突然,前面跑过来几个人,两人忙趴在草丛里,这拨人过来时,曼蝉听出肖晃的声音,就喊:"肖哥,我们在这里!"肖晃闻声过来,发现了钮氏姐妹。他身边虽是刀疤阿三和几个兄弟,但已被收买。"好,人没事就好,快走。"说着,扶起她们,急速向湖边小码头而去。刚刚上了船,还没来得及搬开跳板,六指头带着土匪也追到了。肖晃等人扔下跳板,撑开船,向太湖里驶去。六指头和土匪跳上另一只大船老刀号,扯起帆追赶他们的小船。

天虽然黑,可是土匪们都练就了一双好眼,老刀号死死钉着小船不放,两只船疯狂追逐。眼看老刀号就要追上肖晃的小船,肖晃一阵乱枪,六指头措手不及,见小船又远离他们,气得站在甲板上不住地骂人:"他妈的快点!你们这些笨蛋,放跑了天大的富贵……狗日的肖晃,我说杀了他,都是你们,念什么旧情,现在跑了肉票,你们等着喝西北风吧!"

小船毕竟行不快,拼力而行还是摆脱不了。眼看老刀号渐渐逼近,刀疤阿三对肖晃说:"肖哥,他们的船快,我们逃不掉的。这船上有一块救生板,你趁黑下水,走吧。"肖晃说:"不,你放心,有我肖晃在,你们兄弟也都会在,如果这次能逃出去,我肖晃保证让你们这辈子富贵不愁……"刀疤阿三摇了摇头说:"没用了,肖哥,我们晚了一步,这船逃不掉的。"另一土匪也说:"让她们两个女人下湖逃命,我们回去,随老大处置。"肖晃正在犹豫,曼蝉说:"肖哥,我姐她还昏迷着,我们俩下水也逃不走,没有用,我姐抓不住门板,我又不会水……"刀疤阿三说:"肖哥,只有一个办法,你护着你嫂子走,我们护着你老婆,能逃就逃。"肖晃摇头,可是老刀号越来越近。"肖哥,快决定吧。"曼蝉说,"你救姐姐,我没事的,你快走。"肖晃看了看曼蝉,她扑在肖晃身上:"快走,不然来不及了。"肖晃扶起钮方丽,对众人说:"我把媳妇交给你们了,你们可要对她负责。"众人点头,肖晃看着曼蝉,仍不肯离去,喊道:"曼蝉……""肖哥,救我姐要紧,走吧,快!"众人将一块门板抛入湖中,肖晃将钮方丽捆在背上,从侧舷下水。曼蝉扑上来,亲了一下肖晃,湖光一闪,深黑色的浪线隐没了他们。

老刀号终于追了上来。六指头拔出枪,朝天开了一枪,叫道:"肖晃,停船!你他妈快停,不停的话撞沉你们。"几把篙子同时向小船戳了过来。刀疤阿三挥刀砍去,削断竹篙。老刀号凶猛地闯过来,小船一顿,立刻倾翻了,船上的几个人都落入湖中。曼蝉惊叫起来,刀疤阿三伸手抓住了她,悄声说:"别慌,拉着我。"湖面上一阵惨叫,老刀号上的人挥刀乱砍。船上的马灯被高高举起,照亮湖面找人。刀疤阿三带着曼蝉游了没几步,悄然贴住了老刀号的船舷。小船上落水的人不断地被用铁钩钩起。曼蝉死死地抓着老刀号的侧舵,听着船上一片乱喊乱叫。有人在喊:"大头领,肖晃和两个肉票都没有找见。"六指头骂道:"妈的,再找,不能让她们死!"船下,曼蝉死死地抓着一条绳子,看着巨大而湿滑的舵在身边转动。

远处的湖面上,肖晃背着钮方丽,趴在门板上,随着湖水漂浮。一只汽艇正在湖边上游弋,一束巨大的光照到了水面上的两

第 15 章 太湖的涛声

个人,然后汽艇朝他们驶来。原来是齐彻带着水警前来接应。

老刀号上的人见水上警备队来了,顾不得找人,向岸边芦苇深处逃去。天亮了,老刀号停在岸边,落了篷,泊在芦丛里。船上的土匪折腾了一夜,七倒八歪地倒在甲板上打盹。曼蝉死死抱着舵板,浑身已经麻木。刀疤阿三拉了拉曼蝉,说:"快走,天亮后,他们会发现我们。"可是曼蝉已浑身僵硬,动不了,阿三只好驮着她向前。六指头又气又火地爬起来,往湖里撒尿,一眼就看见悄悄地涉水向芦丛趟去的身影,就掏出枪,朝背影开了一枪。顿时,一股水柱从湖面上溅起,泛出一团血色。阿三身子一软,倒在水里。曼蝉大喊:"阿三,阿三……"刀疤阿三的头慢慢沉入了水里,曼蝉惊恐万状,接着又是一枪射来,好在已是清浅滩,她拼命涉水向岸边跑去,六指头跳下水向她追来。曼蝉上了岸,拼命地跑,六指头也跟着上了岸。正是芦苇茂盛期,他几次开枪想打,被芦苇丛挡住。荒坟过后,曼蝉看见一家农户,她已筋疲力尽,实在跑不动了,就逃入这家的蚕房,钻进一大堆桑叶中。六指头追了上来,满院子寻找。曼蝉的脚在桑叶堆里露出半个脚指头,六指头发现了,他狞笑着收起枪,慢悠悠地解衣裤,嘴里嚷着:"钮曼蝉,我和肖晃都是太湖强盗,凭什么他能睡个大家闺秀,我就不能睡?"说完,他扑在桑叶上,死死压住叶下的曼蝉。她拼命挣扎着,但手被六指头反扣住了,衣服被撕破,露出肚子和半只乳房。六指头一把扯掉她身上的衣服,伸出手来抹着她的脸:"你逃不掉,钮曼蝉,我早就想干你了。你看我的手,有六个指头,比别人多一只,那多出来的一只手指是专门对付女人的。"他伸手向她裆下抓去。曼蝉叫了一声,疼得屈起身,头猛地一甩,撞在六指头脸上,将他的嘴磕破了。六指头火了:"妈的,小骚娘们儿,还真他妈硬,今天我玩死你。"说完抽出手来,一巴掌扇去。曼蝉的嘴角流出了血,她翻了个身,挣扎着从地上爬起来又想跑,但六指头扑上来抱住了她,她猛地一推,六指头倒在蚕匾上,无数青蚕爬满他的身子……六指头越挣越多,越抹越绿,他又恶心又光火……曼蝉抽身向外逃去,六指头追出了蚕房,见曼蝉正向桑地跑去,他趴在地上,掏出手枪朝她射击。曼蝉中弹,倒在桑林中,嘴里淌出一股血来,她喃喃地说:"肖哥,宝妹……"接着,头一歪倒在桑叶上。

湖边传来激烈的枪炮声,水上警备队发现了隐藏在芦苇中的老刀号,围了过来。六指头不敢回船,他拨开苇丛盯着船上的激战,突然一枝枪顶住了他的脑门。六指头斜眼一看,正是肖晃。六指头冷笑着说:"肖晃,我早知道,有一天你会当叛徒,我会死在你手里。"肖晃也不多说,只问:"大哥,曼蝉呢?""死了,被我打死了。""什么,你说的是真的?""当然是真的,我还强奸了她,又毙了她。""你……六指头,你不是人!"肖晃伸手向六指头打去,六指头一闪躲过拳头,转身将肖晃撞翻。两人在芦苇丛里疯狂地厮打起来。肖晃被一丛苇子绊倒,摔在泥水里,六指头乘机将肖晃压在身下。六指头占了上风,他狞笑着,将手伸出来,在肖晃眼前晃着:"肖晃,我要你看我的手指头,这第六根指头是你在世上看到的最好的东西,你他妈记住,下辈子投胎人世,要长六个手指头……"他话没说完,肖晃一使劲,把六指头狠狠掀翻,纵身扑过去,伸手摸到了泥里的枪,一连向六指头开了数枪,他大声吼道:"我也要告诉你,下辈子,凡是六个手指头的男人我都会杀!"六指头身子挺了挺,肖晃又是一枪,六指头才歪倒在泥里。

当肖晃找到曼蝉时,她已死了,苍白的脸上没有半点血色。他抱起她,在泥淖里一步步地走着,慢慢地爬上湖边的山坡,来

第15章 太湖的涛声

到父亲的坟上。他将曼蝉放在墓碑下,继而跪下磕头,长跪不起。他心里默默地念着:"父亲,我找到了你,我知道我是你的儿子,我们是一个显赫而又没落的大家族,多年的颠沛流离,多年的天黑杀人,风高放火,已使我有耻于这个姓氏,为此我又付出了沉重的代价。我的妻子,也是你的儿媳妇,她死了,我请求你让她埋在你身边,让她陪着你……父亲……"这时,又一个长长的影子向这里移动,最后沉重的脚步声停在墓边。肖晃知道是谁,他没有起身,却听这人扑通一声跪下了,正是齐彻。兄弟两人紧紧抱在一起,远望着日暮黄昏中的太湖。暮色里,兄弟俩挖着一口墓穴,然后将钮曼蝉放入墓中安葬好。齐彻坐在草地上说:"弟弟,我觉得这样太薄待了曼蝉。"肖晃流着泪说:"只能这样了。曼蝉死了,她应该埋在我肖家的坟地里,她肯定不愿意和钮家有任何关系。"齐彻也一脸的痛苦:"小妹,她死得太惨了……"突然,肖晃抓着齐彻说:"哥,将来我死了,你答应我,也把我埋在这里,也这么埋,我要陪着曼蝉。"

钮五阳在北京干了一件傻事,回到上海被卢略骂了个狗血喷头:"你干的是什么傻事?满中国的报纸都登了,看看,'上海督军卢略手下军官,闯入什刹海亲王府,枪逼淳亲王认女'。弄得徐大总统脸上都挂不住了,外国的报纸还说我们民国政府不遵守优待清室的许诺。你说说你干的好事!皇宫里的事说得清吗?你就那么爱那个长三妹?世界之大,什么事都有,不要说冒充淳亲王的闺女,冒充那些个格格、王爷的,都多得数不清!""大帅,这是我自己的事,淳亲王是格格的生父,我找他只是理论。"钮五阳低下了头,"格格绝对是真的。"卢略说:"我看你这人将来死也死在女人身上。什么样的国色天姿,你这样豁出命来喜欢她?男子汉大丈夫,当以事业为重,你看齐彻那小子,尽管跟我们做对,可是他会干事,上海滩谁都看得起他。徐大总统对江浙保路的事非常恼火,这事弄得他在洋人面前下不了台,弄得不好,我也是要丢官的。这几天,你哪里都不要去,跟着我……我要跟总商会还有铁路协会那些人谈判,绝对不能出任何乱子,如果有大害,必先除之。"钮五阳立正行了一个军礼,答道:"是。"

从大帅府出来,钮五阳进花店买了一束鲜花。他来到墨琴的住处,女佣告诉他墨琴还没有起床。他郑重地掏出一封信函递给女佣,命令似的说:"你交给格格,说我在大厅等她。"女佣应了一声走进卧室。一会儿,墨琴穿着睡衣飞跑出来,手里拿着那封信函,走到钮五阳身边,一弯身坐在他的膝上,问:"二爷,这是真的吗?"钮五阳说:"为什么不是?格格,淳亲王对我很和气,我说了王太监,也说了隆裕太后的事,又说了你妈的名字……"墨琴一惊,问:"哎,你怎么知道我妈的名字?""不是你告诉我的,叫什么额尔德特氏。"钮五阳嘿嘿一笑,又说,"你父亲被我说哭了,他让我告诉你,说他对不起你,让你好好在上海呆着,他在北京混不下去的时候就来找你。大格格,有了这份盖着大印的文件,你就真的是大格格了。"钮五阳拿回来的是一封淳亲王盖了印的认女信。墨琴被他美丽的谎言打动了,她流着泪扑在他怀里说:"我父亲真可怜,如果他还是淳亲王,他不会说这种话!二爷,谢谢你,只有你还想着我,你让我明白,这么多年来,真正爱我的人还是你。"钮五阳抚着墨琴的背说:"格格,为了你,我会不惜做一切事的。""这么说,我是格格了!"墨琴亲了亲他,站了起来说,"你等我,我换衣服,我们去凯伦大饭店,我请你吃饭。"钮五阳笑道:"你当然要请,因为这一辈子你还没请过我。"

墨琴换了衣服,两人一起出门,来到外滩的凯伦大饭店。吃过西餐,两人又去了舞厅,在柔和的灯光下,脸贴着脸起舞。墨琴的心中此时像喝了蜜一样甜:"二爷,这样跳舞真好。"他痴痴地

第 15 章 太湖的涛声

抱着墨琴说:"你觉得好,我就永远陪你这么跳。""二爷,你还想娶我吗?我被你感动了……""格格,其实你我早已鱼水不分。从见你第一眼起,我就有这种感觉,今天已是第八年了……""八年?你追了我八年?够长的。""就是十八年,我也会追下去。""认识你的时候,我才十六岁,现在我二十四,若在宫里会被人笑话,哪有二十四的格格还嫁不出去的。""可是,你一点也不老,更美了。""那你现在为什么不向我求婚?""我不敢,怕你不答应。""我说过,我要嫁给你,一切都是命里注定,经历了这么多的风波曲折,最终还是要嫁给你。"

一曲终了,他们回到座位上。钮五阳从口袋里摸出一只钻戒,墨琴看了看光闪闪的钻戒,心里颤抖了一下,这是钮五阳第三次为她买钻戒了。在这一刻,她也最终下定决心嫁给他。钮五阳见墨琴接受了求婚,便问:"格格,我们在哪里举行婚礼?""回南溪吧,我还是喜欢绿杨楼。"墨琴痴痴地说,"我喜欢南溪,那里有江南最美的田园风光,它是古典的又是最西化的古镇。""格格,绿杨楼已是齐彻的财产,不过听说他要卖,要毁家保路。"墨琴说:"我们不要强求,他真的要卖的话,我们就买。"钮五阳说:"这几天报上天天都是争路权的消息,齐彻也掺和着呢。"墨琴说:"二爷,齐先生救过我,我希望你们以后不要再做冤家。""格格,肖钮两家的事,我也说不清。你不希望我与齐彻做冤家,你的话就是圣旨。"他又问,"那我们明天回南溪?"墨琴点了点头。

钮五阳与墨琴回到南溪时,天下着小雨。安顿好墨琴,钮五阳径直来找齐彻,想收购绿杨楼,却见齐宅门前戒备森严,几个执枪的大汉在门前逡巡。他告诉守卫说要见齐彻,可看门的告诉他齐老板不在。他想见妹妹钮方丽,那几个大汉顿时紧张起来,说没有齐彻的命令,谁也不能进去。他在门口耐心地等了一会儿,齐彻出现了,一脸秋霜,对他视若无睹。他有些尴尬,硬是迎上去:"齐先生,怎么,就让我在雨里呆着?"齐彻不冷不热甩下一句:"呆着吧,我家门槛高,你迈不过去。""齐兄,过去多有得罪,请你原谅。这次是格格要我来,和你商量一件事,听说你要卖绿杨楼,格格很喜欢这楼。""这么说,恭喜你,你和格格九九归一了?"齐彻口气很不友好,"格格是个好人,心地善良,可惜是有眼无珠……"他心头掠过一丝惊异,奇怪钮五阳又来买绿杨楼,这楼要出售的广告虽然做了出去,可是一直无人问津。他问:"看了我在报上的启事?""见了,这不刚下船,就赶来了。""我不卖。"钮五阳哂笑道:"齐兄不是要毁家保路吗?"齐彻正要回答,不防肖晃从门里飞奔出来,直扑钮五阳,卡住他的脖子大叫:"钮五阳,你还我的曼蝉!"钮五阳狼狈地倒在地上,齐彻让人拉开肖晃,他从地上爬起来,破口大骂:"姓肖的,我是真心实意来求你们,你闹什么?"当他知道曼蝉已死,而且钮方丽被六指头绑架一事,大为惊讶,不禁叫道:"我不明白,方丽怎么会在六指头那儿?我回去问明白,会给你们一个交代。"说完,他急匆匆出了绿杨楼。他知道必是节妇和毛狗做下的坏事,便叫了自己的卫队,直奔雁影楼。

毛狗正给节妇梳辫子,他的手轻轻地摩擦着老女人的脸,节妇顿时有了一种舒服的感觉,她忍不住说:"毛狗,你的手这几年倒是越来越细,跟女人的差不多了。""那是,侍候大奶奶手不细不行,哪像当年摸鬼头刀时,我的手比锯子还粗。""是让我惯出来的?""是大奶奶疼出来的。大奶奶喜欢我,我这辈子就跟着大奶奶。""你对我的忠心,我还能不报答?"她说。"就怕毛狗老了,侍候不了几年了。"他说完,端着洗脸的瓷盆往外走,刚到门前,忽然目瞪口呆,一把刺刀突然插进门缝,强行挑开门栓,接着咣

第15章 太湖的涛声

的一脚,门开了,钮五阳带着卫兵火气冲天地闯进来。节妇一惊,从榻上弹了起来:"老二,你干啥?""胡碧容,我问你,我妹妹呢?"钮五阳火极了,他把刀子往桌上一刹,厉声问道,"你把我妹妹送哪儿去了?""你妹妹?我不知道,是你把她关在存武堂,后来她跑了。"节妇怕了。毛狗知道事情已经败露,他给钮五阳跪下了:"二爷,她真的跑了。""滚开!"钮五阳飞起一脚将毛狗踢到一边,"跑了?是不是跑到了老虫岛,六指大盗那儿?"他从身上摸出枪来,直逼节妇,毛狗见势不好,暗暗也掏出枪来,向钮五阳射去。不料,钮五阳的卫兵手快,一枪击中了毛狗。钮五阳见毛狗朝他开枪,也急了,提起手枪朝地上的毛狗又补了几枪,打得毛狗全身都是血窟窿。

节妇从没有见过钮五阳发这么大的火,惊叫起来。钮五阳大叫:"住嘴!你以为你是好人?那年我被绑架,你派了这个畜生上老虫岛,想要我的命,是不是?"节妇不敢说话,钮五阳用枪指着她,"他是你的一条狗!这么多年,就是你,一直处心积虑地想要杀我,你想独吞钮家的家产,是不是?"这时,钮府师爷、钮王氏和族长九叔都闻讯赶到,九叔见势不对,上前拉开了钮五阳说:"老二,不能这样,她是你嫂子,你不可以没了尊长,上那个狗贼齐彻的当。""行了,你们都给我滚远点,从此以后,我跟你们都没有关系!曼蝉就是死在你们手里的,我算是看透了。今后谁再想害我、害我的妹妹,我就不客气,我不管他是谁!"他吼叫着,朝着钮五群的牌位连放数枪,然后丢下惊呆了的众人,扬长而去。

雁影楼无比凄凉,那股阴气更重了。逃过一劫的节妇关紧了大门,理正了毛狗的尸体,恭放在节妇匾牌的下面,点着一盏孤灯,自己则披头散发,坐着守灵。飞红端来一只茶盅:"奶奶,别伤心了,喝点桂圆汤补补。"她顺手一撩,将汤掀翻在地:"出去,让我一个人静静!"飞红吓得退出去,节妇关上门,抚尸大恸,一边哭,一边用沙哑的声音念叨着:"毛狗呀,你是这世上惟一喜欢我的男人,刚刚你还说要侍候我一辈子,怎么就走了……你走得好可怜,我没跟你说过一句好话,也没说过我喜欢你。你忠心耿耿,为我不惜豁出命来,这样的男人,就是满世界也找不到几个……你活着,我好快活,你死了,叫我怎么办?不过,你放心,我不会让他们好过!姓钮的,你们逼我守节,毁了我一世的快乐,我恨你们,我父亲玩过你们,我也要玩你们,游戏还没有结束……我有钱,有的是钱,钮家的财产都在我手里,有钱能使鬼推磨,你们等着吧,我会玩死你们……"胡碧容一把眼泪一把鼻涕地哭着,不提防钮平闯了进来,他叫道:"妈,我不要苞梅了。"节妇给了傻儿子一巴掌,喊道:"你胡闹什么?快给你毛狗叔磕个头。你记住了,毛狗叔是被你二叔杀的。"钮平傻乎乎地说:"我不给毛狗磕头,他又不是我爹。"节妇更生气了,上前抓着儿子的脖子,吼道:"快磕!""妈,你打我干什么?你去看看吧,苞梅吊在梁上了,可好看呢!"

"什么,苞梅上吊了?"她惊叫着跳了起来,朝儿子的房间里跑去,只见下人们正在呆望。吊在梁上的苞梅舌头伸得很长,样子非常可怕。节妇脸色铁青地问:"她为什么要上吊?"钮平摇摇头,傻乎乎地说:"妈,我不知道。"节妇指着一个平素跟苞梅要好的丫头,让她说。丫环吓得脸变了色,说:"大奶奶,少夫人一直没有怀孕……昨天顾大夫来听胎气,还是说她没有孕,奶奶不是说让她滚回娘家吗?她就……"师爷在一边说:"怪不得,我也纳闷呢,前些年苞梅就说有了,可是一直就没见到崽……可这也不该死呀!""我没让她死,我只是说休了她!"节妇愤怒地说,"苞梅是跟着曼蝉,没有学好,是曼蝉教出来的坏种,把我们当猴耍了!"师爷说:"人都死了,殓吧,去叫她母亲过来,好好抚恤,别再节外生枝。""用不着。"节妇摆了摆手,"这种人,死了就拉出去埋了吧。"下人们得到指示,把苞梅放下来,用一条软席裹着拖了出去。钮平见苞梅被席子裹住,不由大恸,在屋子里咚咚地敲着板壁:"妈,我要我媳妇……"

　　曼蝉和方丽被害一事与钮五阳没有关系,齐彻思虑再三,决定把绿杨楼卖给钮五阳。修铁路争国权,这是他非做不可的事,可资金匮乏,他只有卖掉心爱的绿杨楼,而目前除了钮五阳,没有人会对绿杨楼感兴趣。讨价还价之后,钮五阳终于买下绿杨楼,和墨琴欢天喜地搬了进去,并声言永远不回钮府。为此钮五阳把母亲姗如也接了过来,省得与钮王氏生气。绿杨楼修缮后,姗如还是第一次来,她来的时候,正好方丽带着孩子搬去厂里,母女两人见面,姗如看着病恹恹的女儿,一下子想起曼蝉,当下鼻子一酸,两行老泪就流了下来。方丽叫着妈,也流了泪。姗如哭道:"妈就你们三个孩子,盼你们过得好,想不到曼蝉已经死了,我的心肝宝贝……"钮五阳走过来,心里酸酸的,他有些自责,如果他当初不把妹妹关起来,曼蝉是不会死的。他咬了咬牙说:"妈,小妹不会白死。"姗如说:"五阳,你就知道打打杀杀,我实话告诉你们,你爹死前,希望你们跟肖家化仇为亲,两家和好,老爷子想把浔泰厂留给齐彻……是你大嫂心黑如狼,她与娘家人串通,私改了遗嘱,我们都吃了她的亏,这个女人,才是你们的大祸害!""爹为什么要把厂给齐彻?"姗如说:"其实你爹很后悔,当年他是上了胡家的圈套,才去告发你肖伯伯,肖家被处斩后,他一直很后悔,所以想将功补过,给肖家一些补偿……"钮五阳大惊:"妈,爹真是这么说的?""是真的。"钮方丽在一边求他:"哥,我求求你,你们以后别作对了。"钮五阳好像恍然大悟,他对天发誓说:"妈,妹妹,今后我若再与齐彻为敌,天诛地灭!"听了这话,方丽和姗如的脸上都有了点笑容。

　　形势紧迫,齐彻拿到了房款,即刻要去上海。出发前,方丽和墨琴去送行,钮五阳也赶到了,齐彻和他握了握手说:"二爷,路权的事,盼你在大帅面前多说几句,这是中国人的一件大事。"钮五阳不响,墨琴捅了他一把,他只好说:"放心吧,等我和格格的婚事一完,我马上就去上海。"齐彻对墨琴说:"格格,抱歉不能参加你们的婚礼了。"墨琴嫣然一笑,问:"齐先生,我们占了绿杨楼,你不生气吧?"齐彻摇头说:"这绿杨楼是肖钮两家结仇的见证,我还是不住的好。"说完,他向众人招手作别,最后将妻子搂在怀里,悄声说:"方丽,养好身子,我马上回来。"方丽含情脉脉地说:"早去早回,铁儿会想你的。"齐彻点了点头,与保镖上了船……

　　钮五阳与墨琴的婚礼大典在绿杨楼举行。婚礼的前一天,一个蒙面人趁人不备,混进了墨琴房间,说有话要告诉她。墨琴见是个蒙面陌生人,吓得战战兢兢地问:"我不认识你呀!""别管我是谁,你想知道淳亲王的事吗?"他拿出一张报纸递给墨琴,说,"钮五阳不是好人,他冲进淳亲王府,打了淳亲王,用枪逼着他认女儿!格格,为这事,满京城的人都在骂你,说你为了投靠民国,不惜叫人打自己的亲爹!""什么,他打了我父亲?"墨琴气黄了脸,迅速地看完了报纸,气得浑身发抖,咬牙切齿地说:"这个钮五阳,好事不会做,坏事一做就成。"蒙面人见时机成熟,带着讥讽的口气说:"格格,全中国的人都看着呢,说你大义灭亲,打父弃母,明天你与钮五阳成亲的事要是见了报,满北京旗人的唾沫星子也淹死了你……"墨琴浑身发抖,带着哭腔:"那我怎么办,我不能不出嫁呀!""宰了他,向淳亲王表明你的态度。"蒙面人掏出一把月牙刀递给她。墨琴捂着脸问:"你到底是谁?"蒙面人说:

第15章 太湖的涛声

"一个朋友。"墨琴推开月牙刀:"我没杀过人,也不想杀。""刀留下,杀不杀随你。"那人见外边有人过来,悄然而去。

墨琴呆呆地看着月牙尖刀,钮五阳在外面喊她:"格格……"她吓了一跳,赶紧将刀藏在枕下,这时钮五阳走进来说:"格格,我定了二百桌酒宴,请上海和苏杭所有的朋友来吃我们的喜酒。"墨琴低头说:"不要,不要人多。""那你看摆多少桌?""一桌就够了,我不要人多,我只要排场,我要十八个人抬的官轿,清宫里大满贯的喜乐班子,我要你骑着大马,穿着我们旗人阿哥的袍子,我们沿着南溪走上一圈,然后入洞房……"钮五阳面有难色:"格格,江南找不着这样的行头。"墨琴说:"我就是要。"钮五阳只好连声答应。

钮家二少爷与格格的婚礼如期举行,这是南溪从没有过的热闹场面,一抬十八人的大宫轿在小镇狭小的巷子里行走,看热闹的人都挤在船上,一群喇嘛吹打着神秘乐曲,跟在其后。钮五阳身着旗人阿哥的装束,骑着大白马跟在轿后。全镇轰动,众人向新人撒桑叶,放火鞭……

一个七旬老太说,活这么大,从来没见过这么气派的婚事。年轻人也看得双眼发直,皇宫里的格格,身份高贵,美貌出众,黏人眼球。小孩子们在起哄:"新娘子是大格格……"墨琴坐在轿里,掀帘看着外面的热闹,对伴娘说:"我这个格格,是打出来的。"

夜里,喝喜酒的人渐渐地散去,突然钮方丽气喘吁吁来到新房,门前两排卫兵威风八面地看守着,不让她进去。"我找我哥哥,有要紧事告诉他。"说完,趁卫兵不备跑了进去,等卫兵明白过来,她已经上楼了,直奔新房。钮五阳正为新娘子脱鞋,见是钮方丽,就问:"妹妹,怎么了?"她看了看墨琴,把他拉到过道上,急切地告诉他:"哥,有人告诉我,墨琴因为你打了淳亲王,会在今天夜里杀你。"钮五阳一惊,但还是摇了摇头,说:"妹妹,这不可能!"她见哥哥不信,心里着急,就说:"哥,信不信随你,你注意一点就是。"钮五阳沉下脸,然后拉着妹妹的胳膊,一言不发地向外走,一直将妹妹拉到门前,大声问道:"是谁违抗命令,把我妹妹放了进来?谁?"卫兵答道:"报告团长,大小姐是自己冲进去的。"他骂道:"废物,连个女人都看不住!我再告诉你们一遍,不许放进一个人来!"卫兵立正说:"是。"他口气稍缓:"把我妹妹送回去。"两个卫兵上来架着钮方丽就走。她回过身来喊:"你千万不要大意!"

钮五阳回到洞房时,墨琴正在卸妆,他站在身后,盯着她一动不动。"盯着我干什么?怪瘆人的。"墨琴面无表情,并不问钮方丽找他何事,她宽衣解带,露出长长的白腿,"这一天,你盼了多年,是不是?"钮五阳不响,坐在离床不远的椅子上,看她靠在大红被子上,搔首弄姿,风情无限……他站起来,走到床前,伸出手抚摸着她的玉腿,定定地想着什么,忽然,他轻轻地翻开枕头,枕下是一把闪亮的月牙尖刀。"这是什么?"他抓起尖刀,手颤抖着,眼泪直流,轻声问她,"这刀是你的?你想用这刀杀了我,对不对?"墨琴惊呆了,先是点头,然后又摇头。"说实话,是不是你的?"他大声问,"你想杀了我是不是?在你眼里,我代表着民国,我是民国要员卢督军的上校,你是位尊无比的大格格,代表着逊了位的清室,所以我们俩必须你死我活……是不是?"

墨琴突然醒过神来,她清晰地说:"刀是我的,有人要我杀你,因为你打我的父亲,让满世界的旗人耻笑我,你让我丢尽了脸,我怎么回北京,怎么见我父亲?你娶了我,你就是淳亲王的女婿,可是你犯了忤逆罪,该杀……""我该杀!不过格格,你不必杀我,你让我死,我会死,何必偷偷摸摸地藏着刀?"他把刀扔在墨琴面前,然后脱下阿哥的袍子,光着膀子跪在床前,"格格,我爱了你整整八年,八年间我吃了多少苦头!为了你,我可以说是九

第15章 太湖的涛声

死一生,最终来,你就是想用这把刀来报答我……你杀了我,杀了我吧!得不到你的心,我活着还有什么意思,我是个废人!动手,朝我心上刺,让我死得快些……"墨琴拿起面前的刀,举得高高的,突然,她扔下刀,扑到他身上大哭起来:"二爷,我的好二爷,我不会杀你,不杀!你是世上最疼我最爱我的人,你做的一切都是为我。我糊涂到现在,不会再犯傻,我这一辈子都在做傻事,为了格格的名分,害了多少人。"他跪着上前抱住墨琴,问:"格格,你舍不得我死,对不对?"墨琴泪水纵横地点着头。钮五阳站了起来:"那我俩谁也不死,今天这个洞房是真的吧?你会不会又不算了?""你这么不信任我?"墨琴抓过尖刀,在自己柔嫩的胳膊上划了道口子,鲜血涌了出来,然后把刀子递给他,钮五阳也划了一刀,两人的血合在一起。墨琴用一块白色的绫子将两人的手臂扎在一起,然后相互拥抱。"这是古人的歃血为盟?"他抱住她柔声地说,"我还是那句老话:山无陵,江水为竭,冬雷震震,夏雨雪,天地合,乃敢与君绝!""今生今世做夫妻,我决不再有二心!"

一对有情人终成眷属。这一对疯狂的追逐者,终于停止了他们的杀戮游戏,朝着一个圆满的结局发展着。爱情是梦,是几千年来人类最神秘、最漫无边际的梦;圆梦,是一个美丽的错误……

还在蜜月里,卢略的传令兵一天三至,催钮五阳速回上海。他已无意军旅,并不想去,何况正在蜜月。这天齐彻也发来电报,墨琴问:"齐彻?他找你干什么?"钮五阳看了电文说:"上海路权闹得很厉害,已有不少学生绝食抗议,齐彻要我去上海跟他一起游说大帅。"墨琴坐了起来:"齐先生可是第一次求我们,这个忙你一定要帮。我们做了那么多对不起他的事,总得补救一下。"钮五阳叹了一口气说:"格格,你不知道内幕,徐大总统和卢帅都拿了洋人的好处,我去也恐怕难以回天。"墨琴正色说:"二爷,你在上海滩上是有名的纨绔子弟,应该趁此机会给自己正名,做一件震动上海的大事。"钮五阳想了想,笑了:"巾帼不让须眉,格格,你真是有胆有识。你说,怎么办?我会舍死去做。""让大帅同意,这铁路应该让中国人修。"钮五阳跳了起来:"我是该做件事,让世人知道我钮五阳并非等闲之辈。我们去上海,找大帅,让他同意,看在我救过他的份上,他会答应。办完这事,我就退出军队,回南溪来开一家大丝行,好好做生意……""太好了,二爷,退出军队,做生意,我们把店开到西洋去。你看你妹妹和齐先生,他们去了趟外国,到底见识不同。"钮五阳笑着说:"行,去国外开丝行,就卖我们南溪的丝绸。"墨琴抱住他的脖子撒娇:"二爷,我要当老板。""你是大掌柜,我是二掌柜!行不行?你一定比盛家七小姐还能干。"

第二天,钮五阳和墨琴就动身到了上海。他与齐彻在万国酒店谈了一上午,齐彻告诉他,保路运动已经声势很大,学生们纷纷绝食抗议,民众游行,商家罢市。钮五阳说:"好吧,我们现在就去见大帅,我一定力劝。"钮五阳和齐彻一起来到龙华帅府,已是夜晚,副官进去通报,两人等在门厅。钮五阳说:"齐先生,我先上去与大帅密谈,你就等消息吧。"齐彻掏出一张文告给了他,说:"这是一份宣言,如果大帅同意与我们的条件,废止与洋人的合约,就在上面签字,报纸会全文发表,抗议就会结束!""好,等我的消息。"副官回来,让钮五阳进去。钮五阳接过文告匆匆上了楼,推开门,卢略正在办公,头也没抬,说:"我的二少爷,钮团长,你到底出现了。"钮五阳把预先准备好的礼盒放在卢略的桌子上,说:"舅舅,我是来给你送喜糖的,我结婚了。"卢略笑了笑,说:"贤甥,我早知道了,小报上炒得沸沸扬扬,我都不明白,你钮五阳和格格永远是上海滩上的一块臭豆腐,又臭又香,又香又臭,这么多的人喜欢追踪编排你们。"钮五阳打断卢略:"舅舅,齐先生来了。""齐彻?你跟他一起来的?你们和好了?"卢略眼一瞪,"帮他来当说客?""我和齐彻旧账已了……舅舅,铁路学堂几百个学生绝食将死,天下为江浙修路一事沸沸不安,你是政府大员、上海督军,这可是要遗臭万年的事,何不留芳千古呢?"卢略火了:"国家大事,你黄口乳牙知道个屁?这是大总统与洋人之间的勾当,我也只是浮在水面上的气泡,真正的大鱼不是我!""我知道,可是签字权在你手里,将在外君命有所不受。舅舅,你不能英勇一回?""英勇个屁!事关头上的红顶子、脖子上的脑袋,徐大总统是我的恩师,我岂能背叛他!"钮五阳说:"大总统不是好东西,这是将千古罪名推在你身上,让民众骂你,他中央政府定了,又要你出什么面?"卢略一拍桌子:"黄口小儿,你知道什么是国家?徐大总统就是国家!你跟着这帮子乱民起什么哄?"钮五阳语塞,过了一会儿,他从口袋里掏出那张文告,往桌上一拍:"舅舅,我这辈子没求过你一件事,就这一件,你签了字,就算是帮了我,从此我和格格云游天下,再不来麻烦你!这套军装也还给你……"说着,钮五阳将身上的佩剑、手枪、军衔等物放在桌上。卢略白着眼看他,一声不吭,然后突然骂道:"你再他妈胡闹,我关你的禁闭,枪毙你!"他刚要叫人,钮五阳突然抓起桌上手枪,对准卢略的头顶,厉声地说:"舅舅,今天你一定得签。不签,我们两个就得趴下一个。"

卢略没想到他居然枪谏,吓得双腿发软,结结巴巴地说:"钮团长,你不要激动,我……""签吧,舅舅,算我求你,我钮五阳这辈子就做一次好汉,就是这次。你是我舅舅,签了字,我向你赔罪,你关我杀我,随你的便;不签,有人就会流血!"他见卢略不想动,用枪一顶卢略的脑门,卢略伸出手颤抖着抓起笔,这时一个侍卫送茶进来,见钮五阳枪逼大帅,拔枪就射,钮五阳和卢略都应声倒地……

枪声一响，一群侍卫冲了进来，扶起卢略。侍卫官问："大帅，你受伤了？"卢略摸了一下脸，上面有血，不过是溅上来的钮五阳的血："我没事。"继而侍卫官探了探钮五阳的鼻息，说："大帅，上校死了。"卢略站起来，扇了侍卫一记耳光："谁让你开枪打死他的？"

这时，齐彻也闻声赶到，他不顾侍从的阻拦，冲进来抱起钮五阳："二爷，二爷……"可是钮五阳已死，心脏早已停止跳动。齐彻站了起来，面对卢略说："大帅，你是千古罪人！这就是你对民众的态度？好吧，明天全世界都将知道，刽子手卢略！"说完，他转身要走。卢略连忙拉住了他："齐先生，不是那么回事，是五阳想杀我，被我手下的卫兵误伤。""狡辩！钮五阳和我一样是来请愿的，请愿书还在这里。"他抓起桌上面已是血迹斑斑的文告，扬了扬说，"你看，上面沾满了鲜血，这足以说明一切！"卢略顿时慌了："齐先生，五阳是我外甥，又救过我的命，随便怎么样，我也不会杀他，刚才确实是误伤。"齐彻厉声说："大帅，你不但误伤了五阳，更误伤了全中国人民，你不怕双手沾满鲜血，下得了手，就连我也杀了吧。"

卢略背过身去，不知如何是好，他突然决断地说，"好吧，我豁出来不要红顶子了，我签字。"说完，抓起桌上的文告颤抖着签下自己的名字。齐彻没有理睬卢略，他弯下身子抱起钮五阳，站起来往外走。卢略一愣，将签了字的文告放在死去的钮五阳手里，侍卫们争着给齐彻开门……

钮五阳的追悼会在上海举行，各大报纸纷纷作了报道，来祭奠的人比参加他婚礼的人多得多，排成了长龙，都希望一睹上海滩上侠义二爷钮五阳的遗容。三天后，钮五阳的遗体由墨琴等人用船送回南溪安葬。墨琴一身素白，坐在棺前，她用手指不安地绞

第 15 章 太湖的涛声

着自己的辫子,喃喃地对棺独语:"二爷,我是个不幸的人,从小跟着王公公逃难,又流落青楼……这么多年,你是对我最好的人。二爷,想不到你真的做了一件大事。我说过,我会随你而去,你活着时我对你不好,死后我一定要对你好!"一路上,墨琴一滴泪也没有流,只是絮絮叨叨说着什么,她靠在棺木上,时而伸出胳膊,看上面那道刀痕,用嘴亲吻着。船快到南溪时,她从身下掏出那把月牙尖刀,切断了自己的动脉。在暗淡的天色下,一股涓涓的血流顺着船板蜿蜒,流向运河……

钮五阳的死讯传到南溪,节妇胡碧容高兴得命下人在院子里放鞭炮。高高的台阶上,一连点了十几个二踢脚,几千响的小鞭震动着南溪小镇。这个憋了几十年的节妇,终于畅快地释放了怨气。

路权争到了,可是钮五阳和墨琴却永远离开了人间。南溪的丧事由齐彻主持,极尽隆重,人们将这一对恋人埋在湖边,让他们永远眺望着美丽的太湖。齐彻和方丽经常去墓地看望这一对新人。这天,他们从墓地回来,在空旷而清静的肖家祠庙里,钮方丽恭敬地将钮五阳和墨琴的牌位放在灵台上,点燃了一炷香。齐彻不禁叹道:"想不到我肖家的祖祠里,供着钮家的男人。"钮方丽问:"怎么,你不高兴?"齐彻叹道:"没有,你哥哥无愧于我们肖家,他应该是我们的一部分,我只是觉得他死得太早太惨。"钮方丽也叹着气说:"他们这一对,为爱所生,为情所死,他们吵吵闹闹了一世,死了才是一对鸳鸯,一对生死情侣。""我们也一样,生死不离!"话到伤心处,齐彻一左一右抱着宝妹和铁儿说,"我明天还要走。路权斗争,我们胜利了,他们让我去杭州参加铁路开工奠基……这是件大事,长中国人的脸。最近我正在想,这厂应该交给常亮,我们和肖晁移居上海,重新开始。南溪隐隐约约总是有点煞气,是什么我说不清,只是预感……"

钮方丽也点头说:"好吧,到上海,我们重新开始。"齐彻说:"现在是乱世,只有上海还稍好一些。"钮方丽知道,丈夫经过残酷的商战,内心已很脆弱。

　　这天夜里,常亮赶来密报齐彻,说是节妇的仓库里发现了鸦片。齐彻从床上爬起来:他们真的在贩毒?他连夜向县警备大队密报节妇密藏鸦片的事。警备队接到通知,星夜赶到南溪,搜缴了鸦片,审问有关证人。节妇知道消息外泄,大事不好。下人们见况,知钮家大势已去,纷纷逃跑,飞红也偷偷地拎着一只小布包想溜出门,却被节妇一把抓住,穷凶极恶地骂道:"小浪蹄子,是不是到绿杨楼去报信?不许走,要死一块死!"飞红被她拎小鸡一样拎了回来,站在厅内一动不敢动,节妇索性拿出一根细鞭子向她抽去。飞红疼得直叫,哀求道:"大奶奶,放了我吧,我二十多岁了,陪了你十几年,该出去嫁人啦!"节妇狠狠地抽了一鞭:"你休想,除非我死了!飞红,你是跟我最长的丫头,我熬了四十年,你才十几年就想出去?"飞红哭着说:"大奶奶,你是节妇,是皇上封的诰命,我还没嫁过人,守什么寡?"节妇见飞红还嘴,气得发抖,举起一只大花瓶向飞红头上砸去,飞红一闪,花瓶擦肩而过,飞红尖声叫着夺门而逃。节妇像疯子一样,拎着斧头追了出来……飞红早已逃得没影了,节妇追到街上,来到贞节牌坊下,她愤怒极了,忽然挥斧向牌坊砍去,乱刀之下,竟砍断了牌楼的一只柱子,牌坊轰然倒地。街上许多人在观看,但不知道她就是节妇,有旁观者还喊:"快去告诉钮家大奶奶,有个疯子在砍牌坊!"节妇大骂:"你们才是疯子!"

　　她拎着大斧又回到雁影楼,咣的一声关上了门。整个钮府似乎成了空宅,一个人影也不见了。节妇进了中厅,将丈夫钮五群的牌位从供桌上扔下来,用斧子一斧斧地砍碎,嘴里大骂着:"钮五群,你是个骗子!你不是我的男人,我宁可嫁给毛狗,也不想找

第15章 太湖的涛声

你这个废物……你这个鬼魂缠了我四十年,滚吧,滚远点……我再不会替你们钮家撑脸面……你是孤魂野鬼,别来缠我!现在你有伴了,钮五阳会陪你,毛狗也会跟你玩命……"她骂得意犹未尽,又进了毛狗的房间,拿下挂在墙上的鬼头刀,那是毛狗当年杀人用的,她猛地向自己的影子砍去:"滚,鬼魂!"忽然,她在床上发现了一把毛狗用过的左轮枪,她拿了起来,随便地勾了一下,枪响了,砰的一声,吓了她自己一跳。胡碧容用枪对着镜子里自己的影子说:"毛狗,我要杀他个干干净净,一个不留……"

早晨,阳光四射,方丽躺在丈夫的怀里,宁静而安详。齐彻轻轻亲了一下方丽:"你再睡一会儿。"她睁开眼说:"多好的天,我要起来,今天你要走,我给你收拾东西。""再睡一会儿吧。"他亲了下妻子,"又不是出远门,我几天就回来了。要不,你跟我一起去?""让我再养一养,有了力气我跟你闯世界,我好像刚从一场病中恢复。"他说:"是啊,一下子我们失去了这么多的亲人和朋友。"这时,铁儿和宝妹跑了进来,铁儿说:"爸爸、妈妈,你们快起来,我们要去太湖的西山。"宝妹说:"伯伯、伯母,我也要去!"钮方丽说:"好的,等送走你爸爸、你伯伯,就带你们去,好吗?"孩子们叫了起来:"好的。"吃过早饭,门厅里早已聚了许多人,他们是南溪的乡绅,来为齐彻送行。

众人陪着齐彻走向码头,一只官船早已停在那里。齐彻和他们道别后,正准备登船,方丽和孩子们向他跑来,孩子们喊叫着:"爸爸……""伯伯……"齐彻抱起孩子,亲了亲他们的小脸,对孩子们说:"听话,留在家里,不要出来。"钮方丽拉了拉齐彻的领带:"路上小心,早去早回。"

"放心吧,只是一次奠基仪式,我要享受一回中国人胜利的喜悦。"齐彻说完,踏上官船,向岸上的众人挥手告别。忽然人群里出现一个异人：扎着头巾打扮成农妇的节妇胡碧容，她抬起胳膊，衣袖里一只枪管，正直直地对准钮方丽和两个孩子。齐彻惊叫起来："方丽，你们小心……"在节妇的枪响之前，齐彻冲了上来，他推倒了爱妻和孩子，自己迎向枪口。节妇的枪连响了三声，他倒在血泊里……

节妇怪笑起来，她正想开第四枪的时候，齐彻的保镖们连连开枪，击中了她，节妇倒地身亡……

一个女人，在长年的禁闭生活中，尝到的是无尽的寂寞和苦难，她开始疯狂地恨这个世界，恨这个男人的世界，她想杀掉所有幸福的女人……于是，一个优秀的男人因此而死了，诰封的节妇成了杀人凶犯，成了自己坟墓上的一把泥土，她的生命显现出最灰暗的色调……

几天后，湖风微拂，太湖边的西山上，肖伯雄的大坟旁边，又新增了两座新坟。一座是钮五阳和墨琴的，另一座是齐彻的。肖晃和钮方丽带着两个孩子祭完坟，一步步走下山来。不远的湖边，停了一只乌篷船，一个老汉，身披蓑衣手撑竹篙，正在等着他们，远处是一片灿烂之极的黄色油菜花。男人和女人带着两个孩子来到船边，上了船，船起锚升帆，向远处驶去。

烟波浩渺，涛声无尽。从那以后，再没有人看见过他们，有的说他们离开了中国，也有的说他们隐藏在太湖某处的孤岛上，布衣蔬食，淡泊终生。可他们究竟去了哪里，无人知晓，至今也还是个谜，一个无人破晓的谜……

2004年金秋于浙北鼎斋